阅微草堂笔记注

〔清〕纪昀 著

老浩 注

笔记注 上

山西出版传媒集团

三晋出版社

前言

　　中国古典文言小说一般归结为两大发展脉络,一为传奇体,一为笔记体。传奇体以唐传奇为标志,辞藻华美,叙事丰腴;笔记体以魏晋志怪志人小说肇始,崇尚微言大义,简笔勾勒,却蕴含深厚。《阅微草堂笔记》秉承笔记体这一传统,成为清代乃至后世笔记小说中当仁不让的翘楚。

　　《阅微草堂笔记》出自清代大才子纪昀之手,分为二十四卷,由《滦阳消夏录》、《如是我闻》、《槐西杂志》、《姑妄听之》、《滦阳续录》五部分组成。其创作时间始于乾隆己酉(1789),终于嘉庆戊午(1798),前后延续十年之久。在刊刻初期,该小说已经受到各方追捧,在盛时彦《姑妄听之》跋文中就盛赞其"辨析名理,妙极精微;引据古义,具有根柢。则学问见焉","叙述剪裁,贯穿映带,如云容水态,迥出天机,则文章见焉",并称其"大旨要归于醇正,欲使人知所劝惩",说明了《阅微草堂笔记》的重要价值。

　　《阅微草堂笔记》以狐鬼灵怪故事为主,勾勒世间疾苦,折射人心百态,作者不做过多的评论,却又在字里行间流露出其固有的"善有善报、恶有恶报"的中国传统因果论,反映出作者最为朴实而正直的价值观;也展现出作者"不以善小而不为,不以恶小而为之"的劝善惩恶之理想。

　　《阅微草堂笔记》问世二百多年,代有学者、读者奉之为"隽思妙语,时足解颐"的品读佳品,但因作者用笔之老道,用典之繁多,在现代读者看来,已经不能够完全读懂,

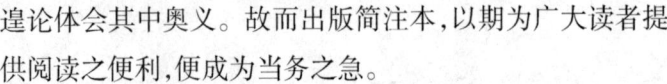

遑论体会其中奥义。故而出版简注本，以期为广大读者提供阅读之便利，便成为当务之急。

本次简注《阅微草堂笔记》，以清嘉庆五年（1800）北平盛氏望益书屋刻本为底本，参校清道光十五年（1835）刊本，注者因学识、见识之不足，定有不当之处，祈望方家不吝指正。

注　者

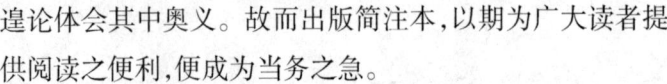

序

　　文以载道，儒者无不能言之。夫道岂深隐莫测，秘密不传，如佛家之心印①，道家之口诀哉！万事当然之理，是即道矣。故道在天地，如汞泻地，颗颗皆圆，如月映水，处处皆见。大至于治国平天下，小至于一事一物、一动一言，无乎不在焉。文其道之一端也，文之大者为《六经》，固道所寄矣。降而为列朝之史，降而为诸子之书，降而为百氏之集，是又文中之一端，其言皆足以明道。再降而稗官小说，似无与于道矣；然《汉书·艺文志》列为一家，历代书目亦皆著录。岂非以荒诞悖妄者虽不足数，其近于正者，于人心世道亦未尝无所裨②欤！河间先生③以学问文章负天下重望，而天性孤直，不喜以心性空谈，标榜门户；亦不喜人才放诞，诗社酒社，夸名士风流。是以退食之余，惟耽怀典籍；老而懒于考索，乃采掇异闻，时作笔记，以寄所欲言。《滦阳消夏录》等五书，俶诡奇谲，无所不载；洸洋恣肆，无所不言。而大旨要归于醇正，欲使人知所劝惩。故诲淫导欲之书，以佳人才子相矜者，虽纸贵一时，终渐归湮没。而先生之书，则梨枣屡镌，久而不厌，是则华实不同之明验矣。顾翻刻者众，讹误实繁；且有妄为标目，如明人之刻《冷斋夜话》者，读者病④焉。时彦夙从先生游，尝刻先生《姑妄听之》，附跋书尾，先生颇以为知言。迩来诸板益漫漶⑤，乃请于先生，合五书为一编，而仍各存其原第；篝灯手校，不敢惮劳。又请先生检视一过，然后摹印。虽先生之著作不必藉此刻以传，然鱼鲁之舛⑥差稀，于先生教世之本志，或亦不无小补云尔。嘉庆庚申八月，门人北平盛时彦谨序。

注释：

①心印：佛教禅宗语。指不用语言文字，而直接以心印证，以达到顿悟。

②裨：增补，弥补。

③河间先生：纪昀(1724—1805)，字晓岚，晚号石云，道号观弈道人。出生于河间府献县(今河北省沧县)，故又称"河间先生"。故卒后谥号文达，故又称其为"文达公"

④病：批评，指责。

⑤漫漶(huàn)：模糊不可辨别。

⑥鱼鲁之舛：谓将鱼误写成鲁。指文字错讹。

序

　　河间纪文达公，久在馆阁，鸿文巨制，称一代手笔。或言公喜诙谐，嬉笑怒骂，皆成文章。今观公所著笔记，词意忠厚，体例谨严，而大旨悉归劝惩，殆所谓是非不谬于圣人者与！虽小说，犹正史也。公自云："不颠倒是非如《碧云騢》①，不怀挟恩怨如《周秦行纪》②，不描摹才子佳人如《会真记》③，不绘画横陈如《秘辛》④，冀不见摈于君子。"盖犹公之谦词耳。公之孙树馥，来宦岭南。从索是书者众，因重锓板⑤。树馥醇谨有学识，能其官，不堕其家风云。道光十五年乙未春日，龙溪郑开禧识。

注释：

①《碧云騢(xiá)》：此书应为宋人魏泰所作，但托名于梅尧臣。这本书讥讽嘲弄巨公伟人之缺失，格调很低。

②《周秦行纪》：此书作者不详，有学者认为是唐代牛僧孺撰。这是一本唐代传奇。

③《会真记》：此为唐传奇，又名《莺莺传》，唐代元稹所撰。叙述了张生与崔莺莺的爱情故事。元稹(779—831)，字微之，唐代著名诗文家。

④《秘辛》：全名应为《汉杂事秘辛》，作者不详。主要叙述汉桓帝懿德皇后被选入宫及册封之事。书中有对女性身体刻画内容。十分淫艳。

⑤锓(qǐn)板：刻书。

目　录

卷 一

滦阳消夏录(一)

　　乾隆己酉①夏，以编排秘籍，于役滦阳。时校理久竟，特督视官吏题签庋架而已。昼长无事，追录见闻，忆及即书，都无体例。小说稗官，知无关于著述；街谈巷议，或有益于劝惩。聊付抄胥②存之，命曰《滦阳消夏录》云尔。

注释：

①乾隆己酉：乾隆五十四年，公元 1789 年。

②抄胥：专门负责抄写的吏胥。

　　胡御史牧亭言：其里有人畜一猪，见邻叟辄瞋目狂吼，奔突欲噬①，见他人则否。邻叟初甚怒之，欲买而啖其肉；既而憬然②省曰："此殆佛经所谓夙冤耶③！"世无不可解之冤。乃以善价赎得，送佛寺为长生猪。后再见之，弭耳昵就，非复曩态④矣。尝见孙重画伏虎应真⑤，有巴西李衍题曰："至人骑猛虎，驭之犹骐骥。岂伊本驯良，道力消其鸷⑥。乃知天地间，有情皆可契。共保金石心；无为多畏忌。"可为此事作解也。

注释：

①噬(shì)：咬。

②憬然：觉悟、醒悟的样子。

③夙愿：长久以来的心愿。

④曩（nǎng）态：旧时的样子。曩：先前，以前。

⑤应真：佛教罗汉的别称。

⑥鸷：凶猛。

沧州刘士玉孝廉①，有书室为狐所据，白昼与人对语，掷瓦石击人，但不睹其形耳。知州平原董思任，良吏也，闻其事，自往驱之。方盛陈②人妖异路之理，忽檐际朗言曰："公为官颇爱民，亦不取钱，故我不敢击公。然公爱民乃好名，不取钱乃畏后患耳，故我亦不避公。公休矣，毋多言取困。"董狼狈而归，咄咄③不怡者数日。刘一仆妇甚粗蠢④，独不畏狐。狐亦不击之。或于对语时举以问狐。狐曰："彼虽下役，乃真孝妇也。鬼神见之犹敛避，况我曹⑤乎！"刘乃令仆妇居此室。狐是日即去。

注释：

①孝廉：中国封建社会选举人才的一种方式，开始于汉代。孝：孝顺父母。廉：廉洁正直。

②盛陈：口若悬河地讲述。

③咄咄：感叹声，表示感叹。

④粗蠢：粗俗蠢笨。

⑤我曹：我辈，我们。

爱堂先生言：闻有老学究①夜行，忽遇其亡友。学究素刚直，亦不怖畏，问："君何往？"曰："吾为冥吏②，至南村有所勾摄，适同路耳。"因并行，至一破屋，鬼曰："此文士庐也。"问何以知之。曰："凡人白昼营营，性灵汩没③。惟睡时一念不生，元神④朗澈，胸中所读之书，字字皆吐光芒，自百窍而出，其状缥缈缤纷，烂如锦绣。学如郑、孔、⑤文如屈、宋、班、马者，⑥上烛霄汉，与星月争辉；次者数丈，次者数尺，以渐而差；极下者亦荧荧如一灯，照映户牖，人不能见,惟鬼神见之耳。此室上光芒高七八尺,以是而知。"学究问:"我读书一生,睡中光芒当几许?"鬼嗫嚅⑦良久曰:"昨过君塾,君方昼寝。见君胸中高头讲章⑧一部,墨卷⑨五六百篇,经文七八十篇,策略三四十篇,字字化为黑烟,笼罩屋上。诸生诵读之声,如在浓云密雾中。实未见光芒,不敢妄语。"学究怒叱之。鬼大笑而去。

注释:

①老学究:迂腐不通世故的读书人。

②冥吏:阴间的官吏。

③汩没:埋没。

④元神:道家称人的灵魂为元神。

⑤郑、孔:郑,郑玄;孔,孔安国。这二人,都是汉代著名学者,博通儒家经典。

⑥文如屈、宋、班、马者:屈,屈原;宋,宋玉;班,班固;马,司马相如。屈原、宋玉是战国时期著名文学家,以"楚辞"名世。班固、司马相如,二者皆善辞赋,代表作有《两都赋》《子虚赋》等。

⑦嗫嚅:说话吞吞吐吐,不敢大声说出来。

⑧高头讲章:经书正文上端留有较宽空白,刊印讲解文字,这些文字称为"高头讲章"。后来泛指这类格式的经书。

⑨墨卷:指参加科举考试士子的考卷。

东光李又聃①先生,尝至宛平相国废园中,见廊下有诗二首。其一曰:"飒飒西风吹破棂,萧萧秋草满空庭。月光穿漏飞檐角,照见莓苔半壁青。"其二曰:"耿耿②疏星几点明,银河时有片云行。凭阑坐听谯楼鼓,数到连敲第五声。"墨痕惨淡,殆③不类人书。

注释:

①李又聃(dān):李若龙,字又聃,直隶东光(今河北省沧州

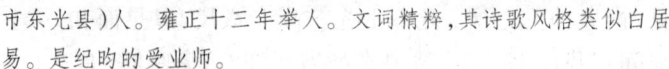

市东光县)人。雍正十三年举人。文词精粹,其诗歌风格类似白居易。是纪昀的受业师。

②耿耿:高远的样子。

③殆:大概、几乎。

　　董曲江先生,名元度,平原人。乾隆壬申进士,入翰林①。散馆②改知县。又改教授,移疾归。少年梦人赠一扇,上有三绝句曰:"曹公饮马天池日,文采西园感故知。至竟心情终不改,月明花影上旌旗。""尺五城南并马来,垂杨一例赤鳞开。黄金屈戍雕胡锦,不信陈王八斗才③。""箫鼓冬冬画烛楼,是谁亲按小凉州? 春风豆蔻知多少,并作秋江一段愁。"语多难解,后亦卒无征验,莫明其故。

注释:

①翰林:唐朝开始设立翰林院,自中唐后演变成了专门起草机密诏制的重要机构,院里任职的人称为翰林学士。明、清改从进士中选拔。

②散馆:明、清时翰林院设庶常馆,新科进士考得庶吉士资格后入馆学习,三年期满举行考试后,成绩优良者留馆,授以编修、检讨之职;其他人分发各部为给事中、御史、主事,或出为州县官。

③陈王八斗才:语出唐代诗人李商隐《可叹》诗句:"宓妃愁坐芝田馆,用尽陈王八斗才。"陈王,指曹植,字子建,曹操之子,生前被封为陈王,死后谥号为思,又名陈思王。他的文学造诣极高,颇受后世人的推崇。三斗才,喻才学很高。

　　平定王孝廉执信,尝随父宦榆林。夜宿野寺①经阁下,闻阁上有人絮语,似是论诗。窃讶此间少文士,那得有此。因谛听②之,终不甚了了。后语声渐出阁廊下,乃稍分明。其一曰:"唐彦谦③诗格不高,然'禾麻地废生边气,草木春寒起战声',故是佳句。"其一曰:"仆尝有句云:'阴碛④日光连雪白，风天沙气入云黄。'非亲至关外，不睹此景。"其一又曰："仆亦有一联云：'山沉边气无情碧，河带寒声亘古秋。'自谓颇肖边城日暮之状。"相与吟赏者久之。寺钟忽动，乃寂无声。天晓起视，则扃钥⑤尘封。"山沉边气"一联，后于任总镇遗稿见之。总镇名举，出师金川时，百战阵殁者也。"阴碛"一联，终不知为谁语。即其精灵长在，得与任公同游，亦决非常鬼矣。

注释：

①野寺：野外的寺庙。

②谛听：仔细听。

③唐彦谦：字茂业，号鹿门先生，并州晋阳(今山西太原)人。彦谦博学多艺，诗歌文采壮丽。

④阴碛(qí)：塞外的沙漠。

⑤扃(jiōng)钥：门上的锁匙。

沧州城南上河涯，有无赖吕四，凶横无所不为，人畏如狼虎。一日薄暮，与诸恶少村外纳凉。忽隐隐闻雷声，风雨且至。遥见似一少妇，避入河干古庙中。吕语诸恶少曰："彼可淫也。"时已入夜，阴云黯黑，吕突入，掩其口。众共褫衣①沓嬲②。俄电光穿牖，见状貌似是其妻，急释手问之，果不谬。吕大恚③，欲提妻掷河中。妻大号曰："汝欲淫人，致人淫我，天理昭然，汝尚欲杀我耶？"吕语塞，急觅衣裤，已随风吹入河流矣。旁皇无计，乃自负裸妇归。云散月明，满村哗笑，争前问状。吕无可置对④，竟自投于河。盖其妻归宁⑤，约一月方归。不虞⑥母家遘回禄⑦，无屋可栖，乃先期返。吕不知，而遘此难。后妻梦吕来曰："我业重，当永堕泥犁。缘生前事母尚尽孝，冥官检籍，得受蛇身，今往生矣。汝后夫不久至，善事新姑嫜；阴律不孝罪至重，毋自蹈冥司汤镬也。"至妻再醮⑧日，屋角有赤练蛇垂首下视，意似眷眷。妻忆前梦，方举首问之。俄闻门外鼓乐声，蛇于屋上跳掷数四，奋然去。

注释：

①褫（chǐ）衣：剥去衣服。

②沓嬲（niǎo）：轮奸。

③恚：怨恨。

④无可置对：不知道如何应对。

⑤归宁：回娘家省亲。

⑥不虞：没有意料到。

⑦遘（gòu）回禄：遘，遇到；回禄，传说火神的名字，引申为火灾。

⑧再醮：女子再婚。

献县周氏仆周虎，为狐所媚，二十余年如伉俪①。尝语仆曰："吾炼形已四百余年，过去生中，于汝有业缘②当补，一日不满，即一日不得生天。缘尽，吾当去耳。"一日，辗然③自喜，又泫然④自悲，语虎曰："月之十九日，吾缘尽，当别。已为君相一妇，可聘定之。"因出白金付虎，俾⑤备礼。自是狎昵燕婉⑥，逾于平日，恒形影不离。至十五日，忽晨起告别。虎怪其先期⑦。狐泣曰："业缘一日不可减，亦一日不可增，惟迟早则随所遇耳。吾留此三日缘，为再一相会地也⑧。"越数年；果再至，欢洽三日而后去。临行呜咽曰："从此终天诀矣！"陈德音先生曰："此狐善留其有余，惜福者当如是。"刘季箴则曰："三日后终须一别，何必暂留？此狐炼形四百年，尚未到悬崖撒手地位⑨，临事者不当如是。"余谓二公之言，各明一义，各有当也。

注释：

①伉俪：夫妻，配偶。

②业缘：佛教语。形容由于因果机缘而注定的缘分。

③冁（chǎn）然：笑的样子。

④泫然：流泪的样子。

⑤俾：使。

⑥狎昵燕婉：亲密恩爱貌。

⑦先期：将期限提前。

⑧为再一相会地也：为了有再一次的相聚而留有时间。

⑨未到悬崖句：比喻事情的发展事态并没有到了无路可走的地步。

　　献县令明晟，应山人。尝欲申雪一冤狱，而虑上官不允，疑惑未决。儒学门斗①有王半仙者，与一狐友，言小休咎②多有验，遣往问之。狐正色曰："明公为民父母，但当论其冤不冤，不当问其允不允。独不记制府③李公之言乎？"门斗返报，明为惘然④。因言制府李公卫未达时，尝同一道士渡江。适有与舟子争诟⑤者，道士太息曰："命在须臾，尚较计数文钱耶！"俄其人为帆脚所扫，堕江死。李公心异之。中流风作，舟欲覆。道士禹步诵咒，风止得济。李公再拜谢更生⑥。道士曰："适堕江者，命也，吾不能救。公贵人也，遇厄得济，亦命也，吾不能不救，何谢焉。"李公又拜曰："领师此训，吾终身安命矣。"道士曰："是不尽然。一身之穷达⑦，当安命，不安命则奔竞排轧⑧，无所不至。不知李林甫、秦桧，即不倾陷善类，亦作宰相，徒自增罪案耳。至国计民生之利害，则不可言命。天地之生才，朝廷之设官，所以补救气数也。身握事权，束手而委命⑨，天地何必生此才，朝廷何必设此官乎？晨门⑩曰：'是知其不可而为之。'诸葛武侯曰：'鞠躬尽瘁，死而后已。成败利钝，非所逆睹。'此圣贤立命之学，公其识之。"李公谨受教，拜问姓名。道士曰："言之恐公骇。"下舟行数十步，翳然灭迹。昔在会城，李公曾话是事。不识此狐何以得知也。

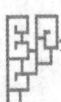
注释：

①门斗：门斗，原指在建筑物出入口设置的起分隔、挡风、御寒等作用的建筑过渡空间。这里引申为当值的下人。

②休咎：凶吉、善恶。

③制府：明、清两代总督的尊称。

④愓然：呼吸急促的样子，比喻惊恐之状。

⑤争诟：争吵谩骂。

⑥谢更生：感谢再生之恩。

⑦穷达：穷困与显达。

⑧排轧：排挤倾轧。

⑨束手委命：被动地接受命运的安排，表示消极的态度。

⑩晨门：掌管城门开闭的人。

北村郑苏仙，一日梦至冥府，见阎罗王方录囚。有邻村一媪①至殿前，王改容拱手②，赐以杯茗，命冥吏速送生善处。郑私叩冥吏曰："此农家老妇，有何功德？"冥吏曰："是媪一生无利己损人心。夫利己之心，虽贤士大夫或不免。然利己者必损人，种种机械③，因是而生；种种冤愆④，因是而造。甚至贻臭万年，流毒四海，皆此一念为害也。此一村妇而能自制其私心，读书讲学之儒，对之多愧色矣。何怪王之加礼乎！"郑素有心计，闻之惕然而寤。郑又言，此媪未至以前，有一官公服昂然入，自称所至但饮一杯水，今无愧鬼神。王哂⑤曰："设官以治民，下至驿丞闸官，皆有利弊之当理。但不要钱即为好官，植木偶于堂，并水不饮，不更胜公乎？"官又辩曰："某虽无功，亦无罪。"王曰："公一生处处求自全，某狱某狱，避嫌疑而不言，非负民乎？某事某事，畏烦重而不举，非负国乎？三载考绩之谓何？⑥无功即有罪矣。"官大踧踖⑦，锋棱顿减。王徐顾笑曰⑧："怪公盛气耳。平心而论，要是三四等好官，来生尚不失冠带。"促命即送转轮王。观此二事，知人心微暖，鬼神皆得而窥,虽贤者一念之私,亦不免于责备。"相在尔室"⑨,其信然乎。

注释:

①媪:古代对老年妇女的尊称。

②改容拱手:改变了神情,拱手行礼。

③种种机械:各种耍小聪明、算计人的心思。

④冤愆(qiān):冤仇罪过。

⑤哂:讥笑。

⑥考绩:按照一定的标准考察官员的业绩。

⑦踧踖(cù jí):恭谨而不安的样子。

⑧徐顾笑曰:神态平和地看着,笑着说。

⑨相在尔室:语出《诗经·大雅·抑》,整句话是:"相在尔室,尚不愧于屋漏。无曰不显,莫予云觏;神之格思,不可度思,矧可射思?"意思是看看你的室中,在阴暗的地方也要光明磊落,什么都是显而易见的,不要以为别人看不见,神明的来临是不可猜度的,难道能够讨厌他吗?

　　雍正壬子①,有宦家子妇,素无勃豀②状。突狂电穿牖,如火光激射,雷楔贯心而入,洞左胁而出。其夫亦为雷焰燔烧,背至尻③皆焦黑,气息仅属。久之乃苏,顾妇尸泣曰:"我性刚劲,与母争论或有之。尔不过私诉抑郁,背灯掩泪而已,何雷之误中尔耶?"是未知律重主谋,幽明一也。

注释:

①雍正壬子:雍正十年,公元1732年。

②勃豀(xī):争吵,争斗。

③尻:屁股。

　　无云和尚,不知何许人。康熙中,挂单①河间资胜寺,终日默坐,与语亦不答。一日,忽登禅床,以界尺拍案一声,泊然化去。视案上有偈曰:"削发辞家净六尘^②,自家且了自家身。仁民爱物无穷事,原有周公孔圣人。"佛法近墨,此僧乃近于杨^③。

注释:

①挂单:佛教名词。指行脚僧到寺院投宿。

②六尘:佛教用语,指谓色、声、香、味、触、法。

③杨:杨朱,先秦著名哲学家,主张"贵生","重己",反对儒家、墨家思想。

宁波吴生,好作北里游^①。后昵一狐女,时相幽会,然仍出入青楼间。一日,狐女请曰:"吾能幻化,凡君所眷,吾一见即可肖其貌。君一存想,应念而至,不逾于黄金买笑乎?"试之,果顷刻换形,与真无二。遂不复外出。尝语狐女曰:"眠花藉柳,实惬人心。惜是幻化,意中终隔一膜耳。"狐女曰:"不然。声色之娱,本电光石火。岂特吾肖某某为幻化,即彼某某亦幻化也。岂特某某为幻化,即妾亦幻化也。即千百年来,名姬艳女,皆幻化也。白杨绿草,黄土青山,何一非古来歌舞之场。握雨携云^②,与埋香葬玉、别鹤离鸾^③,一曲伸臂顷耳。中间两美相合,或以时刻计,或以日计,或以月计,或以年计,终有诀别之期。及其诀别,则数十年而散,与片刻暂遇而散者,同一悬崖撒手,转瞬成空。倚翠偎红^④,不皆恍如春梦乎?即凤契原深,终身聚首,而朱颜不驻,白发已侵,一人之身,非复旧态。则当时黛眉粉颊,亦谓之幻化可矣,何独以妾肖某某为幻化也。"吴洒然^⑤有悟。后数岁,狐女辞去。吴竟绝迹于狎游^⑥。

注释:

①北里游:寻花问柳。据说在唐朝盛年,京城长安附近有平康、

北里两处烟花之地颇负盛名,也就有了"北里游"的说法。

②握雨携云:指男女欢合。语出宋玉《高唐赋》。

③别鹤离鸾:比喻离散的夫妻。

④倚翠偎红:形容和女性亲热。

⑤洒然:了然,豁然开朗。

⑥狎游:亲昵嬉游。狎,态度轻浮貌。

交河及孺爱、青县张文甫,皆老儒也,并授徒于献。尝同步月南村北村之间,去馆稍远,荒原阒寂①,榛莽翳然②。张心怖欲返,曰:"墟墓间多鬼,曷可久留!"俄一老人扶杖至,揖二人坐曰:"世间安得有鬼,不闻阮瞻之论③乎?二君儒者,奈何信释氏之妖妄。"因阐发程朱二气④屈伸之理,疏通证明,词条流畅。二人听之,皆首肯,共叹宋儒见理之真。递相酬对,竟忘问姓名。适大车数辆远远至,牛铎⑤铮然。老人振衣急起曰:"泉下之人,岑寂久矣。不持无鬼之论,不能留二君作竟夕谈。今将别,谨以实告,毋讶相戏侮也。"俯仰之顷,欻然已灭。是间绝少文士,惟董空如先生墓相近,或即其魂欤。

注释:

①阒(qù)寂:寂静宁静。

②翳(yì)然:荒芜。

③阮瞻之论:阮瞻,魏晋时人,"竹林七贤"之一阮咸之子。阮瞻素来不相信世间有鬼,持无鬼论。

④程朱二气:程朱理学把气分为阴阳两种,并认为阴阳两气相交,才产生了万物。

⑤牛铎:牛脖子上挂的铃铛。

河间①唐生,好戏侮②。土人至今能道之,所谓唐啸子者是也。有塾师好讲无鬼,尝曰:"阮瞻遇鬼,安有是事,僧徒妄造蜚语耳。"唐夜洒土其窗，而呜呜击其户。塾师骇问为谁，则曰："我二气之良能也。"塾师大怖，蒙首股栗，使二弟子守达旦。次日委顿不起。朋友来问，但呻吟曰："有鬼。"既而知唐所为，莫不拊掌。然自是③魅大作，抛掷瓦石，摇撼户牖，无虚夕。初尚以为唐再来，细察之，乃真魅。不胜其嬲，竟弃馆而去。盖震惧之后，益以惭恧④，其气已馁，狐乘其馁而中之也。妖由人兴，此之谓乎。

注释：

①河间：古称瀛州，位于今河北省内，属沧州市管辖。

②戏侮：戏弄轻毁，行为轻浮。

③自是：从此以后。

④恧(nǜ)：惭愧。

天津某孝廉，与数友郊外踏青，皆少年轻薄。见柳阴中少妇骑驴过，欺其无伴，邀众逐其后，嫚语①调谑。少妇殊不答，鞭驴疾行。有两三人先追及，少妇忽下驴软语，意似相悦。俄某与三四人追及，审视，正其妻也。但妻不解骑，是日亦无由至郊外。且疑且怒，近前诃②之。妻嬉笑如故。某愤气潮涌，奋掌欲掴其面。妻忽飞跨驴背，别换一形，以鞭指某数曰："见他人之妇，则狎亵③百端；见是己妇，则恚恨如是。尔读圣贤书，一恕字尚不能解，何以挂名桂籍④耶？"数讫径行⑤。某色如死灰，僵立道左，殆不能去。竟不知是何魅也。

注释：

①嫚语：艳词，轻薄的话语。

②诃：责问。

③狎亵：态度轻薄、猥琐。

④桂籍：科举登第人员的名籍。

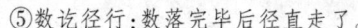
⑤数讫径行：数落完毕后径直走了。

德州田白岩曰：有额都统者，在滇黔间山行，见道士按一丽女于石，欲剖其心。女哀呼乞救。额急挥骑驰及，遽①格道士手。女嗷然②一声，化火光飞去。道士顿足曰："公败吾事！此魅已媚杀百余人，故捕诛之以除害。但取精已多，岁久通灵，斩其首则神遁去，故必剖其心乃死。公今纵之，又贻患无穷矣。惜一猛虎之命，放置深山，不知泽麋林鹿，谋劘③其牙者几许命也！"匿其匕首，恨恨渡溪去。此殆白岩之寓言，即所谓一家哭，何如一路哭也。姑容墨吏④，自以为阴功，人亦多称为忠厚；而穷民之卖儿贴妇，皆未一思，亦安用此长者乎。

注释：
①遽（jù）：迅疾、马上。
②嗷（jiào）然：号呼的样子。
③劘（mó）：磨。
④墨吏：行为不检的贪官污吏。

献县①吏王某，工刀笔②，善巧取人财。然每有所积，必有一意外事耗去。有城隍庙道童，夜行廊庑间，闻二吏持簿对算。其一曰："渠今岁所蓄较多，当何法以销之？"方沈思间，其一曰："一翠云足矣，无烦迁折③也。"是庙往往遇鬼，道童习见，亦不怖，但不知翠云为谁，亦不知为谁销算。俄有小妓翠云至，王某大嬖④之，耗所蓄八九；又染恶疮，医药备至，比愈⑤，则已荡然矣。人计其平生所取，可屈指数者，约三四万金。后发狂疾暴卒，竟无棺以殓。

注释：

①献县：河北省中南部，现属沧州市管辖。

②工刀笔：擅长从事案牍工作。

③迂折：周折。

④嬖（bì）：宠爱。

⑤比愈：等到痊愈的时候。

陈云亭舍人①言：有台湾驿使宿馆舍，见艳女登墙下窥，叱索无所睹。夜半琅然有声，乃片瓦掷枕畔。叱问是何妖魅，敢侮天使②？窗外朗应曰："公禄命重，我避公不及，致公叱索，惧干神谴，惴惴至今。今公睡中萌邪念，误作驿卒之女，谋他日纳为妾。人心一动，鬼神知之。以邪召邪，神不得而咎我，故投瓦相报。公何怒焉？"驿使大愧沮，未及天曙，促装③去。

注释：

①舍人：显贵子弟、公子哥儿的俗称。

②天使：天子派来的使者。

③促装：急忙整理行装。

叶旅亭御史宅，忽有狐怪，白昼对语，迫叶让所居。扰攘戏侮，至杯盘自舞，几榻自行。叶告张真人。真人以委法官，先书一符，甫张①而裂。次牒都城隍，亦无验。法官曰："是必天狐，非拜章②不可。"乃建道场七日。至三日，狐犹诟詈③。至四日，乃婉词请和。叶不欲与为难，亦祈不竟其事。真人曰："章已拜，不可追矣。"至七日，忽闻格斗砰碍，门窗破堕，薄暮尚未已。法官又檄他神相助，乃就擒，以罂④贮之，埋广渠门外。余尝问真人驱役鬼神之故，曰："我亦不知所以然，但依法施行耳。大抵鬼神皆受役于印，而符箓则掌于法官。真人如官长，法官如吏胥。真人非法官不能为符篆,法官非真人之印,其符篆亦不灵。中间有验有不验,则如各官司文移章奏,或准或驳,不能一一必行耳。"此言颇近理。又问设空宅深山,猝遇精魅,君尚能制伏否?曰:"譬大吏经行,劫盗自然避匿。傥或无知狷獭,突犯双旌⑤,虽手握兵符,征调不及,一时亦无如之何。"此言亦颇笃实。然则一切神奇之说,皆附会也。

注释:

①甫张:刚刚展开。甫,刚刚,方才。

②拜章:对鬼神的祈祷文书。

③诟詈(lì):辱骂、责骂。

④罂:腹大口小的瓦罐。

⑤双旌:指高官的仪仗,这里引申为高官。

朱子颖运使言:守泰安日,闻有士人至岱岳①深处,忽人语出石壁中,曰:"何处经香;岂有转世人来耶?"骒然②震响,石壁中开,贝阙琼楼③,涌现峰顶,有耆儒④冠带下迎。士人骇愕⑤,问此何地。曰:"此经香阁也。"士人叩经香之义。曰:"其说长矣,请坐讲之。昔尼山删定⑥,垂教万年,大义微言,递相授受。汉代诸儒,去古未远,训诂笺注,类能窥先圣之心;又淳朴未漓⑦,无植党争名之习,惟各传师说,笃溯渊源⑧。沿及有唐,斯文未改。迨乎北宋,勒为注疏十三部⑨,先圣嘉焉。诸大儒虑新说日兴,渐成绝学,建是阁以贮之。中为初本,以五色玉为函,尊圣教也。配以历代官刊之本,以白玉为函,昭帝王表章之功也。皆南面⑩。左右则各家私刊之本,每一部成,必取初印精好者,按次时代,庋置⑪斯阁,以苍玉为函,奖汲古之勤也。皆东西面。并以珊瑚为签,黄金作锁钥。东西两庑以沈檀⑫为几,锦绣为茵。诸大儒之神,岁一来视,相与列坐于斯阁。后三楹则唐以前诸儒经义，帙以纂组，收为一库。自是以外，虽著述等身[13]，声华盖代[14]，总听其自贮名山，不得入此门一步焉，先圣之志也。诸书至子刻午刻，一字一句，皆发浓香，故题曰经香。盖一元斡运[15]，二气细缊[16]，阴起午中，阳生子半。圣人之心，与天地通。诸大儒阐发圣人之理，其精奥亦与天地通，故相感也。然必传是学者始闻之，他人则否。世儒于此十三部，或焚膏继晷[17]，钻仰终身；或锻炼苛求，百端掊击，亦各因其性识之所根耳。君四世前为刻工，曾手刊《周礼》半部，故余香尚在，吾得以知君之来。"因引使周览阁庑，款以著果。送别曰："君善自爱，此地不易至也。"土人回顾，惟万峰插天，杳无人迹。案此事荒诞，殆尊汉学者之寓言。夫汉儒以训诂专门，宋儒以义理相尚。似汉学粗而宋学精，然不明训诂，义理何自而知。概用诋排[18]，视犹土苴，未免既成大辂[19]，追斥椎轮[20]；得济迷川，遽焚宝筏[21]。于是攻宋儒者又纷纷而起。故余撰《四库全书·诗部总叙》有曰，宋儒之攻汉儒，非为说经起见也，特求胜于汉儒而已。后人之攻宋儒，亦非为说经起见也，特不平宋儒之诋汉儒而已。韦苏州[22]诗曰："水性自云静，石中亦无声。如何两相激，雷转空山惊。"此之谓矣。平心而论，《易》自王弼[23]始变旧说，为宋学之萌芽。宋儒不攻《孝经》，词义明显。宋儒所争，只今文古文[24]字句，亦无关宏旨，均姑置弗议。至《尚书》、《三礼)、《三传》、《毛诗》、《尔雅》诸注疏，皆根据古义，断非宋儒所能。《论语》、《孟子》，宋儒积一生精力，字斟句酌，亦断非汉儒所及。盖汉儒重师传，渊源有自。宋儒尚心悟，研索易深。汉儒或执旧文，过于信传。宋儒或凭臆断，勇于改经。计其得失，亦复相当。惟汉儒之学，非读书稽古[25]，不能下一语。宋儒之学，则人人皆可以空谈。其间兰艾同生，诚有不尽餍[26]人心者，是嗤点之所自来。此种虚构之词，亦非无因而作也。

注释:

①岱岳:泰山的别称。

②砉(huō)然:东西破裂的声音。

③贝阙琼楼:形容豪华壮丽的宫殿。

④耆儒:年高博学的读书人。

⑤骇愕:惊骇,惊愕。

⑥尼山删定:出于孔子删诗,最终成《诗经》三百首的典故。

⑦漓:浮薄、凉薄的风气。

⑧笃溯渊源:踏踏实实地追溯经传意旨的渊源。

⑨注疏十三部:注释儒家十三种经典著作。十三经:即《易》、《书》、《诗》、《周礼》、《仪礼》、《礼记》、《春秋左传》、《春秋公羊传》、《春秋谷梁传》、《论语》、《孝经》、《尔雅》、《孟子》。

⑩南面:中国古代以坐北朝南为尊位。泛指尊位或高位。

⑪庋(guǐ)置:收藏、搁置。

⑫沈檀:又可写为"沉檀",指沉香木和檀木。

⑬著述等身:写的书摞起来和自己的身高相等。形容著作极多。

⑭声华盖代:声誉名望远远超过当代的人。

⑮斡运:旋转运行。

⑯细缊:形容烟或云气浓郁。

⑰焚膏继晷:膏,油脂;晷,日光。形容夜以继日的勤奋工作或学习。

⑱诋排:诋毁、排挤。

⑲大辂:形容高达华美的车。

⑳椎轮:最原始的没有车辐的车轮。

㉑宝筏:佛教语。比喻引导众生渡过苦海到达彼岸的佛法。

㉒韦苏州:韦应物(737—792),中国唐代诗人。汉族,长安(今陕西西安)人。

㉓王弼:(226—249),魏晋玄学理论的奠基人。字辅嗣,山阳郡(今河南省焦作市山阳区)人。

㉔今文古文:实为今文经学和古文经学之争,西汉末年形成的研究经学的两个流派。今文经学主张用汉代通行的隶书撰写经文

者为研究对象。古文经学则尊崇战国时期用古文字撰写经书为底本研究对象。今文古文之争一直延续到清代。

㉕稽古：考察古代的事迹，以明辨道理是非、总结知识经验，从而于今有益、为今所用。

㉖餍（yàn）：满足。

曹司农①竹虚言：其族兄自歙②往扬州，途经友人家。时盛夏，延坐书屋，甚轩爽。暮欲下榻其中，友人曰："是有魅，夜不可居。"曹强居之。夜半，有物自门隙蠕蠕入，薄如夹纸。入室后，渐开展作人形，乃女子也。曹殊不畏。忽披发吐舌，作缢鬼③状。曹笑曰："犹是发，但稍乱；犹是舌，但稍长。亦何足畏！"忽自摘其首置案上。曹又笑曰："有首尚不足畏，况无首耶！"鬼技穷，倏然④灭。及归途再宿，夜半门隙又蠕动。甫露其首，辄唾曰："又此败兴物耶！"竟不入。此与嵇中散事相类。夫虎不食醉人，不知畏也。大抵畏则心乱，心乱则神涣，神涣则鬼得乘之。不畏则心定，心定则神全，神全则沴戾之气⑤不能干。故记中散是事者，称"神志湛然，鬼惭而去"。

注释：

①司农：官名，负责漕粮田赋的官员。

②歙（xī）：安徽歙县。

③缢鬼：吊死鬼。

④倏然：迅疾的样子。

⑤沴戾之气：因气不和而生之灾害。引申为妖邪或瘟疫。

董曲江言：默庵先生为总漕①时，署有土神马神二祠，惟土神有配。其少子恃才兀傲②，谓土神于思老翁，不应拥艳妇；马神年少，正为嘉偶③。径移女像于马神祠。俄眩仆不知人。默庵先生闻其事亲祷，移还乃苏。又闻河间学署有土神,亦配以女像。有训导谓黉宫④不可塑妇人,乃别建一小祠迁焉。土神凭其幼孙语曰:"汝理虽正,而心则私,正欲广汝宅耳,吾不服也。"训导方侃侃谈古礼,猝中其隐⑤,大骇,乃终任不敢居是室。二事相近。或曰:"训导迁庙犹以礼,董渎神甚矣,谴当重。"余谓董少年放诞⑥耳。训导内挟私心,使已有利;外假公义,使人无词。微神发其阴谋,人尚以为能正祀典也。《春秋》诛心,训导谴当重于董。

戏术皆手法捷耳,然亦实有般运术。(宋人书搬运皆作般。)忆小时在外祖雪峰先生家,一术士置杯酒于案,举掌拍之,杯陷入案中,口与案平。然扪①案下,不见杯底。少选取出,案如故。此或障目法也。又举鱼脍一巨碗,抛掷空中不见。令其取回,则曰:"不能矣,在书室画厨夹屉中,公等自取耳。"时以宾从杂遝②,书室多古器,已严扃③;且夹屉高仅二寸,碗高三四寸许,断不可入,疑其妄。姑④呼钥启视,则碗置案上,换贮佛手五。原贮佛手之盘,乃换贮鱼脍,藏夹屉中,是非般运术乎?理所必无,事所或有,类如此,然实亦理之所有。狐怪山魈,盗取人物不为异,能劾禁狐怪山魈者亦不为异。既能劾禁,即可以役使;既能盗取人物,即可以代人盗取物。夫又何异焉。

注释：

①扪：按住。

②杂遝(tà)：纷杂繁多貌。

③扃：关闭。

④姑：姑且，暂且。

旧仆庄寿言：昔事某官，见一官侵晨①至，又一官续至，皆契交②也，其状若密递消息者。俄③皆去，主人亦命驾递出；至黄昏乃归，车殆④马烦，不胜困惫。俄前二官又至，灯下或附耳，或点首，或摇手，或蹙眉，或拊掌，不知所议何事。漏下二鼓，我遥闻北窗外吃吃有笑声，室中弗闻也。方疑惑间，忽又闻长叹一声曰："何必如此！"始宾主皆惊，开窗急视，新雨后泥平如掌，绝无人踪。共疑为我呓语。我时因戒勿窃听，避立南荣外花架下，实未尝睡，亦未尝言，究不知其何故也。

注释：

①侵晨：天将亮之时，拂晓。

②契交：交往密切。

③俄：不一会儿。

④殆：困乏，疲惫。

永春邱孝廉二田，偶憩息九鲤湖道中。有童子骑牛来，行甚驶①，至邱前小立，朗吟曰："来冲风雨来，去踏烟霞去。斜照万峰青，是我还山路。"怪村竖②那得作此语，凝思欲问，则笠影出没杉桧间，已距半里许矣。不知神仙游戏，抑乡塾小儿闻人诵而偶记也。

注释：

①行甚驶：走得十分快。

②村竖:村童。粗鄙的年轻人。

　　莆田林教谕①霈,以台湾俸满北上。至涿州②南,下车便旋③。见破屋墙匡外,有磁锋划一诗曰:"骡纲队队响铜铃,清晓冲寒过驿亭。我自垂鞭玩残雪,驴蹄缓踏乱山青。"款曰罗洋山人。读讫,自语曰:"诗小有致。罗洋是何地耶?"屋内应曰:"其语似是湖广人。"入视之,惟凝尘败叶而已。自知遇鬼,惕然④登车。恒郁郁不适,不久竟卒。

注释:

①教谕:学官名。主管文庙祭司和地方教育。

②涿州:河北省中部,北京、天津、保定三角地带。

③旋:小便。

④惕然:惶恐貌。

　　景州李露园基塙,康熙甲午①孝廉,余婿僚也。博雅工诗。霈次日②,梦中作一联曰:"鸾翮嵇中散③,蛾眉屈左徒④。"醒而自不能解。后得湖南一令,卒于官,正屈原行吟地也。

注释:

①康熙甲午:康熙五十三年,公元1714年。

②霈次日:虚次,旧时指官吏授职后,按照资历依次补缺。指等待候补官位的日子。

③嵇中散:嵇康(223—262),字叔夜。"竹林七贤"的领袖人物。三国时魏末文学家,思想家与音乐家,因做过中散大夫,故又称他为"嵇中散"。

④屈左徒:屈原,原姓芈,名平,字原,出身于楚国贵族。曾任左徒、三闾大夫,楚国灭亡之后,投汨罗江而死。屈原是我国最伟大的浪漫主义诗人,创造"楚辞"这一文体。

先祖母张太夫人,畜一小花犬。群婢患其盗肉,阴①搤杀之。中一婢曰柳意,梦中恒见此犬来啮,睡辄呓语。太夫人知之,曰:"群婢共杀犬,何独衔冤于柳意?此必柳意亦盗肉,不足服其心也。"考问果然。

注释:

①阴:暗中,背地里。

福建汀州试院①,堂前二古柏,唐物也,云有神。余按临②日,吏白当诣树拜。余谓木魅不为害,听之可也,非祀典所有,使者不当拜。树柯叶森耸,隔屋数重可见。是夕月明,余步阶上,仰见树杪两红衣人,向余磬折拱揖③,冉冉渐没。呼幕友出视,尚见之。余次日诣树,各答以揖。为镌一联于祠门曰:"参天黛色常如此,点首朱衣或是君。"此事亦颇异。袁子才④尝载此事于《新齐谐》,所记稍异,盖传闻之误也。

注释:

①试院:旧时科举考试的考场。

②按临:巡视。

③磬折拱揖:弯腰拱手作揖,表示恭敬的态度。磬折,弯腰。

④袁子才:袁枚(1716—1797)字子才,号简斋,晚年自号仓山居士、随园主人、随园老人。清代诗人、散文家。

德州宋清远先生言:吕道士,不知何许人,善幻术,尝客田山蘴司农家。值朱藤盛开,宾客会赏。一俗士言词猥鄙,喋喋不休,殊败人意。一少年性轻脱,厌薄尤甚,斥勿多言。二人几攘臂①。一老儒和解之,俱不听,亦愠②形于色。满坐为之不乐。道士耳语小童,取纸笔,画三符焚之。三人忽皆起,在院中旋折数四③。俗客趋东南隅坐,喃喃自

语。听之,乃与妻妾谈家事。俄左右回顾若和解,俄怡色④
自辩,俄作引罪状,俄屈一膝,俄两膝并屈,俄叩首不已。
视少年,则坐西南隅花栏上,流目送盼,妮妮软语。俄嬉
笑,俄谦谢,俄低唱《浣纱记》⑤,呦呦不已,手自按拍,备诸
冶荡之态。老儒则端坐石磴上,讲《孟子》齐桓、晋文之事
一章⑥。字剖句析,指挥顾盼,如与四五人对语。忽摇首曰
"不是",忽瞑目曰"尚不解耶",略略痨嗽仍不止。众骇笑,
道士摇手止之。比酒阑⑦,道士又焚三符。三人乃惘惘痴
坐,少选⑧始醒,自称不觉醉眠,谢无礼。众匿笑散。道士
曰:"此小术,不足道。叶法善引唐明皇入月宫⑨,即用此
符。当时误以为真仙,迂儒又以为妄语,皆井底蛙耳。"后
在旅馆,符摄一过往贵人妾魂。妾苏后,登车识其路径门
户,语贵人急捕之,已遁去。此《周礼》所以禁怪民欤!

注释:

①攘臂:捋起袖子,形容情绪激动。

②愠:不高兴。

③旋折数四:旋转绕行好多圈。

④怡色:面露和悦之容。

⑤《浣纱记》:根据明代传奇作品《吴越春秋》改编而成的昆曲
剧目。讲述中国春秋时期吴、越两个诸侯国争霸的故事,表达对封
建国家兴盛和衰亡历史规律的深沉思考。

⑥《孟子》齐桓、晋文之事一章:这一章孟子宣扬了自己主张仁
政的思想。

⑦比酒阑:比,待到,等到;阑,将尽,将完。等到酒筵快要结束
的时候。

⑧少选:一会儿,不多久。

⑨叶法善引唐明皇入月宫:相传,曾经在八月十五夜里,叶法
善和唐玄宗一块到月宫去游览,听闻月宫仙乐,遂记在心上,后来
创作了《霓裳羽衣曲》。

交河老儒及润础，雍正乙卯①乡试，晚至石门桥，客舍皆满，惟一小屋，窗临马枥②，无肯居者，姑解装焉。群马跳踉，夜不得寐。人静后，忽闻马语。及爱观杂书，先记宋人说部中有堰下牛语事，知非鬼魅，屏息听之。一马曰："今日方知忍饥之苦。生前所欺隐草豆钱，竟在何处！"一马曰："我辈多由圉人③转生，死者方知，生者不悟，可为太息！"众马皆呜咽。一马曰："冥判亦不甚公，王五何以得为犬？"一马曰："冥卒曾言之，渠一妻二女并淫滥，尽盗其钱与所欢，当罪之半矣。"一马曰："信然，罪有轻重，姜七堕豕身，受屠割，更我辈不若也。"及忽轻嗽，语遂寂。及恒举以戒圉人。

注释：
①雍正乙卯：雍正十三年，公元1735年。
②马枥：马厩。
③圉(yǔ)人：《周礼》官名。掌管养马放牧等事。亦以泛称养马的人。

余一侍姬，平生未尝出詈语①。自云亲见其祖母善詈，后了无疾病，忽舌烂至喉，饮食言语皆不能，宛转数日而死。

注释：
①詈语：骂人的话。

有某生在家，偶晏起①，呼妻妾不至。问小婢，云并随一少年南去矣。露刃追及，将骈斩之。少年忽不见。有老僧衣红袈裟，一手托钵，一手振锡杖，格其刀曰："汝尚不悟耶？汝利心太重，忮忌②心太重，机巧心③太重，而能使人终不觉。鬼神忌隐恶④，故判是二妇，使作此以报汝。彼何罪焉？"言讫亦隐。生默然引归。二妇云："少年初不相识，亦未相悦，忽惘然如梦，随之去。"邻里亦曰："二妇非淫奔者，又素不相得，岂肯随一人？且淫奔必避人，岂有白昼公行，缓步待追者耶？其为神谴信矣。"然终不能明其恶，真隐恶哉！

注释：
①晏起：晚起。
②忮(zhì)忌：嫉妒。
③挟巧心：耍小心眼。
④隐恶：隐瞒不好的事儿。

事皆前定，岂不信然。戊子①春，余为人题《蕃骑射猎图》曰："白草粘天野兽肥，弯弧爱尔马如飞。何当快饮黄羊血，一上天山雪打围。"是年八月，竟从军于西域。又董文恪②公尝为余作《秋林觅句图》。余至乌鲁木齐，城西有深林，老木参云，弥亘数十里，前将军伍公弥泰建一亭于中，题曰"秀野"。散步其间，宛然前画之景。辛卯③还京，因自题一绝句曰："霜叶微黄石骨青，孤吟自怪太零丁。谁知早作西行谶④，老木寒云秀野亭。"

注释：
①戊子：乾隆三十三年，公元 1768 年。
②董文恪：董邦达(1699—？)，字孚闻、非闻，号东山，谥文恪。清代著名书画家。浙江富阳人。
③辛卯：乾隆三十六年，公元 1771 年。
④谶(chèn)：寓言吉凶的文字或图像。

南皮①疡医②某，艺颇精，然好阴用毒药，勒索重资。不餍所欲,则必死。盖其术诡秘,他医不能解也。一日,其子雷震死。今其人尚在,亦无敢延之者矣。或谓某杀人至多,天何不殛③其身而殛其子?有侂罚焉。夫罪不至极,刑不及孥④;恶不至极,殃不及世。殛其子,所以明祸延后嗣也。

注释:

①南皮:河北省东南部,现隶属于沧州市管辖。

②疡(yáng)医:旧时外科医生的称呼。

③殛(jí):惩罚。

④孥(nú):儿女。

安中宽言;昔吴三桂①之叛,有术士精六壬,将往投之。遇一人,言亦欲投三桂,因共宿。其人眠西墙下,术士曰:"君勿眠此,此墙亥刻当圮②。"其人曰:"君术未深,墙向外圮,非向内圮也。"至夜果然。余谓此附会之谈也,是人能知墙之内外圮,不知三桂之必败乎?

注释:

①吴三桂(1612—1678):字长伯,一字月所,明朝辽东人,引清军入关,被封为"平西王",后反清,发动"三藩之乱"。

③圮:倒塌。

有僧游交河苏吏部次公家,善幻术,出奇不穷,云与吕道士同师。尝抟泥为豕,咒之,渐蠕动。再咒之,忽作声。再咒之,跃而起矣。因付庖屠以供客,味不甚美。食讫,客皆作呕逆,所吐皆泥也。有一士因雨留同宿,密叩僧曰:"《太平广记》①载术士咒片瓦授人,划壁立开,可潜至人闺阁中。师术能及此否?"曰:"此不难。"拾片瓦咒良久,曰:"持此可往。但勿语,语则术败矣。"士试之,壁果开。至一处,见所慕,方卸妆就寝。守僧戒,不敢语,径掩扉,登榻狎昵②。妇亦欢洽。倦而酣睡。忽开目,则眠妻榻上也。方互相疑诘③,僧登门数之曰:"吕道士一念之差,已受雷诛。君更累我耶!小术戏君,幸不伤盛德,后更无萌此念。"既而太息曰:"此一念,司命已录之,虽无大谴,恐于禄籍④有妨耳。"士果蹭蹬⑤,晚得一训导,竟终于寒毡⑥。

注释:

①《太平广记》:中国宋代李昉等12人奉宋太宗之命编撰而成,主要为汉代至宋初的野史小说及佛、道等小故事。

②狎昵:亲近、亲昵。

③疑诘:怀疑追问。

④禄籍:旧时谓天上或冥府记录人福、禄、寿的簿册。

⑤蹭蹬:困顿失意。

⑥寒毡:形容贫困的生活。

康熙中,献县胡维华以烧香聚众谋不轨。所居由大城、文安一路行,去京师三百余里。由青县、静海一路行,去天津二百余里。维华谋分兵为二,其一出不意,并程抵京师;其一据天津,掠海舟。利则天津之兵亦北趋,不利则遁往天津,登舟泛海去。方部署伪官,事已泄。官军擒捕,围而火攻之,龁龂①不遗。初,维华之父雄于资,喜周②穷乏,亦未为大恶。邻村老儒张月坪,有女艳丽,殆称国色。见而心醉。然月坪端方迂执,无与人为妾意。乃延之教读。月坪父母柩在辽东,不得返,恒戚戚。偶言及,即捐金使扶归,且赠以葬地。月坪田内有横尸,其仇也。官以谋杀勘。又为百计申辩得释。一日,月坪妻携女归宁,三子并幼,月坪归家守门户,约数日返。乃阴使其党,夜键户③而焚其庐,父子四人并烬。阳为惊悼,代营丧葬,且时周其妻女,竟依以为命。或有欲聘女者,妻必与谋,辄阴沮,使不就。久之,渐露求女为妾意。妻感其惠,欲许之。女初不愿。夜

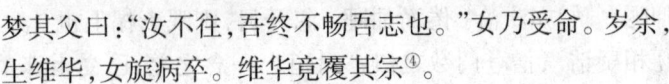

梦其父曰:"汝不往,吾终不畅吾志也。"女乃受命。岁余,生维华,女旋病卒。维华竟覆其宗④。

注释:

①龆龀(tiáo chèn):借指儿童。

②周:周济,接济。

③键户:键,锁闭、关闭。锁上门窗。

④覆其宗:覆灭了他的宗族。

又去余家三四十里,有凌虐其仆夫妇死而纳其女者。女故慧黠,经营其饮食服用,事事当意。又凡可博其欢者,冶荡狎媟①,无所不至。皆窃议其忘仇。蛊惑既深,惟其言是听。女始则导之奢华,破其产十之七八。又谗间其骨肉,使门以内如寇仇。继乃时说《水浒传》宋江、柴进等事,称为英雄,怂恿之交通②盗贼。卒以杀人抵法③。抵法之日,女不哭其夫,而阴携卮酒,酬其父母墓曰:"父母恒梦中魇我,意恨恨似欲击我。今知之否耶?"人始知其蓄志报复。曰:"此女所为,非惟人不测,鬼亦不测也,机深哉!"然而不以阴险论,《春秋》原心④,本不共戴天者也。

注释:

①狎媟:亲昵而近于放荡。

②交通:交结。

③抵法:伏法。

④《春秋》原心:古时候有拿《春秋》来断案,根据事实来推断出当事人做这件事的本意。

余在乌鲁木齐,军吏具文牒数十纸,捧墨笔请判,曰:"凡客死于此者,其棺归籍,例给牒,否则魂不得入关。"以行于冥司,故不用朱判,其印亦以墨。视其文,鄙诞①殊甚。

曰:"为给照事:照得某处某人,年若干岁,以某年某月某日在本处病故。今亲属搬柩归籍,合行给照。为此牌仰沿路把守关隘鬼卒,即将该魂验实放行,毋得勒索留滞,致干未便。"余曰:"此胥役托词取钱耳。"启将军除其例。旬日②后,或告城西墟墓中鬼哭,无牒不能归故也。余斥其妄。又旬日,或告鬼哭已近城。斥之如故。越旬日,余所居墙外虩有声。(《说文》曰:"虩,鬼声。")余尚以为胥役所伪。越数日,声至窗外。时月明如昼,自起寻视,实无一人。同事观御史成曰:"公所持理正,虽将军不能夺也。然鬼哭实共闻,不得照者,实亦怨公。盍试一给之,姑间执谗慝③之口。倘鬼哭如故,则公益有词矣。"勉从其议。是夜寂然。又军吏宋吉禄在印房,忽眩仆。久而苏,云见其母至。俄台军以官牒呈,启视,则哈密报吉禄之母来视子,卒于途也。天下事何所不有,儒生论其常耳。余尝作乌鲁木齐杂诗一百六十首,中一首云:"白草飕飕接冷云,关山疆界是谁分? 幽魂来往随官牒,原鬼昌黎④竟未闻。"即此二事也。

注释:

①鄙诞:粗鄙荒诞。
②旬日:十天。
③谗慝(tè):进谗陷害。
④原鬼昌黎:唐代诗文大家韩愈,字昌黎,作有《原鬼》一文。

范蘅洲言:昔渡钱塘江,有一僧附舟,径置坐具,倚樯竿,不相问讯。与之语,口漫应①,目视他处,神意殊不属。蘅洲怪其傲,亦不再言。时西风过急,蘅洲偶得二句,曰:"白浪簸船头,行人怯石尤。"下联未属,吟哦数四。僧忽闭目微吟曰:"如何红袖女,尚倚最高楼?"蘅洲不省所云,再与语,仍不答。比系缆,恰一少女立楼上,正著红袖。乃大惊,再三致诘。曰:"偶望见耳。"然烟水渺茫,庐舍遮映,实无望见理。疑其前知,欲作礼,则已振锡^②去。衢洲惘然莫测,曰:"此又一骆宾王矣!"

注释:

①漫应:心不在焉地回答。

②振锡:指的是僧人持锡出行。锡,锡杖。杖头饰环,拄杖行则振动有声。

清苑^①张公钺^②,官河南郑州时,署有老桑树,合抱不交,云栖神物。恶而伐之。是夕,其女灯下睹一人,面目手足及衣冠色皆浓绿,厉声曰:"尔父太横,姑示警于尔!"惊呼媪婢至,神已痴矣。后归戈太仆^③仙舟,不久下世。驱厉鬼,毁淫祠,正狄梁公、范文正公辈事^④。德苟不足以胜之,鲜不取败。

注释:

①清苑:位于河北省中部,京、津、石三角腹地。

②张钺(yuè):字有虔,号毅亭,直隶保定府清苑县(今属河北)人,曾出任两任郑州知州。

③太仆:官名。主要掌管官府的畜牧业。

④狄梁公、范文正公辈事:指狄仁杰、范仲淹这样刚正不阿的人才能做的事。

钱文敏^①公曰:"天之祸福,不犹君之赏罚乎!鬼神之鉴察,不犹官吏之详议乎!今使有一弹章^②曰:'某立身无玷;居官有绩,然门径向凶方,营建犯凶日,罪当谪罚。'所司允乎?驳乎?又使有一荐牍曰:'某立身多瑕,居官无状,然门径得吉方,营建值吉日,功当迁擢。'所司又允乎?驳乎?官吏所必驳,而谓鬼神允之乎?故阳宅之说,余终不谓然。"此譬至明，以诘形家③，亦无可置辩。然所见实有凶宅：京师斜对给孤寺道南一宅，余行吊者五；粉坊琉璃街极北道西一宅，余行吊者七。给孤寺宅，曹宗丞学闵尝居之，甫移人，二仆一夕并暴亡，惧而迁去。粉坊琉璃街宅，邵教授大生尝居之，白昼往往见变异，毅然不畏，竟殁其中。此又何理欤？刘文正公曰："卜地见《书》，卜日见《礼》。④苟无吉凶，圣人何卜？但恐非今术士所知耳。"斯持平之论矣。

注释：

①钱文敏：钱维城(1720—1772)画家，官至刑部侍郎，谥文敏。

②弹章：弹劾的文书。

③形家：封建社会相度地形吉凶，为人选择宅基、墓地为业的人。也称"堪舆家"。

④《书》《礼》：《尚书》《礼记》。

沧州潘班，善书画，自称黄叶道人。尝夜宿友人斋中，闻壁间小语曰："君今夕毋留人共寝，当出就君。"班大骇，移出。友人曰："室旧有此怪，一婉娈①女子，不为害也。"后友人私语所亲曰："潘君其终困青衿②乎？此怪非鬼非狐，不审何物，遇粗俗人不出，遇富贵人亦不出，惟遇才士之沦落者，始一出荐枕耳。"后潘果坎壈③以终。越十余年，忽夜闻斋中啜泣声；次日，大风折一老杏树，其怪乃绝。外祖张雪峰先生尝戏曰："此怪大佳，其意识在绮罗④人上。"

注释：

①婉娈(luán)：年少貌美。

②青衿：青色交领的长衫。古代学子和明清秀才的常服。这里指做一个秀才。

③坎壈(lǎn)：坎坷，不顺利。

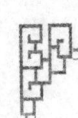

④绮罗:绸缎,这里指身穿绸缎的人。

　　陈枫崖光禄言:康熙中,枫泾①一太学生②,尝读书别业③。见草间有片石,已断裂剥蚀,仅存数十字,偶有一二成句,似是夭逝女子之碣④也。生故好事,意其墓必在左右,每陈茗果于石上,而祝以狎词。越一载余,见丽女独步菜畦间,手执野花,顾生一笑。生趋近其侧,目挑眉语,方相引入篱后灌莽间。女凝立直视,若有所思,忽自批其颊曰:"一百余年,心如古井,一旦乃为荡子所动乎?"顿足数四,奄然而灭。方知即墓中鬼也。蔡修撰⑤季实曰:"古称盖棺论定。观于此事,知盖棺犹难论定矣。是本贞魂,乃以一念之差,几失故步。"晦庵⑥先生诗曰:"世上无如人欲险,几人到此误平生。"谅哉!

注释:

①枫泾:地处上海西南。历史上,因地处吴越交汇之处,素有吴越名镇之称。

②太学生:太学,古时候设立在京城的最高学府。太学生即在太学求学的人。

③别业:别墅,旧时与"宅第"相对。

④碣:墓碑。

⑤修撰:官名,掌修国史。

⑥晦庵:朱熹,(1130—1200)字元晦,一字仲晦,号晦庵、晦翁,南宋著名理学家、哲学家、教育家。

　　王孝廉金英言:江宁一书生,宿故家废园中。月夜有艳女窥窗。心知非鬼即狐,爱其姣丽,亦不畏怖。招使入室,即宛转相就。然始终无一语,问亦不答;惟含笑流盼而已。如是月余,莫喻其故。一日,执而固问之。乃取笔作字曰:"妾前明某翰林侍姬,不幸夭逝。因平生巧于谗构①,使一门骨肉如水火。冥司见谴,罚为喑鬼,已沈沦二百余年;君能为书《金刚经》十部,得仗佛力,超拔苦海,则世世衔感矣。"书生如其所乞。写竣之日,诣书生再拜,仍取笔作字曰:"借金经忏悔,已脱离鬼趣。然前生罪重,仅能带业②往生,尚须三世作哑妇,方能语也。"

注释:
①谮构:进谗陷害。
②带业:带着罪业。业,业障,佛教语。

卷 二

滦阳消夏录（二）

　　董文恪公为少司空[①]时，云昔在富阳村居，有村叟坐邻家，闻读书声，曰："贵人也。"请相见。谛观再四[②]，又问八字干支。沈思良久，曰："君命相皆一品。当某年得知县，某年署大县，某年实授[③]，某年迁通判，某年迁知府，某年由知府迁布政[④]，某年迁巡抚，某年迁总督。善自爱，他日知吾言不谬也。"后不再见此叟，其言亦不验。然细较生平，则所谓知县，乃由拔贡得户部七品官也。所谓调署大县，乃庶吉士[⑤]也。所谓实授，乃编修[⑥]也。所谓通判，乃中允[⑦]也。所谓知府，乃侍读学士也。所谓布政使，乃内阁学士也。所谓巡抚，乃工部侍郎[⑧]也。品秩皆符，其年亦皆符，特内外异途耳。是其言验而不验，不验而验，惟未知总督如何。后公以其年拜礼部尚书[⑨]，品秩仍符。按推算干支，或奇验，或全不验，或半验半不验。余尝以闻见最确者，反覆深思，八字贵贱贫富，特大概如是。其间乘除盈缩，略有异同。无锡邹小山先生夫人，与安州陈密山先生夫人，八字干支并同。小山先生官礼部侍郎，密山先生官贵州布政使，均二品也。论爵，布政不及侍郎之尊。论禄，则侍郎不及布政之厚。互相补矣。二夫人并寿考。陈夫人早寡，然晚岁康强安乐。邹夫人白首齐眉，然晚岁丧明，家计亦薄。又相补矣。此或疑地有南北，时有初正也。余第六侄与奴子刘云鹏，生时只隔一墙，两窗相对，两儿并落蓐[⑩]啼。非惟时同刻同，乃至分秒亦同。侄至十六岁而夭，奴子今尚在。岂非此命所赋之禄,只有此数。侄生长富贵,消耗先尽;奴子生长贫贱,消耗无多,禄尚未尽耶?盈虚⑪消息,理似如斯,俟知命者更详之。

注释:
①少司空:官名,工部侍郎的别称。
②谛视再四:仔细地看了又看。
③实授:以额定之官职,正式除授实缺。
④布政:官名,清代开始这一官职专管一省的财赋和人事。
⑤庶吉士:明、清时期官名。
⑥编修:官名。明、清时期属翰林院,位次修撰,与修撰、检讨同为史官。
⑦中允:官名。汉代起设置,历朝历代沿革变化。清朝时官阶为正六品。
⑧工部侍郎:官名。工部掌管全国工程事物。工部侍郎在清代官阶从二品。
⑨礼部尚书:主管朝廷中的礼仪、祭祀、宴餐、学校、科举和外事活动的大臣,清代官阶为从一品。
⑩蓐(rù):草席子。
⑪盈虚:虚实。

曾伯祖光吉公,康熙初官镇番守备。云有李太学妻,恒虐其妾,怒辄褫下衣鞭之,殆无虚日。里有老媪,能入冥,所谓走无常者是也。规其妻曰:"娘子与是妾有夙冤,然应偿二百鞭耳。今妒心炽盛,鞭之殆过十余倍,又负彼债矣。且良妇受刑,虽官法不褫衣。娘子必使裸露以示辱,事太快意,则干鬼神之忌。娘子与我厚,窃见冥籍,不敢不相闻。"妻哂曰:"死媪谩语①,欲我禳解②取钱耶!"会经略莫洛遘③王辅臣之变,乱党蜂起。李殁于兵,妾为副将韩公所得。喜其明慧,宠专房。韩公无正室,家政遂操于妾。妻为贼所掠。贼破被俘,分赏将士,恰归韩公。妾蓄以为婢,使跪于堂而语之曰："尔能受我指挥，每日晨起，先跪妆台前，自褪下衣，伏地受五鞭，然后供役，则贷④尔命。否则尔为贼党妻，杀之无禁，当寸寸脔⑤尔，饲犬豕。"妻惮死失志，叩首愿遵教。然妾不欲其遽死，鞭不甚毒，俾知痛楚而已。年余，乃以他疾死。计其鞭数，适相当。此妇真顽钝无耻哉！亦鬼神所忌，阴夺其魄也。此事韩公不自讳，且举以明果报⑥。故人知其详。韩公又言：此犹显易其位也。明季尝游襄、邓间，与术士张鸳湖同舍。鸳湖稔知⑦居停主人妻虐妾太甚，积不平，私语曰："道家有借形法。凡修炼未成，气血已衰，不能还丹者，则借一壮盛之躯，乘其睡，与之互易。吾尝受此法，姑试之。"次日，其家忽闻妻在妾房语，妾在妻房语。比出户，则作妻语者妾，作妾语者妻也。妾得妻身，但默坐。妻得妾身，殊不甘，纷纭争执，亲族不能判。鸣之官。官怒为妖妄，笞其夫，逐出。皆无可如何。然据形而论，妻实是妾，不在其位，威不能行，竟分宅各居而终。此事尤奇也。

注释：

①谩语：说谎。

②禳（ráng）解：向神祈求解除灾祸。

③遘：遭遇。

④贷：施与、给予。

⑤脔（luán）：割碎。

⑥明果报：说明因果报应。

⑦稔（rěn）知：熟悉，熟知。

　　相传有塾师，夏夜月明，率门人纳凉河间献王①祠外田塍上。因共讲《三百篇》②拟题，音琅琅如钟鼓。又令小儿诵《孝经》，诵已复讲。忽举首见祠门双古柏下，隐隐有人。试近之，形状颇异，知为神鬼。然私念此献王祠前，决无妖魅。前问姓名。曰毛苌③、贯长卿、颜芝，④因谒王至此。塾师大喜，再拜请授经义。毛、贯并曰："君所讲适已闻，都非我辈所解，无从奉答。"塾师又拜曰："《诗》义深微，难授下愚。请颜先生一讲《孝经》可乎？"颜回面向内曰："君小儿所诵，漏落颠倒，全非我所传本。我亦无可著语处。"俄闻传王教曰："门外似有人醉语，聒耳已久，可驱之去。"余谓此与爱堂先生所言学究遇冥吏事，皆博雅之士，造戏语改以诟俗儒也。然亦空穴来风，桐乳来巢⑤乎。

注释：

①河间献王：河间献王刘德，乃汉景帝刘启之第三子，封河间王，都乐城（今河北献县东南）。

②《三百篇》：指《诗经》，存诗305首。

③毛苌：西汉人，相传是古文诗学"毛诗学"的传授者。曾当过河间献王博士。

④贯长卿、颜芝：贯长卿为"毛诗"一派的继承者；颜芝，相传他收藏了《孝经》。

⑤空穴来风，桐乳来巢：洞开的门户难免有风袭来，挂着籽粒的桐叶容易招来鸟儿筑巢。比喻流言总会趁隙而入。

先姚安公①性严峻，门无杂宾。一日，与一褴缕人对语，呼余兄弟与为礼，曰："此宋曼珠曾孙，不相闻久矣，今乃见之。明季兵乱，汝曾祖年十一，流离戈马间，赖宋曼珠得存也。"乃为委曲谋生计。因戒余兄弟曰："义所当报，不必谈因果②。然因果实亦不爽。昔某公受人再生恩，富贵后，视其子孙零替③，漠如陌路。后病困，方服药，恍惚见其人手授二札，皆未封。视之，则当年乞救书也。覆杯于地曰：'吾死晚矣！'是夕卒。"

注释：

①姚安公：纪昀之父，纪容舒，字迟叟，曾供职刑部和户部，做过云南姚安知府，故称姚安公。先，表已逝。

②因果：佛教语。谓因缘和果报。根据佛教轮回之说，种什么因，结什么果；善有善报，恶有恶报。

③零替：衰败。

宋按察①蒙泉言：某公在明为谏官，尝扶乩②问寿数。仙判某年某月某日当死。计期不远，恒悒悒③。届期乃无恙。后入本朝，至九列④。适同僚家扶乩，前仙又降。某公叩以所判无验。又判曰："君不死，我奈何？"某公俯仰沈思，忽命驾去。盖所判正甲申三月十九日也。

注释：

①按察：按察使，官名，主要负责检查、考察事宜。

②扶乩(jī)：一种迷信活动，用于询问凶吉。

③悒(yì)悒：忧郁，忧伤。

④九列：九卿的职位。指位居高官。

沈椒园先生为鳌峰书院①山长时，见示高邑赵忠毅公旧砚，额有"东方未明之砚"六字。背有铭曰："残月荧荧，太白睒睒②，鸡三号，更五点，此时拜疏击大奄。事成策汝功，不成同汝贬。"盖劾魏忠贤时，用此砚草疏也。末有小字一行，题"门人王铎书"。此行遗未镌，而黑痕深入石骨。干则不见，取水濯之，则五字炳然。相传初令铎书此铭，未及镌而难作。后在戍所③，乃镌之，语工④勿镌此一行。然阅一百余年，涤之不去，其事颇奇。或曰：忠毅嫉恶严，渔洋山人笔记⑤称铎人品日下，书品亦日下，然则忠毅先有所见矣。削其名，摈⑥之也；涤之不去，欲著其尝为忠毅所摈也。天地鬼神，恒于一事偶露其巧，使人知警。是或然欤！

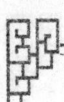

注释:

①鳌峰书院:位于福建省福州市,康熙四十六年(1707)巡抚张伯行建。

②太白睒睒:太白,启明星,金星;睒睒,闪耀貌。

③戍所:官员谪戍所住的地方。

④语工:和工匠说。

⑤渔洋山人笔记:渔洋山人,王士禛(1634—1711)原名士禛,字子真、贻上,号阮亭,又号渔洋山人,人称王渔洋,谥文简。清代著名文学家。王士禛著有多种笔记著作,为后人熟知者有《蜀道驿程记》、《粤行三志》、《皇华纪闻》、《秦蜀驿程后记》、《陇蜀余闻》、《分甘余话》等。

⑥摈:排斥,摈弃。

乾隆庚午①,官库失玉器,勘诸苑户。苑户常明对簿时,忽作童子声曰:"玉器非所窃,人则真所杀。我即所杀之魂也。"问官大骇,移送刑部。姚安公时为江苏司郎中,与余公文仪等同鞫②之。魂曰:"我名二格,年十四,家在海淀。父曰李星望。前岁上元;常明引我观灯归。夜深人寂,常明戏调我。我力拒,且言归当诉诸父。常明遂以衣带勒我死,埋河岸下。父疑常明匿我,控诸巡城。送刑部,以事无左证,议别缉真凶。我魂恒随常明行,但相去四五尺,即觉炽如烈焰,不得近。后热稍减,渐近至二三尺。又渐近至尺许,昨乃都不觉热,始得附之。"又言初讯时,魂亦随至刑部,指其门乃广西司。按所言月日,果检得旧案。问其尸,云在河岸第几柳树旁。掘之亦得,尚未坏。呼其父使辨识,长恸③曰:"吾儿也!"以事虽幻杳,而证验皆真。且讯问时,呼常明名,则忽似梦醒,作常明语;呼二格名,则忽似昏醉,作二格语。互辩数四,始款伏④。又父子絮语家事,一一分明。狱无可疑,乃以实状上闻。论如律。命下之日,魂喜甚。本卖糕为活,忽高唱"卖糕"一声。父泣曰:"久不闻

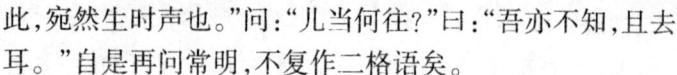

此,宛然生时声也。"问:"儿当何往?"曰:"吾亦不知,且去耳。"自是再问常明,不复作二格语矣。

注释:

①乾隆庚午:乾隆十五年,公元1750年。
②鞫(jū):审讯。
③恸:极其悲痛。
④款伏:服罪,招认。

南皮张副使受长,官河南开归道时,夜阅一谳牍①,沉吟自语曰:"自到死者,刀痕当入重而出轻。今入轻出重,何也?"忽闻背后太息曰:"公尚解事。"回顾无一人。喟然曰:"甚哉,治狱②之可畏也!此幸不误,安保他日之不误耶?"遂移疾而归。

注释:

①谳(yàn)牍:断案的案卷。
②治狱:审理案件。

先叔母高宜人之父,讳荣祉,官山西陵川令。有一旧玉马,质理不甚白洁,而血浸斑斑。斫紫檀为座承之,恒置几上。其前足本为双跪欲起之形,一日,左足忽伸出于座外。高公大骇,阖署传视,曰:"此物程朱不能格①也。"一馆宾曰:"凡物岁久则为妖。得人精气多,亦能为妖。此理易明,无足怪也。"众议碎之,犹豫未决。次日,仍屈还故形。高公曰:"是真有知矣。"投炽炉中,似微有呦呦声。后无他异。然高氏自此渐式微。高宜人云,此马煅三日,裂为二段,尚及见其半身。又武清王庆垞曹氏厅柱,忽生牡丹二朵,一紫一碧,瓣中脉络如金丝,花叶葳蕤②,越七八日乃萎落。其根从柱而出,纹理相连;近柱二寸许,尚是枯木,以上乃渐青。先太夫人,曹氏甥也,小时亲见之,咸曰瑞也。外祖雪峰先生曰:"物之反常者为妖,何瑞之有!"后曹氏亦式微。

注释:

①此物句:这里所说的是程朱理学中的格物论,万事万物中都存在着一个理。

②葳蕤(wēi ruí):枝叶繁盛貌。

先外祖母言:曹化淳死,其家以前明玉带殉①。越数年,墓前恒见一白蛇。后墓为水啮,棺坏朽。改葬之日,他珍物具在,视玉带则亡矣。蛇身节节有纹,尚似带形。岂其悍鸷②之魄,托玉而化欤?

注释:

①殉:陪葬。

②悍鸷:凶猛暴戾。

外祖张雪峰先生,性高洁,书室中几砚精严,图史整肃,恒镝①其户,必亲至乃开。院中花木蔚如②,莓苔绿缛。僮婢非奉使令,亦不敢轻蹋一步。舅氏健亭公,年十一二时,乘外祖他出,私往院中树下纳凉。闻室内似有人行,疑外祖已先归,屏息从窗隙窥之。见竹椅上坐一女子,靓妆如画。椅对面一大方镜,高可五尺,镜中之影,乃是一狐。惧弗敢动,窃窥所为。女子忽自见其影,急起绕镜,四围呵之,镜昏如雾。良久归坐,镜上呵迹亦渐消。再视其影,则亦一好女子矣。恐为所见,蹑足而归。后私语先姚安公。姚安公尝为诸孙讲《大学·修身》章,举是事曰:"明镜空空,故物无遁影。然一为妖气所翳③,尚失真形。况私情偏倚,先有所障者乎！"又曰：非惟私情为障，即公心亦为障。正人君子，为小人乘其机而反激之，其固执决裂，有转致颠倒是非者。昔包孝肃之吏，阳为弄权之状，而应杖之囚，反不予杖。是亦妖气之翳镜也。故正心诚意，必先格物致知④。"

注释：

①镉(yù)：锁闭。

②翳如：茂盛的样子。

③翳：遮蔽、隐藏、隐没。

④格物致知：语出《礼记·大学》："致知在格物，物格而后知至。"探究事物原理，从而获得知识。

有卖花老妇言：京师一宅近空圃，圃故多狐。有丽妇夜逾短垣，与邻家少年狎。惧事泄，初诡托姓名。欢昵渐洽，度①不相弃，乃自冒②为圃中狐女。少年悦其色，亦不疑拒。久之，忽妇家屋上掷瓦骂曰："我居圃中久，小儿女戏抛砖石，惊动邻里，或有之，实无冶荡蛊惑③事。汝奈何污我？"事乃泄。异哉，狐媚恒托于人，此妇乃托于狐。人善媚者比之狐，此狐乃贞于人。

注释：

①度：猜测、思量。

②自冒：自己冒充。

③冶荡蛊惑：放荡迷惑人。

有游士以书画自给，在京师纳一妾，甚爱之。或遇宴会，必袖果饵以贻①。妾亦甚相得。无何病革②，语妾曰："吾无家，汝无归；吾无亲属，汝无依。吾以笔墨为活，吾死，汝琵琶别抱③，势也，亦理也。吾无遗债累汝，汝亦无父母兄弟掣肘④。得行己志，可勿受锱铢聘金；但与约，岁时许汝祭我墓，则吾无恨矣。"妾泣受教。纳之者亦如约，又甚爱之。然妾恒郁郁忆旧恩，夜必梦故夫同枕席，睡中或妮妮呓语。夫觉之，密延术士镇以符箓。梦语止，而病渐作，驯至绵惙⑤。临殁，以额叩枕曰："故人情重，实不能忘，君所深知，妾亦不讳。昨夜又见梦曰：'久被驱遣，今得再来。汝病如是，何不同归？'已诺之矣。能邀格外之惠，还妾尸于彼墓，当生生世世，结草衔环⑥。不情之请，惟君图之。"语讫奄然。夫亦豪士，慨然曰："魂已往矣，留此遗蜕何为？杨越公能合乐昌之镜，⑦吾不能合之泉下乎！"竟如所请。此雍正甲寅、乙卯⑧间事。余是年十一二；闻人述之，而忘其姓名。余谓再嫁，负故夫也；嫁而有贰心，负后夫也。此妇进退无据焉。何子山先生亦曰："忆而死，何如殉而死乎？"何励庵先生则曰：《春秋》责备贤者，未可以士大夫之义律儿女子。哀其遇⑨可也，悯其志可也。"

注释：

①袖果饵以贻：将果品食物装在袖子里，带回去赠送给他的小妾。

②病革，病入膏肓，病得很严重。

③琵琶别抱：旧时指妇女改嫁。

④掣（chè）肘：被人从旁牵制。

⑤绵惙：病情严重，气息仅存。

⑥结草衔环：比喻感恩报德，至死不忘。

⑦杨越公能合乐昌之镜：杨越公，杨素。乐昌公主和许德昌为一对佳偶，但因战争被迫分离，乐昌公主摔碎自己的梳妆镜，夫妻二人各存一半。后乐昌公主被赐予杨素。杨素听闻了乐昌公主的经历，帮助二人相见，让破镜重圆。

⑧雍正甲寅、乙卯：雍正十二、十三年，公元1734—1735年。

⑨哀其遇：为她的遭遇感到伤心。

屠者许方,尝担酒二罂夜行,倦息大树下。月明如昼,远闻呜呜声,一鬼自丛薄中出,形状可怖。乃避入树后,持担以自卫。鬼至罂前,跃舞大喜,遽开饮,尽一罂,尚欲开其第二罂,缄①甫半启,已颓然倒矣。许恨甚,且视之似无他技,突举担击之,如中虚空。因连与痛击,渐纵弛委地,化浓烟一聚。恐其变幻,更捶百余。其烟平铺地面,渐散渐开,痕如淡墨,如轻縠②;渐愈散愈薄,以至于无。盖已渐灭矣。余谓鬼,人之余气也。气以渐而消,故《左传》称新鬼大,故鬼小。世有见鬼者,而不闻见羲、轩③以上鬼,消已尽也。酒,散气者也。故医家行血发汗、开郁驱寒之药,皆治以酒。此鬼以仅存之气,而散以满罂之酒,盛阳鼓荡,蒸铄微阴,其消尽也固宜。是渐灭于醉,非渐灭于捶也。闻是事时,有戒酒者曰:"鬼善幻,以酒之故,至卧而受捶。鬼本人所畏,以酒之故,反为人所困。沈湎者念哉!"有耽酒④者曰:"鬼虽无形而有知,犹未免乎喜怒哀乐之心。今冥然醉卧,消归乌有,反其真矣。酒中之趣,莫深乎是。佛氏以涅盘为极乐,营营者⑤恶乎知之!"庄子所谓"此亦一是非,彼亦一是非"欤?

注释:

①缄(jiān):扎器物的绳子。

②轻縠(hú):质地轻薄的绸布。

③羲、轩:伏羲、轩辕,中国上古的王。

④耽酒:沉迷于酒。

⑤营营者:忙忙碌碌的人。

献县田家牛产麟①,骇而击杀。知县刘征廉收葬之,刊碑曰"见麟郊"。刘固良吏,此举何陋也!麟本仁兽,实非牛种。犊之麟而角,雷雨时蛟龙所感耳。

注释：

①麟：麒麟，神兽。

董文恪公未第时，馆于空宅，云常见怪异。公不信，夜篝灯①以待。三更后，阴风飒然，庭户自启，有似人非人数辈，杂遝拥入。见公大骇曰："此屋有鬼！"皆狼狈奔出。公持梃逐之。又相呼曰："鬼追至，可急走。"争逾墙去。公恒言及，自笑曰："不识何以呼我为鬼？"故城贾汉恒，时从公受经，因举"《太平广记》载野叉欲唼哥舒翰妾尸，翰方眠侧，野叉相语曰：'贵人在此，奈何？'翰自念呼我为贵人，击之当无害，遂起击之。野叉逃散。鬼贵音近，或鬼呼先生为贵人，先生听未审②也。"公笑曰："其然。"

注释：

①篝灯：把灯火放置在竹笼中。
②听未审：没有听清楚。

庚午①秋，买得《埤雅》②一部，中折叠绿笺一片，上有诗曰"愁烟低幂朱扉双，酸风微戛玉女窗。青磷隐隐出古壁，土花蚀断黄金釭。""草根露下阴虫急，夜深悄映芙蓉立。湿萤一点过空塘，幽光照见残红泣。"末题"靓云仙子降坛诗，张凝敬录。"盖扶乩者所书。余谓此鬼诗，非仙诗也。

注释：

①庚午：乾隆十五年，公元1750年。
②《埤(pí)雅》：训诂书，用于解释名物。宋代陆佃(1042—1102)作。

沧州张铉耳先生，梦中作一绝句曰："江上秋潮拍岸生，孤舟夜泊近三更。朱楼十二垂杨遍，何处吹箫伴月明？”自跋云：“梦如非想，如何成诗？梦如是想，平生未到江南，何以落想至此？莫明其故，姑录存之。桐城姚别峰，初不相识。新自江南来，晤①于李锐巅家。所刻近作，乃有此诗。问其年月，则在余梦后岁余。开箧出旧稿示之，共相骇异。世间真有不可解事。宋儒事事言理，此理从何处推求耶？”又海阳李漱六，名承芳，余丁卯②同年③也。余厅事挂渊明采菊图，是蓝田叔④画。董曲江曰：“一何神似李漱六！”余审视信然。后漱六公车⑤入都，乞此画去，云平生所作小照，都不及此。此事亦不可解。

注释：

①晤：见面。

②丁卯：乾隆十二年，公元1747年，这一年纪昀参加顺天府乡试。

③同年：古代科举考试同科中式者之互称。

④蓝田叔：蓝瑛（1585—1664），字田叔，明代著名画家，以山水为最著名。

⑤公车：官车。指参加科举，步入仕途。

景城西偏，有数荒冢，将平矣。小时过之，老仆施祥指曰：“是即周某子孙，以一善延三世者也。”盖前明崇祯末，河南、山东大旱蝗，草根木皮皆尽，乃以人为粮，官吏弗能禁。妇女幼孩，反接鬻①于市，谓之菜人。屠者买去，如刲②羊豕。周氏之祖，自东昌商贩归，至肆午餐。屠者曰：“肉尽，请少待。”俄见曳二女子入厨下，呼曰：“客待久，可先取一蹄来。”急出止之，闻长号一声，则一女已生断右臂，宛转地上③。一女战栗无人色。见周，并哀呼：一求速死，一求救。周恻然心动，并出资赎之。一无生理④，急刺其心死。一携归，因无子，纳为妾。竟生一男，右臂有红丝，自腋下绕肩胛，宛然断臂女也。后传三世乃绝。皆言周本无子，此三世乃一善所延云。

注释：

①鬻(yù)：卖。

②刲：宰杀。

③宛转地上：在地上翻来覆去地打滚。

④生理：活命的生命体征。

　　青县农家少妇，性轻佻，随其夫操作，形影不离。恒相对嬉笑，不避忌人，或夏夜并宿瓜圃中。皆薄其冶荡。然对他人，则面如寒铁。或私挑之，必峻拒。后遇劫盗，身受七刃，犹诟詈，卒不污而死。又皆惊其贞烈。老儒刘君琢曰："此所谓质美而未学也。惟笃于夫妇，故矢死不二。惟不知礼法，故情欲之感，介于仪容；燕昵之私，形于动静①。"辛彤甫先生曰："程子有言，凡避嫌者，皆中②不足。此妇中无他肠，故坦然径行不自疑。此其所以能守死也。彼好立崖岸③者，吾见之矣。"先姚安公曰："刘君正论，辛君有激之言也。"后其夫夜守豆田，独宿团焦中。忽见妇来，燕婉如平日，曰："冥官以我贞烈，判来生中乙榜④，官县令。我念君，不欲往，乞辞官禄为游魂，长得随君。冥官哀我，许之矣。"夫为感泣，誓不他偶。自是昼隐夜来，几二十载。儿童或亦窥见之。此康熙末年事。姚安公能举其姓名居址，今忘矣。

注释：

①形于动静：从行为举止中表现出来。

②中：内在。

③好立崖岸：指人自命不凡，清高不好接近。

④乙榜：谓科举考试中得举人。

献县老儒韩生,性刚正,动必遵礼,一乡推祭酒①。一日,得寒疾。恍惚间,一鬼立前曰:"城隍神唤。"韩念数尽当死,拒亦无益,乃随去。至一官署,神检籍曰:"以姓同误矣。"杖其鬼二十,使送还。韩意不平,上请曰:"人命至重,神奈何遣愦愦②之鬼,致有误拘?倘不检出,不竟枉死耶?聪明正直之谓何!"神笑曰:"谓汝倔强,今果然。夫天行不能无岁差,况鬼神乎!误而即觉,是谓聪明;觉而不回护③,是谓正直。汝何足以知之。念汝言行无玷,姑贷汝,后勿如是躁妄也。"霍然而苏。韩章美云。

注释:

①祭酒:古代飨宴时酹酒祭神的长者。也专指德高望重的人。

②愦愦:昏庸;糊涂。

③回护:辩护,袒护。

先祖有小奴,名大月,年十三四。尝随村人罩鱼河中,得一大鱼,长几二尺。方手举以示众,鱼忽拨剌掉尾,击中左颊,仆水中①。众怪其不起,试扶之,则血缕浮出。有破碗在泥中,锋铦如刃,刺其太阳穴死矣。先是其母梦是奴为人执缚俎②上,屠割如羊豕,似尚有余恨。醒而恶之,恒戒以毋与人斗。不虞乃为鱼所击。佛氏所谓夙生中负彼命耶!

注释:

①仆水中:跌入水中。

②俎(zǔ):案板。

刘少宗伯青垣言:有中表涉元稹会真①之嫌者,女有孕,为母所觉。饰言②夜恒有巨人来,压体甚重,而色黝黑。

母曰:"是必土偶为妖也。"授以彩丝,于来时阴系其足。女窃付③所欢,系关帝祠周将军足上。母物色得之,挞其足几断。后复密会,忽见周将军击其腰,男女并僵卧不能起。皆曰污蔑神明之报也。夫专其利而移祸于人,其术巧矣。巧者,造物之所忌。机械万端④,反而自及,天道也。神恶其崄巇⑤,非恶其污蔑也。

注释:

①元稹会真:唐代元稹写作的唐传奇《会真记》,叙述张生与崔莺莺的悲剧爱情故事。

②饰言:编造谎言。

③窃付:偷偷告诉。

④机械万端:处处小心算计。

⑤崄巇(xī):比喻用心险恶。

扬州罗两峰,目能视鬼。曰:"凡有人处皆有鬼。其横亡厉鬼,多年沈滞者,率在幽房空宅中,是不可近,近则为害。其憧憧往来之鬼,午前阳盛,多在墙阴;午后阴盛,则四散游行,可以穿壁而过,不由门户;遇人则避路,畏阳气也。是随处有之,不为害。"又曰:"鬼所聚集,恒在人烟密簇处,僻地旷野,所见殊稀。喜围绕厨灶,似欲近食气。又喜人溷厕①,则莫明其故,或取人迹罕到耶。"所画有《鬼趣图》,颇疑其以意造作。中有一鬼,首大于身几十倍,尤似幻妄。然闻先姚安公言:瑶泾陈公,尝夏夜挂窗卧,窗广一丈。忽一巨面窥窗,阔与窗等,不知其身在何处。急掣剑刺其左目,应手而没。对屋一老仆亦见之,云从窗下地中涌出。掘地丈余,无所睹而止。是果有此种鬼矣。茫茫昧昧②,吾乌乎质之③!

注释：

①溷（hùn）厕：厕所。

②茫茫昧昧：渺茫不实，没有根据的。

③乌乎质之：如何能质问呢。

奴子刘四，壬辰^①夏乞假归省。自御牛车载其妇。距家三四十里，夜将半，牛忽不行。妇车中惊呼曰："有一鬼，首大如瓮，在牛前。"刘四谛视，则一短黑妇人，首戴一破鸡笼，舞且呼曰："来来。"惧而回车^②，则又跃在牛前呼"来来"。如是四面旋绕，遂至鸡鸣。忽立而笑曰："夜凉无事，借汝夫妇消闲耳。偶相戏，我去后慎勿詈我，詈则我复来。鸡笼是前村某家物，附汝还之。"语讫，以鸡笼掷车上去。天曙抵家，夫妇并昏昏如醉。妇不久病死，刘四亦流落无人状。鬼盖乘其衰气也。

注释：

①壬辰：乾隆三十七年，公元 1772 年。

②惧而回车：以为害怕而调转车头。

景城有刘武周^①墓，《献县志》亦载。按武周山后马邑人，墓不应在是，疑为隋刘炫墓。炫，景城人，《一统志》载其墓在献县东八十里。景城距城八十七里，约略当是也。旧有狐居之，时或戏^②醉人。里^③有陈双，酒徒也，闻之愤曰："妖兽敢尔！"诣墓所，且数且詈。时耘者满野，皆见其父怒坐墓侧，双跳踉^④叫号。竟前^⑤呵曰："尔何醉至此，乃詈尔父！"双凝视，果父也，大怖叩首。父径趋归。双随而哀乞，追及于村外。方伏地陈说，忽妇媪环绕，哗笑曰："陈双何故跪拜其妻？"双仰视，又果妻也，愕而痴立。妻亦径趋归。双惘惘^⑥至家，则有父与妻实未尝出。方知皆狐幻化戏之也,惭不出户者数日。闻者无不绝倒。余谓双不詈狐,何至遭狐之戏,双有自取之道焉。狐不嬲人,何至遭双之詈,狐亦有自取之道焉。颠倒纠缠,皆缘一念之妄起。故佛言一切众生,慎勿造因。

注释:

①刘武周:生卒年不详,隋末起义时地方割据势力的领袖。

②嬲:纠缠、烦扰。

③里:古代的行政组织。这里指街坊、巷弄。

④跳踉:跳跃。

⑤竞前:争相上前。

⑥惘(wǎng)惘:遑遽而无所适从。

　　方桂,乌鲁木齐流人①子也。言尝牧马山中,一马忽逸去。蹑踪往觅,隔岭闻嘶声甚厉。寻声至一幽谷,见数物,似人似兽,周身鳞皴斑驳如古松;发蓬蓬如羽葆②,目睛突出,色纯白,如嵌二鸡卵,共按马生啖其肉。牧人多携铳自防,桂故顽劣,因升树放铳。物悉入深林去,马已半躯被啖矣。后不再见,迄不知为何物也。

注释:

①流人:被流放的人。

②羽葆:用羽毛扎成的车盖。

　　芮庶子铁崖宅中一楼,有狐居其上,恒镮之。狐或夜于厨下治馔①,斋中宴客,家人习见亦不讶。凡盗贼火烛,皆能代主人呵护,相安已久。后鬻宅于李学士廉衣。廉衣素不信妖妄,自往启视,则楼上三楹,洁无纤尘,中央一片如席大,藉以木板,整齐如几榻,余无所睹。时方修筑,因并毁其楼,使无可据。亦无他异。迨甫落成,突烈焰四起,顷刻无寸椽。而邻屋苦草无一茎被爇[2]。皆曰狐所为也。刘少宗伯青垣曰:"此宅自当是日焚耳,如数不当焚,狐安敢纵火?"余谓妖魅能一一守科律,则天无雷霆之诛矣。王法禁杀人,不敢杀者多,杀人抵罪者亦时有。是固未可知也。

注释:

①治馔(zhuàn):做饭。馔,食物。

②爇(ruò):焚烧。

王少司寇兰泉言:梦午塘提学[1]江南时,署后有高阜,恒夜见光怪。云有一雉一蛇居其上,皆岁久,能为魅。午塘少年盛气,集锸畚[2]平之。众犹豫不举手,午塘方怒督,忽风飘片席蒙其首,急撤去;又一片蒙之,皆署中凉篷上物也。午塘觉其异,乃辍役[3]。今尚岿然存。

注释:

①提学:官名。掌管州县学政。

②锸畚(chā běn):铁锹、簸箕。

③辍役:停止劳作。

老仆魏哲闻其父言:顺治初,有某生者,距余家八九十里,忘其姓名,与妻先后卒。越三四年,其妾亦卒。适其家佣工人,夜行避雨,宿东岳祠廊下。若梦非梦,见某生荷校[1]立庭前,妻妾随焉。有神衣冠类城隍,磬折对岳神语曰:"某生污二人,有罪;活二命,亦有功,合相抵。"岳神咈然[2]曰:"二人畏死忍耻,尚可贷[3]。某生活二人,正为欲污二人。但宜科罪,何云功罪相抵也?"挥之出。某生及妻妾亦随出。悸不敢语。天曙归告家人,皆莫能解。有旧仆泣曰:"异哉,竟以此事被录乎!此事惟吾父子知之。缘受恩深重，誓不敢言。今已隔两朝，始敢追述。两主母皆实非妇人也。前明天启中，魏忠贤杀裕妃，其位下宫女内监，皆密捕送东厂，死甚惨。有二内监，一曰福来，一曰双桂，亡命逃匿。缘与主人曾相识，主人方商于京师，夜投焉。主人引入密室，吾穴隙私窥。主人语二人曰：'君等声音状貌，在男女之间，与常人稍异，一出必见获。若改女装，则物色不及。然两无夫之妇，寄宿人家，形迹可疑，亦必败。二君身已净，本无异妇人；肯屈意为我妻妾，则万无一失矣。'二人进退无计，沈思良久，并曲从④。遂为办女饰，钳其耳，渐可受珥。并市软骨药，阴为缠足。越数月，居然两好妇矣。乃车载还家，诡言在京所娶。二人久在宫禁，并白皙温雅，无一毫男子状。又其事迥出意想外，竟无觉者。但讶其不事女红，为恃宠骄惰耳。二人感主人再生恩，故事定后亦甘心偕老。然实巧言诱胁，非哀其穷，宜司命之见谴也。信乎人可欺，鬼神不可欺哉！"

注释：

①荷校：以肩荷枷。即颈上带枷。校，枷。

②怫然：不高兴的样子。

③贷：宽恕、饶恕。

④曲从：曲意服从。

乾隆己卯①，余典②山西乡试，有二卷皆中式矣。一定四十八名，填草榜时，同考官万泉吕瀛，误收其卷于衣箱，竟觅不可得。一定五十三名，填草榜时，阴风灭烛者三四，易他卷乃已。揭榜后，拆视弥封，失卷者范学敷，灭烛者李腾蛟也。颇疑二生有阴谴③。然庚辰④乡试，二生皆中式，范仍四十八名。李于辛丑⑤成进士。乃知科名有命，先一年亦不可得，彼营营者何为耶？即求而得之，亦必其命所应有，虽不求亦得也。

注释:

①乾隆己卯:乾隆二十四年,公元1759年。

②典:主持,掌管。

③阴谴:冥冥中受到惩罚。

④庚辰:乾隆二十五年,公元1760年。

⑤辛丑:乾隆四十六年,公元1781年。

先姚安公言:雍正庚戌①会试②,与雄县汤孝廉同号舍。汤夜半忽见披发女鬼,搴帘手裂其卷,如蛱蝶乱飞。汤素刚正,亦不恐怖,坐而问之曰:"前生吾不知,今生则实无害人事。汝胡为来者?"鬼愕眙③却立曰:"君非四十七号耶?"曰:"吾四十九号。"盖前有二空舍,鬼除之未数也。谛视良久,作礼谢罪而去。斯须间,四十七号喧呼某甲中恶矣。此鬼殊愦愦,汤君可谓无妄之灾。幸其心无愧怍,故仓卒间敢与诘辩,仅裂一卷耳。否亦殆哉。

注释:

①雍正庚戌:雍正八年,公元1730年。

②会试:明、清科举制度,每三年会集各省举人于京城考试。

③愕眙(è yí):受到惊吓而瞪大眼睛的样子。

顾员外德懋,自言为东岳冥官。余弗深信也。然其言则有理。曩①在裴文达公家,尝谓余曰:"冥司重②贞妇,而亦有差等:或以儿女之爱,或以田宅之丰,有所系恋而弗去者,下也;不免情欲之萌,而能以礼义自克者,次也;心如枯井,波澜不生,富贵亦不睹,饥寒亦不知,利害亦不计者,斯为上矣。如是者千百不得一,得一则鬼神为起敬。一日,喧传节妇至,冥王改容,冥官皆振衣仡迓③。见一老妇儽然④来,其行步步渐高,如蹑阶级。比到,则竟从殿脊上过,莫知所适。冥王怃然⑤曰:'此已升天,不在吾鬼篆中矣。'"又曰:"贤臣亦三等:畏法度者为下;爱名节者为次;乃心王室,但知国计民生,不知祸福毁誉者为上。"又曰:"冥司恶躁竞⑥,谓种种恶业,从此而生。故多困踬⑦之,使得不偿失。人心愈巧,则鬼神之机亦愈巧。然不甚重隐逸,谓天地生才,原期于世事有补。人人为巢、许,则至今洪水横流,并挂瓢饮犊之地⑧,亦不可得矣。"又曰:"阴律如《春秋》责备贤者,而与人为善。君子偏执害事,亦录以为过。小人有一事利人,亦必予以小善报。世人未明此义,故多疑因果或爽耳。"

注释:
①曩:先前。
②重:看重。
③振衣仡迓:整理衣衫站起来迎接。迓,迎接。
④儽(léi)然:疲惫困乏的样子。
⑤怃然:怅然若失的样子。
⑥躁竞:浮躁地恶意竞争。
⑦困踬(zhì):指不顺利,受到牵绊。踬,跌倒、摔倒。
⑧巢、许:巢父、许由中国古代两位著名的隐士。《高士传》有传:"时其友巢父牵犊欲饮之,见由洗耳,问其故。对曰:'尧欲召我为九州长,恶闻其声,是故洗耳。'巢父曰:'子若处高岸深谷,人道不通,谁能见子?子故浮游,欲闻求其名誉,污吾犊口。'牵犊上流饮之。"

内阁学士永公,讳宁,婴疾,颇委顿①。延医②诊视,未遽愈。改延一医,索前医所用药帖,弗得。公以为小婢误置他处,责使搜索,云不得且笞③汝。方倚枕憩息,恍惚有人跪灯下,曰:"公勿笞婢。此药帖小人所藏。小人即公为臬司④时乎反得生之囚也。"问:"藏药帖何意?"曰:"医家同类皆相忌，务改前医之方，以见所长。公所服药不误，特初试一剂，力尚未至耳。使后医见方，必相反以立异，则公殆矣。所以小人阴窃之。"公方昏闷，亦未思及其为鬼。稍顷始悟，悚然汗下。乃称前方已失，不复记忆，请后医别疏方。视所用药，则仍前医方也。因连进数剂，病霍然⑤如失。公镇乌鲁木齐日，亲为余言之，曰："此鬼可谓谙悉世情矣。"

注释：
①委顿：颓丧、疲困。
②延医：召请医生。
③笞：用竹板打人。
④臬（niè）司：清代提刑按察使司的别称。
⑤霍然：很快貌。

族叔梅庵言：肃宁有塾师，讲程朱之学。一日，有游僧乞食于塾外，木鱼琅琅，自辰逮午①不肯息。塾师厌之，自出叱使去，且曰："尔本异端，愚民或受尔惑耳。此地皆圣贤之徒，尔何必作妄想？"僧作礼曰："佛之流而募衣食，犹儒之流而求富贵也，同一失其本来②，先生何必定相苦？"塾师怒，自击以夏楚③。僧振衣起曰："太恶作剧。"遗布囊于地而去。意必复来，暮竟不至。扪之，所贮皆散钱。诸弟子欲探取。塾师曰："俟其久而不来，再为计。然须数明，庶不争。"甫启囊，则群蜂坌涌④，塾师弟面目尽肿。号呼扑救，邻里咸⑤惊问。僧忽排闼⑥入曰："圣贤乃谋匿人财耶？"提囊径行，临出，合掌向塾师曰："异端偶触忤圣贤，幸见恕。"观者粲然⑦。或曰："幻术也。"或曰："塾师好辟佛⑧，见僧辄诋。僧故置蜂于囊以戏之。"梅庵曰："此事余目击，如先置多蜂于囊，必有蠕动之状见于囊外，尔时殊未睹也。云幻术者为差近。"

注释:

①自辰逮午:辰时,早上七点到九点。午时,中午十一点到十三点。指从早上到中午。

②本来:原来的样子。

③夏楚:旧时老师处罚学生的工具。

④垒(bèn)涌:大量涌出。

⑤咸:皆、都。

⑥排闼:推开门。

⑦粲然:大笑的样子。

⑧辟佛:排斥佛教。

朱青雷言:有避仇窜匿深山者,时月白风清,见一鬼徙倚白杨下,伏不敢起。鬼忽见之,曰:"君何不出?"栗①而答曰:"吾畏君。"鬼曰:"至可畏者②莫若人,鬼何畏焉?使君颠沛至此者,人耶鬼耶?"一笑而隐。余谓此青雷有激之寓言也。

注释:

①栗:战栗,害怕的样子。

②至可畏者:最可怕的人。

都察院库中有巨蟒,时或夜出。余官总宪①时,凡②两见。其蟠迹③著尘处,约广二寸余,计其身当横径五寸。壁无罅④,门亦无罅,窗棂阔不及二寸,不识何以出入。大抵物久则能化形,狐魅能由窗隙往来,其本形亦非窗隙所容也。堂吏云其出应休咎,殊无验,神其说耳。

注释:

①总宪:清代都察院左都御史的别称。

②凡:总共。

③蟠迹：曲曲折折的痕迹。

④罅(xià)：缝隙。

幽明异路，人所能治者，鬼神不必更治之，示不渎①也。幽明一理，人所不及治者，鬼神或亦代治之，示不测②也。戈太仆仙舟言：有奴子尝醉寝城隍神案上，神拘去笞二十，两股青痕斑斑。太仆目见之。

注释：

①渎：亵渎，越权。

②测：察觉、监察。

杜生村，距余家十八里。有贪富室之贿，鬻其养媳为妾者。其媳虽未成婚，然与夫聚已数年，义不再适①。度事不可止，乃密约同逃。翁姑觉而追之。二人夜抵余村土神祠，无可栖止，相抱泣。忽祠内语曰："追者且至，可匿神案下。"俄庙祝②踉跄醉归，横卧门外。翁姑追至，问踪迹。庙祝呓语应曰："是小男女二人耶？年约若干，衣履若何，向某路去矣。"翁姑急循所指路往。二人因得免，乞食至媳之父母家。父母欲讼官，乃得不鬻。尔时祠中无一人。庙祝曰："吾初不知是事，亦不记作是语。"盖皆土神之灵也。

注释：

①义不再适：从道义上说不应该再嫁。义，道义；适，再嫁。

②庙祝：庙宇中管香火的人。

乾隆庚子①，京师杨梅竹斜街火，所毁殆百楹②。有破屋岿然独存，四面颓垣，齐如界画，乃寡媳守病姑不去也。此所谓"孝弟③之至，通于神明"。

注释：

①乾隆庚子：乾隆四十五年，公元 1780 年。

②楹：房屋的计量单位，一间为一楹。

③孝弟：孝悌，孝顺父母，敬爱兄长。

于氏，肃宁旧族也。魏忠贤窃柄①时，视王侯将相如土苴②。顾以生长肃宁，耳濡目染，望于氏如王谢③。为侄求婚，非得于氏女不可。适于氏少子赴乡试，乃置酒强邀至家，面与议。于生念许之则祸在后日，不许则祸在目前，猝不能决。托言父在难自专④。忠贤曰："此易耳。君速作札，我能即致太翁也。"是夕，于翁梦其亡父，督课如平日，命以二题：一为"孔子曰诺"，一为"归洁其身而已矣"。方构思，忽叩门惊醒。得子书，恍然顿悟。因覆书⑤许姻，而附言病颇棘⑥，促子速归。肃宁去京四百余里，比信返，天甫微明，演剧犹未散。于生匆匆束装，途中官吏迎候者已供帐相属。抵家后，父子俱称疾不出。是岁为天启甲子⑦。越三载而忠贤败，竟免于难。事定后，于翁坐小车，遍游郊外，曰："吾三载杜门⑧，仅博得此日看花饮酒，岌乎危哉！"于生濒行时，忠贤授以小像曰："先使新妇识我面。"于氏于余家为表戚，余儿时尚见此轴，貌修伟而秀削，面白色隐赤，两颧微露，颊微狭，目光如醉，卧蚕⑨以上，赭石薄晕如微肿，衣绯红。座旁几上，露列金印九。

注释：

①窃柄：窃取权力。

②土苴：渣滓，糟粕。比喻微贱的东西。

③王谢：六朝时期，王家、谢家为高门望族。

④自专：自作主张。

⑤覆书：回复书信。

⑥病颇棘(jí)：病情很危急。

⑦天启甲子:明熹宗天启四年,公元 1624 年。

⑧杜门:闭门、堵门。

⑨卧蚕:形容这个人眼睛漂亮。

　　杜林镇土神祠道士,梦土神语曰:"此地繁剧①,吾失于呵护,致疫鬼误入孝子节妇家,损伤童稚。今镌秩②去矣。新神性严重③,汝善事之,恐不似我姑容也。"谓春梦无凭,殊不介意。越数日,醉卧神座旁,得寒疾几殆。

注释:

①繁剧:繁重之极。

②镌秩:降职。镌,谪降、除去;秩,次第。

③性严重:性格严厉。

　　景州戈太守桐园,官朔平①时,有幕客夜中睡醒,明月满窗,见一女子在几侧坐。大怖,呼家奴。女子摇手曰:"吾居此久矣,君不见耳。今偶避不及,何惊骇乃尔?"幕客呼益急。女子哂曰:"果欲祸君,奴岂能救?"拂衣遽②起,如微风之振窗纸,穿棂而逝。

注释:

①朔平:今山西省右玉县。

②遽:随即。

　　颍州吴明经跃鸣言:其乡老儒林生,端人也。尝读书神庙中,庙故宏阔,僦居①者多。林生性孤峭,率不相闻问。一日,夜半不寐,散步月下。忽一客来叙寒温。林生方寂寞,因邀入室共谈,甚有理致②。偶及因果之事,林生曰:"圣贤之为善,皆无所为而为者也。有所为而为,其事虽合天理,其心已纯乎人欲矣。故佛氏福田③之说,君子弗道也。"客曰："先生之言,粹然儒者之言也。然用以律己①则可,用以律人则不可;用以律君子犹可,用以律天下之人则断不可。圣人之立教,欲人为善而已。其不能为者,则诱掖⑤以成之;不肯为者,则驱策以迫之。于是乎刑赏生焉。能因慕赏而为善,圣人但与其善,必不责其为求赏而然也。能因畏刑而为善,圣人亦与其善,必不责其为避刑而然也。苟以刑赏使之循天理,而又责慕赏畏刑之为人欲,是不激劝于刑赏,谓之不善;激劝于刑赏,又谓之不善,人且无所措手足矣。况慕赏避刑,既谓之人欲,而又激劝以刑赏,人且谓圣人实以人欲导民矣,有是理欤? 盖天下上智少而凡民多,故圣人之刑赏,为中人以下设教。佛氏之因果,亦为中人以下说法。儒释之宗旨虽殊,至其教人为善,则意归一辙。先生执董子谋利计功之说,以驳佛氏之因果,将并圣人之刑赏而驳之乎? 先生徒见缁流⑥诱人布施,谓之行善,谓可得福。见愚民持斋烧香,谓之行善,谓可得福。不如是者,谓之不行善,谓必获罪。遂谓佛氏因果,适以惑众。而不知佛氏所谓善恶,与儒无异;所谓善恶之报,亦与儒无异也。"林生意不谓然,尚欲更申己意。俯仰之顷,天已将曙。客起欲去。固挽留之,忽挺然不动,乃庙中一泥塑判官。

注释:

①僦(jiù)居:租屋而居。

②理致:道理情致。

③福田:佛教语。佛教以为供养布施,行善修德,能受福报,犹如播种田亩,有秋收之利,故称。

④律己:约束自己。

⑤诱掖:诱导、帮助。

⑥缁流:指僧徒,因僧尼多穿黑衣故称。

族祖雷阳公言：昔有遇冥吏者，问："命皆前定，然乎？"曰："然。然特穷通①寿夭之数，若唐小说所称预知食料，乃术士射覆法耳。如人人琐记此等事，虽大地为架，不能庋②此簿籍矣。"问："定数可移乎？"曰："可。大善则移，大恶则移。"问："孰定之？孰移之？"曰："其人自定自移，鬼神无权也。"问："果报何有验，有不验？"曰："人世善恶论一生，祸福亦论一生。冥司则善恶兼前生，祸福兼后生，故若或爽也。"问："果报何以不同？"曰："此皆各因其本命。以人事譬之，同一迁官，尚书迁一级则宰相，典史迁一级，不过主簿耳。同一镌秩，有加级者抵，无加级，则竟镌矣。故事同而报或异也。"问："何不使人先知？"曰："势不可也。先知之，则人事息，诸葛武侯为多事，唐六臣③为知命矣。"问："何以又使人偶知？"曰："不偶示之，则恃无鬼神而人心肆，暧昧难知之处，将无不为矣。"先姚安公尝述之曰："此或雷阳所论，托诸冥吏也。然揆④之以理，谅亦不过如斯。"

注释：

①穷通：穷困、通达。

②庋：放置。

③唐六臣：指唐末六个佞臣。《新五代史》有传。

④揆（kuí）：揣度，度量。

先姚安公有仆，貌谨厚而最有心计。一日，乘主人急需，饰词邀勒①，得赢数十金。其妇亦悻悻②自好，若不可犯；而阴有外遇，久欲与所欢逃，苦无资斧③。既得此金，即盗之同遁。越十余日捕获，夫妇之奸乃并败。余兄弟甚快之。姚安公曰："此事何巧相牵引，一至于斯！殆有鬼神颠倒其间也。夫鬼神之颠倒，岂徒博人一快哉！凡以示戒云尔。故遇此种事，当生警惕心，不可生欢喜心。甲与乙为友，甲居下口，乙居泊镇，相距三十里。乙妻以事过甲家，甲醉以酒而留之宿。乙心知之，不能言也，反致谢焉。甲妻渡河覆舟，随急流至乙门前，为人所拯。乙识而扶归，亦醉以酒而留之宿。甲心知之，不能言也，亦反致谢焉。其邻媪阴知之，合掌诵佛曰：'有是哉，吾知惧矣。'其子方佐人诬讼④，急自往呼之归。汝曹如此媪可也。"

注释：

①邀勒：要挟勒索。

②悻悻：傲慢的样子。

③资斧：钱财、路费。

④诬讼：捏造罪状来、告官。

四川毛公振翮，任河间同知时，言其乡人有薄暮山行者，避雨入一废祠，已先有一人坐檐下。谛视，乃其亡叔也，惊骇欲避。其叔急止之曰："因有事告汝，故此相待。不祸汝，汝勿怖也。我殁之后，汝叔母失汝祖母欢，恒非理见棰挞①。汝叔母虽顺受不辞，然心怀怨毒，于无人处窃诅詈。吾在阴曹为伍伯②，见土神牒报者数矣。凭汝寄语，戒其悛③改。如不知悔，恐不免魂堕泥犁也。"语讫而灭。乡人归，告其叔母。虽坚讳④无有，然悚然变色，如不自容。知鬼语非诬矣。

注释：

①非理见棰挞：没有理由就挨打。

②伍伯：役卒的一种。

③悛（quān）：悔改。

④讳：避讳，掩饰。

毛公又言：有人夜行，遇一人状似里胥，锁絷一囚，坐树下。因并坐暂息。囚啜泣不止，里胥鞭之。此人意不忍，从旁劝止。里胥曰："此桀黠①之魁，生平所播弄倾轧者，不啻②数百。冥司判七世受豕身，吾押之往生也。君何悯焉！"此人栗然而起。二鬼亦一时灭迹。

注释：

①桀黠（jié xiá）：狡猾凶狠。

②啻（chì）：止、仅。

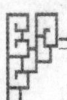

卷 三

滦阳消夏录（三）

俞提督金鳌言：尝①夜行辟展戈壁中，（戈壁者，碎沙乱石不生水草之地，即瀚河也。）遥见一物，似人非人，其高几一丈，追之甚急。弯弧②中其胸，踣③而复起。再射之始仆。就视，乃一大蝎虎。竟能人立而行，异哉。

注释：
①尝：曾经。
②弯弧：弯弓搭箭。
③踣（bó）：跌倒。

昌吉叛乱之时，捕获逆党，皆戮①于迪化城西树林中，（迪化即乌鲁木齐，今建为州。树林绵亘数十里，俗谓之树窝。）时戊子八月也。后林中有黑气数团，往来倏忽，夜行者遇之辄迷。余谓此凶悖之魄，聚为妖厉，犹蛇虺虽死，余毒尚染于草木，不足怪也。凡阴邪之气，遇阳刚之气则消。遣数军士于月夜伏铳击之，应手散灭。

注释：
①戮：杀。

乌鲁木齐关帝祠有马，市贾①所施以供神者也。尝自啮草山林中，不归皂枥②。每至朔望③祭神，必昧爽④先立祠门外，屹如泥塑。所立之地，不失尺寸。遇月小建⑤，其来亦不失期。祭毕,仍莫知所往。余谓道士先引至祠外,神其说耳。庚寅二月朔,余到祠稍早,实见其由雪碛缓步而来,弭耳⑥竟立祠门外。雪中绝无人迹,是亦奇矣。

注释:

①市贾:在市场上做生意的人。

②皂栈:马厩,养马的地方。

③朔望:农历初一、十五。

④昧爽:黎明,拂晓。

⑤小建:夏历的小月。

⑥弭耳:贴耳,形容安顺、驯服的样子。

淮镇在献县东五十五里,即《金史》所谓槐家镇也。有马氏者,家忽见变异,夜中或抛掷瓦石,或鬼声呜呜,或无人处突火出,阅岁余不止。祷禳①亦无验。乃买宅迁居,有赁居者阋如故,不久亦他徙。以是无人敢再问。有老儒不信其事,以贱价得之。卜日迁居,竟寂然无他,颇谓其德能胜妖。既而有猾盗②登门与诟争,始知宅之变异,皆老儒贿盗夜为之,非真魅也。先姚安公曰:"魅亦不过变幻耳。老儒之变幻如是,即谓之真魅可矣。"

注释:

①祷禳:祈祷鬼神求福除灾。

②猾盗:狡猾的盗贼。

己卯①七月,姚安公在苑家口,遇一僧,合掌作礼曰:"相别七十三年矣,相见不一斋乎?"适旅舍所卖皆素食,因与共饭。问其年,解囊出一度牒,乃前明成化二年②所给。问:"师传此几代矣?"遽收之囊中,曰:"公疑我,我不必再言。"食未毕而去,竟莫测其真伪。尝举以戒昀曰:"士大夫好奇，往往为此辈所累。即真仙真佛，吾宁交臂失之。"

注释：

①己卯：康熙三十八年，公元1699年。

②明成化二年：明宪宗时期，公元1466年。

　　余家假山上有小楼，狐居之五十余年矣。人不上，狐亦不下，但时见窗扉无风自启闭耳。楼之北曰绿意轩，老树阴森，是夏日纳凉处。戊辰七月，忽夜中闻琴声、棋声。奴子奔告姚安公。公知狐所为，了不介意，但顾①奴子曰："固胜于汝辈饮博②。"次日，告昀曰："海客无心，则白鸥可狎。相安已久，惟宜以不闻不见处之。"至今亦绝无他异。

注释：

①顾：回头，回视。

②饮博：饮酒赌博。

　　丁亥①春，余携家至京师。因虎坊桥旧宅未赎，权②住钱香树先生空宅中。云楼上亦有狐居，但扃锁杂物，人不轻上。余戏粘一诗于壁曰："草草移家偶遇君，一楼上下且平分。耽诗自是书生癖，彻夜吟哦莫厌闻。"一日，姬人③启锁取物，急呼怪事。余走视之，则地板尘上，满画荷花，茎叶苕亭④，具有笔致。因以纸笔置几上，又粘一诗于壁曰："仙人果是好楼居，文采风流我不如。新得吴笺三十幅，可能一一画芙蕖？"越数日启视，竟不举笔。以告裴文达公，公笑曰："钱香树家狐，固应稍雅。"

注释：

①丁亥：乾隆三十二年，公元1767年。

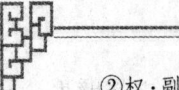

②权:副词。姑且,暂且。

③姬人:侍妾。

④苕(tiáo)亭:亭亭玉立的样子。

　　河间冯树枏,粗通笔札,落拓①京师十余年。每遇机缘,辄无成就;干祈于人,率口惠②而实不至。穷愁抑郁,因祈梦于吕仙祠。夜梦一人语之曰:"尔无恨人情薄,此因缘③尔所自造。尔过去生中,喜以虚词博长者名:遇有善事,心知必不能举也,必再三怂恿,使人感尔之赞成;遇有恶人,心知必不可贷也,必再三申雪④,使人感尔之拯救。虽于人无所损益,然恩皆归尔,怨必归人,机巧已为太甚。且尔所赞成拯救,皆尔身在局外,他人任其利害者也。其事稍稍涉于尔,则退避惟恐不速,坐视其人之焚溺,虽一举手之力,亦惮烦不为⑤。此心尚可问乎?由是思维,人于尔貌合而情疏,外关切而心漠视,宜乎不宜?鬼神之责人,一二行事之失,犹可以善抵。至罪在心术,则为阴律⑥所不容。今生已矣,勉修未来可也。"后果寒饿以终。

注释:

①落拓:贫困失意,景况凄凉。

②口惠:嘴上说得好听。

③因缘:机会,机遇。

④申雪:申辩表白。

⑤惮烦不为:害怕麻烦而不作为。

⑥阴律:阴间的法律。

　　史松涛先生,讳茂,华州人,官至太常寺卿,与先姚安公为契友①。余十四五时,忆其与先姚安公谈一事曰:某公尝棰杀一干仆②。后附③一痴婢,与某公辩曰:"奴舞弊当死。然主人杀奴,奴实不甘。主人高爵厚禄,不过于奴之受恩乎？卖官鬻爵，积金至巨万，不过于奴之受赂乎？某事某事，颠倒是非，出人生死，不过于奴之窃弄权柄乎？主人可负国，奈何责奴负主人？主人杀奴，奴实不甘。"某公怒而击之仆，犹呜呜不已。后某公亦不令终④。因叹曰："吾曹断断不至是。然旅进旅退⑤，坐食俸钱，而每责僮婢不事事，毋乃亦腹诽矣乎！"

注释：
①契友：情投意合的好朋友。
②干仆：做事很利索的仆人。
③附：迷信一说，人死后，魂魄可以附着在他人身上。
④令终：尽天年而寿终。
⑤旅进旅退：自己没有什么主张，随大流，与大众共进退。

束城李某，以贩枣往来于邻县，私诱居停主人少妇归。比至家，其妻先已偕人逃。自诧曰："幸携此妇来，不然，鳏矣。"人计其妻迁贿①之期，正当此妇乘垣②后日，适相报，尚不悟耶！既而此妇不乐居农家，复随一少年遁，始茫然自失。后其夫踪迹至束城，欲讼李。李以妇已他去，无佐证，坚不承。纠纷间，闻里有扶乩者，众曰："盍质于仙？"仙判一诗曰："鸳鸯梦好两欢娱，记否罗敷自有夫。③今日相逢须一笑，分明依样画壶卢。"其夫默然径返，两邑接壤，有知其事者曰："此妇初亦其夫诱来者也。"

注释：
①迁贿：转移受贿的财物。
②乘垣：乘，升、登；垣，墙。登上院墙，这里之攀过院墙逃走。
③罗敷句：典故出于汉乐府《陌上桑》。

满媪，余弟乳母也，有女曰荔姐，嫁为近村民家妻。一日,闻母病,不及待婿同行,遽狼狈而来。时已入夜,缺月^①微明。顾见一人追之急,度是强暴,而旷野无可呼救。乃隐身古冢白杨下,纳簪珥怀中,解绦系颈,披发吐舌,瞪目直视以待。其人将近,反招之坐。及逼视,知为缢鬼,惊仆不起。荔姐竟狂奔得免。比入门,举家大骇,徐问得实,且怒且笑,方议向邻里追问。次日,喧传某家少年遇鬼中恶,其鬼今尚随之,已发狂谵语^②。后医药符箓皆无验,竟颠痫^③终身。此或由恐怖之余,邪魅乘机而中之,未可知也。或一切幻象,由心而造,未可知也。或明神殛恶,阴夺其魄,亦未可知也。然均可为狂且戒。

注释:

①缺月:指下玄月,农历十五之后的月亮。

②谵语:胡言乱语。

③颠痫(xián):癫痫。

制府^①唐公执玉,尝勘一杀人案,狱具矣。一夜秉烛独坐,忽微闻泣声,似渐近窗户。命小婢出视,噭然而仆。公自启帘,则一鬼浴血跪阶下。厉声叱之。稽颡^②曰:"杀我者某,县官乃误坐某。仇不雪,目不瞑也。"公曰:"知之矣。"鬼乃去。翌日,自提讯。众供死者衣履,与所见合。信益坚,竟如鬼言改坐^③某。问官申辩百端,终以为南山可移,此案不动。其幕友疑有他故,微叩公。始具言始末,亦无如之何。一夕,幕友请见,曰:"鬼从何来?"曰:"自至阶下。""鬼从何去?"曰:"欻然越墙去。"幕友曰:"凡鬼有形而无质,去当奄然而隐^④,不当越墙。"因即越墙处寻视,虽甃瓦^⑤不裂,而新雨之后,数重屋上皆隐隐有泥迹,直至外垣而下。指以示公曰:"此必凶贿捷盗所为也。"公沈思恍然,仍从原谳^⑥。讳其事,亦不复深求。

注释:

①制府:总督的别称。

②稽颡(qǐ sǎng):古代一种跪拜礼,屈膝下拜,以额触地,表示极度的虔诚。

③坐:判罪。

④奄然而隐:迅速地消失。

⑤甓瓦:墙上的砖石。

⑥原谳:原来的判决文献。

景城南有破寺,四无居人,惟一僧携二弟子司香火,皆蠢蠢如村佣①,见人不能为礼。然谲诈②殊甚,阴市③松脂炼为末,夜以纸卷燃火撒空中,焰光四射。望见趋问,则师弟键户④酣寝,皆曰不知。又阴市戏场佛衣,作菩萨罗汉形,月夜或立屋脊,或隐映寺门树下。望见趋问,亦云无睹。或举所见语之,则合掌曰:"佛在西天,到此破落寺院何为?官司方禁白莲教⑤,与公无仇,何必造此语祸我?"人益信为佛示现,檀施⑥日多。然寺日颓敝⑦,不肯葺一瓦一椽,曰:"此方人喜作蜚语⑧,每言此寺多怪异。再一庄严,惑众者益藉口⑨矣。"积十余年,渐致富。忽盗瞰其室,师弟并拷死⑩,罄其资去。官检所遗囊箧,得松脂戏衣之类,始悟其奸。此前明崇祯末事。先高祖厚斋公曰:"此僧以不蛊惑为蛊惑,亦至巧矣。然蛊惑所得,适以自戕⑪,虽谓之至拙可也。"

注释:

①村佣:村里的雇工。

②谲(jué)诈:虚伪,诡计多端。

③阴市:偷偷买。

④键户:关闭门窗。

⑤白莲教:宋高宗绍兴三年由茅子元创立佛教分支白莲宗,元、

明、清时期成为民间十分盛行的宗教形式。

⑥檀施：佛教语，布施。

⑦颓敝：颓废凋敝。

⑧蜚语：流言。

⑨藉口：借口。

⑩拷死：拷打致死。

⑪自戕(qiāng)：自杀，自己伤残自己。

　　有书生嬖①一娈童，相爱如夫妇。童病将殁，凄恋万状，气已绝，犹手把书生腕，擘之乃开。后梦寐见之，灯月下见之，渐至白昼亦见之，相去恒七八尺。问之不语，呼之不前，即之则却退。缘是惘惘成心疾，符箓劾治无验。其父姑令借榻丛林，冀②鬼不敢入佛地。至则见如故。一老僧曰："种种魔障，皆起于心。果此童耶？是心所招；非此童耶？是心所幻。但空尔心，一切俱灭矣。"又一老僧曰："师对下等人说上等法，渠③无定力，心安得空？正如但说病证，不疏药物耳。"因语生曰："邪念纠结，如草生根，当如物在孔中，出之以楔，楔满孔则物自出。尔当思惟，此童殁后，其身渐至僵冷，渐至洪胀，渐至臭秽，渐至腐溃，渐至尸虫蠕动，渐至脏腑碎裂，血肉狼藉，作种种色。其面目渐至变貌，渐至变色，渐至变相如罗刹，则恐怖之念生矣。再思惟此童如在，日长一日，渐至壮伟，无复媚态，渐至鬤④鬤有须，渐至修髯如戟，渐至面苍黦⑤，渐至发斑白，渐至两鬓如雪，渐至头童齿豁⑥，渐至伛偻劳嗽，涕泪涎沫，秽不可近，则厌弃之念生矣。再思惟此童先死，故我念彼。倘我先死，彼貌姣好，定有人诱，利饵势胁，彼未必守贞如寡女。一旦引去，荐彼枕席，我在生时对我种种淫语，种种淫态，俱回向是人，恣其娱乐；从前种种昵爱，如浮云散灭，都无余滓，则愤恚之念生矣。再思惟此童如在，或恃宠跋宠,使我不堪,偶相触忤,反面诟谇;或我财不赡,不餍所求,顿生异心,形色索漠⑦;或彼见富贵,弃我他往,与我相遇如陌路人,则怨恨之念生矣。以是诸念起伏生灭于心中,则心无余闲。心无余闲,则一切爱根欲根无处容著,一切魔障不祛自退矣。"生如所教,数日或见或不见,又数日竟灭迹。病起往访,则寺中无是二僧。或曰古佛现化,或曰十方常住⑧,来往如云,萍水偶逢,已飞锡⑨他往云。

注释:

①嬖:宠爱。

②冀:希望、盼望。

③渠:人称代词"他"。

④鬑(lián)鬑:须发长长的样子。

⑤苍黧:由黑变黄。

⑥头童齿豁:形容人头顶秃了,牙齿缺了。形容人衰老的容态。

⑦索漠:同"索莫",冷落淡漠的样子。

⑧十方常住:佛教语,四种常住之一。谓接待往来僧人的寺院。

⑨飞锡:佛教语,指僧人云游四方。

先太夫人乳媪廖氏言:沧州马落坡,有妇以卖面①为业,得余面以养姑②。贫不能畜驴,恒自转磨,夜夜彻四鼓③。姑殁后,上墓归,遇二少女于路,迎而笑曰:"同住二十余年,颇相识否?"妇错愕不知所对。二女曰:"嫂勿讶,我姊妹皆狐也。感嫂孝心,每夜助嫂转磨。不意④为上帝所嘉,缘是功行,得证正果。今嫂养姑事毕,我姊妹亦登仙去矣。敬来道别,并谢提携也。"言讫,其去如风,转瞬已不见。妇归,再转其磨,则力几不胜,非宿昔之旋运自如矣。

注释:

①卖面:出卖肉体为生。

②姑：古时候对婆婆的称呼。

③四鼓：鼓，古时候用来报时的方式。一更敲一次鼓；四鼓，鼓敲了四次，应该是半夜两点。

④不意：没有意料到，不曾想到。

　　乌鲁木齐，译言好围场也。余在是地时，有笔帖式①名乌鲁木齐。计其命名之日，在平定西域前二十余年。自言初生时，父梦其祖语曰："尔所生子，当名乌鲁木齐。"并指画其字以示。觉而不省为何语；然梦甚了了②，姑以名之。不意今果至此，意将终此乎？后迁印房主事，果卒于官。计其自从征至卒，始终未尝离是地。事皆前定，岂不信夫。

　　注释：

　　①笔帖式：清朝设立的官职，主要从事满汉文书的翻译、整理工作。

　　②了了：清晰明白。

　　乌鲁木齐又言：有厮养①曰巴拉，从征时，遇贼每力战。后流矢②贯左颊，镞③出于右耳之后，犹奋刀斫一贼，与之俱仆。后因事至孤穆第，梦巴拉拜谒，衣冠修整，颇不类贱役。梦中忘其已死，问："向在何处，今将何往？"对曰："因差遣过此，偶遇主人，一展积恋④耳。"问："何以得官？"曰："忠孝节义，上帝所重。凡为国捐生者，虽下至仆隶，生前苟无过恶，幽冥必与一职事；原有过恶者，亦消除前罪，向人道转生。奴今为博克达山神部将，秩如骁骑校也。"问："何往？"曰："昌吉。"问："何事？曰："赍⑤有文牒，不能知也。"霍然而醒，语音似犹在耳。时戊子六月。至八月十六日而有昌吉变乱之事，鬼盖不敢预泄云。

注释：

①厮养：奴仆，仆役。

②流矢：乱飞的箭。

③镞(zú)：箭头。

④积恋：积存很久的思念。

⑤赍(jī)：带着，送。

　　昌吉筑城时，掘土至五尺余，得红绫丝绣花女鞋一，制作精致，尚未全朽。余乌鲁木齐杂诗曰："筑城掘土土深深，邪许相呼万杵音。怪事一声齐注目，半钩新月①绣花侵。"咏此事也。入土至五尺余，至近亦须数十年，何以不坏？额鲁特女子不缠足，何以得作弓弯样，仅三寸许？此必有其故，今不得知矣。

注释：

①半钩新月：指绣花鞋的样子像弯弯的新月。

　　郭六，淮镇农家妇，不知其夫氏郭父氏郭也，相传呼为郭六云尔。雍正甲辰、乙巳间①，岁大饥。其夫度不得活，出而乞食于四方，濒行，对之稽颡曰："父母皆老病，吾以累汝矣。"妇故有姿，里少年瞰其乏食，以金钱挑之，皆不应，惟以女工养翁姑。既而必不能赡，则集邻里叩首曰："我夫以父母托我，今力竭矣，不别作计，当俱死。邻里能助我，则乞助我；不能助我，则我且卖花，毋笑我。"（里语以妇女倚门为卖花。）邻里趑趄②嗫嚅，徐散去。乃恸哭白③翁姑，公然与诸荡子游。阴蓄夜合之资，又置一女子，然防闲甚严，不使外人觇④其面。或曰，是将邀重价。亦不辩也。越三载余，其夫归，寒温⑤甫毕，即与见翁姑，曰："父母并在，今还汝。"又引所置女见其夫曰："我身已污，不能忍耻再对汝。已为汝别娶一妇，今亦付汝。"夫骇愕⑥未答，则曰："且为汝办餐。"已往厨下自刭矣。县令来验，目炯炯不瞑。县令判葬于祖茔，而不祔夫墓⑦，曰："不祔墓，宜绝于夫也；葬于祖茔，明其未绝于翁姑也。"目仍不瞑。其翁姑哀号曰："是本贞妇，以我二人故至此也。子不能养父母，反绝代养父母者耶？况身为男子不能养，避而委一少妇，途人知其心矣，是谁之过而绝之耶？此我家事，官不必与闻也。"语讫而目瞑。时邑人议论颇不一。先祖宠予公曰："节孝并重也，节孝又不能两全也。此一事非圣贤不能断，吾不敢置一词也。"

注释：

①雍正甲辰、乙巳间：雍正二、三年，公元 1724—1725 年。
②趑趄(zī jū)：想前进又不敢前进。形容疑惧不决，犹豫观望。
③白：说明，陈述。
④觌(dí)：见，相见。
⑤寒温：嘘寒问暖，问候冷暖起居。
⑥骇愕：惊骇吃惊。
⑦祔(fù)夫墓：与丈夫合葬。

御史某之伏法①也，有问官白昼假寐②，恍惚见之，惊问曰："君有冤耶？"曰："言官受赂鬻章奏，于法当诛，吾何冤？"曰："不冤，何为来见我？"曰："有憾于君。"曰："问官七八人，旧交如我者亦两三人，何独憾我？"曰："我与君有宿隙③，不过进取相轧④耳，非不共戴天者也。我对簿时，君虽引嫌⑤不问，而阳阳有德色⑥；我狱成时，君虽虚词慰藉，而隐隐含轻薄。是他人据法置我死，而君以修怨快我死也。患难之际，此最伤人心，吾安得不憾！"问官惶恐愧谢曰："然则君将报我乎？"曰："我死于法，安得报君。君居心如是，自非载福之道，亦无庸我报。特意有不平，使君知之耳。"语讫,若睡若醒,开目已失所在,案上残茗尚微温。后所亲见其惘惘如失,阴叩之,乃具道始末,喟然曰:"幸哉我未下石也,其饮恨犹如是。曾子曰:'哀矜⑦勿喜。'不其然乎!"所亲为人述之,亦喟然曰:"一有私心,虽当其罪犹不服,况不当其罪乎!"

注释:

①伏法:依法被处死刑。

②假寐:和衣打盹。

③宿隙:旧日的嫌隙仇怨。

④相轧:相互排斥、诋毁。

⑤引嫌:避嫌。

⑥阳阳有德色:得意洋洋表现出自己很大度的样子。

⑦哀矜(jīn):哀怜;怜悯。

程编修鱼门曰:"怨毒之于人甚矣哉!宋小岩将殁,以片札寄其友曰:'白骨可成尘,游魂终不散;黄泉业镜台,待汝来相见。'余亲见之。其友将殁,以手拊床①曰:'宋公且坐。'余亦亲见之。"

注释:

①拊(fǔ)床:拍床,捶床。表示十分悲痛。

相传某公奉使归,驻节馆舍。时庭菊盛开,徘徊花下。见小童隐映疏竹间,年可十四五,端丽温雅如靓妆女子。问知为居停主人①子。呼与语,甚慧黠,取一扇赠之。流目送盼,意似相就。某公亦爱其秀颖,与流连软语。适左右皆不在,童即跪引其裾②曰:"公如不弃,即不敢欺公:父陷冤狱,得公一语可活。公肯援手,当不惜此身。"方探袖出讼牒,忽暴风冲击,窗扉六扇皆洞开③,几为驺从④所窥。心知有异,急挥之去,曰:"俟夕徐议。"即草草命驾行。后廉知为土豪杀人,狱急⑤不得解,赂胥吏引某公馆其家,阴市娈童,伪为其子;又赂左右,得至前为秦弱兰之计⑥。不虞冤魄之示变也。裘文达公尝曰:"此公偶尔多事,几为所中。士大夫一言一动,不可不慎。使尔时面如包孝肃⑦,亦何隙可乘。

注释:

①居停主人:寄居处的主人,房东。

②裾:衣服的前襟。

③洞开:敞开。

④驺(zōu)从:随从、下人。

⑤狱急:案情紧急。

⑥秦弱兰之计:典故出于《宋史·陶谷传》。北宋初,宋主准备进攻南唐,派遣翰林学士陶谷前去劝降,陶谷自以为是大国使臣,不把南唐君臣放在眼里。陶谷是个好色之徒。于是南唐丞相宋齐丘和金陵名妓秦弱兰设一计,陶谷果然坠入计中,只得听凭人家摆布。宋齐丘命他回朝谎奏宋主,只说南唐兵精粮足,暂时未攻伐。宋主听信了陶谷,撤回了准备进攻的军队。南唐暂时避免了亡国之祸。

⑦包孝肃:包拯(999—1062),宋庐州合肥(今安徽合肥)人,字希仁。包拯做官以断狱英明刚直而著称于世。谥号"孝肃"。

明崇祯末,孟村有巨盗肆掠,见一女有色,并其父母絷之。女不受污,则缚其父母加炮烙。父母并呼号惨切,命女从贼。女请纵父母去,乃肯从。贼知其绐①己,必先使受污而后释。女遂奋掷批贼颊,与父母俱死,弃尸于野。后贼与官兵格斗,马至尸侧,辟易②不肯前,遂陷淖就擒。女亦有灵矣,惜其名氏不可考。论是事者,或谓女子在室,从父母之命者也。父母命之从贼矣,成一己之名,坐视父母之惨酷,女似过忍。或谓命有治乱,从贼不可与许嫁比。父母命为倡③,亦为倡乎?女似无罪。先姚安公曰:"此事与郭六正相反,均有理可执,而于心终不敢确信。不食马肝,未为不知味也。"

刘羽冲,佚其名,沧州人。先高祖厚斋公多与唱和。性孤僻,好讲古制,实迂阔①不可行。尝倩董天士作画,倩厚斋公题。内《秋林读书》一幅云:"兀坐秋树根,块然无与伍。不知读何书,但见须眉古。只愁手所持,或是井田谱②。"盖规之也。偶得古兵书,伏读经年,自谓可将十万。会有土寇,自练乡兵与之角③,全队溃覆,几为所擒。又得古水利书,伏读经年,自谓可使千里成沃壤。绘图列说于州官。州官亦好事,使试于一村。沟洫④甫成,水大至,顺渠灌入,人几为鱼。由是抑郁不自得,恒独步庭阶,摇首自语曰:"古人岂欺我哉!"如是日千百遍,惟此六字。不久,发病死。后风清月白之夕,每见其魂在墓前松柏下,摇首独步。侧耳听之,所诵仍此六字也。或笑之,则欻隐⑤。次日伺之,复然。泥古者愚,何愚乃至是欤!阿文勤公尝教昀曰:"满腹皆书能害事,腹中竟无一卷书,亦能害事。国弈不废旧谱,而不执旧谱;国医不泥古方,而不离古方。故曰:'神而明之,存乎其人。'又曰:'能与人规矩,不能使人巧。'"

③角：角斗。

④沟洫：田间水渠。

⑤欻（xū）隐：突然隐藏起来。欻，突然，一下子。

明魏忠贤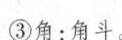之恶，史册所未睹也。或言其知事必败，阴蓄一骡，日行七百里，以备遁逃；阴蓄一貌类己者，以备代死。后在阜城尤家店，竟用是私遁去。余谓此无稽之谈也。以天道论之，苟神理不诬，忠贤断无幸免理。以人事论之，忠贤擅政七年，何人不识？使窜伏旧党之家，小人之交，势败则离，有缚献而已矣。使潜匿荒僻之地，则耕牧之中，突来阉宦，异言异貌，骇视惊听，不三日必败。使远遁于封域之外，则严世蕃②尝通日本，仇鸾③尝交谙达，忠贤无是也。山海阻深，关津隔绝，去又将何往？昔建文行遁，后世方且传疑。然建文失德无闻，人心未去，旧臣遗老，犹有故主之思。燕王称戈篡位，屠戮忠良，又天下之所不与。递相容隐。理或有之。忠贤虐焰熏天，毒流四海，人人欲得而甘心。是时距明亡尚十五年，此十五年中，安得深藏不露乎？故私遁之说，余断不谓然。文安王岳芳曰："乾隆初，县学中忽雷霆击格，旋绕文庙，电光激射，如掣赤练，入殿门复返者十余度。训导王著起曰，是必有异。冒雨入视，见大蜈蚣伏先师神位上。钳出掷阶前。霹雳一声，蜈蚣死而天霁④。验其背上，有朱书魏忠贤字。"是说也，余则信之。

注释：

①魏忠贤：明末宦官，大权在握，残害忠良，大肆聚敛民财，是史上著名的奸佞之人。

②严世蕃：严嵩之子，和他父亲无恶不作，事情败露之后，曾经想通过日本出逃，但是没有成功，被处决。

③仇鸾：依附严嵩，与鞑靼交战时假冒军功，获得升迁，后被革职，忧郁致死。

④霁(jì)：雨止天晴。

乌鲁木齐深山中，牧马者恒见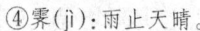小人高尺许，男女老幼，一一皆备。遇红柳吐花时，辄折柳盘为小圈，著顶上，作队跃舞，音呦呦如度曲。或至行帐窃食，为人所掩，则跪而泣。絷之，则不食而死。纵之，初不敢遽行②；行数尺辄回顾。或追叱之，仍跪泣。去人稍远，度不能追，始蓦③涧越山去。然其巢穴栖止处，终不可得。此物非木魅，亦非山兽，盖僬侥之属。不知其名，以形似小儿，而喜戴红柳，因呼曰红柳娃。丘县丞天锦，因巡视牧厂，曾得其一，猎以归。细视其须眉毛发，与人无二。知《山海经》所谓诤人④，凿然有之。有极小必有极大，《列子》所谓龙伯之国，亦必凿然有之。

注释：
①恒见：常常见到。
②遽行：立刻就走。
③蓦：跳跃。
④诤人：古代传说中的身材矮小之人。

塞外有雪莲，生崇山积雪中，状如今之洋菊，名以莲耳。其生必双，雄者差大①，雌者小。然不并生，亦不同根，相去必一两丈。见其一，再觅其一，无不得者。盖如兔丝茯苓，一气所化，气相属也。凡望见此花，默往探之则获。如指以相告，则缩入雪中，杳无痕迹。即劚雪②求之亦不获。草木有知，理不可解。土人曰，山神惜之。其或然欤？此花生极寒之地，而性极热。盖二气有偏胜，无偏绝，积阴外凝，则纯阳内结。坎卦以一阳陷二阴之中，剥复二卦，以一阳居五阴之上下，是其象也。然浸酒为补剂，多血热妄行。或用合媚药,其祸尤烈。盖天地之阴阳均调,万物乃生。人身之阴阳均调,百脉乃和。故《素问》曰:"亢则害,承乃制。"自丹溪立阳常有余阴常不足之说,医家失其本旨,往往以苦寒伐生气。张介宾辈矫枉过直,遂偏于补阳,而参著桂附,流弊亦至于杀人。是未知易道扶阳,而乾之上九,亦戒以"亢龙有悔"③也。嗜欲日盛,羸弱者多,温补之剂易见小效,坚信者遂众。故余谓偏伐阳者,韩非刑名之学;偏补阳者,商鞅富强之术。初用皆有功,积重不返,其损伤根本,则一也。雪莲之功不补患,亦此理矣。

注释:

①差大:略大。

②劚(zhǔ)雪:刨开积雪。

③亢龙有悔:出自《周易》,意为居高位的人要戒骄,否则会失败而后悔。后也形容倨傲者不免招祸。这里指不可阴阳过于失和,导致灾祸。

唐太宗《三藏圣教序》,称风灾鬼难之域,似即今辟展土鲁番地。其地沙碛中,独行之人往往闻呼姓名,一应则随去不复返。又有风穴在南山,其大如井,风不时从中出。每出,则数十里外先闻波涛声,迟一二刻风乃至。所横径之路,阔不过三四里,可急行而避。避不及,则众车以巨绳连缀为一,尚鼓动颠簸,如大江浪涌之舟。或一车独遇,则人马辎重皆轻若片叶,飘然莫知所往矣。风皆自南而北,越数日自北而南,如呼吸之往返也。余在乌鲁木齐,接辟展移文①,云军校雷庭,于某日人马皆风吹过岭北,无有踪迹。又昌吉通判报,某日午刻,有一人自天而下,乃特纳格尔遣犯徐吉,为风吹至。俄特纳格尔县丞报,徐吉是日逃。计其时刻,自巳正②至午,已飞腾二百余里。此在彼不为怪,在他处则异闻矣。徐吉云,被吹时如醉如梦,身旋转如车轮,目不能开,耳如万鼓之鸣,口鼻如有物拥蔽,气不得出,努力良久,始能一呼吸耳。按《庄子》称"大块噫气,其名为风"。气无所不之,不应有穴。盖气所偶聚,因成斯异。犹火气偶聚于巴蜀,遂为火井。水脉偶聚于于阗,遂为河源云。

注释:

①移文:公务文书。

②巳正:上午十一点。

何励庵先生言:相传明季有书生,独行丛莽间,闻书声琅琅。怪旷野那得有是,寻之,则一老翁坐墟墓间,旁有狐十余,各捧书蹲坐。老翁见而起迎,诸狐皆捧书人立①。书生念既解读书,必不为祸,因与揖让②席地坐。问:"读书何为?"老翁曰:"吾辈皆修仙者也。凡狐之求仙有二途:其一采精气,拜星斗,渐至通灵变化,然后积修正果,是为由妖而求仙。然或入邪僻,则干天律③。其途捷而危。其一先炼形为人,既得为人,然后讲习内丹,是为由人而求仙。虽吐纳导引,非旦夕之功,而久久坚持,自然圆满。其途纡而安。顾形不自变,随心而变,故先读圣贤之书,明三纲五常之理,心化则形亦化矣。"书生借视其书,皆《五经》、《论语》、《孝经》、《孟子》之类,但有经文而无注。问:"经不解释,何由讲贯?"老翁曰:"吾辈读书,但求明理。圣贤言语,本不艰深,口相授受,疏通训诂,即可知其义旨,何以注为?"书生怪其持论乖僻,惘惘莫对。姑问其寿。曰:"我都不记。但记我受经之日,世尚未有印板书④。"又问:"阅历数朝,世事有无同异?"曰:"大都不甚相远。惟唐以前,但有儒者。北宋后,每闻某甲是圣贤,为小异耳。"书生莫测⑤，一揖而别。后于途间遇此翁，欲与语，掉头径去。案此殆先生之寓言。先生尝曰："以讲经求科第，支离敷衍，其词愈美而经愈荒。以讲经立门户，纷纭辩驳，其说愈详而经亦愈荒。"语意若合符节。又尝曰："凡巧妙之术，中间必有不稳处。如步步踏实，即小有蹉失，终不至折肱伤足⑥。"与所云修仙二途，亦同一意也。

注释：
①人立：像人一样站立。
②揖让：古代主宾相见的礼节。
③干天律：触犯天条。
④印板书：刻板印刷的书，在中国隋唐时期开始出现。
⑤莫测：不知如何作答。
⑥折肱（gōng）伤足：胳膊骨折、损伤了脚。形容受伤严重。

有扶乩者，自江南来。其仙自称卧虎山人，不言休咎①，惟与人唱和诗词，亦能作画。画不过兰竹数笔，具体而已②。其诗清浅而不俗。尝面见下坛一绝云："爱杀嫣红映水开，小停白鹤一徘徊。花神怪我衣襟绿，才藉莓苔稳睡来。"又咏舟，限车字。咏车，限舟字。曰："浅水潺潺二尺余，轻舟来往兴何如？回头岸上春泥滑，愁杀疲牛薄笨车。""小车辘辘驾乌牛，载酒聊为陌上游。莫羡王孙金勒马，双轮徐转稳如舟。"其余大都类此。问其姓字，则曰："世外之人，何必留名。必欲相迫，有杜撰应命而已。"甲与乙共学其符，召之亦至，然字多不可辨，扶乩者手不习③也。一日，乙焚符，仙竟不降。越数日再召，仍不降。后乃降于甲家，甲叩④乙召不降之故。仙判曰："人生以孝弟为本，二者有惭，则不可以为人。此君近与兄析产，隐匿千金；又诡言父有宿逋⑤，当兄弟共偿，实掩兄所偿为己有。吾虽方外闲身，不预人事，然义不与此等人作缘。烦转道意,后毋相渎。"又判示甲曰:"君近得新果,遍食儿女,而独忘孤侄,使啜泣竟夕。虽是无心,要由于意有歧视。后若再尔,吾亦不来矣。"先姚安公曰:"吾见其诗词,谓是灵鬼;观此议论,似竟是仙。"

注释:
①休咎(jiù):吉凶、祸福。
②具体而已:有大致的轮廓而已。
③手不习:身手不熟练。
④叩:探问、询问。
⑤宿逋:久欠的税赋或债务。

广西提督田公耕野,初娶孟夫人,早卒。公官凉州镇时,月夜独坐衙斋,恍惚梦夫人自树杪翩然下,相劳苦①如平生,曰:"吾本天女,宿命当为君妇,缘满仍归。今过此相遇,亦余缘之未尽者也。"公问:"我当终何官?"曰:"官不止此,行去矣。"问:"我寿几何?"曰:"此难言。公卒时不在乡里,不在官署,不在道途馆驿,亦不殁于战阵,时至自知耳。"问:"殁后尚相见乎?"曰:"此在君矣。君努力生天,即可见,否即不能也。"公后征叛苗,师还,卒于戎幕②之下。

注释:
①相劳苦:相互慰藉问候。
②戎幕:军队幕府。

奴子魏藻,性佻荡①,好窥伺妇女。一日,村外遇少女,似相识而不知其姓名居址。挑与语,女不答而目成,径西去。藻方注视,女回顾若招。即随以往,渐逼近。女面颊②,小语曰:"来往人众,恐见疑。君可相隔小半里,俟到家,吾待君墙外车屋中，枣树下系一牛，旁有碌碡③者是也。"既而渐行渐远，薄暮将抵李家洼，去家三十里矣。宿雨初晴，泥将没胫，足趾亦肿痛。遥见女已入车屋，方窃喜，趋而赴。女方背立，忽转面乃作罗刹形，锯牙钩爪，面如靛④，目睒睒如灯。骇而返走，罗刹急追之。狂奔二十余里，至相国庄，已届亥初。识其妇翁门，急叩不已。门甫启，突然冲入，触一少女仆地，亦随之仆。诸妇怒噪，各持捣衣杵乱捶其股。气结不能言，惟呼"我我"。俄一媪持灯出，方知是婿，共相惊笑。次日以牛车载归，卧床几两月。当藻来去时，人但见其自往自还，未见有罗刹，亦未见有少女。岂非以邪召邪，狐鬼乘而侮之哉。先兄晴湖曰："藻自是不敢复冶游，路遇妇女，必俯首。是虽谓之神明示惩，可也。"

注释：

①佻(tiāo)荡：轻佻放荡。

②頬：脸红。

③碌碡(liù zhou)：石制的圆柱形农具，一端略大，一端略小，宜于绕着一个中心旋转。用来轧谷物、碾平场地等。

④靛(diàn)：深蓝色。

去余家十余里，有瞽者①姓卫。戊午除夕，遍诣常呼弹唱家辞岁，各与以食物，自负以归。半途，失足堕枯井中。既在旷野僻径，又家家守岁，路无行人，呼号嗌②干，无应者。幸井底气温，又有饼饵可食，渴甚则咀水果，竟数日不死。会③屠者王以胜驱豕归，距井犹半里许，忽绳断豕逸，狂奔野田中，亦失足堕井。持钩出豕，乃见瞽者，已气息仅属④矣。井不当屠者所行路，殆若或使之也。先兄晴湖问以井中情状。瞽者曰："是时万念皆空，心已如死，惟念老母卧病，待瞽子以养。今并瞽子亦不得，计此时恐已饿莩⑤，觉酸彻肝脾,不可忍耳。"先兄曰:"非此一念,王以胜所驱豕必不断绳。"

注释:

①瞽(gǔ)者:盲人。

②嗌:咽喉,嗓子。

③会:恰逢。

④气息仅属:仅剩了一点儿气息。

⑤饿莩(piǎo):饿死的人。

齐大,献县剧盗也。尝与众行劫,一盗见其妇美,逼污之。刃胁①不从,反接其手,缚于橙②,已褫下衣,呼两盗左右挟其足矣。齐大方看庄(盗语谓屋上了望以防救者为看庄),闻妇呼号,自屋脊跃下,挺刃突入曰:"谁敢如是,吾不与俱生。"汹汹欲斗,目光如饿虎。间不容发之顷,竟赖以免。后群盗并就捕骈诛③,惟齐大终不能弋获④。群盗云,官来捕时,齐大实伏马槽下。兵役皆云,往来搜数过,惟见槽下朽竹一束,约十余竿,积尘污秽,似弃置多年者。

注释:

①刃胁:拿刀威胁。

②橙:同"凳",凳子。

③骈诛:一并处决,一并杀戮。

④弋获:缉拿,抓获。

张明经晴岚言:一寺藏经阁上有狐居,诸僧多栖止阁下。一日,天酷暑,有打包僧①厌其器杂,径移坐具住阁上。诸僧忽闻梁上狐语曰:"大众且各归房,我眷属不少,将移住阁下。"僧问:"久居阁上,何忽又欲据此?"曰:"和尚在彼。"问:"汝避和尚耶?"曰:"和尚佛子,安敢不避?"又问:

“我辈非和尚耶?”狐不答。固问之,曰:“汝辈自以为和尚,我复何言!”从兄懋园闻之曰:“此狐黑白太明,然亦可使三教②中人,各发深省。”

注释:

①打包僧:云游和尚。

②三教:儒、释、道三家。

甲见乙妇而艳①之,语于丙。丙曰:“其夫粗悍,可图也。如不吝挥金,吾能为君了此事。”乃择邑子冶荡者,饵以金而属之曰:“尔白昼潜匿乙家,而故使乙闻。待就执,则自承欲盗。白昼非盗时,尔容貌衣服无盗状,必疑奸,勿承也。官再鞠②而后承,罪不过枷杖。当设策使不竟其狱,无所苦也。”邑子如所教,狱果不竟。然乙竟出其妇。丙虑其悔,教妇家讼乙,又阴赂证佐,使不胜。乃恚③而别嫁其女。乙亦决绝,听其嫁。甲重价买为妾。丙又教邑子反噬④甲,发其阴谋,而教甲赂息。计前后干没⑤千金矣。适闻家庙社会,力修供具赛神,将以祈福。先一夕,庙祝梦神曰:“某金自何来?乃盛仪以飨我。明日来,慎勿令入庙。非礼之祀,鬼神且不受,况非义之祀乎?”丙至,庙祝以神语拒之。怒弗信,甫至阶,舁者⑥颠蹶,供具悉毁,乃悚然返。后岁余,甲死。邑子以同谋之故,时往来丙家,因诱其女逃去。丙亦气结死。妇携资改适。女至德州,人诘得奸状,牒送回籍,杖而官卖。时丙奸已露,乙憾甚,乃鬻产赎得女,使荐枕⑦三夕,而转售于人。或曰,丙死时,乙尚未娶,丙妇因嫁焉。此故为快心之谈,无是事也。邑子后为丐,女流落为娼,则实有之。

注释:

①艳:惊艳羡慕。

②鞫：审问。

③恚：怨恨。

④反噬：反咬一口，背叛。

⑤干没：侵吞他人财产。

⑥舁（yú）者：轿夫。

⑦荐枕：侍寝。

益都李词畹言：秋谷先生南游日，借寓一家园亭中。一夕就枕后，欲制一诗。方沈思间，闻窗外人语曰："公尚未睡耶？清词丽句，已心醉十余年。今幸下榻此室，窃听绪论，虽已经月，终以不得质疑问难为恨[1]。虑或仓卒别往，不罄[2]所怀，便为平生之歉。故不辞唐突，愿隔窗听挥麈之谈[3]。先生能不拒绝乎？"秋谷问："君为谁？"曰："别馆幽深，重门夜闭，自断非人迹所到。先生神思夷旷，谅不恐怖，亦不必深求。"问："何不入室相晤？"曰："先生襟怀萧散[4]，仆亦倦于仪文，但得神交，何必定在形骸之内耶？"秋谷因日与酬对，于六义颇深。如是数夕，偶乘醉戏问曰："听君议论，非神非仙，亦非鬼非狐，毋乃山中木客解吟诗乎？"语讫寂然。穴隙窥之，缺月微明，有影蓬蓬然，掠水亭檐角而去。园中老树参云，疑其木魅矣。词畹又云：秋谷与魅语时，有客窃听。魅谓渔洋山人诗如名山胜水，奇树幽花，而无寸土艺五谷；如雕栏曲榭，池馆宜人，而无寝室庇风雨；如彝鼎罍洗[5]，斑斓满几，而无釜甑供炊爨[6]；如纂组锦绣，巧出仙机，而无裘葛御寒暑；如舞衣歌扇，十二金钗，而无主妇司中馈；如梁园金谷，雅客满堂，而无良友进规谏。秋谷极为击节。又谓明季诗庸音杂奏，故渔洋救之以清新；近人诗浮响[7]日增，故先生救之以刻露。势本相因，理无偏胜。窃意二家宗派，当调停相济，合则双美，离则两伤。秋谷颇不平之云。

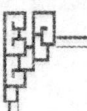

注释:

①终以不得质疑问难为恨:始终因为没有提出问题来请教而产生遗憾。

②罄:引申为尽、竭。

③挥麈之谈:魏晋时期,名士在清谈时,借挥动麈尾来助兴,故借指高谈论阔。

④萧散:不拘束,闲散舒适。

⑤彝鼎罍(léi)洗:形容各色古玩器皿。

⑥炊爨(cuàn):烧火做饭。

⑦浮响:徒有浮夸的名声。

　　乌鲁木齐有道士卖药于市。或曰,是有妖术,人见其夜宿旅舍中,临睡必探佩囊,出一小壶卢,倾出黑物二丸,即有二少女与同寝,晓乃不见。问之,则云无有。余忆《辍耕录》①周月惜事,曰:"此乃所采生魂也,是法食马肉则破。"适中营有马死,遣吏密嘱旅舍主人,问适有马肉可食否? 道士掉头曰:"马肉岂可食?"余益疑,拟料理之。同事陈君题桥曰:"道士携少女,公未亲见。不食马肉,公亦未亲见。周月惜事,出陶九成小说,未知真否。所云马肉破法,亦未知验否。公信传闻之词,据无稽之说,遽兴大狱,似非所宜。塞外不当留杂色人②,饬③所司驱之出境,足矣。"余乃止。后将军温公闻之曰:"欲穷治者太过。倘畏刑妄供别情,事关重大,又无确据,作何行止? 驱出境者太不及。倘转徙别地,或酿事端,云曾在乌鲁木齐久住,谁职其咎? 形迹可疑人,关隘例当盘诘搜检,验有实证,则当付所司;验无实证,则具牒递回原籍,使勿惑民,不亦善乎。"余二人皆服公之论。

注释:

①《辍耕录》:又名《南村辍耕录》,元末明初人陶宗仪著,是一

本有关元朝史事的札记。陶宗仪，字九成，号南村，浙江黄岩人。自幼刻苦攻读，广览群书，学识渊博，工诗文，善书画。

②杂色人：杂七杂八的闲杂人等。

③饬(chì)：命令。

庄学士本淳，少随父书石先生泊舟江岸。夜失足落江中，舟人弗知也。漂荡间，闻人语曰："可救起福建学院，此有关系，勿草草。"不觉已还挂本舟舵尾上，呼救得免。后果督福建学政。赴任时，举是事语余曰："吾其不返乎？"余以立命之说勉之。竟卒于官。又其兄方耕少宗伯，雍正庚戌[1]在京邸，遇地震，压于小乔中。适两墙对圮，相拄如人字帐形。坐其中一昼夜，乃得掘出。岂非死生有命乎。

注释：

①雍正庚戌：雍正八年，公元 1730 年。

何励庵先生言：十三四时，随父罢官还京师。人多舟狭，遂布席于巨箱上寝。夜分，觉有一掌扪之，其冷如冰，魇[1]良久乃醒。后夜夜皆然，谓是神虚，服药亦无效。至登陆乃已。后知箱乃其仆物。仆母卒于官署，厝[2]郊外，临行阴焚其枢，而以衣包骨匿箱中。当由人眠其上，魂不得安，故作是变怪也。然则旅魂随骨返，信有之矣。

注释：

①魇(yǎn)：做噩梦。

②厝(cuò)：放置。

励庵先生又云：有友聂姓，往西山深处上墓返。天寒日短，翳然已暮。畏有虎患，竭蹶[1]力行，望见破庙在山腹，急奔入。时已曛黑[2]，闻墙隅人语曰："此非人境，檀越[3]可速去。"心知是僧，问师何在此暗坐？曰："佛家无诳语。身实缢鬼，在此待替。"聂毛骨悚栗，既而曰："与死于虎，无宁死于鬼。吾与师共宿矣。"鬼曰："不去亦可。但幽明异路，君不胜阴气之侵，我不胜阳气之烁，均刺促不安耳。各占一隅，毋相近可也。"聂遥问待替之故。鬼曰："上帝好生，不欲人自戕其命。如忠臣尽节，烈妇完贞，是虽横夭，与正命无异，不必待替。其情迫势穷④，更无求生之路者，悯其事非得已，亦付转轮，仍核计生平，依善恶受报，亦不必待替。倘有一线可生，或小忿不忍，或借以累人，逞其戾气⑤，率尔投缳⑥，则大拂⑦天地生物之心，故必使待替以示罚。所以幽囚沈滞，动至百年也。"问："不有诱人相替者乎？"鬼曰："吾不忍也。凡人就缳，为节义死者，魂自顶上升，其死速。为忿嫉死者，魂自心下降，其死迟。未绝之顷，百脉倒涌，肌肤皆寸寸欲裂，痛如脔割⑧；胸膈肠胃中如烈焰燔烧，不可忍受。如是十许刻，形神乃离。思是楚毒，见缳者方阻之速返，肯相诱乎？"聂曰："师存是念，自必生天。"鬼曰："是不敢望，惟一意念佛，冀忏悔耳。"俄天欲曙，问之不言，谛视亦无所见。后聂每上墓，必携饮食纸钱祭之，辄有旋风绕左右。一岁，旋风不至，意其一念之善，已解脱鬼趣矣。

注释：

①竭蹶(jué)：跌跌撞撞，匆匆忙忙行路的样子。

②曛黑：漆黑。

③檀越：梵语音译。佛教用语，施主的意思。

④情迫势穷：情势所迫，无计可施。

⑤戾(lì)气：暴戾之气。

⑥投缳(huán)：上吊自杀。

⑦大拂：大大违背。

⑧脔割：将肉体切割成一小块一小块的酷刑。

王半仙尝访其狐友,狐迎笑曰:"君昨夜梦至范住家,欢娱乃尔。"范住者,邑之名妓也。王回忆实有是梦,问何以知。曰:"人秉阳气以生,阳亲上,气恒发越于顶。睡则神聚于心,灵光与阳气相映,如镜取影。梦生于心,其影皆现于阳气中,往来生灭,倏忽变形一二寸小人,如画图,如戏剧,如虫之蠕动。即不可告人之事,亦百态毕露,鬼神皆得而见之,狐之通灵者亦得见之,但不闻其语耳。昨偶过君家,是以见君之梦。"又曰:"心之善恶,亦现于阳气中。生一善念,则气中一线如烈焰;生一恶心,则气中一线如浓烟。浓烟幂①首,尚有一线之光,是畜生道中人。并一线之光而无之,是泥犁狱中人②矣。"王问:"恶人浓烟幂首,其梦影何由复见?"曰:"人心本善,恶念蔽之。睡时一念不生,则此心还其本体,阳气仍自光明。即其初醒时,念尚未起,光明亦尚在。念渐起,则渐昏。念全起,则全昏矣。君不读书,试向秀才问之,孟子所谓夜气,即此是也。"王悚然曰:"鬼神鉴察,乃及于梦寐之中。"

注释:

①幂(mì):遮盖,笼罩。

②泥犁狱中人:相传地狱十八层,有不同的刑罚惩治。

雷出于地,向于福建白鹤岭上见之。岭高五十里,阴雨时俯视,浓云仅及山半,有气一缕,自云中涌出,直激而上。气之纤末,忽火光迸散,即砉然有声,与火炮全相似。至于击物之雷,则自天而下。戊午①夏,余与从兄懋园、坦居读书崔庄三层楼上。开窗四望,数里可睹。时方雷雨,遥见一人自南来,去庄约半里许,忽跪于地。倏云气下垂,幂之不见。俄雷震一声,火光照眼如咫尺,云已敛而上矣。少顷,喧言高川李善人为雷所殛。随众往视,遍身焦黑,仍拱手端跪，仰面望天。背有朱书，非篆非籀②，非草非隶，点画缭绕，不能辨几字。其人持斋礼佛，无善迹，亦无恶迹，不知为夙业③为隐慝也。其侄李士钦曰："是日晨起，必欲赴崔庄，实无一事。竟冒雨而来，及于此难。"或曰："是日崔庄大集（崔庄市人交易，以一、六日大集，三、八日小集。），殆鬼神驱以来，与众见之。"

注释：

①戊午：嘉庆三年，公元1798年。
②籀（zhòu）：中国春秋、战国时期的一种书体。
③夙业：前世的罪孽。

余官兵部时，有一吏尝为狐所媚，尪瘦骨立①。乞张真人符治之。忽闻檐际人语曰："君为吏非理取财，当婴②刑戮。我夙生曾受君再生恩，故以艳色蛊惑，摄君精气，欲君以瘵疾③善终。今被驱遣，是君业重不可救也。宜努力积善，尚冀万一挽回耳。"自是病愈。然竟不悛改④。后果以盗用印信，私收马税伏诛。堂吏有知其事者，后为余述之云。

注释：

①尪（wāng）瘦骨立：身体弯曲，消瘦的只剩下骨头。
②婴：遭受，施加。
③瘵（zhài）疾：疫病，痨病。
④悛改：悔改。

前母张太夫人，有婢曰绣鸾。尝月夜坐堂阶，呼之则东西廊皆有一绣鸾趋出，形状衣服无少异，乃至右襟反折其角，左袖半卷亦相同。大骇，几仆①。再视之，惟存其一。问之，乃从西廊来。又问："见东廊人否？"云："未见也。"此七月间事。至十一月即谢世。殆禄②已将尽，故魅敢现形欤！

　　沧州插花庙尼，姓董氏。遇大士诞辰①，治供具将毕，忽觉微倦，倚几暂憩。恍惚梦大士语之曰："尔不献供，我亦不忍饥；尔即献供，我亦不加饱。寺门外有流民四五辈，乞食不得，困饿将殍。尔辍供具以饭之，功德胜供我十倍也。"霍然惊醒，启门出视，果不谬②。自是每年供具献毕，皆以施丐者，曰此菩萨意也。

注释：

①大士诞辰：观音大士的诞辰日，农历二月十九。

②谬：谬误；差错。

　　先太夫人言：沧州有轿夫田某，母患臌①将殍。闻景和镇一医有奇药，相距百余里。昧爽②狂奔去，薄暮已狂奔归，气息仅属。然是夕卫河暴涨，舟不敢渡。乃仰天大号，泪随声下。众虽哀之，而无如何。忽一舟子解缆呼曰："苟有神理，此人不溺。来来，吾渡尔。"奋然鼓楫，横冲白浪而行。一弹指顷，已抵东岸。观者皆合掌诵佛号。先姚安公曰："此舟子信道之笃，过于儒者。"

注释：

①臌(gǔ)：肚子鼓胀的病。

②昧爽：拂晓，黎明。

滦阳消夏录（四）

卧虎山人降乩①于田白岩家，众焚香拜祷。一狂生独倚几斜坐，曰："江湖游士，练熟手法为戏耳。岂有真仙日日听人呼唤？"乩即书下坛诗曰："鹡鸰惊秋不住啼，章台回首柳萋萋。花开有约肠空断，云散无踪梦亦迷。小立偷弹金屈戌，半酣笑劝玉东西。琵琶还似当年否？为问浔阳估客②妻。"狂生大骇，不觉屈膝。盖其数日前密寄旧妓之作，未经存稿者也。仙又判曰："此笺幸未达，达则又作步非烟③矣。此妇既已从良，即是窥人闺阁。香山居士④偶作寓言，君乃见诸实事耶？大凡风流佳话，多是地狱根苗。昨见冥官录籍，故吾得记之。业海洪波，回头是岸。山人饶舌⑤，实具苦心，先生勿讶多言也。"狂生鹄立案旁，殆无人色。后岁余，即下世。余所见扶乩者，惟此仙不谈休咎，而好规人过。殆灵鬼之耿介⑥者耶！先姚安公素恶淫祀⑦，惟遇此仙必长揖曰："如此方严，即鬼亦当敬。"

注释：

①降乩：谓扶乩时神灵降下旨意。

②估客：行商。

③步非烟：唐传奇《步非烟》中的女主角，为临淮武公业之妾，由于武公公务繁忙，回家甚少，遂于邻家赵象暧昧亲昵，后被武公发觉，鞭打致死。

④香山居士：白居易（772—846），字乐天，万年号香山居士，唐代著名的诗人。

⑤饶舌：唠叨，多嘴。

⑥耿介：正直不阿，廉洁自持。

⑦淫祀：虚妄的祭祀。

姚安公未第时，遇扶乩者，问有无功名。判曰："前程万里。"又问登第当在何年。判曰："登第却须候一万年。"意谓或当由别途进身。及癸巳①万寿恩科②登第，方悟万年之说。后官云南姚安府知府，乞养归③，遂未再出。并前程万里之说亦验。大抵幻术多手法捷巧。惟扶乩一事，则确有所凭附，然皆灵鬼之能文者耳。所称某神某仙，固属假托；即自称某代某人者，叩以本集中诗文，亦多云年远忘记，不能答也。其扶乩之人，遇能书者则书工，遇能诗者即诗工，遇全不能诗能书者则虽成篇而迟钝。余稍能诗而不能书，从兄坦居能书而不能诗。余扶乩，则诗敏捷而书潦草。坦居扶乩，则书清整而诗浅率④。余与坦居实皆未容心，盖亦借人之精神始能运动，所谓鬼不自灵，待人而灵也。蓍龟⑤本枯草朽甲，而能知吉凶，亦待人而灵耳。

注释：

①癸巳：康熙五十二年，公元1713。

②万寿恩科：在皇上寿辰庆典之时特别开科考试。

③乞养归：请求赡养父母而回家。

④浅率：意思浅显易懂。

⑤蓍(shī)龟：古时候占卜的方法，蓍龟，是占卜用的两种东西，蓍草和龟甲。

先外祖居卫河东岸，有楼临水傍，曰"度帆"。其楼向西，而楼之下层门乃向东，别为院落，与楼不相通。先有仆人史锦捷之女缢于是院，故久无人居，亦无局钥。有僮婢不知是事，夜半幽会于斯。闻门外窸窣似人行，惧为所见，伏

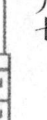

不敢动。窃于门隙窥之，乃一缢鬼步阶上，对月微叹。二人股栗①，僵于门内，不敢出。门为二人所据，鬼亦不敢入，相持良久。有犬见鬼而吠，群犬闻声亦聚吠。以为有盗，竞②明烛持械以往。鬼隐而僮仆③之奸败。婢愧不自容，迨夕④，亦往是院缢。觉而救苏，又潜往者再。还其父母乃已。因悟鬼非不敢入室也，将以败二人之奸，使愧缢以求代也。先外祖母曰："此妇生而阴狡，死尚尔哉，其沈沦也固宜。"先太夫人曰："此婢不作此事，鬼亦何自而乘？其罪未可委之鬼。"

注释：
①股栗：因惊吓而不住地哆嗦。
②竞：争相。
③僮仆：奴婢仆人。
④迨夕：等到晚上。

辛彤甫先生官宜阳知县时，有老叟投牒曰："昨宿东城门外，见缢鬼五六，自门隙而入，恐是求代。乞示谕百姓，仆妾勿凌虐，债负勿逼索，诸事互让勿争斗，庶鬼无所施其技。"先生震怒，笞而逐之。老叟亦不怨悔，至阶下拊膝①曰："惜哉，此五六命不可救矣！"越数日，城内报缢死者四。先生大骇，急呼老叟问之。老叟曰："连日昏昏，都不记忆，今乃知曾投此牒。岂得罪鬼神，使我受笞耶？"是时此事宣传，家家为备，缢而获解者果二：一妇为姑所虐，姑痛自悔艾；一迫于逋欠②，债主立为焚券，皆得不死。乃知数虽前定，苟能尽人力，亦必有一二之挽回。又知人命至重，鬼神虽前知其当死，苟③一线可救，亦必转借人力以救之。盖气运所至，如严冬风雪，天地亦不得不然。至披裘御雪，墐户④避风，则听诸人事，不禁其自为。

注释：

①拊膝：拍打膝盖。

②逋欠：拖欠债务。

③苟：倘若，假使。

④瑾户：用泥把窗户糊住。

献县史某，佚其名，为人不拘小节，而落落有直气，视龌龊①者蔑如②也。偶从博场归，见村民夫妇子母相抱泣。其邻人曰："为欠豪家债，鬻妇以偿。夫妇故相得，子又未离乳，当弃之去，故悲耳。"史问："所欠几何？"曰："三十金。""所鬻几何？"曰："五十金，与人为妾。"问："可赎乎？"曰："券甫成，金尚未付，何不可赎！"即出博场所得七十金授之，曰："三十金偿债，四十金持以谋生，勿再鬻也。"夫妇德史甚③，烹鸡留饮。酒酣，夫抱儿出，以目示妇，意令荐枕以报。妇颔之，语稍狎。史正色曰："史某半世为盗，半世为捕役，杀人曾不眨眼。若危急中污人妇女，则实不能为。"饮啖讫，掉臂径去④，不更一言。半月后，所居村夜火。时秋获方毕，家家屋上屋下，柴草皆满，茅檐秫篱⑤，斯须四面皆烈焰，度不能出，与妻子暝坐待死。恍惚闻屋上遥呼曰："东岳有急牒，史某一家并除名。"骍然有声，后壁半圮。乃左挈妻，右抱子，一跃而出，若有翼之者。火熄后，计一村之中，熏死⑥者九。邻里皆合掌曰："昨尚窃笑汝痴，不意七十金乃赎三命。"余谓此事见佑于司命，捐金之功十之四，拒色之功十之六。

注释：

①龌龊(wò chuò)：指人的思想、品行恶劣卑鄙。

②蔑如：轻蔑看不起。

③德史甚：万分感谢史某的恩德。

④掉臂径去：转身径直离开。

⑤茅檐秫(shú)篱:茅草做的房檐,高粱秆做的篱笆。
⑥爇死:烧死。

　　姚安公官刑部日,德胜门外有七人同行劫,就捕者五矣,惟王五、金大牙二人未获。王五逃至漷县,路阻深沟,惟小桥可通一人。有健牛怒目当道卧,近辄奋触①。退觅别途,乃猝②与逻者遇。金大牙逃至清河桥北,有牧童驱二牛挤仆泥中,怒而角斗。清河去京近,有识之者,告里胥,缚送官。二人皆回民,皆业屠牛,而皆以牛败。岂非宰割惨酷,虽畜兽亦含怨毒,厉气所凭,借其同类以报哉。不然,遇牛触仆,犹事理之常;无故而当桥,谁使之也?

注释:
①奋触:奋力顶撞。
②猝(cù):突然。

　　宋蒙泉言:孙峨山先生,尝卧病高邮舟中。忽似散步到岸上,意殊爽适。俄有人导之行,恍惚忘所以,亦不问。随去至一家,门径甚华洁。渐入内室,见少妇方坐蓐①。欲退避,其人背后拊一掌,已昏然无知。久而渐醒,则形已缩小,绷②置锦褓中。知为转生,已无可奈何。欲有言,则觉寒气自囟门③入,辄噤不能出。环视室中,几榻器玩及对联书画,皆了了。至三日,婢抱之浴,失手坠地,复昏然无知,醒则仍卧舟中。家人云,气绝已三日,以四肢柔软,心膈尚温,不敢殓耳。先生急取片纸,疏所见闻,遣使由某路送至某门中,告以勿过挞婢。乃徐为家人备言。是日疾即愈,径往是家,见婢媪皆如旧识。主人老无子,相对怅叹,称异而已。近梦通政鉴溪亦有是事,亦记其道路门户。访之,果是日生儿即死。顷在直庐④,图阁学时泉言其状甚悉,大抵与峨山先生所言相类。惟峨山先生记往不记返。鉴溪则往返俱分明，且途中遇其先亡夫人，到家入室时见夫人与女共坐，为小异耳。案轮回之说，儒者所辟。而实则往往有之，前因后果，理自不诬。惟二公暂入轮回，旋归本体，无故现此泡影，则不可以理推。"六合之外，圣人存而不论"，阙所疑可矣。

注释：
①坐蓐：旧时妇女分娩时身下铺草，故称临产为"坐蓐"。
②绷：包裹、捆绑。
③囟门：指婴儿出生时头顶那处两块没有骨质的部位。
④直庐：官员值班时所住的房屋。

再从①伯灿臣公言：曩有县令，遇杀人狱不能决，蔓延日众。乃祈梦城隍祠。梦神引一鬼，首戴磁盎，盎中种竹十余竿，青翠可爱。觉而检案中有姓祝者，祝竹音同，意必是也。穷治无迹。又检案中有名节者，私念曰："竹有节，必是也。"穷治亦无迹。然二人者九死一生矣。计无复之，乃以疑狱②上，请别缉杀人者，卒亦不得。夫疑狱，虚心研鞫③，或可得真情。祷神祈梦之说，不过慑伏④愚民，给之吐实耳。若以梦寐之恍惚，加以射覆⑤之揣测，据为信谳，鲜不谬矣。古来祈梦断狱之事，余谓皆事后之附会也。

注释：
①再从：次于至亲而同祖的亲属关系叫从。又次一层，同曾祖的亲属关系叫再从。指远方的亲戚。
②疑狱：疑难的案件。
③研鞫：研究审理。
④慑伏：威慑使信服。
⑤射覆：古时候用于占卜的方法。

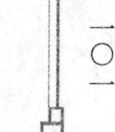

雍正壬子①六月，夜大雷雨，献县城西有村民为雷击。县令明公晟往验，饬棺殓矣。越半月余，忽拘一人讯之曰："尔买火药何为？"曰："以取鸟。"诘曰："以铳击雀，少不过数钱，多至两许，足一日用矣。尔买二三十斤何也？"曰："备多日之用。"又诘曰："尔买药未满一月，计所用不过一二斤，其余今贮何处？"其人词穷。刑鞫之，果得因奸谋杀状，与妇并伏法。或问："何以知为此人？"曰："火药非数十斤不能伪为雷。合药必以硫黄。今方盛夏，非年节放爆竹时，买硫黄者可数。吾阴使人至市，察买硫黄者谁多。皆曰某匠。又阴察某匠卖药于何人。皆曰某人。是以知之。"又问："何以知雷为伪作？"曰："雷击人，自上而下，不裂地。其或毁屋，亦自上而下。今苫草屋梁皆飞起，土炕之面亦揭去，知火从下起矣。又此地去城五六里，雷电相同。是夜雷电虽迅烈，然皆盘绕云中，无下击之状。是以知之。尔时其妇先归宁，难以研问。故必先得是人，而后妇可鞫。"此令可谓明察矣。

注释：

①雍正壬子：雍正十年，公元 1732 年。

戈太仆仙舟言：乾隆戊辰①，河间西门外桥上雷震一人死，端跪不仆；手擎一纸裹，雷火弗爇。验之皆砒霜，莫明其故。俄其妻闻信至，见之不哭，曰："早知有此，恨其晚矣！是尝诟谇②老母，昨忽萌恶念，欲市砒霜毒母死。吾泣谏一夜，不从也。"

注释：

①乾隆戊辰：乾隆十三年，公元 1748 年。
②诟谇：辱骂。

再从兄旭升言：村南旧有狐女，多媚少年，所谓二姑娘者是也。族人某，意拟生致之，未言也。一日，于废圃见美女，疑其即是。戏歌艳曲，欣然流盼①，折草花掷其前。方欲俯拾，忽却立数步外，曰："君有恶念。"逾破垣竟去。后有二生读书东岳庙僧房，一居南室，与之昵。一居北室，无睹也。南室生尝怪其晏至②，戏之曰："左挹③浮丘袖，右拍洪崖肩耶？④"狐女曰："君不以异类见薄，故为悦己者容。北室生心如木石，吾安敢近？"南室生曰："何不登墙一窥？未必即三年不许。如使改节，亦免作程伊川⑤面向人。"狐女曰："磁石惟可引针，如气类不同，即引之不动。无多事，徒取辱也。"时同侍姚安公侧，姚安公曰："向亦闻此，其事在顺治末年。居北室者，似是族祖雷阳公。雷阳一老副榜，八比⑥以外无寸长，只心地朴诚，即狐不敢近。知为妖魅所惑者，皆邪念先萌耳。"

注释：

①流盼：流转目光观看。

②晏至：迟到。

③挹(yì)：拽住。

④左挹浮丘袖，右拍洪崖肩：左手拽住浮丘的袖子，右手搭在洪崖的肩上。形容同时和两个人交往牵扯。

⑤程伊川：程颐（1033—1107），字正叔，北宋洛阳伊川（今属河南省）人，世称伊川先生，北宋理学家，教育家。这里比喻道学家。

⑥八比：明清考试所用八股文。

先太夫人外家①曹氏，有媪能视鬼。外祖母归宁时，与论冥事。媪曰："昨于某家见一鬼，可谓痴绝；然情状可怜，亦使人心脾凄动。鬼名某，住某村，家亦小康，死时年二十七八。初死百日后，妇邀我相伴。见其恒坐院中丁香树下。或闻妇哭声，或闻儿啼声，或闻兄嫂与妇诟谇声，虽阳气逼

烁,不能近,然必侧耳窗外窃听,凄惨之色可掬。后见媒妁至妇房,愕然惊起,张手左右顾。后闻议不成,稍有喜色。既而媒妁再至,来往兄嫂与妇处,则奔走随之,皇皇如有失。送聘之日,坐树下,目直视妇房,泪涔涔如雨。自是妇每出入,辄随其后,眷恋之意更笃。嫁前一夕,妇整束奁具。复徘徊檐外,或倚柱泣,或俯首如有思;稍闻房内嗽声,辄从隙私窥,营营者②彻夜。吾太息曰:'痴鬼何必如是!'若弗闻也。娶者入,秉火前行。避立墙隅,仍翘首望妇。吾偕妇出,回顾,见其远远随至娶者家,为门尉③所阻,稽颡哀乞,乃得入;入则匿墙隅,望妇行礼,凝立如醉状。妇入房,稍稍近窗,其状一如整束奁具时。至灭烛就寝,尚不去,为中霤神所驱,乃狼狈出。时吾以妇嘱归视儿,亦随之返。见其直入妇室,凡妇所坐处眠处,一一视到。俄闻儿索母啼,趋出环绕儿四周,以两手相握,作无可奈何状。俄嫂出,挞儿一掌。便顿足拊心,遥作切齿状。吾视之不忍,乃径归,不知其后何如也。后吾私为妇述,妇啮齿自悔。里有少寡议嫁者,闻是事,以死自誓曰:'吾不忍使亡者作是状。'"嗟乎!君子义不负人,不以生死有异也。小人无往不负人,亦不以生死有异也。常人之情,则人在而情在,人亡而情亡耳。苟一念死者之情状,未尝不戚然感也。儒者见谄渎④之求福,妖妄之滋惑,遂断断⑤持无鬼之论,失先王神道设教之深心,徒使愚夫愚妇,悍然一无所顾忌。尚不如此里妪之言,为动人生死之感也。

注释:

①外家:娘家。

②营营者:往来不绝貌;往来盘旋貌。

③门尉:门上贴的门神。

④谄渎:阿谀在上的人和轻侮在下的人。

⑤龂(yín)龂：确凿貌。

　　王兰泉少司寇言：胡中丞文伯之弟妇，死一日复苏，与家人皆不相识，亦不容其夫近前。细询其故，则陈氏女之魂，借尸回生。问所居，相去仅数十里。呼其亲属至，皆历历相认。女不肯留胡氏。胡氏持镜使自照，见形容皆非，乃无奈而与胡为夫妇。此与《明史·五行志》司牡丹事相同。当时官为断案，从形不从魂。盖形为有据，魂则无凭。使从魂之所归，必有诡托①售奸者。故防其渐焉。

注释：
①诡托：假托，欺骗。

　　有山西商居京师信成客寓，衣服仆马皆华丽，云且援例报捐①。一日，有贫叟来访，仆辈不为通。自候于门，乃得见。神意索漠②，一茶后别无寒温。叟徐露求助意。哂然曰："此时捐项且不足，岂复有余力及君？"叟不平，因对众具道西商昔穷困，待叟举火③者十余年；复助百金使商贩，渐为富人。今罢官流落，闻其来，喜若更生。亦无奢望，或得曩所助之数，稍偿负累，归骨乡井④足矣。语讫絮泣⑤。西商亦似不闻。忽同舍一江西人，自称姓杨，揖西商而问曰："此叟所言信否？"西商面颒⑥曰："是固有之，但力不能报为恨耳。"杨曰："君且为官，不忧无借处。倘有人肯借君百金，一年内乃偿，不取分毫利，君肯举以报彼否？"西商强应曰："甚愿。"杨曰："君但书券，百金在我。"西商迫于公论，不得已书券。杨收券，开敞箧，出百金付西商。西商怏怏持付叟。杨更治具，留叟及西商饮。叟欢甚，西商草草终觞而已。叟谢去，杨数日亦移寓去，从此遂不相闻。后西商检箧中少百金，**镭**锁封识⑦皆如故，无可致诘。又失一狐皮半臂，而箧中得质票⑧一纸，题钱二千，约符杨置酒所用之数。乃知杨本术士，姑以戏之。同舍皆窃称快。西商惭沮，亦移去，莫知所往。

注释：

①报捐：用钱资捐官。

②索漠：冷漠。

③举火：引申为生活；过活。

④乡井：家乡。

⑤絮泣：不停地哭泣。

⑥面赪（chēng）：脸红。

⑦镵锁封识：封锁箱子的扣锁和封条。

⑧质票：当票。

　　蒋编修菱溪，赤厓先生子也。喜吟咏，尝作七夕诗曰："一霎人间箫鼓收，羊灯①无焰三更碧。"又作中元②诗曰："两岸红沙多旋舞，惊风不定到三更。"赤厓先生见之，愀然曰："何忽作鬼语？"果不久下世。故刘文定公作其遗稿序曰："就河鼓以陈词，三更焰碧；会盂兰③而说法，两岸沙红。诗谶先成，以君才过终军之岁；诔词④安属，顾我适当骑省⑤之年。"

注释：

①羊灯：羊形状的花灯，民间常在节日悬挂。

②中元：指农历七月十五日。旧时道观于此日作斋醮，僧寺作盂兰盆会，民俗亦有祭祀亡故亲人等活动。

③盂兰：佛教法会。

④诔词：悼念的文字。

⑤骑省：一为官署名。这里代之指潘岳。语出潘岳《秋兴赋序》："寓直于散骑之省。"

农夫陈四,夏夜在团焦守瓜田,遥见老柳树下,隐隐有数人影,疑盗瓜者,假寐听之。中一人曰:"不知陈四已睡未?"又一人曰:"陈四不过数日,即来从我辈游,何畏之有?昨上直①土神祠,见城隍牒矣。"又一人曰:"君不知耶?陈四延寿矣。"众问:"何故?"曰:"某家失钱二千文,其婢鞭捶数百未承。婢之父亦愤曰:'生女如是,不如无。倘果盗,吾必缢杀之。'婢曰:'是不承死,承亦死也。'呼天泣②。陈四之母怜之,阴典衣得钱二千,捧还主人曰:'老妇昏愦③,一时见利取此钱,意谓主人积钱多,未必遽算出。不料累此婢,心实惶愧。钱尚未用,谨冒死自首,免结来世冤。老妇亦无颜居此,请从此辞。'婢因得免。土神嘉其不辞自污以救人,达④城隍。城隍达东岳。东岳检籍,此妇当老而丧子,冻饿死。以是功德,判陈四借来生之寿于今生,俾养其母。尔昨下直,未知也。"陈四方窃愤⑤母以盗钱见逐,至是乃释然。后九年母死,葬事毕,无疾而逝。

注释:

①直:值班。

②呼天泣:抢天哭地的大哭。

③昏愦(kuì):头脑昏乱;神志不清。

④达:传达,禀告得知。

⑤窃愤:暗暗愤恨。

外舅马公周篆言:东光南乡有廖氏募建义冢①,村民相助成其事,越三十余年矣。雍正初,东光大疫。廖氏梦百余人立门外,一人前致词曰:"疫鬼且至,从君乞焚纸旗十余,银箔糊木刀百余。我等将与疫鬼战,以报一村之惠。"廖故好事,姑制而焚之。数日后,夜闻四野喧呼格斗声,达旦乃止。阖村果无一人染疫者。

注释：

①义冢：古时候收埋无主尸骨的坟场。

沙河桥张某商贩京师，娶一妇归，举止有大家风。张故有千金产，经理亦甚有次第。一日，有尊官骑从甚盛，张杏黄盖，坐八人肩舆，至其门前问曰："此是张某家否？"邻里应曰："是。"尊官指挥左右曰："张某无罪，可缚其妇来。"应声反接①是妇出。张某见势焰赫奕②，亦莫敢支吾。尊官命褫妇衣，决臀三十③，昂然竟行。村人随观之，至林木荫映处，转瞬不见，惟旋风滚滚，向西南去。方妇受杖时，惟叩首称死罪。后人问其故。妇泣曰："吾本侍郎某公妾，公在日，意图固宠，曾誓以不再嫁。今精魂昼见，无可复言也。"

注释：

①反接：反绑双手。
②势焰赫奕：气势浩大恢弘。
③决臀三十：打了三十下屁股。

王秃子幼失父母，迷其本姓。育于姑家，冒姓王。凶狡无赖，所至童稚皆走匿①，鸡犬亦为不宁。一日，与其徒自高川醉归，夜经南横子丛冢间，为群鬼所遮②。其徒股栗伏地，秃子独奋力与斗，一鬼叱曰："秃子不孝，吾尔父也，敢肆殴③！"秃子固未识父，方疑惑间，又一鬼叱曰："吾亦尔父也，敢不拜！"群鬼又齐呼曰："王秃子不祭尔母，致饥饿流落于此，为吾众人妻。吾等皆尔父也。"秃子愤怒，挥拳旋舞，所击如中空囊。跳踉至鸡鸣，无气以动，乃自仆丛莽间。群鬼皆嬉笑曰："王秃子英雄尽矣，今日乃为乡党吐气④。如不知悔，他日仍于此待尔。"秃子力已竭，竟不敢再语。天晓鬼散，其徒乃掖⑤以归。自是豪气消沮，一夜携妻子遁去，莫知所终。此事琐屑不足道，然足见悍戾者必遇其敌，人所不能制者，鬼亦忌而共制之。

注释：

①走匿：奔走逃避，躲开。

②遮：阻挡，拦住。

③肆殴：大胆地殴打。

④为乡党吐气：为乡亲们伸张了正义。

⑤掖：搀扶。

戊子夏，京师传言，有飞虫夜伤人。然实无受虫伤者，亦未见虫，徒以图相示而已。其状似蚕蛾而大，有钳距，好事者或指为射工。按短蜮含沙射影①，不云飞而螫人，其说尤谬。余至西域，乃知所画，即辟展之巴蜡虫。此虫秉炎炽之气而生，见人飞逐。以水噀②之，则软而伏。或噀不及，为所中，急嚼茜草根敷疮则瘥③，否则毒气贯心死。乌鲁木齐多茜草，山南辟展诸屯，每以官牒移取，为刈获者备此虫云。

注释：

①含沙射影：比喻暗中诽谤中伤。

②噀(xùn)：含在口中而喷出。

③瘥(chài)：病愈，痊愈。

乌鲁木齐虎峰书院，旧有遣犯妇缢窗楣上。山长前巴县令陈执礼，一夜明烛观书，闻窗内承尘上窸窣有声。仰视，见女子两纤足，自纸罅①徐徐垂下，渐露膝，渐露股。陈先知是事，厉声曰："尔自以奸败，愤恚死，将祸我耶？我非尔仇。将魅我耶？我一生不入花柳丛，尔亦不能惑。尔敢下，我且以夏楚扑尔②。"乃徐徐敛足上，微闻叹息声。俄从纸罅露面下窥,甚姣好。陈仰面唾曰:"死尚无耻耶?"遂退入。陈灭烛就寝,袖刃以待其来,竟不下。次日,仙游陈题桥访之,话及是事,承尘上有声如裂帛,后不再见。然其仆寝于外室,夜恒呓语,久而渐病瘵。垂死时,陈以其相从二万里外,哭甚悲。仆挥手曰:"有好妇,尝私就③我。今招我为婿,此去殊乐④,勿悲也。"陈顿足曰:"吾自恃胆力,不移居,祸及汝矣。甚哉,客气⑤之害事也!"后同年六安杨君逢源,代掌书院,避居他室,曰:"孟子有言:'不立乎岩墙之下。'"

注释:

①纸罅:纸缝。

②以夏楚扑尔:用棍棒打你。夏楚:泛指用于体罚责打的棍棒。

③私就:私自交好。

④殊乐:特别快乐。

⑤客气:中医术语。指侵害人体的邪气。

德郎中亨,夏日散步乌鲁木齐城外,因至秀野亭纳凉。坐稍久,忽闻大声语曰:"君可归,吾将宴客。"狼狈奔回,告余曰:"吾其将死乎?乃白昼见鬼。"余曰:"无故见鬼,自非佳事。若到鬼窟见鬼,犹到人家见人尔,何足怪焉。"盖亭在城西深林,万木参天,仰不见日。旅榇①之浮厝者,罪人之伏法者,皆在是地,往往能为变怪云。

注释:

①旅榇(chèn):客死他乡人的灵柩。

武邑某公,与戚友赏花佛寺经阁前。地最豁厂①,而阁上时有变怪,入夜即不敢坐阁下。某公以道学自任,夷然②弗信也。酒酣耳热,盛谈《西铭》万物一体之理,满座拱听③,不觉入夜。忽阁上厉声叱曰:"时方饥疫,百姓颇有死亡。汝为乡宦,既不思早倡义举,施粥舍药;即应趁此良夜,闭户安眠,尚不失为自了汉④。乃虚谈高论,在此讲民胞物与⑤。不知讲至天明,还可作饭餐,可作药服否?且击汝一砖,听汝再讲邪不胜正。"忽一城砖飞下,声若霹雳,杯盘几案俱碎。某公仓皇走出,曰:"不信程朱之学,此妖之所以为妖欤!"徐步太息而去。

注释:

①豁厂:宽敞平坦。

②夷然:坦然,泰然。

③拱听:拱着手聆听。

④自了汉:指只顾自己的人。

⑤民胞物与:民为同胞,一切为上天所赐。泛指爱人和一切物类。

　　沧州画工伯魁,字起瞻。(其姓是此伯字,自称伯州犁之裔。友人或戏之曰:"君乃不称二世祖太宰公?"近其子孙不识字,竟自称白氏矣。)尝画一仕女图,方钩出轮郭①,以他事未竟,锁置书室中。越二日,欲补成之,则几上设色小碟,纵横狼藉,画笔亦濡染几遍,图已成矣。神采生动,有殊常格。魁大骇,以示先母舅张公梦征,魁所从学画者也。公曰:"此非尔所及,亦非吾所及,殆偶遇神仙游戏耶?"时城守尉永公宁,颇好画,以善价②取之。永公后迁四川副都统,携以往。将罢官前数日,画上仕女忽不见,惟隐隐留人影,纸色如新,余树石则仍黯旧。盖败征③之先见也。然所以能化去之故,则终不可知。

注释:

①轮郭:应为"轮廓"。

②善价:好价钱。

③败征:衰败的征兆。

佃户①张天锡，尝于野田见髑髅，戏溺②其口中。髑髅忽跃起作声曰："人鬼异路，奈何欺我？且我一妇人，汝男子，乃无礼辱我，是尤不可。"渐跃渐高，直触其面。天锡惶骇奔归，鬼乃随至其家。夜辄在墙头檐际，责詈不已。天锡遂大发寒热，昏瞀③不知人。阖家拜祷，怒似少解。或叩其生前姓氏里居，鬼具自道。众叩首曰："然则当是高祖母，何为祸于子孙？"鬼似凄咽，曰："此故我家耶？几时迁此？汝辈皆我何人？"众陈始末。鬼不胜太息曰："我本无意来此，众鬼欲借此求食，怂恿我来耳。渠有数辈在病者房，数辈在门外。可具浆水一瓢，待我善遣之。大凡鬼恒苦饥，若无故作灾，又恐神责。故遇事辄生衅，求祭赛。尔等后见此等，宜谨避，勿中其机械。"众如所教。鬼曰："已散去矣。我口中秽气不可忍，可至原处寻吾骨，洗而埋之。"遂呜咽数声而寂。

注释：
①佃户：旧时，租种地主土地的农民。
②溺：小便。
③昏瞀：神志不清。

又佃户何大金，夜守麦田。有一老翁来共坐。大金念村中无是人，意是行路者偶憩。老翁求饮，以罐中水与之。因问大金姓氏，并问其祖父。恻然曰："汝勿怖，我即汝曾祖，不祸汝也。"细询家事，忽喜忽悲。临行，嘱大金曰："鬼自伺放焰口①求食外，别无他事，惟子孙念念不能忘，愈久愈切。但苦幽明阻隔，不得音问。或偶闻子孙炽盛，辄跃然以喜者数日，群鬼皆来贺。偶闻子孙零替②，亦悄然以悲者数日，群鬼皆来唁。较生人之望子孙，殆切十倍。今闻汝等尚温饱，吾又歌舞数日矣。"回顾再四，丁宁勉励③而去。先姚安公曰："何大金蠢然一物，必不能伪造斯言。闻之使人追远之心,油然而生。"

注释:

①焰口:相传是为在地域中的鬼魂准备的餐食。

②零替:衰败,不兴盛。

③丁宁勉励:应为"叮咛勉励"。

乾隆丙子①,有闽士赴公车。岁暮②抵京,仓卒不得栖止,乃于先农坛北破寺中僦一老屋。越十余日,夜半,窗外有人语曰:"某先生且醒,吾有一言。吾居此室久,初以公读书人,数千里辛苦求名,是以奉让。后见先生日外出,以新到京师,当寻亲访友,亦不相怪。近见先生多醉归,稍稍疑之。顷闻与僧言,乃日在酒楼观剧,是一浪子耳。吾避居佛座后,起居出入,皆不相适,实不能隐忍让浪子。先生明日不迁,吾瓦石已备矣。"僧在对屋,亦闻此语,乃劝士他徙。自是不敢租是室。有来问者,辄举此事以告云。

注释:

①乾隆丙子:乾隆二十一年,公元1756年。

②岁暮:年底。

申苍岭先生,名丹,谦居先生弟也。谦居先生性和易,先生性豪爽,而立身端介①则如一。里有妇为姑虐而缢者,先生以两家皆士族,劝妇父兄勿涉讼。是夜,闻有哭声远远至,渐入门,渐至窗外,且哭且诉,词甚凄楚,深怨先生之息讼②。先生叱之曰:"姑虐妇死,律无抵法③。即讼亦不能快汝意。且讼必检验,检验必裸露,不更辱两家门户乎?"鬼仍絮泣不已。先生曰:"君臣无狱,父子无狱。人怜汝枉死,责汝姑之暴戾则可。汝以妇而欲讼姑,此一念已干名犯义④矣。任汝诉诸明神,亦决不直汝也。"鬼竟寂然去。谦居先生曰:

"苍岭斯言，告天下之为妇者可，告天下之为姑者则不可。"先姚安公曰："苍岭之言，子与子言孝。谦居之言，父与父言慈。"

注释：
①端介：刚正无私。
②息讼：平息争讼。
③律无抵法：法律上没有定罪的条款。
④干名犯义：封建社会的一种罪名。除却谋逆、故意杀人等严重犯罪行为，其余的罪名，子不应讼父、奴仆不应告发主人，否则就是违背了伦理道德，有伤风化。

董曲江游京师时，与一友同寓，非其侣也，姑省宿食之资云尔。友征逐富贵，多外宿。曲江独睡斋中。夜或闻翻动书册，摩弄器玩声，知京师多狐，弗怪也。一夜，以未成诗稿置几上，乃似闻吟哦声，问之弗答。比晓视之，稿上已圈点数句矣。然屡呼之，终不应。至友归寓，则竟夕寂然。友颇自诧有禄相，故邪不敢干。偶日照李庆子借宿，酒阑以后，曲江与友皆就寝。李乘月散步空圃，见一翁携童子立树下。心知是狐，翳身①窃睨其所为。童子曰："寒甚，且归房。"翁摇首曰："董公同室固不碍。此君俗气逼人，那可共处？宁且坐凄风冷月间耳。"李后泄其语于他友，遂渐为其人所闻，衔李次骨②。竟为所排挤，狼狈负笈③返。

注释：
①翳身：躲藏起来。
②衔李次骨：表示对李某恨之入骨。
③笈(jí)：盛放书籍、衣物等东西的箱子。

余长女适德州卢氏，所居曰纪家庄。尝见一人卧溪畔，衣败絮①呻吟。视之，则一毛孔中有一虱，喙皆向内，后足皆钩于败絮，不可解，解之则痛彻心髓。无可如何，竟坐视其死。此殆凤孽所报欤！

注释：

①败絮：衣服破烂不堪。

汪阁学晓园，侨居阎王庙街一宅。庭有枣树，百年以外物也。每月明之夕，辄见斜柯①上一红衣女子垂足坐，翘首向月，殊不顾人。迫之则不见，退而望之，则仍在故处。尝使二人一立树下，一在室中，室中人见树下人手及其足，树下人固无所睹也。当望见时，俯视地上树有影，而女子无影。投以瓦石，虚空无碍。击以铳，应声散灭；烟焰一过，旋复本形。主人云，自买是宅，即有是怪。然不为人害，故人亦相安。夫木魅花妖，事所恒有，大抵变幻者居多。兹独不动不言，枯坐一枝之上，殊莫明其故。晓园虑其为患，移居避之。后主人伐树，其怪乃绝。

注释：

①斜柯：斜的树枝。

廖姥，青县人，母家姓朱，为先太夫人乳母。年未三十而寡，誓不再适，依先太夫人终其身。殁时年九十有六。性严正，遇所当言①，必侃侃与先太夫人争。先姚安公亦不以常媪遇之②。余及弟妹皆随之眠食，饥饱寒暑，无一不体察周至。然稍不循礼，即遭呵禁。约束仆婢，尤不少假借③。故仆婢莫不阴憾④之。顾司管钥，理庖厨，不能得其毫发私⑤，亦竟无如何也。尝携一童子，自亲串家通问归，已薄暮矣。风雨骤至，趋避于废圃破屋中。雨入夜未止，遥闻墙外人语曰:"我方投汝屋避雨,汝何以冒雨坐树下?"又闻树下人应曰:"汝毋多言,廖家节妇在屋内。"遂寂然。后童子偶述其事,诸仆婢皆曰:"人不近情,鬼亦恶而避之也。"嗟乎,鬼果恶而避之哉!

注释:

①当言:必须要说的话。

②不以常媪遇之:常媪,普通的老妇人;遇,礼遇、对待。和对待普通的老妇人不一样。

③假借:这里指宽容。

④阴憾:私下记恨。

⑤毫发私:一丝一毫的私心。

　　安氏表兄,忘其名字,与一狐为友,恒①于场圃间对谈。安见之,他人弗见也。狐自称生于北宋初。安叩以宋代史事,曰:"皆不知也。凡学仙者,必游方之外,使万缘断绝,一意精修。如于世有所闻见,于心必有所是非。有所是非,必有所爱憎。有所爱憎,则喜怒哀乐之情,必迭起循生,以消铄②其精气,神耗而形亦敝矣,乌能至今犹在乎?迨道成以后,来往人间,视一切机械变诈③,皆如戏剧;视一切得失胜败,以至于治乱兴亡,皆如泡影。当时既不留意,又焉能一一而记之?即与君相遇,是亦前缘。然数百年来,相遇如君者,不知凡几,大都萍水偶逢,烟云倏散,夙昔笑言,亦多不记忆。则身所未接者,从可知矣。"时八里庄三官庙,有雷击蝎虎一事。安问以物久通灵,多婴雷斧④,岂长生亦造物所忌乎?曰:"是有二端:夫内丹导引,外丹服饵,皆艰难辛苦以证道,犹力田以致富,理所宜然。若媚惑梦魇,盗采精气,损人之寿,延己之年,事与劫盗无异,天律不容也。又或恣为妖幻,贻祸生灵,天律亦不容也。若其葆养元神,自全生命,与人无患,于世无争,则老寿之物,正如老寿之人耳,何至犯造物之忌乎？"舅氏实斋先生闻之,曰:"此狐所言,皆老氏之粗浅者也。然用以自养,亦足矣。"

注释:

①恒:常常。

②消铄:消减。

③机械变诈:玩弄各种心机,狡诈。

④婴雷斧:遭雷劈。

　　浙江有士人,夜梦至一官府,云都城隍庙也。有冥吏语之曰:"今某公控①其友负心,牵君为证。君试思尝有是事不?"士人追忆之,良是②。俄闻都城隍升座,冥吏白某控某负心事,证人已至,请勘断。都城隍举案示士人,士人以实对。都城隍曰:"此辈结党营私,朋求进取,以同异为爱恶,以爱恶为是非;势孤则攀附以求援,力敌则排挤以互噬:翻云覆雨,倏忽万端。本为小人之交,岂能责以君子之道。操戈入室③,理所必然。根勘已明,可驱之去。"顾士人曰:"得无谓负心者有佚罚④耶?夫种瓜得瓜,种豆得豆,因果之相偿也;花既结子,子又开花,因果之相生也。彼负心者,又有负心人蹑其后,不待鬼神之料理矣。"士人霍然而醒。后阅数载,竟如神之所言。

注释:

①控:控告,控诉。

②良是:确有此事。

③操戈入室:比喻深入了解对方,找出其纰漏,又以对方的论点来批驳对方。

④佚罚:惩罚不得当。

　　闽中某夫人喜食猫。得猫则先贮石灰于罂,投猫于内,而灌以沸汤。猫为灰气所蚀，毛尽脱落，不烦挦治①；血尽归于脏腑，肉白莹如玉。云味胜鸡雏十倍也。日日张网设机，所捕杀无算②。后夫人病危，呦呦作猫声，越十余日乃死。卢观察挚吉尝与邻居，挚吉子荫文，余婿也，尝为余言之。因言景州一宦家子，好取猫犬之类，拗折其足，捩③之向后，观其孑孑跳号④以为戏，所杀亦多。后生子女，皆足踵⑤反向前。又余家奴子王发，善鸟铳，所击无不中，日恒杀鸟数十。惟一子，名济宁州，其往济宁州时所生也。年已十一二，忽遍体生疮如火烙痕，每一疮内有一铁子，竟不知何由而入。百药不瘥，竟以绝嗣。杀业至重，信夫！余尝怪修善果者，皆按日持斋，如奉律令，而居恒则不能戒杀。夫佛氏之持斋，岂以茹蔬啖果即为功德乎？正以茹蔬啖果即不杀生耳。今徒曰某日某日观音斋期，某日某日准提斋期，是日持斋，佛大欢喜；非是日也，烹宰溢乎庖⑥，肥甘罗乎俎，屠割惨酷，佛不问也。天下有是事理乎？且天子无故不杀牛，大夫无故不杀羊，士无故不杀犬豕，礼也。儒者遵圣贤之教，固万万无断肉理。然自宾祭以外，特杀亦万万不宜。以一脔之故，遽戕一命；以一羹之故，遽戕数十命或数百命。以众生无限怖苦无限惨毒，供我一瞬之适口，与按日持斋之心，无乃稍左乎？东坡先生向持此论，窃以为酌中之道。愿与修善果者一质之。

注释：

①挦治：拔毛。

②无算：无法计算。

③捩(liè)：拗折，折断。

④孑孑跳号：努力地蹦跳嚎叫。

⑤足踵：脚后跟。

⑥庖：厨房。

"六合①之外，圣人存而不论。"然六合之中，实亦有不能论者。人之死也，如儒者之论，则魂升魄降已耳。即如佛氏之论，鬼亦收录于冥司，不能再至人世也。而世有回煞之说；庸俗术士，又有一书，能先知其日辰时刻与所去之方向，此亦诞妄之至矣。然余尝于隔院楼窗中，遥见其去，如白烟一道，出于灶突②之中，冉冉向西南而没。与所推时刻方向无一差也。又尝两次手自启钥，谛视布灰之处，手迹足迹，宛然与生时无二，所亲皆能辨识之。是何说欤？祸福有命，死生有数，虽圣贤不能与造物争。而世有蛊毒魇魅之术，明载于刑律。蛊毒余未见，魇魅则数见之。为是术者，不过瞽者巫者，与土木之工。然实能祸福死生人，历历有验。是天地鬼神之权，任其播弄无忌也。又何说欤？其中必有理焉，但人不能知耳。宋儒于理不可解者，皆臆断以为无是事。毋乃胶柱鼓瑟③乎？李又聃先生曰："宋儒据理谈天，自谓穷造化阴阳之本；于日月五星，言之凿凿，如指诸掌。然宋历十变而愈差。自郭守敬以后，验以实测，证以交食，始知濂、洛、关、闽，于此事全然未解。即康节最通数学，亦仅以奇偶方圆，揣摩影响，实非从推步而知。故持论弥高，弥不免郢书燕说④。夫七政⑤运行，有形可据，尚不能臆断以理，况乎太极先天，求诸无形之中者哉。先圣有言：'君子于不知，盖阙如也。'"

注释：

①六合：天地四方；整个宇宙的巨大空间。

②灶突：灶台上的烟囱。

③胶柱鼓瑟：喻拘泥成规，不知灵活变通。

④郢书燕说：典故出自《韩非子·外储说左上》，比喻穿凿附会，曲解原意。

⑤七政：古天文术语。说法不一：有指日、月和金、木、水、火、土五星；有指指天、地、人和四时；有指北斗七星。

　　女巫郝媪,村妇之狡黠者也。余幼时,于沧州吕氏姑母家见之。自言狐神附其体,言人休咎。凡人家细务①,一一周知。故信之者甚众。实则布散徒党,结交婢媪,代为刺探隐事,以售其欺。尝有孕妇,问所生男女。郝许②以男。后乃生女,妇诘以神语无验。郝瞋目曰:"汝本应生男,某月某日,汝母家馈饼二十,汝以其六供翁姑,匿其十四自食。冥司责汝不孝,转男为女。汝尚不悟耶?"妇不知此事先为所侦,遂惶骇伏罪。其巧于缘饰③皆类此。一日,方焚香召神,忽端坐朗言曰:"吾乃真狐神也。吾辈虽与人杂处,实各自服气炼形,岂肯与乡里老妪为缘,预人家琐事?此妪阴谋百出,以妖妄敛财,乃托其名于吾辈。故今日真附其体,使共知其奸。"因缕数④其隐恶,且并举其徒党姓名。语讫,郝霍然如梦醒,狼狈遁去。后莫知所终。

注释:

①细务:琐碎小事。

②郝许:打包票,吹牛,说大话。

③缘饰:掩饰,遮掩真相。

④缕数:一条一条罗列。

　　侍姬之母沈媪言:高川有丐者,与母妻居一破庙中。丐夏月拾麦斗余,嘱妻磨面以供母。妻匿其好面,以粗面溲秽水,作饼与母食。是夕大雷雨,黑暗中妻忽嗷然一声。丐起视之,则有巨蛇自口入,啮其心死矣。丐曳而埋之。沈媪亲见蛇尾垂其胸臆①间,长二尺余云。

注释:

①胸臆:胸腹。

有两塾师邻村居,皆以道学自任。一日,相邀会讲,生徒侍坐者十余人。方辩论性天①,剖析理欲②,严词正色,如对圣贤。忽微风飒然,吹片纸落阶下,旋舞不止。生徒拾视之,则二人谋夺一寡妇田,往来密商之札③也。此或神恶其伪,故巧发其奸欤。然操此术者众矣,固未尝一一败也。闻此札既露,其计不行,寡妇之田竟得保。当由茕嫠④苦节,感动幽冥,故示是灵异,以阴为呵护云尔。

注释:

①性天:人性和天命。

②理欲:礼教和人欲。

③札:信件。

④茕嫠(qióng lí):指寡妇。

李孝廉存其言:蠡县有凶宅,一耆儒与数客宿其中。夜闻窗外拨剌声,耆儒叱曰:"邪不干正,妖不胜德。余讲道学三十年,何畏于汝!"窗外似有女子语曰:"君讲道学,闻之久矣。余虽异类,亦颇涉儒书。《大学》扼要在诚意,诚意扼要在慎独。君一言一动,必循古礼,果为修己计乎,抑犹有几微近名者在乎?君作语录,断断与诸儒辩,果为明道计乎?抑犹有几微好胜者在乎?夫修己明道,天理也。近名好胜,则人欲之私也。私欲之不能克,所讲何学乎?此事不以口舌争,君扪心①清夜,先自问其何如,则邪之敢干与否,妖之能胜与否,已了然自知矣。何必以声色相加乎?"耆儒汗下如雨,瑟缩不能对。徐闻窗外微哂曰:"君不敢答,犹能不欺其本心。姑让君寝。"又拨剌一声,掠屋檐而去。

注释:

①扪心:抚摸胸口。表示反省。

某公之卒也,所积古器,寡妇孤儿不知其值,乞其友估之。友故高其价,使久不售。俟①其窘极,乃以贱价取之。越二载,此友亦卒。所积古器,寡妇孤儿亦不知其值,复有所契之友效其故智②,取之去。或曰:"天道好还,无往不复。效其智者罪宜减。"余谓此快心之谈,不可以立训也。盗有罪矣,从而盗之,可曰罪减于盗乎?

注释:
①俟(sì):等待。
②效其故智:效仿他所用过的小聪明。

屠者许方,即前所记夜逢醉鬼者也。其屠驴先凿地为堑①,置板其上,穴板四角为四孔,陷驴足其中。有买肉者,随所买多少,以壶注沸汤沃②驴身,使毛脱肉熟,乃剖③而取之。云必如是始脆美。越一两日,肉尽乃死。当未死时,箝其口不能作声,目光怒突,炯炯如两炬,惨不可视。而许恬然不介意。后患病,遍身溃烂无完肤,形状一如所屠之驴。宛转茵褥④,求死不得,哀号四五十日,乃绝。病中痛自悔责,嘱其子志学急改业。方死之后,志学乃改而屠豕。余幼时尚见之,今不闻其有子孙,意已殄绝⑤久矣。

注释:
①堑:沟壕。
②沃:浇,灌。
③剖(kū):割,杀。
④茵褥:床垫子。
⑤殄(tiǎn)绝:灭绝。

边随园征君言:有入冥者,见一老儒立庑下,意甚惶遽。一冥吏似是其故人,揖与寒温毕,拱手对之笑曰:"先生平日持无鬼论，不知先生今日果是何物？"诸鬼皆粲然。老儒蜎缩①而已。

注释：

①猬缩：蜷缩起来。

东光马大还，尝夏夜裸卧资胜寺藏经阁。觉有人曳其臂曰："起起，勿亵佛经。"醒见一老人在旁，问："汝为谁？"曰："我守藏神也。"大还天性疏旷，亦不恐怖。时月明如昼，因呼坐对谈，曰："君何故守此藏？"曰："天所命也。"问："儒书汗牛充栋①，不闻有神为之守，天其偏重佛经耶？"曰："佛以神道设教，众生或信或不信，故守之以神。儒以人道设教，凡人皆当敬守之，亦凡人皆知敬守之，故不烦神力。非偏重佛经也。"问："然则天视三教如一乎？"曰："儒以修己为体，以治人为用。道以静为体，以柔为用。佛以定为体，以慈为用。其宗旨各别，不能一也。至教人为善，则无异。于物有济②，亦无异。其归宿则略同。天固不能不并存也。然儒为生民立命，而操其本于身。释道皆自为之学，而以余力及于物。故以明人道者为主，明神道者则辅之，亦不能专以释道治天下。此其不一而一，一而不一者也。盖儒如五谷，一日不食则饿，数日则必死。释道如药饵。死生得失之关，喜怒哀乐之感，用以解释冤愆③、消除怫郁④，较儒家为最捷；其祸福因果之说，用以悚动下愚⑤，亦较儒家为易入。特中病则止，不可专服常服，致偏胜为患耳。儒者或空谈心性，与瞿昙⑥、老聃混而为一；或排击二氏，如御寇仇，皆一隅之见也。"问："黄冠缁徒⑦，恣为妖妄，不力攻之，不贻患于世道乎？"曰："此论其本原耳。若其末流，岂特释道贻患，儒之贻患岂少哉？即公醉而裸眠，恐亦未必周公、孔子之礼法也。"大还愧谢。因纵谈至晓，乃别去。竟不知为何神。或

曰,狐也。

注释:

①汗牛充栋:表示书籍存放时可堆至屋顶,运输时可使牛马累得出汗,形容著作或藏书极多。

②济:益处。

③冤愆:冤仇罪过。

④怫郁:郁结,忧郁。

⑤悚动下愚:震动愚笨的人。

⑥瞿昙:释迦牟尼的姓。一译为乔答摩。常用为佛的代称。

⑦黄冠缁徒:指道士、和尚。

　　百工技艺,各祠一神为祖。倡族①祀管仲,以女闾三百②也。伶人祀唐玄宗,以梨园子弟也。此皆最典。胥吏祀萧何、曹参③,木工祀鲁班,此犹有义。至靴工祀孙膑,铁工祀老君之类,则荒诞不可诘矣。长随④所祀曰钟三郎,闭门夜奠,讳之甚深,竟不知为何神。曲阜颜介子曰:"必中山狼之转音也。"先姚安公曰:"是不必然,亦不必不然。郢书燕说,固未为无益。"

注释:

①倡族:娼妓。

②女闾三百:女闾是管促治理齐国开设的妓院,当是我国官方经营娼妓的开始。

③曹参:(? —前190),字敬伯,汉族,泗水沛(今江苏沛县)人,西汉开国功臣,名将,是继萧何后的汉代第二位相国。

④长随:宦官的别称。

　　先叔仪庵公,有质库①在西城中。一小楼为狐所据,夜恒闻其语声,然不为人害,久亦相安。一夜,楼上诟谇鞭笞声甚厉,群往听之。忽闻负痛疾呼曰:"楼下诸公,皆当明理,世有妇挞夫者耶?"适中一人方为妇挞,面上爪痕犹未愈,众哄然一笑曰:"是固有之,不足为怪。"楼上群狐亦哄然一笑,其斗遂解。闻者无不绝倒。仪庵公曰:"此狐以一笑霁威②,犹可与为善。"

注释:
①质库:当铺。
②霁:停止。

　　田村徐四,农夫也。父殁,继母生一弟,极凶悖①。家有田百余亩,析产②时,弟以赡母为词,取其十之八,曲从之。弟又择其膏腴③者,亦曲从之。后弟所分荡尽,复从兄需索④。乃举所分全付之,而自佃田以耕,意恬如也。一夜自邻村醉归,道经枣林,遇群鬼抛掷泥土,栗不敢行。群鬼啾啾,渐逼近,比及觌面,皆悚然辟易,曰:"乃是让产徐四兄。"倏化黑烟四散。

注释:
①凶悖:凶狠悖逆。
②析产:分家产。
③膏腴:指肥沃的土地。
④需索:索要、求取。

　　白衣庵僧明玉言:昔五台一僧,夜恒梦至地狱,见种种变相。有老宿教以精意诵经,其梦弥甚,遂渐至委顿。又一老宿曰:"是必汝未出家前,曾造恶业。出家后渐明因果,自知必堕地狱,生恐怖心;以恐怖心,造成诸相。故诵经弥笃①,幻象弥增。夫佛法广大,容人忏悔,一切恶业,应念皆消。放下屠刀,立地成佛。汝不闻之乎?"是僧闻言,即对佛发愿,勇猛精进,自是宴然②无梦矣。

注释：

①弥笃：非常虔诚。

②宴然：安定貌；平安貌。

沈观察夫妇并故，幼子寄食亲戚家，贫窭①无人状。其妾嫁于史太常家，闻而心恻②，时阴使婢媪，与以衣物。后太常知之，曰："此固在人情天理中。"亦勿禁也。钱塘季沧洲因言：有孀妇③病卧，不能自炊，哀呼邻媪代炊，亦不能时至。忽一少女排闼④入，曰："吾新来邻家女也，闻姊困苦乏食，意恒不忍。今告于父母，愿为姊具食，且侍疾。"自是日来其家，凡三四月。孀妇病愈，将诣门⑤谢其父母。女泫然⑥曰："不敢欺，我实狐也，与郎君在日最相昵。今感念旧情，又悯姊之苦节，是以托名而来耳。"置白金数铤于床，呜咽而去。二事颇相类。然则琵琶别抱，掉首无情，非惟不及此妾，乃并不及此狐。

注释：

①贫窭：贫困潦倒。

②心恻：心里凄怆。

③孀妇：寡妇。

④排闼(tà)：推门，撞开门。

⑤诣门：登门。

⑥泫然：流泪的样子。

吴侍读颉云言：癸丑一前辈，偶忘其姓，似是王言敷先生，忆不甚真也。尝僦居海丰寺街，宅后破屋三楹，云有鬼，不可居。然不出为祟，但偶闻音响而已。一夕，屋中有诟谇声。伏墙隅听之，乃两妻争坐位，一称先来，一称年长，哓哓然①不止。前辈不觉太息曰："死尚不休耶？"再听之，遂寂。夫妻妾同居，隐忍相安者，十或一焉；欢然相得者，千百或一焉,以尚有名分相摄也。至于两妻并立,则从来无一相得者,亦从来无一相安者。无名分以摄之,则两不相下,固其所矣。又何怪于嚣争②哉!

注释:
①哓(xiāo)哓然:争论不休的样子。
②嚣争:吵闹纷争。

卷　五

滦阳消夏录（五）

郑五，不知何许人，携母妻流寓河间，以木工自给。病将死，嘱其妻曰："我本无立锥地，汝又拙于女红，度老母必以冻馁①死。今与汝约：有能为我养母者，汝即嫁之，我死不恨也。"妻如所约，母借以存活。或奉事稍怠，则室中有声，如碎磁折竹。一岁②，棉衣未成，母泣号寒。忽大声如钟鼓，殷动③墙壁。如是者七八年。母死后，乃寂。

注释：

①冻馁（něi）：受冻挨饿。

②一岁：一年。

③殷动：震动。

佃户曹自立，粗识字，不能多也。偶患寒疾，昏愦中为一役引去。途遇一役，审为误拘，互诟良久，俾①送还。经过一处，以石为垣，周里许，其内浓烟坌涌，紫焰赫然；门额六字，巨如斗。不能尽识，但记其点画而归。据所记偏旁推之，似是"负心背德之狱"也。

注释：

①俾：随即。

世称殇子①为债鬼，是固有之。卢南石言：朱元亭一子病瘵，绵惙②时，呻吟自语曰："是尚欠我十九金。"俄医者投以人参,煎成未饮而逝,其价恰得十九金。此近日事也。或曰:"四海之中,一日之内,殇子不知其凡几,前生逋负者,安得如许之众?"夫死生转毂③,因果循环,如恒河之沙,积数不可以测算;如太空之云,变态不可以思议。是诚难拘以一格。然计其大势,则冤愆纠结,生于财货者居多。老子曰:"天下攘攘,皆为利往;天下熙熙,皆为利来。"人之一生,盖无不役志于是者。顾天地生财、只有此数,此得则彼失,此盈则彼亏。机械于是而生,恩仇于是而起。业缘报复,延及三生。观谋利者之多,可以知索偿者之不少矣。史迁有言:"怨毒之于人甚矣哉!"君子宁信其有,或可发人深省也。

注释:

①殇(shāng)子:未成年而死去的人,早死的人。

②绵惙:谓病情严重,气息仅存。

③转毂(gū):飞转的轮子。

里妇新寡,狂且赂邻①媪挑之。夜入其闼,阖扉将寝,忽灯光绿暗,缩小如豆,俄爆然一声,红焰四射,圆如二尺许,大如镜,中现人面,乃其故夫也。男女并嗷然仆榻下。家人惊视,其事遂败。或疑嫠妇②堕节者众,何以此鬼独有灵?余谓鬼有强弱,人有盛衰。此本强鬼,又值二人之衰,故能为厉耳。其他茹恨黄泉,冤缠数世者,不知凡几,非竟神随形灭也。或又疑妖物所凭,作此变怪。是或有之。然妖不自兴,因人而兴。亦幽魂怨毒之气,阴相感召,邪魅乃乘而假借之。不然,陶婴③之室,何未闻黎丘之鬼哉?

注释:

①狂且赂句:一个行为轻狂的人贿赂了寡妇的邻居老妇人,来帮助挑逗她。

②嫠妇:寡妇。

③陶婴：汉代的节妇。

　　罗仰山通政在礼曹时，为同官所轧①，动辄掣肘，步步如行荆棘中。性素迂滞②，渐恚愤成疾。一日，郁郁枯坐，忽梦至一山，花放水流，风日清旷，觉神思开朗，垒块顿消。沿溪散步，得一茅舍。有老翁延入小坐，言论颇洽。老翁问何以有病容，罗具陈所苦。老翁太息曰："此有夙因，君所未解。君七百年前为宋黄筌，某即南唐徐熙也。徐之画品，本居黄上。黄恐夺供奉之宠，巧词排抑，使沉沦困顿，衔恨以终。其后辗转轮回，未能相遇。今世业缘凑合，乃得一快其宿仇。彼之加于君者，即君之曾加于彼者也，君又何憾焉。大抵无往不复者，天之道；有施必报者，人之情。既已种因，终当结果。其气机之感，如磁之引针：不近则已，近则吸而不解。其怨毒之结，如石之含火：不触则已，触则激而立生。其终不消释，如疾病之隐伏，必有骤发之日。其终相遇合，如日月之旋转，必有交会之躔③。然则种种害人之术，适以自害而已矣。吾过去生中，与君有旧，因君未悟，故为述忧患之由。君与彼已结果矣，自今以往，慎勿造因可也。"罗洒然有省，胜负之心顿尽；数日之内，宿疾全除。此余十许岁时，闻霍易书先生言。或曰："是卫公延璞事，先生偶误记也。"未知其审，并附识之。

注释：

①轧：倾轧。

②迂滞：迂腐呆滞。

③躔（chán）：痕迹、轨迹。

　　田白岩言：康熙中，江南有征漕①之案，官吏伏法者数人。数年后，有一人降乩于其友人家，自言方在冥司讼某公。友人骇曰："某公循吏,且其总督两江,在此案前十余年,何以无故讼之?"乩又书曰:"此案非一日之故矣。方其初萌,褫②一官,窜流③一二吏,即可消患于未萌。某公博忠厚之名,养痈不治,久而溃裂,吾辈遂遘其难。吾辈病民蛊国④,不能仇现在之执法者也。追原祸本,不某公之讼而谁讼欤?"书讫,乩遂不动。迄不知九幽之下,定谳如何。《金人铭》曰:"涓涓不壅,将为江河;毫末不札,将寻斧柯。"古圣人所见远矣。此鬼所言,要不为无理也。

注释:

①征漕:征收漕粮。

②褫:罢免。

③窜流:流放。

④病民蛊国:使百姓受苦,国家受害。

里有姜某者,将死,嘱其妇勿嫁。妇泣诺。后有艳妇之色者,以重价购为妾。方靓妆登车,所蓄犬忽人立怒号,两爪抱持啮妇面,裂其鼻准,并盲其一目。妇容既毁,买者委之去①。后亦更无觊觎者。此康熙甲午、乙未②间事,故老尚有目睹者。皆曰:"义哉此犬,爱主人以德;智哉此犬,能攻病之本。"余谓犬断不能见及此,此其亡夫厉鬼所凭也。

注释:

①委之去:推诿离去。

②康熙甲午、乙未:康熙五十三年、五十四年,公元1714—1715年。

爱堂先生尝饮酒夜归,马忽惊逸。草树翳荟①,沟塍凹凸,几蹶②者三四。俄有人自道左出,一手挽辔,一手掖之下,曰:"老母昔蒙拯济,今救君断骨之厄③也。"问其姓名,

转瞬已失所在矣。先生自忆生平未有是事，不知鬼何以云然。佛经所谓无心布施，功德最大者欤？

注释：

①翳荟：草木茂盛样。

②蹶：颠仆；跌倒。

③厄：危险，厄运。

张福，杜林镇人也，以负贩①为业。一日，与里豪争路，豪挥仆推堕石桥下。时河冰方结，觚棱如锋刃，颅骨破裂，仅奄奄存一息。里胥故嗛②豪，遽闻于官。官利其财，狱颇急。福阴遣母谓豪曰："君偿我命，与我何益？能为我养老母幼子，则乘我未绝，我到官言失足堕桥下。"豪诺之。福粗知字义，尚能忍痛自书状。生供凿凿，官吏无如何也。福死之后，豪竟负约③。其母屡控于官，终以生供有据，不能直④。豪后乘醉夜行，亦马蹶堕桥死。皆曰："是负福之报矣。"先姚安公曰："甚哉，治狱之难也！而命案尤难：有顶凶者，甘为人代死；有贿和者，甘鬻其所亲，斯已猝不易诘矣。至于被杀之人，手书供状，云非是人之所杀。此虽皋陶听之，不能入其罪也。倘非负约不偿，致遭鬼殛，则竟以财免矣。讼情万变，何所不有，司刑者可据理率断哉！"

注释：

①负贩：挑着担子做游商小贩。

②嗛(qiǎn)：怀恨。

③负约：背弃约定。

④不能直：不能给以申诉昭雪。

姚安公言：有孙天球者，以财为命，徒手积累至千金；虽妻子冻饿，视如陌路，亦自忍冻饿，不轻用一钱。病革时，陈所积于枕前，一一手自抚摩，曰："尔竟非我有乎？"呜咽而殁。孙未殁以前，为狐所瞵，每摄其财货去，使窘急欲死；乃于他所复得之，如是者不一。又有刘某者，亦以财为命，亦为狐所瞵。一岁除夕，凡刘亲友之贫者，悉馈数金。讶①不类②其平日所为。旋闻③刘床前私箧，为狐盗去二百余金，而得谢柬数十纸。盖孙财乃辛苦所得，狐怪其悭啬，特戏之而已。刘财多曲机巧剥削而来，故狐竟散之。其处置亦颇得宜也。

注释：

①讶：惊讶。

②不类：不像，不同。

③旋闻：随即听闻。

余督学闽中时，幕友钟忻湖言：其友昔在某公幕，因会勘①宿古寺中，月色朦胧，见某公窗下有人影，徘徊良久，冉冉上钟楼去。心知为鬼魅，然素有胆，竟蹑往寻之。至则楼门锁闭，楼上似有二人语，其一曰："君何以空返？"其一曰："此地罕有官吏至，今幸两官共宿，将俟人静讼吾冤。顷窃听所言，非揣摩迎合之方，即消弭弥缝②之术，是不足以办吾事，故废然返。"语毕，似有太息声。再听之，竟寂然矣。次日，阴告主人。果变色摇手，戒勿多事。迄不知其何冤也。余谓此君友有嫌于主人，故造斯言，形容其巧于趋避③，为鬼揶揄耳。若就此一事而论，鬼非目睹，语未耳闻，恍惚杳冥，茫无实据，虽阎罗包老，亦无可措手，顾乃责之于某公乎？

注释：

①会勘：会同查勘。

②消弭弥缝：设法补救掩盖。

③趋避：趋吉避祸。

平原董秋原言：海丰有僧寺，素多狐，时时掷瓦石嬲人。一学究借东厢三楹授徒，闻有是事，自诣佛殿呵责之。数夕寂然，学究有德色。一日，东翁①过谈，拱揖之顷，忽袖中一卷堕地。取视，乃秘戏图②也。东翁默然去。次日生徒不至矣。狐未犯人，人乃犯狐，竟反为狐所中。君子之于小人，谨备之而已；无故而触其锋，鲜③不败也。

注释：

①东翁：房东、东家。

②秘戏图：春官图。

③鲜：少有。

关帝祠中，皆塑周将军，其名则不见于史传。考元鲁贞《汉寿亭侯庙碑》，已有"乘赤兔兮从周仓"语，则其来已久，其灵亦最著。里媪有刘破车者①，言其夫尝醉眠关帝香案前，梦周将军蹴②之起，左股青痕，越半月乃消。

注释：

①破车：里俗语，形容私生活不检点的女子。

②蹴（cù）：踢。

谓鬼无轮回，则自古至今，鬼日日增，将大地不能容。谓鬼有轮回，则此死彼生，旋即易形而去，又当世间无一鬼。贩夫田妇，往往转生，似无不轮回者。荒阡废冢，往往见鬼，又似有不轮回者。表兄安天石，尝卧疾，魂至冥府，以此问司籍之吏。吏曰："有轮回，有不轮回。轮回者三途：有福受报，有罪受报，有恩有怨者受报。不轮回者亦三途：圣贤仙佛不入轮回，无间地狱不得轮回，无罪无福之人，听①其游行于墟墓，余气未尽则存，余气渐消则灭。如露珠水泡，倏有倏无;如闲花野草,自荣自落,如是者无可轮回。或有无依魂魄,附人感孕,谓之偷生。高行缁黄,转世借形,谓之夺舍。是皆偶然变现,不在轮回常理之中。至于神灵下降,辅佐明时;魔怪群生,纵横杀劫。是又气数所成,不以轮回论矣。"天石固不信轮回者,病痊以后,尝举以告人曰:"据其所言,乃凿然成理。"

注释:
①听:听任,放纵

　　星士①虞春潭,为人推算,多奇中。偶薄游②襄汉,与一士人同舟,论颇款洽③。久而怪其不眠不食,疑为仙鬼。夜中密诘之。土人曰:"我非仙非鬼,文昌司禄之神也,有事诣南岳。与君有缘,故得数日周旋耳。"虞因问之曰:"吾于命理,自谓颇深。尝推某当大贵,而竟无验。君司禄籍,当知其由。"士人曰:"是命本贵,以热中④,削减十之七矣。"虞曰:"仕宦热中,是亦常情,何冥谪若是之重?"士人曰:"仕宦热中,其强悍者必怙权⑤,怙权者必狠而愎⑥;其孱弱者必固位,固位者必险而深⑦。且怙权固位,是必躁竞⑧,躁竞相轧,是必排挤。至于排挤,则不问人之贤否,而问党之异同;不计事之可否,而计己之胜负。流弊不可胜言矣。是其恶在贪酷上,寿且削减,何止于禄乎!"虞阴记其语。越两岁余,某果卒。

注释:
①星士:占星的术士。
②薄游:漫游。
③款洽:投缘融洽。
④热中:痴迷名利。
⑤怙权:依仗权势。

⑥狠而愎(bì):凶残而刚愎自用。

⑦险而深:用心险恶,心机深重。

⑧躁竞:内心急躁而竞争。

张铉耳先生之族,有以狐女为妾者,别营静室居之。床帷器具,与人无异,但自有婢媪,不用张之奴隶耳。室无纤尘,惟坐久觉阴气森然;亦时闻笑语,而不睹其形。张故巨族,每姻戚宴集,多请一见,皆不许。一日,张固强之。则曰:"某家某娘子犹可,他人断不可也。"入室相晤,举止娴雅,貌似三十许人。诘①以室中寒凛之故,曰:"娘子自心悸耳,室故无他也。"后张诘以独见是人之故。曰:"人阳类,鬼阴类,狐介于人鬼之间,然亦阴类也。故出恒以夜,白昼盛阳之时,不敢轻与人接也。某娘子阳气已衰,故吾得见。"张惕然②曰:"汝日与吾寝处,吾其衰乎?"曰:"此别有故。凡狐之媚人有两途:一曰蛊惑,一曰夙因。蛊惑者阳为阴蚀,则病,蚀尽则死;夙因则人本有缘,气自相感,阴阳翕合③,故可久而相安。然蛊惑者十之九,夙因者十之一。其蛊惑者亦必自称夙因,但以伤人不伤人知其真伪耳。"后见之人果不久下世。

注释:

①诘:询问。

②惕然:惊慌的样子。

③翕合:协调一致。

罗与贾比屋而居,罗富贾贫。罗欲并贾宅,而勒其值;以售他人,罗又阴挠之。久而益窘,不得已减值售罗。罗经营改造,土木一新。落成之日,盛筵祭神。纸钱甫燃,忽狂风卷起,著梁上,烈焰骤发,烟煤迸散如雨落。弹指间,寸椽不遗，并其旧庐爇焉。方火起时，众手交救①。罗拊膺②止之，曰："顷火光中，吾恍惚见贾之亡父。是其怨毒之所为，救无益也。吾悔无及矣。"急呼贾子至，以腴田二十亩书券赠之。自是改行从善，竟以寿考终。

注释：
①众手交救：众人一起施救。
②拊膺(yīng)：捶胸，表示哀痛或悲愤。

沧州樊氏扶乩，河工某官在焉。降乩者关帝也，忽大书曰："某来前！汝具文忏悔，语多回护。对神尚尔，对人可知。夫误伤人者，过也，回护则恶矣。天道宥过①而殛恶，其听汝巧辩乎？"其人伏地惕息②，挥汗如雨。自是怏怏如有失，数月病卒。竟不知所忏悔者何事也。

注释：
①宥(yòu)过：宽恕过错；宥，宽待，宽恕。
②惕息：心跳气喘。形容极其恐惧。

褚寺农家有妇姑同寝者，夜雨墙圮，泥土簌簌下。妇闻声急起，以背负墙而疾呼姑醒。姑匍匐堕炕下，妇竟压焉，其尸正当姑卧处。是真孝妇，以微贱无人闻于官；久而并佚其姓氏矣。相传妇死之后，姑哭之恸。一日，邻人告其姑曰："夜梦汝妇冠帔①来曰：'传语我姑，无哭我。我以代死之故，今已为神矣。'"乡之父老皆曰："吾夜所梦亦如是。"或曰："妇果为神，何不示梦于其姑？此乡邻欲缓其恸，造为言也。"余谓忠孝节义，殁必为神。天道昭昭，历有证验。此事可以信其有。即曰一人造言，众人附和，"天视自我民视，天听自我民听"。人心以为神，天亦必以为神矣，何必又疑其妄焉。

注释：

①冠帔：古代妇女的服饰，这里指有一定地位品级的服饰。

长山聂松岩，以篆刻游京师。尝馆余家，言其乡有与狐友者，每宾朋宴集，招之同坐。饮食笑语，无异于人，惟闻声而不睹其形耳。或强使相见，曰："对面不睹，何以为相交？"狐曰："相交者交以心，非交以貌也。夫人心叵测，险于山川，机阱①万端，由斯隐伏。诸君不见其心，以貌相交，反以为密；于不见貌者，反以为疏②。不亦悖乎？"田白岩曰："此狐之阅世深矣。"

注释：

①机阱：比喻坑害人的圈套。
②疏：关系疏淡，不亲密。

肃宁老儒王德安，康熙丙戌①进士也，先姚安公从受业②焉。尝夏日过友人家，爱其园亭轩爽，欲下榻于是，友人以夜有鬼物辞。王因举所见一事曰："江南岑生，尝借宿沧州张蝶庄家。壁张钟馗像，其高如人。前复陈一自鸣钟。岑沈醉就寝，皆未及见。夜半酒醒，月明如昼，闻机轮格格，已诧甚；忽见画像，以为奇鬼，取案上端砚仰击之。大声砰然，震动户牖。僮仆排闼入视，则墨沈淋漓，头面俱黑；画前钟及玉瓶磁鼎，已碎裂矣。闻者无不绝倒③；然则动云见鬼，皆人自胆怯耳，鬼究在何处耶？"语甫脱口，墙隅忽应声曰："鬼即在此，夜当拜谒，幸勿以砚见击。"王默然竟出。后尝举以告门人曰："鬼无白昼对语理，此必狐也。吾德恐不足胜妖，是以避之。"盖终持无鬼之论也。

明器①，古之葬礼也，后世复造纸车纸马。孟云卿《古挽歌》曰："冥冥何所须？尽我生人意。"盖姑以缓恸云耳。然长儿汝佶病革时，其女为焚一纸马，汝佶绝而复苏，曰："吾魂出门，茫茫然不知所向。遇老仆王连升牵一马来，送我归。恨其足跛，颇颠簸不适。"焚马之奴泫然曰："是奴罪也。举火时实误折其足。"又六从舅母常氏弥留②时，喃喃自语曰："适往看新宅颇佳，但东壁损坏，可奈何？"侍疾者往视其棺，果左侧朽穿一小孔，匠与督工者尚均未觉也。

　　李又聃先生言：昔有寒士下第者，焚其遗卷，牒诉于文昌祠。夜梦神语曰："尔读书半生，尚不知穷达①有命耶？"尝侍先姚安公，偶述是事。先姚安公咈然②曰："又聃应举之士，传此语则可。汝辈手掌文衡者，传此语则不可。聚奎堂柱有熊孝感相国题联曰：'赫赫科条，袖里常存惟白简；明明案牍，帝前何处有朱衣？'汝未之见乎？"

　　海阳李玉典前辈言：有两生读书佛寺，夜方媟狎，忽壁上现大圆镜,径丈余,光明如昼,毫发毕睹。闻檐际语曰:"佛法广大,固不汝嗔。但汝自视镜中,是何形状?"余谓幽期密约,必无人在旁,是谁见之?两生断无自言理,又何以闻之?然其事为理所宜有,固不必以子虚乌有①视之。玉典又言:有老儒设帐废圃中。一夜闻垣外吟哦声,俄又闻辩论声,又闻器争声,又闻诟詈声,久之遂闻殴击声。圃后旷无居人,心知为鬼。方战栗间,已斗至窗外。其一盛气大呼曰:"渠评驳②吾文,实为冤愤!今同就正③于先生。"因朗吟数百言,句句手自击节。其一且呻吟呼痛,且微哂之。老儒惕息不敢言。其一厉声曰:"先生究以为如何?"老儒嗫嚅久之,以额叩枕曰:"鸡肋不足以当尊拳。"④其一大笑去,其一往来窗外,气咻咻然,至鸡鸣乃寂。云闻之胶州法黄裳。余谓此亦黄裳寓言也。

注释:

①子虚乌有:语出司马相如《子虚赋》,比喻指想象、假设的,不存在或不真实的事情。

②评驳:批评驳斥。

③就正:向人求教,以匡正学识文章的讹误。

④鸡肋不足以当尊拳:我长得太瘦弱不能够受得住你们的拳头,表示自己不为二人做决断的推托之词。

天津孟生文熿,有隽才,张石邻先生最爱之。一日扫墓归,遇孟于路旁酒肆。见其壁上新写一诗,曰:"东风翦翦漾春衣,信步寻芳信步归。红映桃花人一笑,绿遮杨柳燕双飞。徘徊曲径怜香草,惆怅乔林挂落晖。记取今朝延伫处,酒楼西畔是柴扉。"诘其所以,讳不言。固诘之,始云适于道侧见丽女,其容绝代,故坐此冀其再出。张问其处,孟手指之。张大骇曰:"是某家坟院,荒废久矣,安得有是?"同往寻之,果马鬣蓬科①,杳无人迹。

注释：

①马鬣(liè)蓬科：表示杂草丛生，荒芜。

　　余在乌鲁木齐时，一日，报军校王某差运伊犁军械，其妻独处。今日过午，门不启，呼之不应，当有他故。因檄迪化同知木金泰往勘。破扉而入，则男女二人共枕卧，裸体相抱，皆剖裂其腹死。男子不知何自来，亦无识者。研问邻里，茫无端绪，拟以疑狱结矣。是夕女尸忽呻吟，守者惊视，已复生。越日能言，自供与是人幼相爱，既嫁犹私会。后随夫驻防西域，是人念之不释，复寻访而来，甫至门，即引入室。故邻里皆未觉。虑暂会终离①，遂相约同死。受刃时痛极昏迷，倏如梦觉，则魂已离体。急觅是人，不知何往，惟独立沙碛中，白草黄云，四无边际。正徬徨间，为一鬼缚去。至一官府，甚见诘辱，云是虽无耻，命尚未终，叱杖一百，驱之返。杖乃铁铸，不胜楚毒②，复晕绝。及渐苏，则回生矣。视其股，果杖痕重叠。驻防大臣巴公曰："是已受冥罚，奸罪可勿重科矣。"余乌鲁木齐杂诗有曰："鸳鸯毕竟不双飞，天上人间旧愿违。白草萧萧埋旅榇，一生肠断华山畿。"即咏此事也。

注释：

①暂会终离：暂时相会，但终究要分开。
②楚毒：酷刑。

　　朱青雷言：尝与高西园散步水次，时春冰初泮①，净绿瀛溶②。高曰："忆晚唐有'鱼鳞可怜紫，鸭毛白然碧'句，无一字言春水，而晴波滑笏③之状，如在目前。惜不记其姓名矣。"朱沉思未对，闻老柳后有人语曰："此初唐刘希夷④诗，非晚唐也。"趋视无一人。朱悚然曰："白日见鬼矣。"高微笑曰："如此鬼，见亦大佳，但恐不肯相见耳。"对树三揖而行。归检刘诗，果有此二语。余偶以告戴东原，东原因言：有两生烛下对谈，争《春秋》周正夏正，往复甚苦。窗外忽太息言曰："左氏周人，不容不知周正朔。二先生何必词费也？"出视窗外，惟一小僮方酣睡。观此二事，儒者日谈考证，讲"曰若稽古"，动至十四万言。安知冥冥之中，无在旁揶揄者乎？

注释：

①泮(pàn)：消融、溶解。

②瀯(yíng)溶：水波荡漾的样子。

③晴波滑笏(hù)：滑笏，水波动荡不定貌，指太阳照耀下的水泛着波纹，荡漾着。

④刘希夷：(约651—？)字延之，初唐诗人。

聂松岩言：即墨于生，骑一驴赴京师。中路憩息高岗上，系驴于树，而倚石假寐。忽见驴昂首四顾，浩然叹曰："不至此地数十年，青山如故，村落已非旧径矣。"于故好奇，闻之跃然起曰："此宋处宗长鸣鸡①也，日日乘之共谈，不患长途寂寞矣。"揖而与言，驴啮草不应。反复开导，约与为忘形交，驴亦若勿闻。怒而痛鞭之，驴跳踯狂吼，终不能言。竟椎折一足，鬻于屠肆，徒步以归。此事绝可笑，殆睡梦中误听耶？抑此驴夙生冤谴，有物凭之，以激于之怒杀耶？

注释：

①宋处宗长鸣鸡：据《幽明录》记载，兖州刺史沛国人宋处宗买到一只打鸣的公鸡。他很喜欢这只公鸡，常常将其放在笼中，挂在窗前。有一次，这只公鸡突然说话了，宋处宗很惊讶。公鸡讲了很多道理给他听，使宋处宗受益良多，宋处宗的口才精进了不少。

三叔父仪南公，有健仆毕四，善弋猎，能挽十石弓。恒捕鹌于野。凡捕鹌者必以夜,先以藁秸插地,如禾陇之状,而布网于上;以牛角作曲管,肖①鹌声吹之。鹌既集,先微惊之,使渐次避入藁秸②中;然后大声惊之,使群飞突起,则悉触网矣。吹管时,其声凄咽,往往误引鬼物至,故必筑团焦③自卫,而携兵仗以备之。一夜,月明之下,见老叟来作礼曰:"我狐也,儿孙与北村狐构衅,举族械战。彼阵擒我一女,每战必反接驱出以辱我;我亦阵擒彼一妾,如所施报焉。由此仇益结,约今夜决战于此。闻君义侠,乞助一臂力,则没齿感恩。持铁尺者彼,持刀者我也。"毕故好事,忻然④随之往,翳丛薄间。两阵既交,两狐血战不解,至相抱手搏。毕审视既的,控弦一发,射北村狐踣⑤。不虞弓劲矢铦⑥,贯腹而过,并老叟洞腋殪⑦焉。两阵各惶遽,夺尸弃俘囚而遁。毕解二狐之缚,且告之曰:"传语尔族,两家胜败相当,可以解冤矣。"先是北村每夜闻战声,自此遂寂。此与李冰事相类;然冰战江神为捍灾御患,此狐逞其私愤,两斗不已,卒至两伤。是亦不可以已乎。

注释:

①肖:仿效。

②藁秸(gǎo jiē):稻、麦等的秆子。

③团焦:圆形的防御工事。

④忻然:亦欣然。

⑤踣:向前扑倒。

⑥弓劲(qíng)矢铦(xiān):弓强箭利。

⑦洞腋殪(yì):洞穿腋下而死。

姚安公在滇时,幕友言署中香橼树下,月夜有红裳女子靓妆立,见人则冉冉没土中。众议发视之。姚安公携卮酒浇树下,自祝之曰:"汝见人则隐,是无意于为祟①也;又何必屡现汝形,自取暴骨②之祸?"自是不复出。又有书斋甚轩

敞,久无人居。舅氏安公五章,时相从在滇,偶夏日裸寝其内。梦一人揖而言曰:"与君虽幽明异路,然眷属居此,亦有男女之别。君奈何不以礼自处?"蹶然③醒,遂不敢再往。姚安公尝曰:"树下之鬼可谕之以理,书斋之魅能以理谕人。此郡僻处万山中,风俗质朴,浑沌未凿,故异类亦淳良如是也。"

注释:

①祟:鬼神出没而祸害人类。

②暴骨:暴露尸骨。指死于郊野。

③蹶(jué)然:突然、急剧。

余两三岁时,尝见四五小儿,彩衣金钏,随余嬉戏,皆呼余为弟,意似甚相爱。稍长时,乃皆不见。后以告先姚安公。公沉思久之,爽然曰:"汝前母恨无子,每令尼媪①以彩丝系神庙泥孩归,置于卧内,各命以乳名,日饲果饵,与哺子无异。殁后,吾命人瘗②楼后空院中,必是物也。恐后来为妖,拟掘出之,然岁久已迷其处矣。"前母即张太夫人姊。一岁忌辰,家祭后,张太夫人昼寝,梦前母以手推之曰:"三妹太不经事,利刃岂可付儿戏?"愕然惊醒,则余方坐身旁,掣姚安公革带佩刀出鞘矣。始知魂归受祭,确有其事。古人所以事死如生也。

注释:

①尼媪:尼姑。

②瘗(yì):埋藏,埋起来。

表叔王碧伯妻丧,术者言某日子刻回煞①,全家皆避出。有盗伪为煞神,逾垣入,方开箧攫簪珥。适一盗又伪为煞神来,鬼声呜呜渐近。前盗皇遽避出,相遇于庭,彼此以为真煞神，皆悚而失魂，对仆于地。黎明，家人哭入，突见之，大骇，谛视乃知为盗。以姜汤灌苏，即以鬼装缚送官。沿路聚观，莫不绝倒。据此一事，回煞之说当妄矣。然回煞形迹，余实屡目睹之。鬼神茫昧，究不知其如何也。

注释：

①回煞：古代迷信说法。阴阳家按人死时年月干支推算魂灵返舍的时间，并说返回之日有凶煞出现，故称。也叫归煞。

益都朱天门言：甲子夏，与数友夜集明湖侧，召妓侑觞①。饮方酣，妓素不识字，忽援笔书一绝句曰："一夜潇潇雨，高楼怯晓寒；桃花零落否？呼婢卷帘看。"掷于一友之前。是人观讫，遽变色仆地。妓亦仆地。顷之妓苏，而是人不苏矣。后遍问所亲，迄不知其故。

注释：

①侑觞(yòu shāng)：劝酒佐助饮兴。

癸巳、甲午间，有扶乩者自正定来，不谈休咎，惟作书画。颇疑其伪托。然见其为曹慕堂作着色山水长卷及醉钟馗像，笔墨皆不俗。又见赠董曲江一联曰："黄金结客心犹热，白首还乡梦更游。"亦酷肖①曲江之为人。

注释：

①酷肖：十分相似。

佃户曹二妇悍甚，动辄诃詈风雨，诟誶①鬼神；乡邻里间，一语不合，即揎袖露臂，携二捣衣杵，奋呼跳掷如虓虎②。一日，乘阴雨出窃麦。忽风雷大作，巨雹如鹅卵，已中伤仆地。忽风卷一五斗栲栳③堕其前，顶之得不死。岂天亦

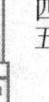

畏其横欤？或曰："是虽暴戾，而善事其姑。每与人斗，姑叱之，辄弭伏④；姑批其颊，亦跪而受。然则遇难不死，有由矣。"孔子曰："夫孝，天之经也，地之义也。"岂不然乎！

注释：

①诟詈：诟骂污蔑。

②虓(xiāo)虎：咆哮怒吼的虎。多用来比喻气势凶猛。

③栲栳(kǎo lǎo)：用柳条编成的盛物器具。

④弭伏：驯服，听话。

癸亥夏，高川之北堕一龙，里人多目睹之。姚安公命驾往视，则已乘风雨去。其蜿蜒攫拿之迹，蹂躏禾稼二亩许，尚分明可见。龙，神物也，何以致堕？或曰："是行雨有误，天所谪也。"按世称龙能致雨，而宋儒谓雨为天地之气，不由于龙。余谓礼称"天降时雨，山川出云"，故《公羊传》①谓触石而出，肤寸而合，不崇朝而雨天下者，惟泰山之云。是宋儒之说所本也。《易·文言·传》称云从龙，故董仲舒祈雨法召以土龙，此世俗之说所本也。大抵有天雨，有龙雨：油油而云，潇潇而雨者，天雨也；疾风震雷，不久而过者，龙雨也。观触犯龙潭者，立致风雨，天地之气能如是之速合乎？洗鲊答诵梵咒者，亦立致风雨，天地之气能如是之刻期乎？故必两义兼陈，其理始备。必规规然胶执一说②，毋乃不通其变欤！

注释：

①《公羊传》：《公羊传》亦称《春秋公羊传》、《公羊春秋》，是专门解释《春秋》的一部典籍，着重阐释《春秋》所谓的"微言大义"，用问答的方式解经。

②规规然胶执一说：循规蹈矩坚守一种理论。

里人王驴耕于野，倦而枕块以卧。忽见肩舆从西来，仆马甚众，舆中坐者先叔父仪南公也。怪公方卧疾①，何以出行。急近前起居②。公与语良久，乃向东北去。归而闻公已逝矣。计所见仆马，正符所焚纸器之数。仆人沈崇贵之妻，亲闻驴言之。后月余，驴亦病卒。知白昼遇鬼，终为衰气矣。

注释：
①卧疾：卧病在床。
②起居：询问、问候。

　　余第三女，许婚戈仙舟太仆子。年十岁，以庚戌夏至卒。先一日，病已革。时余以执事在方泽，女忽自语曰："今月初八；吾当明日辰刻去，犹及见吾父也。"问何以知之；瞑目①不言。余初九日礼成归邸，果及见其卒。卒时壁挂洋钟恰琤然鸣八声，是亦异矣。

注释：
①瞑目：闭上眼睛。

　　膳夫杨义，粗知文字。随姚安公在滇时，忽梦二鬼持朱票①来拘，标名曰杨义。义争曰："我名杨义，不名杨义，尔定误拘。"二鬼皆曰："义字上尚有一点，是省笔义字。"义又争曰："从未见义字如此写，当仍是义字误滴一墨点。"二鬼不能强而去。同寝者闻其呓语，殊甚了了②。俄姚安爷终养归，义随至于彝，又梦二鬼持票来，乃明明楷书杨义字。义仍不服曰："我已北归，当属直隶城隍。尔云南城隍，何得拘我？"喧诟良久。同寝者呼之乃醒，自云二鬼甚愤，似必不相舍。次日，行至滇南胜境坊下，果马蹶堕地卒。

注释：

①朱票：用朱笔写的传票。

②殊甚了了：特别得清楚。殊甚，非常，很。了了，清楚、明白。

余在乌鲁木齐，畜数犬。辛卯赐环东归，一黑犬曰四儿，恋恋随行，挥之不去，竟同至京师。途中守行箧甚严，非余至前，虽僮仆不能取一物。稍近，辄人立怒啮。一日，过辟展七达坂（达坂译言山岭，凡七重，曲折，称为天险。），车四辆，半在岭北，半在岭南，日已曛黑，不能全度。犬乃独卧岭巅，左右望而护视之，见人影辄驰视②。余为赋诗二首曰："归路无烦汝寄书，风餐露宿且随予。夜深奴子酣眠后，为守东行数辆车。""空山日日忍饥行，冰雪崎岖百廿程。我已无官何所恋，可怜汝亦太痴生。"纪其实也。至京岁余，一夕，中毒死。或曰："奴辈病其司夜严，故以计杀之，而托词于盗。"想当然矣。余收葬其骨，欲为起冢，题曰"义犬四儿墓"；而琢石象出塞四奴之形，跪其墓前，各镌姓名于胸臆，曰赵长明，曰于禄，曰刘成功，曰齐来旺。或曰："以此四奴置犬旁，恐犬不屑。"余乃止。仅题额诸奴所居室，曰"师犬堂"而已。初，翟孝廉赠余此犬时，先一夕梦故仆宋遇叩首曰："念主人从军万里，今来服役。"次日得是犬，了然知为遇转生也。然遇在时阴险狡黠，为诸仆魁，何以作犬反忠荩？岂自知以恶业堕落，悔而从善欤？亦可谓善补过矣。

注释：

①赐环：古时候被流放、贬逐的官员，遇赦回还。

②驰视：飞奔过去看。

狐能化形，故狐之通灵者，可往来于一隙之中，然特自化其形耳。宋蒙泉言：其家一仆妇为狐所媚，夜辄褪衣无寸缕,自窗櫺昇出,置于廊下,共相戏狎。其夫露刃追之,则门键不可启;或掩扉以待,亦自能坚闭,仅于窗内怒詈而已。一日,阴藏鸟铳,将隔窗击之。临期觅铳不可得。次日,乃见在钱柜中。铳长近五尺,而柜口仅尺余,不知何以得入,是并能化他形矣。宋儒动言格物①,如此之类,又岂可以理推乎?姚安公尝言:狐居墟墓,而幻化室庐;人视之如真,不知狐自视如何。狐具毛革,而幻化粉黛;人视之如真,不知狐自视又如何。不知此狐所幻化,彼狐视之更当如何。此真无从而推究也。

注释:
①格物:穷究事物的道理。

乌鲁木齐把总蔡良栋言:此地初定时,尝巡瞭至南山(乌鲁木齐在天山北,故呼曰南山)深处。日色薄暮,似见隔洞有人影,疑为玛哈沁(额鲁特语渭劫盗曰玛哈沁,营伍中袭其故名。),伏丛莽中密侦之。见一人戎装坐磐石上,数卒侍立,貌皆狰狞,其语稍远不可辨。惟见指挥一卒,自石洞中呼六女子出,并姣丽白皙,所衣皆缯彩①,各反缚其手,觳觫②俯首跪。以次引至坐者前,褪下裳伏地,鞭之流血,号呼凄惨,声彻林谷。鞭讫,径去。六女战栗跪送,望不见影,乃呜咽归洞。其地一射③可及,而洞深崖陡,无路可通。乃使弓力强者,攒射对崖一树,有两矢著树上,用以为识。明日,迂回数十里寻至其处,则洞口尘封。秉炬而入,曲折约深四丈许,绝无行迹。不知昨所遇者何神,其所鞭者又何物。生平所见奇事,此为第一。考《太平广记》,载老僧见天人追捕飞天夜叉事,夜叉正是一好女。蔡所见似亦其类欤!

注释：

①缯（zēng）彩：彩色的丝绸衣服。

②觳觫（hú sù）：恐惧战栗貌。

③一射：一支箭飞行的距离。

　　六畜①充庖，常理也；然杀之过当，则为恶业。非所应杀之人而杀之，亦能报冤。乌鲁木齐把总②茹大业言：吉木萨游击遣奴入山寻雪莲，迷不得归。一夜梦奴浴血来曰："在某山遇玛哈沁为餍食，残骸犹在桥南第几松树下，乞往迹之。"游击遣军校寻至树下，果血污狼藉，然视之皆羊骨。盖围卒③共盗一官羊，杀于是也。犹疑奴或死他所。越两日，奴得遇猎者引归。始知羊假奴之魂，以发围卒之罪耳。

注释：

①六畜：指马、牛、羊、鸡、狗、猪。

②把总：品级很低的武官。

③围卒：负责放牧的士兵。

　　李媪，青县人。乾隆丁巳、戊午①间，在余家司爨②。言其乡有农家，居邻古墓。所畜二牛，时登墓蹂践。夜梦有人呵责之。乡愚粗戆③，置弗省。俄而家中怪大作，夜见二物，其巨如牛，蹴踏跳掷，碗中盎瓮皆破碎。如是数夕，至移碌碡于房上，硙然滚落，火焰飞腾，击捣衣砧为数段。农家恨甚，乃多借鸟铳，待其至，合手击之，两怪并应声踣，农家大喜，急秉火出视，乃所畜二牛也。自是怪不复作，家亦渐落。凭其牛以为妖，俾自杀之，可谓巧于播弄矣；要亦乘其犷悍之气，故得以假手也。

注释：

①乾隆丁巳、戊午：乾隆二、三年，公元 1737—1738 年。

②司爨:掌管炊事。

③粗戆(gàng):笨拙憨直。

献县城东双塔村,有两老僧共一庵。一夕,有两老道士叩门借宿。僧初不允。道士曰:"释道虽两教,出家则一。师何所见之不?"僧乃留之。次日至晚,门不启,呼亦不应。邻人越墙入视,则四人皆不见,而僧房一物不失,道士行囊中藏数十金,亦具在。皆大骇,以闻于官。邑令粟公千钟来验,一牧童言村南十余里外枯井中似有死人。驰往视之,则四尸重叠在焉,然皆无伤。粟公曰:"一物不失,则非盗;年皆衰老,则非奸;邂逅留宿,则非仇;身无寸伤,则非杀。四人何以同死?四尸何以并移?门扃不启,何以能出?距井窎远①,何以能至?事出情理之外。吾能鞫②人,不能鞫鬼。人无可鞫,惟当以疑案结耳。"径申上官。上官亦无可驳诘,竟从所议。应山明公晟,健令③也,尝曰:"吾至献,即闻是案;思之数年,不能解。遇此等事,当以不解解之。一作聪明,则决裂百出矣。人言粟公愦愦④,吾正服其愦愦也。"

注释:

①窎(diào)远:遥远。

②鞫:审讯。

③健令:有才干的县令。

④愦愦:糊涂,神志不清。

《左传》言:"深山大泽,实生龙蛇。"小奴玉保,乌鲁木齐流人①子也。初隶特纳格尔军屯。尝入谷追亡羊,见大蛇巨如柱,盘于高岗之顶,向日晒鳞:周身五色烂然,如堆锦绣;顶一角,长尺许。有群雉飞过,张口吸之,相距四五丈,皆翩然而落,如矢投壶。心知羊为所吞矣,乘其未见,循涧逃归,恐怖几失魂魄。军吏邬图麟因言此蛇至毒,而其角能解毒，即所谓吸毒石也。见此蛇者，携雄黄数斤，于上风烧之，即委顿不能动。取其角，锯为块，痈疽②初起时，以一块着疮顶，即如磁吸铁，相粘不可脱。待毒气吸出，乃自落。置人乳中，浸出其毒，仍可再用。毒轻者乳变绿，稍重者变青黯，极重者变黑紫。乳变黑紫者，吸四五次乃可尽，余一二次愈矣。余记从兄懋园家有吸毒石，治痈疽颇验，其质非木非石，至是乃知为蛇角矣。

注释：
①流人：流放的人。
②痈疽（yōng jū）：毒疮。

　　正乙真人，能作催生符，人家多有之。此非祷雨驱妖，何与真人事？殊不可解。或曰："道书载有二鬼：一曰语忘，一曰敬遗，能使人难产。知其名而书之纸，则去。符或制此二鬼欤？"夫四海内外，登产蓐者，殆恒河沙数，其天下只此语忘、敬遗二鬼耶？抑一处各有二鬼，一家各有二鬼，其名皆曰语忘、敬遗也？如天下止此二鬼，将周游奔走而为厉，鬼何其劳？如一处各有二鬼，一家各有二鬼，则生育之时少，不生育之时多，扰扰千百亿万，鬼无所事事，静待人生育而为厉，鬼又何其冗闲无用乎？或曰："难产之故多端，语忘、敬遗其一也。不能必其为语忘、敬遗，亦不能必其非语忘、敬遗，故召将试勘①焉。"是亦一解矣。第以万一或然之事，而日日召将试勘，将至而有鬼，将驱之矣；将至而非鬼，将且空返，不渎神矣乎？即神不嫌渎，而一符一将，是炼无数之将，使待幽王之烽火②；上帝且以真人一符，增置一神。如诸符共一将，则此将虽千手千目，亦疲于奔命；上帝且以真人诸符，特设以无量化身之神，供捕风捉影③之役矣。能乎不能？然赵鹿泉前辈有一符，传自明代，曰高行真人精炼刚气之所画也。试之，其验如响。鹿泉非妄语者，是则吾无以测之矣。

注释：

①试勘：尝试勘验。

②幽王之烽火：周幽王为博褒姒欢心，点燃烽火台戏弄诸侯之事。

③捕风捉影：喻虚幻无实或无根据地臆测。

俗传张真人厮役皆鬼神。尝与客对谈，司茶者雷神也。客不敬，归而震霆随之，几不免。此齐东语也。忆一日与余同陪祀，将入而遗其朝珠，向余借。余戏曰："雷部鬼律令行最疾，何不遣取？"真人为轹然。然余在福州使院时，老仆魏成夜夜为祟扰①。一夜乘醉怒叱曰："吾主素与天师善，明日寄一札往，雷部立至矣。"应声而寂。然则狐鬼亦习闻是语也。

注释：

①祟扰：被狐鬼作怪所困扰。

奴子王廷佐，夜自沧州乘马归，至常家砖河，马忽辟易。黑暗中见大树阻去路，素所未有也。勒马旁过，此树四面旋转，当其前①。盘绕数刻，马渐疲，人亦渐迷。俄所识木工国姓、韩姓从东来，见廷佐痴立，怪之。廷佐指以告。时二人已醉，齐呼曰："佛殿少一梁，正觅大树。今幸而得此，不可失也。"各持斧锯奔赴之。树倏化旋风去。《阴符经》曰："禽之制在气。"木妖畏匠人，正如狐怪畏猎户，积威所劫，其气焰足以慑伏之，不必其力之相胜也。

注释：

①当其前：当，挡也。阻挡在前面。

宁津苏子庾言：丁卯夏，张氏姑妇同刈麦。甫[1]收拾成聚，有大旋风从西来，吹之四散。妇怒，以镰掷之，洒血数滴渍地上。方共检寻所失，妇倚树忽似昏醉，魂为人缚至一神祠。神怒叱曰："悍妇乃敢伤我吏！速受杖。"妇性素刚，抗声[2]曰："贫家种麦数亩，资以活命。烈日中妇姑辛苦，刈甫毕，乃为怪风吹散。谓是邪祟，故以镰掷之。不虞[3]伤大王使者。且使者来往，自有官路；何以横经民田，败[4]人麦？以此受杖，实所不甘。"神俯首曰："其词直，可遣去。"妇苏而旋风复至，仍卷其麦为一处。说是事时，吴桥王仁趾曰："此不知为何神？不曲庇其私昵[5]，谓之正直可矣；先听肤受[6]之诉，使妇几受刑，谓之聪明则未也。"景州戈荔田曰："妇诉其冤，神即能鉴，是亦聪明矣。倘诉者哀哀，听者愦愦，君更谓之何？"子庾曰："仁趾责人无已时。荔田言是。"

注释：
①甫：刚刚，才。
②抗声：大声抗议。
③不虞：没有意料到。
④败：糟蹋，祸害。
⑤私昵：指所亲近、宠爱的人。
⑥肤受：肤浅不实在。

四川藩司张公宝南，先祖母从弟也。其太夫人喜鳖臛[1]。一日，庖人得巨鳖，甫断其首，有小人长四五寸，自颈突出，绕鳖而走。庖人大骇仆地。众救之苏，小人已不知所往。及剖鳖，乃仍在鳖腹中，已死矣。先祖母曾取视之，先母时尚幼，亦在旁目睹：装饰如《职贡图》中回回状，帽黄色，褶蓝色，带红色，靴黑色，皆纹理分明如绘；面目手足，亦皆如刻画。馆师岑生识之，曰："此名鳖宝，生得之，剖臂纳肉中，则啖人血以生。人臂有此宝，则地中金银珠玉之类，隔土皆可见。血尽而死，子孙又剖臂纳之，可以世世富。"庖人闻之大懊悔，每一念及，辄自批其颊。外祖母曹太夫人曰："据岑师所云，是以命博财也。人肯以命博财，则其计多矣，何必剖臂养鳖！"庖人终不悟，竟自恨而卒。

注释：

①臛（huò）：肉汤。

孤树上人，不知何许人，亦不知其名。明崇祯末，居景城破寺中。先高祖厚斋公，尝赠以诗。一夜灯下诵经，窗外窸窣有声，似人来往。呵问为谁。朗应曰："身是野狐，为听经来此。"问："某刹法筵①最盛，何不往听？"曰："渠是有人处诵经，师是无人处诵经也。"后为厚斋公述之，厚斋公曰："师以此语告我，亦是有人处诵经矣。"孤树怃然者久之。

注释：

①法筵（yàn）：佛教语。指讲说佛法的集会。

李太白梦笔生花，特睡乡幻景耳。福建陆路提督马公负书，性耽翰墨，稍暇即临池①。一日，所用巨笔悬架上，忽吐焰，光长数尺，自毫端倒注于地，复逆卷而上，蓬蓬然逾刻乃敛。署中弁卒②皆见之。马公画为小照，余尝为题诗。然马公竟卒于官，则亦妖而非瑞矣。

注释：

①临池：意为练习书法。

②弁（biàn）卒：弁，品级很低的武官。武官和士兵。

史少司马抑堂，相国文靖公次子也。家居时，忽无故眩瞀①，觉魂出门外，有人掖之登肩舆，行数里矣。复有肩舆自

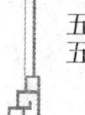

后追至，疾呼且住。视之，则文靖公也。抑堂下舆叩谒，文靖公语之曰："尔尚有子孙未出世，此时讵②可前往？"挥舁者送归。霍然而醒，时年七十四。次年举一子，越两年又举一子，果如文靖公之言。此抑堂七十八岁时至京师，亲为余言。

注释：

①眩瞀（mào）：眼睛昏花，视物不明。

②讵：副词，岂能，难道。

卷 六

滦阳消夏录（六）

　　乌什回部将叛时，城西有高阜，云其始祖墓也。每日将暮，辄见巨人立墓上，面阔逾一尺，翘首向东，若有所望。叛党殄灭①后，乃不复见。或曰："是知劫运将临，待收其子孙之魂也。"或曰："东望者，示其子孙，有兵自东来，早为备也。"或曰："回部为西域。向东者，面内也，示其子孙不可叛也。"是皆不可知。其为乌什将灭之妖孽，则无疑也。

注释：
①殄灭：消灭、灭绝。

　　宏恩寺僧明心言：上天竺有老僧，尝入冥。见狰狞鬼卒，驱数千人在一大公廨①外，皆褫衣反缚。有官南面坐，吏执簿唱名，一一选择精粗，揣量肥瘠，若屠肆之鬻羊豕。意大怪之。见一吏去官稍远，是旧檀越，因合掌问讯："是悉何人？"吏曰："诸天魔众，皆以人为粮。如来运大神力，摄伏魔王，皈依五戒。而部族繁伙，叛服不常，皆曰自无始以来，魔众食人，如人食谷。佛能断人食谷，我即不食人。如是晓晓，即彼魔王亦不能制。佛以孽海洪波，沈沦不返，无间地狱，已不能容。乃牒下阎罗，欲移此狱囚，充彼唼噬；彼腹得果，可免荼毒生灵。十王共议，以民命所关，无如守令，造福最易，造祸亦深。惟是种种冤愆，多非自作；冥司业镜，罪有攸归。其最为民害者，一曰吏，一曰役，一曰官之亲属，一曰官之仆隶。是四种人，无官之责，有官之权。官或自顾考成，彼则惟知牟利，依草附木，怙势作威，足使人敲髓洒膏，吞声泣血。四大洲内，惟此四种恶业至多。是以清我泥犁，供其汤鼎。以白皙者、柔脆者、膏腴者充魔王食，以粗材充众魔食。故先为差别，然后发遣。其间业稍轻者，一经脔割烹炮，即化为乌有。业重者，抛余残骨，吹以业风，还其本形，再供刀俎；自二三度至千百度不一。业最重者，乃至一日化形数度，刲剔燔炙，无已时也。"僧额手曰："诚不如削发出尘，可无此虑。"吏曰："不然，其权可以害人，其力即可以济人。灵山会上，原有宰官；即此四种人，亦未尝无逍遥莲界②者也。"语讫忽寤。僧有侄在一县令署，急驰书促归，劝使改业。此事即僧告其侄，而明心在寺得闻之。虽语颇荒诞，似出寓言；然神道设教，使人知畏，亦警世之苦心，未可绳以妄语戒也。

注释：

①公廨(xiè)：官署。

②莲界：指佛地。佛教所称西方极乐世界。

沧州瞽者①刘君瑞，尝以弦索来往余家。言其偶有林姓者，一日薄暮，有人登门来唤曰："某官舟泊河干，闻汝善弹词，邀往一试，当有厚赍②。"即促抱琵琶，牵其竹杖导之往。约四五里，至舟畔。寒温毕，闻主人指挥曰："舟中炎热，坐岸上奏技，吾倚窗听之可也。"林利其赏③，竭力弹唱。约略近三鼓，指痛喉干，求滴水不可得。侧耳听之，四围男女杂坐，笑语喧嚣，觉不似仕宦家，又觉不似在水次，辍弦欲起。众怒曰："何物盲贼，敢不听使令！"众手交捶，痛不可忍。乃哀乞再奏。久之，闻人声渐散，犹不敢息。忽闻耳畔呼曰："林先生何故日尚未出，坐乱冢间演技，取树下早凉耶？"

矍然惊问,乃其邻人早起贩鬻过此也。知为鬼弄,狼狈而归。林姓素多心计,号曰“林鬼”。闻者咸笑曰:“今日鬼遇鬼矣。”

注释:

①瞽者:失明的人。
②厚赉(lài):赉,赏赐。丰厚的赏赐。
③利其赏:贪婪他的赏赐。

　　先姚安公曰:里有白以忠者,偶买得役鬼符咒一册,冀借此演搬运法,或可谋生。乃依书置诸法物,月明之夜,作道士装,至墟墓间试之。据案对书诵咒,果闻四面啾啾声。俄暴风突起,卷其书落草间,为一鬼跃出攫去。众鬼哗然并出,曰:“尔恃符咒拘遣我,今符咒已失,不畏尔矣。”聚而攒击,以忠踉跄奔逃,背后瓦砾如骤雨,仅得至家。是夜疟疾大作,困卧月余,疑亦鬼为祟也。一日诉于姚安公,且惭且愤。姚安公曰:“幸哉,尔术不成,不过成一笑柄耳。倘不幸术成,安知不以术贾祸①? 此尔福也,尔又何尤焉! ”

注释:

①贾祸:招致灾祸。

　　从侄虞悼所居宅,本村南旧圃也。未筑宅时,四面无居人。一夕,灌圃者田大卧井旁小室,闻墙外诟争声,疑为村人,隔墙问曰:“尔等为谁? 夜深无故来扰我。”其一呼曰:“一事求大哥公论:不知何处客鬼,强入我家调我妇,天下有是理耶? ”其一呼曰:“我自携钱赴闻家庙,此妇见我嬉笑,邀我入室;此人突入夺我钱,天下又有是理耶? ”田知是鬼,噤不敢应。二鬼并曰:“此处不能了此事,当诉诸土地耳。"喧喧然①向东北去。田次日至土地祠问庙祝，乃寂无所闻，皆疑田妄语。临清李名儒曰："是不足怪，想此妇和解之矣。"众为粲然。

注释：
①喧喧然：吵吵闹闹的样子。

乾隆己未①，余与东光李云举、霍养仲同读书生云精舍。一夕偶论鬼神，云举以为有，养仲以为无。正辩诘间，云举之仆卒然曰："世间原有奇事，侻奴不身经，虽奴亦不信也。尝过城隍祠前丛冢间，失足踏破一棺。夜梦城隍拘去，云有人诉我毁其室。心知是破棺事，与之辩曰：'汝室自不合当路，非我侵汝。'鬼又辩曰：'路自上我屋，非我屋故当路也。'城隍微笑顾我曰：'人人行此路，不能责汝；人人踏之不破，何汝踏破？亦不能竟释汝。当偿之以冥镪②。'既而曰：'鬼不能自葺棺。汝覆以片板，筑土其上可也。'次日如神教，仍焚冥镪，有旋风卷其灰去。一夜复过其地，闻有人呼我坐。心知为曩鬼，疾驰归。其鬼大笑，音磔磔如枭鸟。迄今思之，尚毛发悚立也。"养仲谓云举曰："汝仆助汝，吾一口不胜两口矣。然吾终不能以人所见为我所见。"云举曰："使君鞫狱，将事事目睹而后信乎？抑以取证众口乎？事事目睹无此理，取证众口，不以人所见为我所见乎？君何以处焉？"相与一笑而罢。

注释：
①乾隆己未：乾隆四年，公元 1739 年。
②冥镪（qiāng）：冥币，烧给死去人的纸钱。

莆田林教授清标言：郑成功据台湾时，有粤东异僧泛海至，技击绝伦，袒臂端坐，斫①以刃，如中铁石；又兼通壬遁风角②。与论兵,亦娓娓有条理。成功方招延豪杰,甚敬礼之。稍久,渐骄蹇③。成功不能堪,且疑为间谍,欲杀之而惧不克。其大将刘国轩曰:"必欲除之,事在我。"乃诣僧款洽,忽请曰:"师是佛地位人,但不知遇摩登伽还受摄否?"僧曰:"参寥和尚久心似沾泥絮矣。"刘因戏曰:"欲以刘王大体双一验道力,使众弥信心可乎?"乃选娈童倡女姣丽善淫者十许人,布茵施枕,恣为蝶狎于其侧,柔情曼态,极天下之妖惑。僧谈笑自若,似无见闻;久忽闭目不视。国轩拔剑一挥,首已欹然落矣。国轩曰:"此术非有鬼神,特炼气自固耳。心定则气聚,心一动则气散矣。此僧心初不动,故敢纵观。至闭目不窥,知其已动而强制,故刃一下而不能御也。"所论颇入微。但不知椎埋④恶少,何以能见及此。其纵横鲸窟⑤十余年,盖亦非偶矣。

注释:

①斫(zhuó):砍,击。

②壬遁风角:六壬、遁甲、风角等都是可以占卜凶吉的方法。

③骄蹇:骄傲自大,傲慢无礼。

④椎埋:杀人。

⑤鲸窟:指大海深处,这里比喻已经混迹社会很多年,很了解这些事情。

牛公悔庵,尝与五公山人散步城南,因坐树下谈《易》。忽闻背后语曰:"二君所论,乃术家《易》,非儒家《易》也。"怪其适自何来。曰:"已先坐此,二君未见耳。"问其姓名。曰:"江南崔寅。今日宿城外旅舍,天尚未暮,偶散闷闲行。"山人爱其文雅,因与接膝①,究术家儒家之说。崔曰:"圣人作《易》,言人事也,非言天道也;为众人言也,非为圣人言也。圣人从心不逾矩,本无疑惑,何待于占?惟众人昧于事几,每两歧罔决②,故圣人以阴阳之消长,示人事之进退,俾知趋避而已。此儒家之本旨也。顾万物万事,不出阴阳。后人推而广之,各明一义。杨简、王宗传阐发心学,此禅家之《易》,源出王弼③者也。陈抟④、邵康节⑤推论先天,此道家之易,源出魏伯阳者也。术家之《易》衍于管、郭⑥,源于焦、京⑦,即二君所言是矣。《易》道广大,无所不包,见智见仁,理原一贯。后人忘其本始,反以旁义为正宗。是圣人作《易》,但为一二上智设,非千万世垂教之书,千万人共喻之理矣。经者常也,言常道也;经者径也,言人所共由也。曾是《六经》之首,而诡秘其说,使人不可解乎?"二人喜其词致,谈至月上未已。诘其行踪,多世外语。二人谢曰:"先生其儒而隐者乎?"崔微哂曰:"果为隐者,方韬光晦迹之不暇,安得知名?果为儒者,方反躬克己⑧之不暇,安得讲学?世所称儒称隐,皆胶胶扰扰者⑨也。吾方恶此而逃之。先生休矣,毋污吾耳。"骞然长啸,木叶乱飞,已失所在矣。方知所见非人也。

注释:

①接膝:膝盖相对而坐,表示相处融洽。

②两歧罔(wǎng)决:发生分歧,无法做出决断。

③王弼:王弼(226—249),魏晋玄学理论的奠基人。王弼综合儒道,借用、吸收了老庄的思想,建立了体系完备、抽象思辨的玄学哲学,对以后中国思想史的发展具有深远的影响。

④陈抟(tuán):陈抟(871—989)字图南,号扶摇子,赐号希夷先生。五代宋初著名道教学者、隐士。陈抟把黄老清静无为思想、道教修炼方术和儒家修养、佛教禅观融合为一体,对宋代理学有较大影响。

⑤邵康节:邵康节(1011—1077)名雍,字尧夫,谥号邵节。宋朝时代的著名卜士。

⑥管、郭:管辂、郭璞。管辂(209—256),三国时期魏国的术士。字公明,精通《易》,擅长占卜。郭璞(276—324),字景纯,东晋著名

学者，文学家、训诂学家，又擅长道学术数。

⑦焦、京：焦延寿、京房。焦延寿，字赣。西汉时期著名学者，毕生致力于《易》的研究。京房（前77—前37），字君明，西汉学者，开创了研究《易》的"京氏学"派。

⑧反躬克己：反过来要求自己，约束自己。

⑨胶胶扰扰者：表示浮躁、被各种外界事物困扰的人。

南皮许南金先生，最有胆。在僧寺读书，与一友共榻。夜半，见北壁燃双炬。谛视，乃一人面出壁中，大如箕，双炬其目光也。友股栗欲死。先生披衣徐起曰："正欲读书，苦烛尽。君来甚善。"乃携一册背之坐，诵声琅琅。未数页，目光渐隐；拊壁呼之，不出矣。又一夕如厕，一小童持烛随。此面突自地涌出，对之而笑。童掷烛仆地。先生即拾置怪顶，曰："烛正无台，君来又甚善。"怪仰视不动。先生曰："君何处不可往，乃在此间？海上有逐臭之夫，君其是乎？不可辜君来意。"即以秽纸拭其口。怪大呕吐，狂吼数声，灭烛而没。自是不复见。先生尝曰："鬼魅皆真有之，亦时或见之；惟检点生平，无不可对①鬼魅者，则此心自不动耳。"

注释：
①无不可对：没有什么不可以面对。

戴东原①言：明季有宋某者，卜葬地，至歙县深山中。日薄暮，风雨欲来，见岩下有洞，投之暂避。闻洞内人语曰："此中有鬼，君勿入。"问："汝何以入？"曰："身即鬼也。"宋请一见。曰："与君相见，则阴阳气战，君必寒热小不安。不如君爇火自卫，遥作隔座谈也。"宋问："君必有墓，何以居此？"曰："吾神宗时为县令，恶仕宦者货利相攘，进取相轧，乃弃职归田。殁而祈于阎罗，勿轮回人世。遂以来生禄秩，改注阴官。不虞幽冥之中，相攘相轧，亦复如此，又弃职归墓。墓居群鬼之间，往来嚣杂，不胜其烦，不得已避居于此。虽凄风苦雨，萧索难堪，较诸宦海风波，世途机阱，则如生忉利天②矣。寂历空山，都忘甲子。与鬼相隔者，不知几年；与人相隔者，更不知几年。自喜解脱万缘，冥心造化。不意又通人迹，明朝当即移居。武陵渔人，勿再访桃花源③也。"语讫不复酬对。问其姓名，亦不答。宋携有笔砚，因濡墨大书"鬼隐"两字于洞口而归。

注释：

①戴东原：戴震（1724—1777），字东原，清代乾隆年间通才式的著名学者、大思想家。

②忉（dāo）利天：梵语的音意兼译。即三十三天。也就是平常所说的天堂。

③武陵渔人，勿再访桃花源：典故出于陶渊明《桃花源记》。

阳曲王近光言：冀宁道赵公孙英有两幕友，一姓乔，一姓车，合雇一骡轿回籍。赵公戏以其姓作对曰："乔、车二幕友，各乘半轿而行。"恰皆轿之半字也。时署中召仙，即举以请对。乩判曰："此是实人实事，非可强凑而成。"越半载，又召仙，乩忽判曰："前对吾已得之矣：卢、马两书生，共引一驴而走。"又判曰："四日后，辰巳之间，往南门外候之。"至期遣役侦视，果有卢、马两生，以一驴负新科墨卷，赴会城①出售。赵公笑曰："巧则诚巧，然两生之受侮深矣。"此所谓箭在弦上，不得不发，虽仙人亦忍俊不禁也。

注释：

①会城：省城。

先祖有庄，曰厂里，今分属从弟东白家。闻未析箸①时，场中一柴垛，有年矣，云狐居其中，人不敢犯。偶佃户某醉

卧其侧,同辈戒勿触仙家怒。某不听,反肆詈。忽闻人语曰:
"汝醉,吾不较。且归家睡可也。"次日,诣园守瓜。其妇担
饭来馌②,遥望团焦中,一红衫女子与夫坐,见妇惊起,仓卒
逾垣去。妇故妒悍,以为夫有外遇也;愤不可忍,遽以担痛
击。某百口不能自明,大受捶楚。妇手倦稍息,犹喃喃毒詈。
忽闻树杪大笑声,方知狐戏报之也。

注释:
①析箸:分家。
②馌(yè):去田间送饭。

　　吴惠叔言:其乡有巨室,惟一子,婴疾甚剧。叶天士诊
之,曰:"脉现鬼证,非药石所能疗也。"乃请上方山道士建
醮。至半夜,阴风飒然,坛上烛光俱暗碧。道士横剑瞑目,若
有所睹。既而拂衣竟出,曰:"妖魅为厉,吾法能祛。至夙世
冤愆①,虽有解释之法,其肯否解释,仍在本人。若伦纪②所
关,事干天律,虽绿章拜奏,亦不能上达神霄。此祟乃汝父
遗一幼弟,汝兄遗二孤侄,汝蚕食鲸吞③,几无余沥。又茕
茕④孩稚,视若路人,至饥饱寒温,无可告语;疾痛疴痒,任
其呼号。汝父茹痛九原,诉于地府。冥官给牒,俾取汝子以
偿冤。吾虽有术,只能为人驱鬼,不能为子驱父也。"果其子
不久即逝。后终无子,竟以侄为嗣。

注释:
①冤愆:冤仇罪过。
②伦纪:人伦纲纪。
③蚕食鲸吞:像蚕吃桑叶那样一步步侵占,像鲸吞食那样一下
子吞并。比喻逐步侵占或一举吞并。
④茕茕:孤独无依。

护持寺在河间东四十里。有农夫于某，家小康。一夕，于外出。劫盗数人从屋檐跃下，挥巨斧破扉，声丁丁然。家惟妇女弱小，伏枕战栗，听所为而已。忽所畜二牛，怒吼跃入，奋角与盗斗。梃刃交下，斗愈力。盗竟受伤，狼狈去。盖乾隆癸亥①，河间大饥，畜牛者不能刍秣②，多鬻于屠市。是二牛至屠者门，哀鸣伏地，不肯前。于见而心恻，解衣质钱赎之，忍冻而归。牛之效死固宜；惟盗在内室，牛在外厩，牛何以知有警？且牛非矫捷之物，外扉坚闭，何以能一跃逾墙？此必有使之者矣，非鬼神之为而谁为之？此乙丑③冬在河间岁试，刘东堂为余言。东堂即护持寺人，云亲见二牛，各身被数刃也。

注释：

①乾隆癸亥：乾隆八年，公元 1743 年。

②刍秣(chú mò)：牛马的饲料。

③乙丑：乾隆十年，公元 1745 年。

芝称瑞草，然亦不必定为瑞。静海元中丞在甘肃时，署中生九芝，因以自号①。然不久即罢官。舅氏安公五占，停枢在室，忽枢上生一芝。自是子孙式微，今已无韶龀②。盖祸福将萌，气机先动；非常之兆，理不虚来。第为休为咎，则不能预测耳。先兄晴湖则曰："人知兆发于鬼神，而人事应之。不知实兆发于人事，而鬼神应之。亦未始不可预测也。"

注释：

①自号：当做自己的名号。

②韶龀(tiáo chèn)：垂髫换齿之时，指童年。这里指后代。

大学士伍公弥泰言：向在西藏，见悬崖无路处，石上有天生梵字大悲咒。字字分明，非人力所能，亦非人迹所到。

当时曾举其山名，梵音难记，今忘之矣。公一生无妄语①，知确非虚构。天地之大，无所不有。宋儒每于理所无者，即断其必无。不知无所不有，即理也。

注释：
①妄语：假话。

喇嘛有二种：一曰黄教，一曰红教，各以其衣别之也。黄教讲道德，明因果，与禅家派别而源同。红教则惟工幻术。理藩院尚书留公保住，言驻西藏时，曾忤一红教喇嘛。或言登山时必相报。公使肩舆鸣驺①先行，而阴乘马随其后。至半山，果一马跃起压肩舆上，碎为齑粉。此留公自言之。曩从军乌鲁木齐时，有失马者，一红教喇嘛取小木橙咒良久，橙忽反覆折转，如翻桔槔②，使失马者随行，至一山谷，其马在焉。此余亲睹之。考西域吞刀吞火之幻人，自前汉已有。此盖其相传遗术，非佛氏本法也。故黄教谓红教曰魔。或曰："是即波罗门，佛经所谓邪师外道者也。"似为近之。

注释：
①鸣驺(zōu)：古代随从显贵出行并传呼喝道的骑卒。有时借指显贵。
②桔槔(gāo)：井上汲水的工具。

巴里坤、辟展、乌鲁木齐诸山，皆多狐，然未闻有祟人者。惟根克忒有小儿夜捕狐，为一黑影所扑，堕崖伤足，皆曰狐为妖。此或胆怯目眩，非狐为妖也。大抵自突厥、回鹘①以来，即以弋猎为事。今日则投荒者、屯戍者、开垦者、出塞觅食者搜岩剔穴，采捕尤多，狐恒见伤夷②，不能老

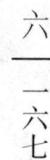

寿，故不能久而为魅欤！抑僻在荒徼，人已不知导引炼形术，故狐亦不知欤！此可见风俗必有所开，不开则不习；人情沿于所习，不习则不能。道家化性起伪之说，要不为无见。姚安公谓滇南僻郡，鬼亦淳良。即此理也。

注释：

①突厥(jué)、回鹘(hú)：在古代生活、活动于我国北方、西北地区的少数民族，现已经不存在了。

②伤夷：伤害，创伤。

副都统刘公鉴言：曩在伊犁，有善扶乩者，其神自称唐燕国公张说。与人唱和诗文，录之成帙①。性嗜饮，每降坛，必焚纸钱而奠以大白。不知龙沙葱雪②之间，燕公何故而至是？刘公诵其数章，词皆浅陋。殆打油、钉铰之流，客死冰天，游魂不返，托名以求食欤！

注释：

①帙(zhì)：册。

②龙沙葱雪：语出《后汉书·班超列传》"坦步葱雪，咫尺龙沙"。葱岭、雪山、白龙堆都是沙漠。

里人张某，深险诡谲，虽至亲骨肉，不能得其一实语。而口舌巧捷，多为所欺。人号曰"秃项马"。马秃项为无鬃，鬃踪同音，言其恍惚闪烁，无踪可觅也。一日，与其父夜行迷路，隔陇见数人团坐，呼问当何向。数人皆应曰："向北。"因陷深淖中。又遥呼问之。皆应曰："转东。"乃几至灭顶，蹩躠①泥涂，困不能出。闻数人拊掌笑曰："秃项马，尔今知妄语之误人否？近在耳畔，而不睹其形。方知为鬼所绐也。

妖由人兴,往往有焉。李云举言:一人胆至怯①,一人欲戏之。其奴手黑如墨,使藏于室中,密约曰:"我与某坐月下,我惊呼有鬼,尔即从窗隙伸一手。"届期②呼之,突一手探出,其大如箕,五指挺然如舂杵。宾主俱惊,仆众哗曰:"奴其真鬼耶?"秉炬持仗入,则奴昏卧于壁角。救之苏,言暗中似有物以气嘘我,我即迷闷。族叔楘庵言:二人同读书佛寺,一人灯下作缢鬼状,立于前;见是人惊怖欲绝,急呼:"是我,尔勿畏。"是人曰:"固知是尔,尔背后何物也?"回顾乃一真缢鬼。盖机械一萌,鬼遂以机械之心从而应之。斯亦可为螳螂黄雀之喻矣。

余八九岁时,在从舅实斋安公家,闻苏丈东皋言:交河某令,蚀官帑①数千,使其奴赍还。奴半途以黄河覆舟报,而阴遣其重台携归。重台②又窃以北上,行至兖州,为盗所劫杀。从舅咋舌曰:"可畏哉!此非人之所为,而鬼神之所为也。夫鬼神岂必白昼现形,左悬业镜,右持冥籍,指挥众生,轮回六道,而后见善恶之报哉?此足当森罗铁榜矣。"苏丈曰:"令不窃资,何至为奴干没③?奴不干没,何至为重台效尤?重台不效尤,何至为盗屠掠?此仍人之所为,非鬼神之所为也。如公所言,是令当受报,故遣奴窃资。奴当受报,故遣重台效尤。重台当受报,故遣盗屠掠。鬼神既遣之报,人又从而报之,不已颠乎?"从舅曰:"此公无碍之辩才,非正理也。然存公之说，亦足于相随波靡之中，劝人以自立。"

注释：

①官帑：国库里的钱财。

②重台：奴婢的奴婢。

③干没：侵吞他人财物。

刘乙斋廷尉为御史时，尝租西河沿一宅；每夜有数人击柝，声琅琅彻晓；其转更攒点①，一一与谯鼓相应。视之则无形，聒耳至不得片刻睡。乙斋故强项，乃自撰一文，指陈其罪，大书粘壁以驱之。是夕遂寂。乙斋自诧不减昌黎之驱鳄②也。余谓："君文章道德似尚未敌昌黎，然性刚气盛，平生尚不作暧昧事，故敢悍然不畏鬼。又拮据迁此宅，力竭不能再徙，计无复之，惟有与鬼以死相持。此在君为困兽犹斗，在鬼为穷寇勿追耳。君不记《太平广记》载周书记与鬼争宅，鬼惮其木强而去乎？"乙斋笑击余背曰："魏收轻薄哉！然君知我者。"

注释：

①攒点：宋代所定的时间制度，宫中更漏比民间短，宫中五更过后，民间才四更尽；宫中五更完毕，梆鼓交作，始开宫门，称为"攒点"。清代又谓之发擂。

②昌黎之驱鳄：唐代文学家韩愈曾写《鳄鱼文》，用来驱逐鳄鱼。

余督学福建时，署中有"笔捧楼"，以左右挟两浮图①也。使者居下层，其上层则复壁曲折，非正午不甚睹物。旧为山魈所据，虽不睹独足反踵之状，而夜每闻声。偶忆杜工部"山精白日藏"句，悟鬼魅皆避明而就晦，当由曲房幽隐，故此辈潜踪。因尽撤墙垣，使四面明窗洞启，三山翠霭，宛在目前。题额曰"浮青阁"，题联曰："地迥不遮双眼阔，窗虚只许万峰窥。"自此山魈迁于署东南隅会经堂。堂故久废，既于人无害，亦听其匿迹，不为已甚矣。

注释：
①浮图：即浮屠，佛塔。

徐公景熹官福建盐道时，署中箧笥每火自内发，而扃钥如故。又一夕，窃剪其侍姬发，为祟殊甚。既而徐公罢归，未及行而卒。山鬼能知一岁事，故乘其将去肆侮①也。徐公盛时，销声匿迹；衰气一至，无故侵陵。此邪魅所以为邪魅欤！

注释：
①肆侮：放肆地羞辱。

余乡青苗被野①时，每夜田陇间有物，不辨头足，倒掷而行，筑地登登如杵声。农家习见不怪，谓之青苗神。云常为田家驱鬼，此神出，则诸鬼各归其所，不敢散游于野矣。此神不载于古书，然确非邪魅。从兄懋园尝于李家洼见之，月下谛视，形如一布囊，每一翻折，则一头著地，行颇迟重②云。

注释：
①被野：覆盖田野，应指的是春季。
②迟重：迟缓、笨重。

先祖宠予公，原配陈太夫人，早卒。继配张太夫人，于归日，独坐室中，见少妇揭帘入，径坐床畔，著玄帔黄衫，淡绿裙，举止有大家风。新妇不便通寒温，意谓是群从娣姒①

或姑姊妹耳。其人絮絮言家务得失、婢媪善恶，皆委曲周至。久之，仆妇捧茶入，乃径出。后阅数日，怪家中无是人；细诘其衣饰，即陈大夫人敛时服也。死生相妒，见于载籍者多矣。陈太夫人已掩黄垆②，犹虑新人未谙料理③，现身指示，无间幽明，此何等居心乎？今子孙登科第、历仕宦者，皆陈太夫人所出也。

注释：
①娣姒(dì sì)：古代同夫诸妾互称，年长的为姒，年幼的为娣。
②黄垆(lú)：尤指黄泉，死亡。
③料理：照料、操持家事。

伯高祖爱堂公，明季有声黉序①间。刻意郑、孔之学，无间冬夏，读书恒至夜半。一夕，梦到一公廨，榜额曰"文仪"；班内十许人治案牍，一一恍惚如旧识。见公皆讶曰："君尚迟七年乃当归，今犹早也。"霍然惊寤，自知不永，乃日与方外游。偶遇道士，论颇洽，留与共饮。道士别后，途遇奴子胡门德，曰："顷一书忘付汝主，汝可携归。"公视之，皆驱神役鬼符咒也。闭户肄习②，尽通其术，时时用为戏剧，以消遣岁月。越七年，至崇祯丁丑③，果病卒。卒半日复苏，曰："我以亵用五雷法，获阴谴。冥司追还此书，可急焚之。"焚讫复卒。半日又苏曰："冥司查检，阙三页，饬归取。"视灰中，果三页未烬；重焚之，乃卒。此事姚安公附载家谱中。公闻之先曾祖，曾祖闻之先高祖，高祖即手焚是书者也。孰谓竟无鬼神乎？

注释：
①黉序：古代的学校。
②肄(yì)习：学习。
③崇祯丁丑：崇祯十年，公元1637年。

余族所居,曰景城,宋故县也。城址尚依稀可辨。或偶于昧爽时遥望烟雾中,现一城影,楼堞宛然,类乎蜃气①。此事他书多载之,然莫明其理。余谓凡有形者,必有精气。土之厚处,即地之精气所聚处,如人之有魂魄也。此城周回数里,其形巨矣。自汉至宋千余年,为精气所聚已久,如人之取多用宏,其魂魄独强矣。故其形虽化,而精气之盘结者非一日之所蓄,即非一日所能散。偶然现象,仍作城形,正如人死鬼存,鬼仍作人形耳。然古城郭不尽现形,现形者又不常见,其故何欤?人之死也,或有鬼,或无鬼;鬼之存也,或见,或不见,亦如是而已矣。

注释:

①蜃(shèn)气:一种光折射的光学现象,可将远处的景致显现在空中或地面。常发生在海上或沙漠地带。

南宫鲍敬之先生言:其乡有陈生,读书神祠。夏夜袒裼①睡庑下,梦神召至座前,诃责甚厉。陈辩曰:"殿上先有贩夫数人睡,某避于庑下,何反获愆?"神曰:"贩夫则可,汝则不可。彼蠢蠢如鹿豕,何足与较?汝读书而不知礼乎?"盖《春秋》责备贤者,理如是矣。故君子之于世也,可随俗者随,不必苟异;不可随俗者不随,亦不苟同。世于违礼之事,动曰某某曾为之。夫不论事之是非,但论事之有无,自古以来,何事不曾有人为之,可一一据以借口乎?

注释:

①袒裼(tì):脱下衣服赤身露体。

渔洋山人记张巡妾转世索命事,余不谓然。其言曰:"君为忠臣,我则何罪,而杀以飨士?"夫孤城将破,巡已决

志捐生。巡当殉国,妾不当殉主乎?古来忠臣仗节,覆宗族糜①妻子者,不知凡几。使人人索命,天地间无纲常矣。使容其索命,天地间亦无神理矣。王经之母含笑受刃,彼何人乎!此或妖鬼为祟,托一古事求祭飨,未可知也。或明季诸臣,顾惜身家,偷生视息,造作是言以自解,亦未可知也。儒者著书,当存风化,虽齐谐志怪,亦不当收悖理之言。

注释:
①糜:毁灭。

族叔楘庵言:景城之南,恒于日欲出时见一物,御旋风东驰。不见其身,惟昂首高丈余,长鬛①鬖鬖②,不知何怪。或曰:"冯道③墓前石马,岁久为妖也。"考道所居,今日相国庄。其妻家,今日夫人庄。皆与景城相近。故先高祖诗曰:"青史空留字数行,书生终是让侯王。刘光伯墓无寻处,相国夫人各有庄。"其墓则县志已不能确指。北村之南,有地曰石人洼。残缺翁仲,犹有存者。土人指为道墓,意或有所传欤。董空如尝乘醉夜行,便旋其侧。倏阴风横卷,沙砾乱飞,似隐隐有怒声。空如叱曰:"长乐老顽钝无耻!七八百年后岂尚有神灵?此定邪鬼依托耳。敢再披猖,且日日来溺汝。"语讫而风止。

注释:
①鬛:长而硬的毛发。
②鬖(sān)鬖:毛发散乱的样子。
③冯道:冯道(882—954)字可道,自号长乐老。中国大规模官刻儒家经籍的创始人。历仕后唐、后晋(契丹)、后汉、后周四朝十君,拜相二十余年。

南村董天士,不知其名,明末诸生,先高祖老友也。《花王阁剩稿》中，有哭天士诗四首，曰："事事知心自古难，平生二老对相看。飞来遗札惊投箸，哭到荒村欲盖棺。残稿未收新画册（原注：天士以画自给。），余资惟卖破儒冠。布衾两幅无妨敛，在日黔娄不畏寒。""五岳填胸气不平，谈锋一触便纵横。不逢黄祖真天幸，曾怪嵇康太世情。开牖有时邀月入，杖藜到处避人行。料应尘海无堪语，且试骖鸾向紫清。""百结悬鹑两髩霜，自餐冰雪润空肠。一生惟得秋冬气，到死不知罗绮香。（原注：天士不娶。）寒贳①村醪②才破戒，老栖僧舍是还乡。只今一瞑无余事，未要青蝇作吊忙。""廿年相约谢风尘，天地无情殒此人。乱世逃禅聊解脱，衰年哭友倍酸辛。关河泱溙连兵气，齿发沧浪寄病身。泉下有灵应念我，白杨孤冢亦伤神。"天士之生平，可以想见。县志不为立传，盖未见先高祖诗也。相传天士殁后，有人见其骑驴上泰山，呼之不应；俄为老树所遮，遂不见。意或尸解登仙欤！抑貌偶似欤！迹其孤僻之性，似于仙为近也。

注释：

①贳（shì）：赊欠。

②村醪（láo）：农村人家自己酿造的浑酒。

先高祖集有《快哉行》一篇，曰："一笑天地惊，此乐古未有。平生不解饮，满引亦一斗。老革昔媚珰①，正士皆碎首。宁知时势移，人事反覆手。当年金谷花，今日章台柳。巧哉造物心，此罚胜枷杻。酒酣谈旧事，因果信非偶。淋漓挥醉墨，神鬼运吾肘。姓名讳不书，聊以存忠厚。时皇帝十载，太岁在丁丑，恢台仲夏月，其日二十九，同观者六人，题者河间叟。"盖为许显纯诸姬流落青楼作也。初，诸姬隶乐籍时，有以死自誓者。夜梦显纯浴血来曰："我死不蔽辜②，故天以汝等示身后之罚。汝若不从，吾罪益重。"诸姬每举以告客,故有"因果信非偶"句云。

注释:
①媚珰:有姿色的女子。
②蔽辜:掩盖罪过。

先四叔父栗甫公,一日往河城探友。见一骑飞驰向东北,突挂柳枝而堕。众趋视之,气绝矣。食顷,一妇号泣来,曰:"姑病无药饵,步行一昼夜,向母家借得衣饰数事。不料为骑马贼所夺。"众引视堕马者,时已复苏。妇呼曰:"正是人也。"其袱掷于道旁,问袱中衣饰之数,堕马者不能答;妇所言,启视一一合。堕马者乃伏罪。众以白昼劫夺,罪当缳首①,将执送官。堕马者叩首乞命,愿以怀中数十金,予妇自赎。妇以姑病危急,亦不愿涉讼庭,乃取其金而纵之去。叔父曰:"果报之速,无速于此事者矣。每一念及,觉在在处处有鬼神。"

注释:
①缳首:绞刑。

齐舜庭,前所记剧盗齐大之族也。最剽悍,能以绳系刀柄,掷伤人于两三丈外。其党号之曰"飞刀"。其邻曰张七,舜庭故奴视之,强售其住屋广马厩;且使其党恐之曰:"不速迁,祸立至矣。"张不得已,携妻女仓皇出,莫知所适,乃诣神祠祷曰:"小人不幸为剧盗逼,穷迫无路。敬植杖神前,视所向而往。"杖仆向东北。乃迤逦行乞至天津,以女嫁灶丁,助之晒盐,粗能自给①。三四载后,舜庭劫饷事发,官兵围捕,黑夜乘风雨脱免。念其党有在商舶者,将投之泛海去。昼伏夜行,窃瓜果为粮,幸无觉者。一夕,饥渴交迫,遥望一灯荧然，试叩门。一少妇凝视久之，忽呼曰："齐舜庭在此。"盖追缉之牒，已急递至天津，立赏格募捕矣。众丁闻声毕集。舜庭手无寸刃，乃弭首就擒。少妇即张七之女也。使不迫逐七至是，则舜庭已变服，人无识者；地距海口②仅数里，竟扬帆去矣。

注释：

①粗能自给：勉强可以自我供给生活。

②海口：出海口。

王兰洲尝于舟次①买一童，年十三四，甚秀雅，亦粗知字义。云父殁，家中落，与母兄投亲不遇，附舟南还，行李典卖尽，故鬻身为道路费。与之语，羞涩如新妇，固已怪之。比就寝，竟弛服横陈。王本买供使令②，无他念；然宛转相就③，亦意不自持。已而童伏枕暗泣。问："汝不愿乎？"曰："不愿。"问："不愿何以先就我？"曰："吾父在时，所畜小奴数人，无不荐枕席。有初来愧拒者，辄加鞭笞曰：'思买汝何为？愦愦乃尔！'知奴事主人，分当如是；不如是则当捶楚。故不敢不自献也。"王蹶起推枕曰："可畏哉！"急呼舟人鼓楫，一夜追及其母兄，以童还之，且赠以五十金。意不自安，复于悯忠寺礼佛忏悔。梦伽蓝语曰："汝作过改过在顷刻间，冥司尚未注籍，可无庸渎世尊④也。"

注释：

①舟次：在乘船途中。

②使令：差遣，使唤。

③相就：主动靠近；主动亲近。

④渎世尊：亵渎佛祖。

戈东长前辈官翰林时，其太翁傅斋先生市上买一惨绿①

袍。一日镝户出，归失其钥。恐误遗于床上，隔窗视之，乃见此袍挺然如人立，闻惊呼声乃仆。众议焚之。刘啸谷前辈时同寓，曰："此必亡人衣，魂附之耳。鬼为阴气，见阳光则散。"置烈日中反覆曝数日，再置室中，密觇②之，不复为祟矣。又东长头早童③，恒以假发续辫。将罢官时，假发忽舒展蜿蜒，如蛇掉尾。不久即归田。是亦亡人之发，感衰气而变幻也。

注释：

①惨绿：浅绿色。

②觇：观察。

③早童：脱发，秃头。

德清徐编修开厚，亦壬戌前辈。初入馆时，每夜读书，则宅后空屋中有读书声，与琅琅相答。细听所诵，亦馆阁律赋也。启户则无睹。一夕，蹑足屏息窥之，见一少年，着青半臂①，蓝绫衫，携一卷背月坐，摇首吟哦，若有余味，殊不似为祟者。后亦无休咎。唐小说载天狐超异科，策二道，皆四言韵语，文颇古奥。或此狐亦应举者欤！此戈东长前辈说。戈，徐同年进士也。

注释：

①着青半臂：穿着青色的半袖衫。

乌鲁木齐八蜡祠道士，年八十余。一夕，以钱七千布荐①下，卧其上而死。众议以是钱营葬。夜见梦于工房吏邬玉麟曰："我守官庙，棺应官给。钱我辛苦所积，乞纳棺中，俟来生我自取。"玉麟悯而从之。葬讫，太息曰："以钱贮棺，埋于旷野，是以瑶玙②敛也，必暴骨。"余曰："以钱买棺，尚能见梦；发棺攘夺，其为厉必矣。谁能为七千钱以性命与鬼争？必无恙。"众皆䁄然。然玉麟正论也。

注释：
①荐：垫席；垫褥。
②璠玙（fán yú）：美玉。

辛卯①春，余自乌鲁木齐归。至巴里坤，老仆咸宁据鞍睡，大雾中与众相失。误循野马蹄迹，入乱山中，迷不得出，自分必死。偶见厓下伏尸，盖流人逃窜冻死者；背束布橐②，有糇粮③。宁藉以疗饥，因拜祝曰："我埋君骨，君有灵，其导我马行。"乃移尸岩窦④中，运乱石坚窒⑤。惘惘然信马行。越十余日，忽得路，出山，则哈密境矣。哈密游击徐君，在乌鲁木齐旧相识。因投其署以待余。余迟两日始至，相见如隔世。此不知鬼果有灵，导之以出；或神以一念之善，佑之使出；抑偶然侥幸而得出。徐君曰："吾宁归功于鬼神，为掩胔埋胳者⑥劝也。"

注释：
①辛卯：乾隆三十六年，公元 1771 年。
②布橐（tuó）：布袋子。
③糇（hóu）粮：干粮、食粮。
④岩窦（dòu）：岩洞。
⑤坚窒（zhì）：牢固地堵塞起来。
⑥掩胔（zì）埋胳者：掩埋遗骸的人。

董曲江前辈言：顾侠君刻《元诗选》成，家有五六岁童子，忽举手外指曰："有衣冠者数百人，望门跪拜。"嗟乎，鬼尚好名哉！余谓剔抉①幽沈②，搜罗放佚③，以表章之力，发冥漠之光，其衔感九泉，固理所宜有。至于交通声气，号召生徒，祸枣灾梨④，递相神圣，不但有明末造，标榜多诬；即月泉吟社诸人,亦病未离乎客气。盖植党者多私,争名者相轧。即盖棺以后,论定犹难;况乎文酒流连,唱予和汝之日哉。《昭明文选》⑤以何逊见存,遂不登一字。古人之所见远矣。

注释:

①剔抉:挑拣、选择。

②幽沈:埋没、深藏的东西。

③搜罗放佚:收集零散失散的东西。

④祸枣灾梨:旧时印书,多用枣木、梨木雕版,因谓滥刻无用的书为"祸枣灾梨"。

⑤《昭明文选》:此书由南朝梁武帝的长子萧统组织文人共同编选。萧统死后谥"昭明",所以他主编的这部文选称作《昭明文选》。是中国现存的最早一部诗文总集。

余次女适长山袁氏,所居曰焦家桥。今岁归宁,言距所居二三里许,有农家女归宁,其父送之还夫家。中途入墓林便旋,良久乃出。父怪其形神稍异,听其语音亦不同,心窃有疑,然无以发也。至家后,其夫私告父母曰:"新妇相安久矣,今见之心悸,何也?"父母斥其妄①,强使归寝。所居与父母隔一墙。夜忽闻颠扑膈膈声,惊起窃听,乃闻子大号呼。家众破扉入,则一物如黑驴冲人出,火光爆射,一跃而逝。视其子,惟余残血。天曙,往觅其妇,竟不可得。疑亦为所啖矣。此与《太平广记》所载罗刹鬼事全相似,殆亦是鬼欤!观此知佛典不全诬。小说稗官,亦不全出虚构。

注释:

①妄:瞎说,胡思乱想。

河间一妇,性佚荡。然貌至陋,日靓妆倚门,人无顾者。后其夫随高叶飞官天长,甚见委任①;豪夺巧取,岁以多金寄归。妇借其财,以招诱少年,门遂如市②。迨叶飞获谴③,其夫遁归,则囊箧全空,器物斥卖亦略尽,惟存一丑妇,淫疮遍体而已。人谓其不拥厚资,此妇万无堕节理。岂非天道哉!

注释:
①甚见委任:特别得到赏识,予以信任委任。
②门遂如市:门庭若市,表示人很多。
③获谴:获罪。

伯祖湛元公、从伯君章公、从兄旭升,三世皆以心悸不寐卒。旭升子汝允,亦患是疾。一日治宅①,匠睨②楼角而笑曰:"此中有物。"破之则甃砖如小龛,一故灯檠③在焉。云此物能使人不寐,当时圬者④之魇术也。汝允自是遂愈。丁未春,从侄汝伦为余言之。此何理哉?然观此一物藏壁中,即能操主人之生死。则宅有吉凶,其说当信矣。

注释:
①治宅:修理宅院。
②睨(nì):斜着眼睛看。
③灯檠(qíng):灯台,灯架。
④圬(wū)者:泥瓦匠。

戴户曹临,以工书①供奉内廷。尝梦至冥司,遇一吏,故友也,留与谈。偶揭其簿,正见己名,名下朱笔草书,似一犀字。吏夺而掩之,意似薄怒,问之亦不答。忽惶遽而醒,莫测其故。偶告裘文达公,文达沉思曰:"此殆阴曹简便之籍,如部院之略节②。户中二字,连写颇似犀字。君其终于户部郎中乎?"后竟如文达之言。

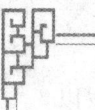
注释：

①工书：善长书法。

②略节：简要的文书报告。

东光霍易书先生，雍正甲辰①举于乡。留滞京师，未有所就。祈梦吕仙祠中，梦神示以诗曰："六瓣梅花插满头，谁人肯向死前休？君看矫矫云中鹤，飞上三台阅九秋。"至雍正五年②，初定帽顶之制③，其铜盘六瓣如梅花，始悟首句之意。窃谓仙鹤为一品服，三台为宰相位，此句既验，末二句亦必验矣。后由中书舍人官至奉天府尹，坐谴谪军台，其地曰葵苏图，实第三台也。官牒省笔，皆书臺为台，适符诗语。果九载乃归。在塞外日，自署别号曰"云中鹤"，用诗中语也。后为姚安公述之。姚安公曰："霍字上为云字头，下为鹤字之半，正隐君姓，亦非泛语。"先生喟然曰："岂但是哉！早年气盛，锐于进取，自谓卿相可立致，卒致颠蹶④。职是之由，第二句神戒我矣，惜是时未思也。"

注释：

①雍正甲辰：雍正二年，公元 1724 年。

②雍正五年：公元 1727 年。

③帽顶之制：从雍正五年开始，清朝政府用各种不同的宝石和金银作为官员的帽顶，以显示官员的品级高低和权势大小。

④颠蹶：颠仆挫折。

古以龟卜。孔子系《易》，极言蓍德①，而龟渐废。《火珠林》始以钱代蓍，然犹烦六掷。《灵棋经》始一掷成卦，然犹烦排列。至神祠之签，则一掣而得，更简易矣。神祠率有签，而莫灵于关帝；关帝之签，莫灵于正阳门侧之祠。盖一岁中，自元旦至除夕，一日中，自昧爽至黄昏，摇筒者恒琅琅然。一筒不给②，置数筒焉。杂遝纷纭，倏忽万状，非惟无暇于检核，亦并不容于思议。虽千手千目，亦不能遍应也。然所得之签，皆验如面语，是何故欤？其最奇者，乾隆壬申[3]乡试，一南士于三月朔日斋沐以祷，乞示试题。得一签曰："阴里相看怪尔曹，舟中敌国笑中刀。藩篱剖破浑无事，一种天生惜羽毛。"是科《孟子》题为"曹交问曰：'人皆可以为尧舜'"至"汤九尺"，应首句也。《论语》题为"夫子莞尔而笑曰：'割鸡焉用牛刀'"，应第二句也。《中庸》题为"故天之生物，必因其材而笃焉"，应第四句也。是真不可测矣。

注释：
①极言蓍德：极力推荐蓍草的功用。
②不给：不够，不能满足。
③乾隆壬申：乾隆十七年，公元1752年。

    孙虚船先生言：其友尝患寒疾①，昏愦中觉魂气飞越，随风飘荡。至一官署，谛视门内皆鬼神，知为冥府。见有人自侧门入，试随之行，无呵禁者②。又随众坐庑③下，亦无诘问者。窃睨堂上，讼者如织。冥王左检籍，右执笔，有一两言决者，有数十言数百言乃决者，与人世刑曹④无少异。琅珰引下，皆帖伏无后言。忽见前辈某公盛服入，冥王延坐，问讼何事。则诉门生故吏之辜恩，所举凡数十人，意颇恨恨。冥王颜色似不谓然，俟其语竟，拱手曰："此辈奔竞排挤，机械万端，天道昭昭，终罹冥谪。然神殛之则可，公责之则不可。种桃李者得其实，种蒺藜者得其刺，公不闻乎？公所赏鉴，大抵附势之流；势去之后，乃责之以道义，是凿冰而求火也。公则左⑤矣，何暇尤人？"某公怃然⑥久之，逡巡⑦竟退。友故与相识，欲近前问讯。忽闻背后叱叱声，一回顾间，悚然已醒。

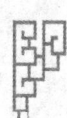

注释:

①寒疾:寒邪之症。

②呵禁者:没有呵斥、阻挡的人。

③庑(wǔ):堂下周围的走廊、廊屋。

④刑曹:分管刑事的官署或属官。

⑤左:偏差、偏颇。

⑥怃(wǔ)然:怅然若失的样子。

⑦逡(qūn)巡:因为有所顾虑而徘徊的样子。

董文恪公老仆王某,性谦谨,善应门①,数十年未忤②一人,所谓"王和尚"者是也。言尝随文恪公宿博将军废园,月夜据石纳凉。遥见一人仓皇隐避,一人邀遮③而止之,捉其臂共坐树下,曰:"以为汝生天久矣,乃在此相遇耶?"因先述相交之契厚,次责任事之负心,曰:"某事乘我急需,故难其词以勒我,中饱几何。某事欺我不谙,虚张其数以绐我,干没又几何。"如是数十事,每一事一批其颊,怒气坌涌,似欲相吞噬。俄一老叟自草间出,曰:"渠今已堕饿鬼道,君何必相凌?且负债必还,又何必太遽?"其一人弥怒曰:"既已饿鬼,何从还债?"老叟曰:"业有满时,则债有还日。冥司定律,凡称贷子母之钱④,来生有禄则偿,无禄则免,为其限于力也。若胁取诱取之财,虽历万劫,亦须填补。其或无禄可抵,则为六畜以偿;或一世不足抵,则分数世以偿。今夕董公所食之豚⑤,非其干仆某之十一世身耶?"其一人怒似略平,乃释手各散。老叟意其土神也。所言干仆,王某犹及见之,果最有心计云。

注释:

①应门:照应门户。指守候和应接叩门的人。

②忤(wǔ):触犯、得罪。

③邀遮:阻拦。

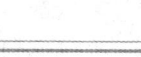

④子母之钱:借贷的利钱和本钱。也专指利钱。
⑤豚:猪。

　　福建曹藩司绳柱言:一岁司道会议臬署,上食未毕。一仆携小儿过堂下,小儿惊怖不前,曰:"有无数奇鬼,皆身长丈余,肩承梁柱。"众闻号叫,方出问,则承尘上落土簌簌,声如撒豆;急跃而出,已栋摧仆地①矣。咸额手②谓鬼神护持也。湖广定制府长,时为巡抚,闻话是事,喟然曰:"既在在处处有鬼神护持,自必在在处处有鬼神鉴察。"

注释:
①栋摧仆地:房梁断裂砸落。
②额首:用手扶着额头,表示庆幸之意。

卷 七

如是我闻（一）

　　襄撰《滦阳消夏录》，属草未定①，遽为书肆所窃刊，非所愿也。然博雅君子，或不以为纰缪②，且有以新事续告者。因补缀旧闻，又成四卷。欧阳公曰："物尝聚于所好。"岂不信哉！缘是知一有偏嗜，必有浸淫③而不自已者，天下事往往如斯，亦可以深长思也。辛亥④七月二十一日题。

注释：

①属草未定：只是草稿还没有定稿。

②纰缪（pī miù）：荒谬。

③浸淫：浸染、沉迷。

④辛亥：乾隆五十六年，公元 1791 年。

　　太原折生遇兰言：其乡有扶乩者，降坛大书一诗曰："一代英雄付逝波，壮怀空握鲁阳戈。庙堂有策军书急，天地无情战骨多。故垒春滋新草木，游魂夜览旧山河。陈涛十郡良家子，杜老酸吟意若何？"署名曰"柿园败将"。皆悚然知为白谷孙公也。柿园之役①，败于中旨②之促战，罪不在公。诗乃以房琯车战③自比，引为己过。正人君子之用心，视王化贞辈偾辕④误国，犹百计卸责于人者，真三光之于九泉矣。大同杜生宜滋，亦录有此诗，"空握"作"辜负"，"春滋"作"春添"，"意若何"作"竟若何"，凡四字不同。盖传写偶异,大旨则无殊也。

注释：

①柿园之役：明末崇祯年间,李自成二次进攻开封,崇祯皇帝任命老将孙传庭围剿起义军,战至河南郏县时,孙传庭率领的官军先以计谋打破起义军,但是因为给养不足,军困马乏,士兵不得不采摘未成熟的青柿来充饥,官军被起义军杀了回马枪,大败而归。

②中旨：朝廷的旨意。

③房琯车战：房琯,中唐时期宰相。此人喜好春秋时期以战车为主的作战手法,当唐肃宗命他率领大军剿灭安禄山时,他使用此方法,在咸阳县之陈涛斜处被安禄山打败,伤亡惨重。

④偾(fèn)辕：覆车,比喻覆败。

许南金先生言：康熙乙未①,过阜城之漫河。夏雨泥泞,马疲不进;息路旁树下,坐而假寐。恍惚见女子拜言曰："妾黄保宁妻汤氏也,在此为强暴所逼,以死捍拒②,卒被数刃以死。官虽捕贼骈诛,然以妾已被污,竟不旌表。冥官哀其贞烈,俾居此地,为横死诸魂长③,今四十余年矣。夫异乡丐妇,踽踽④独行,猝遇三健男子,执缚于树,肆其淫毒;除骂贼求死,别无他术。其啮齿受玷,由力不敌,非节之不固也。司谳者⑤苛责无已,不亦冤乎? 公状貌似儒者,当必明理,乞为白之。"梦中欲询其里居,霍然已醒。后问阜城士大夫,无知其事者;问诸老吏,亦不得其案牍。盖当时不以为烈妇,湮没久矣。

注释：

①康熙乙未：康熙五十四年,公元1715年。

②以死捍拒：以死来抗拒。

③为横死诸魂长：成为意外死亡的鬼魂的长官。

④踽(jǔ)踽：独自一人。

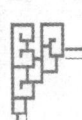

⑤司谳者：主持审判的人。

　　京师某观，故有狐。道士建醮①，醵②多金。蒇事③后，与其徒在神座灯前，会计出入。尚阙数金，师谓徒干没，徒谓师误算，盘珠格格，至三鼓未休。忽梁上语曰："新秋凉爽，我倦欲眠，汝何必在此相聒？此数金，非汝欲买媚药，置怀中过后巷刘二姐家，二姐索金指环，汝乘醉探付彼耶？何竟忘也？"徒转面掩口。道士乃默然敛簿出。剃工魏福，时寓观内，亲闻之。言其声咿咿呦呦，如小儿女云。

注释：

①建醮(jiào)：旧时僧道设坛为亡魂祈祷。

②醵(jù)：敛财，集资。

③蒇(chǎn)事：完事儿。蒇，完成，结束。

　　旱魃①为虐，见《云汉》之诗，是事出经典矣。《山海经》实以女魃，似因诗语而附会。然据其所言，特一妖神耳。近世所云旱魃，则皆僵尸。掘而焚之，亦往往致雨。夫雨为天地之䜣合，一僵尸之气焰，竟能弥塞乾坤，使隔绝不通乎？雨亦有龙所作者，一僵尸之技俩，竟能驱逐神物，使畏避不前乎，是何说以解之？又狐避雷劫，自宋以来，见于杂说者不一。夫狐无罪欤，雷霆克期而击之，是淫刑也，天道不如是也。狐有罪欤，何时不可以诛，而必限以某日某刻，使先知早避？即一时暂免，又何时不可以诛，乃过此一时，竟不复追理？是佚罚也，天道亦不如是也。是又何说以解之？偶阅近人《夜谈丛录》，见所载焚旱魃一事、狐避劫二事，因记所疑，俟格物穷理者详之。

注释：

①旱魃(bá)：引起旱灾的怪物。

虎坊桥西一宅，南皮张公子畏故居也，今刘云房副宪居之。中有一井，子午二时汲则甘，余时则否，其理莫明。或曰："阴起午中，阳生子半，与地气应也。"然元气昆仑，充满大地，何他井不与地气应，此井独应乎？西土最讲格物学，《职方外纪》载其地有水一日十二潮，与晷漏不差秒忽。有欲穷其理者，构庐水侧，昼夜测之，迄不能喻，至恚①而自沈。此井抑亦是类耳！

注释：
①恚(huì)：怨恨、愤怒。

张读《宣室志》曰：俗传人死数日，当有禽自柩中出，曰煞。太和①中，有郑生者，网得一巨鸟，色苍，高五尺余，忽无所见。访里中民讯之，有对者曰："里中有人死，且数日。卜者言，今日煞当去。其家伺而视之，有巨鸟色苍，自柩中出。君所获果是乎？"此即今所谓煞神也。徐铉《稽神录》②曰：彭虎子少壮，有膂力③。尝谓无鬼神。母死，俗巫诫之曰："某日殃煞当还，重有所杀，宜出避之。"合家细弱，悉出逃隐。虎子独留不去。夜中有人推门入，虎子皇遽无计，先有一瓮，便入其中，以板盖头。觉母在板上，有人问："板下无人耶？"母曰："无。"此即今所谓回煞也。俗云殇子未生齿者，死无煞；有齿者即有煞。巫觋④能预克其期。家奴孙文举、宋文皆通是术。余尝索视其书，特以年月日时干支推算，别无奇奥。其某日逢某凶煞，当用某符禳解，则诡词取财而已。或有室庐逼仄⑤，无地避煞者，又有压制之法，使伏而不出，谓之斩殃，尤为荒诞。然家奴宋遇妇死，遇召巫斩殃；迄今所居室中，夜恒作响，小儿女亦多见其形。似又不尽诬矣。天地之大，何所不有；幽明之理，莫得而穷。不必曲为之词，亦不必力攻其说。

注释：

①太和：魏明帝曹叡的第一个年号。

②徐铉《稽神录》：《稽神录》，志怪小说集。宋初徐铉撰。此书大多写鬼神怪异和因果报应故事。徐铉(916—991)字鼎臣，五代宋初文学家、书法家。

③膂(lǚ)力：体力。

④巫觋(xí)：巫师，古代称女巫为"巫"，男巫为"觋"。

⑤逼仄(zè)：狭窄、拥挤。

　　人死者，魂隶冥籍矣。然地球圆九万里，径三万里，国土不可以数计，其人当百倍中土，鬼亦当百倍中土。何游冥司者，所见皆中土之鬼，无一徼外之①鬼耶？其在在各有阎罗王耶？顾郎中德懋，摄②阴官者也。尝以问之，弗能答。人不死者，名列仙籍矣。然赤松、广成，闻于上古；何后代所遇之仙，皆出近世？刘向以下之所记，悉无闻耶？岂终归于尽，如朱子之论魏伯阳耶？娄真人近垣，领道教者也。尝以问之，亦弗能答。

注释：

①徼(jiào)外：塞外、边外。

②摄：兼顾、兼职。

　　里人阎勋，疑其妻与表弟通，遂携铳击杀其表弟。复归而杀妻，刿刃①于胸，格格然如中铁石，迄②不能伤。或曰："是鬼神愍其枉死，阴相之也。"然枉死者多，鬼神何不尽阴相欤？当由别有善行，故默邀护佑耳。

注释：

①刿(zì)刃：用刀刺入。

②迄：始终。

景州申君学坤，谦居先生子也。纯厚朴拙，不坠家风，信道学甚笃。尝谓从兄懋园曰："曩在某寺，见僧以福田诱财物，供酒肉资。因著一论，戒勿施舍。夜梦一神，似彼教所谓伽蓝者，与余侃侃争曰：'君勿尔也。以佛法论，广大慈悲，万物平等。彼僧尼非万物之一耶？施食及于鸟鸢①，爱惜及于虫鼠，欲其生也。此辈藉施舍以生，君必使之饥而死，曾视之不若鸟鸢虫鼠耶？其间破坏戒律，自堕泥犁者，诚比比皆是。然因有枭鸟②，而尽戕羽族；因有破镜，而尽戕兽类，有是理耶？以世法论，田不足授，不能不使百姓自谋食。彼僧尼亦百姓之一种，募化亦谋食之一道耳。必以其不耕不织为蠹国耗民③，彼不耕不织而蠹国耗民者，独僧尼耶？君何不一一著论禁之也？且天下之大，此辈岂止数十万。一旦绝其衣食之源，羸弱者转乎沟壑，姑勿具论；桀黠者铤而走险，君何以善其后耶？昌黎辟佛④，尚曰鳏寡孤独废疾者有养。君无策以养，而徒朘⑤其生，岂但非佛意，恐亦非孔孟意也。驷不及舌，君其图之。'余梦中欲与辩，倏然已觉。其语历历可忆。公以所论为何如？"懋园沉思良久曰："君所持者正，彼所见者大。然人情所向，'匪今斯今'，岂君一论所能遏？此神刺刺不休，殊多此一争耳。"

注释：

①鸟鸢（yuān）：食肉的猛禽。

②枭（xiāo）鸟：猫头鹰。

③蠹（dù）国耗民：像蠹虫一样消耗国家、人民的钱财。

④昌黎辟佛：韩愈反对佛教，曾写过《谏佛骨表》。

⑤朘（juān）：缩减、削减。

同年金门高，吴县人。尝夜泊淮扬①之间，见岸上二叟相遇，就坐水次②草亭上。一叟曰："君近何事？"一叟曰："主人避暑园林，吾日日入其水阁，观活秘戏图，百媚横生，亦殊可玩。其第五姬尤妖艳。见其与主人剪发为誓，约他年燕子楼中作关盼盼③；又约似玉箫再世，重侍韦皋④。主人为之感泣。然偶闻其与母窃议，则谓主人已老，宜早储金帛，为琵琶别抱计也。君谓此辈可信乎？"相与太息久之。一叟又曰："闻其嫡甚贤，信乎？"一叟掉头曰："天下之善妒人也，何贤之云！夫妒而嚣争，是为渊驱鱼者⑤也。此妇于姜媵⑥之来，弱者抚之以恩，纵其出入冶游，不复防制，使流于淫佚。其夫自愧而去之。强者待之以礼，阳尊之与己匹，而阴导之与夫抗，使养成骄悍，其夫不堪而去之。有二术所不能饵者，则密相煽构⑦，务使参商两败者，又多有之。幸不即败，而一门之内，诟谇时闻，使其夫入妾之室则怨语愁颜，入妻之室乃柔声怡色。其去就不问而知矣。此天下之善妒人也，何贤之云！"门高窃听所言，服其中理；而不解其日入水阁语。方凝思间，有官舫鸣钲来，收帆欲泊。二叟转瞬已不见。乃悟其非人也。

注释：

①淮扬：淮安、扬州。

②水次：水边。

③关盼盼：唐代徐州名伎，徐州守帅张建封妾。

④约似玉箫再世，重侍韦皋：传说唐韦皋未仕时，寓江夏姜使君门馆，与侍婢玉箫有情，约为夫妇。韦归省，愆期不至，箫绝食而死。后玉箫转世，始终为韦侍妾。

⑤为渊驱鱼者：比喻不善于团结人或笼络人，把可以依靠的力量赶到敌人方面去。

⑥姜媵(yìng)：泛指侍妾。

⑦煽构：煽动捏造。

先兄晴湖曰："饮卤汁者，血凝而死，无药可医。里有妇人饮此者,方张皇莫措①。忽一媪排闼入,曰:'可急取隔壁卖腐家所磨豆浆灌之。卤得豆浆,则凝浆为腐而不凝血。我是前村老狐,曾闻仙人言此方也。'语讫不见。试之果得苏。刘涓子有鬼遗方,此可称狐遗方也。"

注释:
①张皇莫措:慌慌张张,不知所措。

客作秦尔严,尝御车自李家洼往淮镇。遇持铳击鹊者,马皆惊逸。尔严仓皇堕车下,横卧辙中①,自分②无生理。而马忽不行。抵暮归家,沽酒自庆,灯下与侪辈话其异。闻窗外人语曰:"尔谓马自不行耶?是我二人掣其辔也。"开户出视,寂无人迹。明日,因赍酒脯,至堕处祭之。先姚安公闻之,曰:"鬼如此求食,亦何恶于鬼!"

注释:
①横卧辙中:横躺在车轮碾过的痕迹中。
②自分:自我分析。

里人王五贤(幼时闻呼其字是此二音,不知即此二字否也?),老塾师也。尝夜过古墓,闻鞭扑声,并闻责数曰:"尔不读书识字,不能明理,将来何事不可为?至上干天律时,尔悔迟矣。"谓深更旷野,谁人在此教子弟。谛听乃出狐窟中。五贤喟然曰:"不图①此语闻之此间。"

注释:
①图:意料,想到。

先叔仪南公,有质库在西城。客作①陈忠,主买菜蔬。侪辈皆谓其近多余润，宜飨众。忠讳无有。次日，箧钥不启，而所蓄钱数千，惟存九百。楼上故有狐，恒隔窗与人语，疑所为。试往叩之，果朗然应曰："九百钱是汝雇值②，分所应得，吾不敢取。其余皆日日所干没，原非汝物。今日端阳，已为汝买粽若干，买酒若干，买肉若干，买鸡鱼及瓜菜果实各若干，并泛酒雄黄，亦为买得，皆在楼下空屋中。汝宜早烹炮，迟则天暑恐腐败。"启户视之，累累具在。无可消纳，竟与众共餐。此狐可谓恶作剧，然亦颇快人意也。

注释：

①客作：雇工。

②雇值：做雇佣的工资。

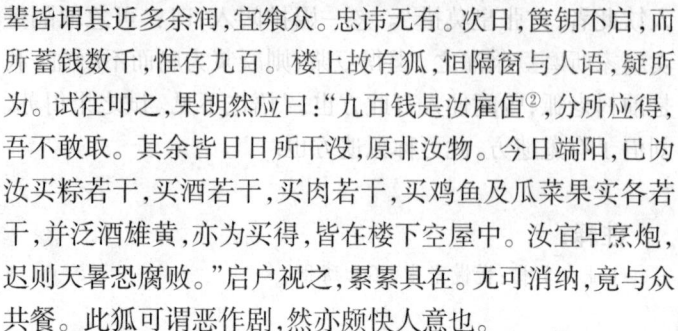

亥有二首六身，是拆字之权舆①矣。汉代图谶，多离合点画。至宋谢石辈，始以是术专门，然亦往往有奇验。乾隆甲戌②，余殿试后，尚未传胪③，在董文恪公家，偶遇一浙士，能拆字。余书一"墨"字。浙士曰："龙头竟不属君矣。里字拆之为二甲，下作四点，其二甲第四乎？然必入翰林。四点庶字脚，土吉字头，是庶吉士矣。"后果然。又戊子秋，余以漏言获谴，狱颇急，日以一军官伴守。一董姓军官云能拆字。余书"董"字使拆。董曰："公远戍矣。是千里万里也。"余又书"名"字。董曰："下为口字，上为外字偏旁，是口外矣。日在西为夕，其西域乎？"问："将来得归否？"曰："字形类君，亦类召，必赐环也。"问："在何年？"曰："口为四字之外围，而中缺两笔，其不足四年乎？今年戊子④，至四年为辛卯⑤，夕字卯之偏旁，亦相合也。"果从军乌鲁木齐，以辛卯六月还京。盖精神所动，鬼神通之；气机所萌，形象兆之。与揲蓍灼龟事同一理，似神异而非神异也。

注释：

①权舆：起始。

②乾隆甲戌：乾隆十九年，公元 1754 年。

③传胪(lú)：科举考试后，揭晓排名。

④戊子：乾隆三十三年，公元 1768 年。

⑤辛卯：乾隆三十六年，公元 1771 年。

医者胡宫山，不知何许人。或曰："本姓金，实吴三桂之间谍。三桂败，乃变易姓名。"事无左证，莫之详也。余六七岁时及见之，年八十余矣，轻捷如猿猱，技击绝伦。尝舟行，夜遇盗，手无寸刃，惟倒持一烟筒，挥霍如风，七八人并刺中鼻孔仆。然最畏鬼，一生不敢独睡。言少年尝遇一僵尸，挥拳击之，如中木石，几为所搏，幸跃上高树之顶。尸绕树踊距①，至晓乃抱木不动。有铃驮群②过，始敢下视。白毛遍体，目赤如丹砂，指如曲钩，齿露唇外如利刃。怖几失魂。又尝宿山店，夜觉被中蠕蠕动，疑为蛇鼠；俄枝梧撑拄③，渐长渐巨，突出并枕，乃一裸妇人。双臂抱持，如巨束缚，接吻嘘气，血腥贯鼻，不觉晕绝。次日得灌救，乃苏。自是胆裂，黄昏以后，遇风声月影，即惴惴却步云。

注释：

①踊距：跳跃。

②铃驮群：驮货物的马帮。

③枝梧撑拄：支撑伸展。

南皮令居公铉，在州县幕二十年，练习案牍，聘币①无虚岁。拥资既厚，乃援例②得官，以为驾轻车就熟路也。比莅任③，乃愦愦如木鸡；两造争辩，辄面颊语涩④，不能出一字；见上官，进退应对，无不颠倒。越岁余，遂以才力不及劾。解组之日，梦蓬首垢面人长揖曰："君已罢官，吾从此别矣。"

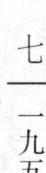

霍然惊醒，觉心境顿开。贫无归计，复理旧业，则精明果决，又判断如流矣。所见者其夙冤耶？抑即昌黎所送之穷鬼耶？

注释：

①聘币：古时为聘请人所备的礼物。

②援例：按照前例。

③比莅(lì)任：等到上任。

④面颓语涩：面红耳赤，说不出来话。

裴文达公言：官詹事①时，遇值日，五鼓赴圆明园。中途见路旁高柳下，灯火围绕，似有他故。至则一护军缢于树，众解而救之。良久得苏，自言过此暂憩，见路旁小室中有灯光，一少妇坐圆窗中招我。逾窗入，甫一俯首，项已被挂矣。盖缢鬼变形求代也。此事所在多有，此鬼乃能幻屋宇，设绳索，为可异耳。又先农坛西北文昌阁之南(文昌阁俗曰高庙)，汇有积水，亦往往有溺鬼诱人。余十三四时，见一人无故入水，已没半身。众噪而挽之，始强回②，痴坐良久，渐有醒意。问何所苦而自沈。曰："实无所苦。但渴甚，见一茶肆，趋往求饮，犹记其门悬匾额，粉板青字，曰'对瀛馆'也。"命名颇有文义，谁题之、谁书之乎？此鬼更奇矣。

注释：

①詹事：官名，清代时，备翰林官的升迁，无实职。

②强回：奋力抢救回来。

山东刘君善谟，余丁卯同年也。以其黠巧，皆戏呼曰"刘鬼谷"。刘故诙谐，亦时以自称。于是鬼谷名大著，而其字若别号，人转不知。乾隆辛未①，僦校尉营一小宅。田白岩偶过闲话，四顾慨然曰："此凤眼张三旧居也，门庭如故，埋香黄土已二十余年矣。"刘骇然曰："自卜此居，吾数梦艳妇来往堂庑间,其若人乎?"白岩问其状,良是。刘沉思久之,拊几曰:"何物淫鬼,敢魅刘鬼谷!果现形,必痛挞之。"白岩曰:"此妇在时,真鬼谷子,捭阖②百变,为所颠倒者多矣。假鬼谷子何足云!京师大矣,何必定与鬼同住?"力劝之别徙。余亦尝访刘于此,忆斜对戈芥舟宅约六七家。今不能指其处矣。

史太常松涛言:初官户部主事时,居安南营,与一孀妇邻。一夕盗入孀妇家,穴壁已穿矣。忽大呼曰:"有鬼!"狼狈越墙去。迄不知其何所见也。岂神或哀其茕独①,阴相之欤!又戈东长前辈一日饭罢,坐阶下看菊。忽闻大呼曰:"有贼!"其声喑呜,如牛鸣盎中。举家骇异。俄连呼不已,谛听乃在庑下炉坑内。急邀逻者来,启视,则儽然②一饿夫,昂首长跪。自言前两夕乘暗阑入③,伏匿此坑,冀夜深出窃。不虞二更微雨,夫人命移腌齑两瓮置坑板上,遂不能出。尚冀雨霁移下,乃两日不移。饥不可忍,自思出而被执,罪不过杖;不出则终为饿鬼。故反作声自呼耳。其事极奇,而实为情理所必至。录之亦足资一粲也。

河间府吏刘启新,粗知文义。一日问人曰:"枭鸟、破镜是何物?"或对曰:"枭鸟食母,破镜食父,均不孝之物也。"

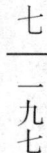

刘拊掌曰:"是矣。吾患寒疾,昏愦中魂至冥司,见二官连几坐。一吏持牍请曰:'某处狐为其孙啮杀,禽兽无知,难责以人理。今惟议抵,不科①不孝之罪。'左一官曰:'狐与他兽有别。已炼形成人者,宜断以人律;未炼形成人者,自宜仍断以兽律。'右一官曰:'不然。禽兽他事与人殊,至亲属天性,则与人一理。先王诛枭鸟、破镜,不以禽兽而贷也。宜仍科不孝,付地狱。'左一官首肯曰:'公言是。'俄吏抱牍下,以掌掴吾,悸而苏。所言历历皆记,惟不解枭鸟、破镜语。窃疑为不孝之鸟兽,今果然也。"案此事新奇,故阴府亦烦商酌。知狱情万变,难执一端。据余所见,事出律例之外者:一人外出,讹传已死。其父母因鬻妇为人妾。夫归,迫于父母,弗能讼也。潜至娶者家,伺隙一见,竟携以逃。越岁缉获,以为非奸,则已别嫁;以为奸,则本其故夫。官无律可引也。又劫盗之中,别有一类,曰赶蛋。不为盗,而为盗之盗。每伺盗外出,或袭其巢,或要堵路,夺所劫之财。一日互相格斗,并执至官。以为非盗,则实强掠;以为盗,则所掠乃盗赃。官亦无律可引也。又有奸而怀孕者,决罚后,官依律判生子还奸夫。后生子,本夫恨而杀之。奸夫控故杀其子。虽有律可引,而终觉奸夫所诉,有理无情;本夫所为,有情无理。无以持其平也。不知彼地下冥官,遇此等事,又作何判断耳?

注释:

①科:追究,判处。

丰宜门外风氏园古松,前辈多有题咏。钱香树先生尚见之,今已薪矣。何华峰云:相传松未枯时,每风静月明,或闻丝竹。一巨公偶游其地,偕宾友夜往听之。二鼓后,有琵琶声,似出树腹,似在树杪。久之,小声缓唱曰:"人道冬夜寒,我道冬夜好。绣被暖如春,不愁天不晓。"巨公叱曰:"何物老魅,敢对我作此淫词!"戛然而止。俄登登复作,又唱曰:"郎似桃李花,妾似松柏树。桃李花易残,松柏常如故。"巨公点首曰:"此乃差近风雅。"余音摇曳之际,微闻树外悄语曰:"此老殊①易与②,但作此等语言,便生欢喜。"拨剌一响,有如弦断。再听之,寂然矣。

注释:

①老殊:老人家。
②易与:容易应付。

佃户卜晋宝,息耕陇畔,枕块暂眠。朦胧中闻人语曰:"昨官中有何事?"一人答曰:"昨勘某人继妻,予铁杖百。虽是病容,尚眉目如画,肌肉如凝脂。每受一杖,哀呼宛转,如风引洞箫,使人心碎。吾手颤不得下,几反受鞭。"问者太息曰:"惟其如是之妖媚,故蛊惑其夫,荼毒①前妻儿女,造种种恶业也。"晋宝私念:是何官府,乃用铁杖?欲起问之。欠伸拭目,乃荒烟蔓草,四顾阒然。

注释:

①荼毒:毒害、残害。

故城贾汉恒言:张二酉、张三辰,兄弟也。二酉先卒,三辰抚侄如己出,理田产,谋婚娶,皆殚竭心力。侄病瘵,经营医药,殆废寝食。侄殁后,恒忽忽如有失。人皆称其友爱。越数岁,病革,昏瞀中自语曰:"咄咄怪事!顷到冥司,二兄诉我杀其子,斩其祀①,岂不冤哉?"自是口中时喃喃,不甚可辨。一日稍苏,曰:"吾之过矣。兄对阎罗数我曰:'此子非不可化诲②者,汝为叔父,去父一间耳。乃知养而不知教,纵所欲为,恐拂其意。使恣情花柳,得恶疾以终。非汝杀之而谁乎？'吾茫然无以应也，吾悔晚矣。"反手自椎而殁③。三辰所为，亦未俗之所难。坐以杀侄，《春秋》责备贤者耳；然要不得谓二酉苛也。平定王执信，余己卯所取士也。乞余志其继母墓，称母生一弟，曰执蒲；庶出一弟，曰执璧。平时饮食衣服，三子无所异；遇有过，责詈捶楚，亦三子无所异也。贤哉，数语尽之矣。

注释：

①斩其祀：断绝后代。

②化诲：教化、教诲。

③自椎而殁(mò)：自己捶打自己而死。

钱遵王《读书敏求记》载：赵清常殁，子孙鬻其遗书，武康山中，白昼鬼哭。聚必有散，何所见之不达耶？明寿宁侯故第在兴济，斥卖略尽①，惟厅事仅存。后鬻其木于先祖。拆卸之日，匠者亦闻柱中有泣声。千古痴魂，殆同一辙。余尝与董曲江言："大地山河，佛氏尚以为泡影，区区者复何足云。我百年后，傥图书器玩，散落人间，使赏鉴家指点摩挲曰：'此纪晓岚故物。'是亦佳话，何所恨哉！"曲江曰："君作是言，名心尚在。余则谓消闲遣日，不能不借此自娱。至我已弗存，其他何有？任其饱虫鼠，委泥沙耳。故我书无印记，砚无铭识，政如好花朗月，胜水名山，偶与我逢，便为我有。迨云烟过眼，不复问为谁家物矣。何能镌号题名，为后人作计哉！"所见尤脱洒也。

注释：

①斥卖略尽：基本上拆卖完了。

职官奸仆妇，罪止夺俸，以家庭暧近①，幽暧难明，律意深微,防诬蔑反噬之渐①也。然横干强迫③,阴谴实严④。戴遂堂先生言:康熙末,有世家子挟污⑤仆妇。仆气结成噎膈⑥。时妇已孕,仆临殁,以手摩腹曰:"男耶? 女耶? 能为我复仇耶?"后生一女,稍长,极慧艳。世家子又纳为妾,生一子。文园消渴⑦,俄夭天年。女帷薄不修⑧,竟公庭涉讼,大损家声。十许年中,妇缟袂扶棺,女青衫对簿,先生皆目见之,如相距数日耳。岂非怨毒所钟,生此尤物以报哉。

注释:

①暱(nì)近:亲近。

②渐:增长。

③横干强迫:蛮横地阻挠强迫。

④阴谴实严:私底下受到的惩罚是很严厉的。

⑤挟污:挟持奸污。

⑥噎膈(yē gé):食不下咽的病症。

⑦消渴:消渴症,即糖尿病。

⑧帷薄不修:比喻男女关系复杂,私生活不检点。

遂堂先生又言:有调其仆妇者,妇不答。主人怒曰:"敢再拒,棰汝死。"泣告其夫,方沈醉,又怒曰:"敢失志,且刲刃汝胸。"妇愤曰:"从不从皆死,无宁先死矣。"竟自缢。官来勘验,尸无伤,语无证,又死于夫侧,无所归咎,弗能究也。然自是所缢之室,虽天气晴明,亦阴阴如薄雾;夜辄有声如裂帛。灯前月下,每见黑气,摇漾似人影,即之则无。如是十余年,主人殁,乃已①。未殁以前,昼夜使人环病榻,疑其有所见矣。

注释:

①乃已:才罢休。

乌鲁木齐军吏邬图麟言：其表兄某，尝诣泾县访友。遇雨，夜投一废寺。颓垣荒草，四无居人，惟山门尚可栖止，姑留待霁。时云黑如墨，暗中闻女子声曰："怨鬼叩头，求赐纸衣一袭，白骨衔恩。"某怖不能动，然度无可避，强起问之。鬼泣曰："妾本村女，偶独经此寺，为僧所遮留。妾哭詈不从，怒而见杀。时衣已尽褫，遂被裸埋。今百余年矣。虽在冥途，情有廉耻。身无寸缕，愧见神明。故宁抱沉冤，潜形不出。今幸逢君子，傥取数番彩楮，剪作裙襦，焚之寺门，使幽魂蔽体，便可诉诸地府，再入转轮。惟君哀而垂拯①焉。"某战栗诺之。泣声遂寂。后不能再至其地，竟不果焚。尝自谓负此一诺，使此鬼茹恨黄泉，恒耿耿不自安也。

注释：

①垂拯：垂怜拯救。

于道光言：有士人夜过岳庙，朱扉严闭，而有人自庙中出。知是神灵，膜拜呼上圣。其人引手掖之曰："我非贵神，右台司镜之吏，赍文簿到此也。"问："司镜何义？其业镜也耶？"曰："近之，而又一事也。业镜所照，行事之善恶耳。至方寸微暖，情伪万端，起灭无恒，包藏不测，幽深邃密，无迹可窥，往往外貌麟鸾①，中韬鬼蜮②，隐慝未形，业镜不能照也。南北宋后，此术滋工，涂饰弥缝，或终身不败。故诸天合议，移业镜于左台，照真小人；增心镜于右台，照伪君子。圆光对映，灵府洞然：有拗捩者，有偏倚者，有黑如漆者，有曲如钩者，有拉杂如粪壤者，有混浊如泥滓者，有城府险阻千重万掩者，有脉络屈盘左穿右贯者，有如荆棘者，有如刀剑者，有如蜂虿③者，有如狼虎者，有现冠盖影者，有现金银气者。甚有隐隐跃跃，现秘戏图者；而回顾其形，则皆岸然道貌也。其圆莹如明珠，清澈如水晶者，千百之一二耳。如是者,吾立镜侧,籍而记之,三月一达于岳帝,定罪福焉。大抵名愈高则责愈严,术愈巧则罚愈重。春秋二百四十年,瘅恶④不一,惟震夷伯之庙,天特示谴于展氏,隐慝故也。子其识之。"士人拜受教,归而乞道光书额,名其室曰"观心"。

有歌童扇上画鸡冠,于筵上求李露园题。露园戏书绝句曰:"紫紫红红胜晚霞,临风亦自弄夭斜。枉教蝴蝶飞千遍,此种原来不是花。"皆叹其运意双关之巧。露园赴任湖南后,有扶乩者,或以鸡冠请题,即大书此诗。余骇曰:"此非李露园作耶?"乩忽不动,扶乩者狼狈去。颜介子叹曰:"仙亦盗句。"或曰:"是扶乩者本伪托,已屡以盗句败①矣。"

从兄坦居言:昔闻刘馨亭谈二事。其一,有农家子为狐媚,延术士劾治。狐就擒,将烹诸油釜①。农家子叩额乞免,乃纵去。后思之成疾,医不能疗。狐一日复来,相见悲喜。狐意殊落落②,谓农家子曰:"君苦相忆,止为悦我色耳,不知是我幻相也。见我本形,则骇避不遑③矣。"欻然扑欹地,苍毛修尾,鼻息咻咻,目睒睒如炬,跳掷上屋,长嗥数声而去。农家子自是病瘵。此狐可谓能报德。其一亦农家子为狐媚,延术士劾治。法不验，符箓皆为狐所裂，将上坛殴击。一老媪似是狐母，止之曰："物惜其群，人庇其党。此术士道虽浅，创之过甚，恐他术士来报复。不如且就尔婿眠，听其逃避。"此狐可谓能虑远。

注释：

①烹诸油釜：放在油锅里烹制。

②意殊落落：情谊很冷淡。

③骇避不遑(huáng)：惊骇失措唯恐躲避不及。

康熙癸巳①，先姚安公读书于厂里（前明土贡澄浆砖，此地砖厂故址也。），偶折杏花插水中。后花落，结二杏如豆，渐长渐巨，至于红熟，与在树无异。是年逢万寿恩科，遂举于乡。王德安先生时同住，为题额曰"瑞杏轩"。此庄后分属从弟东白。乾隆甲申②，余自福建归，问此匾，已不存矣。拟倩刘石庵补书，而代葺此屋，作记刻石龛于壁，以存先世之迹，因循未果，不识何日偿此愿也。

注释：

①康熙癸巳：康熙五十二年，公元1713年。

②乾隆甲申：乾隆二十九年，公元1764年。

先姚安公言：雍正初，李家洼佃户董某父死，遗一牛，老且跛，将鬻于屠肆。牛逸①，至其父墓前，伏地僵卧，牵挽鞭捶皆不起，惟掉尾长鸣。村人闻是事，络绎来视。忽邻叟刘某愤然至，以杖击牛曰："渠父堕河，何预于汝？使随波漂没，充鱼鳖食，岂不大善？汝无故多事，引之使出，多活十余年。致渠生奉养，病医药，死棺敛，且留此一坟，岁需祭扫，为董氏子孙无穷累。汝罪大矣，就死汝分②，牟牟者何为？"

盖其父尝堕深水中,牛随之跃入,牵其尾得出也。董初不知此事,闻之大惭,自批其颊曰:"我乃非人!"急引归。数月后,病死,泣而埋之。此叟殊有滑稽风,与东方朔救汉武帝乳母事竟暗合也。

　　姨丈王公紫府,文安旧族也。家未落①时,屠肆架上一豕首,忽脱钩落地,跳掷而行。市人噪而逐之,直入其门而止。自是日见衰谢②,至饘粥③不供。今子孙无孑遗矣。此王氏姨母自言之。又姚安公言:亲表某氏家(岁久忘其姓氏,惟记姚安公言此事时,称曰汝表伯。),清晓启户,有一兔缓步而入,绝不畏人,直至内寝床上卧。因烹食之。数年中死亡略尽,宅亦拆为平地矣。是皆衰气所召也。

　　王菊庄言:有书生夜泊鄱阳湖,步月纳凉。至一酒肆,遇数人,各道姓名,云皆乡里。因沽酒小饮,笑言既洽,相与说鬼。搜异抽新①,多出意表。一人曰:"是固皆奇,然莫奇于吾所见矣。曩在京师,避嚣寓②丰台花匠家,邂逅一士共谈。吾言此地花事殊胜,惟墟墓间多鬼可憎。士曰:'鬼亦有雅俗,未可概弃。吾曩游西山,遇一人论诗,殊多精诣,自诵所作,有曰:深山迟见日,古寺早生秋。又曰:钟声散墟落,灯火见人家。又曰：猿声临水断，人语入烟深。又曰：林梢明远水，楼角挂斜阳。又曰：苔痕侵病榻，雨气入昏灯。又曰：鸺鹠③岁久能人语，魍魉山深每昼行。又曰：空江照影芙蓉泪，废苑寻春蛱蝶魂。皆楚楚有致。方拟问其居停，忽有铃驮琅琅，欻然灭迹。此鬼宁复可憎耶？'吾爱其脱洒，欲留共饮。其人振衣起曰：'得免君憎，已为大幸，宁敢再入郇厨④？'一笑而隐。方知说鬼者即鬼也。"书生因戏曰："此称奇绝，古所未闻。然阳羡鹅笼，幻中出幻，乃辗转相生，安知说此鬼者，不又即鬼耶？"数人一时色变，微风飒起，灯光黯然，并化为薄雾轻烟，蒙蒙四散。

注释：

①搜异抽新：搜集奇异抽选新奇的故事。

②避嚣寓：避开喧嚣吵闹的寓所。

③鸺鹠（xiū liú）：指猫头鹰一类的以吃蛇鼠为生的鸟。

④郇（xún）厨：郇公厨。唐代韦陟，世袭封郇国公，生活比较奢侈，喜欢研究各种美味，他的厨中多美味佳肴。后以郇公厨形容膳食精美的人家。

庚午四月，先太夫人病革时，语子孙曰："旧闻地下眷属，临终时一一相见。今日果然。幸我平生尚无愧色。汝等在世，家庭骨肉，当处处留将来相见地也。"姚安公曰："聪明绝特之士，事事皆能知，而独不知人有死；经纶开济①之才，事事皆能计，而独不能为死时计。使知人有死，一切作为，必有索然自返者；使能为死时计，一切作为，必有悚然自止者。惜求诸六合之外，失诸眉睫之前也。"

注释：

①经纶开济：经纶满腹，开创济世。

一南士以文章游公卿间。偶得一汉玉璜①，质理莹白，而血斑彻骨，尝用以镇纸。一日，借寓某公家。方灯下构一文，闻窗隙有声，忽一手探入。疑为盗，取铁如意欲击；见其纤削如春葱，瑟缩而止。穴纸窃窥，乃一青面罗刹鬼。怖而仆地。比苏，则此璜已失矣。疑为狐魅幻形，不复追诘。后于市上偶见，询所从来。辗转经数主，竟不能得其端绪。久乃知为某公家奴伪作鬼装所取。董曲江戏曰："渠知君是惜花御史，故敢露此柔荑。使遇我辈粗材，断不敢自取断腕。"余谓此奴伪作鬼装，一以使不敢揽执，一以使不复追求。又灯下一掌破窗，恐遭挥击，故伪作女手，使知非盗；且引之窥见恶状，使知非人，其运意亦殊周密。盖此辈为主人执役，即其钝如椎；至作奸犯科，则奇计环生，如鬼如蜮。大抵皆然，不独此一人一事也。

注释：

①玉璜：半圆形的玉璧。

朱竹坪御史尝小集阁梨村尚书家，酒次，竹坪慨然曰："清介①是君子分内事。若恃其清介以凌物②，则殊嫌客气不除。昔某公为御史时，居此宅，坐间或言及狐魅，某公痛詈之。数日后，月下见一盗逾垣入。内外搜捕，皆无迹。扰攘彻夜。比晓，忽见厅事上卧一老人，欠伸而起曰：'长夏溽暑（长夏字出黄帝《素问》，谓六月也。王太仆注："读上声。"杜工部"长夏江村事事幽"句，皆读平声，盖注家偶未考也。），偶投此纳凉，致主人竟夕不安，殊深惭愧。'一笑而逝。盖无故侵狐，狐以是戏之也。岂非自取侮哉！"

注释：

①清介：清廉耿介。

②凌物：气势凌人。

朱天门家扶乩，好事者多往看。一狂士自负书画，意气傲睨，旁若无人，至对客脱袜搔足垢，向乩哂曰："且请示下坛诗。"乩即题曰："回头岁月去骎骎①，几度沧桑又到今。会见会稽王内史②，亲携宾客到山阴。"众曰："然则仙及见右军耶？"乩书曰："岂但右军，并见虎头③。"狂生闻之，起立曰："二老风流，既曾亲睹；此时群贤毕至，古今人相去几何？"又书曰："二公虽绝艺入神，然意存冲挹④，雅人深致，使见者意消；与骂座灌夫，自别是一流人物。离之双美，何必合之两伤？"众知有所指，相顾目笑。回视狂生，已著袜欲遁矣。此不识是何灵鬼，作此虐谑。惠安陈舍人云亭，尝题此生《寒山老木图》，曰："憔悴人间老画师，平生有恨似徐熙。无端自写荒寒景，皴出秋山鬓已丝。""使酒淋漓礼数疏，谁知侠气属狂奴。他年傥续宣和谱，画史如今有灌夫。"乩所云骂座灌夫，当即指此。又不识此鬼何以知此诗也。

注释：

①骎（qīn）骎：急速、飞快的样子。

②会稽王内史：王羲之，字逸少，号澹斋，中国东晋书法家，有书圣之称。历任秘书郎、宁远将军、江州刺史。后为会稽内史，领右将军，人称"王右军"、"王会稽"。

③虎头：顾恺之（308—409），字长康，小字虎头，东晋大画家。

④冲挹：谦抑，谦退。

舅氏张公梦征言：儿时闻沧州有太学生，居河干。一夜，有吏持名刺①叩门，言新太守过此，闻为此地巨室，邀至舟相见。适主人以会葬②宿姻家，相距十余里。阍者③持刺奔告，亟命驾返，则舟已行。乃饬车马，具贽币④，沿岸急迫。昼夜驰二百余里，已至山东德州界。逢人询问，非惟无此官，并无此舟。乃狼狈而归,惘惘如梦者数日。或疑其家多资,劫盗欲诱而执之,以他出幸免。又疑其视贫亲友如仇,而不惜多金结权贵,近村故有狐魅,特恶而戏之。皆无左证。然乡党喧传,咸曰:"某太学遇鬼。"先外祖雪峰公曰:"是非狐非鬼亦非盗,即贫亲友所为也。"斯言近之矣。

注释:

①名刺:名片。

②会葬:参加葬礼。

③阍(hūn)者:守门的人。

④赘币:泛指各种礼品。

俗传鹊蛇斗处为吉壤①,就斗处点穴,当大富贵,谓之龙凤地。余十一二岁时,淮镇孔氏田中,尝有是事,舅氏安公实斋亲见之。孔用以为坟,亦无他验。余谓鹊以虫蚁为食,或见小蛇啄取;蛇蜿蜒拒争,有似乎斗。此亦物态之常。必当日曾有地师为人卜葬,指鹊蛇斗处是穴,如陶侃葬母,仙人指牛眠处是穴耳。后人见其有验,遂传闻失实,谓鹊蛇斗处必吉。然则因陶侃事,谓凡牛眠处必吉乎?

注释:

①吉壤:风水好的坟地。

庆云、盐山间,有夜过墟墓者,为群狐所遮①。裸体反接②,倒悬树杪。天晓人始见之,掇梯解下,视背上大书三字,曰"绳还绳",莫喻其意。久乃悟二十年前,曾捕一狐倒悬之,今修怨③也。胡厚庵先生仿西涯新乐府,中有《绳还绳》一篇曰:"斜柯三丈不可登,谁蹑其杪如猱升?谛而视之儿倒绁,背题字曰绳还绳。问何以故心懵腾④,恍然忽省蹶然兴,束缚阿紫当年曾。旧事过眼如风灯,谁期狭路遭其朋。吁嗟乎! 人妖异路炭与冰,尔胡肆暴先侵陵? 使衔怨毒伺隙乘。吁嗟乎! 无为祸首兹可惩。"即此事也。

注释:

①遮:阻拦。

②反接:背着手捆绑起来。

③修怨:报宿怨。

④懵(měng)腾:头脑不清醒,浑浑噩噩。

刘香畹言:沧州近海处,有牧童年十四五,虽农家子,颇白皙。一日,陂畔午睡醒,觉背上似负一物。然视之无形,扪之无质,问之亦无声。怖而返,以告父母,无如之何。数日后,渐似拥抱,渐似抚摩,既而渐似梦魇,遂为所污。自是蝶狎无时。而无形无质无声,则仍如故。时或得钱物果饵,亦不甚多。邻塾师语其父曰:"此恐是狐,宜藏猎犬,俟闻媚声时排闼嗾①攫之。"父如所教。狐嗷然破窗出,在屋上跳掷,骂童负心。塾师呼与语曰:"君幻化通灵,定知世事。夫男女相悦,感以情也。然朝盟同穴,夕过别船②者,尚不知其几。至若娈童,本非女质,抱衾荐枕,不过以色为市耳。当其傅粉熏香,含娇流盼,缠头万锦,买笑千金,非不似碧玉多情,回身就抱。迨富者资尽,贵者权移,或掉臂长辞,或倒戈反噬,翻云覆雨,自古皆然。萧韶之于庾信③,慕容冲之于苻坚④,载在史册,其尤著者也。其所施者如彼,其所报者尚如此。然则与此辈论交,如抟沙作饭⑤矣。况君所赠,曾不及五陵豪贵之万一,而欲此童心坚金石,不亦颠乎?"语讫寂然。良久,忽闻顿足曰:"先生休矣。吾今乃始知吾痴。"浩叹数声而去。

注释：

①嗾(sǒu)：指挥狗时口中所发的声音。

②朝盟同穴，夕过别船：早上还发誓死去埋葬在一个墓穴，晚上就跳到别人船上去。比喻誓言变化很大。

③萧韶之于庾信：萧韶是梁朝宗室，还是幼童时，大才子庾信就喜欢上了他，经常接济他，供给他衣食住宿，由于经济上要依赖庾信，不能不任其摆布。后来萧韶发达了，当了郢州刺史，庾信在逃亡时遇见他，他待之甚为冷淡，自坐府邸引庾信赴宴，让庾信坐在旁边的榻上，而且露出鄙视的神色。庾信忍受不了，责备他忘恩负义、背叛感情之意。

④慕容冲之于苻(fú)坚：慕容冲是前燕王朝的皇室子弟，当时前燕被前秦攻破，沦为苻坚的战利品，成为他的娈童，。在忍受了十几年的磨难之后，苻坚兵败淝水，慕容冲借机起兵，围剿苻坚，一报屈辱之仇。

⑤抟沙作饭：比喻白费心思。

　　姜白岩言：有士人行桐柏山中，遇卤簿①前导，衣冠形状，似是鬼神，暂避林内。與中贵官已见之，呼出与语，意殊亲洽。因拜问封秩。曰："吾即此山之神。"又拜问："神生何代？冀传诸人世，以广见闻。"曰："子所问者人鬼，吾则地祇②也。夫玄黄剖判③，融结万形。形成聚气，气聚藏精，精凝孕质，质立含灵。故神祇与天地并生，惟圣人通造化之原，故燔柴④、瘗玉⑤，载在《六经》。自稗官琐记，创造鄙词，曰刘、曰张，谓天帝有废兴；曰吕、曰冯，渭河伯有夫妇。儒者病焉。紫阳崛起⑥，乃以理诘天，并皇矣之下临，亦斥为乌有。而鬼神之德，遂归诸二气之屈伸矣。夫木石之精，尚生夔罔；雨土之精，尚生頻羊。岂有乾坤斡运，元气鸿洞，反不能聚而上升，成至尊之主宰哉。观子衣冠，当为文士。试传吾语，使儒者知圣人飨报之由。"士人再拜而退。然每以告人，辄疑以为妄。余谓此言推鬼神之本始，植义甚精。然自白岩寓言,托诸神语耳。赫赫灵祇,岂屑与讲学家争是非哉?

注释:

①卤簿:中国古代帝王出外时扈从的仪仗队。

②地祇(qí):土地神。

③玄黄剖判:指天地刚刚分开时,清气上升,浊气下沉,清气变成天,浊气变成地。

④燔(fán)柴:古代祭天仪式。将玉帛、牺牲等置于积柴上而焚之。

⑤瘗(yì)玉:古代祭山礼仪。治礼毕埋玉于坑。

⑥紫阳崛起:典故是朱熹在武夷山紫阳书院讲学长达十年之久。这里指朱熹为代表的理学家用理来解释天的理论。

裴编修超然言:丰宜门内玉皇庙街,有破屋数间,锁闭已久,云中有狐魅。适江西一孝廉与数友过夏(唐举子下第后,读书待再试,谓之过夏。),取其地幽僻,僦舍于旁。一日,见幼妇立檐下,态殊妩媚,心知为狐。少年豪宕,意殊不惧。黄昏后,诣门作礼,祝以媟词。夜中闻床前窸窣有声,心知狐至,暗中举手引之。纵体入怀,遽相狎昵,冶荡万状,奔命殆疲。比月上窗明,谛视乃一白发媪,黑陋可憎。惊问:"汝谁?"殊不愧赧,自云:"本城楼上老狐,娘子怪我饕餮①而惰作,斥居此屋,寂寞已数载。感君垂爱,故冒耻自献耳。"孝廉怒,搏其颊,欲缚捶之。撑拄摆拨②间,同舍闻声,皆来助捉。忽一脱手,已铮然破窗遁。次夕,自坐屋檐,作软语相唤。孝廉诟詈,忽为飞瓦所击。又一夕,揭帏欲寝,乃裸卧床上,笑而招手。抽刃向击,始泣骂去。惧其复至,移寓避之。登车顷,突见前幼妇自内走出。密遣小奴访问,始知居停主人之甥女,昨偶到街买花粉也。

注释：

①饕餮(tāo tiè)：比喻贪吃，贪婪。

②撑拄摆拨：僵持挣扎。

琴工钱生(以鼓琴客裘文达公家，滑稽善谐戏。因面有癜风，皆呼曰"钱花脸"。来往数年，竟不能举其里居名字也。)言：一选人居会馆，于馆后墙缺见一妇，甚有姿首，衣裳故敝①，而修饰甚整洁。意颇悦之。馆人有母年五十余，故大家婢女，进退语言，均尚有矩度；每代其子应门。料其有干才，赂以金，祈谋一晤。对曰："向未见此，似是新来。姑试侦探，作万一想耳。"越十许日，始报曰："已得之矣。渠本良家，以贫故，忍耻出此。然畏人知，俟夜深月黑，乃可来。乞勿秉烛，勿言勿笑，勿使僮仆及同馆闻声息，闻钟声即勿留。每夕赠以二金足矣。"选人如所约，已往来月余。一夜，邻弗戒于火②。选人惶遽起。僮仆皆入室救囊箧；一人急搴帐曳茵褥③，匐然有声，一裸妇堕榻下，乃馆人母也。莫不绝倒。盖京师媒妪最奸黠，遇选人纳媵，多以好女引视，而临期阴易以下材，觉而涉讼者有之。幕首入门，背灯障扇，俟定情后始觉，委曲迁就者亦有之。此妪狃④于乡风，竟以身代也。然事后访问四邻；墙缺外实无此妇。或曰："魅也。"裘文达公曰："是此妪引致一妓，炫诱选人耳。"

注释：

①故敝：陈旧、破损。

②邻弗戒于火：邻居家失火。

③急搴帐曳茵褥：掀开帐子拽出褥垫。

④狃：习惯。

安氏从舅善鸟铳，郊原逐兔，信手而发，无得脱者，所杀殆以千百计。一日，遇一兔，人立而拱，目炯炯如怒。举铳欲发，忽炸而伤指，兔已无迹。心知为兔鬼报冤，遂辍其事。又尝从禽①晚归，渐已昏黑。见小旋风裹一物，火光荧荧，旋转如轮。举铳中之，乃秃笔一枝，管上微有血渍。明人小说载牛天锡供状事，言凡物以庚申日得人血，皆能成魅。是或然欤！

注释：

①从禽：打猎。

奴子王廷佑之母言：青县一民家，岁除日①，有卖通草花者，叩门呼曰："伫立久矣，何花钱尚不送出耶？"诘问家中，实无人买花。而卖者坚执一垂髫女子持入。正纷扰间，闻一媪急呼曰："真大怪事，厕中敝帚柄上，竟插花数朵也。"取验，果适所持入。乃锉而焚之，呦呦有声，血出如缕。此魅既解化形，即应潜养灵气，何乃作此变异，使人知而歼除，岂非自取其败耶？天下未有所成，先自炫耀；甫有所得，不自韬晦②者，类此帚也夫！

注释：

①岁除日：除夕。

②韬晦：指收敛锋芒，比喻才能行迹隐藏不露。

外祖雪峰张公家奴子王玉善射。尝自新河携盐租返，遇三盗，三矢仆之，各唾面纵去①。一日，携弓矢夜行，见黑狐人立向月拜。引满一发，应弦饮羽②。归而寒热大作。是夕，绕屋有哭声曰："我自拜月炼形，何害于汝？汝无故见杀，必相报恨。汝未衰，当诉诸司命耳。"数日后，窗棂上铿然有声，愕眙惊问。闻窗外语曰："王玉我告汝：我昨诉汝于地府,冥官检籍,乃知汝过去生中,负冤讼辩,我为刑官,阴庇私党,使汝理直不得申③,抑郁愤恚,自刺而死。我堕身为狐,此一矢所以报也。因果分明,我不怨汝。惟当日违心枉拷④,尚负汝笞掠百余。汝肯发愿免偿,则阴曹销籍,来生拜赐多矣。"语讫,似闻叩额声。王叱曰:"今生债尚不了了,谁能索前生债耶? 妖鬼速去,无扰我眠。"遂寂然。世见作恶无报,动疑神理之无据。乌知冥冥之中,有如是之委曲哉。

注释:

①纵去:放走。

②应弦饮羽:拉满弓箭一箭射出。

③理直不得申:有正当的理由但得不到申辩。

④违心枉拷:昧着良心冤枉拷打。

雍正甲寅①,余初随姚安公至京师。闻御史某公性多疑,初典②永光寺一宅,其地空旷。虑有盗,夜遣家奴数人,更番司铃柝;犹防其懈,虽严寒溽暑③,必秉烛自巡视。不胜其劳,别典西河沿一宅,其地市廛栉比④。又虑有火,每屋储水瓮。至夜铃柝巡视,如在永光寺时。不胜其劳,更典虎坊桥东一宅,与余邸隔数家。见屋宇幽邃,又疑有魅。先延僧诵经,放焰口,钹鼓玎玎者数日,云以度鬼;复延道士设坛召将,悬符持咒,钹鼓玎玎者又数日,云以驱狐。宅本无他,自是以后,魅乃大作,抛掷砖瓦,攘窃器物,夜夜无宁居。婢媪仆隶,因缘为奸,所损失无算。论者皆谓妖由人兴。居未一载,又典绳匠胡同一宅。去后不通闻问,不知其作何设施矣。姚安公尝曰:"'天下本无事,庸人自扰之'。其此公之谓乎。"

注释：

①雍正甲寅：雍正十二年，公元 1734 年。

②典：买。

③溽(rù)暑：指盛夏天气潮湿闷热。

④市廛(chán)栉(zhì)比：商铺和人们的住房像梳篦齿那样密密地排列。

钱塘陈乾纬言：昔与数友，泛舟至西湖深处，秋雨初晴，登寺楼远眺。一友偶吟"举世尽从忙里老，谁人肯向死前休"句，相与慨叹。寺僧微哂曰："据所闻见，盖死尚不休也。数年前，秋月澄明，坐此楼上。闻桥畔有诟争声，良久愈厉。此地无人居，心知为鬼。谛听其语，急遽搀夺①，不甚可辨，似是争墓田地界。俄闻一人呼曰：'二君勿喧，听老僧一言可乎。夫人在世途，胶胶扰扰②，缘不知此生如梦耳。今二君梦已醒矣，经营百计，以求富贵，富贵今安在乎？机械万端，以酬恩怨，恩怨今又安在乎？青山未改，白骨已枯，孑然惟剩一魂。彼幻化黄粱，尚能省悟；何身亲阅历，反不知万事皆空？且真仙真佛以外，自古无不死之人；大圣大贤以外，自古亦无不消之鬼。并此孑然一魂，久亦不免于澌灭。顾乃于电光石火之内，更兴蛮触之兵戈，不梦中梦乎？'语讫，闻呜呜饮泣声，又闻浩叹声曰：'哀乐未忘，宜乎其未齐得丧。如斯挂碍，老僧亦不能解脱矣。'遂不闻再语，疑其难未已也。"乾纬曰："此自师綮花之舌耳。然默验人情，实亦为理之所有。"

注释：

①搀夺：争夺、争抢。

②胶胶扰扰：纷乱不堪，不得安宁。

陈竹吟尝馆一富室。有小女奴，闻其母行乞于道，饿垂毙①，阴盗钱三千与之。为侪辈②所发，鞭捶甚苦。富室一楼，有狐借居，数十年未尝为祟。是日女奴受鞭时，忽楼上哭声鼎沸。怪而仰问。同声应曰："吾辈虽异类，亦具人心。悲此女年未十岁，而为母受捶，不觉失声。非敢相扰也。"主人投鞭于地，面无人色者数日。

注释：

①饿垂毙：快要饿死了。
②侪辈：朋友们、同伴们。

竹吟与朱青雷游长椿寺，于鬻书画处，见一卷擘窠书曰："梅子流酸溅齿牙，芭蕉分绿上窗纱。日长睡起无情思，闲看儿童捉柳花。"款题"山谷道人"。方拟议真伪，一丐者在旁睨视，微笑曰："黄鲁直①乃书杨诚斋②诗，大是异闻。"掉臂竟去。青雷讶曰："能作此语，安得乞食？"竹吟太息曰："能作此语，又安得不乞食！"余谓此竹吟愤激之谈，所谓名士习气也。聪明颖隽之士，或恃才兀傲③，久而悖谬乖张④，使人不敢向迩者，其势可以乞食。或有文无行，久而秽迹恶声，使人不屑齿录者，其势亦可以乞食。是岂可赋感士不遇哉！

注释：

①黄鲁直：黄庭坚（1045—1105），字鲁直，自号山谷道人。北宋诗人、词人、书法家。
②杨诚斋：杨万里（1127—1206），字廷秀，号诚斋。南宋杰出的诗人。
③恃才兀傲：依仗自己有才华，而桀骜不驯。
④悖谬乖张：违背常理，行为古怪偏执。

一宦家子,资巨万。诸无赖伪相亲昵,诱之冶游,饮博歌舞。不数载,炊烟竟绝,顑颔①以终。病革时,语其妻曰:"吾为人蛊惑以至此,必讼诸地下。"越半载,见梦于妻曰:"讼不胜也。冥官谓妖童倡女,本捐弃廉耻,借声色以养生;其媚人取财,如虎豹之食人,鲸鲵之吞舟也。然人不入山,虎豹乌能食?舟不航海,鲸鲵乌能吞?汝自就彼,彼何尤焉?惟淫朋狎客,如设阱以待兽,不入不止;悬饵以钓鱼,不得不休。是宜阳有明刑,阴有业报耳。"又闻有书生昵一狐女,病瘵死。家人清明上冢,见少妇奠酒焚楮钱,伏哭甚哀。其妻识是狐女,遥骂曰:"死魅害人,雷行且诛汝!尚假慈悲耶?"狐女敛衽徐对②曰:"凡我辈女求男者,是为采补;杀人过多,天律不容也。男求女者,是为情感;耽玩过度,用致伤生。正如夫妇相悦,成疾夭折,事由自取,鬼神不追理其衽席也。姊何责耶?"此二事足相发明也。

注释:

①顑颔(kǎn hàn):因饥饿而面黄肌瘦的样子。

②敛衽(rèn)徐对:整理衣襟,平缓地答话。

干宝《搜神记》载马势妻蒋氏事,即今所谓走无常也。武清王庆垞曹氏,有佣媪充此役。先太夫人尝问以冥司追摄,岂乏鬼卒,何故须汝辈。曰:"病榻必有人环守,阳光炽盛,鬼卒难近也。又或有真贵人,其气旺;有真君子,其气刚。尤不敢近。又或兵刑之官,有肃杀之气①;强悍之徒,有凶戾之气。亦不能近。惟生魂体阴而气阳,无虑此数事,故必携之以为备。"语颇近理,似非村媪所能臆撰也。

注释:

①肃杀之气:严峻、酷烈之气。

河间一旧家,宅上忽有鸟十余,哀鸣旋绕,其音甚悲,若曰"可惜!可惜!"知非佳兆,而莫测兆何事。数日后,乃知其子鬻宅偿博负①。鸟啼之时,即书券之时也。岂其祖父之灵所凭欤!为人子孙者,闻此宜怆然思矣。

注释:

①偿博负:偿还赌博输掉的钱。

有游士借居万柳堂,夏日,湘帘棐几,列古砚七八,古玉器、铜器、磁器十许,古书册画卷又十许,笔床①、水注②、酒琖③、茶瓯、纸扇、棕拂之类,皆极精致。壁上所粘,亦皆名士笔迹。焚香宴坐,琴声铿然,人望之若神仙。非高轩驷马,不能登其堂也。一日,有道士二人,相携游览,偶过所居,且行且言曰:"前辈有及见杜工部④者,形状殆如村翁。吾曩在汴京,见山谷、东坡,亦都似措大风味⑤。不及近日名流,有许多家事。"朱导江时偶同行,闻之怪讶,窃随其后。至车马丛杂处,红尘涨合,倏已不见。竟不知是鬼是仙。

注释:

①笔床:搁置毛笔的器具。

②水注:专供注水于砚的盛水器皿。

③酒琖(zhǎn):酒杯。

④杜工部:杜甫(712—770),字子美,自号少陵野老,盛唐时期伟大的诗人,被后世尊称为"诗圣"。

⑤措大风味:旧指贫寒失意的读书人潦倒失意的样子。

乌鲁木齐遣犯刘刚,骁健绝伦。不耐耕作,伺隙潜逃。至根克忒,将出境矣。夜遇一叟,曰:"汝逋亡者耶?前有卡伦,(卡伦者,戍守瞭望之地也。)恐不得过。不如暂匿我屋中,俟黎明耕者毕出①,可杂其中以脱也。"刚从之。比稍辨色,觉恍如梦醒，身坐老树腹中。再视叟，亦非昨貌；谛审②之，乃夙所手刃弃尸深涧者也。错愕欲起，逻骑已至，乃弭首就擒。军屯法：遣犯私逃，二十日内自归者，尚可贷死。刚就擒在二十日将曙，介在两歧，屯官欲迁就活之。刚自述所见，知必不免，愿早伏法。乃送辕行刑③。杀人于七八年前，久无觉者；而游魂为厉，终索命于二万里外。其可畏也哉！

注释：

①毕出：全部出来。

②谛审：仔细审看。

③送辕行刑：军法中，在辕门外处斩。

日南坊守栅兵王十，姚安公旧仆夫也。言乾隆辛酉①夏夜坐高庙纳凉，暗中见二人坐阁下，疑为盗，静伺所往。时绍兴会馆西商放债者演剧赛神，金鼓声未息，一人曰："此辈殊快乐，但巧算剥削，恐造业亦深。"一人曰："其间亦有差等。昔闻判司论此事，凡选人或需次多年，旅食匮乏；或赴官远地，资斧艰难，此不得已而举债。其中苦况，不可殚陈。如或乘其急迫，抑勒多端②，使进退触藩③，茹酸书券。此其罪与劫盗等，阳律不过笞杖，阴律则当堕泥犁。至于冶荡性成，骄奢习惯，预期到官之日，可取诸百姓以偿补。遂指以称贷，肆意繁华。已经负债如山，尚复挥金似土。致渐形竭蹶④，日见追呼⑤。铨授⑥有官，遁逃无路，不得不吞声饮恨，为几上之肉，任若辈之宰割。积数既多，取偿难必。故先求重息，以冀得失之相当。在彼为势所必然，在此为事由自取。阳官科断，虽有明条，鬼神固不甚责之也。"王闻是语，疑不类生人。俄歌吹已停，二人并起，不待启钥，已过栅门。旋闻道路喧传，酒阑客散，有一人中暑暴卒。乃知二人为追摄之鬼也。

　　莆田林生霈言：闽一县令，罢官居馆舍。夜有群盗破扉入。一媪惊呼，刃中脑仆地。僮仆莫敢出。巷有逻者，素弗善所为①，亦坐视。盗遂肆意搜掠。其幼子年十四五，以锦衾蒙首卧。盗掣取衾，见姣丽如好女，嬉笑抚摩，似欲为无礼。中刃媪突然跃起，夺取盗刀，径负是子夺门出。追者皆被伤，乃仅捆载所劫去。县令怪媪已六旬，素不闻其能技击，何勇鸷乃尔。②急往寻视，则媪挺立大言曰："我某都某甲也，曾蒙公再生恩。殁后执役土神祠，闻公被劫，特来视。宦资是公刑求所得，冥判饱盗橐，我不敢救。至侵及公子，则盗罪当诛。故附此媪与之战。公努力为善。我去矣。"遂昏昏如醉卧。救苏问之，憝然不忆。盖此令遇贫人与贫人讼，剖断亦颇公明，故卒食其报云。

　　州县官长随，姓名籍贯皆无一定，盖预防奸赃败露，使无可踪迹追捕也。姚安公尝见房师①石窗陈公一长随，自称山东朱文；后再见于高淳令梁公润堂家，则自称河南李定。梁公颇倚任之。临启程时，此人忽得异疾，乃托姚安公暂留于家，约痊时续往。其疾自两足趾寸寸溃腐，以渐而上，至胸膈穿漏而死。死后检其囊箧,有小册作蝇头字,记所阅凡十七官,每官皆疏其阴事②,详载某时某地,某人与闻,某人旁睹,以及往来书札、谳断案牍,无一不备录。其同类有知之者,曰:"是尝挟制数官矣。其妻亦某官之侍婢,盗之窃逃,留一函于几上。官竟弗敢追也。今得是疾,岂非天道哉!"霍丈易书曰:"此辈依人门户,本为舞弊而来。譬彼养鹰,断不能责以食谷,在主人善驾驭耳。如喜其便捷,委以耳目腹心,未有不倒持干戈,授人以柄者。此人不足责,吾责彼十七官也。"姚安公曰:"此言犹未揣其本。使十七官者绝无阴事之可书,虽此人日日橐笔③,亦何能为哉?"

注释:

①房师:明、清时期,乡、会试考试合格者对分房阅卷的房官的尊称。

②疏其阴事:记载他们不可让人知道的事情。

③橐笔:准备好纸笔。

理所必无者,事或竟有;然究亦理之所有也,执理者自太固耳。献县近岁有二事:一为韩守立妻俞氏,事祖姑至孝。乾隆庚辰①,祖姑失明,百计医祷,皆无验。有黠②者绐以刲肉燃灯③,祈神佑,则可速愈。妇不知其绐也,竟刲肉燃之。越十余日,祖姑目竟复明。夫受绐亦愚矣,然惟愚故诚,惟诚故鬼神为之格。此无理而有至理也。一为丐者王希圣,足双挛④,以股代足,以肘撑之行。一日,于路得遗金二百,移囊匿草间,坐守以待觅者。俄商家主人张际飞仓皇寻至,叩之,语相符,举以还之。际飞请分取,不受。延至家,议养赡终其身。希圣曰:"吾形残废,天所罚也。违天坐食⑤,将必有大咎。"毅然竟去。后困卧裴圣公祠下(裴圣公不知何时人,志乘亦不能详。土人云,祈雨时有验。),忽有醉人曳其足,痛不可忍。醉人去后,足已伸矣。由是遂能行。至乾隆己卯⑥乃卒。际飞故先祖门客,余犹及见。自述此事甚详。盖希圣为善宜受报,而以命自安,不受人报,故神代报焉。非似无理而亦有至理乎!戈芥舟前辈尝载此二事于县志,讲学家颇病其语怪。余谓芥舟此志,惟乩仙联句及王生殇子二条,偶不割爱耳。全书皆体例谨严,具有史法。其载此二事,正以见匹夫匹妇,足感神明;用以激发善心,砥砺薄俗⑦,非以小说家言滥登舆记也。汉建安中,河间太守刘照妻葳蕤锁事,载《录异传》;晋武帝时,河间女子剖棺再活事,载《搜神记》。皆献邑故实,何尝不删薙其文哉!

注释:
①乾隆庚辰:乾隆二十五年,公元 1760 年。
②黠者:狡猾的人。
③刲肉燃灯:割下肉熬油点灯。
④挛(luán):卷曲不能伸展。
⑤违天坐食:违背天意坐享别人的优待和照顾。
⑥乾隆己卯:乾隆二十四年,公元 1759 年。
⑦砥砺(dǐ lì)薄俗:努力改变刻薄无情的风俗。

外叔祖张公紫衡,家有小圃,中筑假山,有洞曰"泄云"。洞前为艺菊地,山后养数鹤。有王昊庐先生集欧阳永叔①、唐彦谦②句题联曰:"秋花不比春花落,尘梦那如鹤梦长。"颇为工切。一日,洞中笔砚移动,满壁皆摹仿此十四字,拗捩欹斜③,不成点画;用笔或自下而上,自右而左,或应连者断,应断者连,似不识字人所书。疑为童稚游戏,重垩④而锔其户。越数日,启视复然,乃知为魅。一夕闻格格磨墨声,持刃突入掩之。一老猴跃起冲人去。自是不复见矣。不知其学书何意也。余尝谓小说载异物能文翰者,惟鬼与狐差可信,鬼本人,狐近于人也。其他草木鸟兽,何自知声病。至于浑家门客并苍蝇草帚亦俱能诗，即属寓言，亦不应荒诞至此。此猴岁久通灵，学人涂抹，正其顽劣之本色，固不必有所取义耳。

注释：

①欧阳永叔：欧阳修（1007—1073），字永叔，号醉翁，又号六一居士。谥号文忠，世称欧阳文忠公，北宋卓越的文学家、史学家。

②唐彦谦：生卒年不详，字茂业，号鹿门先生，博学多识，长于诗歌、书画音乐。

③拗（ào）捩（liè）欹（yī）斜：生硬拗口，笔画歪斜。

④重垩：重新粉刷。

卷　八

如是我闻（二）

先叔仪南公言：有王某、曾某，素相善。王艳曾之妇，乘曾为盗所诬引①，阴贿吏毙于狱。方营求媒妁，意忽自悔，遂辍其谋。拟为作功德解冤，既而念佛法有无未可知，乃迎曾父母妻子于家，奉养备至。如是者数年，耗其家资之半。曾父母意不自安，欲以妇归王。王固辞，奉养益谨。又数年，曾母病。王侍汤药，衣不解带。曾母临殁，曰："久荷厚恩②，来世何以为报乎？"王乃叩首流血，具陈其实，乞冥府见曾为解释。母慨诺。曾父亦手作一札，纳曾母袖中曰："死果见儿，以此付之。如再修怨，黄泉下无相见也。"后王为曾母营葬，督工劳倦，假寐圹侧③。忽闻耳畔大声曰："冤则解矣。尔有一女，忘之乎？"惕然而寤，遂以女许嫁其子。后竟得善终。以必不可解之冤，而感以不能不解之情，真狡黠人哉！然如是之冤犹可解，知无不可解之冤矣。亦足为悔罪者劝也。

注释：

①诬引：诬告的缘由。

②久荷厚恩：这么长时间承受深厚的恩德。

③圹（kuàng）侧：墓穴旁边。

从兄旭升言：有丐妇甚孝其姑，尝饥踣于路，而手一盂饭不肯释，曰："姑未食也。"自云初亦仅随姑乞食，听指挥而已。一日，同栖古庙，夜闻殿上厉声曰："尔何不避孝妇，使受阴气发寒热?"一人称手捧急檄①,仓卒未及睹。又闻叱责曰:"忠臣孝子,顶上神光照数尺。尔岂盲耶?"俄闻鞭捶呼号声,久之乃寂。次日至村中,果闻一妇馌田②,为旋风所扑,患头痛。问其行事,果以孝称。自是感动,事姑恒恐不至云。

注释:
①急檄(xí):紧急公文。
②馌田:到田边送饭。

　　旭升又言:县吏李懋华,尝以事诣张家口。于居庸关外,夜失道,暂憩山畔神祠。俄灯火晃耀,遥见车骑杂遝①,将至祠门。意是神灵,伏匿庑下。见数贵官并入祠坐,左侧似是城隍,中四五座则不识何神。数吏抱簿陈案上,一一检视。窃听其语,则勘验一郡善恶也。一神曰:"某妇事亲无失礼,然文至而情不至②。某妇亦能得姑舅欢,然退与其夫有怨言。"一神曰:"风俗日偷③,神道亦与人为善。阴律孝妇延一纪④。此二妇减半可也。"佥曰:"善。"俄一神又曰:"某妇至孝而至淫,何以处之?"一神曰:"阳律犯淫罪止杖,而不孝则当诛。是不孝之罪,重于淫也。不孝之罪重,则能孝者福亦重。轻罪不可削重福,宜舍淫而论其孝。"一神曰:"服劳奉养,孝之小者;亏行辱亲⑤,不孝之大者。小孝难赎大不孝,宜舍孝而科其淫。"一神曰:"孝,大德也,非他恶所能掩。淫,大罚也,非他善所能赎。宜罪福各受其报。"侧坐者磬折请曰:"罪福相抵可乎?"神掉首门⑥:"以淫而削孝之福,是使人疑孝无福也;以孝而免淫之罪,是使人疑淫无罪也。相抵恐不可。"一神隔坐言曰:"以孝之故,虽至淫而不加罪,不使人愈知孝乎?以淫之故,虽至孝而不获福,不使人愈戒淫乎?相抵是。"一神沉思良久曰:"此事出入颇重大,请命于天曹可矣。"语讫俱起,各命驾而散。李故老吏,娴案牍,阴记其语;反复思之,不能决。不知天曹作何判断也。

注释:

①杂遝(tà):众多杂乱的样子。
②文至而情不至:表面真诚而内在感情上却不真诚。
③风俗日偷:风俗日益浅薄。
④一纪:12年。
⑤亏行辱亲:行为上有缺失而辱没了亲人。
⑥掉门首:转过头,转身。

董曲江言:陵县一嫠妇①,夏夜为盗撬窗入,乘其睡污之。醒而惊呼,则逸矣。愤恚病卒,竟不得贼之主名。越四载余,忽村民李十雷震死。一媪合掌诵佛曰:"某妇之冤雪矣。当其呼救之时,吾亲见李十逾墙出。畏其悍而不敢言也。"

注释:

①嫠妇:寡妇。

西城将军教场一宅,周兰坡学士尝居之。夜或闻楼上吟哦声,知为狐,弗讶也。及兰坡移家,狐亦他徙。后田白岩僦居,数月狐乃复归。白岩祭以酒脯,并陈祝词于几曰:"闻此蜗庐,曾停鹤驭。复闻飘然远引,似桑下浮图。鄙人鲍系一官①,萍飘十载,拮据称贷②,卜此一廛。数夕来咳笑微闻,似仙舆复返。岂鄙人德薄,故尔见侵?抑夙有因缘,来兹聚处软?既承惠顾,敢拒嘉宾!惟冀各守门庭,使幽明异路,庶均归宁谧,异苔不害于同岑。敬布腹心,伏惟鉴烛。"次日楼前飘堕一帖云:"仆虽异类,颇悦诗书,雅不欲与俗客伍。此宅数十年来皆词人栖息,惬所素好,故挈族安居。自兰坡先生恝然③舍我,后来居者,目不胜驵侩④之容,耳不胜歌吹之音,鼻不胜酒肉之气。迫于无奈,窜迹山林。今闻先生山薑之季子,文章必有渊源,故望影来归,非期相扰。自今以往,或检书獭祭,偶动芸签;借笔鸦涂,暂磨鸲眼⑤。此外如一毫陵犯,任先生诉诸明神。愿廓清襟,勿相疑贰。"末题"康默顿首顿首"。从此声息不闻矣。白岩尝以此帖示客,斜行淡墨,似匆匆所书。或曰:"白岩托迹微官,滑稽玩世,故作此以寄诙嘲。寓言十九,是或然欤!"然此与李庆子遇狐叟事大旨相类,不应俗人雅魅,叠见一时,又同出于山左。或李因田事而附会,或田因李事而推演,均未可知。传闻异词,姑存其砭世⑥之意而已。

注释:

①匏(páo)系一官:因做官而不得不客居滞留他处。

②拮据称贷:经济窘困不得不借贷。

③恝(jiá)然:漠不关心、冷淡的样子。

④驵侩:市侩。

⑤鸲(qú)眼:砚台。

⑥砭世:针砭世道。

一故家子,以奢纵撄法网①。殁后数年,亲串中有召仙者,忽附乩自道姓名,且陈愧悔;既而复书曰:"仆家法本严。仆之罹祸,以太夫人过于溺爱,养成骄恣之性,故蹈陷阱而不知耳。虽然,仆不怨太夫人。仆于过去生中,负太夫人命,故今以爱之者杀之,隐偿其冤。因果牵缠,非偶然也。"观者皆为太息。夫偿冤②而为逆子,古有之矣。偿冤而为慈母,载籍之所未睹也。然据其所言,乃凿然中理。

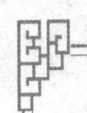

注释：

①撄法网：触犯了法律。

②偿冤：报偿冤仇。

宛平何华峰，官宝庆同知①时，山行疲困，望水际一草庵，投之暂憩。榜曰"孤松庵"，门联曰："白鸟多情留我住，青山无语看人忙。"有老僧应门，延入具茗，颇香洁；而落落无宾主意②。室三楹，亦甚朴雅。中悬画佛一轴，有八分书题曰："半夜钟磬寂，满庭风露清。琉璃青黯黯，静对古先生③。"不署姓名，印章亦模糊不辨。旁一联曰："花幽防引蝶，云懒怯随风。"亦不题款。指问："此师自题耶？"漠然不应，以手指耳而已。归途再过其地，则波光岚影，四顾萧然④，不见向庵所在。从人记遗烟筒一枝，寻之，尚在老柏下。竟不知是佛祖是鬼魅也。华峰画有《佛光示现卷》，并自记始末甚悉。华峰殁后，想已云烟过眼矣。

注释：

①同知：官名。称副职。清代唯府州及盐运使置同知。

②落落无宾主意：态度冷淡没有待客之意。

③古先生：道家称佛祖为古先生。

④萧然：萧条的样子。

族兄次辰言：其同年康熙甲午①孝廉某，尝游嵩山，见女子汲溪水。试求饮，欣然与一瓢；试问路，亦欣然指示。因共坐树下语，似颇涉翰墨，不类田家妇。疑为狐魅，爱其娟秀，且相款洽。女子忽振衣起曰："危乎哉！吾几败。"怪而诘之。怃然曰："吾从师学道百余年，自谓此心如止水。师曰：'汝能不起妄念耳，妄念故在也。不见可欲故不乱，见则乱矣②。平沙万顷中，留一粒草子，见雨即芽。汝魔障将至，明日试之，当自知。'今果遇君，问答留连，已微动一念；再片刻则不自持矣。危乎哉！吾几败。"踊身一跃，直上木杪，瞥如飞鸟③而去。

注释：

①康熙甲午：康熙五十三年，公元 1714 年。

②不见可欲故不乱，见则乱矣：不见自己想要的东西，固然心不会乱，见到心就乱了。

③瞥如飞鸟：飞快的像飞鸟一样。瞥，很快的样子、突然；倏忽。

次辰又言：族祖微君公讳旻，康熙己未①举博学鸿词②。以天性疏放，恐妨游览，称疾不预试。尝至登州观海市，过一村塾小憩。见案上一旧端砚，背刻狂草十六字，曰："万木萧森，路古山深；我坐其间，写《上堵吟》。"侧书"惜哉此叟"四字，盖其号也。问所自来。塾师云："村南林中有厉鬼，夜行者遇之辄病。一日，众伺其出，持兵仗击之，追至一墓而灭。因共发掘，于墓中得此砚。吾以粟一斗易之也。"案《上堵吟》乃孟达作。是必胜国③旧臣，降而复叛，败窜入山以死者。生既进退无据，殁又不自潜藏，取暴骨之祸。真顽梗不灵之鬼哉！

注释：

①康熙己未：康熙十八年，公元 1679 年。

②博学鸿词：科举名目的一种。这一科举要求严格，既要求有渊博精深的学识，又要求有优美恢宏的文词。

③胜国：被灭亡的国家。

海之有夜叉，犹山之有山魈，非鬼非魅，乃自一种类，介乎人物之间者也。刘石庵参知言：诸城滨海处，有结寮①捕鱼者。一日，众皆棹舟出，有夜叉入其寮中，盗饮其酒，尽一罂，醉而卧。为众所执，束缚捶击，毫无灵异，竟困踣而死。

注释:
①结寮(liáo):搭建一个小屋。

族侄贻孙言:昔在潼关,宿一驿。月色满窗,见两人影在窗上,疑为盗;谛视,则腰肢纤弱,鬈髻①宛然,似一女子将一婢。穴纸潜觑②,乃不睹其形。知为妖魅,以佩刀隔楹斫之。有黑烟两道,声如鸣镝,越屋脊而去。虑其次夜复来,戒仆借鸟铳以俟。夜半果复见影,乃二虎对蹲。与仆发铳并击,应声而灭。自是不复至。疑本游魂,故无形质;阳光震烁,消散不能聚矣。

注释:
①鬈髻(chuán jì):古代妇女的环形发髻。
②穴纸潜觑(qù):在窗户纸上戳一个洞暗暗地观察。

献县王生相御,生一子,有抱之者,辄空中掷与数十钱。知县杨某自往视,乃掷下白金五星①。此子旋夭亡,亦无他异。或曰:"王生倩作戏术者搬运之,将托以箕敛②。"或曰:"狐所为也。"是皆不可知。然居官者遇此等事,即确有鬼凭,亦当禁治,使勿荧民听③,正不必论其真妄也。

注释:
①白金五星:白银五钱。
②箕(jī)敛:收拾掌管财务。
③勿荧(yíng)民听:不要扰乱民众的视听。

李又聃先生言:雍正末年,东光城内忽一夜家家犬吠,声若潮涌。皆相惊出视,月下见一人披发至腰,衰衣麻带①,

手执巨袋,袋内有千百鹅鸭声,挺立人家屋脊上,良久又移过别家。次日,凡所立之处,均有鹅鸭二三只,自檐掷下。或烹而食,与常畜者味无异,莫知何怪。后凡得鹅鸭之家,皆有死丧,乃知为凶煞偶现也。先外舅马公周箓家,是夜亦得二鸭。是岁,其弟靖逆同知庚长公卒。信又聃先生语不谬。顾自古及今,遭丧者恒河沙数,何以独示兆于是夜? 是夜之中,何以独示兆于是地? 是地之中,何以独示兆于数家? 其示兆皆掷以鹅鸭,又义何所取? 鬼神之故,有可知有不可知,存而不论可矣。

注释:

①衰衣麻带:披麻戴孝的丧服。

道士王昆霞言:昔游嘉禾,新秋爽朗,散步湖滨。去人稍远,偶遇宦家废圃,丛篁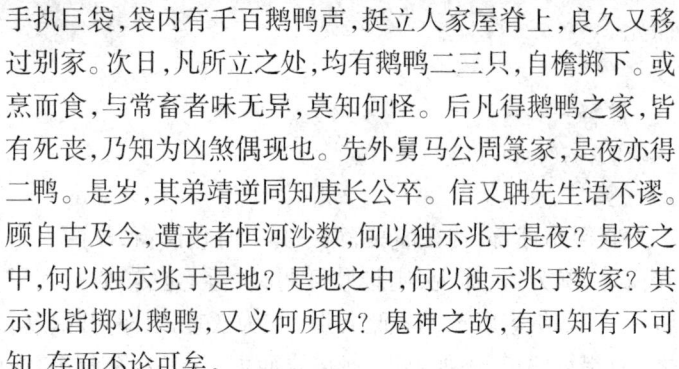①老木,寂无人踪。徙倚②其间,不觉昼寝。梦古衣冠人长揖曰:“岑寂荒林,罕逢嘉客;既见君子,实慰素心。幸勿以异物见摈③。”心知是鬼,姑诘所从来。曰:“仆耒阳张湜,元季流寓此邦,殁而旅葬④。爱其风土,无复归思。园林凡易十余主,栖迟⑤未能去也。”问:“人皆畏死而乐生,何独耽鬼趣?”曰:“死生虽殊,性灵不改,境界亦不改。山川风月,人见之,鬼亦见之;登临吟咏,人有之,鬼亦有之。鬼何不如人? 且幽深险阻之胜,人所不至,鬼得以魂游;萧寥清绝之景,人所不睹,鬼得以夜赏。人且有时不如鬼。彼夫畏死而乐生者,由嗜欲撄心⑥,妻孥结恋⑦,一旦舍之入冥漠,如高官解组⑧,息迹林泉,势不能不戚戚。不知本住林泉者,耕田凿井,恬熙相安,原无所戚戚于中也。”问:“六道轮回,事有主者,何以竟得自由?”曰:“求生者如求官,惟人所命。不求生者如逃名,惟己所为。苟不求生,神不强也。”又问:“寄怀既远,吟咏必多。”曰:“兴之所至,或得一联一句,率不成篇。境过即忘,亦不复追索。偶然记忆,可质高贤者,才三五章耳。"因朗吟曰:"残照下空山,暝色苍然合。"昆霞击节⑨。又吟曰:"黄叶……"甫得二字,忽闻噪叫声,霍然而寤,则渔艇打桨相呼也。再倚柱暝坐,不复成梦矣。

注释:

①篁(huáng):竹子。

②徙倚:徘徊停留。

③摈:摒弃,弃绝。

④旅葬:指客死埋葬于他乡。

⑤栖迟:游玩休憩。

⑥嗜欲撄心:嗜好和欲望扰乱内心。

⑦妻孥结恋:妻子儿女结下的恋念。

⑧高官解组:解下官印,辞去官职。

⑨击节:打拍子。

昆霞又言:其师精晓六壬,而不为人占。昆霞为童子时,一日早起,以小札付之,曰:"持此往某家借书。定以申刻至,先期后期皆笞汝。"相去七八十里,竭蹶仅至①,则某家兄弟方阋墙②。启视其札,惟小字一行曰:"借《晋书·王祥传》一阅。"兄弟相顾默然,斗遂解。盖其弟正继母所生云。

注释:

①竭蹶仅至:拼尽了全力才勉强到达。

②阋(xì)墙:指兄弟之间不和、争吵。

嘉峪关外有戈壁,径一百二十里,皆积沙无寸土。惟居中一巨阜①,名"天生墩",戍卒守之。冬积冰,夏储水,以供驿使之往来。初,威信公岳公钟琪西征时,疑此墩本一土

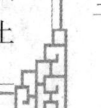

山，为飞沙所没，仅露其顶。既有山，必有水。发卒凿之，穿至数十丈，忽持锸者皆堕下。在穴上者俯听之，闻风声如雷吼，乃辍役。穴今已圮②，余出塞时，仿佛尚见其遗迹。案佛氏有地水风火之说。余闻陕西有迁葬者，启穴时，棺已半焦。茹千总大业亲见之。盖地火所灼。又献县刘氏，母卒合葬，启穴不得其父棺。迹之，乃在七八步外，倒植土中。先姚安公亲见之。彭芸楣参知亦云，其乡有迁葬者，棺中之骨攒聚于一角，如积薪然。盖地风所吹也。是知大气斡运于地中，阴气化水，阳气则化风化火。水土同为阴类，一气相生，故无处不有。阳气则包于阴中，其微者，烁动之性为阴所解；其稍壮者，聚而成硫黄、丹砂、礜石之属；其最盛者，郁而为风为火。故恒聚于一所，不处处皆见耳。

注释：
①巨阜：巨大的土丘。
②圮：坍塌。

　　伊犁城中无井，皆出汲于河。一佐领①曰："戈壁皆积沙无水，故草木不生。今城中多老树，苟其下无水，树安得活？"乃拔木就根下凿井，果皆得泉，特汲须修绠②耳。知古称雍州土厚水深，灼然不谬。徐舍人蒸远曾预斯役，尝为余言。此佐领可云格物。蒸远能举其名，惜忘之矣。后乌鲁木齐筑城时，鉴伊犁之无水，乃卜地通津以就流水。余作是地杂诗，有曰："半城高阜半城低，城内清泉尽向西。金井银床无用处，随心引取到花畦。"纪其实也。然或雪消水涨；则南门为之不开。又北山支麓，逼近谯楼，登冈顶关帝祠戏楼，则城中纤微皆见。故余诗又曰："山围芳草翠烟平，迢递新城接旧城。行到丛祠歌舞处，绿氍毹③上看棋枰。"巴公彦弼镇守时，参将海起云请于山麓坚筑小堡，为犄角之势。巴公曰:"汝但能野战,殊不知兵。北山虽俯瞰城中,然敌或结栅,可筑炮台仰击。火性炎上,势便而利;地势逼近,取准亦不难。彼决不能屯聚也。如筑小堡于上,兵多则地狭不能容,兵少则力弱不能守,为敌所据,反资以保障矣。"诸将莫不叹服。因记伊犁凿井事,并附录之。

注释:

①佐领:清代八旗组织基本单位名称。掌管所属户口、田宅、兵籍、诉讼等。

②修绠:打水使用的绳子。

③氍毹(qú shū):一种毛织或毛与其他材料混织的毯子。这里指春天小草复苏,就像绿色的毯子平铺开来。

乌鲁木齐泉甘土沃,虽花草亦皆繁盛。江西蜡五色毕备,朵若巨杯,瓣葳蕤①如洋菊。虞美人花大如芍药。大学士温公以仓场侍郎出镇时,阶前虞美人一丛,忽变异色,瓣深红如丹砂,心则浓绿如鹦鹉,映日灼灼有光;似金星隐耀,虽画工设色不能及。公旋擢福建巡抚去。余以彩线系花梗,秋收其子,次岁种之,仍常花耳。乃知此花为瑞兆,如扬州芍药偶开金带围也。

注释:

①瓣葳蕤:花瓣很大,很华美。

辛彤甫先生记异诗曰:"六道①谁言事杳冥,人羊转毂迅无停。三弦弹出边关调,亲见青骡侧耳听。"康熙辛丑②,馆余家日作也。初,里人某货郎,逋先祖多金不偿,且出负心语。先祖性豁达,一笑而已。一日午睡起,谓姚安公曰:"某货郎死已久,顷忽梦之,何也?"俄圉人报马生一青骡,咸曰:"某货郎偿夙逋③也。"先祖曰:"负我偿者多矣,何独某货郎来偿？某货郎负人亦多矣，何独来偿我？事有偶合，勿神其说，使人子孙蒙耻也。"然圉人每戏呼某货郎，辄昂首作怒状。平生好弹三弦，唱边关调。或对之作此曲，辄耸耳以听云。

注释：

①六道：佛教语。谓众生轮回的六去处：天道、人道、阿修罗道、畜生道、饿鬼道和地狱道。

②康熙辛丑：康熙六十年，公元1721年。

③偿夙逋：偿还旧债。

古书字以竹简，误则以刀削改之，故曰刀笔。黄山谷名其尺牍曰刀笔，已非本义。今写讼牒者称刀笔，则谓笔如刀耳，又一义矣。余督学闽中时，一生以导人诬告戍边。闻其将败前，方为人构词，手中笔爆然一声，中裂如劈；恬①不知警，卒及祸。又文安王岳芳言：其乡有构陷善类者，方具草，讶字皆赤色。视之，乃血自毫端出。投笔而起，遂辍是业，竟得令终。余亦见一善讼者，为人画策②，诬富民诱藏其妻。富民几破家，案尚未结；而善讼者之妻，真为人所诱逃。不得主名，竟无所用其讼。

注释：

①恬：安然，满不在乎。

②画策：出谋划策。

天道乘除①，不能尽测。善恶之报，有时应，有时不应；有时即应，有时缓应；亦有时示以巧应。余在乌鲁木齐时，吉木萨报遣犯刘允成，为逋负过多，追而自缢。余饬吏销除其名籍，见原案注语云："为重利盘剥，逼死人命事。"

注释：

①天道乘除：天道消长兴衰。

　　乌鲁木齐巡检所驻，曰呼图壁。呼图译言鬼，呼图壁译言有鬼也。尝有商人夜行，暗中见树下有人影，疑为鬼，呼问之。曰："吾日暮抵此，畏鬼不敢前，待结伴耳。"因相趁共行，渐相款洽。其人问："有何急事，冒冻夜行？"商人曰："吾夙负一友钱四千，闻其夫妇俱病，饮食药饵恐不给，故往送还。"是人却立树背①，曰："本欲祟②公，求小祭祀。今闻公言，乃真长者。吾不敢犯公，愿为公前导可乎？"不得已，姑随之。凡道路险阻，皆预告。俄缺月微升，稍能辨物。谛视，乃一无首人，栗然却立。鬼亦奄然③而灭。

注释：

①立树背：站在树后。
②祟：祸害。
③奄然：突然。

　　冯巨源官赤城教谕时，言赤城山中一老翁，相传元代人也。巨源往见之，呼为仙人。曰："我非仙，但吐纳导引，得不死耳。"叩其术。曰："不离乎丹经而非丹经所能尽，其分刌①节度，妙极微芒。苟无口诀真传，但依法运用，如检谱对弈②，弈必败；如拘方治病，病必殆③。缓急先后，稍一失调，或结为痈疽，或滞为拘挛④；甚或精气瞀乱⑤，神不归舍，竟至于颠痫。是非徒无益已也。"问："容成、彭祖之术，可延年乎？"曰："此邪道也，不得法者，祸不旋踵⑥；真得法者，亦仅使人壮盛。壮盛之极，必有决裂横溃之患。譬如悖理聚财，非不骤富，而断无终享之理。公毋为所惑也。"又问："服食延年，其法如何？"曰："药所以攻伐疾病，调补气

血，而非所以养生。方士所饵，不过草木金石。草木不能不朽腐，金石不能不消化。彼且不能自存，而谓借其余气，反长存乎？"又问："得仙者，果不死欤？"曰："神仙可不死，而亦时时可死。夫生必有死，物理之常。炼气存神，皆逆而制之者也。逆制之力不懈，则气聚而神亦聚；逆制之力或疏，则气消而神亦消。消则死矣。如多财之家，勤俭则常富，不勤不俭则渐贫；再加以奢荡，则贫立至。彼神仙者，固亦兢兢然恐不自保，非内丹一成，即万劫不坏也。"巨源请执弟子礼。曰："公于此道无缘，何必徒荒其本业？不如其已。"巨源怅然而返。景州戈鲁斋为余述之，称其言皆笃实，不类方士之炫惑⑦云。

注释：

①分刌：分切、划分。

②检谱对弈：照着棋谱的套路下棋。

③殆：危险。

④拘挛：筋骨抽搐。

⑤瞀乱：混乱，错乱。

⑥旋踵：立即降临。

⑦炫惑：显耀魅惑。

先姚安公言：有扶乩治病者，仙自称芦中人。问："岂伍相国耶？"曰："彼自隐语，吾真以此为号也。"其方时效时不效，曰："吾能治病，不能治命。"一日，降牛丈希英（姚安公称牛丈字作此二字音，未知是此二字否。牛丈讳埈，娶前母安太夫人之从妹。）家，有乞虚损方①者。仙判曰："君病非药所能治，但遏除嗜欲②，远胜于草根树皮。"又有乞种子方③者。仙判曰："种子有方，并能神效。然有方与无方同，神效亦与不效同。夫精血化生，中含欲火，尚毒发为痘，十中必损其一二。况助以热药，抟结成胎，其蕴毒必加数倍。故每逢生痘，百不一全。人徒于夭折之时,惜其不寿;而不知未生之日,已先伏必死之机。生如不生,亦何贵乎种耶? 此理甚明,而昔贤未悟。山人志存济物,不忍以此术欺人也。"其说中理,皆医家所不肯言,或真有灵鬼凭之欤! 又闻刘季箴先生尝与论医。乩仙曰:"公补虚好用参。夫虚证种种不同,而参之性则专有所主,不通治各证。以藏府④而论,参惟至上焦⑤中焦⑥,而下焦⑦不至焉。以荣卫⑧而论,参惟至气分,而血分不至焉。肾肝虚与阴虚,而补以参,庸有济乎? 岂但无济,亢阳不更煎铄乎? 且古方有生参熟参之分,今采参者得即蒸之,何处得有生参乎? 古者参出于上党,秉中央土气,故其性温厚,先入中宫。今上党气竭,惟用辽参,秉东方春气,故其性发生,先升上部。即以药论,亦各有运用之权。愿公审之。"季箴极不以为然。余不知医,并附录之,待精此事者论定焉。

注释:

①乞虚损方:乞要治疗虚损的药方。

②遏除嗜欲:限制戒除嗜好和欲望。

③乞种子方:乞要生男孩子的药方。

④藏府:中医学名词。人体内脏器官的总称。

⑤上焦:中医谓六腑中的三焦之一。一般指胃的上部到舌下这一部位,包括心肺。主要功能是呼吸和血液循环等。

⑥中焦:中医学名词。三焦之一。指腹腔的上部。

⑦下焦:中医学名词。三焦之一。指胃的下部到盆腔的部分,包括肾、小肠、大肠、膀胱等脏器。

⑧荣卫:中医学名词。荣指血的循环,卫指气的周流。

歙人蒋紫垣,流寓献县程家庄,以医为业。有解砒毒方,用之十全。然必邀取重资,不满所欲,则坐视其死。一日暴卒,见梦于居停主人曰:"吾以耽利之故,误人九命矣。死者诉于冥司,冥司判我九世服砒死。今将赴转轮,赂鬼卒得来见君,以此方奉授。君能持以活一人,则我少受一世业报也。"言讫,泣涕而去曰:"吾悔晚矣!"其方以防风一两砑①为末,水调服之而已,无他秘药也。又闻诸沈丈丰功曰:"冷水调石青,解砒毒如神。"沈丈平生不妄语,其方当亦验。

注释:
①砑(yà):碾轧、压。

老儒刘挺生言:东城有猎者,夜半睡醒,闻窗纸淅淅作响,俄又闻窗下窸窣声,披衣叱问。忽答曰:"我鬼也。有事求君,君勿怖。"问其何事。曰:"狐与鬼自古不并居,狐所窟穴之墓,皆无鬼之墓也。我墓在村北三里许,狐乘我他往,聚族据之,反驱我不得入。欲与斗,则我本文士,必不胜。欲讼诸土神,即幸而得申,彼终亦报复,又必不胜。惟得君等行猎时,或绕道半里,数过其地,则彼必恐怖而他徙矣。然傥有所遇,勿遽殪获①,恐事机或泄,彼又修怨于我也。"猎者如其言。后梦其来谢。夫鹊巢鸠据②,事理本直。然力不足以胜之,则避而不争;力足以胜之,又长虑深思而不尽其力。不求幸胜,不求过胜,此其所以终胜欤!屠弱者遇强暴,如此鬼可矣。

注释:
①勿遽殪获:不要马上捕获杀戮。
②鹊巢鸠据:同鸠占鹊巢,比喻强占别人的住屋或占据别人的位置。

舅氏张公健亭言:沧州牧王某,有爱女撄疾沉困①。家人夜入书斋,忽见其对月独立花阴下,悚然而返。疑为狐魅托形,嗾犬扑之,倏然灭迹。俄室中病者语曰:"顷梦至书斋看月,意殊爽适。不虞有猛虎突至,几不得免。至今犹悸汗。"知所见乃其生魂也。医者闻之,曰:"是形神已离,虽卢扁莫措②矣。"不久果卒。

注释:

①撄疾沉困:患病十分严重。

②卢扁莫措:卢地的扁鹊都没有办法。

闽有方竹,燕山之柿形微方,此各一种也。山东益都有方柏,盖一株偶见,他柏树则皆不方。余八九岁时,见外祖家介祉堂中有菊四盎,开花皆正方,瓣瓣整齐如裁剪。云得之天津查氏,名黄金印。先姚安公乞其根归,次岁花渐圆,再一岁则全圆矣。或曰:"花原常菊,特种者别有法。如靛①浸莲子,则花青;墨揉玉簪②之根,则花黑也。"是或一说欤!

注释:

①靛:靛蓝。深蓝色的染料。

②玉簪:多年生草本植物。秋季开花,色白如玉,未开时如簪头,有芳香。

家奴宋遇病革时,忽张目曰:"汝兄弟辈来耶,限在何日?"既而自语曰:"十八日亦可。"时一讲学者馆余家,闻之哂曰:"谵语③也。"届期果死。又哂曰:"偶然耳。"申铁蟾方与共食,投箸太息曰:"公可谓笃信程朱矣!"

注释:

③谵(zhān)语:胡言乱语。

奇节异烈,湮没①无传者,可胜道哉!姚安公闻诸云台公曰:"明季避乱时,见夫妇同逃者,其夫似有腰缠。一贼露

刃追之急。妇忽回身屹立,待贼至,突抱其腰。贼以刃击之,血流如注,坚不释手。比气绝而仆,则其夫脱去久矣。惜不得其名姓。"又闻诸镇番公曰:"明季,河北五省皆大饥,至屠人鬻肉,官弗能禁。有客在德州景州间,人逆旅②午餐,见少妇裸体伏俎上,绷其手足,方汲水洗涤。恐怖战栗之状,不可忍视。客心悯恻,倍价赎之;释其缚,助之著衣,手触其乳。少妇艴然③曰:'荷君再生,终身贱役无所悔。然为婢媪则可,为妾媵则必不可。吾惟不肯事二夫,故鬻诸此也。君何遽相轻薄耶?'解衣掷地,仍裸体伏俎上,瞑目受屠。屠者恨之,生割其股肉一脔。哀号而已,终无悔意。惜亦不得其姓名。"

注释:

①湮(yān)没:埋没;磨灭。

②逆旅:住店。

③艴(fú)然:恼怒的样子。

肃宁王太夫人,姚安公姨母也。言其乡有嫠妇,与老姑抚孤子,七八岁矣。妇故有色,媒妁屡至,不肯嫁。会子患痘甚危,延某医诊视。某医遣邻妪密语曰:"是症吾能治。然非妇荐枕,决不往。"妇与姑皆怒谇。既而病将殆,妇姑皆牵于溺爱,私议者彻夜,竟饮泣曲从①。不意施治已迟,迄不能救,妇悔恨投缳殒②。人但以为痛子之故,不疑有他。姑亦深讳其事,不敢显言。俄而某医死,俄而其子亦死,室弗戒于火,不遗寸缕。其妇流落入青楼,乃偶以告所欢云。

注释:

①饮泣曲从:流着眼泪委屈顺从。

②投缳殒:上吊自杀。

余布衣萧客言:有士人宿会稽山①中,夜闻隔洞有讲诵声。侧耳谛听,似皆古训诂②。次日越洞寻访,杳无踪迹。徘徊数日,冀有所逢。忽闻木杪人语曰:"君嗜古乃尔,请此相见。"回顾之顷,石室洞开,室中列坐数十人,皆掩卷振衣③,出相揖让。士人视其案上,皆诸经注疏。居首坐者拱手曰:"昔尼山奥旨④,传在经师;虽旧本犹存,斯文未丧⑤;而新说叠出,嗜古者稀。先圣恐久而渐绝,乃搜罗鬼录,征召幽灵。凡历代通儒,精魂尚在者,集于此地,考证遗文;以次转轮,生于人世。冀递修古学,延杏坛⑥一线之传。子其记所见闻,告诸同志,知孔孟所式凭⑦,在此不在彼也。"士人欲有所叩,倏似梦醒,乃倚坐老松之下。萧客闻之,裹粮而往。攀萝扪葛,一月有余,无所睹而返。此与朱子颖所述经香阁事,大旨相类。或曰:"萧客喜谈古义,尝撰《古经解钩沉》⑧,故士人投其所好以戏之。"是未可知。或曰:"萧客造作此言,以自托降生之一。"亦未可知也。

注释:

①会稽山:位于浙江省绍兴市区东南部。

②古训诂:古人解读古书的字义。

③掩卷振衣:合上书卷,整理衣服。

④尼山奥旨:孔子讲学的深奥旨意。尼山,孔子原名尼丘山,相传孔子父母"祷于尼丘得孔子",所以孔子名丘字仲尼,后人避孔子讳,称为尼山。

⑤斯文未丧:礼乐文化、典章制度没有丧失。

⑥杏坛:相传为孔子聚徒授业讲学处。指正统儒学。

⑦式凭:依靠,依附。

⑧萧客《古经解钩沉》:《古经解钩沉》,经学注疏汇集,三十卷。清余萧客撰。成书于清乾隆二十七年(1762)。余萧客,字仲林,号古农。

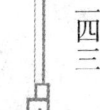

姚安公官刑部日，同官王公守坤曰："吾夜梦人浴血立，而不识其人，胡为乎来耶？"陈公作梅曰："此君恒恐误杀人，惴惴然如有所歉，故缘心造象①耳。本无是鬼，何由识其为谁？且七八人同定一谳牍，何独见梦于君？君勿自疑。"佛公伦曰："不然。同事则一体，见梦于一人，即见梦于人人也。我辈治天下之狱②，而不能虑天下之冤。据纸上之供词，以断生死，何自识其人哉？君宜自儆，我辈皆宜自儆③。"姚安公曰："吾以佛公之论为然。"

注释：

①缘心造象：由心里的想法而生成的幻象。

②治天下之狱：审理全国的案件。

③自儆：自我约束警醒。

吕太常含辉言：京师有富室娶妇者，男女并韶秀①，亲串皆望若神仙。窥其意态，夫妇亦甚相悦。次日天晓，门不启。呼之不应，穴窗窥之，则左右相对缢。视其衾，已合欢矣。婢媪皆曰："是昨夕已卸妆，何又著盛服而死耶？"异哉，此狱虽皋陶②不能听矣。

注释：

①韶秀：美好秀丽。

②皋陶：传说他是虞舜时的司法官，后常为狱官或狱神的代称。

里胥宋某，所谓东乡太岁者也。爱邻童秀丽，百计诱与狎。为童父所觉，迫童自缢。其事隐密，竟无人知。一夕，梦被拘至冥府，云为童所诉。宋辩曰："本出相怜，无相害意。死由尔父，实出不虞。"童言："尔不相诱，我何缘受淫？我不受淫，何缘得死？推原祸本①，非尔其谁？"宋又辩曰："诱虽由我，从则由尔。回眸一笑，纵体相就者谁乎？本未强干，理难归过。"冥官怒叱曰："稚子无知，'陷尔机阱。饵鱼充馔②，乃反罪鱼耶？"拍案一呼，栗然惊寤。后官以贿败，宋名丽案中，祸且不测。自知业报，因以梦备告所亲。逮及狱成，乃仅拟城旦。窃谓梦境无凭也。比三载释归，则邻叟恨子之被污，乘其妇独居，饵以重币，已"见金夫不有躬"矣。宋畏人多言，竟惭而自缢。然则前之幸免，岂非留以有待，示所作所受，如影随形哉！

注释：
①祸本：灾祸的本源。
②饵鱼充馔：钓上来的鱼当做了菜肴。

旧仆邹明言：昔在丹阳县署，夜半如厕。过一空屋，闻中有男女媟狎声，以为内衙僮婢，幽会于斯。惧为累①，潜踪而返。后月夜复闻之，从窗隙窃窥，则内衙无此人；又时方冱冻②，乃裸无寸缕。疑为妖魅，于窗外轻嗽。倏然灭迹。偶与同伴话及，一火夫曰："此前官幕友某所居。幕友有雕牙秘戏像一盒，腹有机轮，自能运动。恒置枕函中，时出以戏玩。一日失去，疑为同事者所藏。后终无迹。岂此物为祟耶？"遍索室中，迄不可得。以不为人害，亦不复追求。殆常在茵席③之间，得人精气，久而幻化欤！

注释：
①惧为累：害怕受到连累。
②冱(hù)冻：天寒地冻。
③茵席：床褥。

外祖雪峰张公家，牡丹盛开。家奴李桂，夜见二女凭阑立。其一曰："月色殊佳。"其一曰："此间绝少此花，惟佟氏园与此数株耳。"桂知是狐,掷片瓦击之,忽不见。俄而砖石乱飞,窗村檽皆损。雪峰公自往视之,拱手曰:"赏花韵事,步月雅人①,奈何与小人较量,致杀风景?"语讫寂然。公叹曰:"此狐不俗。"

注释:
①步月雅人:月下散步是风雅的人。

佃户张九宝言:尝①夏日锄禾毕,天已欲暝,与众同坐田塍上。见火光一道如赤练,自西南飞来。突堕于地,乃一狐,苍白色,被创流血,卧而喘息。急举锄击之。复努力跃起,化火光投东北去。后牵车贩鬻至枣强,闻人言某家妇为狐所媚,延道士劾治,已捕得封罂中。儿童辈私揭其符,欲视狐何状。竟破罂飞去。问其月日,正见狐堕之时也。此道士咒术可云有验,然无奈呆稚②之窃窥。古来竭力垂成③,而败于无知者之手,类如斯也夫。

注释:
①尝:曾经。
②呆稚:幼稚无知的小孩。
③竭力垂成:竭尽全力想要成功却遭到了失败。

老仆刘琪言:其妇弟某,尝独卧一室,榻在北牖。夜半觉有手扪掫①,疑为盗。惊起谛视,其臂乃从南牖探入,长殆丈许。某故有胆,遽捉执之。忽一臂又破檽而入,径批其颊,痛不可忍。方回手支拒②,所捉臂已掣去矣。闻窗外大声曰:"尔今畏否?"方忆昨夕林下纳凉,与同辈自称不畏鬼也。鬼何必欲人畏?能使人畏,鬼亦复何荣?以一语之故,寻衅求胜,此鬼可谓多事矣。裴文达公尝曰:"使人畏我,不如使人敬我。敬发乎人之本心，不可强求。"惜此鬼不闻此语也。

注释：

①扪猻(sūn)：摸索。

②支拒：抗拒。

宗室瑶华道人言：蒙古某额驸尝射得一狐，其后两足著红鞋，弓弯①与女子无异。又沈少宰云椒言：李太仆敬堂，少与一狐女往来。其太翁疑为邻女，布灰于所经之路。院中足印作兽迹，至书室门外，则足印作纤纤样矣。某额驸所射之狐，了无他异。敬堂所眷之狐，居数岁别去。敬堂问："何时当再晤②？"曰："君官至三晶，当来迎。"此语人多知之。后来果验。

注释：

①弓弯：指旧时妇女裹缠如弓形的脚。

②再晤：再相见。

外叔祖张公雪堂言：十七八岁时，与数友月夜小集。时霜蟹初肥，新笋①亦熟，酣洽②之际，忽一人立席前，著草笠，衣石蓝衫，蹑镶云履③，拱手曰："仆虽鄙陋，然颇爱把酒持螯。请附末坐可乎？"众错愕不测，姑揖之坐。问姓名，笑不答。但痛饮大嚼，都无一语。醉饱后，蹶然起曰："今朝相遇，亦是前缘。后会茫茫，不知何日得酬高谊④。"语讫，耸身一跃，屋瓦无声，已莫知所在。视椅上有物粲然，乃白金一饼，约略敷是日之所费。或曰："仙也。"或曰："术士也。"或曰："剧盗也。"余谓剧盗之说为近之。小时见李金梁辈，其技可以至此。又闻窦二东之党（二东，献县剧盗。其兄曰大东，皆逸其名，而以乳名传。他书记载，或作窦尔敦，音之转耳。），每能夜入人家，伺妇女就寝，胁以刃，禁勿语，并衾褥卷之，挟以越屋数十重。晓钟将动，仍卷之送还。被盗者惘惘如梦。一夕，失妇家伏人于室，俟其送还，突出搏击。乃一手挥刀格斗，一手掷妇于床上，如风旋电掣，倏已无踪。殆唐代剑客之支流乎！

注释：

①新篘(chōu)：新酿的酒。

②酣洽：酒兴酣畅，气氛欢洽。

③蹑镶云履：穿着镶有云形图案的鞋子。

④酬高谊：报答深厚的情谊。

　　奇门遁甲之书，所在多有，然皆非真传。真传不过口诀数语，不著诸纸墨也。德州宋清远先生言：曾访一友（清远曾举其姓名，岁久忘之。清远称雨后泥泞，借某人一驴骑往。则所居不远矣。），友留之宿，曰："良夜月明，观一戏剧可乎？"因取凳十余，纵横布院中，与清远明烛饮堂上。二鼓后，见一人逾垣入，环转阶前，每遇一凳，辄蹒跚，努力良久乃跨过。始而顺行，曲踊一二百度①；转而逆行，又曲踊一二百度。疲极踣卧，天已向曙矣。友引至堂上，诘问何来。叩首曰："吾实偷儿，入宅以后，惟见层层皆短垣，愈越愈不能尽；窘而退出，又愈越愈不能尽，故困顿见擒。死生惟命。"友笑遣之。谓清远曰："昨卜有此偷儿来，故戏以小术。"问："此何术？"曰："奇门法也。他人得之恐召祸，君真端谨，如愿学，当授君。"清远谢不愿。友太息曰："愿学者不可传，可传者不愿学，此术其终绝矣乎！"意若有失，怅怅②送之返。

注释：

①曲踊一二百度：跳跃一二百下。

②怅怅：惆怅失望。

有故家子，日者①推其命大贵，相者亦云大贵，然垂老官仅至六品。一日扶乩，问仕路崎岖之故。仙判曰："日者不谬，相者亦不谬。以太夫人偏爱之故，削减官禄至此耳。"拜问："偏爱诚不免，然何至削减官禄？"仙又判曰："礼云继母如母，则视前妻之子当如子；庶子为嫡母服三年，则视庶子亦当如子。而人情险恶，自设町畦②，所生与非所生，厘然③如水火不相入。私心一起，机械万端。小而饮食起居，大而货财田宅，无一不所生居于厚，非所生者居于薄，斯已干造物之忌矣。甚或离间诪构，密运阴谋，诟谇嚣陵④，罔循礼法⑤，使罹毒者吞声，旁观者切齿，犹哓哓称所生者之受抑。鬼神怒视，祖考怨恫⑥，不祸谴其子，何以见天道之公哉？且人之受享，只有此数，此赢彼缩，理之自然。既于家庭之内，强有所增；自于仕宦之途，阴有所减。子获利于兄弟多矣，物不两大，亦何憾于坎坷乎？"其人悚然而退。后亲串中一妇闻之，曰："悖哉此仙！前妻之子，恃其年长，无不吞噬其弟者；庶出之子，恃其母宠，无不凌轹⑦其兄者。非有母为之撑拄，不尽为鱼肉乎？"姚安公曰："是虽妒口，然不可谓无此事也。世情万变，治家者平心处之可矣。"

注释：

①日者：占卜算命的人。

②自设町畦：自己设立界限。

③厘然：清楚，分明。

④诟谇(suì)嚣陵：诟骂、喧嚣、凌辱。

⑤罔循礼法：违背礼法规范的要求。

⑥怨恫：怨恨，哀痛。

⑦凌轹(lì)：欺压、排挤。

族祖黄图公言：顺治康熙间，天下初定，人心未一。某甲阴为吴三桂谍，以某乙骁健有心计，引与同谋。既而枭獍

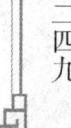

伏诛①，鲸鲵就筑②，亦既洗心悔祸，无复逆萌。而来往秘札，多在乙处。书中故无乙名，乙胁以讦发，罪且族灭。不得已以女归乙，赘于家。乙得志益骄，无复人理③，迫淫其妇女殆遍，乃至女之母不免；女之幼弟才十三四，亦不免。皆饮泣受污，惴惴然恐失其意。甲抑郁不自聊，恒避于外。一日，散步日间，遇老父对语，怪附近村落无此人。老父曰："不相欺，我天狐也。君固有罪，然乙逼君亦太甚，吾窃不平。今盗君秘札奉还。彼无所挟，不驱自去矣。"因出十余纸付甲。甲验之良是，即毁裂吞之，归而以实告乙。乙防甲女窃取，密以铁瓶瘗他处。潜往检视，果已无存。乃踉跄引女去。女日与诟谇，旋亦仳离④。后其事渐露，两家皆不齿于乡党，各携家远遁。夫明季之乱极矣，圣朝荡涤洪炉，拯民水火。甲食毛践土⑤已三十余年，当吴三桂拒命之时，彼已手戮桂王，断不得称楚之三户。则甲阴通三桂，亦不能称殷之顽民。即阖门骈戮，亦不为冤。乙从而污其闺帏，较诸荼毒善良，其罪似应末减。然乙初本同谋，罪原相埒；又操戈挟制，肆厥凶淫，罪实当加甲一等。虽后来食报，无可证明，天道昭昭，谅必无幸免之理也。

注释：

①枭獍(jìng)伏诛：忘恩负义的人受到了惩罚。枭獍，比喻忘恩负义之徒或狠毒的人。

②鲸鲵(ní)就筑：凶残的敌人得到了应有的惩罚。鲸鲵，比喻凶恶的敌人。

③人理：做人的伦理道德规范。

④仳(pǐ)离：离别。夫妻离散，特指妻子被遗弃而离去。

⑤食毛践土：居其地而食其土之所产。

姚安公读书舅氏陈公德音家。一日早起，闻人语喧阗①，曰客作张珉，昨夜村外守瓜田，今早已失魂不语矣。灌救百端，至夕乃苏。曰："二更以后，遥见林外有火光，渐移渐近。比至瓜田，乃一巨人，高十余丈，手执烛笼，大如一间屋，立团焦前，俯视良久。吾骇极晕绝，不知其何时去也。"或曰："罔两②。"或曰："当是主夜神。"案《博物志》载主夜神咒曰"婆珊婆演底"，诵之可以辟恶梦，止恐怖。不应反现异状，使人恐怖。疑罔两为近之。

注释：

①喧阗(tián)：喧闹。

②罔两：古代传说中的一种精怪。

姚安公又言：一夕，与亲友数人，同宿舅氏斋中。已灭烛就寝矣，忽大声如巨炮，发于床前，屋瓦皆震。满堂战栗，嗫不能语，有耳聋数日者。时冬十月，不应有雷霆；又无焰光冲击，亦不似雷霆。公同年高丈尔珤曰："此为鼓妖，非吉征也。主人宜修德以禳之①。"德音公亦终日栗栗②，无一事不谨慎。是岁家有缢死者，别无他故。殆戒惧之力欤！

注释：

①修德以禳之：修养德行来化解不祥。

②栗栗：恐惧。

姚安公闻先曾祖润生公言：景城有姜三莽者，勇而戆①。一日，闻人说宋定伯卖鬼得钱事②，大喜曰："吾今乃知鬼可缚。如每夜缚一鬼，唾使变羊，晓而牵卖于屠市，足供一日酒肉资矣。"于是夜夜荷梃执绳，潜行墟墓间，如猎者之伺狐兔，竟不能遇。即素称有鬼之处，佯醉寝以诱致之，亦寂然无睹。一夕，隔林见数磷火，踊跃奔赴；未至间，已星散去。懊恨而返。如是月余，无所得，乃止。盖鬼之侮人，恒乘人之畏。三荞确信鬼可缚，意中已视鬼蔑如矣，其气焰足以慑鬼，故鬼反避之也。

注释：

①蔑：愚蠢、蠢笨。

②宋定伯卖鬼得钱事：宋定伯捉鬼的故事见自《搜神记》。

益都朱天门言：有书生傔住京师云居寺，见小童年十四五，时来往寺中。书生故荡子①，诱与狎，因留共宿。天晓，有客排闼入。书生窘愧，而客若无睹。俄僧送茶入，亦若无睹。书生疑有异，客去，拥而固问之。童曰："公勿怖，我实杏花之精也。"书生骇曰："子其魅②我乎？"童曰："精与魅不同：山魈厉鬼，依草附木而为祟，是之谓魅。老树千年，英华内聚，积久而成形，如道家之结圣胎，是之谓精。魅为人害，精则不为人害也。"问："花妖多女子，子何独男？"曰："杏有雌雄，吾故雄杏也。"又问："何为而雌伏③？"曰："前缘也。"又问："人与草木安有缘？"惭沮良久，曰："非借人精气，不能炼形故也。"书生曰："然则子仍魅我耳。"推枕遽起。童亦艴然去。此书生悬崖勒马，可谓大智慧矣。其人盖天门弟子，天门不肯举其名云。

注释：

①荡子：浪荡子。谓游手好闲的人。

②魅：媚，魅惑。

③雌伏：比喻驱居下位，甘愿臣服。

申铁蟾，名兆定，阳曲人。以庚辰举人官知县，主余家最久。庚戌秋，在陕西试用，忽寄一札与余诀。其词恍惚迷离，抑郁幽咽，都不省为何语。而铁蟾固非不得志者，疑不能明①也。未几，讣音②果至。既而见邵二云赞善，始知铁蟾在西安，病数月。病愈后，入山射猎，归而目前见二圆物如球，旋转如风轮，虽瞑目亦见之。如是数日，忽爆然裂，二小婢从中出，称仙女奉邀。魂不觉随之往。至则琼楼贝阙，一女子色绝代，通词自媒③。铁蟾固谢，托以不惯居此宅。女子薄怒，挥之出，霍然而醒。越月余，目中见二圆物如前，爆出二小婢亦如前，仍邀之往。已别构一宅，幽折窈窕④，颇可爱。问："此何地？"曰："佛桑。"请题堂额。因为八分书"佛桑香界"字。女子再申前议。意不自持，遂定情。自是恒梦游。久而女子亦昼至，禁铁蟾勿与所亲通。遂渐病。病剧时，方士李某以赤丸饵之，呕逆而卒。其事甚怪。始知前札乃得心疾时作也。铁蟾聪明绝特，善诗歌，又工八分，驰骋名场，翛然以风流自命。与人交，意气如云，邮筒走天下⑤。中年忽慕神仙，遂生是魔障，迷罔以终。妖以人兴，象由心造。才高意广，翻以好异陨生，其可惜也夫。

注释：

①不能明：不能够明白。

②讣音：报丧的信息、文告。

③通词自媒：传话为自己做媒。

④幽折窈窕(yáo tiǎo)：优静曲折幽深之处。

⑤邮筒走天下：书信遍天下。

崔庄旧宅厅事西有南北屋各三楹，花竹翳如，颇为幽僻。先祖在时，奴子张云会夜往取茶具，见垂髫女子，潜匿树下，背立向墙隅。意为宅中小婢于此幽期①，遽捉其臂，欲有所挟。女子突转其面，白如傅粉，而无耳目口鼻。绝叫仆地。众持烛至，则无睹矣。或曰："旧有此怪。"或曰："张云会一时目眩。"或曰："实一黠婢，猝②为人阻，弗能遁，以素巾幕面③，伪为鬼状以自脱也。"均未知其审。然自此群疑不释,宿是院者恒凛凛,夜中亦往往有声。盖人避弗居,斯狐鬼入之耳。又宅东一楼,明隆庆初所建。右侧一小屋,亦云有魅。虽不为害,然婢媪或见之。姚安公一日检视废书,于簏下捉得二貒。佥曰:"是魅矣。"姚安公曰:"貒豕首为童子缚,必不能为魅。然室无人迹,至使野兽为巢穴,则有魅也亦宜。斯皆空穴来风④之义也。"后西厅析属从兄坦居,今归从侄汝侗。楼亦属先兄晴湖,今归侄汝份。子姓日繁,家无隙地,魅皆不驱自去矣。

注释:

①幽期:幽会、约会。

②猝:突然。

③幕面:蒙面。

④空穴来风:多用以比喻流言蜚语乘隙而入。

　　甲与乙相善,甲延乙理家政。及官抚军①,并使佐官政,惟其言是从。久而资财皆为所干没,始悟其奸,稍稍谯责②之。乙挟甲阴事③,遽反噬。甲不胜愤,乃投牒诉城隍。夜梦城隍语之曰:"乙险恶如是,公何以信任不疑?"甲曰:"为其事事如我意也。"神哂然曰:"人能事事如我意,可畏甚矣。公不畏之而反喜之,不公之绐④而绐谁耶?渠恶贯将盈,终必食报。若公则自贻伊戚⑤,可无庸诉也。"此甲亲告姚安公者。事在雍正末年。甲滇人,乙越人也。

注释:

①抚军:官名。明、清时巡抚的别称。

②谯责:稍稍指责。

③阴事:隐私的事情。

④绐:欺诈、欺诳。

⑤伊戚:烦扰、忧愁。

《杜阳杂编》记李辅国香玉辟邪事,殊怪异,多疑为小说荒唐。然世间实有香玉。先外祖母有一苍玉扇坠,云是曹化淳[①]故物,自明内府窃出。制作朴略,随其形为双螭纠结状。有血斑数点,色如熔蜡。以手摩热,嗅之作沉香气;如不摩热,则不香。疑李辅国玉,亦不过如是,记事者点缀其词[②]耳。先太夫人尝密乞之,外祖母曰:"我死则传汝。"后外祖母殁,舅氏疑在太夫人处。太夫人又疑在舅氏处。卫氏姨母曰:"母在时佩此不去身,殆携归黄壤矣。"侍疾诸婢皆言殓时未见。因此又疑在卫氏姨母处。今姨母久亡,卫氏式微[③]已甚,家藏玩好,典卖略尽,终未见此物出鬻。竟不知其何往也。

注释:

①曹化淳:(1589—1662)字如,号止虚子,曾负责处理魏忠贤时的冤案,平反昭雪两千余件。

②点缀其词:修饰渲染它的文辞。

③式微:衰微,衰败。

有客携柴窑片磁,索数百金,云嵌于胄[①],临阵可以辟火器。然无由知确否。余曰:"何不绳悬此物,以铳发铅丸击之。如果辟火,必不碎,价数百金不为多;如碎,则辟火之说不确,理不能索价数百金也。"鬻者不肯,曰:"公于赏鉴非当行[②],殊杀风景。"急怀之去。后闻鬻于贵家,竟得百金。夫君子可欺以其方,难罔以非其道。炮火横冲,如雷霆下击,岂区区片瓦所能御?且雨过天青,不过泑色[③]精妙耳,究由人造,非出神功,何断裂之余,尚有灵如是耶?余作旧瓦砚歌有云:"铜雀台址颓无遗,何乃剩瓦多如斯?文士例有好奇癖,心知其妄姑自欺。"柴片亦此类而已矣。

注释:

①胄:头盔。

②当行:行家。

③泑(āo)色:瓷器表面的釉色。

嘉峪关外有阔石图岭,为哈密巴尔库尔界。阔石图,译言碑也。有唐太宗时侯君集平高昌碑,在山脊。守将砌以砖石,不使人读,云读之则风雪立至,屡试皆不爽。盖山有神,木石有精,示怪异以要血食,理固有之。巴尔库尔又有汉顺帝时裴岑破呼衍王碑,在城西十里海子①上,则随人拓摹,了无他异。惟云海子为冷龙所居,城中不得鸣夜炮,鸣夜炮则冷龙震动,天必奇寒。是则不可以理推矣。

注释:

①海子:湖泊。

李老人,不知何许人,自称年已数百岁,无可考也。其言支离荒杳①,殆前明醒神之流。曩客先师钱文敏公家,余曾见之。符药治病,亦时有小验。文敏次子寓京师水月庵,夜饮醉归,见数十厉鬼遮路,因发狂自劙②其腹。余偕陈裕斋、倪馀疆往视,血肉淋漓,仅存一息,似万万无生理。李忽自来异去,疗半月而创合。人颇以为异。然文敏公误信祝由③,割指上疣赘,创发病卒,李疗之竟无验。盖符箓烧炼之术,有时而效,有时而不效也。先师刘文正公曰:“神仙必有,然必非今之卖药道士;佛菩萨必有,然必非今之说法禅僧。”斯真千古持平之论矣。

注释:

①支离荒杳:支离破碎,荒诞没有边际。

②劙(lí):割、剖。

③祝由：古代以祝祷符咒治病的方术。

　　杨主事護，余甲辰典试所取士也。相法及推算八字五星，皆有验。官刑部时，与阮吾山共事。忽语人曰："以我法论，吾山半月内当为刑部侍郎。然今刑部侍郎不缺员，是何故耶？"次日堂参①后，私语同官曰："杜公缺也。"既而杜凝台果有伊犁之役。一日，仓皇乞假归，来辞余。问："何匆遽乃尔？"曰："家惟一子侍老父，今推子某月当死，恐老父过哀，故急归耳。"是时尚未至死期。后询其乡人，果如所说，尤可异也。余尝问以子平家谓命有定②，堪舆家谓命可移③，究谁为是。对曰："能得吉地即是命，误葬凶地亦是命，其理一也。"斯言可谓得其通矣。

注释：
①堂参：去公堂参谒上司。
②子平家谓命有定：观测星象这一行的人说命是有定数的。
③堪舆家谓命可移：看风水的人说命数是可以改变的。

　　昌吉遣犯彭杞，一女年十七，与其妻皆病瘵。妻先殁，女亦垂尽。彭有官田耕作，不能顾女，乃弃置林中，听其生死。呻吟凄楚，见者心恻①。同遣者杨煜语彭曰："君大残忍，世宁有是事②！我愿舁归疗治，死则我葬，生则为我妻。"彭曰："大善。"即书券付之。越半载，竟不起。临殁，语杨曰："蒙君高义，感沁心脾。缘伉俪之盟，老亲慨诺，故饮食寝处，不畏嫌疑；搔抑抚摩，都无避忌。然病骸憔悴，迄未能一荐枕衾，实多愧负。若殁而无鬼，夫复何言；若魂魄有知，当必有以奉报。"呜咽而终。杨涕泣葬之。葬后，夜夜梦女来，狎昵欢好，一若生人；醒则无所睹。夜中呼之，终不出；才一交睫，即弛服横陈矣。往来既久，梦中亦知是梦，诘以不肯现形之由。曰："吾闻诸鬼矣：人阳而鬼阴，以阴侵阳，必为人害。惟睡则敛阳而入阴，可以与鬼相见，神虽遇而形不接，乃无害也。"此丁亥春事，至辛卯春四年矣。余归之后，不知其究竟如何。夫卢充金碗③，于古尝闻；宋玉瑶姬④，偶然一见。至于日日相觌，皆在梦中，则载籍之所希睹⑤也。

注释：

①心恻：内心怜悯。

②世宁有是事：世界上哪有这样的事。

③卢充金碗：出自《搜神记》。卢充幽婚，卢充与崔少府已故的女儿结婚生子的传说。

④宋玉瑶姬：战国时楚怀王游高唐，梦与女神瑶姬相遇，女神自荐枕席，后宋玉陪侍襄王游云梦时，作《高唐赋》与《神女赋》追述其事。

⑤希睹：很少看到了。

有孟氏媪清明上冢归，渴就人家求饮。见女子立树下，态殊婉娈①，取水饮媪毕，仍邀共坐，意甚款洽。媪问其父母兄弟，对答具有条理。因戏问："已许嫁未？我为汝媒。"女面颊避入，呼之不出。时已日暮，乃不别而行。越半载，有为媪子议婚者，询知即前女，大喜过望，急促成之。于归后，媪抚其肩曰："数月不见，汝更长成矣。"女错愕不知所对。细询始末，乃知女十岁失母，鞠于外氏②五六年，纳币③后始迎归。媪上冢时，原未尝至家也。女家故小姓，又颇窭乏，非媪亲见其明慧，姻未必成。不知是何鬼魅，托形以联其好；又不知鬼魅何所取义，必托形以联其好。事有不可理推者，此类是矣。

注释：

①态殊婉娈：体态特别柔美、婉媚。

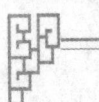

②鞠于外氏:在外祖父母家抚养。

③纳币:收聘礼。

　　交河苏斗南,雍正癸丑^①会试归。至白沟河,与一友遇于酒肆中。友方罢官,饮酣后,牢骚抑郁,恨善恶之无报。适一人褶裤急装^②,系马于树,亦就对坐。侧听良久,揖其友而言曰:"君疑因果有爽^③耶? 夫好色者必病,嗜博者必贫,势也;劫财者必诛,杀人者必抵,理也。同好色而禀有强弱,同嗜博而技有工拙,则势不能齐;同劫财而有首有从,同杀人而有误有故,则理宜别论。此中之消息微矣。其间功过互偿,或以无报为报;罪福未尽,或有报而不即报。毫厘比较,益微乎微矣。君执目前所见,而疑天道之难明,不亦颠乎?且君亦何可怨天道,君命本当以流外出身,官至七品。以君机械多端,伺察多术,工于趋避,而深于挤排,遂削减为八品。君迁八品之时,自谓以心计巧密,由九品而升。不知正以心计巧密,由七品而降也。"因附耳密语,语讫,大声曰:"君忘之乎?"友骇汗浃背,问何以能知。微笑曰:"岂独我知,三界孰不知?"掉头上马。惟见黄尘滚滚然,斯须灭迹。

注释:
①雍正癸丑:雍正十一年,公元 1733 年。
②褶裤急装:穿着精简利落的骑装。
③爽:差池、偏差。

　　乾隆壬戌、癸亥间^①,村落男妇往往得奇疾。男子则尻骨^②生尾,如鹿角,如珊瑚枝。女子则患阴挺,如葡萄,如芝菌。有能医之者,一割立愈。不医则死。喧言有妖人投药于井,使人饮水成此病,因以取利。内阁学士永公,时为河间守。或请捕医者治之。公曰:"是事诚可疑,然无实据。一村不过三两井,严守视之,自无所施其术。傥一逮问,则无人

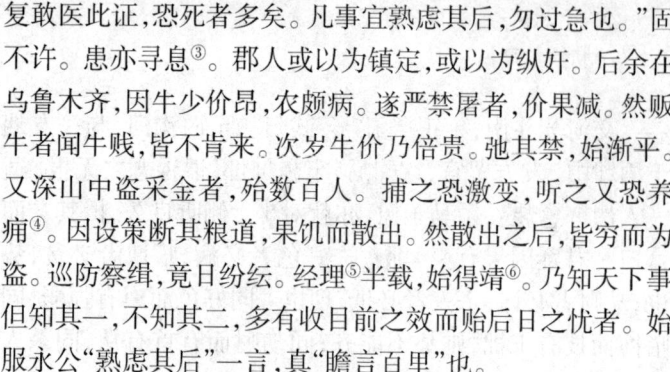

复敢医此证,恐死者多矣。凡事宜熟虑其后,勿过急也。"固不许。患亦寻息③。郡人或以为镇定,或以为纵奸。后余在乌鲁木齐,因牛少价昂,农颇病。遂严禁屠者,价果减。然贩牛者闻牛贱,皆不肯来。次岁牛价乃倍贵。弛其禁,始渐平。又深山中盗采金者,殆数百人。捕之恐激变,听之又恐养痈④。因设策断其粮道,果饥而散出。然散出之后,皆穷而为盗。巡防察缉,竟日纷纭。经理⑤半载,始得靖⑥。乃知天下事但知其一,不知其二,多有收目前之效而贻后日之忧者。始服永公"熟虑其后"一言,真"瞻言百里"也。

注释:

①乾隆壬戌、癸亥间:乾隆七、八年,公元 1742—1743 年。

②尻骨:尾骨。

③寻息:渐渐停息。

④养痈:姑息纵容坏人坏事。

⑤经理:治理。

⑥靖:安定。

卷 九

如是我闻(三)

王征君[1]载扬言:尝宿友人蔬圃中,闻窗外人语曰:"风雪寒甚,可暂避入空屋。"又闻一人语曰:"后垣半圮,偷儿阑入[2],将奈何?食人之食,不可不事人之事。"意谓僮仆之守夜者。天晓启户,地无人迹,惟二犬偃卧墙缺下,雪没腹矣。嘉祥曾映华曰:"此载扬寓言,以愧僮仆之负心者也。"余谓犬之为物,不烦驱策而警夜不失职,宁忍寒饿而恋主不他往,天下为僮仆者,实万万不能及。其足使人愧,正不在能语不能语耳。

注释:
①征君:被国家征用的人。
②阑入:擅自闯入。

从孙翰清言:南皮赵氏子为狐所媚,附于其身,恒在襟袂间与人语。偶悬钟馗小像于壁,夜闻室中跳掷声,谓驱之去矣。次日,语如故。诘以曾睹钟馗否。曰:"钟馗甚可怖,幸其躯干仅尺余,其剑仅数寸。彼上床则我下床,彼下床则我上床,终不能击及我耳。"然则画像果有灵欤?画像之灵[1],果躯干皆如所画欤?设画为径寸之像,亦执针锋之剑,蠕蠕然而斩邪欤?是真不可解矣。

注释:
①画像之灵:画像显现出的灵怪之像。

　　乾隆戊午①夏,献县修城。役夫数百,拆故堞破砖掷城下。城下役夫数百,运以荆筐。炊熟则鸣柝聚食②,方聚食间,役夫辛五告人曰:"顷运砖时,忽闻耳畔大声曰:'杀人偿命,欠债还钱。汝知之乎?'回顾无所睹,殊可怪也。"俄而众手合作,砖落如雹,一砖适中③辛五,脑裂死。惊呼扰攘,竟不得击者主名。官司莫能诘,仅断令役夫之长出钱十千,棺敛而已。乃知辛五凤生负击者命,役夫长凤生负辛五钱,因果牵缠,终相填补。微鬼神先告,几何不以为偶然耶!

注释:

①乾隆戊午:乾隆三年,公元 1738 年。

②鸣柝(tuò)聚食:敲梆子为信号,聚集大家吃饭。

③适中:恰好打中。

　　诸桐屿言:其乡旧家有书楼,恒镝钥。每启视,必见凝尘之上有女子足迹,纤削仅二寸有奇,知为鬼魅。然数十年寂无形声,不知何怪也。里人刘生,性轻脱①,妄冀②有王轩③之遇。祈于主人,独宿楼上,具茗果酒肴,焚香切祝④,明烛就寝。屏息以伺,亦无所见闻,惟渐觉阴森之气砭入肌骨,目能视,耳能听,而口不能言,四肢不能动。久而寒沁肺腑,如卧层冰积雪中,苦不可忍。至天晓,乃能出语,犹若冻僵。至是无敢复下榻者。此怪行踪可云隐秀,即其料理刘生,不动声色,亦有雅人深致也。

注释:

①性轻脱:本性轻浮。

②妄冀:妄想。

③王轩:王轩(1823—1887),字霞举,自号顾斋。王轩家族曾经十分鼎盛,但是在他幼年时期,家道中落,生活困苦。但他始终刻苦学习,终于科举考试登第,光耀门楣。

④切祝：恳切祷告。

　　顾非熊再生事，见段成式《酉阳杂俎》①，又见孙光宪
《北梦琐言》②；其父顾况集中，亦载是诗，当非诬造。近沈云
椒少宰撰其母陆太夫人志，称太夫人于归，甫匝岁，赠公即
卒，遗腹生子恒，周三岁亦殇。太夫人哭之恸，曰："吾之为
未亡人也，以有汝在；今已矣，吾不忍吾家之宗祀，自此而
绝也。"于其敛，以朱志其臂，祝曰："天不绝吾家，若再生以
此为验。"时雍正己酉③十二月也。是月族人有比邻而居者，
生一子，臂朱灼然。太夫人遂抚之以为后，即少宰也。余官
礼部尚书时，与少宰同事。少宰为余口述尤详。盖释氏书
中，诞妄者原有；其徒张皇罪福④，诱人施舍，诈伪者尤多。
惟轮回之说，则凿然有证。司命者每因一人一事，偶示端
倪，彰神道之教。少宰此事，即借转生之验，以昭苦节之感
者也。儒者盛言无鬼，又乌乎知之。

注释：
①段成式《酉阳杂俎》：唐代笔记小说集，20 卷，续集 10 卷。段
成式（803—863）。唐代小说家、骈文家。
②孙光宪《北梦琐言》：《北梦锁言》唐五代笔记小说集。孙光宪
（901—968），五代时期花间派著名词人。
③雍正己酉：雍正七年，公元 1729 年。
④张皇罪福：夸大祸福因果报应。

　　伶人①方俊官，幼以色艺擅场②，为士大夫所赏。老而贩
鬻古器，时来往京师。尝览镜自叹曰："方俊官乃作此状！谁
信曾舞衫歌扇，倾倒一时耶！"倪馀疆感旧诗曰："落拓江湖
髩欲丝，红牙③按曲记当时。庄生蝴蝶④归何处？惆怅残花剩
一枝。"即为俊官作也。俊官自言本儒家子，年十三四时，在
乡塾读书。忽梦为笙歌花烛拥入闺闼，自顾则绣裙锦帔，珠

翠满头;俯视双足,亦纤纤作弓弯样,俨然一新妇矣。惊疑错愕,莫知所为。然为众手挟持,不能自主,竟被扶入帏中,与一男子并肩坐;且骇且愧,悸汗而瘳。后为狂且所诱,竟失身歌舞之场。乃悟事皆前定也。馀疆曰:"卫洗马问乐令梦,乐云是想。汝殆积有是想,乃有是梦。既有是想是梦,乃有是堕落。果自因生,因由心造,安可委诸夙命耶?"余谓此辈沈沦贱秽,当亦前身业报,受在今生,未可谓全无冥数。馀疆所言,特正本清源之论耳。后苏杏村闻之,曰:"晓岚以三生论因果,惕以未来。馀疆以一念论因果,戒以现在。虽各明一义,吾终以馀疆之论,可使人不放其心。"

注释:
①伶人:古代乐人之称。
②色艺擅场:姿色技艺超群,十分突出。
③红牙:乐器名。檀木制的拍板,用以调节乐曲的节拍。
④庄生蝴蝶:是周庄梦蝶的典故。

　　族祖黄图公言:尝访友至北峰,夏夜散步村外,不觉稍远。闻秫田①中有呻吟声,寻声往视,乃一童子裸体卧。询其所苦。言薄暮过此,遇垂髫艳女。招与语,悦其韶秀,就与调谑。女言父母皆外出,邀到家小坐。引至秫叶深处,有屋三楹,阒无一人。女阖其户,出瓜果共食。笑言既洽,弛衣登榻。比拥之就枕,则女忽变形为男子,状貌狰狞,横施强暴。怖不敢拒,竟受其污。蹂躏楚毒,至于晕绝。久而渐苏,则身卧荒烟蔓草间,并室庐失所在矣。盖魅悦此童之色,幻女形以诱之也。见利而趋,反为利饵,②其自及也宜矣。

注释:
①秫(shú)田:高粱地。
②见利而趋,反为利饵:见着有好处就奔上去,反而被利所诱

中了圈套。

先师赵横山先生，少年读书于西湖，以寺楼幽静，设榻其上。夜闻室中窸窣声，似有人行，叱问："是鬼是狐，何故扰我？"徐闻嗫嚅而对曰："我亦鬼亦狐。"又问："鬼则鬼，狐则狐耳。何亦鬼亦狐也？"良久，复对曰："我本数百岁狐，内丹已成，不幸为同类所搤杀[1]，盗我丹去。幽魂沉滞，今为狐之鬼也。"问："何不诉诸地下？"曰："凡丹由吐纳导引而成者，如血气附形，融合为一，不自外来，人弗能盗也。其由采补而成者，如劫夺之财，本非己物，故人可杀而吸取之。吾媚人取精，所伤害多矣。杀人者死。死当其罪，虽诉神，神不理也。故宁郁郁居此耳。"问："汝据此楼，作何究竟？"曰："本匿影韬声[2]，修太阴炼形之法。以公阳光熏烁，阴魄不宁，故出而乞哀，求幽明各适。"言讫，惟闻搏颡[3]声，问之不复再答。先生次日即移出。尝举以告门人曰："取非所有者，终不能有，且适以自戕也。可畏哉！"

注释：

①搤杀：掐死。
②匿影韬声：隐藏身形，藏匿声音。
③搏颡：叩头的声音。

从兄万周言：交河有农家妇，每归宁，辄骑一驴往。驴甚健而驯，不待人控引即知路。或其夫无暇，即自骑以行，未尝有失。一日，归稍晚，天阴月黑，不辨东西。驴忽横逸，载妇径入秫田中，密叶深丛，迷不得返。半夜，乃抵一破寺，惟二丐者栖庑下。进退无计，不得已，留与共宿。次日，丐者送之还。其夫愧①焉，将鬻驴于屠肆。夜梦人语曰："此驴前世盗汝钱，汝捕之急，逃而免。汝嘱捕役絷其妇，羁留一夜。

今为驴者,盗钱报;载汝妇入破寺者,縶妇报也。汝何必又结来世冤耶?"惕然而寤,痛自忏悔。驴是夕忽自毙。

注释:

①夫愧:丈夫以此为耻。

　　奴子任玉病革时,守视者夜闻窗外牛吼声,玉骇然而殁。次日,共话其异。其妇泣曰:"是少年①尝盗杀数牛,人不知也。"

　　余某者,老于幕府②,司刑名四十余年。后卧病濒危,灯前月下,恍惚似有鬼为厉者。余某慨然曰:"吾存心忠厚,誓不敢妄杀一人,此鬼胡为乎来耶?"夜梦数人浴血立,曰:"君知刻酷之积怨,不知忠厚亦能积怨也。夫茕茕孱弱③,惨被人戕,就死之时,楚毒万状;孤魂饮泣,衔恨九泉,惟望强暴就诛,一申积愤。而君但见生者之可悯,不见死者之可悲,刀笔舞文,曲相开脱④。遂使凶残漏网,白骨沈冤。君试设身处地:如君无罪无辜,受人屠割,魂魄有知,旁观谳狱者改重伤为轻,改多伤为少,改理曲为理直,改有心为无心,使君切齿之仇,纵容脱械⑤,仍纵横于人世,君感乎怨乎? 不是之思,而诩诩以纵恶为阴功。彼枉死者,不仇君而仇谁乎?"余某惶怖而寤,以所梦备告其子,回手自挝曰:"吾所见左矣! 吾所见左矣!"就枕未安而殁。

注释:

①是少年:他少年的时候。

②幕府:幕僚;幕宾。

③茕茕孱(chán)弱:孤独无助身体虚弱。

④刀笔舞文,曲相开脱:玩弄法律条文,想尽办法开脱罪行。

⑤纵容脱械:放纵其逃脱法律制裁。

沧州刘太史果实，襟怀夷旷①，有晋人风。与饴山老人②、莲洋山人③皆友善，而意趣各殊。晚岁家居，以授徒自给。然必孤贫之士，乃容执贽④。修脯⑤皆无几，箪瓢屡空，晏如⑥也。尝买米斗余，贮罂中，食月余不尽，意甚怪之。忽闻檐际语曰："仆是天狐，慕公雅操，日日私益之耳。勿讶也。"刘诘曰："君意诚善。然君必不能耕，此粟何来？吾不能饮盗泉也，后勿复尔。"狐叹息而去。

注释：

①夷旷：旷达、豪放。

②饴(yí)山老人：赵执信(1662—1744)字伸符，号秋谷，晚号饴山老人。康熙进士，官至右赞善。

③莲洋山人：吴雯(1644—1704)字天章，号莲洋。清代诗人，与傅山有"北傅南吴"或"二征君"之说。

④执贽(zhì)：学生送给老师当做学费的礼物。

⑤修脯：旧时称送给老师的礼物或酬金。

⑥晏如：安定、安宁、恬适。

亡侄汝备，字理含。尝梦人对之诵诗，醒而记其一联曰："草草莺花春似梦，沈沈风雨夜如年。"以告余，余讶其非佳谶。果以戊辰①闰七月夭逝。后其妻武强张氏，抚弟之子为嗣，苦节终身，凡三十余年，未尝一夕解衣睡。至今婢媪能言之。乃悟二语为孀闺独宿之兆也。

注释：

①戊辰：乾隆十三年，公元 1748 年。

雍正丙午、丁未间①，有流民乞食过崔庄，夫妇并病疫。将死，持券哀呼于市，愿以幼女卖为婢，而以卖价买二棺。先祖母张太夫人为葬其夫妇，而收养其女，名之曰连贵。其券署父张立、母黄氏，而不著籍贯，问之已不能语矣。连贵自云：家在山东，门临驿路，时有大官车马往来，距此约行一月余。而不能举其县名。又云：去年曾受对门胡家聘。胡家亦乞食外出，不知所往。越十余年，杳无亲戚来寻访，乃以配圉人刘登。登自云：山东新泰人，本胡姓。父母俱殁，有刘氏收养之，因从其姓。小时闻父母为聘一女，但不知其姓氏。登既胡姓，新泰又驿路所经，流民乞食，计程亦可以月余，与连贵言皆符。颇疑其乐昌之镜，离而复合，但无显证耳。先叔栗甫公曰："此事稍为点缀②，竟可以入传奇。惜此女蠢若鹿豕，惟知饱食酣眠，不称点缀，可恨也。"边随园徵君曰："秦人不死，信苻生之受诬；蜀老犹存，知葛亮之多枉。'（四语乃刘知几《史通》之文。苻生事见《洛阳伽蓝记》，葛亮事见《魏书·毛修之传》。浦二田注《史通》以为未详，盖偶失考。）史传不免于缘饰，况传奇乎？《西楼记》称穆素晖艳若神仙，吴林塘言其祖幼时及见之，短小而丰肌，一寻常女子耳。然则传奇中所谓佳人，半出虚说。此婢虽粗，傥好事者按谱填词，登场度曲，他日红氍毹③上，何尝不莺娇花媚耶？先生所论，犹未免于尽信书也。"

注释：

①雍正丙午、丁未间：雍正四、五年间，公元1726—1727年间。
②点缀：虚构修饰。
③红氍毹（qú shū）：红地毯。这里指戏台。

聂松岩言：胶州一寺，经楼之后有蔬圃。僧一夕开牖纳凉，月明如昼，见一人徙倚老树下。疑窃蔬者，呼问为谁。磬折而对曰："师勿讶，我鬼也。"问："鬼何不归尔墓？"曰："鬼有徒党①，各从其类。我本书生，不幸葬丛冢间，不能与马医夏畦②伍。此辈亦厌我非其族。落落难合，故宁避嚣于此耳。"言讫，冉冉没。后往往遥见之，然呼之不应矣。

注释：
①徒党：门徒、党羽。
②马医夏畦(qí)：泛指兽医、农夫。

福州学使署，本前明税珰署也①。奄人②暴横，多潜杀不辜，故至今犹往往见变怪。余督闽学时，奴辈每夜惊。甲申③夏，先姚安公至署，闻某室有鬼，辄移榻其中，竟夕晏然。昀尝乘间微谏，请勿以千金之躯与鬼角。因诲昀曰："儒者谓无鬼，迂论也，亦强词也。然鬼必畏人，阴不胜阳也；其或侵人，必阳不足以胜阴也。夫阳之盛也，岂恃血气之壮与性情之悍哉？人之一心，慈祥者为阳，惨毒者为阴；坦白者为阳，深险者为阴；公直者为阳，私曲者④为阴。故易象以阳为君子，阴为小人。苟立心正大，则其气纯乎阳刚，虽有邪魅，如幽室之中鼓洪炉而炽烈焰，冱冻自消。汝读书亦颇多，曾见史传中有端人硕士为鬼所击者耶？"昀再拜受教。至今每忆庭训，辄悚然如侍左右也。

注释：
①前明税珰署也：明朝掌管税收的太监的官署。
②奄(yǎn)人：太监。
③甲申：乾隆二十九年，公元1764年。
④私曲者：自私卑鄙的人。

束州邵氏子，性佻荡。闻淮镇古墓有狐女甚丽，时往伺之。一日，见其坐田塍上，方欲就通款曲①。狐女正色曰："吾服气炼形，已二百余岁，誓不媚一人。汝勿生妄念。且彼媚人之辈，岂果相悦哉，特摄其精耳；精竭则人亡，遇之未有能免者。汝何必自投陷阱也！"举袖一挥，凄风飒然，飞尘眯目,已失所在矣。先姚安公闻之,曰:"此狐乃能作此语,吾断其后必生天。"

注释:

①款曲:犹衷情,诚挚殷勤的心意。

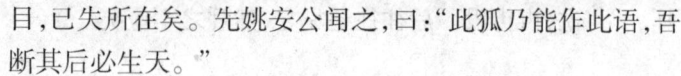

献县李金梁、李金柱兄弟,皆剧盗也。一夕,金梁梦其父语曰:"夫盗有败有不败,汝知之耶? 贪官墨吏,刑求威胁之财;神奸巨蠹,豪夺巧取之财;父子兄弟,隐匿偏得之财;朋友亲戚,强求诈诱之财;黠奴干役,侵渔干没之财①;巨商富室,重息剥削之财;以及一切刻薄计较、损人利己之财,是取之无害。罪恶重者,虽至杀人亦无害。其人本天道之所恶也。若夫人本善良,财由义取,是天道之所福也;如干犯之,是为悖天。悖天者终必败。汝兄弟前劫一节妇,使母子冤号,鬼神怒视。如不悛改,祸不远矣。"后岁余,果并伏法。金梁就狱时,自知不免,为刑房吏史真儒述之。真儒余里人也,尝举以告姚安公,谓盗亦有道。 又述剧盗李志鸿之言曰:吾鸣骹跃马②三十年,所劫夺多矣,见人劫夺亦多矣;盖败者十之二三,不败者十之七八。若一污人妇女,屈指计之,从无一人不败者。故恒以是戒其徒。盖天道祸淫,理固不爽云。

注释:

①侵渔干没之财:侵吞私藏的钱财。
②鸣骹(xiāo)跃马:骑马射箭。

辛卯夏,余自乌鲁木齐从军归,僦居珠巢街路东一宅,与龙臬司承祖邻。第二重室五楹,最南一室,帘恒飏起①尺余,若有风鼓之者,余四室之帘则否。莫喻其故。小儿女入室,辄惊啼,云床上坐一肥僧,向之嬉笑。缁徒厉鬼②,何以据人家宅舍,尤不可解也。又三鼓以后,往往闻龙氏宅中有女子哭声;龙氏宅中亦闻之,乃云声在此宅。疑不能明,然知其凿然非善地,遂迁居柘南先生双树斋。后居是二宅者,皆不吉。白环九司寇,无疾暴卒,即在龙氏宅也。凶宅之说,信非虚语矣。先师陈白崖先生曰:"居吉宅者未必吉,居凶宅者则无不凶。如和风温煦,未必能使人祛病;而严寒渗厉,一触之则疾生。良药滋补,未必能使人骤健;而峻剂攻伐③,一饮之则洞泄④。"此亦确有其理,未可执定命与之争。孟子有言:"是故知命者,不立乎岩墙之下。"

注释:

①飚(biāo)起:飘起。

②缁徒厉鬼:和尚变成的厉鬼。

③峻剂攻伐:药效猛烈的毒药。

④洞泄:崩溃。

洛阳郭石洲言:其邻县有翁姑受富室二百金,鬻寡媳为妾者。至期,强被以彩衣,掖之登车。妇不肯行,则以红巾反接其手,媒媪拥之坐车上。观者多太息①不平。然妇母族无一人,不能先发也。仆夫振辔之顷,妇举声一号,旋风暴作,三马皆惊逸不可止。不趋其家而趋县城,飞渡泥淖,如履康庄②,虽仄径危桥,亦不倾覆。至县衙,乃屹然立。其事遂败。用知庶女呼天,雷电下击,非典籍之虚词。

注释:

①太息:叹息。

②如履康庄:如同跑在宽敞平坦的大道上。

从舅安公介然曰:"厉鬼还冤,见于典记者不一,得于传闻者亦不一。癸未五月,自盐山耿家庵还崔庄,乃亲见之。其人年约五十余,戴草笠,著苎衫①,以一驴驮襆被,系河干柳树下,倚树而坐。余亦系马小憩。忽其人蹶然而起,以手作撑拒状,曰:'害汝命,偿汝命耳,何必若是相殴也!'支拄良久,语渐模糊不可辨;忽踊身一跃,已汩没于波浪中矣。同见者十余人,咸合掌诵佛。虽不知所报何冤,然害命偿命,则其人所自道也。"

注释:

①苎(zhù)衫:麻制成的衣衫。

戊子夏,小婢玉儿病瘵死。俄复苏曰:"冥役遣我归索钱。"市冥锱焚之,乃死。俄又复苏曰:"银色不足,冥役弗受也。"更市金银箔折锭焚之,则死不复苏矣。因忆雍正壬子①。亡弟映谷濒危时,亦复类是。然则冥锱果有用耶? 冥役需索如是,冥官又所司何事耶?

注释:

①雍正壬子:雍正十年,公元1732年。

胡牧亭侍御言:其乡有生为冥官者,述冥司事甚悉。不能尽忆,大略与传记所载同。惟言六道轮回,不烦遣送,皆各随平生之善恶,如水之流湿,火之就燥①,气类相感,自得本途。语殊有理,从来论鬼神者未道也。

注释:

①水之流湿,火之就燥:水流向湿润的地方,火着向干燥的地方。

狐之媚人,为采补计耳,非渔色①也。然渔色者亦偶有之。表兄安涛北言:有人夜宿深林中,闻草间人语曰:"君爱某家小童,事已谐否②? 此事亢阳熏烁,消蚀真阴,极能败道。君何忽动此念耶? "又闻一人答曰:"劳君规戒。实缘爱其美秀,遂不能忘情。然此童貌虽艳冶,心无邪念,吾于梦中幻诸淫态诱之,漠然不动。竟无如之何,已绝是想矣。"其人觉有异,潜往窥视,有二狐跳踉去。

注释:

①渔色:贪图美色。

②事已谐否:事情是否已经成功了?

泰州任子田,名大椿,记诵博洽,尤长于三《礼》注疏,六书训诂。乾隆己丑①登二甲一名进士,浮沈郎署。晚年始得授御史,未上而卒②。自开国以来,二甲一名进士,不入词馆③者仅三人,子田实居其一。自言十五六时,偶为从父侍姬以官词书扇。从父疑之,致侍姬自经死。其魂讼于地下,子田奄奄卧疾④,魂亦为追去考问。阅四五年,冥官庭鞫⑤七八度,始辨明出于无心;然卒坐以过失杀人,减削官禄。故仕途偃蹇如斯。贾钝夫舍人曰:"治是狱者即顾郎中德懋。二人先不相知,一日相见,彼此如旧识。时同在座亲见其追话冥司事,子田对之,犹栗栗然也。"

注释:

①乾隆己丑:乾隆三十四年,公元 1769 年。

②未上而卒:没有上任就去世了。

③词馆:翰林院。

④奄奄卧疾:气息微弱生病卧床。

⑤庭鞫(jū):升堂审理。

即墨杨槐亭前辈言：济宁一童子为狐所昵，夜必同衾枕。至年二十余，犹无虚夕。或教之留须，须稍长，辄睡中为狐剃去，更为傅脂粉。屡以符箓驱遣，皆不能制。后正乙真人舟过济宁，投词乞劾治。真人牒于城隍，狐乃诣①真人自诉。不睹其形，然旁人皆闻其语。自言过去生中为女子，此童为僧。夜过寺门，被劫闭窟室中，隐忍受污者十七载，郁郁而终。诉于地下主者，判是僧地狱受罪毕，仍来生偿债。会②我以他罪堕狐身，窜伏山林百余年，未能相遇。今炼形成道，适逢僧后身为此童，因得相报。十七年满自当去，不烦驱遣也。真人竟无如之何③。后不知期满果去否。然据其所言，足知人有所负，虽隔数世犹偿也。

注释：

①诣：拜见、造访。

②会：适逢、恰好。

③无如之何：无可奈何。

同年项君廷模言：昔尝馆翰林某公家，相见辄讲学。一日，其同乡为外吏者，有所馈赠。某公自陈平生俭素，雅不需此。见其崖岸高峻，遂逡巡①携归。某公送宾之后，徘徊厅事前，怅怅惘惘②，若有所失，如是者数刻。家人请进内午餐，大遭诟怒。忽闻有数人吃吃窃笑，视之无迹，寻之声在承尘③上。盖狐魅云。

注释：

①逡巡：恭敬的样子。

②怅怅惘惘：惆怅迷惘。

③承尘：天花板。

陈少廷尉耕岩,官翰林时,为魅所扰。避而迁居,魅辄随往。多掷小帖道其阴事,皆外人不及知者。益悚惧,恒虔祀之①。一日掷帖,责其待佽之薄,且曰:"不厚资助,祸且至。"众缘是窃疑其佽,密约伺察。夜闻击损器物声,突出掩执②,果其佽也。耕岩天性长厚③,尤笃于骨肉,但曰:"尔需钱可告我,何必乃尔?"笑遣之归寝,由是遂安。后吴编修朴园突遭回禄④,莫知火之自来。凡再徙居而再焚,余意亦当如耕岩事。朴园曰:"固亦疑之。"然第三次迁泉州会馆时,适与客坐厅事中,忽烈焰赫然,自承尘下射。是非人所能上,亦非人所能人也,殆真魅所为矣。

注释:

①恒虔祀之:始终虔诚地祭祀祈祷。

②突出掩执:众人冲出来将那人抓住。

③天性长厚:生性宽厚。

④回禄:火灾。

程也园舍人居曹竹虚旧宅中。一夕,弗戒于火,书画古器,多遭焚毁。中褚河南①临《兰亭》一卷,乃五百金所质②,方虑苶赎时镠轕③;忽于灰烬中拣得,匣及袱并蓺,而书卷无一字之损。表弟张桂岩馆④也园家,亲见之。白香山所谓"在在处处有神物护持"者耶?抑成毁各有定数,此卷不在此火劫中耶? 然事则奇矣,亦将来赏鉴家一佳话也。

注释:

①褚河南:褚遂良(596—659),字登善,唐代著名书法家。

②质:抵押。

③镠轕(jiāo gé):纠葛。

④馆:在私塾当教书先生。

同年柯禺峰，官御史时，尝借宿内城友人家。书室三楹，东一室隔以纱厨，扃不启。置榻外室南牖下，睡至夜半，闻东室有声如鸭鸣，怪而谛视。时明月满窗，见黑烟一道，从东室门隙出，著地而行，长可丈余，蜿蜒如巨蟒，其首乃一女子，鬟髻俨然①，昂而仰视，盘旋地上，作鸭鸣不止。禺峰素有胆，拊榻叱之。徐徐却行，仍从门隙敛而入。天晓，以告主人。主人曰："旧有此怪，或数年一出，不为害，亦无他休咎。"或曰："来买是宅前，旧主有侍姬幽死此室。"未知其审②也。

注释：

①鬟髻(bìn)俨然：发髻整齐。

②审：真实。

胥魁①有善博者，取人财犹探物于囊，犹不持兵而劫夺也。其徒党密相羽翼，意喻色授②，机械百出，犹臂指之相使，犹呼吸之相通也。骇竖多财者，则犹鱼吞饵，犹雉遇媒③耳。如是近十年，橐金巨万，俾其子贾于长芦，规什一之利。子亦狡黠，然冶荡好渔色。有堕其术而破家者，衔之次骨④。乃乞与偕往，而阴导之为北里游。舞衫歌扇，耽玩忘归，耗其资十之九。胥魁微有所闻，自往检校，已不可收拾矣。论者谓是虽人谋，亦有天道：仇者之动此念，殆神启其心欤？不然，何前愚而后智也！

注释：

①胥魁：差役的头目。

②意喻色授：做表情、使眼色来传达自己的意思。

③雉遇媒：野鸡遇上猎人用来诱引的饵料，表示上当受骗。

④衔之次骨：怀恨入骨。

故城刁飞万言：其乡有与狐女生子者，其父母怒谇之。狐女泣涕曰："舅姑见逐，义难抗拒。但子未离乳，当且携去耳。"越两岁余，忽抱子诣其夫曰："儿已长，今还汝。"其夫遵父母戒，掉首不与语。狐女太息抱之去。此狐殊有人理，但抱去之儿，不知作何究竟。将人所生者仍为人，庐居火食①，混迹闾阎②欤？抑妖所生者即为妖，幻化通灵，潜踪墟墓欤？或虽为妖而犹承父姓，长育子孙，在非妖非人之界欤？虽为人而犹依母党，往来窟穴，在亦人亦妖之间欤？惜见首不见尾，竟莫得而质之。

注释：

①庐居火食：住房子，吃熟食。
②闾(lǘ)阎：市井民间。

同年蒋心馀编修言：其乡有故家废宅，往往见艳女靓妆，登墙外视。武生王某，粗豪有胆，径携被独宿其中，冀有所遇。至夜半寂然，乃拊枕自语曰："人言此宅有狐女，今何往耶？"窗外小声应曰："六娘子知君今日来，避往溪头看月矣。"问："汝为谁？"曰："六娘子之婢。"又问："何故独避我？"曰："不知何故，但云畏见此腹负①将军。"亦不解为何语也。王后每举以问人曰："腹负将军是武职几品？"莫不粲然。后问其乡人，曰："实有其人，亦实有其事。然仅旁皇竟夜，一无所见耳。其语则心馀所点缀也。"心馀性好诙谐，理或然欤！

注释：

①腹负：胸中无物，没有谋略。

先母张太夫人，尝雇一张媪司炊，房山人也，居西山深处。言其乡有贫极弃家觅食者,素未外出,行半日即迷路,石径崎岖,云阴晦暗,莫知所适,姑枯坐树下,俟①天晴辨南北。忽一人自林中出,三四人随之,并狰狞伟岸,有异常人。心知非山灵即妖魅,度不能隐避,乃投身叩拜,泣诉所苦。其人恻然曰:"尔勿怖,不汝害也。我是虎神,今为诸虎配食料。待虎食人,尔收其衣物,足自活矣。"因引至一处,嗷然长啸,众虎坌集。其人举手指挥,语啁哳不可辨。俄俱散去,惟一虎留伏丛莽间。俄有荷担度岭者,虎跃起欲搏,忽辟易而退。少顷,一妇人至,乃搏食之。捡其衣带,得数金,取以付之,且告曰:"虎不食人,惟食禽兽。其食人者,人而禽兽者耳。大抵人天良②未泯者,其顶上必有灵光,虎见之即避。其天良澌灭者,灵光全息,与禽兽无异,虎乃得而食之。顷前一男子,凶暴无人理;然攘夺所得,犹恤其寡嫂孤侄,使不饥寒。以是一念,灵光煜煜如弹丸,故虎不敢食。后一妇人,弃其夫而私嫁,又虐其前妻之子,身无完肤;更盗后夫之金,以贻前夫之女,即怀中所携是也。以是诸恶,灵光消尽,虎视之,非复人身,故为所啖。尔今得遇我,亦以善事继母,辍③妻子之食以养,顶上灵光高尺许;故我得而佑之,非以尔叩拜求哀也。勉修善业,当尚有后福。"因指示归路,越一日夜得至家。张媪之父与是人为亲串,故得其详。时家奴之妇,有虐使其七岁孤侄者,闻张媪言,为之少戢④。圣人以神道设教,信有以夫。

注释:

①俟:等待。

②天良:天生的善心;良心。

③辍:省出,让出。

④少戢(jí):多少有所收敛。

磷为鬼火,《博物志》渭战血所成,非也,安得处处有战血哉!盖鬼者,人之余气也,鬼属阴,而余气则属阳。阳为阴郁,则聚而成光,如雨气至阴而萤火化,海气至阴而阴火然也。多见于秋冬,而隐于春夏;秋冬气凝,春夏气散故也。其或见于春夏者,非幽房废宅,必深岩幽谷,皆阴气常聚故也。多在平原旷野,薮泽沮洳①,阳寄于阴,地阴类,水亦阴类,从其本类故也。先兄晴湖,尝同沈丰功年丈夜行,见磷火在高树巅,青荧如炬,为从来所未闻。李长吉②诗曰:"多年老鸮成木魅,笑声碧火巢中起。"疑亦曾睹斯异,故有斯咏。先兄所见,或木魅所为欤!

注释:

①沮洳(rù):低湿之地。

②李长吉:李贺(790—816),字长吉,世称李长吉,唐代著名诗人,有"诗鬼"之誉。

贾人持巨砚求售,色正碧而红斑点点如血沁。试之,乃滑不受墨。背镌长歌一首,曰:"祖龙奋怒鞭顽石,石上血痕胭脂赤。沧桑变幻几度经,水舂沙蚀存盈尺。飞花点点粘落红,芳草茸茸按嫩碧。海人漉得出银涛,鲛客咨嗟龙女惜。云何强遣充砚材,如以嫱施司洴游。凝脂原不任研磨,镇肉翻成遭弃掷。(原注:客问镇肉事,判曰:"出《梦溪笔谈》。")音难见赏古所悲,用弗量才谁之责。案头米老玉蟾蜍,为汝伤心应泪滴。"后题:"康熙己未①重九,餐花道人降乩,偶以顽砚请题,立挥长句。因镌诸砚背以记异。"款署"奕焘"二字,不著其姓,不知为谁,餐花道人亦无考。其词感慨抑郁,不类仙语,疑亦落拓之才鬼也。索价十金,酬以四金不肯售。后再问之,云四川一县令买去矣。

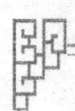

注释：

①康熙己未：康熙十八年，公元1679年。

奴子纪昌，本姓魏，用黄犊子故事①，从主姓。少喜读书，颇娴文艺，作字亦工楷。最有心计，平生无一事失便宜。晚得奇疾：目不能视，耳不能听，口不能言，四肢不能动，周身并痿痹②，不知痛痒；仰置榻上，块然如木石，惟鼻息不绝。知其未死，按时以饮食置口中，尚能咀咽而已。诊之乃六脉平和，毫无病状，名医亦无所措手。如是数年，乃死。老僧果成曰："此病身死而心生，为自古医经所不载，其业报欤？"然此奴亦无大恶，不过务求自利，算无遗策耳。巧者造物之所忌，谅哉！

注释：

①黄犊子故事：隋文帝时期，韦衮为将军出战有功，他的奴仆桃符一直跟随左右，对其帮助很大。后韦衮为桃符邀请战功，桃符求赐姓，韦衮对桃符情同父子，故赐与自己同姓，桃符宰杀黄牛以示感谢。但是桃符不敢与主人同姓，自称"黄犊子韦"。

②痿痹(wěi bì)：萎缩麻痹。

奴子李福之妇，悍戾①绝伦，日忤其姑舅，面詈背诅②，无所不至。或微讽以不孝有冥谪③，辄掉头哂曰："我持观音斋，诵观音咒，菩萨以甚深法力，消灭罪愆，阎罗王其奈我何？"后婴恶疾④，楚毒万端，犹曰："此我诵咒未漱口，焚香用灶火，故得此报，非有他也。"愚哉！

注释：

①悍戾：蛮横暴戾。

②面詈背诅：当面辱骂，背后诅咒。

③冥谪：阴间的惩罚。

④婴恶疾:得了很严重的疾病。

蔡太守必昌,尝判冥事。朱石君中丞问以佛法忏悔,有无利益。蔡曰:"寻常冤谴,佛能置讼者于善处。彼得所欲,其怨自解,如人世之有和息①也。至重业深仇,非人世所可和息者,即非佛所能忏悔,释迦牟尼亦无如之何。"斯言平易而近理。儒者谓佛法为必无,佛者谓种种罪恶皆可消灭,盖两失之。

注释:
①和息:和解。

余家距海仅百里,故河间古谓之瀛州。地势趋东,以渐而高,故海岸绝陡,潮不能出,水亦不能入。九河皆在河间,而大禹导河,不直使入海,引之北行数百里,自碣石乃入,职①是故也。海中每数岁或数十岁,遥见水云渹洞中②,红光烛天,谓之烧海。辄有断橼折栋,随潮而上。人取以为薪。越数日,必互言某匠某匠,为神召去营龙宫。然无亲睹其人,话鲛室贝阙③之状者,第传闻而已。余谓是殆重洋巨舶,弗戒于火,水光映射,空无障翳④,故千百里外皆可见;梁柱之类,舶上皆有,亦不必定属殿材也。

注释:
①职:助词,当、尚。
②渹(hòng)洞中:蔓延到洞中,形容水势很大。
③鲛室贝阙:传说中龙宫的样子。
④障翳:遮蔽物。

献县捕役某,尝奉差捕剧盗,就絷①矣。盗妇有色,盗乞以妇侍寝而纵之逃,某弗许。后以积蠹②多赃坐斩。行刑前二日,狱舍墙圮,压而死。狱吏叶某,坐不早葺治,得重杖。先是叶某梦身立堂下,闻堂上官吏论捕役事。官指挥曰:"一善不能掩千恶,千恶亦不能掩一善。免则不可,减则可。"既而吏抱牍出,殊不相识,谛视其官,亦不识,方悟所到非县署。醒而阴贺捕役,谓且减死;不知神以得保首领为减也。人计捕役生平,只此一善,而竟得免刑。天道昭昭,何尝不许人晚盖哉!

注释:
①絷(zhí):绑起来。
②积蠹:积累多年的弊病。

吴江吴林塘言:其亲表有与狐女遇者,虽无疾病,而惘惘恒若神不足。父母忧之,闻有游僧能劾治,试往祈请。僧曰:"此魅与郎君夙缘,无相害意。郎君自耽玩过度耳。然恐魅不害郎君,郎君不免自害。当善遣之。"乃夜诣其家,趺坐诵梵咒。家人遥见烛光下似绣衫女子,冉冉再拜。僧举拂子曰:"留未尽缘作来世欢,不亦可乎!"欻然而隐,自是遂绝。林塘知其异人,因问以神仙感遇之事。僧曰:"古来传记所载,有寓言者,有托名者,有借抒恩怨者,有喜谈诙诡以诧异闻者,有点缀风流以为佳话,有本无所取而寄情绮语,如诗人之拟艳词者;大都伪者十八九,真者十一二。此一二真者,又大都皆才鬼灵狐,花妖木魅,而无一神仙。其称神仙必诡词。夫神正直而聪明,仙冲虚而清静,岂有名列丹台,身依紫府①,复有荡姬佚女,参杂其间,动入桑中之会②哉?"林塘叹其精识,为古所未闻。说是事时,林塘未举其名字。后以问林塘子钟侨,钟侨曰:"见此僧时,才五六岁,当时未闻呼名字,今无可问矣。惟记其语音,似杭州人也。"

注释：

①紫府：道教称仙人所居。

②桑中之会：男女约会。

李苟亭家扶乩，其仙自称邱长春。悬笔而书，疾于风雨，字如颠、素之狂草①。客或拜求丹方，乩判曰："神仙有丹诀，无丹方，丹方是烧炼金石之术也。《参同契》②炉鼎铅汞，皆是寓名，非言烧炼。方士转相附会，遂贻害无穷。夫金石燥烈，益以火力，亢阳鼓荡，血脉偾张，故筋力似倍加强壮；而消铄真气，伏祸亦深。观艺花者，培以硫黄，则冒寒吐蕊；然盛开之后，其树必枯。盖郁热蒸于下，则精华涌于上，涌尽则立槁耳。何必纵数年之欲，掷千金之躯乎？"其人悚然而起。后苟亭以告田白岩，白岩曰："乩仙大抵皆托名。此仙能作此语，或真是邱长春欤！"

注释：

①颠、素之狂草：张旭、怀素的草书。张旭、怀素为唐代书法大家。张旭，世称"张颠"。

②《参同契》：又叫《周易参同契》，是一部用《周易》、黄老与炉火三者参合的道教修仙炼丹之作，东汉魏伯阳著。

吴云岩家扶乩，其仙亦云邱长春。一客问曰："《西游记》果仙师所作，以演金丹奥旨①乎？"批曰："然。"又问："仙师书作于元初，其中祭赛国之锦衣卫，朱紫国之司礼监，灭法国之东城兵马司，唐太宗之大学士、翰林院中书科，皆同明制，何也？"乩忽不动。再问之，不复答。知已词穷而遁矣。然则《西游记》为明人依托无疑也。

注释：

①金丹奥旨：道家深奥的旨意。

文安王氏姨母，先太夫人第五妹也。言未嫁时，坐度帆楼中，遥见河畔一船，有宦家中年妇，伏窗而哭，观者如堵。乳媪启后户往视，言是某知府夫人，昼寝船中，梦其亡女为人执缚宰割，呼号惨切。悟而寤^①，声犹在耳，似出邻船。遣婢寻视，则方屠一豚子，泻血于盎，未竟也。梦中见女缚足以绳，缚手以红带。覆视其前足，信然，益悲怆欲绝，乃倍价赎而瘗之。其僮仆私言：此女十六而殁。存日极柔婉，惟嗜食鸡，每饭必具；或不具，则不举箸。每岁恒割鸡七八百。盖杀业云。

注释：
①寤(wù)：醒。

交河有书生，日暮独步田野间。遥见似有女子，避入秋田，疑荡妇之赴幽期者。逼往视之，寂无所睹，疑其窜伏深丛，不复追迹。归而大发寒热，且作谵语曰："我饿鬼也，以君有禄相，不敢触忤，故潜匿草间。不虞忽相顾盼，枉步相寻^①。既尔有情，便当从君索食，乞惠薄奠，即从此辞。"其家为具纸钱肴酒，霍然而愈。苏进士语年曰："此君本无邪心，以偶尔多事，遂为此鬼所乘。小人之于君子，恒伺隙而中之也。言动可不慎哉！"

注释：
①枉步相寻：步行到处寻找。

炎凉转瞬，即鬼魅亦然。程鱼门编修曰："王文庄公遇陪祀^①北郊，必借宿安定门外一坟园。园故有祟，文庄弗睹也。一岁，灯下有所睹，越半载而文庄卒矣。所谓山鬼能知一岁事耶！"

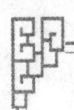

注释：

①陪祀：陪同皇帝祭祀。

　　太原申铁蟾言：昔自苏州北上，以舵牙触损，泊舟兴济之南。荒塍①野岸，寂无一人，而夜闻草际有哦诗声。心知是鬼，与其友谛听之。所诵凡数十篇，幽咽断续，不甚可辨。铁蟾惟听得一句，曰"寒星炯炯生芒角"，其友听得二句，曰"夜深翁仲语，月黑鬼车来"。

注释：

①荒塍（chéng）：荒凉的原野。

　　张完质舍人，僦居一宅，或言有狐。移入之次日，书室笔砚皆开动，又失红柬一方。纷纭询问间，忽一钱铮然落几上，若偿红柬之值也。俄喧言所失红柬，粘宅后空屋。完质往视，则楷书"内室止步"四字，亦颇端正。完质曰："此狐狡狯①。"恐其将来恶作剧，乃迁去。闻此宅在保安寺街，疑即翁覃溪宅也。

注释：

①狡狯（kuài）：狡猾。

　　李又聃先生言：东光某氏宅有狐，一日，忽掷砖瓦，伤盆盎。某氏詈之。夜闻人叩窗语曰："君睡否？我有一言：邻里乡党，比户而居，小儿女或相触犯，事理之常，可恕则恕之，必不可恕，告其父兄，自当处置。遽加以恶声①，于理毋乃不可。且我辈出入无形，往来不测，皆君闻见所不及，堤防所不到。而君攘臂与为难，庸有幸乎？于势亦必不敌，幸熟计②之。"某氏披衣起谢，自是遂相安。会亲串中有以僮仆

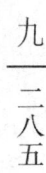

微衅，酿为争斗，几成大狱者，又聃先生叹曰："殊令人忆某氏狐。"

注释：

①遽加以恶声：马上恶言相向。

②熟计：仔细考虑。

北河总督署，有楼五楹，为蝙蝠所据多年矣。大小不知凡几万，一白者巨如车轮，乃其魁也，能为变怪。历任总督，皆扃钥弗居。福建李公清时，延正一真人劾治，果皆徙去。不久，李公卒，蝙蝠复归。自是无敢问之者。余谓汤文正公驱五通神①，除民害也。蝙蝠自处一楼，与人无患，李公此举，诚为可已而不已。至于猝捐馆舍，则适值其时，不得谓蝙蝠为祟。修短有数②，岂妖魅能操其权乎！

注释：

①汤文正公驱五通神：*汤斌*（1627—1687），字孔伯，号荆岘，晚号潜庵，谥号文正。清初理学名臣。他清正廉洁，宣扬儒家正统思想，毁弃了五通神淫祠等不良民间迷信。五通神，是横行乡间，淫人妻女的恶鬼，民间百姓为了避免其侵害，建立祠庙来祭祀，祈祷平安。

②修短有数：寿命长短有定数。

余七八岁时，见奴子赵平自负其胆，老仆施祥摇手曰："尔勿恃胆，吾已以恃胆败矣。吾少年气最盛，闻某家凶宅无人敢居，径携襆被卧其内。夜将半，骤然有声，承尘中裂，忽堕下一人臂，跳掷不已；俄又堕一臂，又堕两足，又堕其身，最后乃堕其首，并满屋迸跃如猿猱。吾错愕不知所为，俄已合为一人，刀痕杖迹，腥血淋漓，举手直来搤吾颈①。幸夏夜纳凉，挂窗未阖，急自窗跃出，狂奔而免。自是心胆并碎，至今犹不敢独宿也。汝恃胆不已，无乃不免如我乎！"平意不谓然,曰:"丈原大误,何不先捉其一段,使不能凑合成形?"后夜饮醉归,果为群鬼所遮,掀入粪坑中,几于灭顶[2]。

同年钟上庭言:官宁德日,有幕友病亟[1]。方服药,恍惚见二鬼曰:"冥司有某狱,待君往质。药可勿服也。"幕友言:"此狱已五十余年,今何尚未了?"鬼曰:"冥司法至严,而用法至慎。但涉疑似,虽明知其事,证人不具,终不为狱成。故恒待至数十年。"问:"如是不稽延[2]拖累乎?"曰:"此亦千万之一,不恒有也。"是夕果卒。然则果报有时不验,或缘此欤?又小说所载,多有生魂赴鞫者,或宜迟宜速,各因其轻重缓急欤?要之早晚虽殊,神理终不愦愦,则凿然可信也。

田氏媪诡言其家事狐神,妇女多焚香问休咎,颇获利。俄而群狐大集,需索酒食,罄所获不足供。乃被击破瓮盎,烧损衣物。哀乞不能遣,怖而他投[1]。濒行时,闻屋上大笑曰:"尔还敢假名敛财否?"自是遂寂,亦遂不徙。然并其先有之资,耗大半矣。此余幼时闻先太夫人[2]说。又有道士称奉王灵官,掷钱卜事,时有验,祈祷亦盛。偶恶少数辈,挟妓入庙,为所阻。乃阴从伶人假灵官鬼卒衣冠,乘其夜醮,突自屋脊跃下,据坐诃责其惑众;命鬼卒缚之,持铁蒺藜将拷问。道士惶怖伏罪,具陈虚诳取钱状。乃哄堂一笑,脱衣冠

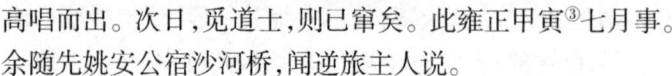

高唱而出。次日，觅道士，则已窜矣。此雍正甲寅③七月事。余随先姚安公宿沙河桥，闻逆旅主人说。

注释：

①他投：投诉到别的地方。

②先太夫人：已经去世的母亲。

③雍正甲寅：雍正十二年，公元 1734 年。

安邑宋半塘，尝官鄞县。言鄞有一生，颇工文，而偃蹇①不第。病中梦至大官署，察其形状，知为冥司。遇一吏，乃其故人，因叩以此病得死否。曰："君寿未尽而禄尽，恐不久来此。"生言："平生以馆谷②糊口，无过分之暴殄，禄何以先尽？"吏太息曰："正为受人馆谷而疏于训课，冥司谓无功窃食，即属虚糜③。销除其应得之禄，补所探支，故寿未尽而禄尽也。盖'在三'之义④，名分本尊。利人惰修脯，误人子弟，谴责亦最重。有官禄者减官禄，无官禄者则减食禄，一锱一铢，计较不爽。世徒见才士通儒，或贫或夭，动言天道之难明。乌知自误生平，罪多坐此哉！"生怅然而寤，病果不起。临殁，举以戒所亲，故人得知其事云。

注释：

①偃蹇：困顿，不得志。

②馆谷：借指坐馆教书的所得。

③虚糜：浪费、奢靡。

④在三之义：《国语·晋语一》："'民生于三，事之如一。'父生之，师教之，君食之。"三，君、父、师。

道士庞斗枢，雄县人。尝客献县高鸿胪家。先姚安公幼时，见其手撮棋子布几上，中间横斜紫带，不甚可辨；外为八门，则井然可数。投一小鼠，从生门入，则曲折寻隙而出；

从死门入,则盘旋终日不得出。以此信鱼腹阵图,定非虚语。然斗枢谓此特戏剧耳。至国之兴亡,系乎天命;兵之胜败,在乎人谋。一切术数,皆无所用。从古及今,有以壬遁星禽成事者耶?即如符咒厌劾,世多是术,亦颇有验时。然数千年来,战争割据之世,是时岂竟无传?亦未闻某帝某王某将某相死于敌国之魇魅①也,其他可类推矣。姚安公曰:"此语非术士所能言,此理亦非术士所能知。"

注释:
①魇魅:诅咒魅惑。

从舅安公介然言:佃户刘子明,家粗裕①。有狐居其仓屋中,数十年一无所扰,惟岁时祭以酒五盏,鸡子数枚而已。或遇火盗,辄叩门窗作声,使主人知之。相安已久,一日,忽闻吃吃笑不止。问之不答,笑弥甚。怒而诃之。忽应曰:"吾自笑厚结盟之兄弟,而疾②其亲兄弟者也。吾自笑厚其妻前夫之子,而疾其前妻之子者也。何预于君,而见怒如是?"刘大惭,无以应。俄闻屋上朗诵《论语》曰:"法语③之言,能无从乎?改之为贵。巽语④之言,能无说乎?绎⑤之为贵。"太息数声而寂。刘自是稍改其所为。后余以告邵阁谷,阁谷曰:"此至亲密友所难言,而狐能言之;此正言庄论所难入,而狐以诙谐悟之。东方曼倩何加焉!予傥到刘氏仓屋,当向门三揖之。"

注释:
①粗裕:家境称得上富裕。
②疾:厌恶。
③法语:严肃而有道理的话。
④巽(xùn)语:恭顺委婉的言词。
⑤绎(yì):思索,理出事物的头绪。这里指想清楚语言中包含的深意。

玛纳斯有遣犯①之妇，入山樵采，突为玛哈沁所执。玛哈沁者，额鲁特之流民，无君长，无部族，或数十人为队，或数人为队；出没深山中，遇禽食禽，遇兽食兽，遇人即食人。妇为所得，已褫衣缚树上，炽火于旁，甫割左股一脔。倏闻火器一震，人语喧阗，马蹄声殷动②林谷。以为官军掩至，弃而遁。盖营卒牧马，偶以鸟枪击雉子，误中马尾。一马跳掷，群马皆惊，相随逸入万山中，共噪而追之也。使少迟须臾，则此妇血肉狼藉矣，岂非若或使之哉！妇自此遂持长斋，尝谓人曰："吾非佞佛求福也。天下之痛苦，无过于脔割者；天下之恐怖，亦无过于束缚以待脔割者。吾每见屠宰，辄忆自受楚毒时；思彼众生，其痛苦恐怖，亦必如我。故不能下咽耳。"此言亦可告世之饕餮者也。

注释：

①遣犯：流放的犯人。
②殷动：震动。

奴子刘琪，畜一牛一犬。牛见犬辄触①，犬见牛辄噬②，每斗至血流不止。然牛惟触此犬，见他犬则否；犬亦惟噬此牛，见他牛则否。后系置两处，牛或闻犬声，犬或闻牛声，皆昂首瞑视③。后先姚安公官户部，余随至京师，不知二物究竟如何也。或曰："禽兽不能言者，皆能记前生。此牛此犬殆佛经所谓夙冤，今尚相识欤？"余谓夙冤之说，凿然无疑。谓能记前生，则似乎未必。亲串中有姑嫂相恶者，嫂与诸小姑皆睦，惟此小姑则如仇；小姑与诸嫂皆睦，惟此嫂则如仇。是岂能记前生乎？盖怨毒之念，根于性识，一朝相遇，如相反之药，虽枯根朽草，本自无知，其气味自能激斗耳。因果牵缠，无施不报。三生一瞬，可快意于睚眦④哉！

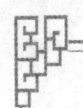

注释:

①触:用角顶触。

②噬:咬。

③瞑视:凝视、注视。

④睚眦(yá zì):瞋目怒视;瞪眼看人。借指微小的怨恨。

　　从伯君章公言:前明青县张公,十世祖赞祁公之外舅也。尝与邑人约,连名讼县吏。乘马而往,经祖墓前,有旋风扑马首。惊而堕,从者舁以归。寒热陡作①,忽迷忽醒,恍惚中似睹鬼物。将延巫禳解,忽起坐,作其亡父语曰:"尔勿祈祷,扑尔马者我也。凡讼无益:使理曲,何可讼? 使理直,公论具在,人人为扼腕②,是即胜矣,何必讼? 且讼役讼吏,为患尤大:讼不胜,患在目前;幸而胜,官有来去,此辈长子孙必相报复,患在后日。吾是以阻尔行也。"言讫,仍就枕,汗出如雨。比睡醒,则霍然矣。既而连名者皆败,始信非谵语也。此公闻于伯祖湛元公者。湛元公一生未与人涉讼,盖守此戒云。

注释:

①陡作:急剧发作。

②扼腕:用一只手握住另一只手腕,表示振奋、惋惜、愤慨等情绪。

　　世有圆光术:张素纸于壁,焚符召神,使五六岁童子视之。童子必见纸上突现大圆镜,镜中人物,历历示未来之事,犹卦影也。但卦影隐示其象,此则明著其形耳。庞斗枢能此术,某生素与斗枢狎,尝觊觎一妇,密祈斗枢圆光,观谐否①。斗枢骇曰:"此事岂可渎鬼神。"固强之。不得已勉为焚符,童子注视良久曰:"见一亭子,中设一榻,三娘子与一少年坐其上。"三娘子者,某生之亡妾也。方诟责童子妄语,斗枢大笑曰:"吾亦见之。亭中尚有一匾,童子不识字耳。"怒问:"何字?"曰:"'己所不欲'四字也。"某生默然，拂衣去。或曰:"斗枢所焚实非符，先以饼饵诱童子，教作是语。"是殆近之。虽曰恶谑②，要未失朋友规过之义也。

注释:

①观谐否:看看能不能成功。

②恶谑:恶意的戏谑玩笑。

先太夫人言:外祖家恒夜见一物，舞蹈于楼前，见人则窜避。月下循窗隙窥之，衣惨绿衫，形蠢蠢如巨鳖，见其手足而不见其首，不知何怪。外叔祖紫衡公遣健仆数人，持刀杖绳索伏门外，伺其出，突掩之。踉跄①逃入楼梯下。秉火照视，则墙隅绿锦袱包一银船，左右有四轮;盖外祖家全盛时儿童戏剧之物。乃悟绿衫其袱，手足其四轮也。熔之得三十余金。一老媪曰:"吾为婢时，房中失此物，同辈皆大遭箠楚。不知何人窃置此间，成此魅也。"《搜神记》载孔子之言曰:"夫六畜之物、龟蛇鱼鳖草木之属，神皆能为妖怪，故谓之五酉。五行之方，皆有其物。酉者老也，故物老则为怪矣。杀之则已，夫何患焉!"然则物久而幻形，固事理之常耳。

注释:

①踉跄:趷趷撞撞，行步歪斜貌。

两世夫妇，如韦皋、玉箫者，盖有之矣。景州李西崖言:乙丑会试，见贵州一孝廉，述其乡民家生一子，甫能言，即云我前生某氏之女，某氏之妻，夫名某字某;吾卒时夫年若干，今年当若干;所居之地，距民家四五日程耳。此语渐闻①。至十四五岁时，其故夫知有是说，径来寻问。相见涕泗，述前生事悉相符。是夕竟抱被同寝。其母不能禁，疑而窃听,灭烛以后,已妮妮儿女语矣。母怒,逐其故夫去。此子愤恚②不食,其故夫亦栖迟旅舍不肯行。一日防范偶疏,竟相偕遁去,莫知所终。异哉此事! 古所未闻也。此谓发乎情而不止乎礼矣。

注释:

①此语渐闻:这样的话慢慢传开了。
②愤恚:愤怒。

东光霍从占言:一富室女,五六岁时,因夜出观剧,为人所掠卖。越五六年,掠卖者事败,供曾以药迷此女。移檄来问,始得归。归时视其肌肤,鞭痕、杖痕、剪痕、锥痕、烙痕、烫痕、爪痕、齿痕遍体如刻画,其母抱之泣数日,每言及,辄沾襟。先是女自言主母酷暴无人理,幼时不知所为,战栗待死而已;年渐长,不胜其楚,思自裁①。夜梦老人曰:"尔勿短见,冉烙两次,鞭一百,业报满矣。"果一日缚树受鞭,甫及百而县吏持符到。盖其母御婢极残忍,凡爨煹而侍立者,鲜不带血痕;回眸一视,则左右无人色。故神示报于其女也。然竟不悛改,后疽发于项死。子孙今亦式微。从占又云:一宦家妇,遇婢女有过,不加鞭捶,但褫下衣,使露体伏地。自云如蒲鞭之示辱也。后患颠痫,每防守稍疏,辄裸而舞蹈云。

注释:

①自裁:自杀。

及孺爱先生言:其仆自邻村饮酒归,醉卧于路。醒则草露沾衣,月向午矣。欠伸之顷,见一人瑟缩立树后,呼问:"为谁?"曰:"君勿怖,身乃鬼也。此间群鬼喜嬲醉人,来为

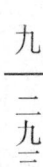

君防守耳。"问:"素昧生平,何以见护?"曰:"君忘之耶? 我殁之后,有人为我妇造蜚语,君不平而白其诬①,故九泉衔感也。"言讫而灭,竟不及问其为谁,亦不自记有此事。盖无心一语,黄壤已闻;然则有意造言者,冥冥之中宁免握拳啮齿耶!

注释:
①白其诬:还给她清白。

河间献王墓在献县城东八里。墓前有祠,祠前二柏树,传为汉物,未知其审,疑后人所补种。左右陪葬二墓,县志称左毛苌,右贯长卿;然任丘又有毛苌墓,亦莫能详也。或曰:"苌宋代追封乐寿伯,献县正古乐寿地。任丘毛公墓,乃毛亨①也。"理或然欤! 从舅安公五占言:康熙中,有群盗觊觎玉鱼之藏,乃种瓜墓旁,阴于团焦中穿地道。将近墓,探以长锥,有白气随锥射出,声若雷霆,冲诸盗皆仆。乃不敢掘。论者谓王墓封闭二千载,地气久郁,故遇隙涌出,非有神灵。余谓王功在《六经》,自当有鬼神呵护。穿古冢者多矣,何他处地气不久郁而涌乎?

注释:
①毛亨:相传是"毛诗"的开创者。

鬼魅在人腹中语,余所闻见,凡三事:一为云南李编修衣山,因扶乩与狐女唱和。狐女姊妹数辈,并入居其腹中,时时与语。正一真人劾治弗能遣,竟颠痫终身。余在翰林目睹之。一为宛平张丈鹤友,官南汝光道时,与史姓幕友宿驿舍。有客投刺谒史,对语彻夜。比晓,客及其仆皆不见,忽闻语出史腹中。后拜斗祛之去。俄仍归腹中,至史死乃已。疑其夙冤也。闻金听涛少宰言之。一为平湖一尼,有鬼在腹中,谈休咎多验,檀施鳞集①。鬼自云凤生负此尼钱,以此为偿。如《北梦琐言》所记田布事。人侧耳尼腋下,亦闻其语,疑为樟柳神也。闻沈云椒少宰言之。

注释:

①檀施鳞集:算卦所得的钱财像鱼鳞一样一点点积累起来。

晋杀秦谍,六日而苏,或由缢杀杖杀,故能复活;但不识未苏以前,作何情状。诘经有体,不能如小说琐记也。佃户张天锡,尝死七日,其母闻棺中击触声,开视,已复生。问其死后何所见,曰:"无所见,亦不知经七日,但倏如睡去,倏如梦觉耳。"时有老儒馆余家,闻之,拊髀雀跃①曰:"程朱圣人哉!鬼神之事,孔孟犹未敢断其无,惟二先生敢断之。今死者复生,果如所论,非圣人能之哉!"余谓天锡自以气结尸厥,瞀不知人,其家误以为死耳,非真死也。虢太子事②,载于《史记》,此翁未见耶?

注释:

①拊髀(bì)雀跃:拍着大腿欢呼跳跃。
②虢(guó)太子事:相传扁鹊将已经死去半日的虢国太子救活。

帝王以刑赏劝人善,圣人以褒贬劝人善。刑赏有所不及,褒贬有所弗恤者,则佛以因果劝人善。其事殊,其意同也。缁徒①执罪福之说,诱胁愚民,不以人品邪正分善恶,而以布施有无分善恶。福田之说兴,瞿昙氏之本旨晦矣。闻有走无常者,以血盆经忏有无利益问冥吏。冥吏曰:"无是事也。夫男女构精,万物化生,是天地自然之气,阴阳不息之机也。化生必产育,产育必秽污,虽淑媛贤母,亦不得不然,非自作之罪也。如以为罪,则饮食不能不便溺,口鼻不能不涕唾,是亦秽污,是亦当有罪乎?为是说者,盖以最易惑者惟妇女,而妇女所必不免者惟产育,以是为有罪,以是罪为非忏不可;而闺阁之财,无不充功德之费矣。尔出入冥司,宜有闻见,血池果在何处?堕血池者果有何人?乃犹疑而问之欤!"走无常后以告人,人讫无信其言者。积重不返,此之谓矣。

注释:

①缁徒:佛教弟子。

释明玉言:西山有僧,见游女踏青,偶动一念。方徙倚凝想间,有少妇忽与目成①,渐相软语,云:"家去此不远,夫久外出。今夕当以一灯在林外相引。"叮咛而别。僧如期往,果荧荧一灯,相距不半里,穿林渡涧,随之以行,终不能追及。既而或隐或见,倏左倏右,奔驰辗转,道路遂迷,困不能行,踣卧老树之下。天晓谛观,仍在故处。再视林中,则苍藓绿莎,履痕重叠。乃悟彻夜绕此树旁,如牛旋磨也。自知心动生魔,急投本师忏悔。后亦无他。又言:山东一僧,恒见经阁上有艳女下窥,心知是魅;然私念魅亦良得,径往就之,则一无所睹,呼之亦不出。如是者凡百余度,遂惘惘得心疾,以至于死。临死乃自言之。此或夙世冤愆②,借以索命欤?然二僧究皆自败,非魔与魅败之也。

注释:

①目成:眉目传情。
②冤愆:冤仇罪过。

吴惠叔言:医者某生,素谨厚。一夜有老媪持金钏一双,就买堕胎药。医者大骇,峻拒之①。次夕,又添持珠花两支来。医者益骇，力挥去。越半载余，忽梦为冥司所拘，言有诉其杀人者。至则一披发女子，项勒红巾，泣陈乞药不与状。医者曰："药以活人，岂敢杀人以渔利！汝自以奸败，于我何尤？"女子曰："我乞药时，孕未成形，傥得堕之，我可不死。是破一无知之血块，而全一待尽之命也。既不得药，不能不产，以致子遭扼杀，受诸痛苦，我亦见逼而就缢。是汝欲全一命，反戕两命矣。罪不归汝，反归谁乎？"冥官喟然曰："汝之所言，酌乎事势；彼所执者，则理也。宋以来，固执一理而不揆事势之利害②者，独此人也哉？汝且休矣！"拊几有声，医者悚然而寤。

注释：

①峻拒之：义正词严严厉拒绝。

②固执一理而不揆事势之利害：偏执地固守道理而不揣度事情状况的利害关系。

　　惠叔又言：有疫死还魂者，在冥司遇其故人，褴褛荷校①。相见悲喜，不觉握手太息曰："君一生富贵，竟不能带至此耶？"其人蹙然曰："富贵皆可带至此，但人不肯带耳。生前有功德者，至此何尝不富贵耶？寄语世人，早作带来计可也。"李南涧曰："善哉斯言，胜于谓富贵皆空也。"

注释：

①褴褛(lán lǚ)荷校：衣服破破烂烂，还上着枷锁。

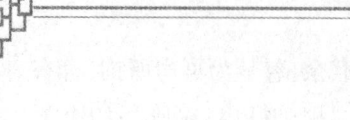

如是我闻（四）

长山聂松岩言：安丘张卯君先生家，有书楼为狐所据，每与人对语。媪婢童仆，凡有隐慝，必对众暴之[1]。一家畏若神明，惕惕然不敢作过。斯亦能语之绳规[2]，无形之监史矣。然奸黠者或敬事之，则讳其所短，不肯质言。盖聪明有余，正直则不足也。斯狐之所以为狐欤！

注释：

①暴之：曝光、揭露。

②绳规：规矩、原则。

沧州插花庙老尼董氏言：尝夜半睡醒，闻佛殿磬声铿然，如有人礼拜者。次日，告其徒。曰："师耳鸣也。"至夜复然，乃潜起蹑足窥之。佛火青荧，依稀辨物，见击磬者乃其亡师，一少妇对佛长跪，喁喁絮祝。回面向内，不识为谁。细听所祝，则为夫病祈福也。恐怖失措，触朱楅[1]有声。阴气冥蒙，灯光骤暗。再明，则已无睹矣。先外祖雪峰张公曰："此少妇已入黄泉，犹忧夫病，闻之使人增伉俪之情。"董尼又言：近一卖花媪，夜经某氏墓，突见某夫人魂立树下，以手招之。无路可避，因战栗拜谒。某夫人曰："吾夜夜在此，待一相识人寄信，望眼几穿，今乃见尔。归告我女我婿：一切阴谋，鬼神皆已全知，无更枉抛心力[2]。吾在冥府，大受鞭笞；地下先亡，更人人唾詈。无地自容，日惟避此树边，苦雨凄风，酸辛万状。尚不知沈沦几载，得付转轮。似闻须所夺小郎资财耗散都尽，始冀有生路也。又婿有密札数纸，病中置螺甸小箧中。嘱其检出毁灭，免为他日口实。"叮咛再三，呜咽而灭。媪潜告其女，女怒曰："为小郎游说耶！"迨于箧中见前札，乃始悚然。后女家日渐消败。亲串中知其事者，皆合掌曰："某夫人生路近矣。"

注释：
①朱槅(gé)：朱红色的窗棂。
②枉抛心力：白白浪费心思气力。

乌鲁木齐提督巴公彦弼言：昔从征乌什时，梦至一处山麓，有六七行幄①，而不见兵卫，有数十人出入往来，亦多似文吏。试往窥视，遇故护军统领某公(某名凡五字，公以滚舌音急呼之，今不能记。)，握手相劳苦，问："公久逝，今何事到此？"曰："吾以平生拙直，得授冥官。今随军籍记战殁者也。"见其几上诸册，有黄色、红色、紫色、黑色数种。问："此以旗分耶？"微哂曰："安有紫旗、黑旗(按：旧制本有黑旗，以黑色夜中难辨，乃改为蓝旗。此公盖偶未知也。)，此别甲乙之次第耳。"问："次第安在？"曰："赤心为国，奋不顾身者，登黄册。恪遵军令，宁死不挠者，登红册。随众驱驰，转战而殒者，登紫册。仓皇奔溃，无路求生，蹂践裂尸，追歼断胫②者，登黑册。"问："同时授命，血溅尸横，岂能一一区分，毫无舛误？"曰："此惟冥官能辨矣。大抵人亡魂在，精气如生。应登黄册者，其精气如烈火炽腾，蓬蓬勃勃。应登红册者，其精气如烽烟直上，风不能摇。应登紫册者，其精气如云漏电光，往来闪烁。此三等中，最上者为明神，最下者亦归善道。至应登黑册者，其精气瑟缩摧颓，如死灰无焰。在朝廷褒崇忠义③，自一例哀荣；阴曹则以常鬼视之，不复齿数④矣。"巴公

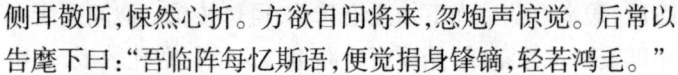

侧耳敬听,悚然心折。方欲自问将来,忽炮声惊觉。后常以告麾下曰:"吾临阵每忆斯语,便觉捐身锋镝,轻若鸿毛。"

注释:

①行幄:行军用的帐篷。

②断脰(dòu):身首异处。

③褒崇忠义:褒奖尊崇忠义之士。

④不复齿数:不再重视。

《夜灯丛录》载谢梅庄戆子事,而不知戆子姓卢名志仁,盖未见梅庄自作《戆子传》,仅据传闻也。霍京兆易书,戍葵苏图时,轿夫王二,与戆子事相类。后殁于塞外,京兆哭之恸。一夕,忽闻帐外语曰:"羊被盗矣,可急向西北追。"出视果然。听其语音,灼然①王二之魂也。京兆有一仆,方辞归,是日睹此异,遂解装不行,谓其曹曰:"恐冥冥中王二笑人。"

注释:

①灼然:的的确确,清清楚楚。

沧州瞽者蔡某,每过南山楼下,即有一叟邀之弹唱,且对饮。渐相狎,亦时到蔡家共酌。自云姓蒲,江西人,因贩磁到此。久而觉其为狐,然契分甚深①,狐不讳,蔡亦不畏也。会有以闺阃蜚语涉讼②者,众议不一。偶与狐言及,曰:"君既通灵,必知其审。"狐艴然曰:"我辈修道人,岂干预人家琐事?夫房帏秘地,男女幽期,暧昧难明,嫌疑易起。一犬吠影,每至于百犬吠声。即使果真,何关外人之事?乃快一时之口,为人子孙数世之羞,斯已伤天地之和,召鬼神之忌矣。况杯弓蛇影③,恍惚无凭,而点缀铺张④,宛如目睹。使人忍之不可,辩之不能,往往致抑郁难言,含冤毕命。其怨毒之气,尤历劫难消。苟有幽灵,岂无业报?恐刀山剑树之上,不能不为是人设一坐也。汝素朴诚,闻此事自当掩耳;乃考求真伪,意欲何为?岂以失明不足,尚欲犁舌乎?"投杯径去,从此遂绝。蔡愧悔,自批其颊。恒述以戒人⑤,不自隐匿也。

注释:

①契分甚深:交情很深。

②闺阃(kǔn)蜚语涉讼:家庭内部流言蜚语牵扯上官司。

③杯弓蛇影:比喻疑神疑鬼,自相惊扰。

④点缀铺张:添油加醋、胡编乱造。

⑤戒人:告诫别人。

　　舅氏张公梦征言:所居吴家庄西,一丐者死于路,所畜犬守之不去。夜有狼来啖其尸,犬奋啮不使前;俄诸狼大集,犬力尽踣,遂并为所啖。惟存其首,尚双目怒张,眦如欲裂①。有佃户守瓜田者亲见之。又程易门在乌鲁木齐,一夕,有盗入室,已逾垣将出。所畜犬追啮其足。盗抽刀斫之,至死啮终不释。因就擒。时易门有仆,曰龚起龙,方负心反噬。皆曰程太守家有二异:一人面兽心,一兽面人心。

注释:

①眦如欲裂:眼睛瞪着像要裂开一样。

　　余在乌鲁木齐日,骁骑校萨音绰克图言:曩守红山口卡伦,一日将曙,有乌哑哑对户啼。恶其不吉,引骹矢①射之。嗷然有声,掠乳牛背上过。牛骇而奔,呼数卒急迫。入一山坳,遇耕者二人,触一人仆。扶视无大伤,惟足跛难行。问其家不远,共舁送归。入室坐未定,闻小儿连呼有贼。同出助捕,则私逃遣犯韩云,方逾垣盗食其瓜,因共执②焉。使③

乌不对户啼,则萨音绰克图不射;萨音绰克图不射,则牛不惊逸;牛不惊逸,则不触人仆;不触人仆,则数卒不至其家;徒一小儿见人盗瓜,其势必不能执缚:乃辗转相引,终使受絷伏诛。此乌之来,岂非有物凭之哉!盖云本剧寇,所劫杀者多矣。尔时虽无所睹,实与刘刚遇鬼因果相同也。

注释:

①散矢:响箭。
②因共执:于是一起抓住。
③使:假使。

又佐领额尔赫图言:曩守吉木萨卡伦,夜闻团焦外呜呜有声。人出逐,则渐退;人止则止,人返则复来。如是数夕。一戍卒有胆,竟操刃随之,寻声迤逦①入山中,至一僵尸前而寂。视之有野兽啮食痕,已久枯矣。卒还以告,心知其求瘗②也。具棺葬之,遂不复至。夫神识已离,形骸何有?此鬼沾沾③于遗蜕,殊未免作茧自缠。然蝼蚁鱼鳖之谈,自庄生之旷见;岂能使含生之属,均如太上忘情④。观于兹事,知棺衾必慎,孝子之心;骴胳⑤必藏,仁人之政。圣人通鬼神之情状,何尝谓魂升魄降,遂冥漠无知哉!

注释:

①迤逦:曲曲折折的样子。
②求瘗:请求埋葬。
③沾沾:执著,留恋。
④太上忘情:像道家神仙那样洒脱忘情。
⑤骴胳:骸骨,尸体。

献县令某,临殁前,有门役夜闻书斋人语曰:“渠数年享用奢华,禄已耗尽。其父诉于冥司,探支来生禄一年,治未了事。未知许否也?"俄而令暴卒。董文恪公尝曰:"天道凡事忌太甚。故过奢过俭,皆足致不祥。然历历验之,过奢之罚,富者轻而贵者重;过俭之罚,贵者轻而富者重。盖富而过奢,耗己财而已;贵而过奢,其势必至于贪婪。权力重,则取求易也。贵而过俭,守己财而已;富而过俭,其势必至于刻薄,计较明则机械多①也。士大夫时时深念,知益己者必损人。凡事留其有余,则召福之道矣。"

注释:
①计较明则机械多:精打细算得很清楚就会使很多小心眼。

　　小奴玉保言:特纳格尔农家,忽一牛入其牧群,甚肥健。久而无追寻者,询访亦无失牛者,乃留畜之。其女年十三四,偶跨此牛往亲串家。牛至半途,不循蹊径①,负女度岭蓦涧,直入乱山。崖陡谷深,堕必糜碎,惟抱牛颈呼号。樵牧者闻声追视,已在万峰之顶,渐灭没于烟霭间。其或饲虎狼,或委溪壑,均不可知矣。皆咎其父贪攘此牛,致罹大害。余谓此牛与此女,合是夙冤,即驱逐不留,亦必别有以相报也。

注释:
①蹊(xī)径:道路。

　　故城刁飞万言:一村有二塾师,雨后同步至土神祠,踞砌①对谈,移时②未去。祠前地净如掌,忽见尘起似字迹。共起视之,则泥上杖画十六字曰:"不趁凉爽,自课生徒;涸人③书馆,不亦愧乎?"盖祠无居人,狐据其中,怪二人久聒也。时程试④方增律诗,飞万戏曰:"随手成文,即四言叶韵⑤。我愧此狐。"

注释：

①踞砌：蹲在台阶上。

②移时：过了一段时间。

③湎人：糊涂人。

④程试：指科举考试。

⑤叶韵：应为"押韵"。格律诗讲求对句末一个字要用韵母相同或相近的字。便于朗诵,具有美感。

飞万又言：一书生最有胆,每求见鬼不可得。一夕,雨霁月明,命小奴携罂酒诣丛冢间,四顾呼曰："良夜独游,殊为寂寞。泉下诸友,有肯来共酌者乎?"俄见磷火荧荧,出没草际。再呼之,呜呜环集,相距丈许,皆止不进。数其影约十余,以巨杯挹酒①洒之,皆俯嗅其气。有一鬼称酒绝佳,请再赐。因且洒且问曰："公等何故不轮回?"曰："善根在者转生矣,恶贯盈者堕狱矣。我辈十三人,罪限未满,待轮回者四;业报沈沦,不得轮回者九也。"问："何不忏悔求解脱?"曰："忏悔须及未死时,死后无着力处矣。"酒洒既尽,举罂示之,各跟跄去。中一鬼回首叮咛曰："饿魂得沃壶觞②,无以报德。谨以一语奉赠：忏悔须及未死时也。"

注释：

①挹酒：舀酒。

②沃壶觞：喝酒很满足。

翰林院笔帖式伊实从征伊犁时,血战突围,身中七矛死。越两昼夜,复苏;疾驰一昼夜,犹追及大兵。余与博晰斋同在翰林时,见有伤痕,细询颠末①。自言被创时,绝无痛楚,但忽如沈睡。既而渐有知觉,则魂已离体,四顾皆风沙倾洞,不辨东西,了然自知为已死。倏念及于幼家贫,酸彻心骨,便觉身如一叶,随风漾漾欲飞。倏念及虚死不甘,誓为厉鬼杀贼,即觉身如铁柱,风不能摇。徘徊伫立间,方欲直上山巅,望敌兵所在;俄如梦醒,已僵卧战血中矣。晰斋太息曰:"闻斯情状,使人觉战死无可畏。然则忠臣烈士,正复易为,人何惮而不为也!"

注释:

①细询颠末:详细询问始末。

里有古氏,业屠牛,所杀不可缕数。后古叟目双瞽。古姬临殁时,肌肤溃烈,痛苦万状,自言冥司仿屠牛之法宰割我。呼号月余乃终。侍姬之母沈媪,亲睹其事。杀业至重;牛有功于稼穑①,杀之业尤重。《冥祥记》载晋庾绍之事,已有"宜勤精进,不可杀生;若不能都断,可勿宰牛"之语,此牛戒之最古者。《宣室志》载夜叉与人杂居则疫生,惟避不食牛人。《西阳杂俎》亦载之。今不食牛人,遇疫实不传染,小说固非尽无据也。

注释:

①稼穑:农事。

海宁陈文勤公言:昔在人家遇扶乩,降坛者安溪李文贞公也。公拜问涉世之道,文贞判曰:"得意时毋太快意,失意时毋太快口①,则永保终吉。"公终身诵之。尝诲门人曰:"得意时毋太快意,稍知利害者能之;失意时毋太快口,则贤者或未能。夫快口岂特怨尤哉,夷然不屑,故作旷达之语,其招祸甚于怨尤也。"余因忆先高祖《花王阁剩稿》中载宋盛阳先生(讳大壮,河间诸生,先高祖之外舅也。)赠诗曰:"狂奴犹故态,旷达是牢骚。"与公所论,殆似重规叠矩②矣。

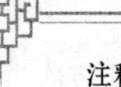
注释:

①太快口:说话不计后果,只图一时痛快。

②重规叠矩:指前后相合,内容相同的规矩与制度。

　　有额鲁特女,为乌鲁木齐民间妇,数年而寡。妇故有姿首,媒妁日叩其门。妇谢曰:"嫁则必嫁。然夫死无子,翁已老,我去将谁依?请待养翁事毕,然后议。"有欲入赘其家代养其翁者,妇又谢曰:"男子性情不可必①,万一与翁不相安,悔且无及。亦不可。"乃苦身操作,翁温饱安乐,竟胜于有子时。越六七年,翁以寿终。营葬毕,始痛哭别墓,易彩服升车去。论者惜其不贞,而不能不谓之孝。内阁学士永公时镇其地,闻之叹曰:"此所谓质美而未学②。"

注释:

①不可必:没有固定的状态。语出《庄子》"外物不可必"。

②质美而未学:品质美好而未受过教育的人。

　　新城王符九言:其友人某,选贵州一令。贷于西商,抑勒剥削,机械百出。某迫于程限①,委曲迁就;而西商枝节益多。争论至夜分,始茹痛②书券。计券上百金,实得不及三十金耳。西商去后,持金贮箧。方独坐太息,忽闻檐上人语曰:"世间无此不平事!公太柔懦③,使人愤填胸臆。吾本意来盗公,今且一惩西商,为天下穷官吐气也。"某悸不敢答。俄屋角窸窣有声,已越垣径去。次日,闻西商被盗,并箧中新旧借券,皆席卷去矣。此盗殊多侠气,然亦西商所为太甚,干造物之忌,故鬼神巧使相值也。

注释:

①程限:期限。

②茹痛:忍受痛苦。

③柔懦:优柔懦弱。

许文木言:其亲串有新得官者,盛具牲醴①享祖考②。有巫能视鬼,窃语人曰:"某家先灵受祭时,皆颜色惨沮③,如欲下泪。而后巷某甲之鬼,乃坐对门屋脊上,翘足而笑。是何故也?"后其人到官未久,即伏法。始悟其祖考悲泣之由。而某甲之喜,则终不解。久而有知其阴事者曰:"某甲女有色,是尝遣某妪诱以金珠,同宿数夕。人不知而鬼知也,谁谓冥冥中可堕行哉!"

注释:
①牲醴(lǐ):指祭祀用的牺牲和甜酒。
②祖考:祖先。
③惨沮:愁惨沮丧。

王梅序孝廉言:交河城西有古墓,林木丛杂,云藏妖魅,犯之者多患寒热,樵牧弗敢近。一老儒耿直负气,由所居至县城,其地适中,过必憩息,偃蹇傲睨①,竟无所见闻。如是数年。一日,又坐墓侧,祖裼纳凉。归而发狂,谵语曰:"曩以汝为古君子,故任汝放诞,未敢侮汝。汝近乃作负心事,知从前规言矩步,皆貌是心非,今不复畏汝矣。"其家再三拜祷,昏愦数日始痊。自是索然气馁,每经其地,辄俯首疾趋。观此知魅不足畏,心苟无邪,虽凌之而不敢校②;亦观此而知魅大可畏,行苟有玷,虽秘之而皆能窥。

注释:
①偃蹇(jiǎn)傲睨:高傲、骄傲、傲慢。
②校:计较。

　　门人萧山汪生辉祖，字焕曾，乾隆乙未①进士，今为湖南宁远县知县。未第时，久于幕府，撰《佐治药言》二卷，中载近事数条，颇足以资法戒。其一曰：孙景溪先生，讳尔周。令吴桥时，幕客叶某一夕方饮酒，偃仆于地，历二时而苏。次日闭户书黄纸疏，赴城隍庙拜毁，莫喻其故。越六日，又偃仆如前，良久复起，则请迁居于署外。自言八年前在山东馆陶幕，有土人告恶少调其妇。本拟请主人专惩恶少，不必妇对质。而同事谢某，欲窥妇姿色，怂恿传讯。致妇投缳，恶少亦抵法。今恶少控于冥府，谓妇不死，则渠无死法；而妇死由内幕之传讯。馆陶城隍神移牒来拘，昨具疏申辩，谓妇本应对质，且造意者②为谢某。顷又移牒，谓："传讯之意，在窥其色，非理其冤；念虽起于谢，笔实操于叶。谢已摄至，叶不容宽。"余必不免矣。越夕而殒。其一曰：浙江臬司同公言：乾隆乙亥③秋审时，偶一夜潜出，察诸吏治事状。皆已酣寝，惟一室灯独明。穴窗窃窥，见一吏方理案牍，几前立一老翁、一少妇。心甚骇异，姑视之。见吏初草一签，旋毁稿更书，少妇敛衽退。又抽一卷，沈思良久，书一签，老翁亦揖而退。传诘此吏，则先理者为台州因奸致死一案：初拟缓决，旋以身列青衿④，败检酿命，改情实⑤。后抽之卷为宁波叠殴致死一案：初拟情实，旋以索逋理直，死由还殴，改缓决。知少妇为捐生之烈魄，老翁为累囚之先灵矣。其一曰：秀水县署有爱日楼，板梯久毁，阴雨辄闻鬼泣声。一老吏言：康熙中，令之母喜诵佛号，因建此楼。雍正初，有令挈幕友胡姓来，盛夏不欲见人，独处楼中；案牍饮食，皆縆而上下。一日，闻楼上惨号声。从者急梯而上，则胡裸体浴血，自刺其腹，并碎刲周身⑥如刻画。自云曩在湖南某县幕，有奸夫杀本夫者，奸妇首⑦于官。吾恐主人有失察咎，以访拿报，妇遂坐磔。顷见一神引妇来，刲刃于吾腹，他不知也。号呼越夕而死。其一曰：吴兴某，以善治钱谷有声。偶为当事者所慢,因密讦其侵盗阴事于上官,竟成大狱。后自啮其舌而死。又无锡张某,在归安令裴鲁青幕,有奸夫杀本夫者,裴以妇不同谋,欲出之。张大言曰:"赵盾不讨贼为弑君,许止不尝药为弑父,《春秋》有诛意之法。是不可纵也。"妇竟论死。后张梦一女子,被发持剑,搏膺而至曰:"我无死法,汝何助之急也?"以刃刺之。觉而刺处痛甚。自是夜夜为厉,以至于死。其一曰:萧山韩其相先生,少工刀笔,久困场屋⑧,且无子,已绝意进取矣。雍正癸卯⑨,在公安县幕,梦神人语曰:"汝因笔孽多,尽削禄嗣。今治狱仁恕,赏汝科名及子,其速归。"未以为信,次夕梦复然。时已七月初旬,答以试期不及。神曰:"吾能送汝也。"瘳而急理归装,江行风利,八月初二日竟抵杭州,以遗才⑩入闱中式。次年,果举一子。焕曾笃实有古风,其所言当不妄。又所记《囚关绝祀》一条曰:平湖杨研耕在虞乡县幕时,主人兼署临晋,有疑狱,久未决。后鞫实为弟殴兄死,夜拟谳牍毕,未及灭烛而寝。忽闻床上钩鸣,帐微启,以为风也。少顷复鸣,则帐悬钩上,有白须老人跪床前叩头,叱之不见,而几上纸翻动有声。急起视,则所拟谳牍也。反覆详审,罪实无枉。惟其家四世单传,至其父始生二子,一死非命,一又伏辜⑪,则五世之祀斩矣。因毁稿存疑如故,盖以存疑为是也。余谓以王法论,灭伦者必诛;以人情论,绝祀者亦可悯。生与杀皆碍,仁与义竟两妨矣。如必委曲以求通,则谓杀人者抵,以申死者之冤也。申己之冤以绝祖父之祀,其兄有知,必不愿;使其竟愿,是无人心矣。虽不抵不为枉,是一说也。或又谓情者一人之事,法者天下之事也。使凡仅兄弟二人者,弟杀其兄,哀其绝祀,皆不抵,则夺产杀兄者多矣,何法以正伦纪乎?是又未尝非一说也。不有皋陶,此狱实为难断,存以待明理者之论定可矣。

注释：

①乾隆乙未：乾隆四十年，公元 1775 年。

②造意者：出主意的人。

③乾隆乙亥：乾隆二十年，公元 1755 年。

④身列青衿：身居秀才之列。

⑤情实：清代死刑判决的一种。一旦认定罪行属实，马上付诸执行。与缓决对言。

⑥碎剮周身：用刀割裂全身。

⑦首：自首。

⑧久困场屋：长期参加科举考试而不中。

⑨雍正癸卯：雍正元年，公元 1723 年。

⑩遗才：秀才参加乡试，先要经过学道的科考录送，临时添补核准的，称之为"遗才"。

⑪伏辜：认罪伏法。

姚安公言：昔在舅氏陈公德音家，遇骤雨①，自巳至午乃息，所雨皆沤麻水也。时西席一老儒方讲学，众因叩曰："此雨究竟是何理？"老儒掉头面壁曰："子不语怪。"

注释：

①骤雨：急雨、暴雨。

刘香畹言：曩客山西时，闻有老儒经古冢，同行者言中有狐。老儒詈之，亦无他异。老儒故善治生，冬不裘，夏不绤①，食不肴，饮不茮②，妻子不宿饱。铢积锱累③，得四十金，熔为四铤，秘缄④之。而对人自诉无担石。自詈狐后，所储金或忽置屋颠树杪，使梯而取；或忽在淤泥浅水，使濡而求；甚或忽投圊溷⑤，使探而濯；或移易其地，大索乃得；或失去数日，从空自堕；或与客对坐，忽纳于帽檐；或对人拱揖，忽铿然脱袖。千变万化，不可思议。一日，忽四铤跃掷空中，如蛱蝶飞翔,弹丸击触,渐高渐远,势将飞去。不得已,焚香拜祝,始自投于怀。自是不复相嬲,而讲学之气焰已索然尽矣。说是事时,一友曰:"吾闻以德胜妖,不闻以詈胜妖也。其及也固宜。"一友曰:"使周、张、程、朱⑥詈,妖必不兴。惜其古貌不古心也。"一友曰:"周、张、程、朱必不轻詈。惟其不足于中,故悻悻于外⑦耳。"香畹首肯曰:"斯言洞见症结矣。"

注释:

①绨(chī):质地细软的布料。

②莽(chuǎn):茶叶。

③铢积锱累:一丝一毫地积累。

④缄:收藏起来。

⑤圊溷:厕所。

⑥周、张、程、朱:周敦颐、张载、程氏兄弟、朱熹。他们都是儒学大家,理学家。

⑦悻悻于外:外在表现的傲慢无礼。

香畹又言:一孝廉颇善储蓄,而性啬①。其妹家至贫,时逼除夕,炊烟不举。冒风雪徒步数十里,乞贷三五金,期明春以其夫馆谷偿。坚以窘辞。其母涕泣助请,辞如故。母脱簪珥付之去,孝廉如弗闻也。是夕,有盗穴壁入,罄所有去。迫于公论,弗敢告官捕。越半载,盗在他县败,供曾窃孝廉家,其物犹存十之七。移牒来问,又迫于公论,弗敢认。其妇惜财不能忍,阴遣子往认焉。孝廉内愧,避弗见客者半载。夫母子天性,兄妹至情;以啬之故,漠如陌路。此真闻之扼腕矣。乃盗遽乘之,使人一快;失而弗敢言,得而弗敢取,又使人再快。至于椎心茹痛,自匿其瑕②,复败于其妇,瑕终莫匿,更使人不胜其快。颠倒播弄,如是之巧,谓非若或使之哉!然能愧不见客,吾犹取其足为善。充此一愧,虽以孝友

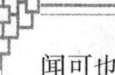

闻可也。

注释：

①性啬：本性吝啬。

②瑕：错误、瑕疵。

卢霁渔编修患寒疾，误延读《景岳全书》①者投人参，立卒。太夫人悔焉，哭极恸。然每一发声，辄闻板壁格格响；夜或绕床呼阿母，灼然辨为霁渔声。盖不欲高年之过哀也。悲哉！死而犹不忘亲乎。

注释：

①《景岳全书》：《景岳全书》64卷，为明代张景岳所著。《景岳全书》是记录了张景岳毕生治病经验和中医学术成果的综合性著作。张介宾（1563—1640），号景岳，字会卿，明代的杰出医学家。

海阳鞠前辈庭和言：一宦家妇临卒，左手挽幼儿，右手挽幼女，呜咽而终，力擘之乃释，目炯炯尚不瞑也。后灯前月下，往往遥见其形，然呼之不应，问之不言，招之不来，即之不见。或数夕不出，或一夕数出，或望之在某人前，而某人反无睹；或此处方睹，而彼处又睹。大抵如泡影空花①，电光石火，一转瞬而即灭，一弹指而倏生。虽不为害，而人人意中有一先亡夫人在。故后妻视其子女，不敢生分别心；婢媪童仆视其子女，亦不敢生凌侮心。至男婚女嫁，乃渐不睹。然越数岁或一见，故一家恒惴惴栗栗，如时在其旁。或疑为狐魅所托，是亦一说。惟是狐魅扰人，而此不近人。且狐魅又何所取义，而辛苦十余年，为时时作此幻影耶？殆结恋之极，精灵不散耳。为人子女者，知父母之心，殁而弥切如是②也。其亦可以怆然感乎？

注释：

①泡影空花：比喻都是虚幻的、不真实的东西。

②弥切如是：像这样的深情。

庭和又言：有兄死而吞噬其孤侄者，迫胁侵蚀，殆无以自存。一夕，夫妇方酣眠，忽梦兄仓皇呼曰："起起，火已至。"醒而烟焰迷漫，无路可脱，仅破窗得出。喘息未定，室已崩摧。缓须臾，则灰烬矣。次日，急召其侄，尽还所夺。人怪其数朝之内，忽跖忽夷①。其人流涕自责，始知其故。此鬼善全骨肉，胜于为厉多多矣。

注释：

①忽跖忽夷：跖，泛指强盗；夷，伯夷，泛指正义的人。说明有时好有时坏。

高淳令梁公钦官户部额外主事时，与姚安公同在四川司。是时六部规制严，凡有故不能入署者，必遣人告掌印，掌印移牒司务，司务每日汇呈堂，谓之出付；不能无故不至也。一日，梁公不入署，而又不出付，众疑焉。姚安公与福建李公根侯，寓皆相近，放衙①后同往视之。则梁公昨夕睡后，忽闻砰確撞触声，如怒马腾踏。呼问无应者，悸而起视，乃二仆一御者裸体相搏，捶击甚苦，然皆缄口②无一言。时四邻已睡，寓中别无一人。无可如何，坐视其斗。至钟鸣乃并仆，迨晓而苏，伤痕鳞叠，面目皆败。问之都不自知，惟忆是晚同坐后门纳凉，遥见破屋址上有数犬跳踉，戏以砖掷之，嗥而逃。就寝后遂有是变。意犬本是狐，月下视之未审欤！梁公泰和人，与正一真人为乡里，将往陈诉。姚安公曰："狐自游戏，何预于人？无故击之，曲不在彼。袒曲而攻直，于理不顺。"李公亦曰："凡仆隶与人争，宜先克己；理直尚不可

纵使有恃而妄行,况理曲乎?"梁公乃止。

注释:

①放衙:属吏早晚参谒主司听候差遣谓之衙参。退衙谓之"放衙"。
②缄口:闭口不言。

乾隆己未会试前,一举人过永光寺西街,见好女立门外;意颇悦之,托媒关说,以三百金纳为妾。因就寓其家,亦甚相得。迨出闱②返舍,则破窗尘壁,阒无一人,污秽堆积,似废坏多年者。访问邻家,曰:"是宅久空,是家来住仅月余,一夕自去,莫知所往矣。"或曰:"狐也,小说中盖尝有是事。"或曰:"是以女为饵,窃资远遁,伪为狐状也。"夫狐而伪人,斯亦黠矣;人而伪狐,不更黠乎哉!余居京师五六十年,见类此者不胜数,此其一耳。

注释:

①乾隆己未:乾隆四年,公元 1739 年。
②出闱(wéi):旧时指科举考试结束后考生离开试院。

汪御史香泉言:布商韩某,昵一狐女,日渐尫羸①。其侣求符箓劾禁,暂去仍来。一夕,与韩共寝,忽披衣起坐曰:"君有异念耶?何忽觉刚气砭人,刺促不宁也?"韩曰:"吾无他念。惟邻人吴某,迫于债负,鬻其子为歌童。吾不忍其衣冠之后②沦下贱,措四十金欲赎之,故辗转未眠耳。"狐女蹶然③推枕曰:"君作是念,即是善人。害善人者有大罚,吾自此逝矣。"以吻相接,嘘气良久,乃挥手而去。韩自是壮健如初。

注释:

①尫羸:瘦弱、虚弱。

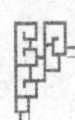

②衣冠之后：官宦人家的子嗣。

③蹶（jué）然：突然，急起貌。

戴遂堂先生曰：尝见一巨公，四月八日在佛寺礼忏①放生。偶散步花下，遇一游僧，合掌曰："公至此何事？"曰："作好事也。"又问："何为今日作好事？"曰："佛诞日也。"又问："佛诞日乃作好事，余三百五十九日皆不当作好事乎？公今日放生，是眼见功德；不知岁岁庖厨之所杀，足当此数否乎？"巨公猝不能对。知客僧代叱曰："贵人护法，三宝增光。穷和尚何敢妄语！"游僧且行且笑曰："紫衣和尚不语，故穷和尚不得不语也。"掉臂径出，不知所往。一老僧窃叹曰："此阇黎大不晓事；然在我法中，自是突闻狮子吼矣。"昔五台僧明玉尝曰："心心念佛，则恶意不生，非日念数声即为功德也。日日持斋，则杀业永除，非月持数日即为功德也。燔炙肥甘②，晨昏餍饫③，而月限某日某日不食肉；谓之善人。然则苞苴公行④，簠簋不饰⑤，而月限某日某日不受钱，谓之廉吏乎？"与此游僧之言，若相印合。李杏浦总宪则曰："此为彼教言之耳。士大夫终身茹素，势必不行。得数日持月斋，则此数日可减杀；得数人持月斋，则此数人可减杀。不愈于全不持乎？"是亦见智见仁，各明一义。第不知明玉傥在，尚有所辩难否耳。

注释：

①礼忏：礼拜诸佛、菩萨，忏悔所造诸恶业。

②燔炙肥甘：烹调美味的食物。

③餍饫：极为丰盛。

④苞苴公行：公然行贿。

⑤簠簋（guǐ）不饰：比喻做官的人行为不检点，贪污受贿。

恒王府长史东鄂洛（据《八旗氏族谱》，当为董鄂，然自书为东鄂。案牍册籍亦书为东鄂。《公羊传》所谓名从主人也。），谪居玛纳斯，乌鲁木齐之支属也。一日，诣乌鲁木齐。因避暑夜行，息马树下。遇一人半跪问起居，云是戍卒刘青。与语良久，上马欲行。青曰："有琐事，乞公寄一语：印房官奴喜儿，欠青钱三百。青今贫甚，宜见还①也。"次日，见喜儿，告以青语。喜儿骇汗如雨，面色如死灰。怪诘其故，始知青久病死。初死时，陈竹山闵其勤慎，以三百钱付喜儿市酒脯楮钱奠之。喜儿以青无亲属，遂尽干没。事无知者，不虞鬼之见索也。竹山素不信因果，至是悚然曰："此事不诬，此语当非依托也。吾以为人生作恶，特畏人知；人不及知之处，即可为所欲为耳。今乃知无鬼之论，竟不足恃。然则负隐慝者，其可虑也夫！"

注释：

①宜见还：是时候归还了。

昌吉平定后，以军俘逆党子女分赏诸将。乌鲁木齐参将某，实司其事。自取最丽者四人，教以歌舞，脂香粉泽，彩服明珰，仪态万方，宛然娇女，见者莫不倾倒。后迁金塔寺副将，戒期启行①，诸童检点衣装，忽箧中绣履四双，翩然跃出，满堂翔舞，如蛱蝶群飞。以杖击之乃堕地，尚蠕蠕欲动，呦呦有声。识者讶其不祥。行至辟展，以鞭挞台员②为镇守大臣所劾，论戍伊犁，竟卒于谪所。

注释：

①戒期启行：按照规定的日期启程。
②台员：地方官员。

至危至急之地，或忽出奇焉；无理无情之事，或别有故焉。破格而为之，不能胶柱①而断之也。吾乡一媪，无故率媪妪数十人，突至邻村一家，排闼强劫其女去。以为寻衅，则素不往来；以为夺婚，则媪又无子。乡党骇异，莫解其由。女家讼于官，官出牒拘摄，媪已携女先逃，不能踪迹；同行婢妪，亦四散逋亡。累绁②多人，辗转推鞫，始有一人吐实，曰："媪一子，病瘵垂殁，媪抚之恸曰：'汝死自命，惜哉不留一孙，使祖父竟为馁鬼也。'子呻吟曰：'孙不可必得，然有望焉。吾与某氏女私昵，孕八月矣，但恐产必见杀耳。'子殁后，媪咄咄独语十余日，突有此举，殆劫女以全其胎耶？"官怃然曰："然则是不必缉，过两三月自返耳。"届期果抱孙自首，官无如之何，仅断以不应重律，拟杖纳赎而已。此事如兔起鹘落③，少纵即逝。此媪亦捷疾若神矣。安静涵言：其携女宵遁时，以三车载婢妪，与己分四路行，故莫测所在。又不遵官路，横斜曲折，歧复有歧，故莫知所向。且晓行夜宿，不淹留一日，俟分娩乃税宅，故莫迹所居停。其心计尤周密也。女归，为父母所弃，遂偕媪抚孤，竟不再嫁。以其初涉溱洧④，故旌典⑤不及，今亦不著其氏族焉。

注释：
①胶柱：比喻固执拘泥，不知变通。
②累绁(xiè)：捆绑罪犯的绳索，引申为抓住罪犯。
③兔起鹘落：谓兔子刚出窝，鹘立即降落捕捉。极言动作敏捷。
④溱洧(qín wěi)：男女情事，淫乱。
⑤旌(jīng)典：表彰贞烈的匾额。

李庆子言：尝宿友人斋中，天欲晓，忽二鼠腾掷相逐，满室如飚轮①旋转，弹丸迸跃，瓶彝罍洗，击触皆翻，砰铿碎裂之声，使人心骇。久之，一鼠踊起数尺，复堕于地，再踊再仆，乃僵。视之七窍皆血流，莫测其故。急呼其家僮收检器物,见柈②中所晾媚药数十丸,啮残过半。乃悟鼠误吞此药,狂淫无度,牝③不胜嬲而窜避,牡④无所发泄,蕴热内燔以毙也。友人出视,且骇且笑;既而悚然曰:"乃至是哉,吾知惧矣!"尽覆所蓄药于水。夫燥烈之药,加以锻炼,其力既猛,其毒亦深。吾见败事者多矣,盖退之硫黄,贤者不免。庆子此友,殆数不应尽,故鉴于鼠而忽悟欤!

注释:
①飚轮:风轮。
②柈(pán):盘。
③牝(pìn):雌性牲畜。
④牡(mǔ):雄性牲畜。

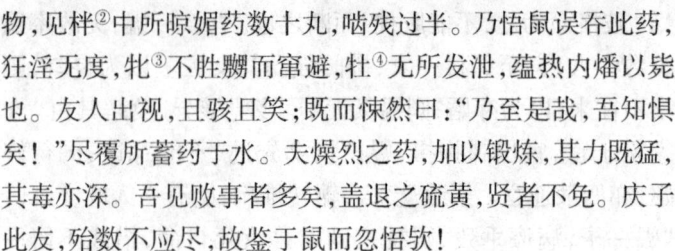

张鹭《朝野佥载》曰:唐青州刺史刘仁轨,以海运失船过多,除名为民,遂辽东效力。遇病,卧平壤城下,褰幕①看兵士攻城。有一兵直来前头背坐②,叱之不去。须臾城头放箭,正中心而死。微③此兵,仁轨几为流矢所中。大学士温公征乌什时,为领队大臣。方督兵攻城,渴甚,归帐饮。适一侍卫亦来求饮,因让茵与坐。甫拈碗,贼突发巨炮,一铅丸洞其胸死。使此人缓来顷刻,则必不免矣。此公自为余言,与刘仁轨事绝相似。后公征大金川,卒战殁于木果木。知人之生死,各有其地,虽命当阵殒者,苟非其地,亦遇险而得全。然则畏缩求免者,不徒多一趋避乎哉!

注释:
①褰(qiān)幕:拉开帐篷。
②头背坐:背对着坐下。
③微:无、没有。

人物异类,狐则在人物之间;幽明异路,狐则在幽明之间;仙妖异途,狐则在仙妖之间。故谓遇狐为怪可,谓遇狐为常亦可。三代以上无可考,《史记·陈涉世家》称篝火作狐鸣曰:"大楚兴,陈胜王。"必当时已有是怪,是以托之。吴均《西京杂记》称广川王发栾书冢①,击伤冢中狐,后梦见老翁报冤。是幻化人形,见于汉代。张鷟《朝野佥载》称唐初以来,百姓多事狐神,当时谚曰:"无狐魅,不成村。"是至唐代乃最多。《太平广记》载狐事十二卷,唐代居十之九,是可以证矣。诸书记载不一,其源流始末,则刘师退先生所述为详。盖旧沧州南一学究与狐友,师退因介学究与相见,躯干短小,貌如五六十人,衣冠不古不今,乃类道士;拜揖亦安详谦谨。寒温毕,问枉顾意②。师退曰:"世与贵族相接者,传闻异词,其间颇有所未明。闻君豁达不自讳,故请祛所惑。"狐笑曰:"天生万品,各命以名。狐名狐,正如人名人耳。呼狐为狐,正如呼人为人耳。何讳之有?至我辈之中,好丑不一,亦如人类之内,良莠不齐。人不讳人之恶,狐何必讳狐之恶乎?第言无隐③。"师退问:"狐有别乎?"曰:"凡狐皆可以修道,而最灵者曰犼狐。此如农家读书者少,儒家读书者多也。"问:"犼狐生而皆灵乎?"曰:"此系乎其种类。未成道者所生,则为常狐;已成道者所生,则自能变化也。"问:"既成道矣,自必驻颜。而小说载狐亦有翁媪,何也?"曰:"所谓成道,成人道也。其饮食男女,生老病死,亦与人同。若夫飞升霞举④,又自一事。此如千百人中,有一二人求仕宦。其炼形服气者,如积学以成名;其媚惑采补者,如捷径以求售。然游仙岛、登天曹者,必炼形服气乃能;其媚惑采补,伤害或多,往往干天律也。"问:"禁令赏罚,孰司之乎?"曰:"小赏罚统于其长,大赏罚则地界鬼神鉴察之。苟无禁令,则来往无形,出入无迹,何事不可为乎!"问:"媚惑采补,既非正道,何不列诸禁令,必俟伤人乃治乎?"曰:"此譬诸巧诱人财,使人喜助,王法无禁也。至夺财杀人,斯论抵耳。《列仙传》载酒家姬，何尝干冥诛乎！"问："闻狐为人生子，不闻人为狐生子，何也？"微哂曰："此不足论。盖有所取无所与耳。"问："支机别赠，不惮牵牛妒乎？"又哂曰："公太放言，殊未知其审。凡女则如季姬鄫子⑤之故事，可自择配。妇则既有定偶，弗敢逾防。若夫赠芍采兰，偶然越礼，人情物理，大抵不殊，固可比例而知耳。"问："或居人家，或居旷野，何也？"曰："未成道者未离乎兽，利于远人，非山林弗便也。已成道者事事与人同，利于近人，非城市弗便也。其道行高者，则城市山林皆可居。如大富大贵家，其力百物皆可致，住荒村僻壤与通都大邑一也。"师退与纵谈，其大旨惟劝人学道，曰："吾曹辛苦一二百年，始化人身。公等现是人身，功夫已抵大半，而悠悠忽忽，与草木同朽，殊可惜也。"师退腹笥三藏⑥，引与谈禅。则谢曰："佛家地位绝高，然或修持未到，一入轮回，便迷却本来面目。不如且求不死，为有把握。吾亦屡逢善知识，不敢见异而迁也。"师退临别曰："今日相逢，亦是天幸。君有一言赠我手？"踌躇良久，曰："三代⑦以下恐不好名，此为下等人言。自古圣贤，却是心平气和，无一毫做作。洛、闽诸儒⑧，撑眉努目，便生出如许葛藤。先生其念之。"师退怃然自失。盖师退崖岸太峻，时或过当云。

注释：

①发栾书冢：发掘、盗挖栾书墓葬。

②问枉顾意：询问来访的意图。

③第言无隐：知无不言言无不尽，没有任何隐瞒。

④飞升霞举：修炼成仙。

⑤季姬鄫（zēng）子：鄫子的夫人季姬回鲁国看望父母，季姬的父亲鲁僖公因为女婿鄫子不来拜见他而大为生气，就不让季姬按时返回鄫国。季姬秘密通知鄫子在防地见面，见面后季姬劝鄫子朝拜了鲁僖公，暂时缓和了两国关系。

⑥腹笥三藏：佛学知识很宏富。

⑦三代：夏、商、周这三个朝代。

⑧洛、闽诸儒：宋代洛阳、闽地的理学家。

裴文达公言：尝闻诸石东村曰：有骁骑校，颇读书，喜谈文义。一夜寓直宣武门城上，乘凉散步。至丽谯之东，见二人倚堞相对语，心知为狐鬼，屏息伺之。其一举手北指曰："此故明首善书院，今为西洋天主堂矣。其推步星象，制作器物，实巧不可阶①。其教则变换佛经，而附会以儒理。吾曩往窃听，每谈至无归宿处，辄以天主解结，故迄不能行②。然观其作事，心计亦殊黠。"其一曰"君谓其黠，我则怪其太痴。彼奉其国王之命，航海而来，不过欲化中国为彼教。揆度事势③，宁有是理！而自利玛窦以后，源源续至，不偿其所愿终不止，不亦颠钦？"其一又曰："岂但此辈痴，即彼建首善书院者亦复大痴。奸珰柄国④，方阴伺君子之隙，肆其诋排。而群聚清谈，反予以钩党之题目，一网打尽，亦复何尤！且三千弟子，惟孔子则可，孟子揣不及孔子，所与讲肆者公孙丑、万章等数人而已。洛闽诸儒，无孔子之道德，而亦招聚生徒，盈千累百，枭鸾并集，门户交争，遂酿为朋党，而国随以亡。东林诸儒⑤，不鉴覆辙，又骛虚名而受实祸。今凭吊遗踪，能无责备于贤者哉！"方相对叹息，忽回顾见人，翳然而灭。东村曰："天下趋之若鹜⑥，而世外之狐鬼，乃窃窃不满也。人误耶？狐鬼误耶？"

注释：

①巧不可阶：精美无比。

②不能行：没有流行开来。

③揆(kuí)度：揣度、估量事情的态势。

④奸珰柄国：奸佞小人把持国家大权。

⑤东林诸儒：顾宪成、高攀龙等借讲学东林书院的便利，形成

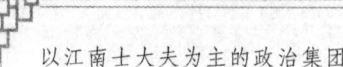

以江南士大夫为主的政治集团。

⑥趋之若鹜(wù)：比喻很多人争相趋附、前往。

　　王西园先生守河间时，人言献县八里庄河夜行者多遇鬼，惟县役冯大邦过，则鬼不敢出。有遇鬼者，或诈称冯姓名，鬼亦却避。先生闻之曰："一县役能使鬼畏，此必有故矣。"密访将惩之，或为解曰："本无是事，百姓造言①耳。"先生曰："县役非一，而独为冯大邦造言，此亦必有故矣。"仍檄拘②之。大邦惧而亡去。此庚午、辛未间事，先生去郡后数载，大邦尚未归。今不知如何也。

注释：
①造言：造谣。
②檄拘：发文书拘捕。

　　里有崔某者，与豪强讼，理直而弗能伸也；不胜其愤，殆欲自戕。夜梦其父语曰："人可欺，神则难欺。人有党，神则无党。人间之屈弥甚①，则地下之伸弥畅。今日之纵横如志者，皆十年外业镜台前觳觫对簿者也。吾为冥府司茶吏，见判司注籍矣，汝何恚焉！"崔自是怨尤②都泯，更不复一言。

注释：
①屈弥甚：受到的委屈越来越多。
②怨尤：埋怨、责怪。

　　有善讼者，一日为人书讼牒，将罗织①多人。端绪缴绕②，猝不得分明，欲静坐构思。乃戒毋通客，并妻亦避居别室。妻先与邻子目成，家无隙所，窥伺岁余，无由一近③也；

至是乃得间焉。后每构思，妻辄嘈杂以乱之，必叱使避出，袭为例④；邻子乘间而来，亦袭为例，终其身不败。殁后岁余，妻以私孕为怨家所讦⑤。官鞫外遇之由，乃具吐实。官拊几喟然曰："此生刀笔巧矣，乌知造物更巧乎！"

注释：
①罗织：无中生有地陷害。
②端绪缴绕：杂乱无章没有头绪。
③无由一近：没有机会更近的接触。
④袭为例：因袭成惯例。
⑤讦：告发。

必不能断之狱，不必在情理外也；愈在情理中，乃愈不能明。门人吴生冠贤，为安定令时，余自西域从军还，宿其署中。闻有幼女幼男皆十六七岁，并呼冤于舆前。幼男曰："此我童养之妇。父母亡，欲弃我别嫁。"幼女曰："我故其胞妹。父母亡，欲占我为妻。"问其姓，犹能记。问其乡里，则父母皆流丐，朝朝转徙，已不记为何处人矣。问同丐者，则曰："是到此甫数日①，即父母并亡，未知其始末。但闻其以兄妹称。然小家童养媳，与夫亦例称兄妹，无以别也。"有老吏请曰："是事如捉影捕风，杳无实证；又不可以刑求。断合断离，皆难保不误。然断离而误，不过误破婚姻，其失小；断合而误，则误乱人伦，其失大矣。盍断离乎！"推研再四，无可处分，竟从老吏之言。因忆姚安公官刑部时，织造海保方籍没，官以三步军守其宅。宅凡数百间，夜深风雪，三人坚扃外户②，同就暖于邃密寝室中，篝灯共饮。沈醉以后，偶剔灯灭，三人暗中相触击，因而互殴。殴至半夜，各困踣卧。至曙，则一人死焉。其二人一曰戴符，一曰七十五，伤亦深重，幸不死耳。鞫讯时，并云共殴致死，论抵无怨。至是夜昏黑之中,觉有扭者即相扭,觉有殴者即还殴,不知谁扭我谁殴我,亦不知我所扭为谁所殴为谁;其伤之重轻,与某伤为某殴,非惟二人不能知,即起死者问之,亦断不能知也。既一命不必二抵,任官随意指一人,无不可者。如必研讯为某人,即三木严求,亦不过妄供耳。竟无如之何。相持月余,会戴符病死,藉以结案。姚安公尝曰:"此事坐罪起衅者,亦可以成狱;然核其情词③,起衅者实不知谁。锻炼而求,更不如随意指也。迄今反覆追思,究不得一推鞫法。刑官岂易为哉!"

注释:

①甫数日:才几天。

②坚扃外户:把外面的大门关好。

③情词:口供。

文安王岳芳言:其乡有女巫,能视鬼。尝至一宦家,私语其仆妇曰:"某娘子床前,一女鬼著惨绿衫,血渍胸臆,颈垂断而不殊,反折其首,倒悬于背后,状甚可怖。殆将病乎?"俄而寒热大作。仆妇以女巫言告。具楮钱酒食送之,顷刻而痊。余尝谓风寒暑暍①,皆可作疾,何必定有鬼为祟。一女巫曰:"风寒暑暍之疾,其起也以渐而作,其愈也以渐而减。鬼病则陡然而起,急然而止。以此为别,历历不失②也。"此言似亦近理。

注释:

①风寒暑暍:风寒暑热。

②历历不失:一般不会有错误。

陈石闾言:有旧家子偕数客观剧九如楼。饮方酣,忽一客中恶仆地。方扶掖灌救,突起坐张目直视,先拊膺①痛哭,责其子之冶游②；次啮齿握拳，数诸客之诱引。词色俱厉，势若欲相搏噬。其子识是父语声，蒲伏战栗，殆无人色。诸客皆瑟缩潜遁，有踉跄失足破额者。四坐莫不太息。此雍正甲寅③事，石闾曾目击之，但不肯道其姓名耳。先师阿文勤公曰："人家不通宾客，则子弟不亲士大夫，所见惟妪婢僮奴，有何好样？人家宾客太广，必有淫朋匪友参杂其间，狎昵濡染，贻子弟无穷之害。"数十年来，历历验所见闻，知公言真药石也。

注释：

①拊膺：捶胸。
②冶游：放荡寻乐。
③雍正甲寅：雍正十二年，公元1734年。

　　五军塞王生言：有田父夜守枣林，见林外似有人影。疑为盗，密伺之。俄一人自东来，问："汝立此有何事？"其人曰："吾就木①时，某在旁窃有幸词，衔之②二十余年矣。今渠亦被摄，吾在此待其缧绁过也。"怨毒之于人甚矣哉！

注释：

①就木：去世、死的时候。
②衔之：怀恨。

　　甲与乙有隙，甲妇弗知也。甲死，妇议嫁，乙厚币娶焉。三朝①后，共往谒兄嫂，归而迂道至甲墓，对诸耕者饁者拍妇肩呼曰："某甲，识汝妇否耶？"妇恚，欲触树。众方牵挽②，忽旋飚飒然，尘沙眯目，则夫妇已并似失魂矣。扶回后，倏迷倏醒，竟终身不瘳。外祖家老仆张才，其至戚也，亲目睹之。夫以直报怨，圣人弗禁，然已甚则圣人所不为。《素问》曰："亢则害③"。《家语》曰："满则覆。"乙亢极满极矣，其及也固宜。

注释：

①三朝：三天。

②牵挽：拉扯拖拽。

③亢则害：极盛之后就埋下隐患。

僧所诵焰口经，词颇俚。然闻其召魂施食诸梵咒，则实佛所传。余在乌鲁木齐，偶与同人论是事，或然或否。印房官奴白六，故剧盗遣戍者也，卒然曰："是不诬也。曩遇一大家放焰口，欲伺其匆扰取事，乃无隙可乘。伏卧高楼檐角上，俯见摇铃诵咒时，有黑影无数，高可二三尺，或逾垣入，或由窦①入，往来摇漾②，凡无人处皆满。迨撒米时，倏聚倏散，倏前倏后，如环绕攘夺，并仰接俯拾之态，亦仿佛依稀。其色如轻烟，其状略似人形，但不辨五官四体耳。"然则鬼犹求食，不信有之乎？

注释：

①窦：洞。

②往来摇漾：往来飘忽、没有定性。

后汉敦煌太守裴岑《破呼衍王碑》，在巴里坤海子上关帝祠中，屯军耕垦，得之土中也。其事不见《后汉书》，然文句古奥，字划浑朴，断非后人所依托。以僻在西域，无人摹拓，石刻锋棱犹完整。乾隆庚寅①，游击②刘存存（此是其字，其名偶忘之。武进人也。）摹刻一木本，洒火药于上，烧为斑驳，绝似古碑。二本并传于世，赏鉴家率以旧石本为新，新木本为旧。与之辩，傲然弗信也。以同时之物，有目睹之人，而真伪颠倒尚如此，况于千百年外哉！《易》之象数，《诗》之小序，《春秋》之三传，或亲见圣人，或去古未远，经师授受，端绪分明。宋儒曰："汉以前人皆不知,吾以理知之也。"其类此夫。

注释:

①乾隆庚寅:乾隆三十五年,公元 1770 年。

②游击:武官的一种官阶。

康熙十四年①,西洋贡狮,馆阁前辈多有赋咏。相传不久即逸去,其行如风,巳刻绝锁,午刻即出嘉峪关。此齐东语也。圣祖南巡,由卫河回銮,尚以船载此狮。先外祖母曹太夫人,曾于度帆楼窗罅窥②之,其身如黄犬,尾如虎而稍长,面圆如人,不似他兽之狭削。系船头将军柱上,缚一豕饲之。豕在岸犹号叫,近船即嗫不出声。及置狮前,狮俯首一嗅,已怖而死。临解缆时,忽一震吼声,如无数铜钲陡然合击。外祖家厩马十余,隔垣闻之,皆战栗伏枥下③;船去移时,尚不敢动。信其为百兽王矣。狮初至,时吏部侍郎阿公礼稗,画为当代顾、陆④,曾橐笔对写一图,笔意精妙。旧藏博晰斋前辈家,阿公手赠其祖者也。后售于余,尝乞一赏鉴家题签。阿公原未署名,以元代曾有献狮事,遂题曰"元人狮子真形图"。晰斋曰:"少宰丹青,原不在元人下。此赏鉴未为谬也。"

注释:

①康熙十四年:公元 1675 年。

②窗罅窥:从窗户缝隙中偷偷看。

③战栗伏枥下:浑身哆嗦着窝在食槽之下。

④顾、陆:顾恺之、陆探微。两人都是中国六朝时期著名的画家。

乾隆庚辰①,戈芥舟前辈扶乩,其仙自称唐人张紫鸾,将访刘长卿②于瀛洲岛,偕游天姥。或叩以事,书一诗曰:

"身从异域来,时见瀛洲岛。日落晚风凉,一雁入云杳。"隐示以鸿冥物外,不预人世之是非也。芥舟与论诗,即欣然酬答以所游名胜《破石崖》、《天姥峰》、《庐山联句》三篇而去。芥舟时修《献县志》,因附录志末。其《破石崖》一篇,前为五言律诗八韵,对偶声病俱谐;第九韵以下,忽作鲍参军③《行路难》、李太白《蜀道难》体。唐三百年诗人无此体裁,殊不入格。其以东、冬、庚、青四韵通押,仿昌黎"此日足可惜"诗;以穿鼻声七韵为一部例,又似稍读古书者。盖略涉文翰之鬼,伪托唐人也。

注释:

①乾隆庚辰:乾隆二十五年,公元 1760 年。

②刘长卿:刘长卿字文房,唐代著名诗人。

③鲍参军:鲍照(约 415—470)南朝宋文学家,与颜延之、谢灵运合称"元嘉三大家"。

河城(在县东十五里,隋乐寿县故城也。)西村民,掘地得一镜。广丈余,已触碎其半。见者人持一片去,置室中,每夕吐光。凡数家皆然。是亦王度神镜,应月盈亏①之类。但残破之余,尚能如是,更异耳。或疑镜何以如此之大,余谓此必河间王宫殿中物。陆机与弟云书曰:"仁寿殿中有大方镜,广丈余,过之辄写人影。"是晋代犹沿此制也。

注释:

①应月盈亏:随着月亮圆缺而变化。

乾隆己卯、庚辰间①,献县掘得唐张君平墓志。大中七年明经刘伸撰,字画尚可观,文殊鄙俚。余拓示李廉衣前辈,曰:"公谓古人事事胜今人,此非唐文耶? 天下率以名相耀耳。如核其实,善笔札者必称晋,其时亦必有极拙之字。

善吟咏者必称唐,其时亦必有极恶之诗。非晋之厮役皆羲、献②,唐之屠沽皆李、杜③也。西子、东家④实为一姓,盗跖、柳下⑤乃是同胞,岂能美则俱美,贤则俱贤耶?赏鉴家得一宋砚,虽滑不受墨,亦宝若球图;得一汉印,虽谬不成文,亦珍逾珠璧。问何所取,曰取其古耳。东坡(案:应作韩愈。)诗曰:'嗜好与俗殊酸咸。'斯之谓欤!"

注释:

①乾隆己卯、庚辰间:乾隆二十四、二十五年,公元1759—1760年。

②羲、献:王羲之、王献之。

③李、杜:李白、杜甫。

④西子、东家:西施、东施。

⑤盗跖、柳下:柳下跖、柳下惠。

交河老儒刘君琢,名璞,素谨厚,以长者称。在余家设帐二十余年,从兄懋园(坦居)、从弟东白(羲轩),皆其弟子也。尝自河间岁试归,中途遇雨,借宿民家。主人曰:"家惟有屋两楹,尚可栖止;然素有魅,不知狐与鬼也。君能不畏,则请解装。"不得已宿焉。灭烛以后,承尘上轰轰震响,如怒马奔腾。君琢起著衣冠,长揖仰祝曰:"偃蹇寒儒,偶然宿此,欲祸我耶?我非君仇;欲戏我耶?与君素不狎昵;欲逐我耶?今夜必不能行,明朝亦必不能住,何必多此扰攘①耶?"俄闻承尘上似老媪语曰:"客言殊有理,尔辈勿太造次②。"闻足音橐橐然,向西北隅去,顷刻寂然矣。君琢尝以告门人曰:"遇意外之横逆③,平心静气,或有解时。当时如怒詈之,未必不抛砖掷瓦。"又刘景南尝僦一寓,迁入之夕,大为狐扰。景南诃之曰:"我自出钱租宅,汝何得鸠占鹊巢?"狐厉声答曰:"使君先居此,我续来争,则曲在我。我居此宅五六十年,谁不知者。君何处不可租宅,而必来共住?是恃气相凌也,我安肯让君?"景南次日遂移去。何励庵先生曰:"君琢所遇之狐,能为理屈;景南所遇之狐,能以理屈人。"先兄晴湖曰:"屈狐易,能屈于狐难。"

注释:

①扰攘:扰乱,打扰。

②造次:鲁莽、过分。

③意外之横逆:意外的挫折。

　　道家有太阴炼形法,葬数百年,期满则复生。此但有是说,未睹斯事。古以水银敛者,尸不朽,则凿然①有之。董曲江曰:"凡罪应戮尸者,虽葬多年,尸不朽。吕留良焚骨时,开其棺,貌如生,刃之尚有微血。盖鬼神留使伏诛也。某人(是曲江之亲族,当时举其字,今忘之矣。)时官浙江,奉檄莅其事,亲目击之。然此类皆不为祟。其为祟者曰僵尸。僵尸有二:其一新死未敛者,忽跃起搏人;其一久葬不腐者,变形如魑魅,夜或出游,逢人即攫。或曰:'旱魃即此。'莫能详也。夫人死则形神离矣,谓神不附形,安能有知觉运动?谓神仍附形,是复生矣,何又不为人而为妖?且新死尸厥者,并其父母子女或抱持不释,十指抉入肌骨。使无知,何以能踊跃?使有知,何以一息才绝,即不识其所亲?是殆别有邪物凭之,戾气感之,而非游魂之为变欤!袁子才②前辈《新齐谐》载南昌士人行尸夜见其友事,始而祈请,继而感激,继而凄恋,继而忽变形搏噬。谓人之魂善而魄恶,人之魂灵而魄愚,其始来也,一灵不泯,魄附魂以行;其既去也,心事既毕,魂一散而魄滞。魂在则为人也,魂去则非其人也。世之移尸走影,皆魄为之。惟有道之人,为能制魄。"语亦凿凿有精理。然管窥之见,终疑其别有故也。

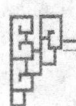

注释：

①凿然：确确实实。

②袁子才：袁枚(1716—1797)字子才，号简斋，晚年自号仓山居士、随园主人、随园老人。清代诗人、散文家。

　　任子田言：其乡有人夜行，月下见墓道松柏间，有两人并坐：一男子年约十六七，韶秀可爱；一妇人白发垂项，伛偻携杖，似七八十以上人。倚肩笑语，意若甚相悦。窃讶何物淫妪，乃与少年儿狎呢。行稍近，冉冉而灭。次日，询是谁家冢，始知某早年夭折，其妇孀守五十余年，殁而合窆①于是也。《诗》曰："谷则异室，死则同穴。"情之至也。《礼》曰："殷人之柑也离之，周人之祔也合之。善夫！"圣人通幽明之礼，故能以人情知鬼神之情也。不近人情，又乌知《礼》意哉！

注释：

①殁而合窆(biǎn)：死后埋葬在一起。

　　族侄肇先言：有书生读书僧寺，遇放焰口。见其威仪整肃，指挥号令，若可驱役鬼神。喟然曰："冥司之敬彼教，乃过于儒。"灯影朦胧间，一叟在旁语曰："经纶宇宙①，惟赖圣贤，彼仙佛特以神道补所不及耳。故冥司之重圣贤，在仙佛上；然所重者真圣贤。若伪圣伪贤，则阴干天怒，罪亦在伪仙伪佛上。古风淳朴，此类差稀。四五百年以来，累囚日众②，已别增一狱矣。盖释道之徒，不过巧陈罪福，诱人施舍。自妖党聚徒谋为不轨外，其伪称我仙我佛者，千万中无一。儒则自命圣贤者，比比皆是。民听可惑，神理难诬。是以生拥皋比③，殁沈阿鼻④，以其贼害人心，为圣贤所恶故也。"书生骇愕，问："此地府事，公何由知？"一弹指间，已无所睹矣。

注释：

①经纶宇宙：处理世界上的事情。

②累囚日众：关押的囚犯一天比一天多。

③皋（gāo）比：虎皮。古人坐虎皮讲学。后因以指讲席。

④殁沈阿鼻：死后沉入阿鼻地狱。

甲乙有夙怨，乙日夜谋倾①甲。甲知之，乃阴使其党某以他途入乙家，凡为乙谋，皆算无遗策；凡乙有所为，皆以甲财密助其费，费省而功倍。越一两岁，大见信，素所倚任者皆退听②。乃乘间说乙曰："甲昔阴调我妇，讳弗敢言，然衔之实次骨。以力弗敌，弗敢撄。闻君亦有仇于甲，故效犬马③于门下。所以尽心于君者，固以报知遇，亦为是谋也。今有隙可抵，盍图之。"乙大喜过望，出多金使谋甲。某乃以乙金为甲行赂，无所不曲到。阱既成，伪造甲恶迹及证佐姓名以报乙，使具牒。比庭鞫，则事皆子虚乌有，证佐亦莫不倒戈，遂一败涂地，坐诬论戍。愤恚甚，以昵某久，平生阴事皆在其手，不敢再举，竟气结死。死时誓诉于地下，然越数十年卒无报。论者谓难端发自乙，甲势不两立，乃铤而走险④，不过自救之兵，其罪不在甲。某本为甲反间，各忠其所事，于乙不为负心，亦不能甚加以罪，故鬼神弗理也。此事在康熙末年。《越绝书》载子贡谓越王曰："夫有谋人之心，而使人知之者，危也。"岂不信哉！

注释：

①倾：搞垮，倾轧。

②退听：退让顺从。

③效犬马：意思是效犬马之劳。效劳的谦词。

④铤而走险：指因无路可走而采取冒险行动。

里人范鸿禧与一狐友昵。狐善饮,范亦善饮,约为兄弟,恒相对醉眠。忽久不至,一日遇于秫田中,问:"何忽见弃①?"狐掉头曰:"亲兄弟尚相残,何有于义兄弟耶?"不顾而去。盖范方与弟讼也。杨铁崖《白头吟》曰:"买妾千黄金,许身不许心;使君自有妇,夜夜白头吟。"与此狐所见正同。

注释:
①见弃:被遗弃。

献县捕役樊长,与其侣捕一剧盗。盗跳免①,絷其妇于官店(捕役拷盗之所,谓之官店,实其私居也。)。其侣拥之调谑,妇畏棰楚,嗫不敢动,惟俯首饮泣。已缓结②矣,长突见之,怒曰:"谁无妇女,谁能保妇女不遭患难落人手?汝敢如是,吾此刻即鸣官。"其侣慑而止。时雍正四年七月十七日戌刻也。长女嫁为农家妇,是夜为盗所劫,已褫衣反缚,垂欲受污,亦为一盗呵而止。实在子刻,中间仅仅隔一亥刻耳。次日,长闻报,仰面视天,舌挢不能下③也。

注释:
①盗跳免:大盗逃脱免于抓捕。
②缓结:解开衣带。
③舌挢不能下:舌头伸出来缩不进去。表示很吃惊的样子。

裘文达公赐第,在宣武门内石虎胡同。文达之前,为右翼宗学。宗学之前,为吴额驸①府。吴额驸之前,为前明大学士周延儒第。阅年既久,又窔宧闳深,故不免时有变怪,然不为人害也。厅事西小屋两楹,曰"好春轩",为文达燕见宾客地。北壁一门,又横通小屋两楹。僮仆夜宿其中,睡后多为魅异出,不知是鬼是狐,故无敢下榻其中者。琴师钱生独不畏,亦竟无他异。钱面有癣风,状极老丑。蒋春农戏曰:"是尊容更胜于鬼,鬼怖而逃耳。"一日,键户外出,归而几上得一雨缨帽,制作绝佳,新如未试。互相传视,莫不骇笑。由此知是狐非鬼,然无敢取者。钱生曰:"老病龙钟,多逢厌贱②。自司空以外,(文达公时为工部尚书。)怜芯者曾不数人。我冠诚敝,此狐哀我贫也。"欣然取著③,狐亦不复摄去。其果赠钱生耶? 赠钱生者又何意耶? 斯真不可解矣。

注释:

①额驸:指驸马。清代,对公主、格格配偶的称号。

②厌贱:厌恶、鄙视。

③欣然取著:高兴地取来戴上。

尝与杜少司寇凝台同宿南石槽,闻两家轿夫相语曰:"昨日怪事:我表兄朱某在海淀为人守墓,因入城未返,其妻独宿。闻园中树下有斗声,破窗纸窃窥,见二人攘臂奋击,一老翁举杖隔之,不能止。俄相搏仆地,并现形为狐,跳踉摆拨,触老翁亦仆。老翁蹶起①,一手按一狐呼曰:'逆子不孝! 朱五嫂可助我。'朱伏不敢出,老翁顿足曰:'当诉诸土神。'恨恨而散。次夜,闻满园银铛声,似有所搜捕。觉几上瓦瓶似微动,怪而视之,瓶中小语曰:'乞勿言,当报恩。'朱怒曰:'父母恩且不肯报,何有于我! '与瓶掷门外碑趺②上,訇然而碎。即闻嗷嗷有声,意其就执矣。"一轿夫曰:"斗触父母倒是何大事,乃至为土神捕捉? 殊可怖也。"凝台顾余笑曰:"非轿夫不能作此言。"

注释:

①蹶起:爬起来。

②碑趺(fū):墓碑的石座。

里有张媪，自云尝为走无常，今告免矣。昔到阴府，曾问冥吏：“事佛有益否？”吏曰：“佛只是劝人为善，为善自受福，非佛降福也。若供养求佛降福，则廉吏尚不受赂，曾佛受赂乎？”又问：“忏悔有益否？”吏曰：“忏悔须勇猛精进，力补前愆①。今人忏悔，只是自首求免罪，又安有益耶严此语非巫者所肯言，似有所受之。

注释：

①力补前愆：努力弥补之前的过错。

卷 十 一

槐西杂志(一)

余再掌乌台,每有法司会谳事,故寓直西苑之日多。借得袁氏婿数楹,榜曰"槐西老屋"。公余退食,辄憩息其间。距城数十里,自僚属白事外,宾客殊稀。昼长多暇,晏坐而已。旧有《滦阳销夏录》、《如是我闻》二书,为书肆所刊刻。缘是友朋聚集,多以异闻相告。因置一册于是地,遇轮直则忆而杂书之,非轮直之日则已,其不能尽忆则亦已。岁月骎寻①,不觉又得四卷,孙树馨录为一帙,题曰《槐西杂志》;其体例则犹之前二书耳。自今以往,或竟懒而辍笔欤,则以为《挥麈》之三录可也;或老不能闲,又有所缀欤,则以为《夷坚》之丙志亦可也。壬子六月,观弈道人识。

注释:
①骎寻:渐进貌,指进间一点一点过去。

《隋书》载兰陵公主死殉后夫,登于《列女传》之首。颇乖史法①(祖君彦《檄隋文》称兰陵公主逼幸告终。盖欲甚炀帝之恶,当以史文为正。)。沧州医者张作霖言:其乡有少妇,夫死未周岁辄嫁。越两岁,后夫又死,乃誓不再适,竟守志终身。尝问一邻妇病,邻妇忽瞋目作其前夫语曰:"尔甘为某守,不为我守何也?"少妇毅然对曰:"尔不以结发视我,三年曾无一肝鬲语②,我安得为尔守!彼不以再醮轻③我,两载之中,恩深义重,我安得不为彼守!尔不自反,乃敢咎人耶?"鬼竟语塞而退。此与兰陵公主事相类。盖亦豫让"众人遇我,众人报之;国士遇我,国士报之"之意也。然五伦之中,惟朋友以义合:不计较报施,厚道也;即计较报施,犹直道也。兄弟天属,已不可言报施;况君臣父子夫妇,义属三纲哉。渔洋山人作《豫让桥》诗曰:"国士桥边水,千年恨不穷。如闻柱厉叔,死报莒敖公。"自谓可以敦薄,斯言允矣。然柱厉叔以不见知而放逐,乃挺身死难,以愧人君不知其臣者(事见刘向《说苑》。),是犹怨怼之意;特与君较是非,非为君捍社稷也。其事可风,其言则未协乎义。或记载者之失乎?

注释:
①乖史法:和一般史书的写作方法不同。
②肝鬲(gé)语:贴心的话。
③轻:看清。

　　江宁王金英,字菊庄,余壬午分校所取士也。喜为诗,才力稍弱,然秀削不俗,颇近宋末四灵①。尝画艺菊小照,余戏仿其体格题之,有"以菊为名字,随花入画图"句,菊庄大喜。则所尚可知矣。撰有诗话数卷,尚未成书,霜雕夏绿,其稿不知流落何所。犹记其中一条云:江宁一废宅,壁上微有字迹。拂尘谛视,乃绝句五首。其一曰:"新绿渐长残红稀,美人清泪沾罗衣。蝴蝶不管春归否,只趁菜花黄处飞。"其二曰:"六朝燕子年年来,朱雀桥圮花不开。未须惆怅问王谢,刘郎一去何曾回。"其三曰:"荒池废馆芳草多,踏青年少时行歌。谯楼鼓动人去后,回风袅袅吹女萝。"其四曰:"土花漠漠围颓垣,中有桃叶桃根魂。夜深踏遍阶下月,可怜罗袜终无痕。"其五曰:"清明处处啼黄鹂,春风不上枯柳枝。惟应夹砒双石兽,记汝曾挂黄金丝。"字极怪伟,不著姓名,不知为人语鬼语。余谓此福王破灭以后前明故老之词也。

注释：

①宋末四灵：徐照(字灵晖)，徐玑(字灵渊)、翁卷(字灵舒)、赵师秀(号灵秀)四个诗人。因为他们的字或号中都有一"灵"字，故称"四灵诗派"。又因为他们都是永嘉(今浙江温州)人，所以又称"永嘉四灵"。

董秋原言：昔为钜野学官时，有门役典守节孝祠，即携家居祠侧。一日秋祀，门役夜起洒扫，其妻犹寝。梦中见妇女数十辈，联袂入祠。心知神降，亦不恐怖。忽见所识二贫媪亦在其中，再三审视，真不谬。怪问其未邀旌表，何亦同来。一媪答曰："人世旌表，岂能遍及穷乡蔀屋①？湮没不彰者，在在有之。鬼神愍其荼苦②，虽祠不设位，亦招之来餐。或藏瑕匿垢③，冒滥馨香④，虽位设祠中，反不容入。故我二人得至此也。"此事颇创闻，然揆以神理，似当如是。又献县礼房吏魏某，临终喃喃自语曰："吾处闲曹，自谓未尝作恶业；不虞贫妇请旌，索其常例，冥谪如是其重也。"二事足相发明。信忠孝节义，感天地动鬼神矣！

注释：

①穷乡蔀屋：很偏远穷困的地方。
②荼苦：艰辛痛苦。
③藏瑕匿垢：把错误掩盖起来。
④冒滥馨香：冒充好的名声。

族叔行止言：有农家妇，与小姑并端丽。月夜纳凉，共睡檐下。突见赤发青面鬼，自牛栏后出，旋舞跳掷，若将搏噬。时男子皆外出守场圃，姑嫂悸不敢语。鬼一一攫搦①强

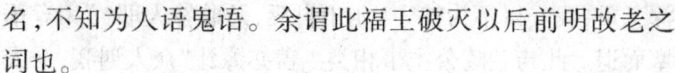

污之,方跃上短墙,忽嗷然失声,倒投于地。见其久不动,乃敢呼人。邻里趋视,则墙内一鬼,乃里中恶少某,已昏仆②不知人;墙外一鬼屹然立,则社公祠中土偶也。父老谓社公有灵,议至晓报赛③。一少年哑然曰:"某甲恒五鼓出担粪,吾戏抱神祠鬼卒置路侧,使骇走,以博一笑;不虞遇此伪鬼,误为真鬼惊踣也。社公何灵哉!"中一叟曰:"某甲日日担粪,尔何他日不戏之而此日戏之也?戏之术亦多矣,尔何忽抱此土偶也?土偶何地不可置,尔何独置此家墙外也?此其间神实凭之,尔自不知耳。"乃共醵金以祀。其恶少为父母舁去,困卧数日,竟不复苏。

注释:

①攫搦:抓住摁住。

②昏仆:昏死倒地。

③报赛:泛指谢神。

　　山西太谷县西南十五里白城村,有糊涂神祠,土人奉事之甚严。云稍不敬,辄致风雹。然不知神何代人,亦不知何以得此号。后检《通志》,乃知为狐突祠,元中统三年①救建,本名利应狐突神庙。"狐""糊"同音;北人读入声皆似平,故"突"转为"涂"也。是又一杜十姨矣。

注释:

①中统三年:元世祖年号,公元1262年。

　　石中物象,往往有之。姜绍书《韵石轩笔记》言见一石子,作太极图。是犹纹理旋螺,偶分黑白也。颜介子尝见一英德砚山,上有白脉,作"山高月小"四字,炳然分明,其脉直透石背,尚依稀似字之反面,但模糊散漫,不具点画波磔①

耳。谛视，非嵌非雕，亦非渍染，真天成也。不更异哉！夫山与地俱有，石与山俱有，岂开辟以来，即预知有程邈隶书欤？即预知有东坡《赤壁赋》欤？即日山孕此石，在宋以后。又谁使仿此字，谁使题此语欤？然则天工之巧，无所不有，精华蟠结②，自成文章，非常理所可测矣。世传河图洛书③，出于北宋，唐以前所未见也。河图作黑白圈五十五，洛书作黑白圈四十五。考孔安国④《论语注》，称河图即八卦（孔安国《论语注》今已不传，此条乃何晏《论语集解》所引。）。是孔氏之门，本无此五十五点之图矣，陈抟何自而得之？至洛书既谓之书，当有文字，乃亦四十五圈，与河图相同，是宜称洛图不得称书。《系词》又何以别之曰书乎？刘向、刘歆、班固并称洛书有文，孔颖达⑤《尚书正义》并详载其字数。（《洪范》初一曰五行一章疏曰，《五行志》全载此一章，云此六十五字皆洛书本文。计天言简要，必无次第之数。初一曰等二十七字，是禹加之也；其敬用农用等一十八字，大刘及顾氏以为龟背先有总三十八字，小刘以为敬用等皆禹所叙第，其龟文惟有二十字云云。虽所说字数不同，而足见由汉至唐，洛书无黑白点之伪图也。）观此砚山，知石纹成字，凿然不诬，未可执卢辨晚出之说，（明堂九室法龟文，始见北齐卢辨《大戴礼注》。朱子以为郑康成说，偶误记也。）遂以太乙九宫真为神禹所受也。（今术家所用洛书，乃太乙行九宫法，出于《易纬·乾凿度》，即《汉书·艺文志》所谓太乙家，当时原不称为洛书也。）

注释：

①波磔(zhé)：书法指右下捺笔。一说左撇曰波，右捺曰磔。

②蟠结：汇集、聚集。

③河图洛书：河图与洛书一直以来说法不一，有人认为是帝王受命的祥瑞，有人认为是上古的图经、地志。河图洛书是中华文化阴阳五行术数之源。

④孔安国：西汉鲁国人，著名的经学家。

⑤孔颖达：孔颖达是魏晋至有唐以来在经学方面的集大成者。

表兄刘香畹言：昔官闽中，闻有少妇素幽静①，殁葬山麓。每月明之夕，辄遥见其魂，反接缚树上，渐近则无睹。莫喻其故也。余曰："此有所示也：人莫喻其受谴之故，而必使人见其受谴，示人所不知，鬼神知之也。"

注释：

①幽静：性情沉默安静。

陈太常枫厓言：一童子年十四五，每睡辄作呻吟声，疑其病也。问之，云无有。既而时作呓语，呼之不醒。其语颇了了，谛听皆媟狎之词，其呻吟亦受淫声也。然问之终不言。知为魅，牒于社公①。夜梦社公曰："魅诚有之，非吾力所能制也。"乃牒于城隍。越一宿，城隍祠中泥塑控马卒无故首自陨，始悟社公所谓力不能制也。然一驺②耳，未必城隍之所爱；即城隍之所爱，神正直而聪明，亦必不以所爱之故，曲法庇一驺。牒一陈而伏冥诛，城隍之心事昭然矣。彼社公者乃揣摩顾畏③，隐忍而不敢言，其视城隍何如也！城隍之视此社公，又何如也！

注释：

①社公：当地的土地神。
②驺：马夫。
③揣摩顾畏：仔细探究、有所顾虑畏惧。

赵太守书三言：有夜遇狐女者，近前挑之，忽不见。俄飞瓦击落其帽。次日睡起，见窗纸细书一诗，曰："深院满枝花，只应蝴蝶采。喓喓①草下虫，尔有蓬蒿在。"语殊轻薄，然风致楚楚，宜其不爱纨袴②儿。

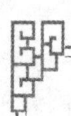

注释：

①喓喓：虫鸣声。

②纨袴(wán kù)：细绢做成的裤子，泛指华丽衣着。旧称浮华的富贵人家子弟。

田白岩言：尝与诸友扶乩，其仙自称真山民，宋末隐君子也。【按：山民有诗集，今著录《四库全书》中。】倡和方洽①，外报某客某客来，乩忽不动。他日复降，众叩昨遽去之故。乩判曰："此二君者，其一世故太深，酬酢②太熟，相见必有谀词数百句。云水散人，拙于应对，不如避之为佳。其一心思太密，礼数太明，其与人语恒字字推敲，责备无已。闲云野鹤，岂能耐此苛求，故遁逃尤恐不速耳。"后先姚安公闻之，曰："此仙究狷介③之士，器量未宏。"

注释：

①倡和方洽：唱和诗歌，气氛融洽。

②酬酢(zuò)：宾主互相敬酒，泛指交际应酬。酬，向客人敬酒；酢，向主人敬酒。

③狷(juàn)介：性情正直，洁身自好，不与人苟合。

从兄懋园言：乾隆丙辰①乡试，坐秋字号中。续一人入号，号军问姓名籍贯，拱手致贺曰："昨梦女子持杏花一枝插号舍上，告我曰：'明日某县某人至，为言杏花在此也。'君名姓籍贯适符，岂非佳兆哉！"其人愕然失色，竟不解考具②，称疾而出。乡人有知其事者曰："此生有小婢名杏花，逼乱之而终弃之，竟流落不知所终，意其赍恨以殁矣。"

注释：

①乾隆丙辰：乾隆元年，公元 1736 年。

②不解考具：不放下考试的用具。

从孙树森言：晋人有以资产托其弟而行商于外者，客中纳妇①，生一子。越十余年，妇病卒，乃携子归。弟恐其索还资产也，诬其子抱养异姓，不得承父业。纠纷不决，竟鸣于官。官故愦愦，不牒其商所问真赝，而依古法滴血试；幸血相合，乃笞逐其弟。弟殊不信滴血事，自有一子，刺血验之，果不合。遂执以上诉，谓县令所断不足据。乡人恶其贪媚②无人理，佥曰："其妇凤与某私昵，子非其子，血宜不合。"众口分明，具有征验，卒证实奸状。拘妇所欢鞫之，亦俯首引伏。弟愧不自容，竟出妇逐子③，窜身逃去，资产反尽归其兄。闻者快之。按陈业滴血，见《汝南先贤传》，则自汉已有此说。然余闻诸老吏曰："骨肉滴血必相合，论其常也。或冬月以器置冰雪上，冻使极冷；或夏月以盐醋拭器，使有酸咸之味：则所滴之血，入器即凝，虽至亲亦不合。故滴血不足成信谳。"然此令不刺血，则商之弟不上诉，商之弟不上诉，则其妇之野合生子亦无从而败。此殆若或使之，未可全咎此令之泥古矣。

注释：
①客中纳妇：旅居在外迎娶一妇人。
②贪媚(mào)：贪得无厌。
③出妇逐子：赶走了老婆孩子。

都察院蟒，余载于《滦阳消夏录》中，尝两见其蟠迹①，非乌有子虚也。吏役畏之，无敢至库深处者。壬子二月，奉旨修院署。余启库检视，乃一无所睹。知帝命所临，百灵慑伏矣。院长舒穆噜公因言内阁学士札公祖墓亦有巨蟒，恒遥见其出入曝鳞，墓前两槐树，相距数丈，首尾各挂于一树，其身如彩虹横亘也。后葬母卜圹，适当其地，祭而祝之，果率其族类千百蜿蜒去。葬毕，乃归。去时其行如风，然渐行渐缩,乃至长仅数尺。盖能大能小,已具神龙之技矣。乃悟都察院蟒,其围如柱,而能出入窗櫺中,隙才寸许,亦犹是也。是月,与汪蕉雪副宪同在山西马观察家,遇内务府一官,言西十库贮硫黄处亦有二蟒,皆首矗一角,鳞甲作金色。将启钥,必先鸣钲。其最异者,每一启钥,必见硫黄堆户内,磊磊如假山,足供取用,取尽复然。意其不欲人入库,人亦莫敢入也。或曰即守库之神,理或然欤!《山海经》载诸山之神,蛇身鸟首,种种异状,不必定作人形也。

注释:
①蟠迹:弯弯曲曲的痕迹。

先兄晴湖言:有王震升者,暮年丧爱子,痛不欲生。一夜偶过其墓,徘徊凄恋①,不能去。忽见其子独坐陇头,急趋就之②。鬼亦不避。然欲握其手,辄引退。与之语,神意索漠,似不欲闻。怪问其故,鬼哂③曰:"父子宿缘也,缘尽,则尔为尔我为我矣,何必更相问讯哉!"掉头竟去。震升自此痛念顿消。客或曰:"使西河能知此义,当不丧明。"先兄曰:"此孝子至情,作此变幻,以绝其父之悲思,如郗超密札④之意耳,非正理也。使人存此见,父子兄弟夫妇,均视如萍水之相逢,不日趋于薄哉! "

注释:
①凄恋:凄苦眷恋。
②趋就之:马上走过去。
③哂:讥笑。
④郗(chī)超密札:郗超为郗愔之子。郗愔忠于东晋朝廷,而郗超忠于桓温,父子感情虽然很好,政治立场却是泾渭分明。郗愔写信邀桓温一同出兵北伐,信被郗超截获,郗超将原信撕碎,模仿父亲笔迹另写一封告老信给桓温,于是桓温收回了郗愔兵权。

某公纳一姬,姿采秀艳,言笑亦婉媚,善得人意。然独坐则凝然若有思,习见亦不讶也。一日,称有疾,键户昼卧。某公穴窗纸窥之,则涂脂傅粉,钗钏衫裙,一一整饬①,然后陈设酒果,若有所祀者。排闼入问,姬蹙然②敛衽跪曰:"妾故某翰林之宠婢也。翰林将殁,度夫人必不相容,虑或鬻入青楼,乃先遣出。临别,切切私嘱曰:'汝嫁我不恨,嫁而得所我更慰。惟逢我忌日,汝必于密室靓妆私祭我;我魂若来,以香烟绕汝为验也。'"某公曰:"徐铉③不负李后主,宋主弗罪也。吾何妨听汝。"姬再拜炷香,泪落入俎。烟果袅袅然三绕其颊,渐蜿蜒绕至足。温庭筠《达摩支曲》曰:"捣麝成尘香不灭,拗莲作寸丝难绝。"此之谓欤!虽琵琶别抱,已负旧恩,然身去而心留,不犹愈于同床各梦哉。

注释:

①整饬:整顿使有条理。

②蹙然:很沉重的样子。

③徐铉:徐铉(916—991)五代宋初文学家、书法家。一直跟随后主李煜,亡国之后也不曾离开。

　　交河一节妇建坊,亲串毕集①。有表姊妹自幼相谑者,戏问曰:"汝今白首完贞矣,不知此四十余年中,花朝月夕,曾一动心否乎?"节妇曰:"人非草木,岂得无情。但觉礼不可逾,义不可负,能自制不行耳。"一日,清明祭扫毕,忽似昏眩,喃喃作吃语。扶掖②归,至夜乃苏,顾其子曰:"顷恍惚见汝父,言不久相迎,且劳慰甚至,言人世所为,鬼神无不知也。幸我平生无瑕玷,否则黄泉会晤,以何面目相对哉!"越半载,果卒。此王孝廉梅序所言,梅序论之曰:"佛戒意恶,是铲除根本工夫,非上流人不能也。常人胶胶扰扰,何念不生?但有所畏而不敢为,抑亦贤矣。此妇子孙,颇讳此

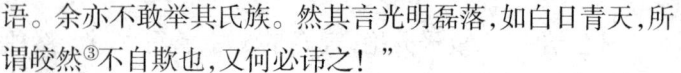

语。余亦不敢举其氏族。然其言光明磊落，如白日青天，所谓皎然③不自欺也，又何必讳之！"

注释：
①亲串毕集：亲友们都聚集起来。
②扶掖：扶持、搀扶。
③皎然：纯洁高尚。

姚安公监督南新仓时，一廒①后壁无故圮。掘之，得死鼠近一石②，其巨者形几如猫。盖鼠穴壁下，滋生日众，其穴亦日廓；廓至壁下全空，力不任而覆压也。公同事福公海曰："方其坏人之屋，以广己之宅，殆忘其宅之托于屋也耶？"余谓李林甫、杨国忠辈尚不明此理，于鼠乎何尤。

注释：
①廒（áo）：贮存粮食的库房。
②石：古时候的一种计量单位。

先曾祖润生公，尝于襄阳见一僧，本惠登相之幕客也，述流寇事颇悉，相与叹劫数难移。僧曰："以我言之，劫数人所为，非天所为也。明之末年，杀戮淫掠之惨，黄巢①流血三千里，不足道矣。由其中叶以后，官吏率贪虐，绅士率暴横，民俗②亦率奸盗诈伪，无所不至。是以下伏怨毒，上干神怒，积百年冤愤之气，而发之一朝。以我所见闻，其受祸最酷者，皆其稔恶最甚者也。是可曰天数耶？昔在贼中，见其缚一世家子，跪于帐前，而拥其妻妾饮酒，问：'敢怒乎？'曰：'不敢。'问：'愿受役乎？'曰：'愿。'则释缚使行酒于侧。观者或太息不忍。一老翁陷贼者曰：'吾今乃始知因果。'是其祖尝调仆妇，仆有违言，捶而缚之槐，使旁观与妇卧也。即是一端，可类推矣。"座有豪者曰："巨鱼吞细鱼，鸷鸟搏

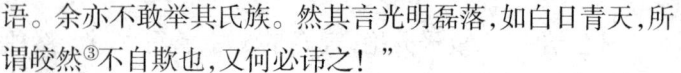

群鸟,神弗怒也,何独于人而怒之?"僧掉头曰:"彼鱼鸟耳,人鱼鸟也耶?"豪者拂衣起;明日,邀客游所寓寺,欲挫辱③之。已打包去,壁上大书二十字曰:"尔亦不必言,我亦不必说。楼下寂无人,楼上有明月。"疑刺豪者之阴事也。后豪者卒覆其宗。

注释:

①黄巢:指唐末黄巢起义,加速了腐朽的李唐王朝的终结。

②民俗:社会风气。

③欲挫辱:想要挫败羞辱。

有郎官覆舟于卫河,一姬溺焉。求得其尸,两掌各握粟一匊①,咸以为怪。河干一叟曰:"是不足怪也。凡沈于水者,上视暗而下视明,惊惶瞀乱,必反从明处求出,手皆掊②土。故检验溺人,以十指甲有泥无泥别生投死弃也。此先有运粟之舟沈于水底,粟尚未腐,故掊之盈手耳。"此论可谓人微,惟上暗下明之故,则不能言其所以然。按张衡《灵宪》曰:"日譬犹火,月譬犹水。火则外光,水则含景。"又刘邵《人物志》曰:"火日外照,不能内见;金水内映,不能外光。"然则上暗下明,固水之本性矣。

注释:

①匊(jū):两手所捧;满握。

②掊:以手、爪或工具扒物或掘土。

程念伦,名思孝,乾隆癸酉、甲戌间①,来游京师,弈称国手。如皋冒祥珠曰:"是与我皆第二手,时无第一手,遽自雄耳。"一日,门人吴惠叔等扶乩,问:"仙善弈否?"判曰:"能。"问:"肯与凡人对局否?"判曰:"可。"时念伦寓余家,因使共弈。(凡弈谱,以子纪数。象戏谱,以路记数。与乩仙弈,则以象戏法行之。如纵第九路横第三路下子，则判曰："九三。"馀皆仿此。）
初下数子，念伦茫然不解，以为仙机莫测也，深恐败名，凝
思冥索，至背汗手颤，始敢应一子，意犹惴惴。稍久，似觉无
他异，乃放手攻击。乩仙竟全局覆没，满室哗然。乩忽大书
曰："吾本幽魂，暂来游戏，托名张三丰耳。因粗解弈，故
尔率答。不虞此君之见困，吾今逝矣。"惠叔慨然曰："长
安道上，鬼亦诳人。"余戏曰："一败即吐实，犹是长安道上
钝鬼也。"

注释：

①乾隆癸酉、甲戌间：乾隆十八、十九年，公元 1753—1754 年。

　　景州申谦居先生，讳诩，姚安公癸巳同年也。天性和
易，平生未尝有忤色，而孤高特立，一介不取，有古狷者风。
衣必缊袍①，食必粗粝。偶门人馈祭肉，持至市中易豆腐，
曰："非好苟异，实食之不惯也。"尝从河间岁试归，使童子
控一驴；童子行倦，则使骑而自控之。薄暮遇雨，投宿破神
祠中。祠止一楹，中无一物，而地下芜秽不可坐，乃摘板扉
一扇，横卧户前。夜半睡醒，闻祠中小声曰："欲出避公，公
当户不得出。"先生曰："尔自在户内，我自在户外，两不相
害，何必避？"久之，又小声曰："男女有别，公宜放我出。"先
生曰："户内户外即是别，出反无别。"转身酣睡。至晓，有村
民见之，骇曰："此中有狐，尝出媚少年人，入祠辄被瓦砾
击。公何晏然②也？"后偶与姚安公语及，掀髯笑曰："乃有狐
欲媚申谦居，亦大异事。"姚安公戏曰："狐虽媚尽天下人，
亦断不到君。当是诡状奇形，狐所未睹，不知是何怪物，故
惊怖欲逃耳。"可想见先生之为人矣。

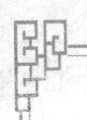

注释：

①缊袍：以乱麻、烂棉絮成的袍子，指古代贫者之衣。

②晏然：安然无恙。

董曲江前辈言：乾隆丁卯①乡试，寓济南一僧寺。梦至一处，见老树下破屋一间，欹斜欲圮②。一女子靓妆坐户内，红愁绿惨，摧抑可怜。疑误入人内室，止不敢进。女子忽向之遥拜，泪涔涔③沾衣袂，然终无一言。心悸而悟。越数夕，梦复然，女子颜色益戚，叩额至百余。欲逼问之，倏又醒。疑不能明，以告同寓，亦莫解。一日，散步寺园，见庑下有故柩，已将朽。忽仰视其树，则宛然梦中所见也。询之寺僧，云是某官爱妾，寄停于是，约来迎取。至今数十年，寂无音问。又不敢移瘗，旁皇无计者久矣。曲江豁然心悟。故与历城令相善，乃醵金市地半亩，告于官而迁葬焉。用知亡人以入土为安，停搁非幽灵所愿也。

注释：

①乾隆丁卯：乾隆十二年，公元 1747 年。

②欹(yī)斜欲圮：歪歪斜斜就要倒了。

③涔(cén)涔：眼泪不断掉落的样子。

朱青雷言：高西园尝梦一客来谒，名刺为司马相如。惊怪而寤，莫悟何祥。越数日，无意得司马相如一玉印，古泽斑驳，篆法精妙，真昆吾①刀刻也。恒佩之不去身，非至亲昵者不能一见。官盐场时，德州卢丈雅雨为两淮运使，闻有是印，燕见时偶索观之。西园离席半跪，正色启曰："凤翰一生结客，所有皆可与朋友共。其不可共者惟二物：此印及山妻也。"卢丈笑遣之曰："谁夺尔物者，何痴乃尔耶！"西园画品绝高，晚得末疾，右臂偏枯②，乃以左臂挥毫。虽生硬倔强，乃弥有别趣。诗格亦脱洒。虽托迹微官，蹉跎以殁，在近时士大夫间，犹能追前辈风流也。

注释：

①昆吾：昆吾是周朝名剑，切玉如泥。

②偏枯：偏瘫，肌肉萎缩。

　　杨铁厓词章奇丽，虽被文妖之目，不损其名。惟鞋杯一事①，猥亵淫秽，可谓不韵之极，而见诸赋咏，传为佳话。后来狂诞少年，竞相依仿，以为名士风流，殊不可解。闻一巨室，中元家祭，方举酒置案上，忽一杯声如爆竹，騞然中裂，莫解何故。久而知数日前其子邀妓，以此杯效铁厓故事也。

注释：

①鞋杯一事：杨铁厓用妓女的鞋子当酒杯来喝酒的韵事。

　　太常寺仙蝶、国子监瑞柏，仰邀圣藻，人尽知之。翰林院金槐，数人合抱，瘿磊砢①如假山，人亦或知之。礼部寿草，则人不尽知。此草春开红花，缀如火齐，秋结实如珠。《群芳谱》《野菜谱》皆未之载，不知其名。或曰："即田塍公道老。"（此草种两家田塍上，用识界限。犁不及则一茎不旁生，犁稍侵之，即蔓延不止，反过所侵之数。故得此名。）余谛审之，叶作锯齿，略相似，花则不似，其说非也。在穿堂之北，治事处阶前甬道之西。相传生自国初，岁久渐成藤本。今则分为二歧，枝格杈丫，挺然老木矣。曹地山先生名之曰"长春草"。余官礼部尚书时，作木栏护之。门人陈太守溁，时官员外，使为之图。盖酝化湛深，和气涵育，虽一草一虫，亦各遂其生若此也。礼部又有连理槐，在斋戒处南荣下。邹小山先生官侍郎，尝绘图题诗。今尚贮库中。然特大小二槐相并而生，枝干互相缠抱耳，非真连理也。

注释：

①瘿磊砢：长出疙疙瘩瘩像石头一样的东西。

　　道家言祈禳①，佛家言忏悔，儒家则言修德以胜妖：二氏治其末，儒者治其本也。族祖雷阳公畜数羊，一羊忽人立而舞。众以为不祥，将杀羊。雷阳公曰："羊何能舞，有凭之者也。石言于晋，《左传》之义明矣。祸已成矣，杀羊何益？祸未成而鬼神以是警余也，修德而已，岂在杀羊？"自是一言一动，如对圣贤。后以顺治乙酉②拔贡，戊子中副榜，终于通判，讫无纤芥③之祸。

注释：

①祈禳：祈福消除灾祸。
②顺治乙酉：顺治二年，公元 1645 年。
③纤芥：细小的。

　　三从兄晓东言：雍正丁未①会试归，见一丐妇，口生于项上，饮啜如常人。其人妖也耶？余曰："此偶感异气耳，非妖也。骈拇枝指②，亦异于众，可曰妖乎哉！余所见有豕两身一首者，有牛背生一足者。又于闻家庙社会③见一人，右手掌大如箕，指大如椎，而左手则如常；日以右手操笔鬻字画。使谈谶纬者见之，必曰此豕祸，此牛祸，此人痾④也，是将兆某患；或曰，是为某事之应。然余所见诸异，讫毫无征验也。故余于汉儒之学，最不信《春秋》阴阳、《洪范五行传》；于宋儒之学，最不信河图洛书、《皇极经世》。"

注释：

①雍正丁未：雍正五年，公元 1727 年。
②骈(pián)拇枝指：手上多长出一个手指。

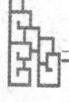

③社会：旧时于春秋社日迎赛土神的集会。
④人痾(kē)：两性人。

　　房师孙端人先生，文章淹雅^①，而性嗜酒。醉后所作，与醒时无异。馆阁诸公，以为斗酒百篇之亚也。督学云南时，月夜独饮竹丛下，恍惚见一人注视壶盏，状若朵颐^②。心知鬼物，亦不恐怖，但以手按盏曰："今日酒无多，不能相让。"其人瑟缩而隐。醒而悔之，曰："能来猎酒，定非俗鬼。肯向我猎酒，视我亦不薄。奈何辜其相访意。"市佳酿三巨碗，夜以小几陈竹间。次日视之，酒如故。叹曰："此公非但风雅，兼亦狷介。稍与相戏，便涓滴不尝^③。"幕客或曰："鬼神但歆其气，岂真能饮？"先生慨然曰："然则饮酒宜及未为鬼时，勿将来徒歆其气。"先生侄渔珊，在福建学幕，为余述之。觉魏晋诸贤，去人不远也。

注释：
①淹雅：渊博高雅。
②朵颐：向往，羡馋的样子。
③涓滴不尝：一滴都不喝。

　　钱塘俞君祺(偶忘其字，似是佑申也。)，乾隆癸未^①，在余学署。偶见其《野泊不寐》诗曰："芦荻荒寒野水平，四围唧唧夜虫声。长眠人亦眠难稳，独倚枯松看月明。"余曰："杜甫诗曰：'巴童浑不寝，夜半有行舟。'张继诗曰：'姑苏城外寒山寺，夜半钟声到客船。'均从对面落笔，以半夜得闻，写出未睡，非咏巴童舟、寒山寺钟也。君用此法，可谓善于夺胎。然杜、张所言是眼前景物，君忽然说鬼，不太鹘兀^②乎？"俞君曰："是夕实遥见月下一人倚树立，似是文士。拟就谈以破岑寂^③，相去十余步，竟冉冉没，故有此语。"钟忻湖戏曰："'云中鸡犬刘安过，月里笙歌炀帝归。'唐人谓之见鬼诗，犹嫌假借。如公此作，乃真不愧此名。”

注释：
①乾隆癸未：乾隆二十八年，公元1763年。
②鹘兀：突兀，唐突。
③岑寂：寂静，安静。

霍丈易书言：闻诸海大司农曰：“有世家子，读书坟园。园外居民数十家，皆巨室之守墓者也。一日，于墙缺见丽女露半面，方欲注视，已避去。越数日，见于墙外采野花，时时凝睇①望墙内，或竟登墙缺，露其半身，以为东家之窥宋玉也，颇萦梦想。而私念居此地者皆粗材，不应有此艳质；又所见皆荆布，不应此女独靓妆，心疑为狐鬼。故虽流目送盼②，而未通一词。一夕，独立树下，闻墙外二女私语。一女曰：‘汝意中人方步月，何不就之？’一女曰：‘彼方疑我为狐鬼，何必徒使惊怖！’一女又曰：‘青天白日，安有狐鬼？痴儿不解事至此。’世家子闻之窃喜，褰衣欲出，忽猛省曰：‘自称非狐鬼，其为狐鬼也确矣。天下小人未有自称小人者，岂惟不自称，且无不痛诋③小人以自明非小人者。此魅用此术也。’掉臂竟返。次日密访之，果无此二女。此二女亦不再来。”

注释：
①凝睇：专注地看。
②流目送盼：用眼神来传递情谊。
③痛诋：痛骂，狠狠骂。

吴林塘言：曩游秦陇，闻有猎者在少华山麓，见二人僵然卧树下。呼之犹能强起，问：“何困踬于此？”其一曰：“吾等皆为狐魅者也。初，我夜行失道，投宿一山家。有少女绝妍丽,伺隙调我。我意不自持,即相媟狎。为其父母所窥,甚见詈辱。我拜跪,始免捶挞①。既而闻其父母絮絮语,若有所议者。次日,竟纳我为婿,惟约山上有主人,女须更番执役,五日一上直,五日乃返。我亦安之。半载后,病瘵,夜嗽不能寝,散步林下。闻有笑语声,偶往寻视,见屋数楹,有人拥我妇坐石看月。不胜恚忿,力疾欲与角。其人亦怒曰:'鼠辈乃敢瞰我妇!'亦奋起相搏。幸其亦病惫②,相牵并仆。妇安坐石上,嬉笑曰:'尔辈勿斗,吾明告尔:吾实往来于两家,皆托云上直,使尔辈休息五日,蓄精以供采补耳。今吾事已露,尔辈精亦竭,无所用尔辈。吾去矣。'奄忽不见。两人迷不能出,故饿踣于此,幸遇君等得拯也。"其一人语亦同。猎者食以干糇③,稍能举步,使引视其处。二人共诧曰:"向者墙垣故土,梁柱故木,门故可开合,窗故可启闭,皆确有形质,非幻影也。今何皆土窟耶?院中地平如砥,净如拭。今何土窟以外,崎岖不容足耶? 窟广不数尺,狐自容可矣,何以容我二人?岂我二人之形亦为所幻化耶?"一人见对面厓上有破磁,曰:"此我持以登楼失手所碎,今峭壁无路,当时何以上下耶?"四顾徘徊,皆惘惘如梦。二人恨狐女甚,请猎者入山捕之。猎者曰:"邂逅相遇,便成佳偶,世无此便宜事。事太便宜,必有不便宜者存。鱼吞钩,贪饵故也;猩猩刺血,嗜酒故也。尔二人宜自恨,亦何恨于狐? "二人乃悯默④而止。

注释:

①捶挞:挨打。

②病惫:因病而身体疲惫。

③干糇(jiǎng):干粮。

④悯默:因忧伤而沉默。

林塘又言：有少年为狐所媚，日渐羸困①，狐犹时时来。后复共寝，已疲顿不能御女。狐乃披衣欲辞去，少年泣涕挽留，狐殊不顾。怒责其寡情，狐亦怒曰："与君本无夫妇义，特为采补来耳。君膏髓已竭，吾何所取而不去！此如以势交者，势败则离；以财交者，财尽则散。当其委曲相媚，本为势②与财，非有情于其人也。君于某家某家，皆向日附门墙，今何久绝音问耶？乃独责我！"其音甚厉，侍疾者闻之皆太息。少年乃反面向内，寂无一言。

注释：

①羸困：身体羸弱，困顿。

②势：势力。

　　汪旭初言：见扶乩者，其仙自称张紫阳。叩以《悟真篇》，弗能答也，但判曰"金丹大道，不敢轻传"而已。会有仆妇窃资逃，仆叩问："尚可追捕否？"仙判曰："尔过去生中，以财诱人，买其妻；又诱之饮博①，仍取其财。此人今世相遇，诱汝妇逃者，买妻报；并窃资者，取财报也。冥数先定，追捕亦不得，不如已也。"旭初曰："真仙自不妄语。然此论一出，凡奸盗皆诿诸夙因，可勿追捕，不推波助澜②乎？"乩不能答。有疑之者曰："此扶乩人多从狡狯恶少游，安知不有人匿仆妻而教之作此语？"阴使人侦之。薄暮，果赴一曲巷。登屋脊密伺，则聚而呼卢，仆妇方艳饰行酒矣。潜呼逻卒围所居，乃弭首就缚。律禁师、巫，③为奸民窜伏④其中也。蓝道行尝假此术以败严嵩，论者不甚以为非，恶嵩故也。然杨、沈诸公，喋血碎首而不能争者，一方士从容谈笑，乃制其死命，则其力亦大矣。幸所排者为嵩，使因而排及清流，虽韩、范、富、欧阳⑤，能与枝梧乎？故乩仙之术，士大夫偶然游戏，倡和诗词，等诸观剧则可；若借卜吉凶，君子当怖其卒也。

注释：

①饮博：饮酒赌博。

②推波助澜：比喻助长声势。

③律禁师、巫：法律条文禁止巫师、巫婆。

④窜伏：逃窜、潜伏。

⑤韩、范、富、欧阳：韩琦、范仲淹、富弼、欧阳修。这四人都是宋代有名的清官名士。

　　从叔梅庵公曰："淮镇人家有空屋五间，别为院落，用以贮杂物。儿童多往嬉游，跳掷践踏，颇为喧扰。键户禁之，则窃逾短墙入。乃大书一帖粘户上，曰：'此房狐仙所住，毋得秽污！'姑以怖儿童①云尔。数日后，夜闻窗外语：'感君见招，今已移入，当为君坚守此院也。'自后人有入者，辄为砖瓦所击，并僮奴运杂物者亦不敢往。久而不治，竟全就圮颓，狐仙乃去。此之谓'妖由人兴'。"

注释：

①姑以怖儿童：姑且用这样的方法来吓唬儿童。

　　余有庄在沧州南，曰上河涯，今鬻之矣。旧有水明楼五楹，下瞰卫河。帆樯来往栏楯下，与外祖雪峰张公家度帆楼，皆游眺佳处。先祖母太夫人夏月每居是纳凉，诸孙更番随侍焉。一日，余推窗南望，见男妇数十人，登一渡船，缆已解。一人忽奋拳击一叟落近岸浅水中，衣履皆濡。方坐起愤詈，船已鼓棹①去。时卫河暴涨，洪波直泻，汹涌有声。一粮艘张双帆顺流来，急如激箭，触渡船，碎如柿。数十人并没，惟此叟存，乃转怒为喜，合掌诵佛号。问其何适②曰："昨闻有族弟得二十金，鬻童养媳为人妾，以今日成券，急质田得金如其数，赍之往赎耳。"众同声曰："此一击神所使也。"促换渡船送之过。时余方十岁，但闻为赵家庄人，惜未问其名姓。此雍正癸丑③事。又先太夫人言：沧州人有逼嫁其弟妇而鬻两侄女于青楼者，里人皆不平。一日，腰金④贩绿豆泛巨舟诣天津，晚泊河干，坐船舷濯足。忽西岸一盐舟纤索中断，横扫而过，两舷相切，自膝以下，筋骨糜碎如割截，号呼数日乃死。先外祖一仆闻之，急奔告曰："某甲得如是惨祸，真大怪事！"先外祖徐曰："此事不怪。若竟不如此，反是怪事。"此雍正甲辰、乙巳间⑤事。

注释：
①鼓棹(zhào)：鼓帆摇桨起航。
②何适：到哪里去。
③雍正癸丑：雍正十一年，公元1733年。
④腰金：把钱藏在腰间。
⑤雍正甲辰、乙巳间：雍正二三年间，公元1724—1725年。

交河王洪绪言：高川刘某，住屋七楹：自居中三楹，东厢二楹，以妻殁无葬地，停枢其中；西厢二楹，幼子与其妹居之。一夕，闻儿啼甚急，而不闻妹语。疑其在灶室未归，从窗罅视已息灯否，月明之下，见黑烟一道，蜿蜒从东厢户下出，萦绕西厢窗下，久之不去。迨妹醒抚儿，黑烟乃冉冉①敛入东厢去。心知妻之魂也。自后每月夜闻儿啼，潜起窥视，所见皆然。以语其妹，妹为之感泣。悲哉，父母之心，死尚不忘其子乎！人子追念其父母，能如是否乎？

注释：
①冉冉：慢慢。

先师桂林吕公闇斋言：其乡有官邑令者，莅任之日，梦其房师某公，容色憔悴，若重有忧者。邑令蹙然迎拜曰："旅榇①未归，是诸弟子之过也，然念之未敢忘。今幸托荫得一官，将拮据营窀穸②矣。"盖某公卒于戍所，尚浮厝僧院③也。某公曰："甚善。然归我之骨，不如归我之魂。子知我骨在滇南，不知我魂羁于此也。我初为此邑令，有试垦污莱④者，吾误报升科⑤。诉者纷纷，吾心知其词直，而恐干吏议，百计回护，使不得申，遂至今为民累。土神诉与东岳，岳神谓事由疏舛⑥，虽无自利之心，然恐以检举妨迁擢，则其罪与自利等。牒摄吾魂，羁留于此，待此浮粮减免，然后得归。困苦饥寒，所不忍道。回思一时爵禄，所得几何？而业海茫茫，竟杳无崖岸，诚不胜泣血椎心。今幸子来官此，傥念平生知遇，为吁请蠲除⑦，则我得重入转轮，脱离鬼趣。虽生前遗蜕，委诸蝼蚁，亦非所憾矣。"邑令检视旧牍，果有此事。后为宛转请豁，又恍惚梦其来别云。

注释：
①旅榇：死在异乡，棺木未能回乡。
②窀穸：埋葬。
③浮厝僧院：棺木停放在寺院中。
④污莱(lái)：荒地。
⑤升科：明、清时期法律规定所开发的荒地，满规定年限后，就要按照普通田地收税条例征收钱粮。科，科税。
⑥疏舛(chuǎn)：疏漏错乱。
⑦蠲(juān)除：废除，免除。

交河及方言曰："说鬼者多诞，然亦有理似可信者。雍正乙卯①七月，泊舟静海之南。微月朦胧，散步岸上，见二人坐柳下对谈。试往就之，亦欣然延坐。谛听所说，乃皆幽冥事。疑其为鬼，瑟缩欲遁。二人止之曰：'君勿讶，我等非鬼：

一走无常，一视鬼者也。'问：'何以能视鬼？'曰：'生而如是，莫知所以然。'又问：'何以走无常？'曰：'梦寝中忽被拘役，亦莫知所以然也。'共话至二鼓，大抵缕陈报应[2]。因问：'冥司以儒理断狱耶？以佛理断狱耶？'视鬼者曰：'吾能见鬼，而不能与鬼语，不知此事。'走无常曰：'君无须问此，只问己心。问心无愧，即阴律所谓善；问心有愧，即阴律所谓恶。公是公非，幽明一理，何分儒与佛乎？'其说平易，竟不类巫觋语[3]也。"

注释：

①雍正乙卯：雍正十三年，公元 1735 年。

②缕陈报应：一条一条仔细讲解因果报应的事儿。

③巫觋语：巫师占卜的话。

　　里有视鬼者曰："鬼亦恒憧憧扰扰[1]，若有所营[2]，但不知所营何事；亦有喜怒哀乐，但不知其何由。大抵鬼与鬼竞，亦如人与人竞耳。然微阴不足敌盛阳，故莫不畏人。其不畏人者，一由人据所居，鬼刺促不安，故现变相驱之去；一由祟人求祭享[3]；一由桀骜强魂，戾气未消。如人世无赖，横行为暴，皆遇气旺者避，遇运蹇者[4]乃敢侵。或有冤魂厉魄，得请于神，报复以申积恨者，不在此数。若夫欲心所感，淫鬼应之；杀心所感，厉鬼应之；愤心所感，怨鬼应之，则皆由其人之自召，更不在此数矣。我尝清明上冢，见游女踏青，其妖媚弄姿者，诸鬼随之嬉笑；其幽闲贞静者，左右无一鬼。又尝见学宫有数鬼，教谕鲍先生出，（先生讳梓，南宫人，官献县教谕。载县志《循吏传》。）则瑟缩伏草间；训导某先生出，则跳掷自如。然则鬼之敢侮与否，尤视乎其人哉！"

注释：

①憧憧扰扰：忙忙碌碌，十分困扰的样子。

②营：经营，干点儿什么。

③祟人求祭享：通过祸害人的方式来求得祭祀。

④运蹇者：运气不好的人。

侍姬之母沈媪言：盐山有刘某者，患癃闭，百药不验。一夕，梦神语曰："铜头煅灰，酒服之，即通。"问："铜头何物？"曰："汝辈所谓蝼蛄也。"试之果愈。余谓此湿热蕴结①，以湿热攻湿热，借其窜利下行之性耳。若州都之官，气不能化，则求之于本原，非此物所能导也。

注释：

①蕴结：郁结。

梁铁幢副宪言：有夜行者，于竹林边见一物，似人非人，蠢蠢然摸索而行。叱之不应，知为精魅，拾瓦石击之。其物化为黑烟，缩入林内，啾啾作声曰："我缘宿业①，堕饿鬼道中，既瞽且聋，艰苦万状。公何忍复相逼？"乃委之而去。余《滦阳消夏录》中，记王菊庄所言女鬼以巧于谗构受哑报，此鬼受聋瞽报，其聪明过甚者乎！

注释：

①宿业：前世的善恶因缘。

先师汪文端公言：有欲谋害异党者，苦无善计。有黠者密侦知之，阴裹药以献，曰："此药入腹即死，然死时情状，与病卒无异；虽蒸骨验之①，亦与病卒无异也。"其人大喜，留之饮。归则以是夕卒矣。盖先以其药饵之，为灭口计矣。公因太息曰："献药者杀人以媚人，而先自杀也。用其药者，先杀人以灭口,而口终不可灭也。纷纷机械何为乎?"张樊川前辈时在坐,因言有好娈童者,悦一宦家子。度无可得理,阴属所爱姬托媒妪招之,约会于别墅,将执而胁污焉。届期,闻已至,疾往掩捕②。突失足堕荷塘板桥下,几于灭顶。喧呼掖出,则宦家子已遁,姬已鬓乱钗横矣。盖是子美秀甚,姬亦悦之故也。后无故开阁③放此姬,婢妪乃稍泄其事。阴谋者鬼神所忌,殆不虚矣。

注释:

①蒸骨验之:古时候一种勘验的方法,采用蒸尸骨的方法,中毒的人骨头会变黑。

②掩捕:急急忙忙地赶去。

③开阁(gé):开侧门。意指赶人出门。

　　卖花者顾媪,持一旧磁器求售:似笔洗而略浅,四周内外及底皆有渤色①,似哥窑②而无冰纹,中平如砚,独露磁骨,边线界画甚明,不出入毫发,殊非剥落。不知何器,以无用还之。后见《广异志》载嵇胡见石室道士案头朱笔及杯语,《乾膜子》载何元让所见天狐有朱盏笔砚语,又《逸史》载叶法善有持朱钵画符语,乃悟唐以前无朱砚,点勘文籍,则研朱于杯盏;大笔濡染,则贮朱于钵。杯盏略小而口哆③,以便搋笔;钵稍大而口敛,以便多注浓瀋④也。顾媪所持,盖即朱盏,向来赏鉴家未及见耳。急呼之来,问:"此盏何往?"曰:"本以三十钱买得,云出自井中。因公斥为无用,以二十钱卖诸杂物摊上。今将及一年,不能复问所在矣。"深为惋惜。世多以高价市赝物⑤,而真古器或往往见摈⑥。余尚非规方竹漆断纹者,而交臂失之尚如此。然则蓄宝不彰者,可胜数哉。(余后又得一朱盏,制与此同,为陈望之抚军持去。乃知此物世尚多有,第人不识耳。)

注释：

①泑色：釉色。

②哥窑：哥窑是文献中记载的宋代五大名窑之一，哥釉瓷的重要特征是釉面开片，即发生在釉面上的一种自然开裂现象。

③口哆：口敞开。

④浓瀋（shěn）：指墨汁。

⑤赝（yàn）物：假的东西。

⑥见摈：抛弃，丢弃。

　　先师介公野园言：亲串中有不畏鬼者，闻有凶宅，辄往宿。或言西山某寺后阁，多见变怪。是岁值乡试，因僦住其中。奇形诡状，每夜环绕几榻间，处之恬然，然亦弗能害也。一夕月明，推窗四望，见艳女立树下，咥然①曰："怖我不动，来魅我耶？尔是何怪，可近前。"女亦咥然曰："尔固不识我，我尔祖姑也，殁葬此山。闻尔日日与鬼角②，尔读书十余年，将徒博一不畏鬼之名耶？抑亦思奋身科目，为祖父光、为门户计耶？今夜而斗争，昼而倦卧，试期日近，举业全荒，岂尔父尔母遣尔裹粮入山③之本志哉？我虽居泉壤，于母家不能无情，故正言告尔。尔试思之。"言讫而隐。私念所言颇有理，乃束装归。归而详问父母，乃无是祖姑。大悔，顿足曰："吾乃为黠鬼所卖。"奋然欲再往。其友曰："鬼不敢以力争，而幻其形以善言解，鬼畏尔矣，尔何必追穷寇！"乃止。此友可谓善解纷矣。然鬼所言者正理也，正理不能禁，而权词能禁之，可以悟销熔刚气之道也。

注释：

①咥（xī）然：笑的样子。

②与鬼角：和鬼争斗。

③裹粮入山：带着干粮到山中。古时候，读书人认为在山中读书最佳。

前记阁学札公祖墓巨蟒事，据总宪舒穆噜公之言也。壬子三月初十日，蒋少司农戟门邀看桃花，适与札公联坐[1]，因叩其详。知舒穆噜公之语不诬。札公又曰："尚有一轶事，舒穆噜公未知也。守墓者之妻刘媪，恒与此蟒同寝处，蟠其榻上几满。来必饮以火酒，注巨碗中，蟒举首一嗅，酒减分许，所余已味淡如水矣。凭刘媪与人疗病，亦多有验。一旦，有欲买此蟒者，给刘媪钱八千，乘其醉而舁[2]之去。去后，媪忽发狂曰：'我待汝不薄，汝乃卖我。我必褫汝魄。'自挝[3]不止。媪之弟奔告札公。札公自往视，亦无如何。逾数刻竟死。夫妖物凭附女巫，事所恒有；忤妖物而致祸，亦事所恒有。惟得钱卖妖，其事颇奇；而有人出钱以买妖，尤奇之奇耳。此蟒今犹在，其地在西直门外，土人谓之红果园。"

注释：

①联坐：挨在一起坐。

②舁：抬、扛。

③自挝：自己捶打自己。

育婴堂、养济院，是处有之。惟沧州别有一院养瞽者，而不隶于官。瞽者刘君瑞曰："昔有选人陈某，过沧州，资斧匮竭[1]，无可告贷，进退无路，将自投于河。有瞽者悯之，倾囊以助其行。选人入京，竟得官，荐至州牧。念念不能忘瞽者，自赍数百金，将申漂母之报[2]。而遍觅瞽者不可得，并其姓名无知者。乃捐金建是院，以收养瞽者。此瞽者与此选人，均可谓古之人矣。"君瑞又言："众瞽者留室一楹，旦夕炷香拜陈公。"余谓陈公之侧，瞽者亦宜设一坐。君瑞嗫嚅曰："瞽者安可与官坐？"余曰："如以其官而祀之，则瞽者自不可坐。如以其义而祀之，则瞽者之义与官等，何不可坐耶？"此事在康熙中，君瑞告余在乾隆乙亥、丙子间③，尚能举居是院者为某某。今已三十余年，不知其存与废矣。

注释：

①资斧匮竭：钱财都用尽了。

②漂母之报：相传韩信被河边洗衣服的婆婆所救助，韩信发誓要报答这位婆婆。

③乾隆乙亥、丙子间：乾隆二十、二十一年，公元 1755—1756 年。

明季兵乱，曾伯祖镇番公年甫十一，被掠至临清。遇旧客作李守敬，以独轮车送归。崎岖戎马之间，濒危者数，终不舍去也。时宋太夫人在，酬以金。先顿首谢，然后置金于案曰："故主流离，心所不忍，岂为求赏来耶！"泣拜而别，自后不复再至矣。守敬性戆直①，侪辈有作奸者，辄断断与争，故为众口所排去。而患难之际，不负其心乃如此。

注释：

①戆直：憨厚而耿直。

事有先兆，莫知其然。如日将出而霞明，雨将至而础润，动乎彼则应乎此也。余自四岁至今，无一日离笔砚。壬子三月初二日，偶在直庐，戏语诸公曰："昔陶靖节①自作挽歌，余亦自题一联曰：'浮沉宦海如鸥鸟，生死书丛似蠹鱼。'百年之后，诸公书以见挽足矣。"刘石庵参知曰："上句殊不类公，若以挽陆耳山②，乃确当耳。"越三日而耳山讣音至，岂非机之先见欤！

注释：

①陶靖节：陶渊明（约 365—427），字元亮，号五柳先生，世称靖节先生，东晋末期南朝宋初期诗人、文学家、辞赋家、散文家。

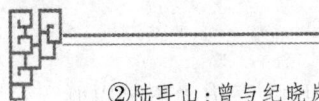

②陆耳山：曾与纪晓岚共同编撰《四库全书》。

申苍岭先生言：有士人读书别业，墙外有废冢，莫知为谁。园丁言夜中或有吟哦声，潜听数夕，无所闻。一夕，忽闻之。急持酒往浇冢上曰："泉下苦吟，定为词客。幽明虽隔，气类不殊。肯现身一共谈乎？"俄有人影冉冉出树阴中，忽掉头竟去。殷勤拜祷，至再至三。微闻树外人语曰："感君见赏，不敢以异物自疑。方拟一接清谈，破百年之岑寂。及遥观丰采，乃衣冠华美，翩翩有富贵之容，与我辈缊袍，殊非同调。士各有志，未敢相亲。惟君委曲谅之。"士人怅怅而返，自是并吟哦亦不闻矣。余曰："此先生玩世之寓言耳。此语既未亲闻，又旁无闻者，岂此士人为鬼揶揄，尚肯自述耶？"先生掀髯曰："钼麑槐下之词①，浑良夫梦中之噪②，谁闻之欤？子乃独诘老夫也！"

注释：

①钼麑（chú ní）槐下之词：钼麑，春秋时期有气节的杀手。灵公派他去刺杀朝中重臣，他不忍心，遂撞槐而死。这指他死之前所说的话。

②浑良夫梦中之噪：典故出自《春秋左氏传》哀公十七年。卫侯梦中浑良夫的喊叫。

邱孝廉二田言：永春山中有废寺，皆焦土也。相传初有僧居之，僧善咒术。其徒夜或见山魈，请禁制。僧曰："人自人，妖自妖，两无涉也。人自行于昼，妖自行于夜，两无害也。万物并生，各适其适。妖不禁人昼出，而人禁妖夜出乎？"久而昼亦魍人，僧寮无宁宇，始施咒术。而气候已成，党羽已众，竟不可禁制矣。愤而云游，求善劾治者偕之归。登坛檄将，雷火下击，妖歼而寺亦烬焉。僧拊膺曰："吾之罪也！夫吾咒术始足以胜之,而弗肯胜也;吾道力不足以胜之,而妄欲胜也。博善化之虚名,溃败决裂乃至此。养痈贻患[1],我之谓也夫！”

注释:

①养痈贻患:留着毒疮不去医治,就会成为严重隐患。比喻纵容姑息坏人坏事,结果自己遭殃。

飞车刘八,从孙树珊之御者也。其御车极鞭策之威,尽驰驱之力,遇同行者,必蓦越其前而后已[1],故得此名。马之强弱所不问,马之饥饱所不问,马之生死亦所不问也。历数主,杀马颇多。一日,御树珊往群从[2]家,以空车返。中路马轶,为轮所轧,仆辙中。其伤颇轻,竟昏瞀不知人,舁归则气已绝矣。好胜者必自及,不仁者亦必自及。东野稷以善御名一国,而极马之力,终以败驾。况此役夫哉！自隙其生,非不幸也。

注释:

①必蓦越其前而后已:必须超过别人才肯罢休。
②群从:指堂兄弟及诸子侄。

先祖光禄公,有庄在沧州卫河东。以地恒积潦,其水左右斜袤如人字,故名人字汪。后土语讹人字曰银子,又转汪为注,以吹唇声轻呼之,音乃近娃,弥失其真矣。土瘠而民贫,雕敝[1]日甚。庄南八里为狼儿口。(土语以狼儿二字合声吹唇呼之,音近辣,平声。)光禄公曰:“人对狼口,宜其不蕃也。”乃改庄门北向。直北五里曰木沽口,(沽字土音在果戈之间。)自改门后,人字汪渐富腴,而木沽口渐雕敝矣。其地气转移欤？抑孤虚之说[2]竟真有之？

人字汪场中有积柴(俗谓之垛。),多年矣。土人谓中有灵怪,犯之多致灾祸;有疾病,祷之亦或验。莫敢撷一茎,拈一叶也。雍正乙巳①,岁大饥,光禄公捐粟六千石,煮粥以赈。一日,柴不给,欲用此柴,而莫敢举手。乃自往祝曰:"汝既有神,必能达理。今数千人枵腹待毙②,汝岂无恻隐心?我拟移汝守仓,而取此柴活饥者,谅汝不拒也。"祝讫,麾众拽取,毫无变异。柴尽,得一秃尾巨蛇,蟠伏不动;以巨畚舁入仓中,斯须不见。从此亦遂无灵。然迄今六七十年,无敢窃入盗粟者,以有守仓之约故也。物至毒而不能不为理所屈,妖不胜德,此之谓矣。

注释:

①雍正乙巳:雍正三年,公元 1725 年。

②枵(xiāo)腹待毙:饿着肚子等死。

从孙树宝言:韩店史某,贫彻骨。父将殁,家惟存一青布袍,将以敛。其母曰:"家久不举火①,持此易米,尚可多活月余,何为委之土中②乎?"史某不忍,卒以敛。此事人多知之。会有失银钏者,大索不得。史某忽得于粪壤中。皆曰:"此天偿汝衣,旌汝孝也。"失钏者以钱六千赎之,恰符衣价。此近日事。或曰:"偶然也。"余曰:"如以为偶,则王祥固不再得鱼③,孟宗固不再生笋也④。幽明之感应,恒以一事示其机耳。汝乌乎知之!"

注释:

①举火:生火做饭。

②委之土中：丢在坟墓中。

③王祥得鱼：二十四孝故事，王祥卧冰求鱼救母。

④孟宗生笋：二十四孝故事，孟宗在寒冬时节为给母亲找到鲜嫩的竹笋来吃，在山中对着竹子哭泣，山中生出很多竹笋。

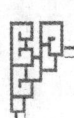
　　景州李晴嶙言：有刘生训蒙于古寺，一夕，微月之下，闻窗外窸窣声；自隙窥之，墙缺似有二人影，急呼有盗。忽隔墙语曰："我辈非盗，来有求于君者也。"骇问："何求？"曰："猥以愚业，堕饿鬼道中，已将百载。每闻僧厨炊煮，辄饥火如焚。窥君似有慈心，残羹冷粥，赐一浇奠可乎？"问："佛家经忏，足济冥途，何不向寺僧求超拔①？"曰："鬼逢超拔，是亦前因。我辈过去生中，营营仕宦，势盛则趋附，势败则掉臂如路人。当其得志，本未扶穷救厄，造有善因；今日势败，又安能遇是善缘乎？所幸货赂丰盈，不甚爱惜，孤寒故旧，尚小有周旋。故或能时遇矜怜，得一沾余沥。不然，则如目连母键在大地狱中，食至口边，皆化猛火，虽佛力亦无如何矣。"生恻然悯之，许如所请，鬼感激呜咽去。自是每以残羹剩酒浇墙外，亦似有胕蚃②，然不见形，亦不闻语。越岁余，夜闻墙外呼曰："久叨嘉惠，今来别君。"生问："何往？"曰："我二人无计求脱，惟思作善以自拔。此林内野鸟至多，有弹射者，先惊之使高飞；有网罟者，先驱之使勿入。以是一念，感动神明，今已得付转轮也。"生尝举以告人曰："沈沦之鬼，其力犹可以济物。人奈何谢不能③乎？"

注释：

①超拔：佛教语。指得到超度，脱离苦难。

②胕蚃（xī xiǎng）：散布，传播。

③谢不能：推辞不肯去做事。

　　族兄中涵知旌德县时，近城有虎暴，伤猎户数人，不能捕。邑人请曰："非聘徽州唐打猎，不能除此患也。"（休宁戴东原曰："明代有唐某，甫新婚而戕于虎。其妇后生一子，祝之曰：'尔不能杀虎，非我子也；后世子孙如不能杀虎，亦皆非我子孙也。'故唐氏世世能捕虎。"）乃遣吏持币往。归报唐氏选艺至精者二人，行且至。至则一老翁，须发皓然，时咯咯作嗽；一童子十六七耳。大失望，姑命具食。老翁察中涵意不满，半跪启曰："闻此虎距城不五里，先往捕之，赐食未晚也。"遂命役导往。役至谷口，不敢行。老翁哂曰："我在，尔尚畏耶？"入谷将半，老翁顾童子曰："此畜似尚睡，汝呼之醒。"童子作虎啸声。果自林中出，径搏①老翁。老翁手一短柄斧，纵八九寸，横半之，奋臂屹立。虎扑至，侧首让之。虎自顶上跃过，已血流仆地。视之，自颔下至尾闾，皆触斧裂矣。乃厚赠遣之。老翁自言炼臂十年，炼目十年。其目以毛帚扫之不瞬，其臂使壮夫攀之，悬身下缒不能动。《庄子》曰："习伏众神，巧者不过习者之门。"②信夫。尝见史舍人嗣彪，暗中捉笔书条幅，与秉烛无异。又闻静海励文恪公，剪方寸纸一百片，书一字其上，片片向日叠映，无一笔丝毫出入。均习而已矣，非别有谬巧也。

注释：

①径搏：径直与搏斗。

②《庄子》句：刻苦练习能让让众神臣服，投机取巧的人不敢经过勤学苦练人的家门。

李庆子言：山东民家，有狐居其屋数世矣。不见其形，亦不闻其语；或夜有火烛盗贼，则击扉撼窗，使主人知觉而已。屋或漏损，则有银钱铿然坠几上。即为修葺，计所给恒浮所费十之二①。若相酬者，岁时必有小馈遗置窗外。或以食物答之，置其窗下，转瞬即不见矣。从不出扰人，儿童或反扰之，戏以瓦砾掷窗内，仍自窗还掷出。或欲观其掷出，投之不已，亦掷出不已，终不怒也。一日，忽檐际语曰："君虽农家，而子孝弟友，妇姑娣姒皆婉顺，恒为善神所护，故久住君家避雷劫。今大劫已过，敬谢主人，吾去矣。"自此遂绝。从来狐居人家，无如是之谨饬②者，其有得于老氏"和光"之旨欤！卒以谨饬自全，不遭劲治之祸，其所见加人一等矣。

注释：

①浮所费十之二：高出所用费用的两成。

②谨饬：谨慎。

从侄虞惇，从兄懋园之子也。壬子三月，随余勘文渊阁书，同在海淀槐西老屋。(余婿袁煦之别业，余葺治之，为轮对上直憩息之地。)言懋园有朱漆藤枕，崔庄社会之所买，有年矣。一年夏日，每枕之，辄嗡嗡有声，以为作劳耳鸣也。旬余后，其声渐厉，似飞虫之振羽。又月余，声达于外，不待就枕始闻矣。疑而剖视，则一细腰蜂鼓翼出焉。枕四围无针芥隙①，蜂何能遗种于内？如未漆时先遗种，何以越数岁乃生？或曰："化生也。"然蜂生以蛹，不以化。即果化生，何以他处不化而化于枕？他枕不化而化于此枕？枕中不饮不食，何以两月余犹活？设不剖出，将不死乎？此理殊不可晓也。

注释：

①无针芥隙：没有针尖大小的缝隙，形容缝隙很小。

虞惇又言：掖县林知州禹门，其受业师也。自言其祖年八十余，已昏耄①不识人，亦不能步履，然犹善饭。惟枯坐一室，苦郁郁不适。子孙恒以椅舁至门外延眺，以为消遣。一日，命侍者入取物，独坐以俟。侍者出，则并椅失之矣。合家

悲泣惶骇，莫知所为；裹粮四出求之，亦无踪迹。会有友人
自劳山来，途遇禹门，遥呼曰："若非觅若祖乎？今在山中某
寺，无恙也。"急驰访之，果然。其地距掖数百里，僧不知其
何以至。其祖但觉有二人舁之飞行，亦不知其为谁也。此事
极怪而非怪，殆山魈狐魅播弄老人以为游戏耳。

注释：

①昏耄(mào)：衰老、年迈、糊涂。

　　戈孝廉廷模，字式之，芥舟前辈长子也。天姿朗彻，诗
格书法，并有父风。于父执中独师事余。余期以远到，乃年
四十余，始选一学官。后得心疾，忽发忽止，竟夭天年。余深
悲之，偶与从孙树珏谈及。树珏因言其未殁以前，读书至夜
半，偶即景得句曰："秋入幽窗灯黯淡。"属对未就，忽其友
某揭帘入，延与坐谈，因告以此句。其友曰："何不对以'魂
归故里月凄清。'"式之愕然曰："君何作鬼语？"转瞬不见，
乃悟其非人。盖衰气先见，鬼感衰气应之也。故式之不久亦
下世。与《灵怪集》载曹唐《江陵佛寺》诗"水底有天春漠漠"
①一联事颇相类。

注释：

①水底有天春漠漠：此句的对句为"人间无路水茫茫"。

　　曹慕堂宗丞言：有夜行遇鬼者，奋力与角。俄群鬼大
集，或抛掷沙砾，或牵拽手足。左右支吾①，大受捶击，颠踬
者数矣。而愤恚弥甚，犹死斗不休。忽坡上有老僧持灯呼
曰："檀越且止！此地鬼之窟宅也，檀越虽猛士，已陷重围。
客主异形，众寡异势，以一人气血之勇，敌此辈无穷之变
幻，虽贲、育②无幸胜也，况不如贲、育者乎？知难而退，乃为

豪杰。何不暂忍一时,随老僧权宿荒刹耶!"此人顿悟,奋身脱出,随其灯影而行。群鬼渐远,老僧亦不知所往。坐息至晓,始觅得路归。此僧不知是人是鬼,可谓善知识耳。

注释:
①左右支吾:左右抵挡。
②贲、育:语出《史记·袁盎晁错列传》,相传孟贲、夏育为古代的勇士,有无穷之力。

海淀人捕得一巨鸟,状类苍鹅,而长喙利吻,目睛突出,眈眈可畏。非鹜非鹳,非鸨非鸬鹚,莫能名之,无敢买者。金海住先生时寓直澄怀园,独买而烹之,味不甚佳。甫食一二脔,觉胸膈间冷如冰雪,坚如铁石;沃以烧春①,亦无暖气。委顿数日,乃愈。或曰:"张读《宣室志》载,俗传人死数日后,当有禽自枢中出,曰'杀'。有郑生者,尝在隰川,与郡官猎于野,网得巨鸟,色苍,高五尺余;解而视之,忽然不见。里中人言有人死且数日,卜者言此日'杀'当去。其家伺而视之,果有巨鸟苍色自枢中出。"又《原化记》载,韦滂借宿人家,射落'杀'鬼,烹而食之,味极甘美。先生所食,或即'杀'鬼所化,故阴凝之气如是欤!"倪馀疆时方同直,闻之笑曰:"是又一终南进士②矣。"

注释:
①沃以烧春:喝了烧春酒。
②终南进士:钟馗,中国民间传说中能打鬼驱除邪祟的神,古书记载钟馗为唐初长安终南山人,故而名之。

自黄村至丰宜门(俗谓之南西门。),凡四十里。泉源水脉,络带钩连,积雨后污潦沮洳,车马颇为阻滞。有李秀者,御空车自固安返。见少年约十五六，娟丽如好女，蹩躠泥涂①，状甚困惫。时日已将没，见秀行过，有欲附载之色，而愧沮不言。秀故轻薄，挑与语，邀之同车。忸怩而上。沿途市果饵食之，亦不甚辞。渐相软款②，间以调谑。面颊微笑而已。行数里后，视其貌似稍苍，尚不以为意。又行十余里，暮色昏黄，觉眉目亦似渐改。将近南苑之西门，则广颡③高颧，鬑鬑有须矣。自讶目眩，不敢致诘。比至逆旅下车，乃须髯皓白，成一老翁，与秀握手作别曰："蒙君见爱，怀感良深。惟暮齿衰颜④，今夕不堪同榻，愧相负耳。"一笑而去，竟不知为何怪也。秀表弟为余厨役，尝闻秀自言之；且自悔少年无状，致招狐鬼之侮云。

注释：

①蹩躠泥涂：奋力在泥泞的道路上行走。蹩躠，尽心用力貌。
②软款：温柔，殷勤的样子。
③广颡：额头很宽。
④暮齿衰颜：比喻年纪很老的样子。

文安王岳芳言：有杨生者，貌姣丽，自虑或遇强暴，乃精习技击，十六七时，已可敌数十人。会诣通州应试，暂住京城。偶独游陶然亭，遇二回人强邀入酒肆。心知其意，姑与饮啖，且故索珍味食。二回人喜甚，因诱至空寺，左右挟坐，遽拥于怀。生一手按一人，并蹅于地，以足踏背，各解带反接，抽刀拟颈①曰："敢动者死！"褫其下衣，并淫之；且数之曰："尔辈年近三十，岂足供狎呢！然尔辈污人多矣，吾为孱弱童子复仇也。"徐释其缚，掉臂径出。后与岳芳同行，遇其一于途，顾之一笑。其人掩面鼠窜去。乃为岳芳具道之。岳芳曰："戕命者使偿命，攘财者使还财，律也，此当相偿者也。惟淫人者有治罪之律，无还使受淫之律，此不当偿者也。子之所为,谓之快心则可,谓之合理则未也。"

注释:

①抽刀拟颈:拔出刀搁在脖子上。

　　从孙树櫺言:南村戈孝廉仲坊,至遵祖庄(土语呼榛子庄,遵榛叠韵之讹,祖子双声之转也。相近又有念祖桥,今亦讹为验左。)会曹氏之葬。闻其邻家鸡产一卵,入夜有光。仲坊偕数客往观,时已昏暮,灯下视之,无异常卵;撤去灯火,果吐光荧荧,周卵四围如盘盂。置诸室隅,立门外视之,则一室照耀如昼矣。客或曰:"是鸡为蛟龙所感,故生卵有是变怪。恐久而破壳出,不利主人。"仲坊次日即归,不知其究竟如何也。案木华《海赋》曰:"阳冰不冶,阴火潜然。"盖阳气伏积阴之内,则郁极而外腾。《岭南异物志》称海中所生鱼鳖,置阴处有光。《岭表录异》亦称黄蜡鱼头,夜有光如笼烛,其肉亦片片有光。水之所生,与水同性故也。必海水始有火,必海错始有光者,积水之所聚,即积阴之所凝,故百川不能郁阳气,惟海能郁也。至暑月腐草之为萤,以层阴积雨,阳气蒸而化为虫。塞北之夜亮木,以冰谷雪岩,阳气聚而附于木。萤不久即死,夜亮木移植盆盎,越一两岁亦不生明。出潜离隐,气得舒则渐散耳。惟鸡卵夜光则理不可晓,蛟龙所感之说,亦未必然。按段成式《酉阳杂俎》称岭南毒菌夜有光,杀人至速。盖瘴疠所锺,以温热发为阳焰。此卵或沴厉①之气,偶聚于鸡;或鸡多食毒虫,久而蕴结,如毒菌有光之类,亦未可知也。

注释:

①沴(lì)厉:灾害。

从侄虞惇言：闻诸任丘刘宗万曰："有旗人赴任丘催租，适村民夜演剧，观至二鼓乃散。归途酒渴，见树旁茶肆，因系马而入。主人出，言火已熄，但冷茶耳。入室良久，捧茶半杯出，色殷红而稠粘，气似微腥。饮尽，更求益①。曰：'瓶已罄矣，当更觅残剩。须坐此稍待，勿相窥也。'既而久待不出，潜窥门隙，则见悬一裸女子，破其腹，以木撑之，而持杯刮取其血。惶骇退出，乘马急奔。闻后有追索茶钱声，沿途不绝。比至居停，已昏瞀坠仆②。居停闻马声出视，扶拔入。次日乃苏，述其颠末。共往迹之，至系马之处，惟平芜老树，荒冢累累，丛棘上悬一蛇，中裂其腹，横支以草茎而已。"此与裴铏《传奇》载卢涵遇盟器婢子杀蛇为酒事相类。然婢子留宾，意在求偶。此鬼鬻茶胡为耶？鬼所需者冥镪，又向人索钱何为耶？

注释：

①更求益：要求再来一些。
②昏瞀堕仆：昏迷倒地。

田香谷言：景河镇西南有小村，居民三四十家。有邹某者，夜半闻犬声，披衣出视。微月之下，见屋上有一巨人坐。骇极惊呼，邻里并出。稍稍审谛，乃所畜牛昂首而蹲，不知其何以上也。顷刻喧传，男妇皆来看异事。忽一家火发，焰猛风狂，合村几尽为焦土。乃知此为牛祸，兆回禄也。姚安公曰："时方纳稼，豆秸谷草，堆秼篱茅屋间，袤延①相接。农家作苦，家家夜半皆酣眠。突尔遭焚，则此村无噍类②矣。天心仁爱，以此牛惊使梦醒也。何反以为妖哉！"

注释：

①袤延：伸展延续。

②无噍（jiào）类：没有活着的人。

同郡某孝廉未第时，落拓不羁，多来往青楼中。然倚门者视之漠然也。惟一妓名椒树者(此妓佚其姓名，此里巷中戏谐之称也。)独赏之，曰："此君岂长贫贱者哉！"时邀之狎饮，且以夜合资供其读书。比应试，又为捐金治装，且为其家谋薪米。孝廉感之，握臂与盟曰："吾傥得志，必纳汝。"椒树谢曰："所以重君者，怪姊妹惟识富家儿；欲人知脂粉绮罗中，尚有巨眼人耳。至白头之约，则非所敢闻。妾性冶荡，必不能作良家妇；如已执箕帚，仍纵怀风月①，君何以堪！如幽闭闺阁，如坐图圄②，妾又何以堪！与其始相欢合，终致仳离③，何如各留不尽之情，作长相思哉！"后孝廉为县令，屡招之不赴。中年以后，车马日稀，终未尝一至其署。亦可云奇女子矣。使韩淮阴能知此意，乌有"鸟尽弓藏"之憾哉！

注释：

①已执箕帚，仍纵怀风月：已经嫁做人妇，操持家务，但是心中还想着如何风流。

②图圄（líng yǔ）：监狱。

③仳离：夫妻离散。

胶州法南野，飘泊长安，穷愁颇甚。一日，于李符千御史座上，言曾于泺口旅舍见二诗，其一曰："流落江湖十四春，徐娘半老尚风尘。西楼一枕鸳鸯梦，明月窥窗也笑人。"其二曰："含情不忍诉琵琶，几度低头掠鬓鸦。多谢西川贵公子，肯持红烛赏残花。"不署年月姓名，不知谁作也。余曰："此君自寓坎坷耳。然五十六字足抵一篇《琵琶行》①矣。"

注释:

①《琵琶行》:白居易诗作,作品叙述了琵琶女的高超演技和她的凄凉身世。

益都李生文渊,南涧弟也。嗜古如南涧,而博辩则过之。不幸夭逝,南涧乞余志其墓①。匆匆未果,并其事状失之,至今以为憾也。一日,在余生云精舍讨论古礼,因举所闻一事曰:博山有书生,夜行林莽间,见贵官坐松下,呼与语。谛视,乃其已故表丈某公也,不得已近前拜谒②。问家事甚悉。生因问:"古称体魄藏于野,而神依于庙主。丈人有家祠,何为在此?"某公曰:"此泥于古不墓祭之文也。夫庙祭地也,主祭位也,神之来格,以是地是位为依归焉耳。如神常居于庙,常附于主,是世世祖妣③与子孙人鬼杂处也。且有庙有主,为有爵禄者言之耳。今一邑一乡之中,能建庙者万家不一二,能立祠者千家不一二,能设主者百家不一二。如神依主而不依墓,是百千亿万贫贱之家,其祖妣皆无依之鬼也,有是理耶?知鬼神之情状者,莫若圣人。明器之礼,自夏后氏以来矣。使神在主而不在墓,则明器当设于庙。乃皆瘗之于墓中,是以器供神而置于神所不至也,圣人顾若是颠耶?卫人之祔离之,殷礼也;鲁人少祔合之,周礼也。孔子善周。使神不在墓,则墓之分合,了无所异,有何善不善耶?《礼》曰:'父殁而不忍读父之书,手泽④存焉尔;母亡而不忍用其杯棬,口泽⑤存焉尔。'一物之微,尚且如是。顾以先人体魄,视如无物;而别植数寸之木,曰此吾父吾母之神也。毋乃不知类耶?寺钟将动,且与子别。子今见吾,此后可毋为竖儒所惑矣。"生匆遽起立,东方已白。视之正其墓道前也。

注释：

①志其墓：为他题写墓志铭。

②拜谒：拜见。

③祖妣：男女祖先。

④手泽：手迹。

⑤口泽：饮食过的痕迹。

陈裕斋言：有僦居道观者，与一狐女狎，靡夕不至。忽数日不见，莫测何故。一夜，褰帘含笑入。问其旷隔之由。曰："观中新来一道士，众目曰仙。虑其或有神术，姑暂避之。今夜化形为小鼠，自壁隙潜窥，直大言欺世者①耳。故复来也。"问："何以知其无道力？"曰："伪仙伪佛，技止二端：其一故为静默，使人不测；其一故为颠狂，使人疑其有所托。然真静默者，必淳穆安恬②，凡矜持者伪也。真托于颠狂者，必游行自在③，凡张皇者伪也。此如君辈文士，故为名高，或迂僻冷峭，使人疑为狷；或纵酒骂座，使人疑为狂，同一术耳。此道士张皇甚矣，足知其无能为也。"时共饮钱稼轩先生家，先生曰："此狐眼光如镜，然词锋太利，来兔不留余地矣。"

注释：

①大言欺世者：说大话欺骗世人。

②淳穆安恬：醇厚庄重，安静恬适。

③游行自在：到处游走，自在不受拘束。

司炊者曹媪，其子僧也。言尝见粤东一宦家，到寺营斋，云其妻亡已十九年。一夕，灯下见形曰："自到黄泉，无时不忆，尚冀君百年之后，得一相见。不意今入转轮，从此茫茫万古，无复会期。故冒冥司之禁，赂监送者来一取别耳。"其夫骇痛,方欲致词,忽旋风入室卷之去,尚隐隐闻泣声。故为饭僧礼忏①,资来世福也。此夫此妇,可谓两不相负矣。《长恨歌》②曰:"但令心如金钿坚,天上人间会相见。"安知不以此一念,又种来世因耶!

注释:

①饭僧礼忏:到寺庙做佛事祈祷祝福。

②《长恨歌》:唐代白居易所写,描写了唐玄宗和杨贵妃的凄美爱情故事。

　　《桂苑丛谈》记李卫公以方竹杖赠甘露寺僧,云此竹出大宛国,坚实而正方,节眼须牙,四面对出云云。案方竹今闽、粤多有,不为异物。大宛即今哈萨克,已隶职方,其地从不产竹,乌有所谓方者哉!又《古今注》载乌孙有青田核,大如六升瓠,空之以盛水,俄而成酒。案乌孙即今伊犁地,问之额鲁特,皆云无此。又《杜阳杂编》载元载造芸晖堂于私第。芸香,草名也,出于阗国,其香洁白如玉,入土不朽烂;春之为屑,以涂其壁,故号曰芸晖。于阗即今和阗地,亦未闻此物。惟西域有草名玛努,根似苍术,番僧焚以供佛,颇为珍贵;然色不白,亦不可泥壁。均小说附会①之词也。

注释:

①附会:指把不相联系的事物说成有联系。捏造编纂。

　　黎荇塘言:有少年,其父商于外,久不归。无所约束,因为囊家①所诱,博负数百金。囊家议代出金偿众,而勒写鬻宅之券。不得已从之。虑无以对母妻,遂不返其家,夜入林自缢。甫结带,闻马蹄隆隆,回顾,乃其父归也。骇问:"何以作此计?"度不能隐,以实告。父殊不怒,曰:"此亦常事,何

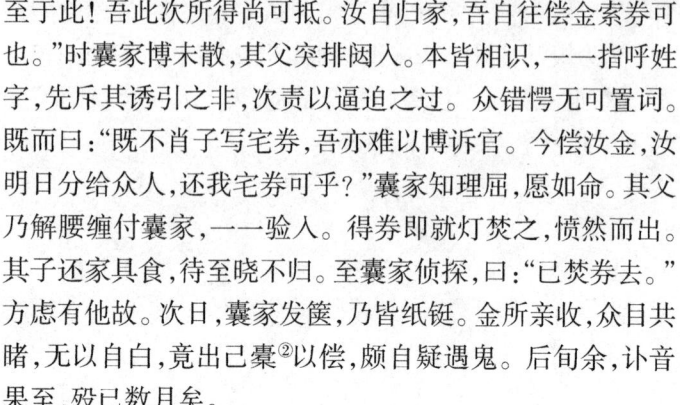

至于此！吾此次所得尚可抵。汝自归家，吾自往偿金索券可也。"时囊家博未散，其父突排闼入。本皆相识，一一指呼姓字，先斥其诱引之非，次责以逼迫之过。众错愕无可置词。既而曰："既不肖子写宅券，吾亦难以博诉官。今偿汝金，汝明日分给众人，还我宅券可乎？"囊家知理屈，愿如命。其父乃解腰缠付囊家，一一验入。得券即就灯焚之，愤然而出。其子还家具食，待至晓不归。至囊家侦探，曰："已焚券去。"方虑有他故。次日，囊家发箧，乃皆纸铤。金所亲收，众目共睹，无以自白，竟出己橐②以偿，颇自疑遇鬼。后旬余，讣音果至，殁已数月矣。

注释：

①囊家：设局聚赌抽头取利者。

②己橐：自己的钱。

李樵风言：杭州涌金门外，有渔舟泊神祠下，闻祠中人语嘈杂。既而神诃曰："汝曹野鬼，何辱文士？罪当笞。"又闻辩诉曰："人静月明，诸幽魂暂游水次，稍释羁愁①。此二措大独讲学谈诗，刺刺②不止。众皆不解，实所厌闻。窃相耳语，微示不满，稍稍引去则有之，非敢有所触犯也。"神默然，少顷，曰："论文雅事，亦当择地择人。先生休矣。"俄而磷火如萤，自祠中出。遥闻吃吃笑不已，四散而去。

注释：

①羁(jī)愁：旅途的忧愁。

②刺刺：大声说话不停息的声音。

刘焜，沧州人。其母以康熙壬申①生，至乾隆壬子②，年一百一岁，尚强健善饭。屡逢恩诏，里胥欲为报官支粟帛，辄固辞弗愿。去岁，欲为请旌建坊③，亦固辞弗愿。或询其弗愿之故。慨然曰："贫家嫠妇，赋命蹇薄，正以颠连困苦，为神道所怜，得此寿耳。一邀过分之福，则死期至矣。"此媪所见殊高。计其生平，必无胶胶扰扰分外之营求，宜其恬然冲静，颐养天和，得以保此长龄矣。

注释：
①康熙壬申：康熙三十一年，公元 1692 年。
②乾隆壬子：乾隆五十七年，公元 1792 年。
③请旌建坊：申请建立旌表牌坊来表彰。

卷十二

槐西杂志(二)

　　安中宽言:有人独行林莽间,遇二人,似是文士,吟哦而行。一人怀中落一书册,此人拾得。字甚拙涩,波磔皆不甚具,仅可辨识。其中或符箓、或药方、或人家春联,纷糅无绪①,亦间有经书古文诗句。展阅未竟,二人遽追来夺去,倏忽不见。疑其狐魅也。一纸条飞落草间,俟其去远,觅得之。上有字曰:"《诗经》于字皆音乌,《易经》无字左边无点。"余谓此借言粗材之好讲文艺者也,然能刻意于是,不愈于饮博游冶乎!使读书人能奖励之,其中必有所成就。乃薄而挥之②,斥而笑之③,是未思圣人之待互乡、阙党二童子④也。讲学家崖岸过峻,使人甘于自暴弃,皆自沽己名,视世道人心如膜外耳。

注释:

　　①纷糅(róu)无绪:杂乱无章,没有头绪。

　　②薄而挥之:轻视他们,挥着手把人撵走。

　　③斥而笑之:辱骂嘲笑他们。

　　④圣人之待互乡、阙党二童子:出自《论语》。互乡、阙党是两个偏远的地方,这里的人不开化,不求学,但是孔子还是接见了来自这两个地方的孩子。孔子赞许这两个孩子有上进心,对他们的过去不追究。

　　景州甯遁公,能以琉璃春碎调漆,堆为擘窠书。凹凸皱皱,俨若石纹。恒挟技游富贵家,喜索人酒食。或闻燕集,必往搀末席。一日,值吴桥社会,以所作对联匾额往售。至晚,得数金。忽遇十数人邀之，曰："我辈欲君殚一月工，堆字若干，分赠亲友，冀得小津润①。今先屈先生一餐，明日奉迎至某所。"甯大喜，随入酒肆，共恣饮啖。至漏下初鼓，主人促闭户。十数人一时不见，座上惟甯一人。无可置辩，乃倾囊偿值，懊恼而归。不知为幻术为狐魅也。李露园曰："此君自宜食此报。"

注释：
①津润：酬谢的财物。

某公眷一娈童，性柔婉，无市井态，亦无恃宠骄纵意。忽泣涕数日，目尽肿。怪诘其故。慨然曰："吾日日荐枕席，殊不自觉。昨寓中某与某童狎，吾穴隙窃窥，丑难言状，与横陈之女迥殊。因自思吾一男子而受污如是，悔不可追，故愧愤欲死耳。"某公譬解百方，终怏怏不释。后竟逃去。或曰："已改易姓名，读书游泮①矣。"梅禹金有《青泥莲花记》，若此童者，亦近于青泥莲花欤！又奴子张凯，初为沧州隶，后夜闻罪人暗泣声，心动辞去，鬻身于先姚安公。年四十余，无子。一日，其妇临蓐，凯愀然曰："其女乎！"已而果然。问："何以知之？"曰："我为隶时，有某控其妇与邻人张九私。众知其枉，而事涉暧昧，无以代白②也。会官遣我拘张九。我禀曰：'张九初五日以逋赋拘，初八日笞十五去矣。今不知所往，乞宽其限。'官检征比册，良是，怒某曰：'初七日张九方押禁，何由至汝妇室乎？'杖而遣之。其实别一张九，吾借以支吾得免也。去岁，闻此妇死。昨夜梦其向我拜，知其转生为我女也。"后此女嫁为贾人妇，凯夫妇老且病，竟赖其孝养以终。杨椒山有《罗刹成佛记》。若此奴者，亦近于罗刹成佛欤！

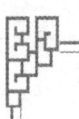
注释：

①游泮：明、清科举制度，经州县考试录取为生员者就读于学宫。

②代白：替人辩白。

冯平宇言：有张四喜者，家贫佣作。流转至万全山中，遇翁妪留治圃。爱其勤苦，以女赘之。越数岁，翁妪言往塞外省长女，四喜亦挈妇他适。久而渐觉其为狐，耻与异类偶，伺其独立，潜弯弧射之，中左股。狐女以手拔矢，一跃直至四喜前，持矢数之曰："君太负心，殊使人恨！虽然，他狐媚人，苟且野合耳。我则父母所命，以礼结婚，有夫妇之义焉。三纲所系，不敢仇君；君既见弃，亦不敢强住聒君①。"握四喜之手痛哭，逾数刻，乃蹶然逝。四喜归，越数载，病死，无棺以敛。狐女忽自外哭入，拜谒姑舅，具述始末；且曰："儿未嫁，故敢来也。"其母感之，詈四喜无良。狐女俯不语。邻妇不平，亦助之詈。狐女瞋视曰："父母詈儿，无不可者。汝奈何对人之妇，詈人之夫！"振衣竟出，莫知所往。去后，于四喜尸旁得白金五两，因得成葬。后四喜父母贫困，往往于盎中箧内无意得钱米，盖亦狐女所致也。皆谓此狐非惟形化人，心亦化人矣。或又谓狐虽知礼，不至此，殆平宇故撰此事，以愧人之不如者。姚安公曰："平宇虽村叟，而立心笃实，平生无一字虚妄；与之谈，讷讷②不出口，非能造作语言者也。"

注释：

①聒君：骚扰你。

②讷讷：口齿不清，语言迟钝。

卢观察抡吉言：往平有夫妇相继死，遗一子，甫周岁。兄嫂咸不顾恤①，饿将死。忽一少妇排门入，抱儿于怀，詈其兄嫂曰："尔弟夫妇尸骨未寒，汝等何忍心至此！不如以儿付我,犹可觅一生活处也。"挈儿竟出,莫知所终。邻里咸目睹之。有知其事者曰:"其弟在日,常昵一狐女。意或不忘旧情,来视遗孤乎?"是亦张四喜妇之亚②也。

注释:

①顾恤:照顾体恤。
②亚:相似,类似。

乌鲁木齐多狭斜①,小楼深巷,方响时闻②。自谯鼓初鸣,至寺钟欲动,灯火恒荧荧也。冶荡者惟所欲为,官弗禁,亦弗能禁。有宁夏布商何某,年少美风姿,资累千金,亦不甚吝,而不喜为北里游。惟畜牝豕十余,饲极肥,濯极洁,日闭门而沓淫之。豕亦相摩相倚,如昵其雄。仆隶恒窃窥之,何弗觉也。忽其友乘醉戏诘,乃愧而投井死。迪化厅同知木余泰曰:"非我亲鞫是狱,虽司马温公以告我,我弗信也。"余作是地杂诗,有曰:"石破天惊事有无,后来好色胜登徒③。何郎甘为风情死,才信刘郎爱媚猪。"即咏是事。人之性癖,有至于如此者!乃知以理断天下事,不尽其变;即以情断天下事,亦不尽其变也。

注释:

①多狭斜:指有很多寻欢作乐的妓院场所。
②方响时闻:时常听到寻欢作乐的声音。
③登徒:后世把那些好色而不择美丑者称为"登徒"。

张一科,忘其何地人。携妻就食塞外,佣于西商①。西商昵其妻,挥金如土,不数载资尽归一科,反寄食其家。妻厌薄②之,诟谇使去。一科曰:"微是人无此日,负之不祥。"坚不可。妻一日持梃逐西商,一科怒詈。妻亦反詈曰:"彼非爱我,昵我色也。我亦非爱彼,利彼财也。以财博色,色已得矣,我原无所负于彼;以色博财,财不继矣,彼亦不能责于我。此妇不遣,留之何为?"一科益惭,竟抽刃杀之,先以百金赠西商,而后自首就狱。又一人忘其姓名,亦携妻出塞。妻病殁,困不能归,且行乞。忽有西商招至肆③,赠五十金。怪其太厚,固诘其由。西商密语曰:"我与尔妇最相昵,尔不知也。尔妇垂殁,私以尔托我。我不忍负于死者,故资尔归里。"此人怒掷于地,竟格斗至讼庭。二事相去不一月。相国温公,时镇乌鲁木齐。一日,宴僚佐于秀野亭,座间论及。前竹山令陈题桥曰:"一不以贫富易交,一不以死生负约,是虽小人,皆古道可风也。"公蹙蹙曰:"古道诚然。然张一科曷可风耶?"后杀妻者拟抵,而谳语甚轻;赠金者拟杖,而不云枷示。公沈思良久,慨然曰:"皆非法也。然人情之薄久矣,有司如是上,即如是可也。"

注释:
①西商:西域商人。
②厌薄:讨厌看不起。
③肆:店铺。

嘉祥曾映华言:一夕秋月澄明,与数友散步场圃外。忽旋风滚滚,自东南来,中有十余鬼,互相牵曳,且殴且詈。尚能辨其一二语,似争朱、陆①异同也。门户之祸,乃下彻黄泉乎!

注释:
①朱、陆:朱熹、陆九渊,为我国著名的理学家。

"去去复去去,凄恻门前路。行行重行行,辗转犹含情。含情一回首,见我窗前柳。柳北是高楼,珠帘半上钩。昨为楼上女,帘下调鹦鹉。今为墙外人,红泪沾罗巾。墙外与楼上,相去无十丈。云何咫尺间,如隔千重山?悲哉两决绝,从此终天别。别鹤空徘徊,谁念鸣声哀!徘徊日欲晚,决意投身返。手裂湘裙裾,泣寄稿砧书。可怜帛一尺,字字血痕赤。一字一酸吟,旧爱牵人心。君如收覆水,妾罪甘鞭捶。不然死君前,终胜生弃捐。死亦无别语,愿葬君家土。傥化断肠花,犹得生君家。"右见《永乐大典》,题曰《李芳树刺血诗》,不著朝代,亦不详芳树始末。不知为所自作,如窦玄妻诗;为时人代作,如焦仲卿妻诗①也。世无传本,余校勘《四库》偶见之。爱其缠绵悱恻,无一毫怨怒之意,殆可泣鬼神。令馆吏录出一纸,久而失去。今于役滦阳,检点旧帙,忽于小箧内得之。沈湮数百年,终见于世,岂非贞魂怨魄,精贯三光,有不可磨灭者乎!陆耳山副宪曰:"此诗次韩蕲王孙女诗前;彼在宋末,则芳树必宋人。"以例推之,想当然也。

注释:

①焦仲卿妻诗:汉乐府《孔雀东南飞》。

舅氏安公实斋,一夕就寝,闻室外扣门声。问之不答,视之无所见。越数夕,复然。又数夕,他室亦复然。如是者十余度,亦无他故。后村中获一盗,自云我曾入某家十余次,皆以人不睡而返。问其日皆合,始知鬼报盗警也。故瑞①不必为祥,妖不必为灾,各视乎其人。

注释:

①瑞:预兆。

明永乐二年,迁江南大姓实畿辅。始祖椒坡公,自上元徙献县之景城。后子孙繁衍,析居崔庄,在景城东三里。今土人以仕宦科第,多在崔庄,故皆称崔庄纪,举其盛也。而余族则自称景城纪,不忘本也。椒坡公故宅,在景城、崔庄间,兵燹久圮①,其址属族叔桀庵家。桀庵从余受经,以乾隆丙子②举乡试,拟筑室移居于是。先姚安公为预题一联曰:"当年始祖初迁地,此日云孙再造家。"后室不果筑,而姚安公以甲申八月弃诸孤。卜地惟是处吉,因割他田易诸桀庵而葬焉。前联如公自谶也。事皆前定,岂不信哉!

注释:

①兵燹(xiǎn)久圮:因战乱早就倒塌了。

②乾隆丙子:乾隆二十一年,公元1756年。

侍姬沈氏,余字之曰明玕。其祖长洲人,流寓河间,其父因家焉。生二女,姬其次也。神思朗彻①,殊不类小家女。常私语其姊曰:"我不能为田家妇。高门华族,又必不以我为妇。庶几其贵家媵②乎?"其母微闻之,竟如其志。性慧黠,平生未尝忤一人。初归余时,拜见马夫人。马夫人曰:"闻汝自愿为人媵,媵亦殊不易为。"敛衽对曰:"惟不愿为媵,故媵难为耳。既愿为媵,则媵亦何难!"故马夫人始终爱之如娇女。尝语余曰:"女子当以四十以前死,人犹悼惜③。青裙白发,作孤雏腐鼠④,吾不愿也。"亦竟如其志,以辛亥四月二十五日卒,年仅三十。初仅识字,随余检点图籍,久遂粗知文义,亦能以浅语成诗。临终,以小照付其女,口诵一诗,请余书之,曰:"三十年来梦一场,遗容手付女收藏。他时话我生平事,认取姑苏沈五娘。"泊然而逝。方病剧时,余以侍值圆明园,宿海淀槐西老屋。一夕,恍惚两梦之,以为结念所致耳。既而知其是夕晕绝,移二时乃苏,语其母曰:"适梦至海淀寓所,有大声如雷霆,因而惊醒。"余忆是夕,果壁上挂瓶绳断堕地,始悟其生魂果至矣。故题其遗照有曰:"几分相似几分非,可是香魂月下归? 春梦无痕时一瞥,最关情处在依稀。"又曰:"到死春蚕尚有丝,离魂倩女不须疑。一声惊破梨花梦,恰记铜瓶坠地时。"即记此事也。

注释:

①神思朗彻:思维清晰,头脑灵活。

②媵:妾、小妻。

③悼惜:哀悼惋惜。

④孤雏腐鼠:孤独的雏鸟,腐烂的老鼠。比喻微贱而不值得一说的人或事物。

　　相去数千里,以燕赵之人,谈滇黔之俗,而谓居是土者,不如吾所知之确。然耶否耶? 晚出数十年,以髫龀之子,论耆旧之事,而曰见其人者,不如吾所知之确。然耶否耶? 左丘明身为鲁史,亲见圣人;其于《春秋》,确有源委①。至唐中叶,陆淳辈始持异论。宋孙复以后,哄然佐斗,诸说争鸣,皆曰左氏不可信,吾说可信。何以异于是耶! 盖汉儒之学务实,宋儒则近名,不出新义,则不能耸听②;不排旧说,则不能出新义。诸经训诂,皆可以口辩相争;惟《春秋》事迹厘然③,难于变乱。于是谓左氏为楚人、为七国初人、为秦人,而身为鲁史、亲见圣人之说摇。既非身为鲁史、亲见圣人,则传中事迹,皆不足据,而后可惟所欲言矣。沿及宋季,赵鹏飞作《春秋经筌》④,至不知成风为僖公生母,尚可与论名分、定褒贬乎? 元程端学⑤推波助澜,尤为悍戾。偶在五云多处(即原心亭。)检校端学《春秋解》,周编修书昌因言:有士人得此书,珍为鸿宝。一日,与友人游泰山,偶谈经义,极称其论叔姬归鄫一事,推阐至精。夜梦一古妆女子,仪卫尊严,历色诘之曰:"武王元女,实主东岳。上帝以我艰难完节,接迹共姜,俾隶太姬为贵神,今二千余年矣。昨尔述竖儒之说,谓我归鄅为淫于纪季,虚辞诬诋,实所痛心!我隐公七年归纪,庄公二十年归鄅,相距三十四年,已在五旬以外矣。以斑白之嫠妇,何由知季必悦我?越国相从,《春秋》之法,非诸侯夫人不书,亦如非卿不书也。我待年之媵,例不登诸简策,徒以矢心不二,故仲尼有是特笔。程端学何所依凭而造此暧昧之谤耶?尔再妄传,当脔尔舌。"命从神以骨朵击之,狂叫而醒,遂毁其书。余戏谓书昌曰:"君耽宋学,乃作此言!"书昌曰:"我取其所长,而不敢讳所短也。"是真持平之论矣。

注释:

①源委:根据,缘由。

②耸听:耸动听闻,让听者吃惊。

③厘然:清楚明白。

④《春秋经荃》:此书为宋代赵鹏飞所撰,赵鹏飞字企明,号木讷,生卒年及事迹皆不详。赵氏认为历代以来解读经书者,都失圣人之本旨,故《春秋经荃》以经解经,力求还原圣人旨意。

⑤程端学:程端学(1278—1334)字时叔,号积斋。程端学是元代有名的经学家。有《春秋本义》、《春秋或问》、《春秋三传辨疑》等著作。

　　杨令公祠在古北口内,祀宋将杨业①。顾亭林《昌平山水记》,据《宋史》谓业战死长城北口,当在云中②,非古北口③也。考王曾《行程录》,已云古北口内有业祠。盖辽人重业之忠勇,为之立庙。辽人亲与业战,曾奉使时,距业仅数十年,岂均不知业殁于何地?《宋史》则元季托克托所修(托克托旧作脱脱,盖译音未审。今从《三史国语解》。),距业远矣,似未可据后驳前也。

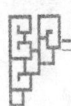

注释:

①杨业:杨业（？—986)北宋名将。山西太原人。

②云中:古地名,现山西省大同市地区。

③古北口:古北口是山海关、居庸关两关之间的长城要塞,为辽东平原和内蒙古通往中原地区的咽喉,历来是兵家必争之地。

　　余校勘秘籍①,凡四至避暑山庄:丁未以冬、戊申以秋、己酉以夏、壬子以春,四时之胜胥览焉。每泛舟至文津阁,山容水意,皆出天然,树色泉声,都非尘境;阴晴朝暮,千态万状,虽一鸟一花,亦皆入画。其尤异者,细草沿坡带谷,皆茸茸如绿罽②,高不数寸,齐如裁剪,无一茎参差长短者。苑丁谓之规矩草。出宫墙才数步,即蓼莪滋蔓矣。岂非天生嘉卉,以待宸游③哉!

注释:

①秘籍:有关皇室的典籍。

②绿罽(jì):绿色的毯子。

③宸(chén)游:黄帝巡游。

　　李又聃先生言:有张子克者,授徒村落,岑寂寡俦①。偶散步场圃间,遇一士,甚温雅。各道姓名,颇相款洽。自云家住近村,里巷无可共语者,得君如空谷之足音也。因共至塾,见童子方读《孝经》。问张曰:"此书有今文古文,以何为是?"张曰:"司马贞言之详矣。近读《吕氏春秋》,见《审微》篇中引诸侯一章,乃是今文。七国时人所见如是,何处更有古文乎?"其人喜曰:"君真读书人也。"自是屡至塾。张欲报谒②,辄谢以贫无栖止③,夫妇赁住一破屋,无地延客。张亦遂止。一夕,忽问:"君畏鬼乎?"张曰:"人未离形之鬼,鬼已离形之人耳,虽未见之,然觉无可畏。"其人恶然④曰:"君既不畏,我不欺君,身即是鬼。以生为士族,不能逐焰口争钱米。叨为气类,求君一饭可乎?"张契分既深⑤,亦无疑惧,即为具食,且邀使数来。考论图籍,殊有端委。偶论太极无极之旨,其人怫然曰:"于传有之:'天道远,人事迩。'《六经》所论皆人事,即《易》阐阴阳,亦以天道明人事也。舍人事而言天道,已为虚杳;又推及先天之先,空言聚讼,安用此为?谓君留心古义,故就君求食。君所见乃如此乎?"拂衣竟起,倏已影灭。再于相遇处候之,不复睹矣。

注释:

①岑寂寡俦:日子过得安静,应酬很少,也没有朋友。

②报谒:回访,上门拜访。

③谢以贫无栖止:推脱说家里贫穷没有住的地方。

④恧(nǜ)然:惭愧的样子。

⑤契分既深:交情深厚。

余督学闽中时,院吏①言:雍正中,学使②有一姬堕楼死,不闻有他故,以为偶失足也。久而有泄其事者,曰姬本山东人,年十四五,嫁一婪人③子。数月矣,夫妇甚相得,形影不离。会岁饥,不能自活,其姑卖诸贩鬻妇女者。与其夫相抱,泣彻夜,啮臂为志而别。夫念之不置,沿途乞食,兼程追及贩鬻者,潜随至京师。时于车中一觌面④,幼年怯懦,惧遭诃詈,不敢近,相视挥涕而已。既入官媒家,时时候于门侧,偶得一睹,彼此约勿死,冀天上人间,终一相见也。后闻为学使所纳,因投身为其幕友仆,共至闽中。然内外隔绝,无由通问,其妇不知也。一日病死,妇闻婢媪道其姓名、籍贯、形状、年齿,始知之。时方坐笔捧楼上,凝立良久,忍对众备言始末,长号数声,奋身投下死。学使讳言之,故其事不传。然实无可讳也。大抵女子殉夫,其故有二:一则揭柱⑤纲常,宁死不辱,此本乎礼教者也。一则忍耻偷生,苟延一息,冀乐昌破镜,再得重圆;至望绝势穷,然后一死以明志。此生于情感者也。此女不死于贩鬻之手,不死于媒氏之家,至玉玷花残⑥,得故夫凶问而后死,诚为太晚。然其死志则久定矣,特私爱缠绵,不能自割。彼其意中,固不以当死不死为负夫之恩,直以可待不待为辜夫之望。哀其遇,悲其志,惜其用情之误,则可矣;必执《春秋》大义,责不读书之儿女,岂与人为善之道哉!

注释:
①院吏:管理学院事务的官吏。
②学使:官名,即学政。
③窭(jù)人:穷苦人。
④觌面:见面。
⑤搘(zhī)柱:支柱、支撑。
⑥玉玷花残:残花败柳,指女子不洁。

壬申七月,小集宋蒙泉家,偶谈狐事。聂松岩曰:贵族有一事,君知之乎?曩以乡试在济南,闻有纪生者,忘其为寿光为胶州也。尝暮遇女子独行,泥泞颠踬①,倩之扶掖。念此必狐女,姑试与昵,亦足以知妖魅之情状。因语之曰:"我识尔,尔勿诳我。然得妇如尔亦自佳。人静后可诣书斋,勿在此相调,徒多迂折。"女子笑而去。夜半果至,狎媟者数夕,觉渐为所惑,因拒使勿来。狐女怨詈不肯去。生正色曰:"勿如是也。男女之事,权在于男。男求女,女不愿,尚可以强暴得;女求男,男不愿,则心如寒铁,虽强暴亦无所用之。况尔为盗我精气来,非以情合,我不为负尔情。尔阅人②多矣,难以节言,我亦不为堕尔节。始乱终尹,君子所恶,为人言之,不为尔曹言之也。尔何必恋恋于此,徒为无益;狐女竟词穷而去。乃知一受蛊惑,缠绵至死,符箓不能驱遣者,终由情欲牵连,不能自割耳。使泊然不动,彼何所取而不去哉！

注释：
①泥泞颠踬：在泥泞的路上很艰难地行走。
②阅人：观察人。

法南野又说一事曰：里有恶少数人，闻某氏荒冢有狐，能化形媚人。夜携罝罟①布穴口，果掩得二牝狐。防其变幻，急以锥刺其髀，贯之以索，操刃胁之曰："尔果能化形为人，为我辈行酒，则贷尔命。否则立磔②尔！二狐嗥叫跳掷，如不解者。恶少怒，刺杀其一。其一乃人语曰："找无衣履，及化形为人，成何状耶？"又以刃拟颈。乃宛转成一好女子，裸无寸缕。众大喜，迭肆无礼③，复拥使侑觞，而始终掣索不释手。狐妮妮软语，祈求解索。甫一脱手，已瞥然逝。归未到门，遥见火光，则数家皆焦土，杀狐者一女焚焉。知狐之相报也。狐不扰人，人乃扰狐，"多行不义"，其及也宜哉。

注释：
①罝罟(jū gǔ)：捕兽的网。
②磔：斩杀。
③迭肆无礼：轮流放肆地做出非礼举动。

田白岩说一事曰：某继室少艾，为狐所媚，劾治无验。后有高行道士，檄神将缚至坛，责令供状。金①闻狐语曰："我豫产②也，偶挞妇，妇潜窜至此，与某呢。我衔之次骨，是以报。"某忆幼时果有此，然十余年矣。道士曰："结恨既深，自宜即报，何迟迟至今？得无刺知此事，假借藉口耶？"曰："彼前妇贞女也，惧干天罚，不敢近。此妇轻佻，乃得诱狎。因果相偿，鬼神弗罪，师又何责焉？"道士沉思良久，曰："某呢尔妇几日？"曰："一年余。""尔呢此妇几日？"曰："三年余。"道士怒曰："报之过当，曲③又在尔，不去，且檄尔付雷部！"狐乃服罪去。清远先生(蒙泉之父。)曰："此可见邪正之念，妖魅皆得知。报施之理，鬼神弗能夺也。"

注释：

①金：都，全部。
②豫产：出生在河南。
③曲：错误。

　　清远先生亦说一事曰：朱某一婢，粗材也。稍长，渐慧黠，眉目亦渐秀媚，因纳为妾。颇有心计，摒挡井井①，米盐琐屑，家人纤毫不敢欺，欺则必败。又善居积，凡所贩鬻，来岁价必贵。朱以渐裕，宠之专房。一日，忽谓朱曰："君知我为谁？"朱笑曰："尔颠耶？"因戏举其小名曰："尔非某耶？"曰："非也，某逃去久矣，今为某地某人妇，生子已七八岁。我本狐女，君九世前为巨商，我为司会计。君遇我厚，而我干没君三千余金。冥谪堕狐身，炼形数百年，幸得成道。然坐此负累，终不得升仙。故因此婢之逃，幻其貌以事君。计十余年来，所入足以敌所逋②。今尸解去矣。我去之后，必现狐形。君可付某仆埋之，彼必裂尸而取革，君勿罪彼。彼四世前为饿莩时，我未成道，曾啖其尸。听彼碎磔③我，庶冤可散也。"俄化狐仆地，有好女长数寸，出顶上，冉冉去；其貌则别一人矣。朱不忍而自埋之，卒为此仆窃发，剥卖其皮。朱知为夙业，浩叹而已。

注释：

①摒挡井井：收拾整理的井井有条。
②敌所逋：抵偿当年所私吞财物的数目。
③碎磔：碎尸万段。

从孙树楠言：高川贺某，家贫甚。逼除夕，无以卒岁，诣亲串借贷无所得，仅沽酒款之。贺抑郁无聊，姑浇块垒①，遂大醉而归。时已昏夜，遇老翁负一囊，蹩躠不进，约贺为肩至高川，酬以雇值。贺诺之，其囊甚重。贺私念方无度岁资②，若攘夺而逸，龙钟疲叟③，必不能追及。遂尽力疾趋，翁自后追呼，不应。狂奔七八里，甫得至家，掩门急入。呼灯视之，乃新斫杨木一段，重三十余斤，方知为鬼所弄。殆其贪狡之性，久为鬼恶，故乘其窘而侮之。不然，则来往者多，何独戏贺？是时未见可欲，尚未生盗心，何已中途相待欤？

注释：
①块垒：比喻胸中郁结的愁闷或气愤。
②无度岁资：没有办法筹集到过年的钱。
③龙钟疲叟：年纪很大，也没有力气的老头。

树楠又言：垛庄张子仪，性嗜饮，年五十余，以寒疾卒。将敛矣，忽苏曰："我病愈矣。顷至冥司，见贮酒巨瓮三，皆题'张子仪封'字；其一已启封，尚存半瓮，是必皆我之食料，须饮尽方死耳。"既而果愈，复纵饮二十余年。一日，谓所亲①曰："我其将死乎！昨又梦至冥司，见三瓮酒俱尽矣。"越数日，果无疾而卒。然则《补录纪传》载李卫公食羊之说，信有之乎！

注释：
①所亲：亲属。

宝坻王孝廉锦堂言：宝坻旧城圮坏，水啮雨穿，多成洞穴，妖物遂窟宅其中。后修城时，毁其旧垣，失所凭依，遂散处空宅古寺，四出祟人，男女多为所媚。忽来一道士，教人取黑豆四十九粒,持咒炼七日,以击妖物,应手死。锦堂家多空屋,遂为所据,一仆妇亦为所媚。以道人所炼豆击之,忽风声大作,似有多人喧呼曰:"太夫人被创死矣!"趋视,见一巨蛇,豆所伤处,如铳炮铅丸所中。因问道士:"凡媚女者必男妖,此蛇何呼太夫人?"道士曰:"此雌蛇也。蛇之媚人,其首尾皆可以噏①精气,不必定相交接也。"旋有人但闻风声,即似梦魇,觉有吸其精者,精即涌溢。则道士之言信矣。又一人突见妖物,豆在纸裹中,猝不及解,并纸掷之,妖物亦负创遁。又一人为女妖所媚,或授以豆。耽其色美,不肯击,竟以陨身。夫妖物之为祟,事所恒有,至一时群聚而肆毒,则非常之恶,天道所不容矣。此道士不先不后,适以是时来,或亦神所假手②欤!

注释:

①噏(xī):吸。
②假手:借他人之手来达到自己的目的。

　　某侍郎夫人卒,盖棺以后,方陈祭祀,忽一白鸽飞入帏,寻视无睹。俶扰①间,烟焰自棺中涌出,连甍累栋②,顷刻并焚。闻其生时,御下严③:凡买女奴,成券入门后,必引使长跪,先告戒数百语,谓之教导;教导后,即褫衣反接,挞百鞭,谓之试刑。或转侧④,或呼号,挞弥甚。挞至不言不动,格格然如击木石,始谓之知畏,然后驱使。安州陈宗伯夫人,先太夫人姨也,曾至其家。常曰其僮仆婢媪,行列进退,虽大将练兵,无如是之整齐也。又余常至一亲串家,丈人行也,入其内室,见门左右悬二鞭,穗皆有血迹,柄皆光泽可鉴⑤。闻其每将就寝,诸婢一一缚于凳,然后覆之以衾,防其私遁或自戕也。后死时,两股疽溃露骨,一若杖痕。

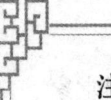

注释：

①傲扰：扰乱、骚扰。

②连甍（méng）累栋：棺木连带房屋都殃及。

③御下严：管教奴仆女婢很严厉。

④转侧：挣扎、翻转。

⑤光泽可鉴：有光泽像镜子一样可以照见人影。

刑曹案牍，多被殴后以伤风死者，在保辜限内①，于律不能不拟抵。吕太常含晖，尝刊秘方：以荆芥、黄蜡、鱼鳔三味（鱼鳔炒黄色。）各五钱，艾叶三片，入无灰酒一碗，重汤煮一炷香，热饮之，汗出立愈；惟百日以内，不得食鸡肉。后其子慕堂，登庚午贤书②，人以为刊方之报也。

注释：

①保辜限内：在保外就医的时间内。

②贤书：形容科举考试中举的名榜。

《酉阳杂俎》载骰子咒曰："伊帝弥帝，弥揭罗帝。"诵至十万遍，则六子皆随呼而转。试之，或验或不验。余谓此犹诵驴字治病耳。大抵精神所聚，气机应之。气机所感，鬼神通之。所谓"至诚则金石为开①"也。笃信之则诚，诚则必动；姑试之则不诚，不诚则不动。凡持炼之术，莫不如是，非独此咒为然矣。

注释：

①至诚则金石为开：诚至所达到的地方，像金石那样坚硬的东西也被他打开。形容对人真诚产生的感动力。比喻只要专心诚意去做，什么疑难问题都能解决。

旧仆兰桂言：初至京师，随人住福清会馆，门以外皆丛冢也。一夜月黑①,闻汹汹喧哎声②、哭泣声,又有数人劝谕声。念此地无人,是必鬼斗;自门隙窃窥,无所睹。屏息谛听,移数刻,乃一人迁其妇柩,误取他家柩去。妇故有夫,葬亦相近,谓妇为此人所劫,当以此人妇相抵。妇不从而诟争也。会逻者鸣金过,乃寂无声。不知其作何究竟,又不知此误取之妇他年合窆③又作何究竟也。然则谓鬼附主而不附墓,其不然乎!

注释:

①月黑:没有月亮的晚上。

②汹汹喧哎声:吵吵嚷嚷喧闹的声音。

③合窆:合葬。

虞惇有佃户孙某,善鸟铳,所击无不中。尝见一黄鹂,命取之。孙启曰:"取生者耶? 死者耶? "问:"铁丸冲击,安能预决其生死? "曰:"取死者直中之耳,取生者则惊使飞而击其翼。"命取生者。举手铳发,黄鹂果堕。视之,一翼折矣。其精巧如此。适一人能诵放生咒,与约曰:"我诵咒三遍,尔百击不中也。"试之果然。后屡试之,无不验。然其词鄙俚,殆可笑噱①,不识何以能禁制。又凡所闻禁制诸咒,其鄙俚大抵皆似此,而实皆有验,均不测其所以然也。

注释:

①笑噱(xué):可笑。

蔡葛山先生曰:"吾校四库书,坐讹字夺俸者①数矣,惟一事深得校书力:吾一幼孙,偶吞铁钉,医以朴硝等药攻之,不下,日渐尪弱②。后校《苏沈良方》,见有小儿吞铁物方,云剥新炭皮研为末,调粥三碗,与小儿食,其铁自下。依方试之,果炭屑裹铁钉而出。乃知杂书亦有用也。此书世无传本,惟《永乐大典》收其全部。"余领书局时,属王史亭排纂成帙。苏沈者,苏东坡、沈存中也,二公皆好讲医药。宋人集其所论,为此书云。

注释:

①坐讹(é)字夺俸者:因为校对错文字而被罚了俸禄。

②尪弱:瘦弱,虚弱。

叶守甫,德州老医也,往来余家,余幼时犹及见之。忆其与先姚安公言:常从平原诣海丰,夜行失道,仆从皆迷。风雨将至,四无村墟,望有废寺,往投暂避。寺门虚掩,而门扉隐隐有白粉大书字。敲火视之,则"此寺多鬼,行人勿住"二语也。进退无路,乃推门再拜曰:"过客遇雨,求神庇荫①;雨止即行,不敢久稽②。"闻承尘板上语曰:"感君有礼。但今日大醉,不能见客,奈何!君可就东壁坐,西壁蝎窟,恐遭其螫;渴勿饮檐溜③,恐有蛇涎;殿后酸梨已熟,可摘食也。"毛发植立,噤不敢语。雨稍止,即惶遽拜谢出,如脱虎口焉。姚安公曰:"题门榜示,必伤人多矣。而君得无恙,且得其委曲告语。盖以礼自处,无不可以礼服者;以诚相感,无不可以诚动者。虽异类无间也。君非惟老于医,抑亦老于涉世矣。"

注释:

①庇荫:庇护、保佑。

②久稽:长时间停留。

③檐溜:从屋檐上流下来的水。

朱导江言:新泰一书生,赴省乡试。去济南尚半日程,与数友乘凉早行。黑暗中有二驴追逐行,互相先后,不以为意也。稍辨色后,知为二妇人。既而审视,乃一妪,年约五六十,肥而黑;一少妇,年约二十,其有姿首。书生频目①之。少妇忽回顾失声曰:"是几兄耶!"生错愕不知所对。少妇曰:"我即某氏表妹也。我家法中表兄妹不相见,故兄不识妹。妹则尝于帘隙窥兄,故相识也。"书生忆原有表妹嫁济南,因相款语。问:"早行何适②?"曰:"昨与妹婿往问舅母疾,本拟即日返。舅母有讼事,浼③妹婿入京,不能即归;妹早归为治装也。"流目送盼,情态嫣然,且微露十余岁时一见相悦意。书生心微动。至路歧④,邀至家具一饭。欣然从之,约同行者晚在某所候。至钟动不来。⑤次日,亦无耗⑥。往昨别处,循歧路寻之,得其驴于野田中,鞍尚未解。遍物色村落间,绝无知此二妇者。再询,访得其表妹家,则表妹殁已半年余。其为鬼所惑、怪所啖,抑或为盗所诱,均不可知。而此人遂长已矣。此亦足为少年佻薄者戒也。时方可村在座,言:"游秦陇时,闻一事与此相类,后有合窆于妻墓者,启圹,则有男子尸在焉。不知地下双魂,作何相见。焦氏《易林》曰:'两夫共妻,莫适为雌。'若为此占矣。"戴东原亦在座,曰:"《后汉书》尚有三夫共妻事,君何见不广耶?"余戏曰:"二君勿喧。山阴公主面首三十人,独忘之欤!然彼皆不畏其夫者。此鬼私藏少年,不虑及后来之合窆,未免纵欲忘患耳。"东原哂然曰:"纵欲忘患,独此鬼也哉!"

注释:
①频目:频频以目传情。
②早行何适:早早出行,要到哪里去。
③浼:央求、请求。
④路歧:岔路口。
⑤至钟动不来:到了约定的时间一直没有到来。
⑥无耗:没有消息。

杂说称娈童始黄帝(钱詹事辛楣如此说,辛楣能举其书名,今忘之矣。),殆出依托。比顽童始见《商书》,然出梅赜伪古文①,亦不足据。《逸周书》称"美男破老",殆指是乎?《周礼》有不男之讼,注谓天阉不能御女者。然自古及今,未有以不能御女成讼者;经文简质,疑其亦指此事也。凡女子淫佚,发乎情欲之自然。娈童则本无是心,皆幼而受给,或势劫利饵言。相传某巨室喜狎狡童,而患其或愧拒,乃多买端丽小儿未过十岁者;与诸童蝶戏时,使执烛侍侧。种种淫状,久而见惯,视若当然。过三数年,稍长可御,皆顺流之舟矣。有所供养僧规之曰:"此事世所恒有,不能禁檀越不为,然因其自愿。譬渚挟妓,其过尚轻;若处心积虑,凿赤子之天真②,则恐干神怒。"某不能从,后卒罹祸。夫术取者造物所忌,况此事而以术取哉!

注释:

①梅赜(zé)伪古文:梅赜,字仲真。曾任豫章内史。献《古文尚书》及《尚书孔氏传》立为官学。但被宋朝之后的考据家指为伪书。亦有人认为,梅赜在古《尚书》久已失传之际,汇辑、保存了这批古籍材料,其功大于过。还有人指出,认为梅赜是一个伪造文献的千古罪人。至今仍是古今学术史上的一桩迷案。

②凿赤子之天真:破坏孩子天生的童真。

东光有王莽河,即胡苏河也。旱则涸,水则涨,每病涉焉。外舅马公周箓言:雍正末,有丐妇一手抱儿,一手扶病姑涉此水。至中流,姑蹶而仆。妇弃儿于水,努力负姑出。姑大诟曰:"我七十老妪,死何害①!张氏数世,待此儿延香火,尔胡弃儿以拯我②?斩祖宗之祀者尔也!"妇泣不敢语,长跪而已。越两日,姑竟以哭孙不食死。妇呜咽不成声,痴坐数日,亦立槁③。不知其何许人,但于其姑詈妇时,知为姓张耳。有著论者,谓儿与姑较,则姑重;姑与祖宗较,则祖宗重。使妇或有夫,或尚有兄弟,则弃儿是。既两世穷嫠,止一线之孤子,则姑所责者是,妇虽死有余悔焉。姚安公曰:"讲学家责人无已时④。夫急流汹涌,少纵即逝,此岂能深思长计时哉! 势不两全,弃儿救姑,此天理之正,而人心之所安也。使姑死而儿存,终身宁不耿耿耶? 不又有责以爱儿弃姑者耶? 且儿方提抱⑤,育不育未可知。使姑死而儿又不育,悔更何如耶? 此妇所为,超出恒情已万万。不幸而其姑自殒,以死殉之,其亦可哀矣! 犹沾沾焉而动其喙,以为精义之学,毋乃白骨衔冤,黄泉赍恨乎! 孙复⑥作《春秋尊王发微》,二百四十年内,有贬无褒;胡致堂⑦作《读史管见》,三代以下无完人。辨则辨矣,非吾之所欲闻也。"

注释:
①死何害:死了有什么要紧。
②胡弃儿以拯我:为什么抛弃孩子来救我。
③立槁:立即死亡。
④责人无已时:指责人没有停止的时候。
⑤儿方提抱:孩子必须在怀中抱着。形容孩子还很小。
⑥孙复:孙复(992—1057),字明复,号富春,他与胡瑗、石介三人,合称为"宋初三先生",是宋代理学的先行者。
⑦胡致堂:胡寅(1098—1156),字明仲,号致堂。此人博学多识,有诸多著作存世。

郭石洲言:朱明经①静园,与一狐友。一日,饮静园家,大醉,睡花下。醒而静园问之曰:"吾闻贵族醉后多变形,故以衾覆君而自守之。君竟不变,何也?"曰:"此视道力之浅深矣。道力浅者能化形幻形耳,故醉则变,睡则变,仓皇惊怖则变;道力深者能脱形,犹仙家之尸解,已归人道,人其本形矣,何变之有!"静园欲从之学道。曰:"公不能也。凡修道人易而物难,人气纯,物气驳也;成道物易而人难,物心一,人心杂也。炼形者先炼气,炼气者先炼心,所谓志气之帅也。心定则气聚而形固，心摇则气涣而形萎②。广成子之告黄帝，乃道家之秘要，非庄叟寓言也。深岩幽谷，不见不闻，惟凝神导引，与天地阴阳往来消息、阅百年如一日，人能之乎？"朱乃止。因忆丁卯同年某御史，尝问所昵伶人曰："尔辈多矣，尔独擅场，何也？"曰："吾曹以其身为女，必并化其心为女，而后柔情媚态，见者意消。如男心一线犹存，则必有一线不似女，乌能争蛾眉曼睩③之宠哉？若夫登场演剧，为贞女则正其心，虽笑谑亦不失其贞；为淫女则荡其心，虽庄坐亦不掩其淫；为贵女则尊重其心，虽微服而贵气存；为贱女则敛抑其心，虽盛妆而贱态在；为贤女则柔婉其心，虽怒甚无遽色；为悍女则拗戾其心，虽理诎无巽词。其他喜怒哀乐，恩怨爱憎，一一设身处地，不以为戏而以为真，人视之竟如真矣。他人行女事而不能存女心，作种种女状而不能有种种女心，此我所以独擅场也。"李玉典曰："此语猥亵不足道，而其理至精；此事虽小，而可以喻大。天下未有心不在是事而是事能诣极者，亦未有心心在是事而是事不诣极者。心心在一艺，其艺必工；心心在一职，其职必举。小而僚之丸、扁之轮，大而皋、夔、稷、契之营四海，其理一而已矣。此与炼气炼心之说，可互相发明也。"

注释：

①明经：明清两朝对贡生的尊称。

②心摇则气涣而形萎：心思动摇使得气息涣散、形体消失。

③蛾眉曼睩：女子美好的容貌，婉媚的情态。

石洲又言：一书生家有园亭，夜雨独坐。忽一女子搴帘入，自云家在墙外，窥宋已久，今冒雨相就。书生曰："雨猛如是，尔衣履不濡，何也？"女词穷，自承为狐。问："此间少年多矣,何独就我?"曰:"前缘。"问:"此缘谁所记载?谁所管领?又谁以告尔?尔前生何人?我前生何人?其结缘以何事?在何代何年?请道其详。"狐仓卒不能对,嗫嚅^①久之,曰:"子千百日不坐此,今适坐此;我见千百人不相悦,独见君相悦。其为前缘审矣,请勿拒。"书生曰:"有前缘者必相悦。吾方坐此,尔适自来,而吾漠然心不动,则无缘审矣,请勿留。"女趑趄间,闻窗外呼曰:"婢子不解事,何必定觅此木强人^②!"女子举袖一挥,灭灯而去。或云是汤文正公少年事。余谓狐魅岂敢近汤公,当是曾有此事,附会于公耳。

注释:
①嗫嚅:吞吞吐吐说不清楚。
②木强人:不甚风情的人。

乌鲁木齐多野牛,似常牛而高大,千百为群,角利如矛矟;其行以强壮者居前,弱小者居后。自前击之,则驰突奋触,铳炮不能御,虽百炼健卒,不能成列合围也;自后掠之,则绝不反顾。中推一最巨者,如蜂之有王,随之行止。常有一为首者,失足落深涧,群牛俱随之投入,重叠殪焉。又有野骡野马,亦作队行,而不似野牛之悍暴,见人辄奔。其状真骡真马也,惟被以鞍勒,则伏不能起。然时有背带鞍花者(鞍所磨伤之处,创愈则毛作白色,谓之鞍花。),又有蹄嵌蹄铁者,或曰山神之所乘,莫测其故。久而知为家畜骡马逸入山中,久而化为野物,与之同群耳。骡肉肥脆可食,马则未见食之者。又有野羊,《汉书·西域传》所谓羱羊也,食之与常羊无异。又有野猪,猛鸷^①亚于野牛,毛革至坚,枪矢弗能入,其牙铦于利刃,马足触之皆中断。吉木萨山中有老猪,其巨如牛,人近之辄被伤;常率其族数百,夜出暴禾稼。参领额尔

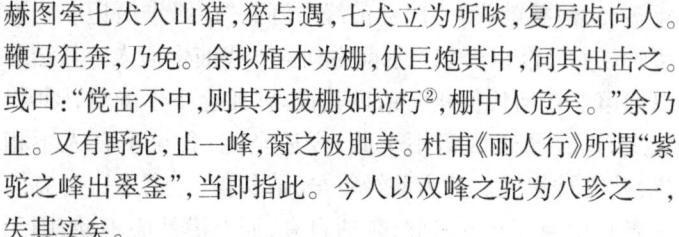

赫图牵七犬入山猎,猝与遇,七犬立为所啖,复厉齿向人。鞭马狂奔,乃免。余拟植木为栅,伏巨炮其中,伺其出击之。或曰:"傥击不中,则其牙拔栅如拉朽②,栅中人危矣。"余乃止。又有野驼,止一峰,胹之极肥美。杜甫《丽人行》所谓"紫驼之峰出翠釜",当即指此。今人以双峰之驼为八珍之一,失其实矣。

景城之北,有横冈坡陀,形家谓余家祖茔之来龙。其地属姜氏,明末,姜氏妒余族之盛,建真武祠于上,以厌胜之。崇祯壬午,兵燹,余家不绝如线①。后祠渐圮,余族乃渐振,祠圮尽而复盛焉。其地今鬻于从侄信夫。时乡中故老已稀,不知旧事,误建土神祠于上,又稍稍不靖。余知之,急属信夫迁去,始安。相地之说,或以为有,或以为无。余谓刘向校书,已列此术为一家,安得谓之全无;但地师所学必不精,又或缘以为奸利,所言尤不足据,不宜溺信之耳。若其凿然有验者,固未可诬也。

《象经》始见《庾开府集》,然所言与今法不相符。《太平广记》载棋子为怪事,所言略近今法,而亦不同。北人喜为此戏,或有耽之忘寝食者。景城真武祠未圮时,中一道士酷好此,因共以"棋道士"呼之,其本姓名乃转隐。一日,从兄方洲人所居,见几上置一局,止三十一子,疑其外出,坐以相待。忽闻窗外喘息声,视之,乃二人四手相持,共夺一子,力竭并踣也。癖嗜①乃至于此! 南人则多嗜弈,亦颇有废时失事②者。从兄坦居言:丁卯乡试,见场中有二士,画号板为局,拾碎炭为黑子,剔碎石灰块为白子,对著不止,竟俱曳白而出③。夫消闲遣日,原不妨偶一为之;以此为得失喜怒,则可以不必。东坡诗曰:"胜固欣然,败亦可喜。"荆公诗曰:"战罢两奁收白黑,一枰何处有亏成?"二公皆有胜心者,迹其生平,未能自践此言,然其言则可深思矣。辛卯冬,有以"八仙对弈图"求题者,画为韩湘、何仙姑对局,五仙旁观,而铁拐李枕一壶卢睡。余为题曰:"十八年来阅宦途,此心久似水中凫。如何才踏青明路,又看仙人对弈图。""局中局外两沈吟,犹是人间胜负心。那似顽仙痴不省,春风蝴蝶睡乡深。"今老矣,自迹生平,亦未能践斯言,盖言则易耳。

注释:
①癖嗜:癖好、嗜好。
②废时失事:浪费时间、耽误事情。
③曳白而出:交白卷出了考场。

明天启中,西洋人艾儒略作《西学》,凡一卷。言其国建学育才之法,凡分六科:勒铎理加者,文科也;斐录所费哑者,理科也;默弟济纳者,医科也;勒斯义者,法科也;加诺搦斯者,教科也;陡禄日亚者,道科也。其教授各有次第,大抵从文入理,而理为之纲。文科如中国之小学,理科如中国之大学,医科、法科、教科皆其事业,道科则彼法中所谓尽性至命之极也。其致力亦以格物穷理为要,以明体达用为功,与儒学次序略似;特所格之物皆器数之末,所穷之理又支离怪诞而不可诘,是所以为异学耳。末附《唐碑》一篇,明其教之久入中国。碑称贞观十二年,大秦国阿罗木远将经像来献,即于义宁坊敕造大秦寺一所,度僧二十一人云云。考《西溪丛语》,贞观五年,有传法穆护何禄,将祆教①诣阙奏闻。敕令长安崇化坊立祆寺,号大秦寺,又名波斯寺。至天宝四年七月,敕波斯经教,出自大秦,传习而来,久行中国。爰初建寺,因以为名;将以示人,必循其本,其两京波斯寺,并宜改为大秦寺。天下诸州县有者准此。《册府元龟》②载,开元七年,吐火罗鬼王上表献解天文人大慕阇,智慧幽深,问无不知。伏乞天恩唤取问诸教法,知其人有如此之艺能;请置一法堂,依本教供养。段成式《酉阳杂俎》载,孝亿国界三千余里,举俗事祆,不识佛法。有祆祠三千余所。又载德建国乌浒河中有火祆祠,相传其神本自波斯国来。祠内无像,于大屋下作小庐舍向西,人向东礼神。有一铜马,国人言自天而下。据此数说,则西洋人即所谓波斯,天主即所谓祆神,中国具有记载,不但此碑也。又杜预注《左传》次睢之社曰:"睢受汴,东经陈留,是谯彭城入泗。此水次有祆神,皆社祠之。"顾野王《玉篇》亦有祆字,音阿怜切,注为祆神。徐铉据以增入《说文》。宋敏求《东京记》载宁远坊有祆神庙,注曰:"《四夷朝贡图》云:'康国有神名祆毕,国有火祆祠,或传石勒时立此。"是祆教其来已久,亦不始于唐。岳珂《桯史》记番禺海獠,其最豪者号白番人,本占城之贵人,留中国以通往来之货,屋室侈靡逾制。性尚鬼而好洁,平居终日,相与膜拜祈福。有堂焉以祀,如中国之佛,而实无像设,称为聱牙。亦莫能晓,竟不知为何神。有碑高袤数丈,上皆刻异书如篆籀,是为像主,拜者皆向之。是祆教至宋之末年,尚由贾舶达广州。而利玛窦之初来,乃诧为亘古未有。艾儒略既援唐碑以自证,其为祆教更无疑义。乃当时无一人援据古事,以决源流。盖明白万历以后,儒者早年攻八比,晚年讲心学,即尽一生之能事,故征实之学全荒也。

注释:

①祆教:即拜火教。就是中国人定义的"索罗亚斯德教"。索罗亚斯德教既崇拜火,也崇拜日月星辰。中国人认为该教是拜天,故称为"祆教"。

②《册府元龟》:北宋四大部书之一,史学类书。景德二年(1005)宋真宗赵恒命王钦若、杨亿、孙奭等18人一同编修而成。

田氏姊言:赵庄一佃户,夫妇甚相得。一旦,妇微闻夫有外遇,未确也。妇故柔婉①,亦不甚愠,但戏语其夫:"尔不爱我而爱彼,吾且缢矣。"次日,饁田间,遇一巫能视鬼,见之骇曰:"尔身后有一缢鬼,何也?"乃知一语之戏,鬼已闻之矣。夫横亡者必求代,不知阴律何所取,殆恶其轻生,使不得速入转轮;且使世人闻之,不敢轻生欤?然而又启鬼瞰之渐,并闻有缢鬼诱人自裁者。故天下无无弊之法②,虽神道无如何也。

注释:

①柔婉:温柔婉约。

②无弊之法:没有弊病缺陷的法律。

戈荔田言:有妇为姑所虐,自缢死。其室因废不居,用以贮杂物。后其翁纳一妾,更悍于姑,翁又爱而阴助之;家人喜其遇敌也,又阴助之。姑窘迫无计,亦恚而自缢;家无隙所①,乃潜诣是室。甫启钥,见妇披发吐舌当户立。姑故刚悍,了不畏,但语曰:"尔勿为厉,吾今还尔命。"妇不答,径前扑之。阴风飒然,倏已昏仆。俄家人寻视,扶救得苏,自道所见。众相劝慰,得不死。夜梦其妇曰:"姑死我当得代,然子妇无仇姑理,尤无以姑为代理,是以拒姑返。幽室沈沦,凄苦万状,姑

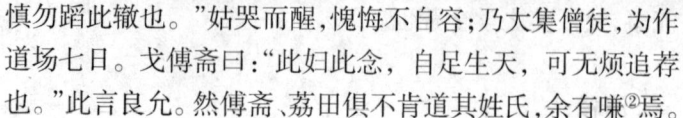

慎勿蹈此辙也。"姑哭而醒,愧悔不自容;乃大集僧徒,为作道场七日。戈傅斋曰:"此妇此念,自足生天,可无烦追荐也。"此言良允。然傅斋、荔田俱不肯道其姓氏,余有嗛②焉。

注释:
①家无隙所:家里没有僻静的地方。
②嗛(qiàn):遗憾。

　　姚安公言:霸州有老儒,古君子也,一乡推祭酒。家忽有狐祟,老儒在家则寂然,老儒出则撼窗扉、毁器物、掷污秽,无所不至。老儒缘是不敢出,闭户修省①而已。时霸州诸生以河工事愬州牧,期会于学宫,将以老儒列牒首。老儒以狐祟不至,乃别推一王生。自后王生坐聚众抗官伏法,老儒得免焉。此狱兴而狐去,乃知为尼其行也。是故小人无瑞,小人而有瑞,天所以厚其毒;君子无妖,君子而有妖,天所以示之警。

注释:
①闭户修省:闭门不出修养反省自己。

　　前母安太夫人家有小书室,寝是室者,中夜开目,见壁上恍惚有火光,如燃香状,谛视则无。久而光渐大,闻人声,乃徐徐隐。后数岁,谛视之竟不隐,乃壁上悬一画猿,光自猿目中出也。金曰:"此画宝矣。"外祖安公(讳国维,佚其字号。今安氏零落殆尽,无可问矣。)曰:是妖也,何宝之有? 为魖弗摧,为蛇奈何?①不知后日作何变怪矣!"举火焚之,亦无他异。

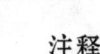

注释：

①为虺(huī)弗摧，为蛇奈何：小蛇不打死，成了大蛇怎么办？原喻要趁敌人弱小时就把它消灭，后泛指坏人要及早除掉。

崔媪家在西山中，言其邻子在深谷樵采，忽见虎至，上高树避之。虎至，昂首作人语曰："尔在此耶，不识我矣！我今堕落作此形，亦不愿尔识也。"俯首呜咽良久。既而以爪掐地，曰："悔不及矣。"长号数声，奋然掉首去。

杨槐亭言：即墨有人往劳山，寄宿山家。所住屋有后门，门外缭以短墙为菜圃。时日已薄暮，开户纳凉，见墙头一靓妆女子，眉目姣好，仅露其面，向之若微笑。方凝视间，闻墙外众童子呼曰："一大蛇身蟠于树，而首阁于墙上。"乃知蛇妖幻形，将诱而吸其血也。仓皇闭户，亦不知其几时去。设近之①，则危矣。

注释：

①设近之：假如靠近它。

琴工钱生(钱生尝客裘文达公家，日相狎习，而忘问名字乡里。)言：其乡有人，家酷贫①，佣作所得，悉②以与其寡嫂，嫂竟以节终。一日，在烛下拈仁线③，见窗隙一人面，其小如钱，目炯炯内视。急探手攫得之，乃一玉孩，长四寸许，制作工巧，土蚀斑然。乡僻无售者，仅于质库得钱四千。质库置椟中，越日失去，深惧其来赎。此人闻之，曰："此本怪物，吾偶攫得，岂可复胁取人财！"具述本末，还其质券。质库感之，常呼令佣作，倍酬其直，且岁时周恤④之，竟以小康。裘文达公曰："此天以报其友爱也。不然，何在其家不化去，到质库始失哉？至慨还质券，尤人情所难，然此人之绪余耳。世未有锲薄⑤奸黠而友于兄弟者，亦未有友于兄弟而锲薄奸黠者也。"

注释：

①家酷贫：家境十分贫寒。

②悉：全部。

③拈纻线：搓麻线。

④周恤：周济抚恤。

⑤锲薄：刻薄。

王庆坨一媪，恒为走无常。（即《滦阳消夏录》所记见送妇再醮之鬼者。）有贵家姬问之曰："我辈为妾滕，是何因果？"曰："冥律小善恶相抵，大善恶则不相掩。姨等皆积有小善业，故今生得入富贵家；又兼有恶业，故使有一线之不足也。今生如增修善业，则恶业已偿，善业相续，来生益全美矣。今生如增造恶业，则善业已销，恶业又续，来生恐不可问矣。然增修善业，非烧香拜佛之谓也，孝亲敬嫡①，和睦家庭，乃真善业耳。"一姬又问："有子无子，是必前定，祈一检问。如冥籍不注，吾不更作痴梦矣。"曰："此不必检，但常作有子事，虽注无子，亦改注有子；若常作无子事，虽注有子，亦改注无子也。"先外祖雪峰张公，为王庆姹曹氏婿，平生严正，最恶六婆②，独时时引与语，曰："此姬所言，虽未必皆实，然从不劝妇女布施佞佛，是可取也。"

注释：

①孝亲敬嫡：孝敬长辈，尊敬正室夫人。

②六婆：三姑六婆。比喻不务正业的妇女。

翰林院供事茹某（忘其名，似是茹铤。）言：曩访友至邯郸，值主人未归，暂寓城隍祠。适有卖瓜者，息担横卧神座前。一卖线叟寓祠内，语之曰："尔勿若是，神有灵也。"卖瓜者曰："神岂在此破屋内？"叟曰："在也。吾常夜起纳凉，闻殿中有人声。蹑足潜听，则有狐陈诉于神前，大意谓邻家狐媚一少年，将死未绝之顷，尚欲取其精。其家愤甚，伏猎者以铳矢攻之。狐骇，现形奔。众噪随其后。狐不投己穴，而投里许外一邻穴。众布网穴外，熏以火，阖穴皆殪①，而此狐反乘隙遁。故讼其嫁祸。城隍曰：'彼杀人而汝受祸，讼之宜也。然汝子孙亦有媚人者乎？'良久，应曰：'亦有。'亦曾杀人乎？'又良久，应曰：'或亦有。'杀几人乎？'狐不应。城隍怒，命批其颊。乃应曰：'实数十人。'城隍曰：'杀数十命，偿以数十命，适相当矣。此怨魄所凭，假手此狐也。尔何讼焉？'命检籍示之。狐乃泣去。尔安得谓神不在乎？"乃知祸不虚生，虽无妄之灾，亦必有所以致之；但就事论者，不能一一知其故耳。

注释：
①阖穴皆殪：满满一巢穴的狐狸都死了。

汪主事康谷言：有在西湖扶乩者，降坛诗曰："我游天目还，跨鹤看龙井。夕阳没半轮，斜照孤飞影。飘然一片云，掠过千峰顶。"未及题名，一客窃议曰："夕阳半没，乃是反照，司马相如所谓凌倒景也。何得云斜照？"乩忽震撼久之，若有怒者，大书曰："小儿无礼！"遂不再动。余谓客论殊有理，此仙何太护前，独不闻古有一字师①乎？

注释：
①一字师：典故出自郑谷为齐已修改了诗中一字，使得诗歌更有韵味。指订正一字之误读，即可为师。

俞君祺言：向在姚抚军署，居一小室。每灯前月下，睡欲醒时,恍惚见人影在几旁,开目则无睹。自疑目眩,然不应夜夜目眩也。后伪睡以伺之,乃一粗婢,冉冉出壁角,侧听良久,乃敢稍移步。人略转,则已缩入矣。乃悟幽魂滞此不能去,又畏人不敢近,意亦良苦。因私计彼非为祟,何必逼近使不安,不如移出。才一举念①,已仿佛见其遥拜。可见人心一动,鬼神皆知;"十目十手",岂不然乎! 次日,遂托故移出。后在余幕中,乃言其实,曰:"不欲惊怖主人也。"余曰:"君一生缜密,然殊未了此鬼事。后来必有居者,负其一拜矣。"

注释:

①举念:动了心思,萌生念头。

族侄肇先言:曩中涵叔官旌德时,有掘地遇古墓者,棺骸俱为灰土,惟一心存,血色犹赤,惧而投诸水。有石方尺余,尚辨字迹。中涵叔闻而取观。乡民惧为累,碎而沈之,讳言无是事,乃里巷讹传。中涵叔罢官后,始购得录本,其文曰:"白璧有瑕,黄泉蒙耻。魂断水濆①,骨埋山趾②。我作誓词,祝霾圹底。千百年后,有人发此。尔不贞耶,消为泥滓。尔傥衔冤,心终不死。"末题"壬申三月,耕石翁为第五女作。"盖其女冤死,以此代志。观心仍不朽,知受枉为真。然翁无姓名,女无夫族,岁月无年号,不知为谁。无从考其始末,遂令奇迹不彰,其可惜也夫!

注释:

①水濆(chún):水边。
②山趾:山脚。

许文木言:康熙末年,鬻古器李鹭汀,其父执也。善六壬,惟晨起自占一课,而不肯为人卜,曰:"多泄未来,神所恶也。"有以康节①比之者。曰:"吾才得六七分耳。尝占得某日当有仙人扶竹杖来,饮酒题诗而去。焚香候之。乃有人携一雕竹纯阳像求售,侧倚一贮酒壶卢,上刻'朝游北海'一诗也。康节安有此失乎?"年五十余无子,惟蓄一妾。一日,许父造访,闻其妾泣,且絮语曰:"此何事而以戏人,其试我乎?"又闻鹭汀力辩曰:"此真实语,非戏也。"许父叩反目之故。鹭汀曰:"事殊大奇!今日占课,有二客来市古器:一其前世夫,尚有一夕缘;一其后夫,结好当在半年内,并我为三,生在一堂矣。吾以语彼,彼遽恚怒。数定无可移,我不泣而彼泣,我不讳而彼讳之,岂非痴女子哉!"越半载,鹭汀果死。妾鬻于一翰林家,嫡不能容,过一夕即遣出。再鬻于一中书舍人家,乃相安云。

注释:

①康节:邵康节(1011—1077)名雍,字尧夫,康节为谥号。宋朝时代的著名卜士。

庞雪崖初婚日,梦至一处,见青衣高髻女子,旁一人指曰:"此汝妇也。"醒而恶①之。后再婚殷氏,宛然梦中之人。故《丛碧山房集》中有悼亡诗曰:"漫说前因与后因,眼前业果定谁真?与君琴瑟初调日,怪煞箜篌入梦人。"记此事也。按箜篌入梦凡二事:其一为《仙传拾遗》载薛肇摄陆长源女见崔宇,其一为《逸史》载卢二舅摄柳氏女见李生,皆以人未婚之妻作伎侑酒,殊太恶作剧。近时所闻吕道士等,亦有此术。(语详《滦阳消夏录》。)

注释:

①恶:厌恶。

叶旅亭言:其祖犹及见刘石渠。一日,夜饮,有契友①逼之召仙女。石渠命扫一室,户悬竹帘,燃双炬于几。众皆移席坐院中,而自禹步持咒,取界尺拍案一声,帘内果一女子亭亭立。友视之,乃其妾也,奋起欲殴。石渠急拍界尺一声,见火光蜿蜒如掣电,已穿帘去矣。笑语友曰:"相交二十年,岂有真以君妾为戏者。适摄狐女,幻形激君一怒为笑耳。"友急归视,妾方刺绣未辍也。如是为戏,庶乎在不即不离间矣。余因思李少君致李夫人,但使远观而不使相近,恐亦是摄召精魅,作是幻形也。

注释:

①契友:要好的朋友。

费长房劾治百鬼,乃后失其符,为鬼所杀。明崇俨卒,劋刃陷胸,莫测所自。人亦谓役鬼太苦,鬼刺之也。恃术者终以术败,盖多有之。刘香畹言:有僧善禁咒,为狐诱至旷野,千百为群,嗥叫搏噬。僧运金杵①,击踣人形一老狐,乃溃围出。后遇于途,老狐投地膜拜,曰:"曩蒙不杀,深自忏悔。今愿皈依受五戒。"僧欲摩其顶,忽掷一物幂僧面,遁形而去。其物非帛非革,色如琥珀,粘若漆,牢不可脱。督闷②不可忍,使人奋力揭去,则面皮尽剥,痛晕殆绝。后痂落,无复人状矣。又一游僧,榜门曰"驱狐"。亦有狐来诱,僧识为魅,摇铃诵梵咒。狐骇而逃。旬月后,有媪叩门,言家近墟墓,日为狐扰,乞往禁治。僧出小镜照之,灼然人也,因随往。媪导至堤畔,忽攫其书囊掷河中,符箓法物,尽随水去。妪亦奔匿秫田中,不可踪迹。方懊恼间,瓦砾飞击,面目俱败;幸赖梵咒自卫,狐不能近,狼狈而归。次日,即愧遁③。久乃知妪即土人,其女与狐昵;因其女,赂以金,使盗其符耳。此皆术足以胜狐,卒为狐算。狐有策而僧无备,狐有党而僧

无助也。况术不足胜而轻与妖物角乎！

注释：

①金杵：佛教传说中用来降魔的兵器。

②瞀冈：目眩晕厥。

③愧遁：惭愧地逃走了。

　　舅氏五占安公言：留福庄木匠某，从卜者问婚姻。卜者戏之曰："去此西南百里，某地某甲今将死，其妻数合嫁汝。急往访求，可得也。"匠信之，至其地，宿村店中。遇一人，问："某甲居何处？"其人问："访之何为？"匠以实告。不虑此人即某甲也，闻之恚愤，掣佩刀欲刺之。匠逃入店后，逾垣遁。是人疑主人匿室内，欲入搜。主人不允，互相格斗，竟杀主人，论抵伏法。而匠之名姓里居，则均未及问也。后年余，有妪同一男一妇过献县，云叔及寡嫂也。妪暴卒，无以敛，叔乃议嫁其嫂。嫂无计，亦曲从。匠尚未娶，众为媒合焉。后询其故夫，正某甲也。异哉，卜者不戏，匠不往；匠不往，无从与某甲斗；无从与某甲斗，则主人不死；主人不死，则某甲不论抵①；某甲不论抵，此妇无由嫁此匠也。乃无故生波，卒辗转相牵，终成配偶，岂非数使然哉！又闻京师西四牌楼，有卜者日设肆于衢②。雍正庚戌③闰六月，忽自卜十八日横死。相距一两日耳，自揣无死法，而爻象甚明。乃于是日键户不出，观何由横死。不虑忽地震，屋圮压焉。使不自卜，是日必设肆通衢中，乌由覆压？是亦数不可逃，使转以先知误也。

注释：

①论抵：判罪偿命，伏法认罪。

②设肆于衢：在街上设立摊位。

③雍正庚戌：雍正八年，公元 1730 年。

画士张无念，寓京师樱桃斜街，书斋以巨幅阔纸为窗幤①，不著一棂，取其明也。每月明之夕，必有一女子全影在幤心。启户视之，无所睹，而影则如故。以不为祸祟，亦姑听之。一夕谛视，觉体态生动，宛然入画。戏以笔四围钩之，自是不复见，而墙头时有一女子露面下窥。忽悟此鬼欲写照②，前使我见其形，今使我见其貌也。与语不应，注视之，亦不羞避，良久乃隐。因补写眉目衣纹，作一仕女图。夜闻窗外语曰："我名亭亭。"再问之，已寂。乃并题于幤上，后为一知府买去。（或曰，是李中山。）或曰："狐也，非鬼也，于事理为近。"或曰："本无是事，无念神其说耳。"是亦不可知。然香魂才鬼，恒欲留名于后世。由今溯古，结习相同，固亦理所宜有也。

注释：

①窗幤(zhēn)：糊窗户的纸。

②写照：画像。

姚安公官刑部江苏司郎中时，西城移送一案，乃少年强污幼女者。男年十六，女年十四。盖是少年游西顶归，见是女撷菜圃中，因相逼胁①。逻卒闻女号呼声，就执之。讯未竟，两家父母俱投词：乃其未婚妻，不相知而误犯也。于律未婚妻和奸有条，强奸无条。方拟议间，女供亦复改移②，称但调谑而已。乃薄责而遣之。或曰："是女之父母受重赂，女亦爱此子丰姿；且家富，故造此虚词以解纷。"姚安公曰："是未可知。然事止婚姻，与贿和人命，冤沈地下者不同。其奸未成无可验，其贿无据难以质。女子允矣，父母从矣，媒保有确证，邻里无异议矣，两造之词亦无一毫之牴牾③矣，君子可欺以其方，不能横加锻炼④，入一童子远戍也。"

注释：
①逼胁：逼迫威胁。
②改移：改变说辞。
③牴牾（dǐ wǔ）：矛盾，冲突。
④横加锻炼：胡乱罗织罪名。

某公夏日退朝，携婢于静室昼寝。会阍者启事，问："主人安在？"一僮故与阍者戏，漫应曰："主人方拥尔妇睡某所。"妇适至前，怒而诟詈。主人出问，答逐此僮。越三四年，阍者妇死。会此婢以抵触失宠，主人忘前语，竟以配阍者。事后忆及，乃浩然叹曰①："岂偶然欤！"

注释：
①浩然叹曰：长长地叹了口气说。

文水李华廷言：去其家百里一废寺，云有魅，无敢居者。有贩羊者十余人，避雨宿其中。夜闻呜呜声，暗中见一物，臃肿团圞①，不辨面目，蹒跚而来，行甚迟重。众皆无赖少年，殊不恐怖，共以破砖掷。击中声铮然，渐缩退欲却。觉其无能，噪而追之。至寺门坏墙侧，屹然不动。逼视，乃一破钟，内多碎骨，意其所食也。次日，告土人，冶以铸器。自此怪绝。此物之钝极矣，而亦出嬲人，卒自碎其质。殆见夫善幻之怪，有为祟者，从而效之也。余家一婢，沧州山果庄人也。言是庄故盗薮②，有人见盗之获利，亦从之行。捕者急，他盗格斗跳免，而此人就执伏法焉。其亦此钟之类也夫。

注释：

①臃肿团圞:肿胀的又粗又圆。

②盗薮(sǒu):强盗窝。

舅氏安公介然言:有柳某者,与一狐友,甚昵。柳故贫,狐恒周其衣食。又负巨室钱①,欲质其女。狐为盗其券,事乃已②。时来其家,妻子皆与相问答,但惟柳见其形耳。狐媚一富室女,符箓不能遣,募能劾治者予百金。柳夫妇素知其事。妇利多金,怂恿柳伺隙杀狐。柳以负心为歉。妇诮曰:"彼能媚某家女,不能媚汝女耶?昨以五金为汝女制冬衣,其意恐有在。此患不可不除也。"柳乃阴市砒霜,沽酒以待。狐已知之。会柳与乡邻数人坐,狐于檐际呼柳名,先叙相契之深,次陈相周之久③,次乃一一发其阴谋曰:"吾非不能为尔祸,然周旋已久,宁忍便作寇仇?"又以布一匹、棉一束自檐掷下,曰:"昨尔幼儿号寒苦,许为作被,不可失信于孺子也。"众意不平,咸诮让柳④。狐曰:"交不择人,亦吾之过。世情如是,亦何足深尤?吾姑使知之耳。"太息而去。柳自是不齿于乡党,亦无肯资济升斗者。挈家夜遁,竟莫知所终。

注释：

①负巨室钱:欠有钱人家的钱。

②事乃已:事情才中止。

③相周之久:周济你很久了。

④咸诮让柳:都来责骂、讥笑柳某。

舅氏张公梦征言:沧州佟氏园未废时,三面环水,林木翳如,游赏者恒借以宴会。守园人每闻夜中鬼唱曰:"树叶儿青青,花朵儿层层。看不分明,中间有个佳人影。只望见盘金衫子,裙是水红绫。"如是者数载。后一妓为座客殴辱,恚而自缢于树。其衣色一如所唱,莫喻其故①。或曰:"此缢鬼候代,先知其来代之人,故喜而歌也。"

注释:
①莫喻其故:搞不清楚什么缘故。

青县一农家,病不能力作①。饿将殆,欲鬻妇以图两活。妇曰:"我去,君何以自存?且金尽仍饿死。不如留我侍君,庶饮食医药,得以检点,或可冀重生②。我宁娼耳。"后十余载,妇病垂死,绝而复苏曰:"顷恍惚至冥司,吏言娼女当堕为雀鸽;以我一念不忘夫,犹可生人道也。"

注释:
①力作:从事体力劳动。
②冀重生:希望康复。

侍姬郭氏,其父大同人,流寓天津。生时,其母梦鬻端午彩符者,买得一枝,因以为名。年十三,归余。生数子,皆不育;惟一女,适德州卢荫文,晖吉观察子也。晖吉善星命,尝推其命,寿不能四十。果三十七而卒。余在西域时,姬已病瘵,祈签关帝,问:"尚能相见否?"得一签曰:"喜鹊檐前报好音,知君千里有归心。绣帏重结鸳鸯带,叶落霜雕寒色侵。"谓余即当以秋冬归,意甚喜。时门人邱二田在寓,闻之,曰:"见则必见,然末句非吉语也。"后余辛卯六月还,姬病良已。至九月,忽转剧,日渐沈绵,遂以不起。殁后,晒其遗箧,余感赋二诗,曰:"风花还点旧罗衣,惆怅酴醾①片片飞。恰记香山居士语,春随樊素一时归。"(姬以三月三十日亡,恰送春之期也。)"百折湘裙贴画栏,临风还忆步珊珊。明知神谶曾先定,终惜'芙蓉不耐寒'。"("未必长如此,芙蓉不耐寒",寒山子诗也。)即用签中意也。

注释：

①酴醾(tú mí)：一种花开白色，有着浓郁香气的植物。

世传推命始于李虚中，其法用年月日而不用时，盖据昌黎所作虚中墓志也。其书《宋史·艺文志》著录，今已久佚，惟《永乐大典》载虚中《命书》三卷，尚为完帙①。所说实兼论八字，非不用时，或疑为宋人所伪托，莫能明也。然考虚中墓志，称其最深于五行，书以人始生之年月日，所直日辰，支干相生，胜衰死生，互相斟酌，推人寿夭贵贱、利不利云云。按天有十二辰，故一日分为十二时，日至某辰，即某时也，故时亦谓之日辰。《国语》"星与日辰之位，皆在北维"是也。《诗》"跂彼织女，终日七襄。"孔颖达疏："从旦暮七辰一移，因谓之七襄。"是日辰即时之明证。《楚辞》"吉日兮辰良"，王逸注："日谓甲乙，辰谓寅卯。"以辰与日分言，尤为明白。据此以推，似乎"所直日辰"四字，当连上年月日为句。后人误属下文为句，故有不用时之说耳。余撰《四库全书总目》，亦谓虚中推命不用时，尚沿旧说。今附著于此，以志余过。至五星之说，世传起自张果。其说不见于典籍。考《列子》称禀天命，属星辰，值吉则吉，值凶则凶，受命既定，即鬼神不能改易，而圣智不能回。王充《论衡》称天施气而众星布精。天施气而众星之气在其中矣，含气而长，得贵则贵，得贱则贱。贵或秩有高下，富或资有多少，皆星位大小尊卑之所授。是以星言命，古已有之，不必定始于张果。又韩昌黎《三星行》曰："我生之辰，月宿南斗，牛奋其角，箕张其口。"杜樊川②自作墓志曰："余生于角星昂毕，于角为第八宫，曰疾厄宫：亦曰八杀宫，土星在焉，火星继木星土。杨晞曰：'木在张，于角为第十一福德宫。木为福德大，君子无虞也。'余曰：'湖守不周岁迁舍人，木还福于角足矣，火土还死于角宜哉。'"是五星之说，原起于唐，其法亦与今不

异。术者托名张果,亦不为无因。特其所托之书,词皆鄙俚,又在李虚中命书之下,决非唐代文字耳。【案:孔颖达疏应作郑玄笺。】

注释:

①完帙:完整的版本。

②杜樊(fán)川:杜牧(公元803—约852),字牧之,号樊川居士,唐代诗人。

霍养仲言:一旧家壁悬仙女骑鹿图,款题赵仲穆,不知确否也。(仲穆名雍,松雪之子也。)每室中无人,则画中人缘壁而行,如灯戏之状①。一日,预系长绳于轴首,伏人伺之。俟其行稍远,急掣轴出,遂附形于壁上,彩色宛然。俄而渐淡,俄而渐无,越半日而全隐。疑其消散矣。余尝谓画无形质,亦无精气,通灵幻化,似未必然;古书所谓画妖,疑皆有物凭之耳。后见林登《博物志》载北魏元兆,捕得云门黄花寺画妖,兆诘之曰:"尔本虚空,画之所作,奈何有此妖形?"画妖对曰:"形本是画,画以象真;真之所示,即乃有神。况所画之上,精灵有凭可通。此臣之所以有感,感而幻化。臣实有罪"云云。其言似亦近理也。

注释:

①灯戏之状:皮影戏的样子。

骁骑校萨音绰克图与一狐友,一日,狐仓皇来曰:"家有妖祟,拟借君坟园栖眷属。"怪问:"闻狐祟人,不闻有物更祟狐,是何魅欤?"曰:"天狐也,变化通神,不可思议;鬼出电入,不可端倪。其祟人,人不及防;或祟狐,狐亦弗能睹也。"问:"同类何不相惜欤?"曰:"人与人同类,强凌弱①,智绐愚②,宁相惜乎?魅复遇魅,此事殊奇。天下之势,辗转相胜;天下之巧,层出不穷。千变万化,岂一端所可尽乎!

注释:

①强凌弱:强大的欺凌弱小的。

②智绐愚:聪明的人欺骗愚笨的人。

阅微草堂笔记注

〔清〕纪昀 著

老浩 注

下

山西出版传媒集团

三晋出版社

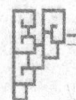

卷 十 三

槐西杂志(三)

丁卯同年郭彤纶,戊辰上公车,宿新中驿旅舍。灯下独坐吟哦,闻窗外语曰:"公是文士,西壁有一诗请教。"出视无所睹;至西壁拂尘寻视,有旅邸卧病诗八句,词甚凄苦,而鄙俚不甚成句。岂好㿝壁①人死尚结习未忘耶?抑欲彤纶传其姓名,俾人知某甲旅卒于是,冀家人归其骨也?

注释:
①㿝(jiè)壁:在墙壁上题写书画。

奴子宋遇凡三娶:第一妻自合卺即不同榻,后竟仳离。第二妻子必孪生,恶其提携之烦①,乳哺之不足,乃求药使断产;误信一王媪言,舂砺石为末服之,石结聚肠胃死。后遇病革时,口喃喃如与人辩。稍苏,私语其第三妻曰:"吾出初妻时,吾父母已受人聘,约日迎娶。妻尚未知,吾先一夕引与狎。妻以为意转,欣然相就。五更尚拥被共眠,鼓吹已至,妻恨恨去。然媒氏早以未尝同寝告后夫,吾母兄亦皆云尔。及至彼,非完璧,大遭疑诟②,竟郁郁卒。继妻本不肯服石,吾痛捶使咽尽。殁后惧为厉,又贿巫斩殃③。今并恍惚见之,吾必不起矣。"已而果然。又奴子王成,性乖僻。方与妻嬉笑,忽叱使伏受鞭;鞭已,仍与嬉笑。或方鞭时,忽引起与嬉笑;既而曰:"可补鞭矣。"仍叱使伏受鞭。大抵一日夜中,喜怒反覆者数次。妻畏之如虎,喜时不敢强欢,怒时不敢不顺受也。一日，泣诉先太夫人。呼成问故。成跪启曰："奴不自知，亦不自由④。但忽觉其可爱，忽觉其可憎耳。"先太夫人曰："此无人理，殆佛氏所谓夙冤耶！"虑其妻或轻生，并遣之去。后闻成病死，其妻竟著红衫。夫夫为妻纲，天之经也。然尊究不及君，亲究不及父，故妻又训齐⑤，有敌体之义焉。则其相与，宜各得情理之平。宋遇第二妻，误杀也，罪止太悍。其第一妻，既已被出而受聘，则恩义已绝，不当更以夫妇论，直诱污他人未婚妻耳。因而致死，其取偿也宜矣。王成酷暴，然未致妇于死也，一日居其室，则一日为所夫。殁不制服⑥，反而从吉，是悖理乱常也。其受虐固无足悯焉。

注释：

①提携之烦：这里指照料养育的烦恼。

②大遭疑诟：遭到怀疑诟骂。

③贿巫斩殃：贿赂巫师作法，断绝祸患。

④不自知，亦不自由：自己意识不到，也不由自己控制。

⑤训齐：教化、使得统一。

⑥制服：丧服。

吴惠叔言：太湖有渔户嫁女者，舟至波心，风浪陡作，舵师失措，已欹仄①欲沈。众皆相抱哭，突新妇破帘出，一手把舵，一手牵篷索，折戗②飞行，直抵婿家，吉时犹未过也。洞庭人传以为奇。或有以越礼讥者，惠叔曰："此本渔户女，日日船头持篙橹，不能责以必为宋伯姬③也。"又闻吾郡有焦氏女，不记何县人，已受聘矣。有谋为媵者，中以蜚语，婿家欲离婚。父讼于官，而谋者陷阱已深，非惟证佐凿凿，且有自承为所欢者。女见事急，竟倩邻媪导至婿家，升堂拜姑曰："女非妇比，贞不贞有明证也。儿与其献丑于官媒，仍为所诬，不如献丑于母前。"遂阖户弛服，请姑验。讼立解。此较操舟之新妇更越礼矣,然危急存亡之时,有不得不如是者。讲学家动以一死责人,非通论也。

注释:

①欹仄:倾斜、歪斜。

②折戗(qiāng):船在逆风中扬帆行驶。

③宋伯姬:鲁国公主嫁到宋国来,做了宋公共的夫人,人民叫她叫宋共姬,或者宋伯姬。一日宫殿失火,火势不可阻遏,大家都忙着往外跑,只有伯姬在屋里不肯出来。根据伯姬受到的贵族教育,在没有仆人侍奉的情况下,贵族妇女是绝对不能走出门的,她只能在房间等着仆人来救自己,最后被烧死了。

杨雨亭言:劳山深处,有人兀坐木石间,身已与木石同色矣。然呼吸不绝,目炯炯尚能视。此婴儿炼成,而闭不能出者也。不死不生,亦何贵于修道,反不如鬼之逍遥矣。大抵仙有仙骨,质本清虚;仙有仙缘,诀逢指授。不得真传而妄意冲举,因而致害者不一,此人亦其明鉴也。或曰:"以刃破其顶,当兵解去。"此亦臆度①之词,谈何容易乎②!

注释:

①臆(yì)度:猜测。

②谈何容易乎:话说起来太容易了啊。

古者大夫祭五祀,今人家惟祭灶神。若门神、若井神、若厕神、若中霤神①,或祭或不祭矣。但不识天下一灶神欤?一城一乡一灶神欤?抑一家一灶神欤?如天下一灶神,如火神之类,必在祀典,今无此祀典也。如一城一乡一灶神,如城隍社公之类,必有专祠,今未见处处有专祠也。然则一家一灶神耳,又不识天下人家,如恒河沙数;天下灶神,亦当如恒河沙数②;此恒河沙数之灶神,何人为之?何人命之?神不太多耶？人家迁徙不常，兴废亦不常，灶神之闲旷者何所归？灶神之新增者何自来？日日铨除③移改，神不又太烦耶？此诚不可以理解。然而遇灶神者，乃时有之。余小时，见外祖雪峰张公家一司爨妪，好以秽物扫入灶。夜梦乌衣人呵之，且批其颊。觉而颊肿成痈，数日巨如杯，脓液内溃，从口吐出；稍一呼吸，辄入喉呕哕欲死。立誓虔祷，乃愈。是又何说欤？或曰："人家立一祀，必有一鬼凭之。祀在则神在，祀废则神废，不必一一帝所命也。"是或然矣。

注释：

①中霤(liù)神：古代五祀所祭对象之一。即后土之神。

②恒河沙数：恒河里面的沙子，比喻数量庞大。

③铨除：选授，任命、罢免。

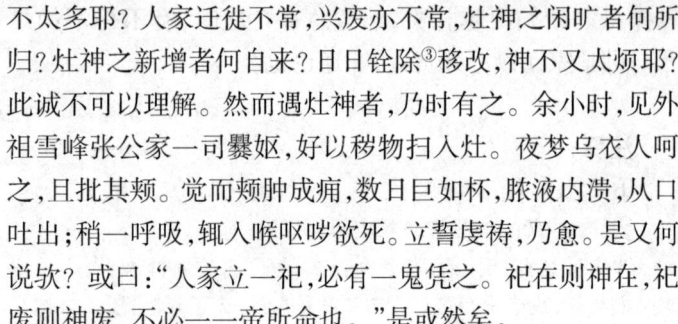

孙协飞先生夜宿山家，闻了鸟(了鸟，门上铁系也。李义山诗作此二字。)丁东声，问为谁？门外小语曰："我非鬼非魅，邻女欲有所白①也。"先生曰："谁呼汝为鬼魅而先辩非鬼非魅也？非欲盖弥彰②乎！"再听之，寂无声矣。

注释：

①有所白：有话说。

②欲盖弥彰：指想掩盖坏事的真相，结果反而更明显地暴露出来。

崔崇岯，汾阳人，以卖丝为业。往来于上谷、云中有年矣。一岁，折阅十余金，其曹偶有怨言。崇岯恚愤，以刃自剖其腹，肠出数寸，气垂绝。主人及其未死，急呼里胥与其妻至，问："有冤耶？"曰："吾拙于贸易，致亏主人资。我实自愧，故不欲生，与人无预①也。其速移我返，毋以命案为人累。"主人感之，赠数十金为棺敛费，奄奄待尽而已。有医缝其肠，纳之腹中。敷药结痂，竟以渐愈。惟遗矢从刀伤处出，谷道②闭矣。后贫甚,至鬻其妻。旧共卖丝者怜之,各赠以丝,俾拈线③自给。渐以小康,复娶妻生子。至乾隆癸巳、甲午④间,年七十乃终。其乡人刘炳为作传。曹受之侍御录以示余,因撮记其大略。夫贩鬻丧资,常事也。以十余金而自戕,崇奸可谓轻生矣。然其本志,则以本无毫发私,而其迹有似于乾没,心不能白,以死自明,其平生之自好可知矣。濒死之顷,对众告明里胥,使官府无可疑;切嘱其妻,使眷属无可讼,用心不尤忠厚欤! 当死不死,有天道焉。事似异而非异也。

注释:

①与人无预:和他人无关。

②谷道:肛门。

③拈线:纺线。

④乾隆癸巳、甲午间:乾隆三十八年、三十九年,公元1773—1774年。

文安王丈紫府言:瀛州一宦家娶妇,甫却扇①,新婿失声狂奔出。众追问故。曰:“新妇青面赤发。状如奇鬼,吾怖而走。”妇故中人姿②,莫解其故。强使复入,所见如前。父母迫之归房,竟伺隙自缢。既未成礼,女势当归。时贺者尚满堂,其父引之遍拜诸客,曰:“小女诚陋,然何至惊人致死哉!《幽怪录》载卢生娶弘农令女事,亦同于此,但婿未死耳。此殆夙冤,不可以常理论也。自讲学家言之,则必曰:“是有心疾,神虚目眩耳。”

注释:

①却扇:古代行婚礼时新妇用扇遮脸,交拜后去之。后用以指完婚。

②中人姿:中等样貌。

李主事再瀛,汉三制府之孙也。在礼部时为余属。气宇朗彻,余期以远到①。乃新婚未几,遽夭天年。闻其亲迎时,新妇拜神,怀中镜忽堕地,裂为二,已讶不祥;既而鬼声啾啾,彻夜不息。盖衰气之所感,先兆之矣。

注释:

①余期以远到·我对他寄予厚望。

选人某,在虎坊桥租一宅。或曰:"中有狐,然不为患,人居者祭之则安。"某性啬不从,亦无他异。既而纳一妾,初至日,独坐房中。闻窗外帘隙有数十人悄语,品评其妍媸①。忸怩不敢举首。既而灭烛就寝,满室吃吃作笑声,(吃吃笑不止,出《飞燕外传》。或作嗤嗤,非也。又有作咥咥者,盖据毛亨《诗传》。然《毛传》咥咥乃笑貌,非笑声也。)凡一动作,辄高唱其所为。如是数夕不止。诉于正乙真人。其法官汪某曰:"凡魅害人,乃可劾治;若止嬉笑,于人无损。譬互相戏谑,未酿事端,即非王法之所禁。岂可以猥亵细事②,渎及神明!"某不得已,设酒肴拜祝。是夕寂然。某喟然曰:"今乃知应酬之礼不可废。"

注释:

①妍媸(yán chī):美丽、漂亮。

②猥亵(wěi xiè)细事:男女亲热这些细碎的小事。

王符九言:凤凰店民家,有儿持其母履戏,遗后圃花架下,为其父所拾。妇大遭诉诘,无以自明,拟就缢。忽其家狐祟大作,妇女近身之物,多被盗掷于他处,半月余乃止。遗履之疑,遂不辩而释,若阴为此妇解结①者,莫喻其故。或曰:"其姑性严厉,有婢私孕,惧将投缳。妇窃后圃钥纵之逃。有是阴功,故神遣狐救之欤!"或又曰:"既为神佑,何不遣狐先收履,不更无迹乎?"符九日:"神正以有迹明因果也。"余亦以符九之言为然。

注释:
①解结:化解劫难。

胡太虚抚军能视鬼,云尝以茸屋巡视诸仆家,诸室皆有鬼出入,惟一室阒然。问之,曰:"某所居也。"然此仆蠢蠢无寸长①,其妇亦常奴耳。后此仆死,其妇竟守节终身。盖烈妇或激于一时,节妇非素有定志必不能。饮冰茹蘖②数十年,其胸中正气,蓄积久矣,宜鬼之不敢近也。又闻一视鬼者曰:"人家恒有鬼往来,凡闺房蝶狎,必诸鬼聚观,指点嬉笑,但人不见不闻耳。鬼或望而引避者,非他年烈妇、节妇,即孝妇、贤妇也。"与胡公所言,若重规叠矩矣。

注释:
①蠢蠢无寸长:蠢笨没有什么长处。
②饮冰茹蘖(niè):生活清苦,为人清白。

朱定远言:一士人夜坐纳凉,忽闻屋上有噪声。骇而起视,则两女自檐际格斗堕,厉声问曰:"先生是读书人,姊妹共一婿,有是礼耶?"士人嗫不敢语①。女又促问②。战栗嗫嚅曰:"仆是人,仅知人礼。鬼有鬼礼,狐有狐礼,非仆之所知也。"二女唾曰:"此人模棱不了事③,当别问能了事人耳。"仍纠结而去。苏味道模棱,诚自全之善计也。然以推诿偾事④,获谴者亦在在有之。盖世故太深,自谋太巧,恒并其不必避者而亦避,遂于其必当为者而亦不为,往往坐失事机,留为祸本,决裂有不可收拾者。此士人见诮于狐,其小焉者耳。

注释：

①嗫不敢语：吓得不敢说话。

②促问：逼问、追问。

③模棱不了事：含含糊糊，说不清事理。

④推诿偾事：为坏事推卸责任。

济南朱青雷言：其乡民家一少年与邻女相悦，时相窥也。久而微露盗香迹①，女父疑焉，夜伏墙上，左右顾视两家，阴伺其往来。乃见女室中有一少年，少年室中有一女，衣饰形貌皆无异。始知男女皆为狐媚也。此真黎丘之技矣。青雷曰："以我所见，好事者当为媒合，亦一佳话。然闻两家父母皆恚甚，各延巫驱狐。时方束装北上，不知究竟如何也。"

注释：

①盗香迹：约会、偷情的痕迹。

有视鬼者曰："人家继子，凡异姓者，虽女之子，妻之侄，祭时皆所生来享，所后者弗来也。凡同族者，虽五服以外，祭时皆所后来享，所生者虽亦来，而配食于侧，弗敢先也。惟于某抱养张某子，祭时乃所后来享。久而知其数世前本于氏妇怀孕嫁张生，是于之祖也。此何义欤？"余曰："此义易明。铜山西崩，洛钟东应①，不以远而阻也。琥珀拾芥不引针，磁石引针不拾芥②，不以近而合也。一本者气相属，二本者气不属耳。观此使人睦族之心，油然而生，追远之心，亦油然而生。一身歧为四肢，四肢各歧为五指，是别为二十歧矣；然二十歧之痛痒，吾皆能觉，一身故也。莫昵近于妻妾，妻妾之痛痒，苟不自言，吾终不觉，则两身而已矣。"

注释：

①铜山西崩，洛钟东应：比喻重大事件彼此相互影响。

②琥珀拾芥不引针，磁石引针不拾芥：比喻只能吸引与彼此属性一样的东西，而不是所有相似的东西都能够相互感应。

　　宋子刚言：一老儒训蒙乡塾，塾侧有积柴，狐所居也。乡人莫敢犯，而学徒顽劣，乃时秽污之。一日，老儒往会葬①，约明日返。诸儿因累几为台②，涂朱墨演剧。老儒突返，各挞之流血，恨恨复去。众以为诸儿大者十一二，小者七八岁耳，皆怪师太严。次日，老儒返，云昨实未归。乃知狐报怨也。有欲讼诸土神者，有议除积柴者，有欲往诟詈者；中一人曰："诸儿实无礼，挞不为过，但太毒耳。吾闻胜妖当以德，以力相角，终无胜理。冤冤相报，吾虑祸不止此也。"众乃已。此人可谓平心，亦可谓远虑矣。

注释：

①会葬：参加葬礼。

②累几为台：把桌子堆放起来，当做戏台。

　　雍正乙卯①，佃户张天锡家生一鹅，一身而两首。或以为妖。沈丈丰功曰："非妖也。人有孪生，卵亦有双黄；双黄者，雏必枳首②。吾数见之矣。"与从侄虞惇偶话及此，虞惇曰："凡鹅一雄一雌者，生十卵即得十雏。两雄一雌者，十卵必毈③一二；父气杂也。一雄两雌者，十卵亦必毈一二，父气弱也。鸡鹜则不妨，物各一性尔。"余因思鹅鸭皆不能自伏卵，人以鸡代伏之。天地生物之初，羽族皆先以气化，后以卵生，不待言矣。（凡物皆先气化而后形交，前人先有鸡先有卵之争，未之思也。）第不知最初卵生之时，上古之民淳淳闷闷④，谁知以鸡代伏也？鸡不代伏，又何以传种至今也？此真百思不得其故矣。

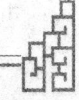

注释：

①雍正乙卯：雍正十三年，公元1735年。

②枳首：畸形，两个头。

③殴（duàn）：卵坏散，孵不成幼雏。

④淳淳闷闷：混混沌沌，不明白事理。

刘友韩侍御言：向寓山东一友家，闻其邻女为狐媚。女父迹知其穴①，百计捕得一小狐，与约曰："能舍我女，则舍尔子。"狐诺之。舍其子而狐仍至。詈其负约。则谢曰："人之相诳者多矣，而责我辈乎！"女父恨甚，使女阳劝之饮，而阴置砒焉。狐中毒，变形踉跄去。越一夕，家中瓦砾交飞，窗扉震撼，群狐合噪来索命。女父厉声道始末，闻似一老狐语曰："悲哉！彼徒见人皆相诳，从而效尤②。不知天道好还，善诳者终遇诳也。主人词直，犯之不祥。汝曹随我归矣。"语讫寂然。此狐所见，过其子远矣。

注释：

①迹知其穴：循着痕迹找到了巢穴。

②效尤：效仿。

季廉夫言：泰兴旧宅后，有楼五楹，人迹罕至。廉夫取其僻静，恒独宿其中。一夕，甫启户，见板阁上有黑物，似人非人，鬒影长鬇如蓑衣，扑灭其灯，长吼冲人去。又在扬州宿舅氏家，朦胧中见红衣女子推门入。心知鬼物，强起叱之。女子跪地，若有所陈，俄仍冉冉出门去，次日，问主人，果有女缢此室，时为祟也。盖幽房曲室，多鬼魅所藏。黑物殆精怪之未成者，潜伏已久，是夕猝不及避耳。缢鬼长跪，或求解脱沈沦乎？廉夫壮年气盛，故均不能近而去也。俚巫言，凡缢死者著红衣，则其鬼出入房闼，中雷神不禁。盖女子不以红衣敛，红为阳色，犹似生魂故也。此语不知何本。

然妇女信之甚深，故衔愤死者①多红衣就缢，以求为祟。此鬼红衣，当亦由此云。

注释:

①衔愤死者:有怨恨,含冤而死的人。

先兄晴湖言:沧州吕氏姑家(余两胞姑皆适吕氏,此不知为二姑家、五姑家也。),门外有巨树,形家言其不利。众议伐之,尚未决。夜梦老人语曰:"邻居二三百年,忍相戕乎？"醒而悟为树之精,曰:"不速伐,且为妖矣。"议乃定。此树如不自言,事尚未可知也。天下有先期防祸,弥缝周章①,反以触发祸机者,盖往往如是矣。(闻李太仆敬堂某科磨勘试卷,忽有举人来投刺②,敬堂拒未见。然私讶曰:"卷其有疵乎？"次日检之,已勘过无签;覆加详核,竟得其谬,累停科。此举人如不干谒,已漏网矣。)

注释:

①弥缝周章:弥补不足。
②投刺:投递名帖。

奴子王敬,王连升之子也。余旧有质库在崔庄,从官久,折阅都尽,群从鸠资①复设之,召敬司夜焉。一夕,自经于楼上,虽其母其弟莫测何故也。客作胡兴文,居于楼侧,其妻病剧。敬魂忽附之语,数其母弟之失,曰:"我自以博负②死,奈何多索主人棺敛费,使我负心！此来明非我志也。"或问:"尔怨索负者乎？"曰:"不怨也。使彼负我,我能无索乎？"又问:"然则怨诱博者乎？"曰:"亦不怨也。手本我手,我不博,彼能握我手博乎？我安意候代而已。"初附语时,人以为病者昏乱耳;既而序述生平、寒温故旧,语音宛然敬也。皆叹曰:"此鬼不昧本心,必不终沦于鬼趣。"

注释:

①鸠资:聚集资财。

②博负:赌博负债。

李玉典言:有旧家子①,夜行深山中,迷不得路。望一岩洞,聊投憩息,则前辈某公在焉。惧不敢进,然某公招邀甚切。度无他害,姑前拜谒。寒温劳苦如平生,略问家事,共相悲慨。因问:"公佳城在某所,何独游至此?"某公喟然曰:"我在世无过失,然读书第随人作计②,为官第循分供职③,亦无所树立。不意葬数年后,墓前忽见一巨碑,螭额篆文,是我官阶姓字;碑文所述,则我皆不知,其中略有影响者,又都过实。我一生朴拙,意已不安;加以游人过读,时有讥评;鬼物聚观,更多训笑④。我不耐其聒,因避居于此。惟岁时祭扫,到彼一视子孙耳。"士人曲相宽慰曰:"仁人孝子,非此不足以荣亲。蔡中郎⑤不免愧词,韩吏部亦尝谀墓。古多此例,公亦何必介怀。"某公正色曰:"是非之公,人心具在;人即可诳,自问已惭。况公论具存,诳亦何益?荣亲当在显扬,何必以虚词招谤乎?不谓后起胜流,所见皆如是也。"拂衣竟起。士人惘惘而归。余谓此玉典寓言也。其妇翁田白岩曰:"此事不必果有,此论则不可不存。"

注释:

①旧家子:历代做官人家的子弟。

②随人作计:服从别人的安排。

③循分供职:按照本分做官。

④训笑:讥笑。

⑤蔡中郎:东汉末年著名文人蔡邕,曾官左中郎将。因为名声显赫,成为他家乡的父老的荣耀。

交河老儒刘君琢,居于闻家庙,而设帐于崔庄。一日,夜深饮醉,忽自归家。时积雨之后,道途间两河皆暴涨,亦竟忘之。行至河干,忽又欲浴,而稍惮波浪之深。忽旁有一人曰:"此间原有可浴处,请导君往。"至则有盘石如渔矶①,因共洗濯。君琢酒少解,忽叹曰:"此去家不十余里,水阻迂折,当多行四五里矣。"其人曰:"此间亦有可涉处,再请导君。"复摄衣径渡。将至家,其人匆匆作别去。叩门入室,家人骇路阻何以归。君琢自忆,亦不知所以也。揣摩其人,似高川贺某,或留不住(村名,其取义则未详。)赵某。后遣子往谢,两家皆言无此事;寻河中盘石,亦无踪迹。始知遇鬼。鬼多嬲醉人,此鬼独扶导醉人。或君琢一生循谨②,有古君子风,醉涉层波,势必危,殆神阴相而遣之欤!

注释:

①渔矶(jī):可供垂钓的水边岩石。
②循谨:老实谨慎。

奴子董柱言:景河镇某甲,其兄殁,寡嫂在母家。以农忙,与妻共诣之,邀助馌饷。至中途,憩破寺中。某甲使妇守寺门,而入与嫂调谑。嫂怒叱,竟肆强暴。嫂扞拒①呼救,去人窎远②,无应者。妇自入沮解,亦不听。会有馌妇踔于途,碎其瓶罍,客作五六人,皆归就食。适经过,闻声趋视。具陈状。众共愤怒,纵其嫂先行;以二人更番持某甲,裸其妇而迭淫焉。濒行,叱曰:"尔淫嫂,有我辈证,尔当死。我辈淫尔妇,尔嫂决不为证也。任尔控官,我辈午餐去矣。"某甲反叩额于地,祈众秘其事。此所谓假公济私③者也,与前所记杨生事,同一非理,而亦同一快人意。后乡人皆知,然无肯发其事者:一则客作皆流民,一日耘毕,得值即散,无从知为谁何;一则恶某甲故也。皆曰:"馌妇之踔,不先不后,岂非若或使之哉!"

注释：

①扞拒：抗拒、反抗。

②窎远：遥远。

③假公济私：假借公家的名义来谋取私人的利益。

缢鬼溺鬼皆求代，见说部者①不一。而自刭自鸩以及焚死压死者，则古来不闻求代事，是何理欤？热河罗汉峰，形酷似趺坐老僧②，人多登眺。近时有一人堕崖死，俄而市人时有无故发狂，奔上其顶，自倒掷而陨者。皆曰："鬼求代也。"延僧礼忏，无验。官守以逻卒，乃止。夫自戕之鬼候代，为其轻生也。失足而死，非其自轻生。为鬼所迷而自投，尤非其自轻生。必使辗转相代，是又何理欤？余谓是或冤谴，或山鬼为祟，求祭享耳，未可概目③以求代也。

注释：

①说部者：指小说、逸闻杂著类的著作。

②趺坐老僧：打坐参禅的老僧。

③概目：一概而论。

余乡产枣，北以车运供京师，南随漕舶①以贩鬻于诸省，土人多以为恒业②。枣未熟时，最畏雾，雾浥之则瘠而皱，存皮与核矣。每雾初起，或于上风积柴草焚之，烟浓而雾散；或排鸟铳迎击，其散更速。盖阳气盛则阴霾消也。凡妖物皆畏火器。史丈松涛言：山陕间每山中黄云暴起，则有风雹害稼。以巨炮迎击，有堕虾蟆如车轮大者。余督学福建时，山魈或夜行屋瓦上，格格有声。遇辕门鸣炮，则踉跄奔迸，顷刻寂然。鬼亦畏火器。余在乌鲁木齐，曾以铳击厉鬼，不能复聚成形。（语详《滦阳消夏录》。）盖妖鬼亦皆阴类也。

注释：

①漕舶：漕运船只。

②恒业：长期的职业。

董秋原言：东昌一书生，夜行郊外。忽见甲第甚宏壮，私念此某氏墓，安有是宅，殆狐魅所化欤？稔闻《聊斋志异》青凤、水仙诸事，冀有所遇，踯躅不行。俄有车马从西来，服饰甚华，一中年妇揭帏指生曰："此郎即大佳，可延入。"生视车后一幼女，妙丽如神仙，大喜过望。既入门，即有二婢出邀。生既审为狐，不问氏族，随之入。亦不见主人出，但供张①甚盛，饮馔丰美而已。生候合卺，心摇摇如悬旌。至夕，箫鼓喧阗，一老翁搴帏揖曰："新婿入赘，已到门。先生文士，定习婚仪，敢屈为傧相，三党②有光。"生大失望，然原未议婚，无可复语；又饫其酒食，难以遽辞。草草为成礼，不别而归。家人以失生一昼夜，方四出觅访。生愤愤道所遇，闻者莫不拊掌曰："非狐戏君，乃君自戏也。"余因言有李二混者，贫不自存，赴京师谋食。途遇一少妇骑驴，李趁与语，微相调谑。少妇不答亦不嗔。次日，又相遇，少妇掷一帕与之，鞭驴径去，回顾曰："吾今日宿固安也。"李启其帕，乃银簪珥数事。适资斧竭，持诣质库；正质库昨夜所失，大受拷掠，竟自诬为盗。是乃真为狐戏矣。秋原曰："不调少妇，何缘致此？仍谓之自戏可也。"

注释：

①供张：指供宴饮用的帏帐、用具、食物等。

②三党：父族、母族、妻族。

莆田李生裕翀言：有陈至刚者，其妇死，遗二子一女。岁余，至刚又死。田数亩、屋数间，俱为兄嫂收去。声言以养其子女，而实虐遇①之。俄而屋后夜夜闻鬼哭，邻人久不平，心知为至刚魂也,登屋呼曰:"何不祟尔兄? 哭何益! "魂却退数丈外,呜咽应曰:"至亲者兄弟,情不忍祟;父之下,兄为尊矣,礼亦不敢祟。吾乞哀而已。"兄闻之感动,詈其嫂曰:"尔使我不得为人也。"亦登屋呼曰:"非我也,嫂也。"魂又呜咽曰:"嫂者兄之妻,兄不可祟,嫂岂可祟也! "嫂愧不敢出。自是善视其子女,鬼亦不复哭矣。使遭兄弟之变者,尽如是鬼,尚有阋墙之衅乎?

注释:
①虐遇:虐待。

卫媪,从侄虞悖之乳母也。其夫嗜酒,恒在醉乡。一夕,键户自出,莫知所往。或言邻圃井畔有履,视之,果所著;窥之,尸亦在。众谓墙不甚短,醉人岂能逾;且投井何必脱履? 咸大惑不解。询守圃者,则是日卖菜未归,惟妇携幼子宿,言夜闻墙外有二人邀客声,继又闻牵拽固留①声,又訇然一声,如人自墙跃下者,则声在墙内矣;又闻延坐屋内声,则声在井畔矣;俄闻促客解履上床声,又訇然一声,遂寂无音响。此地故多鬼,不以为意,不虞此人之入井也,其溺鬼求代者乎? 遂堙②是井。后亦无他。

注释:
①牵拽固留:拉拉扯扯地挽留。
②堙(yīn):填埋。

族叔桼庵言:尝见旋风中有一女子张袖而行,迅如飞鸟,转瞬已在数里外。又尝于大槐树下见一兽跳掷,非犬非羊,毛作褐色,即之①已隐。均不知何物。余曰:"叔平生专意研经,不甚留心于子、史。此二物,古书皆载之。女子乃飞天夜叉,《博异传》载唐薛淙于卫州佛寺见老僧言居延海上见天神追捕者是也。褐色兽乃树精,《史记·秦本纪》二十七年,伐南山大梓,丰大特。注曰:'今武都故道,有怒特祠,图大牛上生树本,有牛从木中出,复见于丰水之中。'《列异传》:秦文公时,梓树化为牛。以骑击之,骑不胜;或堕地,髻解被发,牛畏之入水。故秦因是置旄头骑。庾信《枯树赋》曰:'白鹿贞松,青牛文梓。'柳宗元《祭纛文》曰:'丰有大特,化为巨梓;秦人凭神,乃建旄头②。'即用此事也。"

注释:

①即之:靠近,临近。

②旄(máo)头:古代皇帝仪仗中一种担任先驱的骑兵。

王德圃言:有县吏夜息松林,闻有泣声。吏故有胆,寻往视之,则男女二人并坐石几上,喁喁絮语,似夫妇相别者。疑为淫奔,诘问其由。男子起应曰:"尔勿近,我鬼也。此女吾爱婢,不幸早逝,虽葬他所,而魂常依此。今被配入转轮,从此一别,茫茫万古,故相悲耳。"问:"生为夫妇,各有配偶,岂死后又颠倒移换耶?"曰:"惟节妇守贞者,其夫在泉下暂留,待死后同生人世,再续前缘,以补其一生之茕苦①。余则前因后果,各以罪福受生,或及待,或不及待,不能齐矣。尔宜自去,吾二人一刻千金,不能与尔谈冥事也。"张口嘘气,木叶乱飞。吏悚然反走②。后再过其地,知为某氏墓也。德圃为凝斋先生侄。先生作《秋灯丛话》,漏载此事。岂德圃偶未言及,抑先生偶失记耶?

注释:

①茕苦:贫穷痛苦。

②悚然反走:害怕地转身就走。

先外祖母曹太恭人尝告先太夫人曰："沧州一宦家妇，不见容于夫，郁郁将成心疾，性情乖剌①，琴瑟愈不调②。会有高行尼至，诣问因果。尼曰：'吾非冥吏，不能稽配偶之籍也；亦非佛菩萨，不能照见三生也。然因缘之理，则吾知之矣。夫因缘无无故而合者也，大抵以恩合者必相欢，以怨结者必相忤。又有非恩非怨，亦恩亦怨者，必负欠使相取相偿也。如是而已。尔之夫妇，其以怨结者乎？天所定也，非人也；虽然，天定胜人，人定亦胜天。故释迦立法，许人忏悔。但消尔胜心，戢尔③傲气，逆来顺受，以情感而不以理争；修尔内职④，事翁姑以孝，处娣姒以和，待妾媵以恩，尽其在我，而不问其在人，庶几可以挽回乎！徒问往因，无益也。'妇用其言，果相睦如初。"先太夫人尝以告诸妇曰："此尼所说，真闺阁中解冤神咒也。信心行持，无不有验；如或不验，尚是行持未至耳。"

注释：
①乖剌：乖张，古怪。
②琴瑟愈不调：形容夫妻关系更加不和谐。
③戢尔：消减。
④修尔内职：尽自己分内的职责。

蔡太守必昌云：判冥，论者疑之。然朱竹君之先德（唐人称人故父曰先德，见《北梦琐言》。），蔡君先告以亡期；蔡君之母，亦自预知其亡期，皆日辰不爽。是又何说欤？朱石君抚军，言其他事甚悉。石君非妄语人也。顾郎中德懋亦云判冥。后自言以泄漏阴府事，谪为社公，无可验也。余尝闻其论冥律，已载《滦阳消夏录》中。其论鬼之存亡，亦颇有理。大意谓人之余气为鬼，气久则渐消。其不消者有三：忠孝节义，正气不消；猛将劲卒，刚气不消；鸿材硕学①，灵气不消。不遽消者亦三：冤魂恨魄，茹痛黄泉，其怨结则气亦聚也；大

富大贵,取多用宏,其精壮则气亦盛也;儿女缠绵,埋忧
赍恨,其情专则气亦凝也。至于凶残狠悍,戾气亦不遽
消,然堕泥犁者十之九,又不在此数中矣。言之凿凿,或亦
有所征耶?

雍正戊申①夏,崔庄有大旋风,自北而南,势如潮涌,余
家楼堞半揭去(北方乡居者,率有明楼以防盗,上为城堞。)。从伯
灿宸公家,有花二盎、水一瓮,并卷置屋上,位置如故,毫不
敧侧;而阶前一风炉铜铫②,炭火方炽,乃安然不动,莫明其
故。次日,询迤北诸村,皆云未见。过村数里,即渐高入云。
其风黄色,嗅之有腥气。或地近东瀛,不过百里,海神来往,
水怪飞腾,偶然狡狯欤?

从侄虞惇,甲辰闰三月官满城教谕时,其同官戴君,邀
游抱阳山。戴携彭、刘二生,从山前往。虞惇偕弟汝侨、子树
璟及金、刘二生,由山后观牛角洞、仙人室诸胜。方升山麓,
遥见一人岩上立,意戴君遣来迎也。相距尚里许,急往赴
之。愈近,其人渐小,至则白石一片,倚岩植立,高尺五六
寸,广四五寸耳。绝不类人形,而望之如人,奇矣。凡物远视
必小,欧罗巴人①所谓视差也。此石远视大而近视小,抑又
奇矣。迨下山里许,再回视之,仍如初见状。众谓此石有灵,
拟上山携取归。彭生及树璟先往觅,不得;汝侨又与二刘生

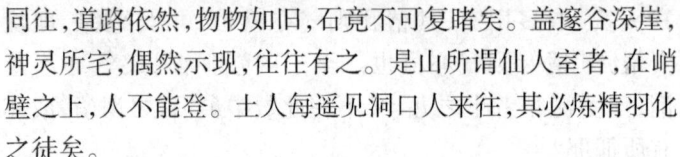

同往，道路依然，物物如旧，石竟不可复睹矣。盖邃谷深崖，神灵所宅，偶然示现，往往有之。是山所谓仙人室者，在峭壁之上，人不能登。土人每遥见洞口人来往，其必炼精羽化之徒矣。

注释：

①欧罗巴人：欧洲人。

申丈苍巅言：刘智庙有两生应科试，夜行失道。见破屋，权投栖止。院落半圮，亦无门窗，拟就其西厢坐。闻树后语曰："同是士类，不敢相拒。西厢是幼女居，乞勿入；东厢是老夫训徒地①，可就坐也。"心知非鬼即狐，然疲极不能再进，姑向树拱揖，相对且坐。忽忆当向之问路，再起致词，则不应矣。暗中摸索，觉有物触手；扪之，乃身畔各有半瓜。谢之，亦不应。质明将行②，又闻树后语曰："东去二里，即大路矣。一语奉赠：《周易》互体③，究不可废也。"不解所云，叩之又不应。比就试，策果问互体。场中皆用程朱说，惟二生依其语对，并列前茅焉。

注释：

①老夫训徒地：教育学生的屋子，书房教室。
②质明将行：天刚刚亮就要启程。
③《周易》互体：《易》卦上下两体相互交错取象而成之新卦，又叫"互卦"。

乾隆甲子①，余在河间应科试。有同学以帕幂首，云堕驴伤额也。既而有同行者知之，曰："是于中途遇少妇，靓妆独立官柳②下，忽按辔③问途。少妇曰：'南北驿路，车马往来，岂有迷途之患？尔直欺我孤立耳。'忽有飞瓦击之，流血被面。少妇径入秫田去，不知是人是狐是鬼也。但未见举手,而瓦忽横击,疑其非人;鬼又不应白日出,疑其狐矣。"
高梅村曰:"此不必深问。无论是人是鬼是狐,总之当击
耳。"又丁卯秋,闻有京官子,暮过横街东,为娼女诱入室。
突其夫半夜归,胁使尽解衣履,裸无寸缕,负置门外丛冢
间。京官子无计,乃号呼称遇鬼。有人告其家迎归。姚安公
时官户部,闻之笑曰:"今乃知鬼能作贼。"此均足为佻薄者
戒也。

注释:
①乾隆甲子:乾隆九年,公元 1744 年。
②官柳:大路旁的柳树。
③按辔(pèi):扣紧马缰使马缓行或停止。

乌鲁木齐千总①柴有伦言:昔征霍集占时,率卒搜山。
于珠尔土斯深谷中遇玛哈沁,射中其一,负矢奔去。余七八
人亦四窜。夺得其马及行帐。树上缚一回妇,左臂左股,已
脔食见骨,嗷嗷作虫鸟鸣。见有伦,屡引其颈②,又作叩颡
状。有伦知其求速死,剚刃贯其心。瞠目长号而绝。后有伦
复经其地,水暴涨,不敢涉,姑憩息以待减退。有旋风来往
马前,倏行倏止,若相引者。有伦悟为回妇之鬼,乘骑从之,
竟得浅处以渡。

注释:
①千总:武官中品级比较低的官职。
②引其颈:伸出自己的脖子。

季廉夫言:泰兴有贾生者,食饩于庠①,而癖好符箓禁
咒事。寻师访友,炼五雷法,竟成。后病笃,恍惚见鬼来摄。
举手作诀,鬼不能近。既而家人闻屋上金铁声,奇鬼狰狞,
汹涌而入。咸悚惶避出。遥闻若相格斗者,彻夜乃止。比晓

视之,已伏于床下死,手掊地成一深坎,莫知何故也。夫死生数也,数已尽矣,犹以小术与天争,何其不知命乎?

注释:
①食饩(xì)于庠:以在学校教书为生。

廉夫又言:帅太守光豫官江宁时,有幕友二人,表兄弟也。一司号籍①,一司批发②,恒在一室同榻寝。一夕,一人先睡。一人犹秉烛,忽见案旁一红衣女子坐,骇极,呼其一醒。拭目惊视,则非女子,乃奇形鬼也。直前相搏,二人并昏仆。次日,众怪门不启,破扉入视。其先见者已死,后见者气息仅属,灌治得活。乃具述夜来状。鬼无故扰人,事或有之;至现形索命,则未有无故而来者。幕府宾佐,非官而操官之权,笔墨之间,动关生死,为善易,为恶亦易。是必冤谴相寻,乃有斯变。第不知所缘何事耳。

注释:
①号籍:整理编号登记在册。
②批发:收发相关公文。

乌鲁木齐军吏茹大业言:古浪回民,有踞佛殿饮博者,寺僧孤弱,弗能拒也。一夜,饮方酣,一人舒拇指呼曰:"一。"突有大拳如五斗栲栳①,自门探入,五指齐张,厉声呼曰:"六。"举掌一拍,烛灭几碎,十余人并惊仆。至晓,乃各渐苏,自是不敢复至矣。佛于众生无计较心,其护法善神之示现乎?

注释:
①五斗栲栳:形容手掌巨大。

苏州朱生焕，举壬午顺天乡试第二人，余分校所取也。一日，集余阅微草堂，酒间各说异闻。生言：曩乘舟，见一舵工额上恒贴一膏药，纵约寸许，横倍之。云有疮，须避风。行数日，一篙工私语客曰："是大奇事，云有疮者伪也。彼尝为会首①，赛水神例应捧香而前。一夕犯不洁②，方跪致祝，有风飏炉灰扑其面；骨栗神悚，几不成礼。退而拂拭，则额上现一墨画秘戏图，神态生动，宛肖其夫妇。洗濯不去，转更分明，故以膏药掩之也。"众不深信，然既有此言，出入往来，不能不注视其额。舵工觉之，曰："小儿又饶舌③耶！"长喟而已。然则其事殆不虚，惜未便揭视之耳。又余乳母李媪言：曩登泰山，见娼女与所欢皆往进香，遇于逆旅，伺隙偶一接唇，竟胶粘不解，擘之则痛彻心髓。众为忏悔，乃开。或曰："庙祝贿娼女作此状，以耸人信心也。"是亦未可知矣。

注释：

①会首：赛神会的头领。

②犯不洁：指房事。

③饶舌：多嘴，说闲话。

献县刑房吏王瑾，初作吏时，受贿欲出一杀人罪①。方濡笔起草，纸忽飞著承尘上，旋舞不下。自是不敢枉法取钱，恒举以戒其曹偶，不自讳也。后一生温饱，以老寿终。又一吏恒得贿舞文，亦一生无祸，然殁后三女皆为娼。其次女事发当杖，伍伯夙戒其徒曰："此某师傅女（土俗呼吏曰师傅。），宜从轻。"女受杖讫，语鸨母曰："微我父曾为吏，我今日其殆矣。"嗟乎，乌知其父不为吏，今日原不受杖哉！

注释：

①欲出一杀人罪：想要为一桩犯有杀人罪的人开脱。

　　交河有姊妹二妓,皆为狐所媚,羸病欲死。其家延道士劾治,狐不受捕。道士怒,趣①设坛,牒雷部。狐化形为书生,见道士曰:"炼师勿苦相仇也。夫采补杀人,诚干天律,然亦思此二女者何人哉!饰其冶容,蛊惑年少,无论其破人之家,不知凡几;废人之业,不知凡几;间人之夫妇,不知凡几,罪皆当死。即彼摄人之精;吾摄其精;彼致人之疾,吾致其疾;彼戕人之命,吾戕其命。皆所谓请君入瓮,天道宜然。炼师何必曲庇②之?且炼师之劾治,谓人命至重耳。夫人之为人,以有人心也。此辈机械万端,寒暖百变,所谓人面兽心者也。既已兽心,即以兽论。以兽杀兽,事理之常。深山旷野,相食者不啻恒河沙数,可一一上渎雷部耶?"道士乃舍去。论者谓道士不能制狐,造此言也。然其言则深切著明矣。

注释:

①趣:马上。

②曲庇:曲意包庇。

　　程鱼门言:朱某昵淮上一妓,金尽,被斥出。一日,有西商过访妓,仆舆奢丽,挥金如土。妓兢兢恐其去,尽谢他客,曲意效媚。日赠金帛珠翠,不可缕数。居两月余,云暂出赴扬州,遂不返。访问亦无知者。资货既饶,拟去北里为良家①。检点箧笥,所赠已一物不存,朱某所赠亦不存;惟留二百余金,恰足两月余酒食费,一家迷离惝恍,如梦乍回。或曰,闻朱某有狐友,殆代为报复云。

注释:

①去北里为良家:离开妓院,从良做良家妇女。

鱼门又言：游士某，在广陵纳一妾，颇娴文墨。意甚相得，时于闺中倡和。一日，夜饮归，僮婢已睡，室内暗无灯火。入视阒然，惟案上一札曰："妾本狐女，僻处山林。以夙负应偿，从君半载。今业缘已尽，不敢淹留①。本拟暂住待君，以展永别之意，恐两相凄恋，弥难为怀。是以茹痛竟行，不敢再面。临风回首，百结柔肠。或以此一念，三生石上，再种后缘，亦未可知耳！诸惟自爱，勿以一女子之故，至损清神。则妾虽去而心稍慰矣。"某得书悲感，以示朋旧，咸相慨叹。以典籍尝有此事，弗致疑也。后月余，妾与所欢北上，舟行被盗，鸣官待捕；稽留②淮上者数月，其事乃露。盖其母重鬻于人，伪以狐女自脱也。周书昌曰："是真狐女，何伪之云？吾恐志异诸书所载，始遇仙姬，久而舍去者，其中或不无此类也乎！"

注释：

①淹留：逗留，停留。

②稽留：被迫停留。

余在翰林日，侍读索公尔逊同斋戒于待诏厅（厅旧有何义门书"衡山旧署"一匾，又联句一对。今联句尚存，匾则久亡矣。），索公言：前征霍集占时，奉参赞大臣檄调。中途逢大雪，车仗不能至①，仅一行帐随，姑支以憩。苦无枕，觅得二三死人首，主仆枕之。夜中并蠕蠕掀动，叱之乃止。余谓此非有鬼，亦非因叱而止也。当断首时，生气未尽，为严寒所束，郁伏于中；得人气温蒸，冻解而气得外发，故能自动。已动则气散，故不再动矣。凡物生性未尽者，以火炙之皆动，是其理也。索公曰："从古战场，不闻逢鬼；吾心恶之，谓吾命衰也。今日乃释此疑。"

注释：

①车仗不能至：车舆和兵仗不能按计划到达。

崔庄多枣，动辄成林，俗谓之枣行(户郎切。)。余小时，闻有妇女数人，出挑菜，过树下，有小儿坐树杪，摘红熟者掷地下。众竞拾取。小儿急呼曰："吾自喜周二姐娇媚，摘此与食。尔辈黑鬼，何得夺也？"众怒詈，二姐恶其轻薄，亦怒詈，拾块击之。小儿跃过别枝，如飞鸟穿林去。忽悟村中无此儿，必妖魅也。姚安公曰："赖周二姐一詈一击，否则必为所媚矣。凡妖魅媚人，皆自招致①。苏东坡《范增论》曰：'物必先腐也而后虫生之。'"

注释：

①自招致：自己招来的祸患。

有选人在横街夜饮，步月而归。其寓在珠市口，因从香厂取捷径。一小奴持烛笼行，中路踣而灭。望一家灯未息，往乞火。有妇应门，邀入茗饮。心知为青楼，姑以遣兴①。然妇羞涩低眉，意色惨沮②。欲出，又牵袂固留。试调之，亦宛转相就。适携数金，即以赠之。妇谢不受，但祈曰："如念今宵爱，有长随某住某处，渠久闲居，妻亡子女幼，不免饥寒。君肯携之赴任，则九泉感德矣。"选人戏问："卿可相随否？"泫然曰："妾实非人，即某妻也。为某不能赡子女，故冒耻相求耳。"选人悚然而出，回视乃一新冢也。后感其意，竟携此人及子女去。求一长随，至鬼亦荐枕，长随之多财可知。财自何来？其蠹官③而病民可知矣。

注释：

①遣兴：作乐、行乐。

②惨沮:凄惨、沮丧。

③蠹官:贪污公家财物。

牛犊马驹,或生鳞角,蛟龙之所合,非真麟也。妇女露寝,为所合者亦有之。惟外舅马氏家,一佃户年近六旬,独行遇雨,雷电晦冥,有龙探爪按其笠。以为当受天诛,悸而踣,觉龙碎裂其裤,以为褫衣而后施刑也。不意龙掾转其背,据地淫之。稍转侧缩避,辄怒吼,磨牙其顶。惧为吞噬,伏不敢动。移一二刻,始霹雳一声去。呻吟塍上,腥涎满身。幸其子持篑来迎,乃负以返。初尚讳匿①,既而创甚,求医药,始道其实。耘苗之候,饁妇众矣,乃狎一男子;牧竖②亦众矣,乃狎一衰翁。此亦不可以理解者。

注释:

①讳匿:忌讳、隐匿。

②牧竖:放牧的孩童。

王方湖言:蒙阴刘生,尝宿其中表家。偶言家有怪物,出没不恒,亦不知其潜何所。但暗中遇之,辄触人倒,觉其身坚如铁石。刘故喜猎,恒以鸟铳随,曰:"若然,当携此自防也。"书斋凡三楹,就其东室寝。方对灯独坐,见西室一物向门立,五官四体,一一似人,而目去眉约二寸,口去鼻仅分许,部位乃无一似人。刘生举铳拟之,即却避。俄手掩一扉,出半面外窥,作欲出不出状。才一举铳,则又藏,似惧出而人袭其后者。刘生亦惧怪袭其后,不敢先出也。如是数回,忽露全面,向刘生摇首吐舌。急发铳一击,则铅丸中扉上,怪已冲烟去矣。盖诱人发铳,使一发不中,不及再发,即乘机遁也。两敌相持,先动者败,此之谓乎!使忍而不发,迟至天晓,此怪既不能透壁穿窗,势必由户出,则必中铳;不出,则必现形矣。然自此知其畏铳。后伏铳窗櫺,伺出击之,**狰**

然仆地,如檐瓦堕裂声。视之,乃破瓮一片,儿童就近沿无
泑处①戏画作人面,笔墨拙涩,随意涂抹,其状一如刘生所
见云。

注释:
①无泑处:没有上釉彩的地方。

有富室子病危,绝而复苏,谓家人曰:“吾魂至冥司矣。
吾尝捐金活二命,又尝强夺某女也。今活命者在冥司具保
状,而女之父亦诉牒喧辩。尚未决,吾且归也。”越二日,又
绝而复苏曰:“吾不济矣。冥吏谓夺女大恶,活命大善,可相
抵。冥王谓活人之命,而复夺其女,许抵可也,今所夺者此
人之女,而所活者彼人之命;彼人活命之德,报此人夺女之
仇,以何解之乎?既善业本重,未可全销,莫若冥司不刑赏,
注来生恩自报恩,怨自报怨可也。”语讫而绝。案欧罗巴书
不取释氏轮回之说,而取其天堂地狱,亦谓善恶不相抵。然
谓善恶不抵,是绝恶人为善之路也。大抵善恶可抵,而恩怨
不可抵,所谓冤家债主,须得本人是也。寻常善恶可抵,大
善大恶不可抵。曹操赎蔡文姬①,不得不谓之义举,岂足抵
篡弑之罪乎?(曹操虽未篡,然以周文王自比,其志则篡也,特畏公
议耳。)至未来生中,人未必相遇,事未必相值,故因缘凑合,
或在数世以后耳。

注释:
①曹操赎蔡文姬:蔡文姬被掳去胡地十二年,曹操用重金将她
赎回。

宋村厂(从弟东白庄名,土人省语呼厂里。)仓中旧有狐。余
家未析箸时,姚安公从王德庵先生读书是庄。仆隶夜入仓

院,多被瓦击,而不见其形,惟先生得纳凉其中,不遭扰戏。然时见男女往来,且木榻藤枕,俱无纤尘,若时拂拭者。一日,暗中见人循墙走,似是一翁,呼问之曰:"吾闻狐不近正人,吾其不正乎?"翁拱手对曰:"凡兴妖作祟之狐,则不敢近正人;若读书知礼之狐,则乐近正人。先生君子也,故虽少妇稚女,亦不相避,信先生无邪心也。先生何反自疑耶?"先生曰:"虽然,幽明异路①,终不宜相接。请勿见形可乎?"翁罄折曰:"诺。"自是不复睹矣。

注释:
①幽明异路:阴阳两界是不同的。

沈瑞彰寓高庙读书,夏夜就文昌阁廊下睡。人静后,闻阁上语曰:"吾曹亦无用钱处,尔积多金何也?"一人答曰:"欲以此金铸铜佛,送西山潭柘寺供养,冀仰托福佑,早得解形。"一人作啐声曰:"咄咄大错! 布施①须己财。佛岂不问汝来处,受汝盗来金耶?"再听之,寂矣。善哉野狐,檀越云集之时,倘闻此语,应如霹雳声也。

注释:
①布施:佛教语,指向僧人施舍财物或斋食。

瑞彰又言:尝偕数友游西山,至林峦深处,风日暄妍,泉石清旷,杂树新绿,野花半开。眺赏间,闻木杪诵书声。仰视无人,因揖而遥呼曰:"在此朗吟,定为仙侣。叨同儒业①,可请下一谈乎?"诵声忽止,俄琅琅又在隔溪。有欲觅路追寻者,瑞彰曰:"世外之人,趁此良辰,尚耽研典籍。我辈身列黉宫②,乃在此携酒看游女,其鄙而不顾宜矣,何必多此跋涉乎! "众乃止。

注释：

①叨同儒业：都是学习儒家学术的人。

②黉宫：学校。

沧州有一游方尼，即前为某夫人解说因缘者也，不许妇女至其寺，而肯至人家。虽小家以粗粝为供，亦欣然往。不劝妇女布施，惟劝之存善心，作善事。外祖雪峰张公家，一范姓仆妇，施布一匹。尼合掌谢讫，置几上片刻，仍举付此妇曰："檀越功德，佛已鉴照矣。既蒙见施，布即我布。今已九月，顷见尊姑犹单衫。谨以奉赠，为尊姑制一絮衣可乎？"仆妇踧踖①无一词，惟面颊汗下。姚安公曰："此尼乃深得佛心。"惜闺阁多传其轶事，竟无人能举其名。

注释：

①踧踖：恭敬而不安的样子。

先太夫人乳母廖媪言：四月二十八日，沧州社会也，妇女进香者如云。有少年于日暮时，见城外一牛车向东去，载二女，皆妙丽，不类村妆。疑为大家内眷，又不应无一婢媪，且不应坐露车。正疑思间，一女遗红帕于地，其中似裹数百钱，女及御者皆不顾。少年素朴愿①，恐或追觅为累，亦未敢拾。归以告母，谯诃②其痴。越半载，邻村少年为二狐所媚，病瘵死。有知其始末者，曰："正以拾帕索帕，两相调谑媾合也。"母闻之，憬然悟曰："吾乃知痴是不痴，不痴是痴。"

注释：

①朴愿：老实厚道。

②谯诃：责骂。

有纳其奴女为媵者,奴弗愿,然无如何也。其人故隶旗籍,亦自有主。媵后生一女,年十四五。主闻其姝丽,亦纳为媵。心弗愿,亦无如何也。喟然曰:"不生此女,无此事。"其妻曰:"不纳某女,自不生此女矣。"乃爽然自失①。又亲串中有一女,日构②其嫂,使受谯责不聊生。及出嫁,亦为小姑所构,日受谯责如其嫂。归而对嫂挥涕曰:"今乃知妇难为也。"天道好还,岂不信哉!又一少年,喜窥妇女,窗罅帘隙,百计潜伺。一日醉寝,或戏以膏药糊其目。醒觉肿痛不可忍,急揭去,眉及睫毛并拔尽;且所糊即所蓄媚药,性至酷烈,目受其熏灼,竟以渐盲。又一友好倾轧,往来播弄,能使胶漆成冰炭③。一夜酒渴,饮冷茶。中先堕一蝎,陡螫其舌,溃为疮。虽不致命,然舌短而拗戾,话言不复便捷矣。此亦若或使之,非偶然也。

注释:

①爽然自失:茫然不知道做什么。

②日构:天天编造理由责骂。

③使胶漆成冰炭:使得很要好的朋友变成水火不容的关系。

先师陈文勤公言:有一同乡,不欲著其名,平生亦无大过恶,惟事事欲利归于己,害归于人,是其本志耳。一岁,北上公车,与数友投逆旅。雨暴作,屋尽漏。初觉漏时,惟北壁数尺无渍痕。此人忽称感寒,就是榻蒙被取汗。众知其诈病,而无词以移之也。雨弥甚,众坐屋内如露宿,而此人独酣卧。俄北壁颓圮,众未睡皆急奔出;此人正压其下,额破血流,一足一臂并折伤,竟舁而归。此足为有机心者戒矣。因忆奴子于禄,性至狡。从余往乌鲁木齐,一日早发,阴云四合。度天欲雨,乃尽置其衣装于车箱,以余衣装覆其上。行十余里,天竟放晴,而车陷于淖,水从下入,反尽濡①焉。

其事亦与此类,信巧者造物之所忌也。

注释:
①尽濡:全部都浸湿了。

沈淑孙,吴县人,御史芝光先生孙女也。父兄早卒,鞠于祖母。祖母,杨文叔先生妹也,讳芬,字瑶季,工诗文,画花卉尤精。故淑孙亦习词翰,善渲染。幼许余侄汝备,未嫁而卒。病革时,先太夫人往视之。沈夫人泣呼曰:"招孙(其小字也。),尔祖姑来矣,可以相认也。"时已沈迷,犹张目视,泪承睫,举手攀太夫人钏。解而与之,亲为贯于臂,微笑而瞑。始悟其意欲以纪氏物敛①也。初病时,自知不起,画一卷,缄封甚固,恒置枕函边,问之不答。至是亦悟其留与太夫人,发之,乃雨兰一幅,上题曰:"独坐写幽兰,图成只自看。怜渠空谷里,风雨不胜寒。"盖其家庭之间,有难言者,阻滞嫁期,亦是故也。太夫人悲之,欲买地以葬。姚安公谓于礼不可,乃止。后其枢附漕舶归,太夫人尚恍惚梦其泣拜云。

注释:
①以纪氏物敛:用纪家的东西陪葬。

王西侯言:曾与客作都四,夜行淮镇西。倦而少憩,闻一鬼遥呼曰:"村中赛神,大有酒食,可共往饮啖。"众鬼曰:"神筵那可近?尔勿造次。"呼者曰:"是家兄弟相争,叔侄互轧,乖戾之气,充塞门庭,败征已具,神不享矣。尔辈速往,毋使他人先也。"西侯素有胆,且立观其所往。鬼渐近,树上系马皆惊嘶。惟见黑气蒙蒙,转绕从他道去,不知其诣谁氏也。夫福以德基①,非可祈也;祸以恶积,非可禳也。苟能为善,虽不祭,神亦助之;败理乱常②,而渎祀以冀神佑,神受赇③乎？

梁豁堂言：有廖太学，悼其宠姬，幽郁不适。姑消夏于别墅，窗俯清溪，时开对月。一夕，闻隔溪榜掠冤楚声，望似缚一女子，伏地受杖。正怀疑凝眺，女子呼曰："君乃在此，忍不相救耶？"谛视，正其宠姬，骇痛欲绝。而崖陡水深，无路可过，问："尔葬某山，何缘在此？"姬泣曰："生前恃宠①，造业颇深。殁被谪配于此，犹人世之军流也。社公酷毒，动辄鞭捶。非大放焰口，不能解脱也。"语讫，为众鬼牵曳去。廖爱恋既深，不违所请；乃延僧施食，冀拔沈沦。月余后，声又如前。趋视，则诸鬼益众，姬裸身反接，更摧辱可怜。见廖哀号曰："前者法事未备，而牒神求释，被驳不行。社公以祈灵无验，毒虐更增，必七昼夜水陆道场②，始能解此厄也。"廖猛省社公不在，谁此监刑？社公如在，鬼岂敢斥言其恶？且社公有庙，何为来此？毋乃黠鬼幻形，绐求经忏③耶？姬见廖凝思，又呼曰："我实是某，君毋过疑。"廖曰："此灼然伪矣。"因诘曰："汝身有红痣，能举其生于何处，则信汝矣。"鬼不能答，斯须间，稍稍散去。自是遂绝。此可悟世情狡狯，虽鬼亦然；又可悟情有所牵，物必抵隙。廖自云有灶婢殁葬此山下，必其知我眷念，教众鬼为之。又可悟外患突来，必有内间矣。

注释：
①恃宠：依仗宠爱。

②水陆道场:是中国佛教最隆重的一种经忏法事。

③经忏:指佛教经文和忏悔文。

豁堂又言:一粤东举子赴京,过白沟河,在逆旅午餐。见有骡车载妇女住对屋中,饭毕先行。偶步入,见壁上新题一词曰:"垂杨袅袅映回汀,作态为谁青?可怜弱絮,随风来去,似我飘零。　　蒙蒙乱点罗衣袂,相送过长亭。丁宁嘱汝:沾泥也好,莫化浮萍。"【按:此调名《秋波媚》,即《眼儿媚》也。】举子曰:"此妓语也,有厌倦风尘之意矣。"日日逐之同行,至京,犹遣小奴记其下车处。后宛转物色①,竟纳为小星②。两不相期,偶然凑合,以一小词为红叶,此真所谓前缘矣。

注释:

①宛转物色:曲曲折折地寻找。

②小星:为妾的代称。

舅祖陈公德音家,有婢恶猫窃食,见则挞之。猫闻其咳笑,即窜避。一日,舅祖母郭太安人使守屋。闭户暂寝,醒则盘中失数梨。旁无他人,猫犬又无食梨理,无以自明,竟大受捶楚。至晚,忽得于灶中,大以为怪。验之,一一有猫爪齿痕。乃悟猫故衔去,使亦以窃食受挞也。"蜂虿有毒①",信哉。婢愤恚,欲再挞猫。郭太安人曰:"断无纵汝杀猫理,猫既被杀,恐冤冤相报,不知出何变怪矣。"此婢自此不挞猫,猫见此婢亦不复窜避。

注释:

①蜂虿有毒:比喻有些人物,地位虽低,但能害人,不可轻视。

桐城耿守愚言:一士子游嵩山,搜剔古碑,不觉日晚。

时方盛夏,因藉草眠松下。半夜露零①,寒侵衣袖,噤而醒。偃卧看月,遥见数人从小径来,敷席山冈,酌酒环坐。知其非人,惧不敢起,姑侧听所言。一人曰:"二公谪限将满,当入转轮,不久重睹白日矣。受生何所②,已得消息否?"上坐二人曰:"尚不知也。"既而皆起,曰:"社公来矣。"俄一老人扶杖至,对二人拱手曰:"顷得冥牒,来告喜音:二公前世良朋,来生嘉耦。"指右一人曰:"公官人。"指左一人曰:"公夫人也。"右者顾笑,左者默不语。社公曰:"公何悒悒?阎罗王宁误注哉!此公性刚直,刚则凌物,直则不委曲体人情。平生多所树立③,亦多所损伤。故沈沦几二百年,乃得解脱。然究君子之过,故仍得为达官。公本长者,不肯与人为祸福。然事事养痈不治,亦贻患无穷。故堕鬼趣二百年,谪堕女身。以平生深而不险④,柔而不佞⑤,故不失富贵。又以此公多忤,而公始终与相得,故生是因缘。神理分明,公何悒悒哉?"众哗笑曰:"渠非悒悒,直初作新妇,未免娇羞耳。有酒有肴,请社公相礼,先为合卺可乎!"酬酢喧杂,不复可辨;晨鸡俄唱,各匆匆散去。不知为前代何许人也。

注释:
①露零:降下露水。
②受生何所:在哪里转世投胎。
③树立:建树,有成就。
④深而不险:心思很深但不阴险。
⑤柔而不佞:性格温柔但不阿谀奉承。

　　李应弦言:甲与乙邻居世好,幼同嬉戏,长同砚席①,相契如兄弟。两家男女时往来,虽隔墙,犹一宅也。或为甲妇造谤,谓私其表弟。甲侦无迹,然疑不释,密以情告乙,祈代侦之。乙故谨密畏事,谢不能。甲私念未侦而谢不能,是知其事而不肯侦也,遂不再问,亦不明言;然由是不答②其妇。

妇无以自明，竟郁郁死。死而附魂于乙曰："莫亲于夫妇，夫妇之事，乃密祈汝侦，此其信汝何如也。使汝力白我冤，甲疑必释；或阳许侦而徐告以无据，甲疑亦必释。汝乃虑脱侦得实，不告则负甲，告则汝将任怨也。遂置身事外，恝然自全③，致我赍恨于泉壤，是杀人而不操兵也。今日诉汝于冥王，汝其往质。"竟颠痫数日死。甲亦曰："所以需朋友，为其缓急相资也。此事可欺我，岂能欺人？人疏者或可欺，岂能欺汝？我以心腹托汝，无则当言无，直词责我勿以浮言间夫妇；有则宜密告我，使善为计，勿以秽声累子孙。乃视若路人，以推诿启疑窦，何贵有此朋友哉！"遂亦与绝，死竟不吊焉。乙岂真欲杀人哉，世故太深，则趋避太巧耳。然畏小怨，致大怨；畏一人之怨，致两人之怨。卒杀人而以身偿，其巧安在乎？故曰，非极聪明人，不能作极懵懂事。

注释：

①长同砚席：长大了一起学习。
②不答：不理会。
③恝然自全：漠不关心，以保全自己。

窦东皋前辈言：前任浙江学政时，署中一小儿，恒往来供给使。以为役夫之子弟，不为怪也。后遣移一物，对曰："不能。"异而询之，始自言为前学使之僮，殁而魂留于是也。盖有形无质①，故能传语而不能举物，于事理为近。然则古书所载，鬼所能为，与生人无异者，又何说欤？

注释：

①有形无质：有形状而没有实质。

特纳格尔为唐金满县地，尚有残碑。吉木萨有唐北庭都护府故城,则李卫公所筑也。周四十里,皆以土墼垒成;每墼厚一尺,阔一尺五六寸,长二尺七八寸。旧瓦亦广尺余,长一尺五六寸。城中一寺已圮尽,石佛自腰以下陷入土,犹高七八尺。铁钟一,高出人头,四围皆有铭,锈涩模糊,一字不可辨识。惟刮视字棱,相其波磔,似是八分书耳。城中皆黑煤,掘一二尺乃见土。额鲁特云:"此城昔以火攻陷,四面炮台,即攻城时所筑。"其为何代何人,则不能言之。盖在准噶尔前矣。城东南山冈上一小城,与大城若相犄角①。额鲁特云:"以此一城阻碍,攻之不克,乃以炮攻也。"庚寅冬,乌鲁木齐提督标增设后营,余与永馀斋(名庆,时为迪化城督粮道,后官至湖北布政使。)奉檄筹画驻兵地。万山丛杂,议数日未定。余谓馀斋曰:"李卫公相度地形,定胜我辈。其所建城必要隘,盍因之乎?"馀斋以为然,议乃定。即今古城营(本名破城,大学士温公为改此名。)也。其城望之似孤悬,然山中千蹊万径,其出也必过此城,乃知古人真不可及矣。褚筠心学士修《西域图志》②时,就访古迹,偶忘语此。今附识之。

注释:

①犄(jī)角:形成夹角,可相互呼应牵制。

②《西域图志》:清代官修地方志之一。由清高宗弘历下令编纂,全称《钦定皇舆西域图志》。此书是研究新疆地域历史的重要文献。

喀什噶尔山洞中,石壁剗平处①有人马像。回人相传云,是汉时画也。颇知护惜,故岁久尚可辨。汉画如武梁祠堂之类,仅见刻本,真迹则莫古于斯矣。后戍卒燃火御寒,为烟气所熏,遂模糊都尽。惜初出师时,无画手橐笔摹留一纸也。

注释：

①劖（chán）平处：削刻成陡峭平坦的地方。

　　次子汝传妇赵氏，性至柔婉，事翁姑尤尽孝。马夫人称其工容言德皆全备，非偏爱之词也。不幸早卒，年仅三十有三。余至今悼之。后汝传官湖北时，买一妾，体态容貌，与妇竟无毫发差，一见骇绝①。署中及见其妇者，亦莫不骇绝。计其生时，妇尚未殁，何其相肖至此欤？又同归一夫，尤可异也。然此妾入门数月，又复夭逝。造物又何必作此幻影，使一见再见乎？

注释：

①骇绝：惊骇，被吓到。

　　桐城姚别峰，工吟咏，书仿赵吴兴①，神骨逼肖。尝摹吴兴体作伪迹，熏暗其纸，赏鉴家弗能辨也。与先外祖雪峰张公善，往来恒主其家，动淹旬月。后闻其观潮没于水，外祖甚悼惜之。余小时多见其笔迹，惜年幼不知留意，竟忘其名矣。舅祖紫衡张公（先祖母与先母为姑侄，凡祖母兄弟，惟雪峰公称外祖，有服之亲从其近也；馀则皆称舅祖，统于尊也。）尝延之作书，居宅西小园中。一夕月明，见窗上有女子影，出视则无。四望园内，似有翠裙红袖，隐隐树石花竹间。东就之则在西，南就之则在北，环走半夜，迄不能一睹，倦而憩息。闻窗外语曰："君为书《金刚经》一部，则妾当相见拜谢。不过七千余字，君肯见许耶？"别峰故好事，急问："卿为谁？"寂不应矣。适有宣纸素册，次日，尽谢他笔墨，一意写经。写成，炷香供几上，觊②其来取。夜中已失之。至夕，徘徊怅望，果见女子冉冉花外来，叩颡至地。别峰方举手引之，挺然起立，双目上视，血淋漓胸臆间，乃自刭鬼也。嗷然惊仆。馆僮闻声持烛至,已无睹矣。顿足恨为鬼所卖。雪峰公曰:"鬼云拜谢,已拜谢矣。鬼不卖君③,君自生妄念,于鬼何尤?"

注释:

①赵吴兴:赵孟頫(1254—1322),字子昂,号松雪,松雪道人等,中年曾作孟俯。元代著名书画家。

②觊(jì):希望。

③鬼不卖君:鬼没有欺骗你。

于南溟明经曰:"人生苦乐,皆无尽境;人心忧喜,亦无定程。曾经极乐之境,稍不适则觉苦;曾经极苦之境,稍得宽则觉乐矣。尝设帐康宁屯,馆室湫隘①,几不可举头。门无帘,床无帐,院落无树。久旱炎郁②,如坐炊甑;解衣午憩,蝇扰扰不得交睫。烦躁殆不可耐,自谓此猛火地狱也。久之,倦极睡去。梦乘舟大海中,飓风陡作,天日晦冥,樯断帆摧,心胆碎裂,顷刻覆没。忽似有人提出,掷于岸上,即有人持绳束缚,闭置地窖中。暗不睹物,呼吸亦咽塞不通。恐怖窘急,不可言状。俄闻耳畔唤声,霍然开目,则仍卧三脚木榻上。觉四体舒适,心神开朗,如居蓬莱方丈间也。是夕月明,与弟子散步河干,坐柳下,敷陈③此义。微闻草际叹息曰:'斯言中理。我辈沉沦水次,终胜于地狱中人'。"

注释:

①湫(qiū)隘:低洼狭小。

②炎郁:热气郁积。

③敷陈:详尽地解说。

外舅周篆马公家,有老仆曰门世荣。自言尝渡吴桥钩盘河,日已暮矣,积雨暴涨,沮洳纵横①,不知何处可涉。见二人骑马先行,迂回取道,皆得浅处,似熟悉地形者。因逐之行。将至河干,一人忽勒马立,待世荣至,小语曰:"君欲渡河,当左绕半里许,对岸有枯树处可行。吾导此人来此,将有所为。君勿与俱败。"疑为劫盗,悚然返辔,从所指路别行,而时时回顾。见此人策马先行,后一人随至中流,突然灭顶,人马俱没;前一人亦化旋风去。乃知为报冤鬼也。

注释:

①沮洳(rù)纵横:积水到处流淌。

田丈耕野官凉州镇时,携回万年松一片,性温而活血,煎之,色如琥珀。妇女血枯血闭诸证,服之多验。亲串家递相乞取,久而遂尽。后余至西域,乃见其树,直古松之皮,非别一种也。土人煮以代茶,亦微有香气。其最大者,根在千仞深涧底。枝干亭苕①,直出山脊,尚高二三十丈,皮厚者二尺有余。奴子吴玉保,尝取其一片为床。余谓闽广芭蕉叶可容一二人卧,再得一片作席,亦一奇观。又尝见一人家,即树孔施门窗,以梯上下;入之,俨然一屋。余与呼延化州(名华国,长安人,己未进士,前化州知州。)同登视,化州曰:"此家以巢居兼穴处矣。"盖天山以北,如乌孙突厥,古多行国②,不需梁柱之材,故斧斤不至。意其真盘古时物,万年之名,殆不虚矣。

注释:

①亭苕:亭亭玉立,十分高挑。
②行国:以游牧为生,没有定居地的国家。

田白岩曰:"名妓月宾,尝来往渔洋山人家,如东坡之于琴操也。"苏斗南因言少时见山东一妓,自云月宾之孙女,尚有渔洋所赠扇。索观之,上画一临水草亭,傍倚二柳,题"庚寅三月道冲写"。不知为谁。左侧有行书一诗曰:"烟缕蒙蒙蘸水青,纤腰相对斗娉婷。樽前试问香山老,柳宿新添第几星?"不署名字,一小印已模糊。斗南以为高年耆宿①,偶赋闲情,故讳不自著也。余谓诗格风流,是新城宗派。然渔洋以辛卯夏卒,庚寅是其前一岁,是时不当有老友,"香山老"定指何人? 如云自指,又不当云"试问";且词意轻巧,亦不类老笔。或是维摩丈室②,偶留天女散花,他少年代为题扇,以此调之。妓家借托盛名,而不解文义,遂误认颜标耳。

注释:

①高年耆宿:年长的很有学问的老者。
②维摩丈室:佛教语。维摩诘居士的居住地。

王觐光言:壬午乡试,与数友共租一小宅读书。觐光所居室中,半夜灯光忽黯碧。剪剔复明,见一人首出地中,对炉嘘气。拍案叱之,急缩入。停刻许复出,叱之又缩。如是七八度,几四鼓矣,不胜其扰;又素以胆自负,不欲呼同舍,静坐以观其变。乃惟张目怒视,竟不出地。觉其无能为,息灯竟睡,亦不知其何时去。然自此不复睹矣。吴惠叔曰:"殆冤鬼欲有所诉,惜未一问也。"余谓果为冤鬼,当哀泣不当怒视。粉房琉璃街迤东,皆多年丛冢,民居渐拓,每夷而造屋①。此必其骨在屋内,生人阳气熏烁,鬼不能安,故现变怪驱之去。初拍案叱,是不畏也,故不敢出。然见之即叱,是犹有鬼之见存,故亦不肯竟去。至息灯自睡,则全置此事于度外,鬼知其终不可动,遂亦不虚相恐怖矣。东坡书孟德事二篇②,即是此义。小时闻巨盗李金梁曰:"凡夜至人家,闻声而嗽者,怯也,可攻也;闻声而启户以待者,怯而示勇也,亦可攻也;寂然无声,莫测动静,此必劲敌③,攻之十恒七八败，当量力进退矣。"亦此义也。

注释：

①夷而造屋：把坟墓夷为平地，来盖房子。

②东坡书孟德事二篇：指苏轼所写《前赤壁赋》《后赤壁赋》。

③劲敌：劲敌，强大的敌人。

《列子》谓蕉鹿之梦①，非黄帝孔子不能知。谅哉斯言！余在西域，从办事大臣巴公履视军台。巴公先归，余以未了事暂留，与前副将梁君同宿。二鼓有急递，台兵皆差出，余从睡中呼梁起，令其驰送，约至中途遇台兵则使接递。梁去十余里，相遇即还，仍复酣寝。次日，告余曰："昨梦公遣我赍廷寄，恐误时刻，鞭马狂奔。今日髀肉尚作楚。真大奇事！"以真为梦，仆隶皆粲然。余乌鲁木齐杂诗曰："一笑挥鞭马似飞，梦中驰去梦中归。人生事事无痕过（东坡诗："事如春梦了无痕。"），蕉鹿何须问是非？"即纪此事也。又有以梦为真者，族兄次辰言：静海一人，就寝后，其妇在别屋夜绩②。此人忽梦妇为数人劫去，霍而醒，不自知其梦也，遽携梃出门追之。奔十余里，果见旷野数人携一妇，欲肆强暴。妇号呼震耳。怒焰炽腾，奋力死斗，数人皆被创逸去。近前慰问，乃近村别一人妇，为盗所劫者也。素亦相识，姑送还其家。惘惘自返，妇绩未竟③，一灯尚荧然也。此则鬼神或使之，又不以梦论矣。

注释：

①蕉鹿之梦：语出《列子·周穆王》，有个郑国人打死一只鹿，又没有办法及时拿回去，只好用芭蕉叶把死鹿盖住，等到他再回来时，鹿已经没有了，只好当自己做了一个梦而已。比喻自我解嘲开示。

②夜绩：夜晚纺线。

③妇绩未竟：自己夫人还在纺线，没有停止。

交河黄俊生言:折伤骨者,以开通元宝钱(此钱唐初所铸,欧阳询所书。其旁微有偃月形,乃进蜡样时,文德皇后误掐一痕,因而未改也。其字当回环读之。俗读为开元通宝,以为玄宗之钱,误之甚矣。)烧而醋淬,研为末,以酒服下,则铜末自结而为圈,周束折处。曾以一折足鸡试之,果接续如故[①]。及烹此鸡,验其骨,铜束宛然。此理之不可解者。铜末不过入肠胃,何以能透膜自到筋骨间也?惟仓卒间此钱不易得。后见张鷟《朝野佥载》曰:"定州人崔务,堕马折足。医令取铜末酒服之,遂痊平。及亡后十余年,改葬,视其胫骨折处,铜末束之。"然则此本古方,但云铜末,非定用开通元宝钱也。

注释:

①接续如故:接起来和原来一样。

招聚博塞[①],古谓之囊家,见李肇《国史补》,是自唐已然矣。至藏蓄粉黛[②],以分夜合之资,则明以前无是事。家有家妓,官有官妓故也。教坊既废,此风乃炽,遂为豪猾[③]之利源,而呆痴之陷阱。律虽明禁,终不能断其根株。然利旁倚刀,贪还自贼。余尝见操此业者,花娇柳亸[④],近在家庭,遂不能使其子孙皆醉眠之阮籍。两儿皆染淫毒,延及一门,疴疾缠绵,因绝嗣续。若敖氏之鬼,竟至馁而。

注释:

①招聚博塞:召集人聚众赌博。
②藏蓄粉黛:私藏培养妓女。
③豪猾:恶霸、狡猾的人。
④花娇柳亸(duǒ):形容妇女妖媚轻盈的姿态。

临清李名儒言:其乡屠者买一牛,牛知为屠也,绌不肯前[①],鞭之则横逸。气力殆竭,始强曳以行。牛过一钱肆,忽

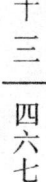

向门屈两膝跪,泪涔涔下。钱肆悯之,问知价八千,如数乞赎。屠者恨其狞,坚不肯卖,加以子钱②亦不许,曰:"此牛可恶,必剚刃而甘心,虽万贯不易也。"牛闻是言,蹶然自起,随之去。屠者煮其肉于釜,然后就寝。五更,自起开釜。妻子怪不回,疑而趋视,则已自投釜中,腰以上与牛俱糜矣。夫凡属含生,无不畏死。不以其畏而恻,反以其畏而恚愤,牛之怨毒,加寻常数等矣。厉气所凭,报不旋踵,宜哉!先叔仪南公,尝见屠者许学牵一牛。牛见先叔,跪不起。先叔赎之,以与佃户张存。存豢③之数年,其驾末服辕,力作较他牛为倍。然则恩怨之间,物犹如此矣。可不深长思哉!

注释:

①绁不肯前:拉着都不肯往前走。

②子钱:当做利息的钱。

③存豢(huàn):喂养。

甲与乙望衡而居,皆宦裔也。其妇皆以姣丽称,二人相契如弟兄,二妇亦相契如姊妹。乙俄卒,甲妇亦卒。乃百计图谋娶乙妇,士论讥焉。纳币之日,厅事有声,登登然如挝叠鼓。却扇之夕,风扑花烛灭者再。人知为乙之灵也。一日,甲妇忌辰,悬画像以祀。像旁忽增一人影,立妇椅侧,左手自后凭其肩①,右手戏摩其颊。画像亦侧眸流盼,红晕微生。谛视其形,宛然如乙。似淡墨所渲染,而绝无笔痕,似隐隐隔纸映出,而眉目衣纹,又纤微毕露。心知鬼祟,急裂而焚之。然已众目共睹,万口喧传矣。异哉!岂幽冥恶其薄行,判使取偿于地下,示此变幻,为负死友者戒乎!

注释:

①凭其肩:搭在肩膀上。

卷 十 四

槐西杂志（四）

　　林教谕清标言：曩馆崇安，传有士人居武夷山麓，闻采茶者言，某岩月夜有歌吹声，遥望皆天女也。士人故佻达①，乃借宿山家，月出辄往，数夕无所遇。山家亦言有是事，但恒在月望②，岁或一两闻，不常出也。士人托言习静，留待旬余。一夕，隐隐似有声，乃潜踪急往，伏匿丛薄间。果见数女皆殊绝，一女方拈笛欲吹，瞥见人影，以笛指之。遽僵如束缚，然耳目犹能视听。俄清响透云，曼声动魄，不觉自赞曰："虽遭禁制，然妙音媚态，已具赏矣。"语未竟，突一帕飞蒙其首，遂如梦魇，无闻无见，似睡似醒。迷惘约数刻，渐似苏息。诸女叱群婢曳出，谯呵曰："痴儿无状，乃窥伺天上花耶？"趣折修篁，欲行棰楚。士人苦自申理，言性耽音律，冀窃听嫚亭法曲③，如李謩之傍宫墙，实不敢别有他肠，希彩鸾甲帐。一女微哂曰："悯汝至诚，有小婢亦解横吹，姑以赐汝。"士人匍匐叩谢，举头已杳。回顾其婢，广颡巨目，短发鬖鬖④，腰腹彭亨⑤，气咻咻如喘。惊骇懊恼，避欲却走。婢固引与狎，捉搦不释。愤击仆地，化一豕噑叫去。岩下乐声，自此遂绝。观于是婢，殆是妖，非仙矣。或曰："仙借豕化婢戏之也。"倘或然欤？

注释：

①佻达：轻佻、轻浮。

②月望：农历每月十五、十六，月亮最圆的日子。

③嫚亭法曲：指天上的仙乐。

④鬅鬙(péng sōng):蓬蓬松松,凌乱的样子。

⑤彭亨:粗壮。

刘燮甫言:有一学子,年十六七,聪俊韶秀,似是近上一流,甚望成立。一日,忽发狂谵语,如见鬼神。俟醒时问之,自云:"景城社会观剧,不觉夜深,归途过一家求饮。惟一少妇,取水饮我,留我小坐,言其夫应官外出,须明日方归。流目送盼,似欲相就。爱其婉媚,遂相燕好。临行泣涕,嘱勿再来,以二钏赠我。次日视之,铜青斑斑,微有银色,似多年土中者。心知是鬼,而忆念不忘。昨再至其地,徘徊寻视。突有黑面长髯人,手批我颊。踉跄奔归。彼亦随至。从此时时见之,向我诟厉。我即忽睡忽醒,不知其他也。"父母为诣墓设奠①,并埋其钏。俄其子瞑目呼曰:"我妇失钏,疑有别故;而未得主名,仅倒悬鞭五百,转鬻远处。今见汝窃来,乃知为汝所诱。此何等事,可以酒食金钱谢耶?"颠痫月余,竟以不起。然则钻穴逾墙②,即地下亦尚有祸患矣。

注释:

①诣墓设奠:祭拜坟墓。

②钻穴逾墙:比喻不能见光的行为。

李云举言:东光有熏狐者,每载燧挟罟,来往墟墓间。一夜,伏伺之际,见一方巾襕衫人自墓顶出,�魏(苦侯反。《说文》曰:"鬼声也。")长啸,群狐四集,围绕丛薄,狰狞嗥叫,齐呼捕此恶人,煮以作脯。熏狐者无路可逃,乃攀援上高树。方巾者指挥群狐,令锯树倒。即闻锯声訇訇然。熏狐者窘急,俯而号曰:"如蒙见释,不敢再履此地。"群狐不应,锯声更厉。如是号再三,方巾者曰:"果尔,可设誓。"誓讫,鬼狐俱不见。此鬼此狐,均可谓善了事矣。盖侵扰无已,势不得不铤而走险,背城借一①。以群狐之力,原不难于杀一人;

然杀一人易,杀一人而激众人之怒,不焚巢犁穴不止也。仅使知畏而纵之,姑取和焉,则后患息矣。有力者不尽其力,乃可以养威;屈人者使人易从,乃可以就服。召陵之役,不责以僭王,而责以苞茅,使易从也②;屈完来盟即旋师,不尽其力,以养威也③。讲学家说《春秋》者,动议齐桓之小就。方城汉水之固,不识可一战胜乎? 一战而不胜,天下事尚可为乎? 淮西④、符离⑤之事,吾征诸史册矣。

注释:

①背城借一:在自己城下和敌人决一死战。多指决定存亡的最后一战。

②召陵之役句:齐桓公九合诸侯,号令天下,南方的楚国却自号为王,齐桓公纠结其他诸侯国去攻打楚国。但是齐桓公找的借口不是责备楚国自立为王,违背了盟誓,而是责备他们没有按时把过滤酒的苞茅进贡上来,延误了祭祀。这样的借口是为了使人容易服从。

③屈完句:楚国派屈完来讲和,盟誓之后,齐国就退兵了,而不是继续攻打,这是保持自己威信的实力。

④淮西之事:元至元十年(1273)至十二年(1275),在忽必烈灭宋之战中,元军进攻淮西,牵制宋军的作战。

⑤符离之事:宋金战争重要战役之一。后因宋军内部不和,金兵反攻,宋军大败,从此丧失了战斗能力。

族弟继先,尝宿广宁门内友人家。夜大风雨,有雷火自屋山(近房脊之墙谓之屋山,以形似山也。范石湖诗屡用之。)穿过,如电光一掣然,墙栋皆摇。次日,视其处,东西壁各一小窦如钱大。盖雷神逐精魅,贯而透也。凡,击人之雷,从天而下;击怪之雷,则多横飞,以遁逃追捕故耳。若寻常之雷,则地气郁积,奋而上出。余在福宁度岭,曾于山巅见云中之雷;在淮镇遇雨,曾于旷野见出地之雷,皆如烟气上冲,直至天半,其端火光一爆,即訇然有声,与铳炮之发无异。然皆在无人之地。其有人之地,则从无此事。或曰:"天心仁爱,恐触之者死。"语殊未然。人为三才之中,人之聚处,则天地气通,通则弗郁,安得有雷乎?塞外苦寒之地,耕种牧养,渐成墟落①,则地气渐温,亦此义耳。

注释:
①墟落:村落。

王岳芳言:其家有一刀,廷尉公故物也。或夜有盗警,则格格作爆声,挺出鞘外一二寸。后雷逐妖魅穿屋过,刀堕于地,自此不复作声矣。世传刀剑曾渍人血者,有警皆能自响。是不尽然,惟曾杀多人者乃如是尔。每杀一人,刀上必有迹二条,磨之不去。幼年在河间扬威将军哈公元生家,曾以其佩刀求售,云夜亦有声。验之,信然也。或又谓作声之故,乃鬼所凭,是亦不然。战阵所用,往往曾杀千百人,岂有千百鬼长守一刀者哉?饮血既多,取精不少,厉气之所聚也。盗贼凶鸷,亦厉气之所聚也。厉气相感,跃而自鸣,是犹抚琴者鼓宫宫应,鼓商商应而已。蕤宾之铁①,跃乎池内;黄钟之铎②,动乎土中,是岂有物凭之哉?至雷火猛烈,一切厉气,遇之皆消,故一触焰光,仍为凡铁。亦非丰隆、列缺③,专为此物下击也。

注释:
①蕤宾之铁:有庄严音律的铁片。
②黄钟之铎:有黄钟音律的铃铛。
③丰隆、列缺:中国古代电神、云神的称呼。

余尝惜西域汉画,毁于烟煤;而稍疑一二千年笔迹,何以能在？从侄虞惇曰："朱墨著石，苟风雨所不及，苔藓所不生，则历久能存。易州、满城接壤处，有村曰神星。大河北来，复折而东南，有两峰对峙河南北，相传为落星所结，故以名村。其峰上哆下敛①，如云朵之出地，险峻无路。好事者攀踏其孔穴，可至山腰。多有旧人题名，最古者有北魏人、五代人，皆手迹宛然可辨。然则洞中汉画之存于今，不为怪矣。"惜其姓名虞惇未暇一一记也。易州、满城皆近地，当访其土人问之。

注释：
①上哆下敛：上宽下窄。

虞惇又言：落星石北有渔梁，土人世擅其利①，岁时以特牲祀梁神。偶有人教以毒鱼法，用芫花于上流授渍，则下流鱼虾皆自死浮出，所得十倍于网罟。试之良验。因结团焦于上流，日施此术。一日，天方午，黑云自龙潭暴涌出，狂风骤雨，雷火赫然，燔其庐为烬。众惧，乃止。夫佃渔之法，肇自庖羲②；然数罟不入，仁政存焉。绝流而渔，圣人尚恶；况残忍暴殄，聚族而坑哉！干神怒也宜矣。

注释：
①世擅其利：世世代代以此为生，从这里获利。
②庖羲：伏羲，中华民族人文始祖之一，教会了人们结网捕鸟打鱼。

周书昌曰："昔游鹊华，借宿民舍。窗外老树森翳，直接冈顶。主人言时闻鬼语，不辨所说何事也。是夜月黑，果隐隐闻之，不甚了了。恐惊之散去，乃启窗潜出，匍匐草际，渐近窃听。乃讲论韩、柳、欧、苏①文，各标举其佳处。一人曰：'如此乃是中声，何前后七子②，必排斥不数，而务言秦汉，遂启门户之争?'一人曰:'质文③递变,原不一途。宋末文格猥琐,元末文格纤秾④,故宋景濂诸公力追韩、欧,救以舂容大雅。三杨以后,流为台阁之体⑤,日就肤廓⑥,故李崆峒⑦诸公又力追秦汉,救以奇伟博丽。隆、万以后,流为伪体,故长沙一派,又反唇焉。大抵能挺然自为宗派者,其初必各有根柢,是以能传;其后亦必各有流弊,是以互诋。然董江都、司马文园⑧文格不同,同时而不相攻也。李、杜、王、孟⑨诗格不同,亦同时而不相攻也。彼所得者深焉耳。后之学者,论甘则忌辛,是丹则非素,所得者浅焉耳。'语未竟,我忽作嗽声,遂乃寂然。惜不尽闻其说也。"余曰:"此与李词畹记饴山事均以平心之论托诸鬼魅,语已尽,无庸歇后矣。"书昌微愠曰:"永年百无一长,然一生不能作妄语。先生不信,亦不敢固争。"

注释:

①韩、柳、欧、苏:韩愈、柳宗元、欧阳修、苏轼。此四人为中国历史上最著名的文学家。

②前后七子:明代文坛的一种文化现象。前七子:李梦阳、何景明、王九思、边贡、康海、徐祯卿、王廷相,是一个以李梦阳为核心代表的文学群体。后七子:在明嘉靖中期,以李攀龙、王世贞、谢榛、吴国伦、宗臣、徐中行、梁有誉七人为代表的文人集团。

③质文:指文章的内容和文采。

④纤秾:形容文风纤巧迤丽。

⑤台阁之体:明朝永乐至成化年间出现的一种文学创作现象。台阁体是指以当时馆阁文臣杨士奇、杨荣、杨溥等为代表的一种文学创作风格。台阁体只追求文采上的所谓"雍容典雅",内容大多比较贫乏,多为应制、题赠、酬应而作。

⑥日就肤廓:指文章一天天走向肤浅不切实际。

⑦李崆峒(kōng tóng):李梦阳(1472—1530),字献吉,号空同,精于古文词,强调复古,主张"文必秦汉,诗必盛唐"。

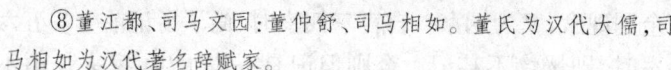

⑧董江都、司马文园：董仲舒、司马相如。董氏为汉代大儒，司马相如为汉代著名辞赋家。

⑨李、杜、王、孟：李白、杜甫、王维、孟浩然。此四人为唐代最有代表性的诗人，其诗作风格自成一派，都很有自己的风格。

董曲江言：一儒生颇讲学，平日亦循谨无过失，然崖岸太甚，动以不情之论责人。友人于五月释服①，七月欲纳妾。此生抵以书曰："终制未三月而纳妾，知其蓄志久矣。《春秋》诛心，鲁文公虽不丧娶，犹丧娶也。朋友规过之义，不敢不以告。其何以教我？"其持论大抵类此。一日，其妇归宁，约某日返，乃先期一日。怪而诘之。曰："吾误以为月小也。"亦不为讶。次日，又一妇至。大骇愕，觅昨妇，已失所在矣。然自是日渐尪瘵②，因以成瘵。盖狐女假形摄其精，一夕所耗已多也。前纳妾者闻之，亦抵以书曰："夫妇居室，不能谓之不正也；狐魅假形，亦非意料之所及也。然一夕而大损真元，非恣情纵欲不至是。无乃燕昵之私，尚有不节以礼者乎？且妖不胜德，古之训也。周、张、程、朱，不闻曾有遇魅事。而此魅公然犯函丈③，无乃先生之德尚有所不足乎？先生贤者也，责备贤者，《春秋》法也。朋友规过之义，不敢不以告。先生其何以教我？"此生得书，但力辩实无此事，里人造言而已。宋清远先生闻之曰："此所谓以子之矛，陷子之盾。"

注释：

①释服：守孝期满。

②尪瘵：瘦弱，虚弱。

③函丈：原谓讲学者与听讲者坐席之间相距一丈。后用以指讲学的坐席。这里代指老师。

袁愚谷（讳守侗，长山人，官至直隶总督，谥清悫。）制府，少与余同砚席，又为姻家。自言三四岁时，尚了了记前生。五六岁时，即恍惚不甚记。今则但记是一岁贡生，家去长山不远；姓名籍贯，家世事迹，全忘之矣。余四五岁时，夜中能见物，与昼无异。七八岁后，渐昏暗。十岁后，遂全无睹；或夜半睡醒，偶然能见，片刻则如故。十六七后以至今，则一两年或一见，如电光石火，弹指即过。盖嗜欲日增①，则神明日减耳。

注释：
①嗜欲日增：爱好欲望一天天增加。

　　景州李西崖言：其家一佃户，最有胆。种瓜亩余，地在丛冢侧。熟时恒自守护，独宿草屋中，或偶有形声，亦恬不为惧。一夕，闻鬼语嘈杂，似相喧诉。出视，则二鬼冢上格斗，一女鬼痴立于旁。呼问其故。一人曰："君来大佳，一事乞君断曲直①：天下有对其本夫调其定婚之妻者耶？"其一人语亦同。佃户呼女鬼曰："究竟汝与谁定婚？"女鬼觍觍②良久，曰："我本妓女。妓家之例，凡多钱者皆密订相嫁娶。今在冥途，仍操旧术，实不能一一记姓名，不敢言谁有约，亦不敢言谁无约也。"佃户笑且唾曰："何处得此二痴物！"举首则三鬼皆逝矣。又小时闻舅祖陈公（讳颖孙，岁久失记其字号。德音公之弟，庚子进士，仙居知县秋亭之祖也。）说亲见一事曰："亲串中有殁后妾改适者，魂附病婢灵语曰：'我昔问尔，尔自言不嫁。今何负心？'妾殊不惧，从容对曰：'天下有夫尚未亡，自言必改适者乎？公此问先愦愦，何怪我如是答乎？'"二事可互相发明也。

注释：
①断曲直：评判是非。

②靦覥(miǎn tiǎn)：同"腼腆"，羞愧貌。

　　有讲学者论无鬼，众难之曰："今方酷暑，能往墟墓中独宿纳凉一夜乎？"是翁毅然竟往，果无所见。归益自得，曰："朱文公岂欺我哉！"余曰："重赍①千里，路不逢盗，未可云路无盗也；纵猎终日，野不遇兽，未可云野无兽也。以一地无鬼，遂断天下皆无鬼；以一夜无鬼，遂断万古皆无鬼，举一废百②矣。且无鬼之论，创自阮瞻，非朱子也。朱子特谓魂升魄降为常理，而一切灵怪非常理耳，未言无也。故金去伪录曰：'二程初不说无鬼神，但无如今世俗所谓鬼神耳。'杨道夫录曰：'雨风露雷，日月昼夜，此鬼神之迹也，此是白日公平正直之鬼神。若所谓有啸于梁，触于胸，此则所谓不正邪暗、或有或无、或来或去、或聚或散者。又有所谓祷之而应，祈之而获，此亦所谓鬼神同一理也。'包扬录曰：'鬼神死生之理，定不如释家所云，世俗所见；然又有其事昭昭，不可以理推者，且莫要理会。'又曰：'南轩亦只是硬不信。如禹鼎魑魅魍魉③之属，便是有此物，深山大泽，是彼所居。人往占之，岂不为祟。豫章刘道人，居一山顶结庵。一日，众蜥蜴入来，尽吃庵中水。少顷，庵外皆堆雹。明日，山下果雹。有一妻伯刘文，人甚朴实，不能妄语。言过一岭，闻溪边林中响，乃无数蜥蜴，各抱一物如水晶，未去数里下雹。此理又不知如何。旧有一邑，泥塑一大佛，一方尊信之。后被一无状宗子④断其首。民聚哭之，佛颈泥木出舍利⑤。泥木岂有此物，只是人心所致。'吴必大录曰：'因论薛士龙家见鬼，曰：世之信鬼神者，皆谓实有在天地间；其不信者，断然以为无鬼。然却又有真个见者，郑景望遂以薛氏所见为实。不知此特虹霓之类耳。问：虹霓只是气，还有形质？曰：既能啜水，亦必有肠肚。只才散便无，如雷部神亦此类。'林赐录曰：'世之见鬼神者甚多，不审有无如何？曰：世间人见者极多，如何谓无，但非正理耳。如伯有为厉，伊川谓别是一理。盖其人气未当尽而强死，魂魄无所归，自是如此。昔有人在淮上夜行，见无数形象，似人非人，出没于两水之间。此人明知其鬼，不得已冲之而过。询之，此地乃昔人战场也。彼皆死于非命，衔冤抱恨，固宜未散。坐间或云：乡间有李三者，死而为厉。乡曲凡有祭祀佛事，必设此人一分。后因为人放爆仗，焚其所依之树，自是遂绝。曰：是他枉死气未散，被爆仗惊散。'沈侗录曰：'人有不伏其死者，所以既死而此气不散，为妖为怪。如人之凶死及僧道既死多不散。（原注：僧道务养精神，所以凝聚不散。）'万人杰录曰：'死而气散，泯然无迹者，是其常道理。恁地有托生者，是偶然聚得气不散，又恁生去凑著那生气便再生。'叶贺孙录曰：'潭州一件公事：妇杀夫，密埋之。后为祟。事已发觉，当时便不为祟。以是知刑狱里面，这般事若不与决罪，则死者之冤必不解。'李壮祖录曰：'或问：世有庙食之神，绵历数百年，又何理也？曰：寝久亦散。昔守南康，久旱，不免遍祷于神。忽到一庙，但有三间敞屋，狼藉之甚。彼人言三五十年前，其灵如响，有人来而帷中之神与之言者。昔之灵如彼，今之灵如此，亦自可见。'叶贺孙录曰：'论鬼神之事，谓蜀中灌口二郎庙是李冰，因开离堆立庙。今来现许多灵怪，乃是他第二儿子出来，初间封为王；后来徽宗好道，遂改封为真君。张魏公用兵，祷于其庙，夜梦神语曰：我向来封为王，有血食之奉，故威福得行。今号为真君虽尊，人以素食祭我，无血食之养，故无威福之灵。今须复封我为王，当有威灵。魏公遂乞复其封。不知魏公是有此梦，是一时用兵，托为此说。又有梓潼神⑥，极灵。此二神似乎割据两川。大抵鬼神用生物祭者，皆是假此生气为灵。古人衅钟衅龟皆此意。汉卿云，李通说有人射虎，见虎后数人随之，乃是为虎伤死之人。生气未散，故结成此形。'黄义刚录曰：'论及请紫姑神吟诗之事,曰:亦有请得正身出现,其家小女子见,不知此是何物。且如衢州有一人事一神,只开所录事目于纸,而封之祠前。少间开封,而纸中自有答语。此不知是如何。'凡此诸说,黎靖德所编语类班班具载⑦,先生何竟诬朱子乎?"此翁索书观之,良久,怃然曰:"朱子尚有此书耶!"惘默而散。然余犹有所疑者:朱子大旨,谓人秉天地之气生,死则散还于天地。叶贺孙录所谓"如鱼在水,外面水便是肚里水,鳜鱼肚里水与鲤鱼肚里水只是一般",其理精矣;而无如祭祀之理,制于圣人,载于经典,遂不得不云子孙一气相感,复聚而受祭;受祭既毕,仍散入虚无。不识此气散还以后,与元气浑合为一欤? 抑参杂于元气之内欤? 如混合为一,则如众水归海,共为一水,不能使江淮河汉,复各聚一处也。如五味和羹,共成一味,不能使姜盐醯酱,复各聚一处也。又安能于中犁出某某之气,使各与子孙相通耶? 如参杂于元气之内,则如飞尘四散,不知析为几万亿处,如游丝乱飞,不知相去几万亿里。遇子孙享荐⑧,乃星星点点,条条缕缕,复合为一,于事理毋乃不近耶? 即以能聚而论,此气如无知,又安能感格? 安能歆享⑨? 此气如有知,知于何起? 当必有心;心于何附? 当必有身。既已有身,则仍一鬼矣。且未聚以前,此亿万微尘,亿万缕缕,尘尘缕缕,各有所知,则不止一鬼矣。不过释氏之鬼,地下潜藏;儒者之鬼,空中旋转。释氏之鬼,平日常存;儒家之鬼,临时凑合耳。又何以相胜耶? 此诚非末学所知也。

注释:

①重赍:携带大量财物。

②举一废百:抓住一方面,废弃许多方面。指举措不当。

③魑魅魍魉(chī mèi wǎng liǎng):古代传说中的鬼怪。比喻形形色色的坏人。

④无状宗子:行为不检点的同宗子孙。

⑤舍利:梵语,意译"身骨"。释迦牟尼佛遗体火化后结成的坚硬珠状物。又名舍利子。

⑥梓潼神:又称"文昌神"、"文昌帝君",是道教中主管仕禄的尊神。也是宋以后宫观庙宇中香火最盛、影响最大的一位神。

⑦班班具载:记载得很详细。

⑧享荐:祭祀进献。

⑨歆享:神灵享受供物。

乌鲁木齐千总某,患寒疾。有道士踵门①求诊,云有夙缘,特相拯也。会一流人高某妇,颇能医,见其方,骇曰:"桂枝下咽,阳盛乃亡。药病相反,乌可轻试?"力阻之。道士叹息曰:"命也夫!"振衣竟去。然高妇用承气汤,竟愈。皆以道士为妄。余归以后,偶阅邸抄②,忽见某以侵蚀屯粮伏法。乃悟道士非常人,欲以药毙之,全其首领也。此与旧所记兵部书吏事相类,岂非孽由自作,非智力所可挽回欤?

注释:

①踵门:亲自登门。

②邸(dǐ)抄:邸报,类似于今天的报纸,用来传递各种信息。

姚安公云,人家有奇器妙迹,终非佳事。因言癸巳同年牟丈澥家(不知即牟丈,不知或牟丈之伯叔,幼年听之未审也。)有一砚,天然作鹅卵形,色正紫,一鸲鹆眼如豆大,突出墨池中心,旋螺纹理分明,瞳子炯炯有神气。扪之,腻不留手①。叩之,坚如金铁。呵之,水出如露珠。下墨无声,数磨即成浓瀋。无款识铭语,似爱其浑成,不欲椎凿。匣亦紫檀根所雕,出入无滞,而包裹无纤隙,摇之无声。背有"紫桃轩"三字,小仅如豆,知为李太仆日华故物也。(太仆有说部名《紫桃轩杂缀》。)平生所见宋砚,此为第一。然后以珍惜此砚忤上官,几瞿不测，竟恚而撞碎。祸将作时，夜闻砚若呻吟云。

注释:
①腻不留手：手感滑腻但不粘手。

余在乌鲁木齐日，城守营都司朱君馈新菌，守备徐君（与朱均偶忘其名。盖日相接见，惟以官称，转不问其名字耳。）因言：昔未达①时，偶见卖新菌者，欲买。一老翁在旁，呵卖者曰："渠尚有数任官，汝何敢为此！"卖者逡巡去。此老翁不相识，旋亦不知其何往。次日，闻里有食菌死者。疑老翁是社公。卖者后亦不再见，疑为鬼求代也。《吕氏春秋》称味之美者越骆之菌，本无毒，其毒皆蛇虺之故，中者使人笑不止。陈仁玉《菌谱》载水调苦茗白矾解毒法，张华《博物志》②、陶宏景《名医别录》③并载地浆解毒法，盖以此也。（以黄泥调水，澄而饮之，曰地浆。）

注释:
①未达：没有显达，还没有做官。
②张华《博物志》：志怪小说集，分类记载异境奇物、古代琐闻杂事及神仙方术等。西晋张华（232—300）编撰。
③陶弘景《名医别录》：陶弘景（456—536），字通明，南朝梁时丹阳秣陵（今江苏南京）人。著名的医药家。《名医别录》原书已佚。

亲串家厅事之侧有别院，屋三楹。一门客每宿其中，则梦见男女裸逐，粉黛杂沓①，四围环绕，备诸媟状②。初甚乐观，久而夜夜如是，自疑心病也。然移住他室则不梦，又疑为妖。然未睡时寂无影响，秉烛至旦，亦无见闻。其人亦自相狎戏，如不睹旁尚有人，又似非魅，终莫能明。一日，忽悟书厨贮牙镂石琢横陈像凡十余事，秘戏册卷大小亦十余事，必此物为祟。乃密白主人尽焚之。有知其事者曰："是物何能为祟哉！此主人征歌选妓之所也，气机所感，而淫鬼应之。此君亦青楼之狎客也，精神所注，而妖梦通之。水腐而后蠛蠓③生，酒酸而后醯鸡集，理之自然也。市肆鬻杂货者，是物不少，何不一一为祟？宿是室者非一人，何不一一人梦哉？此可思其本矣。徒焚此物，无益也。某氏其衰乎！"不十岁，而屋易主。

注释：

①粉黛杂沓：许多妇女来来往往。

②备诸媟状：做出各种各样淫荡的姿态。

③蠛蠓(miè měng)：和"醯鸡"所指同一种吃腐食的小虫子。

　　明公恕斋，尝为献县令，良吏也。官太平府时，有疑狱，易服自察访之。偶憩小庵，僧年八十余矣，见公合掌肃立，呼其徒具茶。徒遥应曰："太守且至，可引客权坐别室。"僧应曰："太守已至，可速来献。"公大骇曰："尔何以知我来？"曰："公一郡之主也，一举一动，通国皆知之，宁独老僧！"又问："尔何以识我？"曰："太守不能识一郡之人，一郡之人则孰不识太守。"问："尔知我何事出？"曰："某案之事，两造皆遣其党，布散道路间久矣，彼皆阳不识公①耳。"公怃然自失，因问："尔何独不阳不识？"僧投地膜拜曰："死罪死罪！欲得公此问也。公为郡不减龚、黄②，然微不慊于众心者，曰好访。此不特神奸巨蠹，能预为盅惑计也；即乡里小民，孰无亲党，孰无恩怨乎哉？访甲之党，则甲直而乙曲；访乙之党，则甲曲而乙直。访其有仇者，则有仇者必曲；访其有恩者，则有恩者必直。至于妇人孺子，闻见不真；病媪衰翁，语言昏愦，又可据为信谳乎？公亲访犹如此，再寄耳目于他人，庸有幸乎？且夫访之为害，非仅听讼为然也，闾阎利病③，访亦为害，而河渠堤堰为尤甚。小民各私其身家，水有利则遏以自肥，水有患则邻国为壑，是其胜算矣。孰肯揆地形之大局，为永远安澜之计④哉？老僧方外人也，本不应预世间事，况官家事耶。第佛法慈悲，舍身济众，苟利于物，固应冒死言之耳。惟公俯察焉。"公沉思其语，竟不访而归。次日，遣役送钱米。归报曰："公返之后，僧谓其徒曰：'吾心事已毕。'竟泊然逝矣。"此事杨丈汶川尝言之，姚安公曰："凡狱情虚心研察，情伪乃明，信人信己皆非也。信人之弊，僧言是也；信己之弊，亦有不可胜言者。安得再一老僧，亦为说法乎！"

注释：

①阳不识公：装作不认识你。

②龚、黄：龚遂、黄霸，中国西汉的名臣，成为后世"循吏"的代名词。

③闾阎利病：街坊邻里的利益冲突。

④安澜之计：对大家都有利的长远计划。

舅氏健亭张公言：读书野云亭时，诸同学修禊佟氏园。偶扶乩召仙，共请姓名。乩题曰："偶携女伴偶闲行，词客何劳问姓名？记否瑶台明月夜，有人嗔唤许飞琼。"再请下坛诗。乩又题曰："三面纱窗对水开，佟园还是旧楼台。东风吹绿池塘草，我到人间又一回。"众窃议诗情凄惋，恐是才女香魂，然近地无此闺秀，无乃炼形拜月之仙姬乎。众情颠倒，或凝思伫立，或微谑通词①。乩忽奋迅大书曰："衰翁憔悴雪盈颠，傅粉熏香看少年。偶遣诸郎作痴梦，可怜真拜小婵娟。"复大书一"笑"字而去。此不知何代诗魂，作此狡狯；要亦轻薄之意，有以召之。

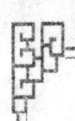
注释：

①微谑通词：用一些轻浮的话来挑逗。

胡厚庵先生言：有书生昵一狐女，初遇时，以二寸许壶卢授生，使佩于衣带，而自入其中。欲与晤，则拔其楔，便出嬿婉，去则仍入而楔之。一日，行市中，壶卢为偷儿剪去。从此遂绝，意恒怅怅。偶散步郊外，以消郁结，闻丛翳中有相呼者，其声狐女也。就往与语，匿不肯出，曰："妾已变形，不能复与君见矣。"怪诘其故。泣诉曰："采补炼形，狐之常理。近不知何处一道士，又搜索我辈，供其采补。捕得禁以神咒，即僵如木偶，一听其所为。或有道力稍坚，吸之不吐者，则蒸以为脯。血肉既啖，精气亦为所收。妾入壶卢盖避此难，不意仍为所物色，攘之以归。妾畏罹汤镬，已献其丹，幸留残喘。然失丹以后，遂复兽形，从此炼形又须二三百年，始能变化。天荒地老，后会无期，感念旧恩，故呼君一诀。努力自爱，毋更相思也。"生愤恚曰："何不诉于神？"曰："诉者多矣。神以为悖入悖出①，自作之愆；杀人人杀，相酬之道，置不为理也。乃知百计巧取，适以自戕。自今以往，当专心吐纳，不复更操此术矣。"此事在乾隆丁巳、戊午间②，厚庵先生曾亲见此生。后数年，闻山东雷击一道士，或即此道士淫杀过度，又伏天诛欤？螳螂捕蝉，黄雀在后，挟弹者又在其后，③此之谓矣。

注释：

①悖入悖出：用不正当的手段得来的东西，也会被别人以不正当的手段拿去。

②乾隆丁巳、戊午间：乾隆二、三年，公元1737—1738年。

③螳螂捕蝉，黄雀在后，挟弹者又在其后：比喻目光短浅，只想到算计别人，没想到别人在算计他；看见前面有利可图，不知祸害就在后面。

从弟东白宅,在村西井畔。从前未为宅时,缭以周垣①,环筑土屋。其中有屋数间,夜中辄有叩门声。虽无他故,而居者恒病不安。一日,门旁墙圮,出一木人,作张手叩门状,上有符箓。乃知工匠有嗛于主人,作是镇魇也。故小人不可与轻作缘,亦不可与轻作难。

注释:

①缭(liáo)以周垣:用院墙围起来。

何子山先生言:雍正初,一道士善符箓。尝至西山极深处,爱其林泉,拟结庵习静。土人言是鬼魅之巢窟,伐木采薪,非结队不敢入,乃至狼虎不能居,先生宜审①。弗听也。俄而鬼魅并作,或窃其屋材,或魇其工匠,或毁其器物,或污其饮食。如行荆棘中,步步挂碍。如野火四起,风叶乱飞,千手千目,应接不暇也。道士怒,结坛召雷将。神降则妖已先遁,大索空山无所得。神去,则数日复集。如是数回,神恶其渎,不复应。乃一手结印,一手持剑,独与战,竟为妖所踣,拔须败面,裸而倒悬。遇樵者得解,狼狈逃去。道士盖恃其术耳。夫势之所在,虽圣人不能逆;党之已成,虽帝王不能破。久则难变,众则不胜诛也。故唐去牛、李之倾轧②,难于河北之藩镇。道士昧众寡之形,客主之局,不量力而撄其锋,取败也宜矣。

注释:

①宜审:应该仔细考虑。

②牛、李之倾轧:唐代晚期,因为出身选官途径的不同,形成两派:"牛党"是指以牛僧孺、李宗闵为首的官僚集团,牛党大多是科举出身,属于庶族地主,门第卑微,靠寒窗苦读考取进士,获得官职;"李党"是指以李德裕为首的官僚集团,李党大多出身于世家大族,门第显赫。他们往往依靠父祖的高官地位而进入官场,称为"门

荫"出身。二派因为政治意见的不同,相互斗争。

    小人之计万变,每乘机而肆其巧。小时,闻村民夜中闻履声,以为盗,秉炬搜捕,了无形迹。知为魅也,不复问。既而肤箧者①知其事,乘夜而往。家人仍以为魅,偃息弗省。遂饱所欲去。此犹因而用之也。邑有令,颇讲学,恶僧如仇。一日,僧以被盗告。庭斥之曰:"尔佛无灵,何以庙食?尔佛有灵,岂不能示报于盗,而转渎官长耶?"挥之使去,语人曰:"使天下守令用此法,僧不沙汰而自散也。"僧固黠甚,乃阳与其徒修忏祝佛,而阴赂丐者,使捧衣物跪门外,状若痴者。皆曰佛有灵,檀施转盛。此更反而用之,使厄我者助我也。人情如是,而区区执一理与之角,乌有幸哉!

注释:
①肤箧者:盗贼。

    张某、瞿某,幼同学,长相善也。瞿与人讼,张受金,刺得其阴谋,泄于其敌。瞿大受窘辱,衔之次骨,然事密无左证,外则未相绝也。俄张死,瞿百计娶得其妇。虽事事成礼,而家庭共语,则仍呼曰张几嫂。妇故朴愿,以为相怜相戏,亦不较也。一日,与妇对食,忽跃起自呼其名曰:"瞿某,尔何太甚耶?我诚负心,我妇归汝,足偿矣。尔必仍呼嫂何耶?妇再嫁常事,娶再嫁妇亦常事。我既死,不能禁妇嫁,即不能禁汝娶也。我已失朋友义,亦不能责汝娶朋友妇也。今尔不以为妇,仍系我姓呼为嫂,是尔非娶我妇,乃淫我妇也。淫我妇者,我得而诛之矣。"竟颠狂数日死。夫以直报怨①,圣人不禁。张固小人之常态,非不共之仇也。计娶其妇,报之已甚矣;而又视若倚门妇②,玷其家声,是已甚之中又已甚焉。何怪其愤激为厉哉!

注释：

①以直报怨：指以公平正直的态度对待伤害自己的人。

②倚门妇：指妓女。

　　一恶少感寒疾，昏愦中魂已出舍，怅怅无所适。见有人来往，随之同行。不觉至冥司，遇一吏，其故人也。为检籍良久，蹙额①曰："君多忤父母，于法当付镬汤狱。今寿尚未终，可且反，寿终再来受报可也。"恶少惶怖，叩首求解脱。吏摇首曰："此罪至重，微我难解脱，即释迦牟尼亦无能为力也。"恶少泣涕求不已。吏沉思曰："有一故事，君知乎？一禅师登座，问：'虎颔下铃，何人能解？'众未及对，一沙弥曰：'何不令系铃人解。'得罪父母，还向父母忏悔，或希冀可免乎！"少年虑罪业深重，非一时所可忏悔。吏笑曰："又有一故事，君不闻杀猪王屠，放下屠刀，立地成佛乎？"遣一鬼送之归，霍然遂愈。自是洗心涤虑，转为父母所爱怜。后年七十余乃终。虽不知其果免地狱否，然观其得寿如是，似已许忏悔矣。

注释：

①蹙(cù)额：皱眉头。

　　许文木言：老僧澄止，有道行。临殁，谓其徒曰："我持律精进，自谓是四禅天人。世尊嗔我平生议论，好尊佛而斥儒，我相未化，不免仍入轮回矣。"其徒曰："崇奉世尊，世尊反嗔乎？"曰："此世尊所以为世尊也。若党同而伐异①，扬己而抑人，何以为世尊乎？我今乃悟，尔见犹左耳。"因忆杨槐亭言：乙丑上公车时，偕同年数人行。适一僧同宿逆旅，偶与闲谈。一同年目止之曰："君奈何与异端语？"僧不平曰："释家诚与儒家异，然彼此均各有品地。果为孔子，可以辟

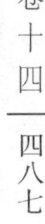

佛;颜、曾②以下弗能也。果为颜、曾,可以辟菩萨;郑、贾③以下弗能也。果为郑、贾,可以辟阿罗汉;程、朱以下弗能也。果为程、朱,可以辟诸方祖师;其依草附木,自托讲学者弗能也。何也? 其分量不相及也。先生而辟佛,毋乃高自位置乎?"同年怒且笑曰:"惟各有品地,故我辈儒可辟汝辈僧也。"几于相哄而散。余谓各以本教而论,譬如居家,三王以来,儒道之持世久矣,虽再有圣人弗能易,犹主人也。佛自西域而来,其空虚清净之义,可使驰骛者息营求,忧愁者得排遣;其因果报应之说,亦足警戒下愚,使回心向善,于世不为无补。故其说得行于中国。犹挟技之食客也,食客不修其本技,而欲变更主人之家政,使主人退而受教,此佛者之过也。各以末流而论,譬如种田,儒犹耕耘者也。佛家失其初旨,不以善恶为罪福,而以施舍不施舍为罪福。于是惑众蠹财,往往而有,犹侵越疆畔,攘窃禾稼者也。儒者舍其耒耜,荒其阡陌,而皇皇持梃荷戈,日寻侵越攘窃者与之格斗;即格斗全胜,不知己之稼穑如何也。是又非儒者之颠耶? 夫佛自汉明帝后,蔓延已二千年,虽尧、舜、周、孔复生,亦不能驱之去。儒者父子君臣兵刑礼乐,舍之则无以治天下,虽释迦出世,亦不能行彼法于中土。本可以无争,徒以缁徒不胜其利心,妄冀儒绌佛伸,归佛者檀施岂益富。讲学者不胜其名心,著作中苟无辟佛数条,则不足见卫道之功。故两家语录,如水中泡影,旋生旋灭,旋灭旋生,互相诟厉而不止。然两家相争,千百年后,并存如故;两家不争,千百年后,亦并存如故也。各修其本业可矣。

注释:

① 党同而伐异:拉帮结派,偏向同伙,打击不同意见的人。

② 颜、曾:颜回、曾子。孔子的学生,位列七十二贤之内。

③ 郑、贾:郑玄、贾逵。汉代儒家代表人物。

陈瑞庵言：献县城外诸丘阜，相传皆汉冢也。有耕者误犁一冢，归而寒热谵语，责以触犯。时瑞庵偶至，问："汝何人？"曰："汉朝人。"又问："汉朝何处人？"曰："我即汉朝献县人，故冢在此，何必问也？"又问："此地汉即名献县耶？"曰："然。"问："此地汉为河间国，县曰乐成。金始改献州。明乃改献县。汉朝安得有此名？"鬼不语。再问之，则耕者苏矣。盖传为汉冢，鬼亦习闻[1]，故依托以求食。而不虞适以是败也。

注释：

[1]习闻：经常听到。

毛其人言：有耿某者，勇而悍。山行遇虎，奋一梃与斗，虎竟避去，自以为中黄、夏飞之流也。偶闻某寺后多鬼，时酩酊醉人，愤往驱逐。有好事数人随之往。至则日薄暮，乃纵饮至夜，坐后垣上待其来。二鼓后，隐隐闻啸声，乃大呼曰："耿某在此。"倏人影无数，涌而至，皆吃吃笑曰："是尔耶，易与耳。"耿怒跃下，则鸟兽散去，遥呼其名而詈之。东逐则在西，西逐则在东，此没彼出，倏忽千变。耿旋转如风轮，终不见一鬼，疲极欲返，则嘲笑以激之。渐引渐远，突一奇鬼当路立，锯牙电目，张爪欲搏。急奋拳一击，忽嗷然自仆，指已折，掌已裂矣，乃误击墓碑上也。群鬼合声曰："勇哉！"瞥然俱杳。诸壁上观者闻耿呼痛，共持炬异归。卧数日，乃能起，右手遂废。从此猛气都尽，竟唾面自干[1]焉。夫能与虓虎敌，而不能不为鬼所困，虎斗力，鬼斗智也。以有限之力，欲胜无穷之变幻，非天下之痴人乎？然一惩即戒，毅然自返，虽谓之大智慧人，亦可也。

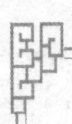
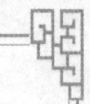

注释:

①唾面自干:比喻逆来顺受,受到侮辱也不反抗。

　　张桂岩自扬州还,携一琴砚见赠。斑驳剥落,古色黝然。右侧近下,镌"西涯"二篆字,盖怀麓堂①敛物也。中镌行书一诗曰:"如以文章论,公原胜谢刘。玉堂挥翰手,对此忆风流。"款曰"稚绳",高阳孙相国字也。左侧镌小楷一诗曰:"草绿湘江叫子规,茶陵青史有微词。流传此砚人犹惜,应为高阳五字诗。"款曰"不凋",乃太仓崔华之字。华,渔洋山人之门人。渔洋论诗绝句曰:"溪水碧于前渡日,桃花红似去年时。江南肠断何人会?只有崔郎七字诗。"即其人也。二诗本集皆不载,岂以诋诃前辈,微涉讦直②,编集时自删之欤?后以赠庆大司马丹年,刘石庵参知颇疑其伪。然古人多有集外诗,终弗能明也。又杨丈汶川(讳可镜,杨忠烈公曾孙也。以拔贡官户部郎中,与先姚安公同事。)赠姚安公一小砚,背有铭曰:"自渡辽,携汝伴。草军书,恒夜半。余之心,惟汝见。"款题"芝冈铭"。盖熊公廷弼军中砚,云得之于其亲串家。又家藏一小砚,左侧有"白谷手琢"四字,当是孙公传庭所亲制。二砚大小相近,姚安公以皆前代名臣,合为一匣。后在长儿汝佶处。汝佶夭逝,二砚为婢媪所窃卖。今不可物色矣。

注释:

①怀麓堂:明代文学家李东阳的书房名。

②微涉讦(jié)直:有点太过直白、率直。

　　余十七岁时,自京师归应童子试,宿文安孙氏。(土语呼若巡诗,音之转也。)室庐皆新建,而土炕下钉一桃杙①。上下颇碍,呼主人去之。主人颇笃实,摇手曰:"是不可去,去则怪作矣。"诘问其故。曰:"吾买隙地构此店,宿者恒夜见炕前一女子立,不言不动,亦无他害。有胆者以手引之,乃虚无所触。道士咒桃杙钉之,乃不复见。"余曰:"其下必古冢,人在上,鬼不安耳。何不掘出其骨,具棺迁葬?"主人曰:"然。"然不知其果迁否也。又辛巳春,余乞假养疴②北仓。姻家赵氏请余题主,先姚安公命之往。归宿杨村,夜已深,余先就枕,仆隶秣马③尚未睡。忽见彩衣女子揭帘入,甫露面,即退出。疑为趁座妓女,呼仆隶遣去,皆云外户已闭,无一人也。主人曰:"四日前,有宦家子妇宿此卒,昨移枢去。岂其回煞耶?"归告姚安公。公曰:"我童子时,读书陈氏舅家。值仆妇夜回煞,月明如昼,我独坐其室外,欲视回煞作何状,迄无见也。何尔乃有见耶?然则尔不如我多矣。"至今深愧此训也。

注释:

①桃杙(yì):古时候用来避邪的桃木桩。

②养疴:养病,休养。

③秣马:喂马。

河豚惟天津至多,土人食之如园蔬,然亦恒有死者,不必家家皆善烹治也。姨丈惕园牛公言:有一人嗜河豚,卒中毒死。死后见梦于妻子曰:"祀我何不以河豚耶?"此真死而无悔也。又姚安公言:里有人粗温饱,后以博破家。临殁,语其子曰:"必以博具置棺中。如无鬼,与白骨同为土耳,于事何害?如有鬼,荒榛蔓草之间,非此何以消遣耶!"比大殓,金曰:"死葬之以礼,乱命①不可从也。"其子曰:"独不云事死如事生乎?生不能几谏,殁乃违之乎?我不讲学,诸公勿干预人家事。"卒从其命。姚安公曰:"非礼也,然亦孝子无已之心也。吾恶夫事事遵古礼,而思亲之心则漠然者也。"

注释:

①乱命:胡言乱语的话。

一奴子业针工,其父母鬻身时未鬻此子,故独别居于外。其妇年二十余,为狐所媚,岁余病瘵死。初不肯自言,病甚,乃言狐初来时为女形,自言新来邻舍也。留与语,渐涉谑,既而渐相狎,遽前拥抱,遂昏昏如魇。自是每夜辄来,来必换一形,忽男忽女,忽老忽少,忽丑忽好,忽僧忽道,忽鬼忽神,忽今衣冠忽古衣冠,岁余无一重复者。至则四肢缓纵①,口噤不能言,惟心目中了了而已。狐亦不交一言,不知为一狐所化,抑众狐更番而来。其尤怪者,妇小姑偶入其室,突遇狐出,一跃即逝。小姑所见,是方巾道袍人,白须鬖鬖;妇所见则黯黑垢腻,一卖煤人耳。同时异状,更不可思议耳。

注释:

①四肢缓纵:四肢无力。

及孺爱先生(先生于余为疏从表侄,然幼时为余开蒙,故始终待以师礼。)言:交河有人田在丛冢旁,去家远,乃筑室就之。夜恒闻鬼语,习见不怪也。一夕,闻家间呼曰:"尔狼狈何至是?"一人应曰:"适路遇一女,携一童子行。见其面有衰气,死期已近,未之避也。不虞女忽一嚏,其气中人,如巨杵舂撞(平声。),伤而仆地。苏息良久,乃得归。今胸鬲尚作楚也。"此人默记其语。次日,耘者聚集,具述其异,因问:"昨日谁家女子傍晚行,致中途遇鬼?"中一宋姓者曰:"我女昨晚同我子自外家归,无遇鬼事也。"众以为妄语。数日后,宋女为强暴所执,捍刃抗节死①。乃知贞烈之气,虽届衰绝,尚刚劲如是也。鬼魅畏正人,殆以此夫。

注释：

①捍刃抗节死：坚决抵抗，保节而死。

张完质舍人言：有与狐为友者，将商于外，以家事托狐。凡火烛盗贼，皆为警卫；僮婢或作奸，皆摘发无遗。家政井井，逾于商未出时。惟其妇与邻人昵，狐若弗知。越两岁，商归，甚德狐①。久而微闻邻人事，又甚咎狐。狐谢②曰："此神所判，吾不敢违也。"商不服曰："鬼神祸淫，乃反导淫哉？"狐曰："是有故。邻人前世为巨室，君为司出纳，因其倚信③，侵蚀其多金。冥判以妇偿负，一夕准宿妓之价销金五星，今所欠只七十余金矣。销尽自绝，君何躁焉！君倘未信，试以所负偿之，观其如何耳。"商乃诣邻人家曰："闻君贫甚，仆此次幸多赢，谨以八十金奉助。"邻人感且愧，自是遂与妇绝。岁暮，馈肴品示谢，甚精腆④。计其所值，正合七十余金所赢数。乃知凡生债负，受者毫厘不能增，与者毫厘不能减也。是亦可畏也已。

注释：

①甚德狐：非常感谢狐精。
②谢：推辞、推脱。
③倚信：倚重、相信。
④精腆：精美。

族侄竹汀言：有农家妇少寡，矢志不嫁，养姑抚子数年矣。一日，见华服少年，从墙缺窥伺。以为过客误入，詈之去。次日复来。念近村无此少年，土人亦无此华服，心知是魅，持梃驱逐。乃复抛掷砖石，损坏器物。自是日日来，登墙自道相悦意。妇无计，哭诉于社公祠，亦无验。越七八日，白昼晦冥，雷击裂村南一古墓，魅乃绝。不知是狐是鬼也。以妖媚人，已干天律，况媚及柏舟之妇①，其受殛也固宜。顾必迟久而后应,岂天人一理,事关诛死,亦待奏请而后刑,由社公辗转上闻,稍稽时日乎？然匹妇一哭,遽达天听,亦足见孝弟之通神明矣。

注释:

①柏舟之妇:丈夫去世之后,守节不嫁的女子。

　　沧州一带海滨煮盐之地,谓之灶泡。袤延①数百里,并斥卤不可耕种,荒草粘天,略如塞外,故狼多窟穴于其中。捕之者掘地为阱,深数尺,广三四尺,以板覆其上,中凿圆孔如盂大,略如枷状。人蹲阱中,携犬子或豚子②,击使嗥叫。狼闻声而至,必以足探孔中攫之。人即握其足立起,肩以归。狼隔一板,爪牙无所施其利也。然或遇其群行,则亦能搏噬。故见人则以喙据地嗥,众狼毕集,若号令然,亦颇为行客道途患。有富室偶得二小狼,与家犬杂畜,亦与犬相安。稍长,亦颇驯,竟忘其为狼。一日,主人昼寝厅事,闻群犬呜呜作怒声,惊起周视,无一人。再就枕将寐,犬又如前。乃伪睡以俟,则二狼伺其未觉,将啮其喉,犬阻之不使前也。乃杀而取其革。此事从侄虞惇言。狼子野心③,信不诬哉！然野心不过遁逸耳;阳为亲昵,而阴怀不测,更不止于野心矣。兽不足道,此人何取而自贻患耶！

注释:

①袤延:绵延,广博貌。

②豚子:小猪。

③狼子野心:狼崽子虽幼,却有凶恶的本性。比喻凶暴的人居心狠毒,习性难改。

　　田村一农妇,甚贞静。一日馌饷,有书生遇于野,从乞瓶中水。妇不应。出金一锭投其袖。妇掷且詈,书生皇恐遁。

晚告其夫,物色之,无是人,疑其魅也。数日后,其夫外出,阻雨不得归。魅乃幻其夫形,作冒雨归者,人与寝处,草草息灯,遽相媟戏。忽电光射窗,照见乃向书生。妇恚甚,爪败其面。魅甫跃出窗,闻呦然一声,莫知所往。次早夫归,则门外一猴脑裂死,如刃所中也。盖妖之媚人,皆因其怀春而媾合。若本无是心,而乘其不意,变幻以败其节,则罪当与强污等。揆诸神理①,自必不容,而较前记竹汀所说事,其报更速。或社公权微,不能即断;此遇天神立殛之? 抑彼尚未成,此则已玷,可以不请而诛欤?

注释:

①揆诸神理:按照神的道理。

同年邹道峰言:有韩生者,丁卯夏读书山中。窗外为悬崖,崖下为涧。涧绝陡,两岸虽近,然可望而不可至也。月明之夕,每见对岸有人影,虽知为鬼,度其不能越,亦不甚怖。久而见惯,试呼与语。亦响应,自言是堕涧鬼,在此待替。戏以余酒凭窗洒涧内,鬼下就饮,亦极感谢。自此遂为谈友,诵肄①之暇,颇消岑寂。一日试问:"人言鬼前知。吾今岁应举,汝知我得失否?"鬼曰:"神不检籍,亦不能前知,何况于鬼。鬼但能以阳气之盛衰,知人年运;以神光之明晦,知人邪正耳。若夫禄命,则冥官执役之鬼,或旁窥窃听而知之;城市之鬼,或辗转相传而闻之;山野之鬼弗能也。城市之中,亦必捷巧之鬼乃闻之,钝鬼亦弗能也。譬君静坐此山,即官府之事不得知,况朝廷之机密乎!"一夕,闻隔涧呼曰:"与君送喜。顷城隍巡山,与社公相语,似言今科解元是君也。"生亦窃自贺。及榜发,解元乃韩作霖,鬼但闻其姓同耳。生太息曰:"乡中人传官里事,果若斯乎!"

注释:

①诵肄:诵读修业。

王史亭编修言:有崔生者,以罪戍广东。恐携孥①有意外,乃留其妻妾,只身行。到戍后,穷愁抑郁,殊不自聊;且回思"少妇登楼",弥增忉怛②。偶遇一叟,自云姓董,字无念。言颇契,悯其流落,延为子师,亦甚相得。一夕,宾主夜酌,楼高月满,忽动离怀,把酒倚栏,都忘酬酢。叟笑曰:"君其有'云鬟玉臂'之感乎?托在契末,已早为经纪,但至否未可知,故先不奉告;旬月后当有耗耳。"又半载,叟忽戒僮婢扫治别室,意甚匆遽。顷之,则三小肩舆至,妻妾及一婢揭帘出矣。惊喜怪问。皆曰:"得君信相迓③,嘱随某官眷属至。急不能久待,故草草来;家事托几房几兄代治,约岁得租米,岁岁鬻金寄至矣。"问:"婢何来?"曰:"即某官之媵,嫡不能容,以贱价就舟中鬻得也。"生感激拜叟,至于涕零。从此完聚成家,无复故园之梦。越数月,叟谓生曰:"此婢中途邂逅,患难相从,当亦是有缘。似当共侍巾栉④,无独使向隅也。"又数载,遇赦得归。生喜跃不能寐,而妻妾及婢俱惨惨有离别之色。生慰之曰:"尔辈恋主人恩耶?倘不死,会有日相报耳。"皆不答,惟趣为生治装。濒行,翁治酒作饯,并呼三女出曰:"今日事须明言矣。"因拱手对生曰:"老夫地仙也。过去生中,与君为同官。殁后,君百计营求⑤,归吾妻子,恒耿耿不忘。今君别鹤离鸾,自合为君料理;但山川绵邈,二孱弱女子,何以能来?因摄召花妖,俾先至君家中半年,窥尊室容貌语言,摹拟俱似;并刺知家中旧事,使君有证不疑。渠本三姊妹,故多增一婢耳。渠皆幻相,君勿复思,到家相对旧人,仍与此间无异矣。"生请与三女俱归。叟曰:"鬼神各有地界,可暂出不可久越也。"三女握手作别,洒泪沾衣,俯仰间已俱不见。登舟时,遥见立岸上,招之不至矣。归后,妻子具言家日落⑥,赖君岁岁寄金来,得活至今。盖亦此叟所为也。使世间离别人皆逢此叟,则无复牛女银河之恨矣。史亭曰:"信然。然粤东有地仙,他处亦必有地仙;董叟有此术,他仙亦必有此术。所以无人再逢者,当由过去生中原未受恩,故不肯竭尽心力缩地补天耳。"

注释:

①携挈:携带家属亲眷。

②忉怛:忧伤、悲痛。

③相迓:很吃惊,出乎意料。

④共侍巾栉:一起侍奉丈夫。共事一夫。

⑤百计营求:想尽办法筹办,达成心愿。

⑥日落:一天天衰败。

有客在泊镇宿妓,与以金。妓反覆审谛,就灯铄之,微笑曰:"莫纸铤否?"怪问其故。云数日前粮艘演剧赛神,往看至夜深归。遇少年与以金,就河干草屋野合。至家,探怀觉太轻,取出乃一纸铤。盖遇鬼也。因言相近一妓家,有客赠衣饰甚厚。去后,皆己箧中物,钥故未启,疑为狐所给矣。客戏曰:"天道好还。"又瞽者刘君瑞言:青县有人与狐友,时共饮甚昵。忽久不见,偶过丛莽,闻有呻吟声,视之,此狐也。问:"何狼狈乃尔?"狐愧沮良久,曰:"顷见小妓颇壮盛①,因化形往宿,冀采其精。不虞妓已有恶疮,采得之后,毒渗命门,与平生所采混合为一,如油入面,不可复分。遂溃裂蔓延,达于面部。耻见故人,故久疏来往耳。"此又狐之败于妓者。机械相乘,得失倚伏,胶胶扰扰,将伊于胡底②乎?

注释:

①壮盛:丰满。

②伊于胡底:到什么时候才是个头啊,比喻后果不堪设想。

　　李千之侍御言:某公子美丰姿,有卫玠璧人①之目。雍正末,值秋试,于丰宜门内租僧舍过夏。以一室设榻,一室读书。每晨兴,书室几榻笔墨之类,皆拂拭无纤尘;乃至瓶插花,砚池注水,亦皆整顿如法,非粗材所办。忽悟北地多狐女,或藉通情愫,亦未可知,于意亦良得。既而盘中稍稍置果饵,皆精品。虽不敢食,然益以美人之贻,拭目以待佳遇。一夕月明,潜至北牖外穴纸窃窥,冀睹艳质。夜半,闻器具有声,果一人在室料理。谛视,则修髯伟丈夫也,怖而却走。次日,即移寓。移时,承尘上似有叹声。

注释:

①卫玠璧人:语出《世说新语》,此后多用来形容美男子。

　　康师,杜林镇僧也。北俗呼僧多以姓,故名号不传焉。工疡医。余小时曾及见之。言其乡人家一婢,怀春死。魂不散,时出祟人。然不现形,不作声,亦不附人语,不使人病。惟时与少年梦中接,稍尪瘦,则别媚他少年,亦不至杀人。故为祟而不以为祟①。即尝为所祟者,亦梦境恍惚,莫能确执。如是数十年,不为人所畏,亦不为人所劾治。真黠鬼哉!可谓善藏其用,善遁于虚,善留其不尽,善得老氏之旨矣。然终有人知之,有人传之,则黠巧终无不败也。

注释:

①为祟而不以为祟:作怪又不认为是怪。

　　相传康熙中,瓜子店(在正阳门之南而偏东。)火,有少年病瘵不能出,并屋焚焉。火熄,掘之,尸已焦,而有一狐与俱死,知其病为狐媚也。然不知狐何以亦死。或曰:"狐情重,救之不出,守之不去也。"或曰:"狐媚人至死,神所殛也。"是皆不然。狐鬼皆能变幻,而鬼能穿屋透壁出。(罗两峰云尔。)鬼有形无质,纯乎气也;气无所不达,故莫能碍。狐能大能小与龙等,然有形有质①,质能缩而小,不能化而无。故有隙即遁,而无隙则碍不能出。虽至灵之狐,往来亦必由户牖。此少年未死间,狐尚来媚,猝遇火发,户牖俱焰,故并为烬焉耳。

注释:
①质:本质,质量。

门人徐通判敬儒言:其乡有富室,昵一婢,宠眷甚至。婢亦倾意向其主,誓不更适。嫡心妒之而无如何。会富室以事他出,嫡密召女侩①鬻诸人。待富室归,则以窃逃报。家人知主归事必有变也,伪向女侩买出,而匿诸尼庵。婢自到女侩家,即直视不语,提之立则立,扶之行则行,捺之卧则卧,否则如木偶,终日不动。与之食则食,与之饮则饮,不与亦不索也。到尼庵亦然。医以为愤恚痰迷,然药之不效,至尼庵仍不苏。如是不死不生者月余。富室归,果与嫡操刃斗,屠一羊沥血告神,誓不与俱生。家人度不可隐,乃以实告。急往尼庵迎归,痴如故。富室附耳呼其名,乃霍然如梦觉。自言初到女侩家,念此特主母意,主人当必不见弃,因自奔归;虑为主母见,恒藏匿隐处,以待主人之来。今闻主人呼,喜而出也。因言家中某日见某人,某人某日作某事,历历不爽。乃知其形去而魂归也。因是推之,知所谓离魂倩女,其事当不过如斯,特小说家点缀成文,以作佳话。至云魂归后衣皆重著,尤为诞谩②。著衣者乃其本形,顷刻之间,襟带不解,岂能层层挽入? 何不云衣如委蜕,尚稍近事理乎。

注释：

①女侩：买卖妇女的人贩子。

②诞谩：荒诞编造假话。

　　客作田不满（初以其取不自满假之义，称其命名有古意。既乃知以饕餮得此名，取田填同音也。），夜行失道，误经墟墓间，足踏一髑髅。髑髅作声曰："毋败我面！且祸尔。"不满憨且悍，叱曰："谁遣尔当路！"髑髅曰："人移我于此，非我当路也。"不满又叱曰："尔何不祸移尔者？"髑髅曰："彼运方盛，无如何也。"不满笑且怒曰："岂我衰耶？畏盛而凌衰，是何理耶？"髑髅作泣声曰："君气亦盛，故我不敢祟，徒以虚词恫喝①也。畏盛凌衰，人情皆尔，君乃责鬼乎！哀而拨入土窟中，公之惠也。"不满冲之竟过，惟闻背后呜呜声，卒无他异。余谓不满无仁心。然遇莽卤之人而以大言激其怒，鬼亦有过焉。

注释：

①虚词恫（dòng）喝：说大话来恐吓。

　　蒋苕生编修言：一士人北上，泊舟北仓、杨柳青之间。（北仓去天津二十里，杨柳青距天津四十里。）时已黄昏，四顾渺漫①。去人家稍远，独一小童倚树立，姣丽特甚；然衣裳华洁，而神意不似大家儿②。士故轻薄，自上岸与语。口操南音，自云流落至此，已有人相约携归，待尚未至。渐相款洽，固挑以微词，解扇上汉玉佩为赠。赪颜谢曰："君是解人，亦不能自讳。然故人情重，实不忍别抱琵琶。"置佩而去。士人意未已，欲觇其居停，蹑迹从之。数十步外，倏已灭迹，惟丛莽中一小坟，方悟为鬼也。女子事夫，大义也，从一则为贞，野合乃为荡耳。男子而抱衾裯③，已失身矣，犹言从一，非不揣本而齐末④乎？然较反面负心,则终为差胜也。

注释：

①渺漫：昏暗看不清楚。

②大家儿：大户人家的孩子。

③男子而抱衾裯：男子同性之间的恋情。

④揣本而齐末：舍本逐末。比喻做事不注意根本,而只抓细枝末节。

先师陈白崖先生言：业师某先生(忘其姓字,似是姓周。),笃信洛、闽,而不骛讲学名,故穷老以终,声华阒寂。然内行醇至,粹然古君子也。尝税居①空屋数楹,一夜,闻窗外语曰："有事奉白,虑君恐怖,奈何？"先生曰："第入无碍。"入则一人戴首于项,两手扶之；首无巾而身襕衫②,血渍其半。先生拱之坐,亦谦逊如礼。先生问："何语？"曰："仆不幸,明末戕于盗,魂滞此屋内。向有居者,虽不欲为祟,然阴气阳光,互相激薄,人多惊悸,仆亦不安。今有一策：邻家一宅,可容君眷属。仆至彼多作变怪,彼必避去；有来居者,扰之如前,必弃为废宅。君以贱价售之,迁居于彼。仆仍安居于此。不两得乎？"先生曰："吾平生不作机械事,况役鬼以病人乎？义不忍为。吾读书此室,图少静耳。君既在此,即改以贮杂物,日扃锁之可乎？"鬼愧谢曰："徒见君案上有性理,故敢以此策进。不知君竟真道学,仆失言矣。既荷见容③,即托宇下可也④。"后居之四年,寂无他异。盖正气足以慑之矣。

注释：

①税居：租住。

②襕(lán)衫：破衣烂衫。

③既荷见容：既然得到了你的收留。

④托宇下可：拜托您让我居住在您的屋檐下。

凡物太肖人形者，岁久多能幻化。族兄中涵言：官旌德时，一同官好戏剧，命匠造一女子，长短如人，周身形体以及隐微之处，亦一一如人；手足与目与舌，皆施关捩①，能屈伸运动；衣裙簪珥，可以按时更易。所费百金，殆夺偃师之巧。或植立书室案侧，或坐于床橙，以资笑噱。一夜，僮仆闻书室格格声。时已镳闭，穴纸窃视，月光在牖，乃此偶人来往自行。急告主人自觇之，信然。焚之，嘤嘤作痛声。又先祖母言：舅祖蝶庄张公家，有空屋数间，贮杂物。媪婢或夜见院中有女子，容色姣好，而颔下修髯如戟，两颊亦磔如蝟毛②，携四五小儿游戏。小儿或跛或盲，或头面破损，或无耳鼻。人至则倏隐，莫知何妖。然不为人害，亦不外出。或曰目眩，或曰妄语，均不甚留意。后检点此屋，见破裂虎丘泥孩一床，状如所见；其女子之须，则儿童嬉戏以墨笔所画云。

注释：

①关捩；能转动的机械装置。

②磔如蝟毛：坚硬的像刺猬身上的刺。

景州方夔典言：少尝患心气不宁，稍作劳则似籁籁动。服枣仁、远志之属，时作时止，不甚验也。偶遇友人家扶乩，云是纯阳真人。因拜乞方。乩判曰："此证现于心，而其原出于脾，脾虚则子食母气故也。可炒白术常服之。"试之果验。夔典又言：尝向乩仙问科第。乩判曰："场屋文字，只笔酣墨饱，书味盎然，即中式矣，何必预问乎！"后至乾隆丙辰①登进士，本房同考官出阅卷簿视之，所注批词即此八字也。然则科名前定，并批词亦前定乎？

注释：

①乾隆丙辰:乾隆元年,公元 1736 年。

高梅村言:有二村民同行,一人偶便旋,蹴起片瓦,下有一罂。瓦上刻一字,则同行者姓也。惧为所见,托故自返①,而潜伏荟翳②中;望其去远,乃往私取,则满罂皆清水矣。不胜其恚,举而尽饮之。时日已暮,无可栖止,忆同行者家尚近,径往借宿。夜中忽患霍乱,呕泄并作,秽其床席几遍,愧不自容,竟宵遁③。质明,其家视之,则皆精银,如镕汁泻地成片然。余谓此语特供谐笑,未必真有。而梅村坚执谓不诬。然则物各有主,非人力可强求,凿然信矣。

注释：

①托故自返:找借口自己返回。
②荟翳:树丛。
③竟宵遁:居然连夜逃跑了。

梅村又言:有姜挺者,以贩布为业,恒携一花犬自随。一日独行,途遇一叟呼之住。问:"不相识,何见招?"叟遽叩首有声曰:"我狐也。夙生负君命,三日后君当嗾花犬断我喉。冥数已定,不敢逃死。然窃念事隔百余年,君转生人道,我堕为狐,必追杀一狐,与君何益?且君已不记被杀事,偶杀一狐,亦无所快于心。愿纳女自赎,可乎?"姜曰:"我不敢引狐入室,亦不欲乘危劫人女。贳①则贳汝,然何以防犬终不噬也?"曰:"君但手批一帖曰:'某人夙负,自愿销除。'我持以告神,则犬自不噬。冤家债主,解释须在本人,神不违也。"适携记簿纸笔,即批帖予之。叟喜跃去。后七八载,姜贩布渡大江,突遇暴风,帆不能落,舟将覆。见一人直上樯竿杪,掣断其索,骑帆俱落。望之似是此叟,转瞬已失所在矣。皆曰:"此狐能报恩。"余曰:"此狐无术自救,能数千里外救人乎？此神以好生延其寿,遣此狐耳。"

注释:
①贳:饶恕。

周泰宇言:有刘哲者,先与一狐女狎,因以为继妻。操作如常人,孝舅姑,睦娣姒,抚前妻子女如己出,尤人所难能①。老而死,其尸亦不变狐形。或曰:"是本奔女②,讳其事,托言狐也。"或曰:"实狐也,炼成人道,未得仙,故有老有死;已解形,故死而尸如人。"余曰:"皆非也,其心足以持之也。凡人之形,可以随心化。郗皇后之为蟒,封使君之为虎,其心先蟒先虎,故其形亦蟒亦虎也。旧说狐本淫妇阿紫所化,其人而狐心也,则人可为狐。其狐而人心也,则狐亦可为人。缁衣黄冠,或坐蜕不仆;忠臣烈女,或骸存不腐,皆神足以持其形耳。此狐死不变形,其类是夫!"泰宇曰:"信然。相传刘初纳狐,不能无疑惮。狐曰:'妇欲宜家耳,苟宜家,狐何异于人?且人徒知畏狐,而不知往往与狐侣。彼妇之容止无度,生疾损寿,何异狐之采补乎?彼妇之逾墙钻穴,密会幽欢,何异狐之冶荡乎?彼妇之长舌离间,生衅家庭③,何异狐之媚惑乎?彼妇之隐盗资产,私给亲爱,何异狐之攘窃乎?彼妇之嚣凌诟谇,六亲不宁,何异狐之祟扰乎?君何不畏彼而反畏我哉?'是狐之立志,欲在人上久矣,宜其以人始以人终也。若所说种种类狐者,六道轮回,惟心所造,正恐眼光落地,不免堕入彼中耳。"

注释:
①人所难能:就算是人也做不到如此。
②奔女:从家里逃跑出来的女子。
③生衅家庭:在家中生出祸端,扰乱家庭和睦。

古者世禄世官，故宗子①必立后，支子不祭②，则礼无必立后之文。孟皮不闻有后，亦不闻孔子为立后，非嫡故也。支子之立后，其为茕嫠守志，不忍节妇之无祀乎？譬诸士本无谥，而县贲父则始谥，死职故也。童子本应殇，而汪锜则不殇，卫社稷故也。礼以义起，遂不可废。凡支子之无后者，亦遂沿为例不可废，而家庭之难，即往往由是作焉。董曲江言：东昌有兄弟三人，仲先死无后。兄欲以其子继，弟亦欲以其子继。兄曰，弟当让兄。弟曰，兄子幼而其子长，弟又当让兄。讼经年，卒为兄夺。弟恚甚，郁结成疾。疾甚时，语其子曰："吾必求直于地下。"既而昏眩，经半日复苏，曰："岂特阳官诪③哉，阴官之乃更甚。顷魂游冥司，陈诉此事。一阴官诘我曰：'汝为汝兄无后耶？汝兄已有后矣，汝特为资产争耳。见兽于野，两人并逐，捷足者先得。汝何讼焉？'竟不理也。夫争继原为资产，乃瞑目与我讲宗祀，何不解事至此耶？多置纸笔我棺中，我且诉诸上帝也。"此真至死不悟者欤！曲江曰："吾犹取其不自讳也。"

注释：
①宗子：嫡长子。
②支子不祭：庶出的儿子不享受祭祀。
③诪：违背，乖谬。

己卯典试山西时，陶序东以乐平令充同考官。卷未入时，共闲话仙鬼事。序东言有友尝游南岳，至林壑深处，见女子倚石坐花下。稔闻①智琼、兰香事②，遽往就之。女子以纨扇障面曰："与君无缘，不宜相近。"曰："缘自因生，不可从此种因乎？"女子曰："因须夙造，缘须两合，非一人欲种即种也。"翳然灭迹，疑为仙也。余谓情欲之因缘，此女所说是也。至恩怨之因缘，则一人欲种即种，又当别论矣。

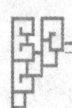

注释:

①稔闻:多次听闻。

②智琼、兰香事:仙女智琼、杜兰香的故事。

　　大同宋中书瑞言:昔在家中戏扶乩,乩动,请问仙号。即书曰:"我本住深山,来往白云里。天风忽飒然,云动如流水。我偶随之游,飘飘因至此。荒村茅舍静,小坐亦可喜。莫问我姓名,我忘已久矣。且问此门前,去山凡几里?"书讫,乩遂不动。或者此乃真仙欤?

　　和和呼通诺尔之战,兵士有没蕃者①。乙亥于定伊犁,望大兵旗帜,投出宥死②,安置乌鲁木齐,群呼之曰"小李陵"。此人不知李陵为谁,亦漫应之。久而竟迷其本名。己丑、庚寅间,余在乌鲁木齐,犹见其人,已老矣。言在准噶尔转鬻数主,皆司牧羊。大兵将至前一岁八月中旬,夜栖山谷,望见沙碛有火光。西域诸部,每互相钞掠,疑为劫盗。登冈眺望,乃见一巨人,长丈许,衣冠华整,侍从秉炬前导,约七八十人。俄列队分立,巨人端拱向东拜,意甚虔肃③,知为山灵。时适准噶尔乱,已微闻阿睦尔撒纳款塞请兵事,窃意或此地当内属,故鬼神预东向耶?既而果然。时尚不知八月中旬为圣节,归正后乃悟天声震叠,为遥祝万寿云。

注释:

①没蕃者:被番邦俘虏的人。

②投出宥死:逃跑回来,免除了一死。

③虔肃:虔诚肃穆。

　　甘肃李参将名璇,精康节观梅①之术,占事多验。平定西域时,从大学士温公在军营。有兵士遗火,焚辕前枯草,阔丈许。公使占何祥。曰:"此无他,公数日内当有密奏耳。

火得枯草行最速，急递之象也；烟气上升，上达之象也。知为密奏。凡密奏，当焚草也。"公曰："我无当密奏事。"曰："遗火亦无心，非预定也。"既而果然。其占人终身，则使随手拈一物。或同拈一物，而所断又不同。至京师时，一翰林拈烟筒。曰："贮火而其烟呼吸通于内，公非冷局官^②也；然位不甚通显，尚待人吹嘘故也。'问："历官当几年？''曰："公毋怪直言。火本无多，一熄则为灰烬，热不久也。"问："寿几何？"摇首曰："铜器原可经久，然未见百年烟筒也。"其人怏去。后岁余，竟如所言。又一郎官同在座，亦拈此烟筒，观其复何所云。曰："烟筒火已息，公必冷官也。已置于床，是曾经停顿也；然再拈于手，是又遇提携复起矣。将来尚有热时，但热又占与前同耳。"后亦如所言。

注释：

①康节观梅：邵康节的占卜之术。

②冷局官：没什么利益捞取的官职，平常所说的清水衙门。

　　吴惠叔携一小幅挂轴，纸色似百年外物，云得之长椿寺市上。笔墨草略，牛以淡墨扫烟霭，半作水纹，中惟一小舟，一女子坐篷下，一女子摇橹而已。右角浓墨写一诗曰："沙鸥同住水云乡，不记荷花几度香。颇怪麻姑太多事，犹知人世有沧桑。"款曰："画中人自画并题。"无年月，无印记。或以为仙笔，然女仙手迹，人何自得之？或以为游女，又不应作此世外语。疑是明末女冠^①，避兵于渔庄蟹舍^②，自作此图。无旧人跋语，亦难确信。惠叔索题，余无从著笔，置数月还之。惠叔殁于蜀中，此画不知今在否也？

注释：

①明末女冠：明末时期的女道士。

②渔庄蟹舍：所指为渔村。

舅氏实斋安公言：程老，村夫子也。女颇韶秀，偶门前买脂粉，为里中少年所挑，泣告父母。惮其暴横，弗敢较，然悲愤不可释，居恒郁郁。故与一狐友，每至辄对饮。一日，狐怪其惨沮。以实告，狐默然去。后此少年复过其门，见女倚门笑，渐相狎昵，遂野合于小圃空屋中。临别，女涕泣不舍，相约私奔。少年因夜至门外，引以归。防程老追索，以刃拟妇[1]曰："敢泄者死！"越数日，无所闻；知程老讳其事，意甚得，益狎昵无度。后此女渐露妖迹，乃知为魅；然相悦甚，弗能遣也。岁余病瘵，惟一息仅存，此女乃去。百计医药，幸得不死，资产已荡然。夫妇露栖[2]，又尪弱不任力作，竟食妇夜合之资，非复从前之悍气矣。程老不知其由，向狐述说。狐曰："是吾遣黠婢戏之耳。必假君女形，非是不足饵之也；必使知为我辈，防败君女之名也；濒危而舍之，其罪不至死也。报之已足，君无更怏怏矣。"此狐中之朱家、郭解[3]欤？其不为已甚，则又非朱家、郭解所能也。

注释：
①以刃拟妇：用刀来威胁妇人。
②露栖：露天栖身，没有居住的地方。
③朱家、郭解：朱家秦汉之际的游侠，郭解西汉时期的游侠。代指英勇之士。

从孙树宝言：辛亥冬，与从兄道原访戈孝廉仲坊，见案上新诗数十纸，中有二绝句云："到手良缘事又违，春风空自锁双扉。人间果有乘龙婿，夜半居然破壁飞。""岂但蛾眉斗尹邢，仙家亦自妒娉婷。请看搔背麻姑爪，变相分明是巨灵。"皆不省所云，询其本事。仲坊曰："昨见沧州张君辅言：

南皮某甲,年二十余,未娶。忽二艳女夜相就。诘所从来,自云:'是狐,以夙命当为夫妇。虽不能为君福,亦不至祸君。'某甲耽眈其色,为之不婚。有规戒之者,某甲谢曰:'狐遇我厚,相处日久无疾病,非相魅者。且言当为我生子,于嗣续亦无害,实不忍负心也。'后族众强为纳妇,甲闻其女甚姣丽,遂顿负旧盟。迨洞房停烛之时,突声若风霆,震撼檐宇,一手破窗而入,其大如箕,攫某甲以去。次日,四出觅访,杳然无迹。七八日后,有数小儿言,某神祠中有声如牛喘。北方之俗,凡神祠无庙祝者,虑流丐栖息,多以土墼墐①其户,而留一穴置香炉。自穴窥之,似有一人裸体卧,不辨为谁。启户视之,则某甲在焉,已昏昏不知人矣。多方疗治,仅得不死。自是狐女不至。而妇家畏狐女之报,亦竟离婚。此二诗记此事也。"夫狐已通灵,事与人异。某甲虽娶,何碍倏忽之往来?乃逞厥凶锋,几戕其命,狐可谓妒且悍矣。然本无夙约,则曲在狐;既不慎于始而与约,又不善其终而背之,则激而为祟,亦自有词。是固未可罪狐也。

注释:

①墼(jī)墐:闭塞,封闭。

北方之桥,施栏楯以防失足而已。闽中多雨,皆于桥上覆以屋,以庇行人。邱二田言:有人夜中遇雨,趋桥屋。先有一吏携案牍,与军役押数人避屋下,枷锁琅然。知为官府录囚,惧不敢近,但畏缩于一隅。中一囚号哭不止,吏叱曰:"此时知惧,何如当日勿作耶?"囚泣曰:"吾为吾师所误也。吾师日讲学,凡鬼神报应之说,皆斥为佛氏之妄语。吾信其言,窃以为机械能深①,弥缝能巧,则种种惟所欲为,可以终身不败露。百年之后,气反太虚,冥冥漠漠,并毁誉不闻,何惮而不恣吾意乎!不虞地狱非诬,冥王果有。始知为其所卖,故悔而自悲也。"又一囚曰:"尔之堕落由信儒,我则以信佛误也。佛家之说,谓虽造恶业,功德即可以消灭;虽堕地狱,经忏即可以超度。吾以为生前焚香布施,殁后延僧持诵,皆非吾力所不能。既有佛法护持,则无所不为,亦非地府所能治。不虞所谓罪福,乃论作事之善恶,非论舍财之多少。金钱虚耗,舂煮难逃[2]。向非恃佛之故,又安敢纵恣至此耶?"语讫长号。诸囚亦皆痛哭。乃知其非人也。夫"六经"具在,不谓无鬼神;三藏所谈,非以敛财赂。自儒者沽名[3],佛者渔利,其流弊遂至此极。佛本异教,缁徒藉是以谋生,是未足为责。儒者亦何必乃尔乎?

注释:

①机械能深:心机用的很深。

②舂煮难逃:逃不过地狱的严刑酷法。

③沽名:获取名誉。

倪媪,武清人,年未三十而寡。舅姑欲嫁之,以死自誓。舅姑怒,逐诸门外,使自谋生。流离艰苦,抚二子一女,皆婚嫁,而皆不才。茕茕无倚,惟一女孙度为尼,乃寄食佛寺,仅以自存,今七十八岁矣。所谓青年矢志[1],白首完贞者欤!余悯其节,时亦周之。马夫人尝从容谓曰:"君为宗伯,主天下节烈之旌典。而此媪失诸目睫前,其故何欤?"余曰:"国家典制,具有条格。节妇烈女,学校同举于州郡,州郡条上于台司,乃具奏请旨,下礼曹议,从公论也。礼曹得察核之、进退之,而不得自搜罗之,防私防滥也。譬司文柄者[2],棘闱墨牍[3],得握权衡,而不能取未试遗材,登诸榜上。此媪久去其乡,既无举者;京师人海,又谁知流寓之内,有此孤嫠?沧海遗珠,盖由于此。岂余能为而不为欤?"念古来潜德,往往藉稗官小说,以发幽光。因撮厥大凡,附诸琐录。虽书原志怪,未免为例不纯;于表章风教之旨,则未始不一耳。

注释:
①矢志:立下誓愿,以示决心。
②司文柄者:掌管科举考试的官员。
③棘闱墨牍:形容读书人考场考试。

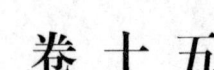

卷十五

姑妄听之(一)

余性耽孤寂,而不能自闲。卷轴笔砚,自束发至今,无数十日相离也。三十以前,讲考证之学,所坐之处,典籍环绕如獭祭①。三十以后,以文章与天下相驰骤,抽黄对白②,恒彻夜构思。五十以后,领修秘籍,复折而讲考证。今老矣,无复当年之意兴,惟时拈纸墨,追录旧闻,姑以消遣岁月而已。故已成《滦阳消夏录》等三书,复有此集。缅昔作者,如王仲任、应仲远,引经据古,博辨宏通;陶渊明、刘敬叔、刘义庆,简淡数言,自然妙远。诚不敢妄拟前修,然大旨期不乖于风教。若怀挟恩怨,颠倒是非,如魏泰、陈善之所为,则自信无是矣。适盛子松云欲为剞劂③,因率书数行弁于首。以多得诸传闻也,遂采庄子之语名曰《姑妄听之》。乾隆癸丑①七月二十五日,观弈道人自题。

注释:

①獭祭:獭这种动物喜欢吃鱼,经常将所捕到的鱼排列在岸上。从古代中国人的眼里,这情形很像是陈列祭祀的供品。所以就称之为獭祭鱼或獭祭。这里所指,纪晓岚把自己的藏书铺排开来,和獭祭很像。

②抽黄对白:做文章对仗工整,比喻很注重文字的文采和修辞。

③剞劂(jī jué):刻印成书。

④乾隆癸丑:乾隆五十八年,公元 1793 年。

　　冯御史静山家,一仆忽发狂自挝,口作谵语云:"我虽落拓以死,究是衣冠①。何物小人,傲不避路?今惩尔使知。"静山自往视之,曰:"君白昼现形耶?幽明异路,恐于理不宜。君隐形耶?则君能见此辈,此辈不能见君,又何从而相避?"其仆俄如昏睡,稍顷而醒,则已复常矣。门人桐城耿守愚,狷介自好,而喜与人争礼数。余尝与论此事,曰:"儒者每盛气凌轹,以邀人敬,谓之自重。不知重与不重,视所自为。苟道德无愧于圣贤,虽王侯拥彗②不能荣,虽胥靡版筑③不能辱。可贵者在我,则在外者不足计耳。如必以在外为重轻,是待人敬我我乃荣,人不敬我我即辱,舆台仆妾皆可操我之荣辱,毋乃自视太轻欤?"守愚曰:"公生长富贵,故持论如斯。寒士不贫贱骄人,则崖岸不立,益为人所贱矣。"余曰:"此田子方之言,朱子已驳之,其为客气不待辨。即就其说而论,亦谓道德本重,不以贫贱而自屈;非毫无道德,但贫贱即可骄人也。信如君言,则乞丐较君为更贫,奴隶较君为更贱,群起而骄君,君亦谓之能立品乎?先师陈白崖先生,尝手题一联于书室曰:'事能知足心常惬,人到无求品自高。'斯真探本之论,七字可以千古矣!"

注释:

①衣冠:指做过官。

②拥彗:手拿扫帚,清扫道路。表示对来访者的敬意。

③胥靡版筑:所说的是傅说作为一个大贤士,曾经从事泥瓦匠的活儿。用来形容人的高贵与否和其从事的工作贵贱没有关系。

　　龚集生言:乾隆己未①,在京师,寓灵佑宫,与一道士相识,时共杯酌。一日观剧,邀同往,亦欣然相随。薄暮归,道士拱揖曰:"承诸君雅意,无以为酬,今夜一观傀儡可乎?"

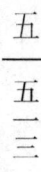

入夜，至所居室中，惟一大方几，近边略具酒果，中央则陈一棋局。呼童子闭外门，请宾四面围几坐。酒一再行，道士拍界尺一声，即有数小人长八九寸，落局上，合声演剧。呦呦嘤嘤，音如四五岁童子；而男女装饰，音调关目，一一与戏场无异。一齣终，（传奇以一折为一齣。古无是字，始见吴任臣《字汇补注》，曰读如尺。相沿已久，遂不能废。今亦从俗体书之。）瞥然不见。又数人落下，别演一齣。众且骇且喜。畅饮至夜分，道士命童子于门外几上置鸡卵数百，白酒数罂。戛然乐止，惟闻铺啜之声[2]矣。诘其何术。道士曰："凡得五雷法者，皆可以役狐。狐能大能小，故遣作此戏，为一宵之娱。然惟供驱使则可，若或役之盗物，役之祟人，或摄召狐女荐枕席，则天谴立至矣。"众见所未见，乞后夜再观，道士诺之。次夕诣所居，则早起已携童子去。

注释:

① 乾隆己未：乾隆四年，公元 1739 年。
② 铺啜之声：吃喝的声音。

卜者童西峒言：尝见有二人对弈，一客预点一弈图，如黑九三白六五之类，封置笥中。弈毕发视，一路不差。竟不知其操何术。按《前定录》载：开元中，宣平坊王生，为李揆卜进取。授以一缄[1]，可数十纸，曰："君除拾遗日发此。"后揆以李琚荐，命宰臣试文词：一题为《紫丝盛露囊赋》，一题为《答吐蕃书》，一题为《代南越献白孔雀表》。揆自午至酉而成，凡涂八字，旁注两句。翌日，授左拾遗。旬余，乃发王生之缄视之，三篇皆在其中，涂注者亦如之。是古有此术，此人偶得别传耳。夫操管运思[2]，临枰布子，虽当局之人，有不能预自主持者，而卜者乃能先知之。是任我自为之事，尚莫逃定数；巧取强求，营营然日以心斗者，是亦不可以已乎！

注释:

①缄:书函。

②操管运思:握着笔杆酝酿构思文章。

乌鲁木齐遣犯刚朝荣言:有二人诣西藏贸易,各乘一骡,山行失路,不辨东西。忽十余人自悬崖跃下,疑为夹坝(西番以劫盗为夹坝,犹额鲁特之玛哈沁也。)。渐近,则长皆七八尺,身毨毨有毛,或黄或绿,面目似人非人,语啁哳不可辨。知为妖魅,度必死,皆战栗伏地。十余人乃相向而笑,无搏噬之状,惟挟人于胁下,而驱其强行。至一山坳,置人于地,二骡一推堕坎中,一抽刀屠割,吹火燔熟,环坐吞噉①。亦提二人就坐,各置肉于前。察其似无恶意,方饥困,亦姑食之。既饱之后,十余人皆扪腹仰啸,声类马嘶。中二人仍各挟一人,飞越峻岭三四重,捷如猿鸟,送至官路旁,各予以一石,瞥然竟去。石巨如瓜,皆绿松也。携归货之,得价倍于所丧。事在乙酉、丙戌间。朝荣曾见其一人,言之甚悉。此未知为山精,为木魅,观其行事,似非妖物。殆幽岩穹谷之中,自有此一种野人,从古未与世通耳。

注释:

①吞噉:大口咀嚼。

漳州产水晶,云五色皆备,然赤者未尝见,故所贵惟紫。别有所谓金晶者,与黄晶迥殊,最不易得;或偶得之,亦大如豇豆如瓜种止矣。惟海澄公家有一三足蟾,可为扇坠,视之如精金熔液,洞彻空明①,为希有之宝。杨制府景素官汀漳龙道时,尝为余言,然亦相传如是,未目睹也。姑录之以广异闻。

注释：

①洞彻空明：形容质地纯粹，晶莹剔透。

陈来章先生，余姻家也。尝得一古砚，上刻云中仪凤形。梁瑶峰相国为之铭曰："其鸣将将，乘云翱翔。有妫之祥，其鸣归昌。云行四方，以发德光。"时癸巳闰三月也。【按：原题惟作闰月，盖古例如斯。】至庚子，为人盗去。丁未，先生仲子闻之，多方购得。癸丑六月，复乞铭于余。余又为之铭曰："失而复得，如宝玉大弓。孰使之然？故物适逢。譬威凤之翀云，翩没影于遥空；及其归也，必仍止于梧桐。"故家子孙，于祖宗手泽①，零落弃掷者多矣。余尝见媒媪携玉佩数事，云某公家求售。外裹残纸，乃北宋椠②《公羊传》四页，为怅惘久之。闻之于先人已失之器，越八载购得，又乞人铭以求其传。人之用心，盖相去远矣。

注释：

①祖宗手泽：从祖辈流传下来的东西。

②椠(qiàn)：刻本，版本。

董家庄佃户丁锦，生一子曰二牛。又一女赘曹宁为婿，相助工作，甚相得也。二牛生一子曰三宝。女亦生一女，因住母家，遂联名曰四宝。其生也同年同月，差数日耳。姑嫂互相抱携，互相乳哺，襁褓中已结婚姻。三宝四宝又甚相爱，稍长，即跬步不离①。小家不知别嫌疑，于二儿嬉戏时，每指曰："此汝夫，此汝妇也。"二儿虽不知为何语，然闻之则已稔矣。七八岁外，稍稍解事，然俱随二牛之母同卧起，不相避忌。会康熙辛丑②至雍正癸卯③岁屡歉，锦夫妇并殁。曹宁先流转至京师，贫不自存，质四宝于陈郎中家（不知其名，惟知为江南人。）。二牛继至，会郎中求馆僮，亦质三宝于其家,而诫勿言与四宝为夫妇。郎中家法严,每笞四宝,三宝必暗泣;笞三宝,四宝亦然。郎中疑之,转质四宝于郑氏(或云,即貂皮郑也。),而逐三宝。三宝仍投旧媒媪,又引与一家为馆僮。久而微闻四宝所在,乃夤缘④入郑氏家。数日后,得见四宝,相持痛哭,时已十三四矣。郑氏怪之,则诡以兄妹相逢对。郑氏以其名行第相连,遂不疑。然内外隔绝,仅出入时相与目成而已。后岁稔,二牛、曹宁并赴京赎子女,辗转寻访至郑氏。郑氏始知其本夫妇,意甚悯恻,欲助之合卺,而仍留服役。其馆师严某,讲学家也,不知古今事异,昌言排斥曰:"中表为婚礼所禁,亦律所禁,违之且有天诛。主人意虽善,然我辈读书人,当以风化为己任,见悖理乱伦而不沮,是成人之恶,非君子也。"以去就力争。郑氏故良懦,二牛、曹宁亦乡愚,闻违法罪重,皆慑而止。后四宝鬻为选人妾,不数月病卒。三宝发狂走出,莫知所终。或曰:"四宝虽被迫胁去,然毁容哭泣,实未与选人共房帏。惜不知其详耳。"果其如是,则是二人者,天上人间,会当相见,定非一瞑不视者矣。惟严某作此恶业,不知何心,亦不知其究竟。然神理昭昭,当无善报。或又曰:"是非泥古,亦非好名,殆觊觎四宝,欲以自侍耳。"若然,则地狱之设,正为斯人矣。

注释:

① 跬步不离:寸步不离。

② 康熙辛丑:康熙六十年,公元 1721 年。

③ 雍正癸卯:雍正元年,公元 1723 年。

④ 夤(yín)缘:拉拢关系。

　　乾隆戊午①,运河水浅,粮艘衔尾不能进。共演剧赛神,运官皆在。方演《荆钗记》投江一出,忽扮钱玉莲者长跪哀号,泪随声下,口喃喃诉不止,语作闽音,唧唶无一字可辨。

知为鬼附,诘问其故。鬼又不能解人语。或投以纸笔,摇首似道不识字,惟指天画地,叩额痛哭而已。无可如何,掖于岸上,尚呜咽跳掷,至人散乃已。久而稍苏,自云突见一女子,手携其头自水出。骇极失魂,昏然如醉,以后事皆不知也。此必水底羁魂,见诸官会集,故出鸣冤。然形影不睹,言语不通。遣善泅者求尸,亦无迹。旗丁②又无新失女子者,莫可究诘。乃连衔具牒,焚于城隍祠。越四五日,有水手无故自刭死。或即杀此女子者,神谴之欤?

注释:
①乾隆戊午:乾隆三年,公元1738年。
②旗丁:漕运的兵丁。

郑太守慎人言:尝有数友论闽诗,于林子羽①颇致不满。夜分就寝,闻笔砚格格有声,以为鼠也。次日,见几上有字二行,曰:"如'橄雨古潭暝,礼星寒殿开',似钱、郎诸公都未道及,可尽以为唐摹晋帖乎?"时同寝数人,书皆不类;数人以外,又无人能作此语者。知文士争名,死尚未已。郑康成为厉之事②,殆不虚乎?

注释:
①林子羽:林鸿(1368—?),字子羽,福建人,工于诗歌,创立了明朝建国之后第一个诗歌流派"闽派",号称"闽中第一才子"。
②郑康成为厉之事:相传东汉汉学家郑玄死后,化作厉鬼来为自己争夺名利。

黄小华言:西城有扶乩者,下坛诗曰:"策策西风木叶飞,断肠花谢雁来稀。吴娘日暮幽房冷,犹著玲珑白苎衣。"皆不解所云。乩又书曰:"顷过某家,见新来稚妾,锁闭空房。流落伈离,自其定命。但饥寒可念,振触人心,遂恻然咏此。敬告诸公,苟无驯狮、调象之才,勿轻举此念①,亦阴功也。"请问仙号。书曰:"无尘。"再问之,遂不答。按李无尘,明末名妓,祥符人。开封城陷,殁于水。有诗集,语颇秀拔。其哭王烈女诗曰:"自嫌予有泪,敢谓世无人!"措词得体,尤为作者所称也。

注释:

①敬告诸公句:敬告各位先生,如果没有驯服、控制自己悍妻的本领,就不要轻易产生娶妾的念头。

"遗秉""滞穗",寡妇之利,其事远见于周雅。乡村麦熟时,妇孺数十为群,随刈者之后,收所残剩,谓之拾麦。农家习以为俗,亦不复回顾,犹古风也。人情渐薄,趋利若鹜,所残剩者不足给,遂颇有盗窃攘夺,又浸淫而失其初意者矣。故四五月间,妇女露宿者遍野。有数人在静海之东,日暮后趁凉夜行,遥见一处有灯火,往就乞饮。至则门庭华焕,僮仆皆鲜衣;堂上张灯设乐,似乎燕宾①。遥望三贵人据榻坐,方进酒行炙。众陈投止意,阍者为白主人,颔之。俄又呼回,似附耳有所嘱。阍者出,引一媪悄语曰:"此去城市稍远,仓卒不能致妓女。主人欲于同来女伴中,择端正者三人侑酒荐寝,每人赠百金;其余亦各有犒赏。媪为通词,犒赏当加倍。"媪密告众。众利得资,怂恿幼妇应其请。遂引三人入,沐浴妆饰,更衣裙侍客;诸妇女皆置别室,亦大有酒食。至夜分,三贵人各拥一妇入别院,阖家皆灭烛就眠。诸妇女行路疲困,亦酣卧不知晓。比日高睡醒,则第宅人物,一无所睹,惟野草芃芃,一望无际而已。寻觅三妇,皆裸露在草间,所更衣裙已不见,惟旧衣抛十余步外,幸尚存。视所与金,皆纸铤。疑为鬼,而饮食皆真物,又疑为狐。或地近海滨,蛟螭水怪所为欤?贪利失身,乃只博一饱。想其惘然相对,忆此一宵,亦大似邯郸枕上^②矣。先兄晴湖则曰:"舞衫歌扇,仪态万方,弹指繁华,总随逝水。鸳鸯社散之日,茫茫回首,旧事皆空,亦与三女子裸露草间,同一梦醒耳。岂但海市蜃楼,为顷刻幻景哉!"

注释:

①燕宾:宴请宾客。
②邯郸枕上:比喻荣华富贵如梦一般,短促而虚幻。

乌鲁木齐参将德君楞额言:向在甘州,见互控于张掖令者,甲云造言污蔑,乙云事有实证。讯其事,则二人本中表。甲携妻出塞,乙亦同行。至甘州东数十里,夜失道^①。遇一人似贵家仆,言此僻径少人,我主人去此不远,不如投止一宿,明日指路上官道。随行三四里,果有小堡。其人入,良久出,招手曰:"官唤汝等入。"进门数重,见一人坐堂上,问姓名籍贯,指挥曰:"夜深无宿饭,只可留宿。门侧小屋,可容二人;女子令与媪婢睡可也。"二人就寝后,似隐隐闻妇唤声。暗中出视,摸索不得门,唤声亦寂,误以为耳偶鸣也。比睡醒,则在旷野中。急觅妇,则在半里外树下,裸体反接,鬓乱钗横,衣裳挂在高枝上。言一婢持灯导至此,有华屋数楹,婢媪数人。俄主人随至,逼同坐。拒不肯,则婢媪合手抱持,解衣缚臂置榻上。大呼无应者,遂受其污。天欲明,主人以二物置颈旁,屋宇顿失,身已卧沙石上矣。视颈旁物,乃银二铤,各镌重五十两;其年号则崇祯,其县名则榆次。土蚀黑黯,真百年以外铸也。甲戒乙勿言,约均分。后违约,乙怒诉争,其事乃泄。甲夫妇虽坚不承,然诘银所自,则云拾得;又诘妇缚伤,则云搔破。其词闪烁,疑乙语未必诳也。令笑遣甲曰:"于律得遗失物当入官。姑念尔贫,可将去。"又嗔视乙曰:"尔所告如虚,则同拾得,当同送官,于尔无分;

所告如实,则此为鬼以酬甲妇,于尔更无分。再多言,且笞尔。"并驱之出。以不理理之,可谓善矣。此与拾麦妇女事相类:一以巧诱而以财移其心,一以强胁而以财消其怒;其揣度人情,投其所好,伎俩亦略相等也。

注释:

①夜失道:晚上迷路。

金重牛鱼,即沈阳鲟鳇鱼,今尚重之。又重天鹅,今则不重矣。辽重毗离,亦曰毗令邦,即宣化黄鼠,明人尚重之,今亦不重矣。明重消熊栈鹿,栈鹿当是以栈饲养,今尚重之;消熊则不知为何物,虽极富贵家,问此名亦云未睹。盖物之轻重,各以其时之好尚,无定准也。记余幼时,人参、珊瑚、青金石价皆不贵,今则日昂。绿松石、碧鸦犀价皆至贵,今则日减。云南翡翠玉,当时不以玉视之,不过如蓝田乾黄,强名以玉耳;今则以为珍玩,价远出真玉上矣。又灰鼠旧贵白,今贵黑。貂旧贵长毳,故曰丰貂,今贵短毳。银鼠旧比灰鼠价略贵,远不及天马,今则贵几如貂。珊瑚旧贵鲜红如榴花,今则贵淡红如樱桃,且有以白类车渠为至贵者。盖相距五六十年,物价不同已如此,况隔越数百年乎! 儒者读《周礼》蚳酱,窃窃疑之,由未达古今异尚①耳。

注释:

①古今异尚:古今所爱好的不相同。

八珍惟熊掌、鹿尾为常见,驼峰出塞外,已罕觏①矣。(此野驼之单峰,非常驼之双峰也。语详《槐西杂志》。)猩唇则仅闻其名。乾隆乙未②,闵抚军少仪馈余二枚,贮以锦函,似甚珍重。乃自额至颏全剥而腊之,口鼻眉目,一一宛然,如戏场面具,不仅两唇。庖人不能治,转赠他友。其庖人亦未识,又复别赠。不知转落谁氏,迄未晓其烹饪法也。

注释:

①罕觏:很少能见到。

②乾隆乙未:乾隆四十年,公元1775年。

李又聃先生言:东光华公(偶忘其名,官贵州通判,征苗时运饷遇寇,血战阵亡者也。)尝奉檄勘苗峒地界,土官①盛宴款接。宾主各一磁盖杯置面前,土官手捧启视,则贮一虫如蜈蚣,蠕蠕旋动。译者云,此虫兰开则生,兰谢则死,惟以兰蕊为食,至不易得。今喜值兰时②,搜岩剔穴,得其二。故必献生,表至敬也。旋以盐末少许洒杯中,覆之以盖。须臾启视,已化为水,湛然净绿,莹澈如琉璃,兰气扑鼻。用以代醯,香沁齿颊,半日后尚留余味。惜未问其何名也。

注释:

①土官:这里指苗族的首领。

②值兰时:恰好是兰花盛开的时候。

西域之果,蒲桃莫盛于土鲁番,瓜莫盛于哈密。蒲桃京师贵绿者,取其色耳。实则绿色乃微熟,不能甚甘;渐熟则黄,再熟则红,熟十分则紫,甘亦十分矣。此福松岩额驸(名福增格,怡府婿也。)镇辟展时为余言。瓜则充贡品者,真出哈密。馈赠之瓜,皆金塔寺产。然贡品亦只熟至六分有奇,途间封闭包束,瓜气自相郁蒸,至京可熟至八分。如以熟八九分者贮运,则蒸而霉烂矣。余尝问哈密国王苏来满(额敏和卓之子):"京师园户,以瓜子种殖者,一年形味并存;二年味已改,惟形粗近;三年则形味俱变尽。岂地气不同欤?"苏来满曰:"此地上暖泉甘而无雨,故瓜味浓厚。种于内地,固应少减，然亦养子不得法。如以今年瓜子，明年种之，虽此地味亦不美，得气薄也。其法当以灰培瓜子，贮于不湿不燥之空仓，三五年后乃可用。年愈久则愈佳，得气足也。若培至十四五年者，国王之圃乃有之，民间不能待，亦不能久而不坏也。"其语似为近理。然其灰培之法，必有节度，亦必有宜忌，恐中国以意为之，亦未必能如所说耳。

裘超然编修言：杨勤悫公年幼时，往来乡塾，有绿衫女子时乘墙缺窥之。或偶避入，亦必回眸一笑，若与目成。公始终不侧视。一日，拾块掷公曰："如此妍皮①，乃裹痴骨②！"公拱手对曰："钻穴逾墙，实所不解。别觅不痴者何如？"女子忽瞠目直视曰："汝狡黠如是，安能从尔索命乎？且待来生耳。"散发吐舌而去。自此不复见矣。此足见立心端正，虽冤鬼亦无如何；又足见一代名臣，在童稚之年，已自树立如此也。

注释：
①妍皮：长得很好看。
②痴骨：愚笨的内在。

河间王仲颖先生（安溪李文贞公为先生改字曰仲退。然原字行已久，无人称其改字也。），名之锐，李文贞公之高弟。经术湛深，而行谊方正，粹然古君子也。乙卯、丙辰间，余随姚安公在京师，先生犹官国子监助教，未能一见，至今怅然。相传先生夜偶至邸后空院，拔所种莱菔下酒，似恍惚见人影，疑为盗。倏已不见，知为鬼魅，因以幽明异路之理厉声责之。闻丛竹中人语曰："先生邃于《易》，一阴一阳，天之道也。人出以昼，鬼出以夜，是即幽明之分。人居无鬼之地，鬼居无人之地，是即异路焉耳。故天地间无处无人，亦无处无鬼，但不相干，即不妨并育。使鬼昼入先生室，先生责之是也。今时已深更，地为空隙，以鬼出之时，人鬼居之地，既不炳烛,又不扬声,猝不及防,突然相遇,是先生犯鬼,非鬼犯先生。敬避似已足矣,先生何责之深乎?"先生笑曰:"汝词直,姑置勿论。"自拔莱菔而返。后以语门人,门人谓:"鬼既能言,先生又不畏怖,何不叩其姓字①,暂假词色②,问冥司之说为妄为真,或亦格物之一道。"先生曰:"是又人与鬼狎矣,何幽明异路之云乎?"

注释:

①叩其姓字:询问他的名字。

②假词色:说些好话。

郑慎人言:曩与数友往九鲤湖,宿仙游山家。夜凉未寝,出门步月。忽轻风泠然,穿林而过,木叶簌簌,栖鸟惊飞。觉有种种花香,沁人心骨,出林后沿溪而去。水禽亦磔格①乱鸣,似有所见。然凝睇无睹也,心知为仙灵来往。次日,寻视林内,微雨新晴,绿苔如罽,步步皆印弓弯;又有跣足之迹,然总无及三寸者。溪边泥迹亦然。数之,约二十余人。指点徘徊,相与叹异,不知是何神女也。慎人有四诗纪之,忘留其稿,不能追忆矣。

注释:

①磔格:鸟类惊慌乱叫的声音。

慎人又言:一日,庭花盛开,闻婢妪惊相呼唤。推窗视之,竟以手指桂树杪,乃一蛱蝶大如掌,背上坐一红衫女子,大如拇指,翩翩翔舞。斯须①过墙去,邻家儿女又惊相呼唤矣。此不知为何怪,殆所谓花月之妖妖?说此事时,在刘景南家,景南曰:"安知非闺阁游戏,以蓪草花朵中人物,缚于蝶背而纵之耶?"是亦一说。慎人曰:"实见小人在蝶背,有磬控驾驭之状,俯仰顾盼,意态生动,殊不类偶人也。"是又不可知矣。

注释:

①斯须:不一会儿,时间短暂。

舅氏安公介然言:曩随高阳刘伯丝先生官瑞州,闻城西土神祠有一泥鬼忽仆地,又一青面赤发鬼,衣装面貌与泥鬼相同,压于其下。视之,则里中少年某,伪为鬼状也,已断脊死矣。众相骇怪,莫明其故。久而有知其事者曰:"某邻妇少艾①,挑之,为所詈。妇是日往母家,度必夜归过祠前。祠去人稍远,乃伪为鬼状伏像后,待其至而突掩之,将乘其惊怖昏仆,以图一逞。不虞神之见谴也。"盖其妇弟预是谋②,初不敢告人,事定后,乃稍稍泄之云。介然公又言:有狂童荡妇,相遇于河间文庙前,调谑无所避忌。忽飞瓦破其脑,莫知所自来也。夫圣人道德侔乎天地③,岂如二氏之教④,必假灵异而始信,必待护法而始尊哉!然神鬼抶呵,则理所应有。必谓朱锦作会元,由于前世修文庙,视圣人太小矣;必谓数仞宫墙,竟无灵卫,是又儒者之迂也。

注释:

①少艾:年轻貌美。

②预是谋:参与了这个阴谋。

③侔(móu)乎天地:和天地一样高大,充塞天地之间。

④二氏之教:指佛教、道教。

三座塔(蒙古名古尔板苏巴尔,汉唐之营州柳城县,辽之兴中府也。今为喀刺沁右翼地。)金巡检(裘文达公之侄婿,偶忘其名。)言:有樵者山行遇虎,避入石穴中,虎亦随入。穴故嵌空而缭曲,辗转内避,渐不容虎。而虎必欲搏樵者,努力强入。

樵者窘迫，见旁一小窦，尚足容身，遂蛇行而入；不意蜿蜒数步，忽睹天光，竟反出穴外。乃力运数石，窒虎退路，两穴并聚柴以焚之。虎被熏灼，吼震岩谷，不食顷①，死矣。此事亦足为当止不止之戒也。

注释：

①不食顷：形容时间很短。

金巡检又言：巡检署中一太湖石，高出檐际，皴皴斑驳，孔窍玲珑，望之势如飞动。云辽金旧物也。考金尝拆艮岳①奇石，运之北行，此殆所谓"卿云万态奇峰"耶？然金以大定府为北京，今大宁城是也。辽兴中府，金降为州，不应置石于州治，是又疑不能明矣。又相传京师兔儿山石，皆艮岳故物，余幼时尚见之。余虎坊桥宅，为威信公故第，厅事东偏，一石高七八尺，云是雍正中初造宅时所赐，亦移自兔儿山者。南城所有太湖石，此为第一。余又号"孤石老人"，盖以此云。

注释：

①艮(gèn)岳：这是一座人工园林，始建于北宋晚期政和七年(1117)，宣和四年(1122)建成，位于宋东京城(今河南省开封市)的东北部。

京师花木最古者，首给孤寺吕氏藤花，次则余家之青桐，皆数百年物也。桐身横径尺五寸，耸峙高秀，夏月庭院皆碧色。惜虫蛀一孔，雨渍其内，久而中朽至根，竟以枯槁。吕氏宅后售与高太守兆煌，又转售程主事振甲。藤今犹在，其架用梁栋之材，始能支拄。其阴覆厅事一院，其蔓旁引，又覆西偏书室一院。花时如紫云垂地，香气袭衣。慕堂孝廉（慕堂名元龙，庚午举人，朱石君之妹婿也。与余同受业于董文恪公。）

在日,或自宴客,或友人借宴客,觞咏殆无虚夕。迄今四十余年,再到曾游,已非旧主,殊深邻笛之悲①。倪稼畤年丈尝为题一联曰:"一庭芳草围新绿,十亩藤花落古香。"书法精妙,如渴骥怒猊②,今亦不知所在矣。

注释:

①邻笛之悲:典故出自晋人向秀经过亡友嵇康、吕安旧居,闻邻人吹笛,感音之悲楚,创作出了《思旧赋》。

②渴骥怒猊(ní):口渴的骏马奔向泉水,如愤怒的狮子撬扒石头。形容书法遒劲奔放。

陈句山前辈移居一宅,搬运家具时,先置书十余箧于庭。似闻树后小语曰:"三十余年,此间不见此物也。"视之阒如。或曰:"必狐也。"句山掉首曰:"解作此语,狐亦大佳。"

先祖光禄公,康熙中于崔庄设质库,司事者沈玉伯也。尝有提傀儡者,质木偶二箱,高皆尺余,制作颇精巧。逾期未赎,又无可转售,遂为弃物,久置废屋中。一夕月明,玉伯见木偶跳舞院中,作演剧之状。听之,亦咿嘤似度曲。玉伯故有胆,厉声叱之。一时迸散。次日,举火焚之,了无他异。盖物久为妖,焚之则精气烁散,不复能聚。或有所凭亦为妖,焚之则失所依附,亦不能灵。固物理①之自然耳。

注释:

①物理:事物内在的道理。

献县一令,待吏役至有恩。殁后,眷属尚在署,吏役无一存问者。强呼数人至,皆狰狞相向,非复曩时。夫人愤恚,恸哭枢前,倦而假寐。恍惚见令语曰:"此辈无良,是其本分。吾望其感德已大误,汝责其负德①,不又误乎?"霍然忽醒,遂无复怨尤。

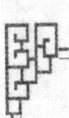

注释:

①负德:忘恩负义。

康熙末,张歌桥(河间县地。)有刘横者(横读去声,以其强悍得此称,非其本名也。),居河侧。会河水暴满,小舟重载者往往漂没。偶见中流一妇,抱断橹浮沈波浪间,号呼求救。众莫敢援,横独奋然曰:"汝曹非丈夫哉,乌有见死不救者!"自棹舴艋①追三四里,几覆没者数,竟拯出之。越日,生一子。月余,横忽病,即命妻子治后事。时尚能行立,众皆怪之。横太息曰:"吾不起也。吾援溺之夕,恍惚梦至一官府。吏卒导入,官持簿示吾曰:'汝平生积恶种种,当以今岁某日死,堕豕身,五世②党屠割之刑。幸汝一日活二命,作大阴功,于冥律当延二纪③。今销除寿籍,用抵业报,仍以原注死日死。缘期限已迫,恐世人昧昧,疑有是善事,反促其生。故召尔证明,使知其故。今生因果并完矣,来生努力可也。'醒而心恶之,未以告人。今届期果病,尚望活乎?"既而竟如其言。此见神理分明,毫厘不爽。乘除进退,恒合数世而计之。勿以偶然不验,遂谓天道无知也。

注释:

①舴艋:小船。

②五世:所谓的轮回。

③二纪:一纪为12年,共24年。

郑苏仙言:有约邻妇私会,而病其妻在家者,夙负妻家钱数千,乃遣妻赍还。妻欣然往。不意邻妇失期,而其妻乃途遇强暴,尽夺衣裙簪珥,缚置林丛。皆客作流民,莫可追诘。其夫惟俯首太息,无复一言。人亦不知邻妇事也。后数年,有村媪之子挑人妇女,为媪所觉,反覆戒饬①,举此事以明因果。人乃稍知。盖此人与邻妇相闻,实此媪通词,故知之审;惟邻妇姓名,则媪始终不肯泄,幸不败焉。

注释:
①反覆戒饬:反复劝诫。

狐所幻化,不知其自视如何,其互相视又如何。尝于《滦阳消夏录》论之。然狐本善为妖惑者也。至鬼则人之余气,其灵不过如人耳。人不能化无为有,化小为大,化丑为妍。而诸书载遇鬼者,其棺化为宫室,可延人入;其墓化为庭院,可留人居。其凶终之鬼,备诸恶状者,可化为美丽。岂一为鬼而即能欤? 抑有教之者欤? 此视狐之幻,尤不可解。忆在凉州路中, 御者指一山坳曰:"曩与车数十辆露宿此山,月明之下,遥见山半有人家,土垣周络①,屋角一一可数。明日过之,则数冢而已。"是无人之地,亦能自现此象矣。明器之作,圣人其知此情状乎?

注释:
①土垣周络:土垒成的墙四面环绕。

吴僧慧贞言:有浙僧立志精进,誓愿坚苦,胁未尝至席①。一夜,有艳女窥户。心知魔至,如不见闻。女蛊惑万状,终不能近禅榻。后夜夜必至,亦终不能使起一念。女技穷,遥语曰:"师定力如斯,我固宜断绝妄想。虽然,师忉利天中人也,知近我则必败道,故畏我如虎狼。即努力得到非非想天②,亦不过柔肌著体,如抱冰雪;媚姿到眼,如见尘堨,不能离乎色相也。如心到四禅天,则花自照镜,镜不知花;月自映水,水不知月,乃离色相矣。再到诸菩萨天,则花亦无花,镜亦无镜,月亦无月,水亦无水,乃五色无相,无离不离，为自在神通，不可思议。师如敢容我一近，而真空不染，则摩登伽一意皈依，不复再扰阿难矣。"僧自揣道力足以胜魔，坦然许之。偎倚抚摩，竟毁戒体。懊丧失志，侘傺③以终。夫"磨而不磷，涅而不缁"④，惟圣人能之，大贤以下弗能也。此僧中于一激，遂开门揖盗。天下自恃可为，遂为人所不敢为，卒至溃败决裂者，皆此僧也哉！

注释：

　①胁未尝至席：胁，指腋下至腰间的部位。这句话的意思是不躺着睡觉，表示勤勉。

　②非非想天：佛教语。佛教修行所说的无色界之第四天。

　③侘傺（chà chì）：懊恼悔恨。

　④磨而不磷，涅而不缁：即使碾磨也不会成为粉末，放在黑水中也不会被染色。比喻定力、内质优秀不为外界所干扰。

　　德吝斋扶乩，其仙降坛不作诗，自署名曰刘仲甫。众不知为谁，有一国手在侧，曰："是南宋国手，著有《棋诀》四篇者也。"因请对弈。乩判曰："弈则我必负。"固请，乃许。乩果负半子。众曰："大仙谦挹，欲奖成后进之名耶？"乩判曰："不然，后人事事不及古，惟推步①与弈棋则皆胜古。或谓因古人所及，更复精思，故已到竿头，又能进步，是为推步言，非为弈棋言也。盖风气日薄，人情日巧，其倾轧攻取之本，两机激薄，变幻万端，吊诡出奇，不留余地。古人不肯为之事，往往肯为；古人不敢冒之险，往往敢冒；古人不忍出之策，往往忍出。故一切世事心计，皆出古人上。弈棋亦心计之一，故宋元国手，至明已差一路，今则差一路半矣。然古之国手，极败不过一路耳；今之国手，或败至两路三路，是则踏实蹈虚之辨也。"问："弈竟无常胜法乎？"又判曰："无常胜法，而有常不负法。不弈则常不负矣。仆猥以凤慧，得作鬼仙，世外闲身，名心都尽，逢场作戏，胜败何关。若当局者角争得失，尚慎旃②哉！"四座有经历世故者，多喟然太息。

注释：

①推步：推算天象历法。

②慎旃(zhān)：谨慎对待。

季沧洲言：有狐居某氏书楼中数十年矣，为整理卷轴，驱除虫鼠，善藏弃者不及也。能与人语，而终不见其形。宾客宴集，或虚置一席，亦出相酬酢，词气恬雅，而谈言微中，往往倾其座人。一日，酒纠宣觞政①，约各言所畏，无理者罚，非所独畏者亦罚。有云畏讲学者，有云畏名士者，有云畏富人者，有云畏贵官者，有云畏善谀者，有云畏过谦者，有云畏礼法周密者，有云畏缄默慎重、欲言不言者。最后问狐，则曰："吾畏狐。"众哗笑曰："人畏狐可也，君为同类，何所畏？请浮大白②。"狐哂曰："天下惟同类可畏也。夫瓯、越之人③，与奚、霅④不争地；江海之人，与车马不争路。类不同也。凡争产者，必同父之子；凡争宠者，必同夫之妻；凡争权者，必同官之士；凡争利者，必同市之贾。势近则相碍，相碍则相轧耳。且射雉者媒以雉，不媒以鸡鹜；捕鹿者由以鹿，不由以羊豕。凡反间内应，亦必以同类；非其同类，不能投其好而入，伺其隙而抵也。由是以思，狐安得不畏狐乎？"座有经历险阻者，多称其中理。独一客酌酒狐前曰："君言诚确。然此天下所同畏，非君所独畏。仍宜浮大白。"乃一笑而散。余谓狐之罚觞，应减其半。盖相碍相轧，天下皆知之；至伏肘腋之间⑤，而为心腹之大患，托水乳之契，而藏钩距之深谋⑥，则不知者或多矣。

注释:

①宣觞政:宣布喝酒的规则。

②浮大白:喝一大碗酒。

③瓯、越之人:瓯,浙江温州一带;越,古称浙东一带。这里泛指南方人。

④奚、霫:泛指生活在我国北方的少数民族。

⑤伏肘腋之间:潜伏在身边的人。

⑥藏钩距之深谋:藏着祸害人的阴谋诡计。

　　沧州李媪,余乳母也。其子曰柱儿,言昔往海上放青(海滨空旷之地,茂草丛生。土人驱牛马往牧,谓之放青。)时,有灶丁(海上煮盐之户,谓之灶丁。)夜方寝,闻室内窸窣有声。时月明穿牖,谛视无人,以为虫鼠类也。俄闻人语嘈杂,自远而至,有人连呼曰:"窜入此屋矣。"疑讶间已到窗外,扣窗问曰:"某在此乎?"室内泣应曰:"在。"又问:"留汝乎?"泣应曰:"留。"又问:"汝同床乎?别宿乎?"泣良久,乃应曰:"不同床谁肯留也!"窗外顿足曰:"败矣。"忽一妇大笑曰:"我度其出投他所,人必不相饶。汝以为未必,今竟何如?尚有面目携归乎?"此语之后,惟闻索索人行声,不闻再语。既而妇又大笑曰:"此尚不决①,汝为何物乎?"扣窗呼灶丁曰:"我家逃婢投汝家,既已宿留,义无归理。此非尔胁诱,老奴无词以仇汝;即或仇汝,有我在,老奴无能为也。尔等且寝,我去矣。"穴纸私窥,阒然无影;回顾枕畔,则一艳女横陈。且喜且骇,问所自来。言:"身本狐女,为此家狐买作妾。大妇妒甚,日日加捶楚。度不可住,逃出求生。所以不先告君者,虑恐怖不留,必为所执。故跧脸伏床角,俟其追至,始冒死言已失身,冀或相舍。今幸得脱,愿生死随君。"灶丁虑无故得妻,或为人物色②,致有他虞③。女言:"能自隐形,不为人见,顷缩身为数寸,君顿忘耶!"遂留为夫妇,亲操井臼④,

不异贫家,灶丁竟以小康。柱儿于灶丁为外兄,故知其审。李媪说此事时,云女尚在。今四十余年,不知如何矣。此婢遭逢患难,不辞诡语以自污,可谓铤而走险。然既已自污,则其夫留之为无理,其嫡去之为有词,此冒险之计,实亦决胜之计也,婢亦黠矣哉。惟其夫初既不顾其后,后又不为之所,使此婢援绝路穷,至一决而横溃,又何如度德量力,早省此一举欤!

注释:

①不决:不决断。

②为人物色:被他人看到追问。

③致有他虞:导致引来麻烦。

④操井臼:操持家务。

老儒周懋官,口操南音,不记为何许人。久困名场,流离困顿,尝往来于周西擎、何华峰家。华峰本亦姓周,或二君之族欤? 乾隆初,余尚及见之,迂拘拙钝,古君子也。每应试,或以笔画小误被贴①,或已售而以一二字被落②。亦有过遭吹索③,如题目写日字偶稍狭,即以误作日字贴;写已字末笔偶锋尖上出,即以误作已字贴。尤抑郁不平。一日,焚牒文昌祠,诉平生未作过恶,横见沮抑。数日后,梦朱衣吏引至一殿,神据案语曰:"尔功名坎坷,遽渎明神,徒挟怨尤④,不知因果。尔前身本部院吏也,以尔狡黠舞文,故罚尔今生为书痴,毫不解事。以尔好指摘文牒,虽明知不误,而巧词锻炼,以挟制取财,故罚尔今生处处以字画见斥。"因指簿示之曰:"尔以日字见贴者,此官前世乃福建驻防音德布之妻,老节妇也,因咨文写音为殷,译语谐声,本无定字。尔反覆驳诘,来往再三,使穷困孤嫠所得建坊之金,不足供路费。尔以已字见贴者,此官前世以知县起服,本历俸三年零一月。尔需索不遂,改其文三字为五,一字为十,又以五年零十月核计,应得别案处分。比及辨白,坐原文错误,已沈滞年余。业报牵缠,今生相遇,尔何冤之可鸣欤?其他种种,皆有夙因,不能为尔备陈,亦不可为尔预泄。尔宜委顺,无更哓哓。傥其不信,则缁袍黄冠,行且有与尔为难者,可了然悟矣。"语讫,挥出。霍然而醒,殊不解缁袍黄冠之语。时方寓佛寺,因迁徙避之。至乙卯乡试,闱中已拟第十三。二场僧道拜父母判中,有"长揖君亲"字,盖用傅奕表"不忠不孝,削发而揖君亲"语也。考官以为疵累,竟斥落。方知神语不诬。此其馆步丈陈谟家(名登廷,枣强人,官制造库郎中。)自详述于步丈者。后不知所终,殆坎坎壈壈以殁⑤矣。

注释:

①被贴:被取消名字。

②被落:被刷下落榜。

③吹索:同吹毛求疵,指刻意挑剔过失和缺点。

④徒挟怨尤:只知道内心怨恨。

⑤坎壈以殁:在穷困坎坷中死去。

虞倚帆待诏言:有选人张某,携一妻一婢至京师,僦居海丰寺街。岁余,妻病殁。又岁余,婢亦暴卒。方治槥①,忽似有呼吸,既而目睛转动,已复苏,呼选人执手泣曰:"一别年余,不意又相见。"选人骇愕。则曰:"君勿疑谵语,我是君妇,借婢尸再生也。此婢虽侍君巾栉,恒郁郁不欲居我下。商于妖尼,以术魇我。我遂发病死,魂为术者收瓶中,镇以符咒,埋尼庵墙下。局促昏暗,苦状难言。会尼庵墙圮,掘地重筑,圬者劚土破瓶,我乃得出。茫茫昧昧,莫知所往,伽蓝神指我诉城隍。而行魇法者皆有邪神为城社,辗转撑拄②,狱不能成。达于东岳,乃捕逮术者,鞫治得状,拘婢付泥犁。我寿未尽,尸已久朽,故判借婢尸再生也。"阖家悲喜,仍以主母事之。而所指作魇之尼,则谓选人欲以婢为妻,故诈死片时,造作斯语。不顾陷人于重辟③,汹汹欲讦讼。事无实证,惧干妖妄罪,遂讳不敢言。然倚帆尝私叩其僮仆,具道妇再生后,述旧事无纤毫差,其语音行步,亦与妇无纤毫异。又婢拙女红,而妇善刺绣,有旧所制履未竟,补成其半,宛然一手,则似非伪托矣。此雍正末年事也。

注释:

①治椿(huì):做棺材。

②辗转撑拄:相互推脱。

③重辟:重罪、死罪。

范衡洲(山阴人,名家相,甲戌进士,官柳州府知府。)之侄女,未婚殉节,吞金环不死,卒自投于河。曾太守(嘉祥人,曾子裔也,偶忘其名字。)之女,以救母并焚死。其事迹始末,当时皆了了知之。今四十余年,不能举其详矣。奇闻易记,庸行易忘①,固事理之常欤!附存姓氏,冀不泯幽光。《孔子家语》载弟子七十二人,固不必一一皆具行实尔。

注释:

①庸行易忘:符合常理的行为容易被忘记。

衡洲言:其乡某甲甚朴愿,一生无妄为。一日昼寝,梦数役持牒摄之去。至一公署,则冥王坐堂上,鞫以谋财杀某乙。某乙至,亦执甚坚。盖某乙自外索逋归,天未曙,趁凉早发。遇数人,见腰缠累然①,共击杀之,携资遁,弃尸岸旁。某甲适棹舴艋过,见尸大骇,视之,识为某乙,尚微有气。因属邻里,抱置舟上,欲送之归。某乙垂绝,忽稍苏,张目见某甲,以为众夺财去,某甲独载尸弃诸江也。故魂至冥司,独讼某甲。冥王检籍,云盗为某某,非某甲。某乙以亲见固争。

冥吏又以冥籍无误理,与某乙固争。冥王曰:"冥籍无误,论其常也。然安知千百万年不误者,不偶此一误乎?我断之不如人质之也,吏言之不如因证之也。"故拘某甲。某甲具述载送意。照以业镜,如所言。某乙乃悟。某甲初窃怪误拘,冥王告以故,某甲亦悟。遂别治某乙狱,而送某甲归。夫折狱之明决,至冥司止矣②;案牍之详确,至冥司亦止矣。而冥王若是不自信也,又若是不惮烦也,斯冥王所以为冥王欤!

注释:
①累然:鼓鼓囊囊的样子。
②止矣:已经到了极致。

"仲尼不为已甚"①,岂仅防矫枉过直②哉,圣人之所虑远也。老子曰:"民不畏死,奈何以死畏之!"夫民未尝不畏死,至知必死乃不畏。至不畏死,则无事不可为矣。小时闻某大姓为盗劫,悬赏格购捕。半岁余,悉就执,亦俱引伏。而大姓恨盗甚,以多金赂狱卒,百计苦之:至足不蹑地,胁不到席,束缚不使如厕,裈中蛆虫蠕蠕唼股髀,惟不绝饮食,使勿速死而已。盗恨大姓甚,私计强劫得财,律不分首从斩③;轮奸妇女,律亦不分首从斩。二罪从一科断,均归一斩,万无加至磔裂理。乃于庭鞫时,自供遍污其妇女。官虽不据以录供,而众口坚执,众耳共闻,迄不能灭此语。不善大姓者又从而附会,谓盗已论死足蔽罪,而不惜多金又百计苦之,其衔恨次骨正此。人言籍籍④,亦无从而辨此疑,遂大为门户玷,悔已无及。夫劫盗骈戮,不能怨主人;即拷掠追讯,桎梏幽系,亦不能怨主人,法所应受也。至虐以法外,则其志不甘。掷石击石,力过猛必激而反。取一时之快,受百世之污,岂非已甚之故乎?然则圣人之所虑远矣。

注释：

①仲尼不为已甚：语出《孟子·离娄下》。意思是孔子主张什么事都不能做得太过分。

②矫枉过直：把弯曲的东西扭直，超过了正常限度，反而弯向另一边。比喻纠正谬误超过了应有的限度。

③不分首从斩：不分首犯、从犯都一律处斩。

④人言籍籍：人们都议论纷纷。

霍养仲言：雍正初，东光有农家，粗具中人产。一夕，有劫盗，不甚搜财物，惟就衾中曳其女，掖入后圃，仰缚曲项老树上，盖其意本不在劫也。女哭詈。客作高斗，睡圃中，闻之跃起，挺刃出与斗。盗尽披靡，女以免。女恚愤泣涕，不语不食。父母宽譬①终不解，穷诘再三，始出一语曰："我身裸露，可令高斗见乎？"父母喻意，竟以妻斗。此与楚钟建事适相类。然斗始愿不及此，徒以其父病，主为医药；及死为棺敛，葬以隙地，而招其母司炊煮，故感激出死力耳。罗大经《鹤林玉露》载咏朱亥②诗曰："高论唐虞儒者事，负君卖友岂胜言。凭君莫笑金椎陋，却是屠沽解报恩。"至哉言乎！

注释：

①宽譬：宽慰，安慰。

②朱亥：战国时期的侠客，被信陵君招为食客，后来在退秦、救赵、存魏的战役中立下了汗马功劳。

太白诗曰："徘徊映歌扇，似月云中见。相见不相亲，不如不相见。"此为冶游言也。人家夫妇有睽离阻隔，而日日相见者，则不知是何因果矣。郭石洲言：中州有李生者，娶妇旬余而母病，夫妇更番守侍，衣不解结①者七八月。母殁后，谨守礼法，三载不内宿。后贫甚，同依外家②。外家亦仅仅温饱，屋宇无多，扫一室留居。未匝月③，外姑之弟远就

馆,送母来依姊。无室可容,乃以母与女共一室,而李生别
榻书斋,仅早晚同案食耳。阅两载,李生入京规进取,外舅
亦携家就幕江西。后得信,云妇已卒。李生意气懊丧,益落
拓不自存,仍附舟南下觅外舅。外舅已别易主人,随往他
所。无所栖托,姑卖字糊口。一日,市中遇雄伟丈夫,取视其
字曰:"君书大好。能一岁三四十金,为人书记乎?"李生喜
出望外,即同登舟。烟水渺茫,不知何处。至家,供张亦甚
盛。及观所属笔札,则绿林豪客也。无可如何,姑且依止。虑
有后患,因诡易里籍姓名。主人性豪侈,声伎满前,不甚避
客。每张乐,必召李生。偶见一姬,酷肖其妇,疑为鬼。姬亦
时时目李生,似曾相识。然彼此不敢通一语。盖其外舅江
行,适为此盗所劫,见妇有姿首,并掠以去。外舅以为大辱,
急市薄椑,诡言女中伤死,伪为哭敛,载以归。妇惮死④失
身,已充盗后房⑤。故于是相遇,然李生信妇已死,妇又不知
李生改姓名,疑为貌似,故两相失。大抵三五日必一见,见
惯亦不复相目矣。如是六七年,一日,主人呼李生曰:"吾事
且败,君文士不必与此难。此黄金五十两,君可怀之,藏某
处丛荻间。候兵退,速觅渔舟返。此地人皆识君,不虑其不
相送也。"语讫,挥手使急去伏匿。未几,闻哄然格斗声。既
而闻传呼曰:"盗已全队扬帆去,且籍其金帛妇女。"时已曛
黑,火光中窥见诸乐伎皆披发肉袒,反接系颈,以鞭杖驱之
行,此姬亦在内,惊怖战栗,使人心恻。明日,岛上无一人,
痴立水次。良久,忽一人棹小舟呼曰:"某先生耶?大王故无
恙,且送先生返。"行一日夜,至岸。惧遭物色,乃怀金北归。
至则外舅已先返。仍住其家,货所携,渐丰裕。念夫妇至相
爱,而结缡⑥十载,始终无一月共枕席。今物力稍充,不忍终
以薄椑葬。拟易佳木,且欲一睹其遗骨,亦凤昔之情。外舅
力沮不能止,词穷吐实。急兼程至豫章,冀合乐昌之镜。则
所俘乐伎,分赏已久,不知流落何所矣。每回忆六七年中,

咫尺千里，辄惘惘然如失。又回忆被俘时，缧绁鞭笞之状，不知以后摧折，更复若何，又辄肠断也。从此不娶。闻后竟为僧。戈芥舟前辈曰："此事竟可作传奇，惜末无结束，与《桃花扇》相等。虽曲终不见，江上峰青，绵邈含情，正在烟波不尽，究未免增人悒怅耳。"

金可亭（此浙江金孝廉，名嘉炎。与金大司农同姓同号，各自一人。）言：有赵公者，官监司。晚岁家居，得一婢曰紫桃，宠专房①，他姬莫当夕。紫桃亦婉娈善奉事，呼之必在侧，百不一失。赵公固聪察②，疑有异，于枕畔固诘。紫桃自承为狐，然夙缘当侍公，与公无害。昵爱久，亦弗言。家有园亭，一日立两室间，呼紫桃。则两室各一紫桃出。乃大骇。紫桃谢曰："妾分形也。"偶春日策杖郊外，逢道士与语，甚有理致。情颇洽，问所自来。曰："为公来。公本谪仙，限满当归三岛。今金丹已为狐所盗，不可复归。再不治，虑寿限亦减。仆公旧侣，故来视公。"赵公心知紫桃事，邀同归。道士踞坐厅事，索笔书一符，曼声长啸。邸中纷纷扰扰，有数十紫桃，容色衣饰，无毫发差，跪庭院皆满。道士呼真紫桃出。众相顾曰："无真也。"又呼最先紫桃出。一女叩额曰："婢子是。"道士叱曰："尔盗赵公丹已非，又呼朋引类，务败其道，何也？"女对曰："是有二故：赵公前生，炼精四五百年，元关坚固，非更番迭取不能得。然赵公非碌碌者，见众美逶进，必觉为蛊惑,断不肯纳。故终始共幻一形,匿其迹也。今事已露,愿散去。"道士挥手令出,顾赵公太息曰:"小人献媚旅进,君子弗受也。一小人伺君子之隙,投其所尚,众小人从而阴佐之,则君子弗觉矣。《易·姤卦》之初六,一阴始生,其象为系于金柅。柅以止车,示当止也。不止则履霜之初,即坚冰之渐。浸假而《剥卦》六五至矣。今日之事,是之谓乎?然苟无其隙,虽小人不能伺;苟无所好,虽小人不能投。千金之堤,溃于蚁漏③,有蟪故也。公先误涉旁门,欲讲容成之术;既而耽玩艳冶,失其初心。嗜欲日深,故妖物乘之而麇集④。衅因自起,于彼何尤?此始此终,固亦其理。驱之而不遣,盖以是耳。吾来稍晚,于公事已无益。然从此摄心清静,犹不失作九十翁。"再三珍重,瞥然而去。赵公后果寿八十余。

注释:

①宠专房:得到专宠。

②聪察:聪明善于观察。

③千金之堤,溃于蚁漏:再重要的长堤,小小的一个蚂蚁洞就可使之溃决。用来比喻小事不注意会酿成大祸。

④麇(qún)集:聚集。

哈密屯军,多牧马西北深山中。屯弁或往考牧,中途恒憩一民家。主翁或具瓜果,意甚恭谨。久渐款洽,然窃怪其无邻无里,不圃不农,寂历空山,作何生计。一日,偶诘其故。翁无词自解,云实蜕形之狐。问:"狐喜近人,何以僻处?狐多聚族,何以独居?"曰:"修道必世外幽栖,始精神坚定。如往来城市,则嗜欲日生,难以炼形服气,不免于媚人采补,摄取外丹。傥所害过多,终干天律。至往来墟墓,种类太繁,则踪迹彰明,易招弋猎,尤非远害之方。故均不为也。"屯弁喜其朴诚,亦不猜惧,约为兄弟。翁亦欣然。因出便旋①,循墙环视。翁笑曰:"凡变形之狐,其室皆幻;蜕形之狐,其室皆真。老夫尸解②以来,久归人道,此并葺茅伐木,手自经营,公毋疑如海市也。"他日再往,屯军告月明之夕,不睹人形,而石壁时现二人影,高并丈余,疑为鬼物,欲改牧厂。屯弁以问,此翁曰:"此所谓木石之怪夔罔两也。山川精气,翕合而生,其始如泡露,久而渐如烟雾,久而凝聚成形,尚空虚无质,故月下惟见其影;再百余年,则气足而有质矣。二物吾亦尝见之,不为人害,无庸避也。"后屯弁泄其事,狐遂徙去。惟二影今尚存焉。此哈密徐守备所说。徐云久拟同屯弁往观,以往返须数日,尚未暇也。

注释:

①因出便旋:因出门小便。

②尸解:道教认为得道成仙之后,遗弃身体升仙得道。这里指狐狸脱去了自己本来的狐狸样子,变成了人的模样。

乌鲁木齐牧厂一夕大风雨,马惊逸者数十匹,追寻无迹。七八日后,乃自哈密山中出。知为乌鲁木齐马者,马有火印故也。是地距哈密二十余程,何以不十日即至?知穿谷幽岩,人迹未到之处,别有捷径矣。大学士温公,遣台军数辈,裹粮往探。皆粮尽空返,终不得路。或曰:"台军惮路远,在近山逗遛旬日,诡云已往。"或曰:"台军惮伐山开路劳,又惮移台搬运费,故讳不言。"或曰:"自哈密辟展至迪化(即乌鲁木齐之城名,今因为州名。),人烟相接,村落市廛,邮传馆舍如内地,又沙平如掌。改而山行,则路既险阻,地亦荒凉,事事皆不适。故不愿。"或曰:"道途既减大半,则台军之额,驿马之数,以及一切转运之费,皆应减大半,于官吏颇有损。故阴掣肘①。"是皆不可知。然七八日得马之事,终不可解。或又为之说曰:"失马谴重,司牧者以牢醴祷山神。神驱之故马速出,非别有路也。"然神能驱之行,何不驱之返乎?

注释:

①阴掣肘:暗中阻挠事情的进程。

奴子王廷佑之母言:幼时家在卫河侧,一日晨起,闻两岸呼噪声。时水暴涨,疑河决,踉跄出视,则河中一羊头昂出水上,巨如五斗栲栳,急如激箭,顺流向北去。皆曰羊神过。余谓此蛟螭①之类,首似羊也。《埤雅》载龙九似,亦称首似牛云。

注释:

①蛟螭:蛟,古代传说中的一种龙,居深海,能发洪水;螭,为古代传说中的无角龙。

居卫河侧者言:河之将决,中流之水必凸起,高于两岸;然不知其在何处也。至棒椎鱼集于一处,则所集之处不一两日溃矣。父老相传,验之百不失一。棒椎鱼者,象其形而名,平时不知在何所,网钓亦未见得之者,至河暴涨乃麇至。护堤者见其以首触岸,如万杵齐筑,则决在斯须间矣,岂非数哉!然唐尧洪水,天数也;神禹随刊,则人事也。惟圣人能知天,惟圣人不委过于天。先事而绸缪,后事而补救,①虽不能消弭,亦必有所挽回。

注释:

①先事句:事情发生前要做好各种筹备工作,事情发生后努力加以补救。

先曾祖母王太夫人八旬时,宾客满堂。奴子李荣司茶酒,窃沧酒半罂,匿房内。夜归将寝,闻罂中有鼾声,怪而撼之。罂中忽语曰:"我醉欲眠,尔勿扰。"知为狐魅,怒而极撼之。鼾益甚。探手引之,则一人首出罂口,渐巨如斗,渐巨如栲栳。荣批其颊,则掉首一摇,连嶝旋转,砰然有声,触瓮而碎,已涓滴不遗矣。荣顿足极骂①,闻梁上语曰:"长孙(长孙,荣之小名也。)无礼! 许尔盗不许我盗耶? 尔既惜酒,我亦不胜酒。今还尔。"据其项而呕。自顶至踵,淋漓殆遍。此与余所记西城狐事相似而更恶作剧。然小人贪冒,无一事不作奸,稍料理之,未为过也。

注释:
①顿足极骂:跳着脚大声责骂。

安州陈大宗伯,宅在孙公园(其后废墟即孙退谷之别业。)。后有楼贮杂物,云有狐居,然不甚露形声也。一日,闻似相诟谇;忽乱掷牙牌于楼下,琤琤如雹。数之,得三十一扇,惟阙二四一扇耳。二四幺二,牌家谓之至尊(以合为九数故也。),得者为大捷。疑其争此二扇,怒而抛弃欤? 余儿时曾亲见之。杜工部大呼五白,韩昌黎博塞①争财,李习之②作《五木经》,杨大年③喜叶子戏,偶然寄兴,借此消闲,名士风流,往往不免。乃至"元邱校尉"亦复沿波④。余性迂疏,终以为非雅戏也。

注释:
①博塞:指六博、格五等赌博游戏。
②李习之:李翱(772—841)习之,唐朝文学家、哲学家。
③杨大年:杨亿(974—1020)字大年,北宋文学家。
④"元邱校尉"亦复沿波:狐狸也跟着沾染上这种嗜好。"元邱校尉"是狐狸的代称。

蒋心馀言:有客赴人游湖约,至则画船箫鼓,红裙而侑酒者,谛视乃其妇也。去家二千里,不知何流落到此,惧为辱,嗫不敢言。妇乃若不相识,无恐怖意,亦无惭愧意,调丝度曲，引袖飞觞，恬如①也。惟声音不相似。又妇笑好掩口，此妓不然，亦不相似。而右腕红痣如粟颗，乃复宛然。大惑不解，草草终筵，将治装为归计。俄得家书，归半载前死矣。疑为见鬼，亦不复深求。所亲见其意态殊常，密诘再三，始知其故，咸以为貌偶同也。后闻一游士来往吴越间，不事干谒，不通交游②，亦无所经营贸易；惟携姬媵数辈闭门居；或时出一二人，属媒媪卖之而已。以为贩鬻妇女者，无与人事，莫或过问也。一日，意甚匆遽③，急买舟欲赴天目山，求高行僧作道场。僧以其疏语掩抑支离，不知何事；又有"本是佛传，当求佛佑，仰藉慈云之庇，庶宽雷部之刑"语，疑有别故，还其衬施，谢遣之。至中途，果殒于雷。后从者微泄其事，曰："此人从一红衣番僧受异术，能持咒摄取新敛女子尸，又摄取妖狐淫鬼，附其尸以生，即以自侍。再有新者，即以旧者转售人，获利无算。因梦神责以恶贯将满，当伏天诛，故忏悔以求免，竟不能也。"疑此客之妇，即为此人所摄矣。理藩院尚书留公亦言红教喇嘛有摄召妇女术，故黄教斥以为魔云。

注释：

①恬如：恬淡，从容。

②不通交游：不和别人交友来往。

③匆遽：匆匆忙忙、慌慌张张。

外祖安公，前母安太夫人父也。殁时，家尚盛，诸舅多以金宝殉。或陈"蹯玙"之戒，不省。又筑室墓垣外，以数壮夫逻守，柝声铃声，彻夜相答。或曰："是树帜招盗也。"亦不省。既而果被发。盖盗乘守者昼寝，衣青蓑，逾垣伏草间，故未觉其人。至夜，以椎凿破棺。柝二击则亦二椎，柝三击则亦三椎，故转以击柝不闻声。伏至天欲晓，铃柝皆息，乃逾垣遁，故未觉其出。一含珠巨如龙眼核，亦裂颊取去。先闻之也，告官。大索未得①间，诸舅同梦外祖曰："吾夙生负此三人财，今取偿，捕亦不获。惟我未尝屠割彼，而横见酷虐，刃劙断我颐，是当受报，吾得直于冥司矣。"后月余，获一盗，果取珠者。珠为尸气所蚀，已青黯不值一钱。其二盗灼知姓名，而千金购捕不能得，则梦语不诬矣。

注释：

①大索未得：大肆搜索，没有找到。

表叔王月阡言：近村某甲买一妾，两月余，逃去。其父反以妒杀焚尸讼。会县官在京需次时，逃妾构讼，事与此类，触其旧愤，穷治得诬状。计不得逞，然坚不承转鬻。盖无诱逃实证，难于究诘，妾卒无踪。某甲妇弟住隔县。妇归宁，闻弟新纳妾，欲见之。妾闭户不肯出，其弟自曳①之来。一见即投地叩额，称死罪，正所失妾也。妇弟以某甲旧妾，不肯纳。某甲以曾侍妇弟，亦不肯纳。鞭之百，以配老奴，竟以爨婢②终焉。夫富室构讼，词连帷薄，此不能旦夕结也，而适值是县官。女子转鬻，深匿闺帏，此不易物色求也，而适值其妇弟。机械百端，可云至巧，乌知造物更巧哉！

注释：

①曳：拖拽。
②爨婢：烧饭的女佣。

门人葛观察正华，吉州人。言其乡有数商，驱骡纲行山间。见樵径上立一道士，青袍棕笠，以麈尾招其中一人曰："尔何姓名？"具以对。又问籍何县，曰："是尔矣，尔本谪仙，今限满当归紫府。吾是尔本师，故来导尔。尔宜随我行。"

此人私念平生不能识一字，鲁钝如是，不应为仙人转生；且父母年已高，亦无弃之求仙理，坚谢不往①。道士太息，又招众人曰："彼既堕落，当有一人补其位。诸君相遇，即是有缘，有能随我行者乎？千载一遇，不可失也。"众亦疑骇无应者，道士咈然去。众至逆旅，以此事告人。或云仙人接引，不去可惜。或云恐或妖物，不去是。有好事者，次日循樵径探之，甫登一岭，见草间残骸狼藉，乃新被虎食者也。惶遽而返。此道士殆虎伥②欤？故无故而致非常之福，贪冒者所喜，明哲者所惧也。无故而作非分之想，侥幸者其偶，颠越者其常也。谓此人之鲁钝，正此人之聪明可矣。

注释：
①坚谢不往：坚决推脱不前往。
②此道士殆虎伥：这个道士是给老虎找食物的伥鬼。

　　宋人咏蟹诗曰："水清讵免双螯黑，秋老难逃一背红。"借寓朱劢①之贪婪必败也。然他物供庖厨，一死焉而已。惟蟹则生投釜甑，徐受蒸煮，由初沸至熟，至速亦逾数刻，其楚毒有求死不得者。意非夙业深重，不堕是中。相传赵公宏燮官直隶巡抚(时直隶尚未设总督。)时，一夜梦家中已死僮仆媪婢数十人，环跪阶下，皆叩额乞命，曰："奴辈生受豢养恩，而互结朋党，蒙蔽主人，久而枝蔓牵缠，根柢胶固，成牢不可破之局。即稍有败露，亦众口一音，巧为解结，使心知之而无如何。又久而阴相掣肘，使不如众人之意，则不能行一事。坐是罪恶，堕入水族，使世世罹汤镬之苦。明日主人供膳蟹，即奴辈后身见赦宥。"公故仁慈，天曙，以梦告司庖，饬举蟹投水，且为礼忏作功德。时霜蟹肥美，使宅所供，尤精选膏腴。奴辈皆窃笑曰："老翁狡狯，造此语怖人耶！吾辈岂受汝绐者。"竟效校人之烹，而以已放告；又乾没其功德钱,而以佛事已毕告。赵公竟终不知也。此辈作奸,固其常态;要亦此数十僮仆婢媪者,留此锢习②,适以自戕。请君入瓮,此之谓欤!

注释:

①朱勔(miǎn):宋徽宗时期官员,他在竭力奉迎皇帝、到处搜刮珍奇异宝进献的同时,又千方百计巧取豪夺,广蓄私产,生活糜烂。

②锢习:长期养成、不易改掉的陋习。

　　魂与魄交而成梦,究不能明其所以然。先兄晴湖,尝咏高唐神女事曰:"他人梦见我,我固不得知。我梦见他人,人又乌知之? 孱王自幻想,神女宁幽期? 如何巫山上,云雨今犹疑。"足为瑶姬雪谤。然实有见人之梦者。奴子李星,尝月夜村外纳凉,遥见邻家少妇掩映枣林间,以为守圃防盗,恐其翁姑及夫或同在,不敢呼与语。俄见其循塍西行半里许,入秫丛中。疑其有所期会,益不敢近,仅远望之。俄见穿秫丛出行数步,阻水而返,痴立良久,又循水北行百余步,阻泥泞又返,折而东北入豆田。诘屈行,颠踬者再。知其迷路,乃遥呼曰:"几嫂深夜往何处? 迤北更无路,且陷淖中矣。"妇回顾应曰:"我不能出,几郎可领我还。"急赴之,已无睹矣。知为遇鬼,心惊骨栗,狂奔归家。乃见妇与其母坐门外墙下,言适纺倦睡去,梦至林野中,迷不能出,闻几郎在后唤我,乃霍然醒。与星所见,一一相符。盖疲苶之极①,神不守舍,真阳飞越,遂至离魂。魄与形离,是即鬼类,与神识起灭自生幻象者不同,故人或得而见之。独孤生之梦游,正此类耳。

注释:

①疲苶(nié)之极:疲惫困乏之极。

有州牧以贪横伏诛①。既死之后，州民喧传其种种冥报，至不可殚书。余谓此怨毒未平，造作讹言耳。先兄晴湖则曰："天地无心，视听在民；民言如是，是亦可危也已。"

注释:

①贪横伏诛：贪污横财而被法律诛杀。

里媪遇饭食凝滞者，即以其物烧灰存性，调水服之。余初斥其妄，然亦往往验。审思其故，此皆油腻凝滞者也。盖油腻先凝，物稍过多，则遇之必滞。凡药物入胃，必凑其同气①。故某物之灰，能自到某物凝滞处。凡油腻得灰即解散，故灰到其处，滞者自行，犹之以灰浣垢而已。若脾弱之凝滞，胃满之凝滞，气郁之凝滞，血瘀痰结之凝滞，则非灰所能除矣。

注释:

①凑其同气：和它同类的东西凑在一起。

乌鲁木齐军校王福言：曩在西宁，与同队数人入山射生。遥见山腰一番妇独行，有四狼随其后。以为狼将搏噬，番妇未见也，共相呼噪。番妇如不闻。一人引满射狼，乃误中番妇，倒掷堕山下。众方惊悔，视之，亦一狼也。四狼则已逸去矣。盖妖兽幻形，诱人而啖，不幸遭殪也。岂恶贯已盈①，若或使之欤！

注释:

①恶贯已盈：罪恶之多，犹如穿钱一般已穿满一根绳子。形容罪恶极多，已到末日。

卷 十 六

姑妄听之(二)

　　天下事,情理而已,然情理有时而互妨①。里有姑虐其养媳者,惨酷无人理,遁归母家。母怜而匿别所,诡云未见,因涉讼。姑以朱老与比邻,当见其来往,引为证。朱私念言女已归,则驱人就死;言女未归,则助人离婚。疑不能决,乞签于神。举筒屡摇,签不出。奋力再摇,签乃全出。是神亦不能决也。辛彤甫先生闻之曰:"神殊愦愦!十岁幼女,而日日加炮烙,恩义绝矣。听其逃死不为过。"

注释:
①互妨:相互冲突。

　　戈孝廉仲坊,丁酉乡试后,梦至一处,见屏上书绝句数首。醒而记其两句曰:"知是蓬莱第一仙,因何清浅几多年?"壬子春,在河间见景州李生,偶话其事。李骏曰:"此余族弟屏上近人题梅花作也。句殊不工①,不知何以入君梦?"前无因缘,后无征验,《周官》六梦,竟何所属乎?

注释:
①句殊不工:文词很普通。

　　《新齐谐》(即《子不语》之改名。)载雄鸡卵事,今乃知竟实有之。其大如指顶,形似闽中落花生,不能正圆,外有斑点,向日映之,其中深红如琥珀,以点目眚①,甚效。德少司空成、汪副宪承需皆尝以是物合药。然不易得，一枚可以值十金。阿少司农迪斯曰："是虽罕睹，实亦人力所为。以肥壮雄鸡闭笼中，纵群雌绕笼外，使相近而不能相接。久而精气抟结，自能成卵。"此亦理所宜然。然鸡秉巽风之气，故食之发疮毒。其卵以盛阳不泄，郁积而成，自必蕴热，不知何以反明目？又《本草》之所不载，医经之所未言，何以知其能明目？此则莫明其故矣。汪副宪曰："有以蛇卵售欺者，但映日不红，即为伪托。"亦不可不知也。

注释：

①以点目眚：用来点入眼中可治疗白内障。

沈媪言：里有赵三者，与母俱佣于郭氏。母殁后年余，一夕，似梦非梦，闻母语曰："明日大雪，墙头当冻死一鸡，主人必与尔。尔慎勿食。我尝盗主人三百钱，冥司判为鸡以偿。今生卵足数而去也。"次日，果如所言。赵三不肯食，泣而埋之。反复穷诘①，始吐其实。此数年内事也。然则世之供车骑受刲煮者，必有前因焉，人不知耳。此辈之狡黠攘窃者，亦必有后果焉，人不思耳。

注释：

①反复穷诘：反反复复地追问。

余十一二岁时，闻从叔灿若公言：里有齐某者，以罪戍黑龙江，殁数年矣。其子稍长，欲归其骨，而贫不能往，恒慼慼然如抱深忧①。一日，偶得豆数升，乃屑以为末，水抟成丸；衣以赭土，诈为卖药者以往，姑以给取数文钱供口食耳。乃沿途买其药者，虽危证亦立愈。转相告语，颇得善价②，竟藉是达戍所，得父骨，以箧负归。归途于窝集遇三盗，急弃其资斧,负篋奔。盗追及,开篋见骨,怪问其故。涕泣陈述。共悯而释之,转赠以金。方拜谢间,一盗忽擗踊大恸③曰:"此人孱弱如是,尚数千里外求父骨。我堂堂丈夫,自命豪杰,顾乃不能耶? 诸君好住,吾今往肃州矣。"语讫,挥手西行。其徒呼使别妻子,终不反顾,盖所感者深矣。惜人往风微,无传于世。余作《滦阳消夏录》诸书,亦竟忘之。癸丑三月三日,宿海淀直庐,偶然忆及,因录以补志乘之遗。傥亦潜德未彰,幽灵不泯,有以默启余衷乎!

注释:

①慼然如抱深忧:心里有很大的忧伤。

②善价:好价钱。

③擗踊大恸:捶胸顿足哭得很伤心。

李蟠木言:其乡有灌园叟,年六十余矣。与客作数人同屋寝,忽闻其哑哑作颤声,又呢呢作媚语,呼之不应。一夕,灯未尽,见其布衾蠕蠕掀簸,如有人交接者,问之亦不言。既而白昼或忽趋僻处,或无故闭门。怪而觇之,辄有瓦石飞击。人方知其为魅所据。久之不能自讳,言初见一少年至园中,似曾相识,而不能记忆;邀之坐,问所自来。少年言:"有一事告君,祈君勿拒。君四世前与我为密友,后忽藉胥魁势豪夺我田①。我诉官,反遭笞。郁结以死,诉于冥官。主者以契交隙末,当以欢喜解冤。判君为我妇二十年。不意我以业重,遽堕狐身,尚有四年未了。比我炼形成道,君已再入轮回,转生今世。前因虽昧,旧债难消;夙命牵缠,遇于此地。业缘凑合,不能待君再堕女身,便乞相偿,完此因果。"我方骇怪,彼遽嘘我以气,惘惘然如醉如梦,已受其污。自是日必一两至,去后亦自悔恨,然来时又帖然意肯②,竟自忘为老翁,不知其何以故也。一夜,初闻狎昵声,渐闻呻吟声,渐闻悄悄乞缓声，渐闻切切求免声；至鸡鸣后，乃嗷然失声。突梁上大笑曰："此足抵笞三十矣。"自是遂不至。后葺治草屋，见梁上皆白粉所画圈，十圈为一行。数之，得一千四百四十，正合四年之日数。乃知为所记淫筹。计其来去，不满四年，殆以一度抵一日矣。或曰："是狐欲媚此叟，故造斯言。"然狐之媚人，悦其色，摄其精耳。鸡皮鹤发③，有何色之可悦？有何精之可摄？其非相媚也明甚。且以扶杖之年，讲分桃之好④，逆来顺受，亦太不情。其为身异性存，夙根未泯，自然相就，如磁引针，亦明甚。狐之所云，殆非虚语。然则怨毒纠结，变端百出，至三生之后而未已，其亦慎勿造因哉！

注释：

①藉胥魁势豪夺我田：依仗差役的头目和有钱有势的人家抢夺了我的田产。

②帖然意肯：很顺从欣然接受。

③鸡皮鹤发：皮肤起皱，头发变白。形容衰老。

④分桃之好：中国古代指同性恋。

文水李秀升言：其乡有少年山行，遇少妇独骑一驴，红裙蓝帔，貌颇娴雅，屡以目侧睨。少年故谨厚，虑或招嫌①，恒在其后数十步，俯首未尝一视。至林谷深处，妇忽按辔不行，待其追及，语之曰："君秉心端正，大不易得。我不欲害君，此非往某处路，君误随行。可于某树下绕向某方，斜行三四里即得路矣。"语讫，自驴背一跃，直上木杪，其身渐渐长丈余，俄风起叶飞，瞥然已逝。再视其驴，乃一狐也。少年悸几失魂。殆飞天夜叉之类欤？使稍与狎昵，不知作何变怪矣。

　　癸丑会试，陕西一举子于号舍遇鬼，骤发狂疾。众掖出归寓，鬼亦随出，自以首触壁，皮骨皆破。避至外城，鬼又随至，卒以刃自刺死。未死间，手书片纸付其友，乃"天网恢恢，疏而不漏"八字。虽不知所为何事，其为冤报则凿凿①矣。

　　南皮郝子明言：有士人读书僧寺，偶便旋于空院，忽有飞瓦击其背。俄闻屋中语曰："汝辈能见人，人则不能见汝辈。不自引避，反嗔人耶？"方骇愕间，屋内又语曰："小婢无礼，当即笞之，先生勿介意。然空屋多我辈所居，先生凡遇此等处，宜面墙便旋，勿对门窗，则两无触忤①矣。"此狐可谓能克己。余尝谓僮仆吏役与人争角而不胜，其长恒引以为辱，世态类然。夫天下至可耻者，莫过于悖理。不问理之曲直，而务求我所隶属人不能犯以为荣，果足为荣也耶？昔有属官私其胥魁，百计袒护。余戏语之曰："吾侪身后，当各有碑志一篇，使盖棺论定，撰文者奋笔书曰：'公秉正不阿，于所属吏役，犯法者一无假借。'人必以为荣，谅君亦以为荣也。又或奋笔书曰：'公平生喜庇吏役，虽受赇骪法②，亦一一曲为讳匿。'人必以为辱，谅君亦以为辱也。何此时乃以辱为荣，以荣为辱耶？"先师董文恪曰："凡事不可载入行状，即断断不可为。"斯言谅矣。

②骪(wěi)法：触犯法律。

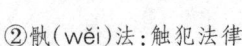

侍鹭川(侍氏未详所出，疑本侍其氏，明洪武中，凡复姓皆令去一字，因为侍氏也。)言：有贾于淮上者，偶行曲巷，见一女姿色明艳，殆类天人。私访其近邻。曰："新来未匝月，只老母携婢数人同居，未知为何许人也。"贾因赂媒媪觇之。其母言："杭州金姓，同一子一女往依其婿。不幸子遭疾，卒于舟；二仆又乘隙窃资逃。茕茕孤嫠，惧遭强暴，不得已税屋权住此，待亲属来迎。尚未知其肯来否？"语讫，泣下。媒舔①以既无所归，又无地主，将来作何究竟，有女如是，何不于此地求佳婿，暮年亦有所依。母言："甚善，我亦不求多聘币。但弱女娇养久，亦不欲草草②。有能制衣饰奁具约值千金者，我即许之。所办仍是渠家物，我惟至彼一阅视，不取纤芥归也。"媒以告贾，贾私计良得。旬日内，趣办金珠锦绣，殚极华美；一切器用，亦事事精好。先亲迎一日，邀母来观，意甚惬足。次日，箫鼓至门，乃坚闭不启。候至数刻，呼亦不应。询问邻舍，又未见其移居。不得已逾墙入视，则阒无一人。偏索诸室，惟破床堆髑髅数具，乃知其非人。回视家中，一物不失，然无所用之，重鬻仅能得半价。懊丧不出者数月，竟莫测此魅何所取。或曰："魅本无意惑贾。贾妄生窥伺，反往觇魅，魅故因而戏弄之。"是于理当然。或又曰："贾富而悭③，心计可以析秋毫。犯鬼神之忌，故魅以美色颠倒之。"是亦理所宜有也。

注释：
①媒舔：媒婆。
②草草：敷衍了事。
③富而悭：很有钱但是很吝啬。

《宣室志》①载陇西李生左乳患痛,一日痛溃,有雉自乳飞出,不知所之。《闻奇录》②载崔尧封外甥李言吉左目患瘤,剖之有黄雀鸣噪而去。其事皆不可以理解。札阁学郎阿亲见其亲串家小婢项上生疮,疮中出一白蝙蝠。知唐人记二事非虚。岂但"六合之外,存而不论"哉?

注释:

①《宣室志》:撰者唐代张读。唐代传奇小说集,共十一卷。集中纂录仙鬼灵异之事。

②《闻奇录》:撰者唐代于逖。唐代传奇小说集,一卷。

　　曹慕堂宗丞有扎仙所画《醉锺馗图》,余题以二绝句曰:"一梦荒唐事有无,吴生粉本①几临摹。纷纷画手多新样,又道先生是酒徒。""午日家蒲酒香,终南进士亦壶觞。太平时节无妖厉,任尔闲游到醉乡。"画者题者,均弄笔狡狯而已。一日,午睡初醒,听窗外婢媪悄语说鬼:有王媪家在西山,言曾月夕守瓜田,遥见双灯自林外冉冉来,人语嘈杂,乃一大鬼醉欲倒,诸小鬼掖之踉跄行。安知非醉锺馗乎?天地之大,无所不有。随意画一人,往往遇一人与之肖②;随意命一名,往往有一人与之同。无心暗合,是即化工之自然也。

注释:

①粉本:画稿。

②肖:相似。

　　相传魏环极先生尝读书山寺,凡笔墨几榻之类,不待拂拭,自然无尘。初不为意,后稍稍怪之。一日晚归,门尚未启,闻室中窸窣有声;从隙窃觇,见一人方整饬书案。骤入掩之,其人瞥穿后窗去。急呼令近,其人遂拱立①窗外,意甚恭谨。问："汝何怪？"磬折对曰："某狐之习儒者也。以公正人，不敢近，然私敬公，故日日窃执仆隶役②。幸公勿讶。"先生隔窗与语，甚有理致。自是虽不敢入室，然遇先生不甚避，先生亦时时与言。一日，偶问："汝视我能作圣贤乎？"曰："公所讲者道学，与圣贤各一事也。圣贤依乎中庸，以实心励实行，以实学求实用。道学则务语精微，先理气，后彝伦③，尊性命，薄事功，其用意已稍别。圣贤之于人，有是非心，无彼我心；有诱导心，无苛刻心。道学则各立门户，不能不争；既已相争，不能不巧诋以求胜。以是意见，生种种作用，遂不尽可令孔孟见矣。公刚大之气，正直之情，实可质鬼神而不愧，所以敬公者在此。公率其本性，为圣为贤亦在此。若公所讲，则固各自一事，非下愚之所知也。"公默然遣之。后以语门人曰："是盖因明季党祸，有激而言，非笃论也。然其抉摘情伪④，固可警世之讲学者。"

注释：
①拱立：弓着腰站立。
②执仆隶役：当做奴仆服侍。
③彝伦：常理、常道。
④抉摘情伪：判断人内心真伪。

沧州南一寺临河干，山门圮于河，二石兽并沈焉。阅十余岁，僧募金重修，求二石兽于水中，竟不可得，以为顺流下矣。棹数小舟，曳铁钯，寻十余里无迹。一讲学家设帐寺中，闻之笑曰："尔辈不能究物理①。是非木柿，岂能为暴涨携之去？乃石性坚重，沙性松浮，湮于沙上，渐沈渐深耳。沿河求之，不亦颠乎？"众服为确论。一老河兵闻之，又笑曰："凡河中失石，当求之于上流。盖石性坚重，沙性松浮，水不能冲石，其反激之力，必于石下迎水处啮沙为坎穴。渐激渐深,至石之半,石必倒掷坎穴中。如是再啮,石又再转。转转不已,遂反溯流逆上矣。求之下流,固颠;求之地中,不更颠乎?"如其言,果得于数里外;然则天下之事,但知其一,不知其二者多矣,可据理臆断欤!

注释:

①究物理:研究事物的性质。

交河及友声言:有农家子,颇轻佻。路逢邻村一妇,伫目眈视。方微笑挑之,适有馌者同行,遂各散去。阅日,又遇诸涂,妇骑一乌牸牛①,似相顾盼。农家子大喜,随之。时霖雨之后,野水纵横,牛行沮洳中甚速。沾体濡足②,颠踬者屡,比至其门,气殆不属。及妇下牛,觉形忽不类;谛视之,乃一老翁。恍惚惊疑,有如梦寐。翁讶其痴立,问:"到此何为?"无可置词,诡③以迷路对,踉跄而归。次日,门前老柳削去木皮三尺余,大书其上曰:"私窥贞妇,罚行泥泞十里。"乃知为魅所戏也。邻里怪问,不能自掩,为其父捶几殆。自是愧悔,竟以改行。此魅虽恶作剧,即谓之善知识可矣。友声又言:一人见狐睡树下,以片瓦掷之。不中,瓦碎有声,狐惊跃去。归甫入门,突见其妇缒树上,大骇呼救。其妇狂奔而出,树上缒者已不见。但闻檐际大笑曰:"亦还汝一惊。"此亦足为佻达者戒也。

注释:

①乌牸(zì)牛:黑色的雌牛。
②沾体濡足:浑身上下都被沾满了。
③诡:说假话。

同年陈半江言:有道士善符箓,驱鬼缚魅,具有灵应。所至惟蔬食茗饮而已,不受铢金寸帛也。久而术渐不验,十每失四五。后竟为群魅所遮，大见窘辱①，狼狈遁走。诉于其师。师至，登坛召将，执群魅鞠状。乃知道士虽不取一物，而其徒往往索人财，乃为行法；又窃其符箓，摄狐女媟狎。狐女因窃污其法器，故神怒不降，而仇之者得以逞也。师拊髀叹曰："此非魅败尔，尔徒之败尔也；亦非尔徒之败尔，尔不察尔徒，适以自败也。赖尔持戒清苦，得免幸矣，于魅乎何尤！"拂衣竟去。夫天君泰然，百体从令②，此儒者之常谈也。然奸黠之徒，岂能以主人廉介，遂辍贪谋哉！半江此言，盖其官直隶时，与某令相遇于余家，微以相讽。此令不悟，故清风两袖，而卒被恶声，其可惜也已。

注释：

①窘辱：戏弄侮辱。

②天君泰然，百体从令：头脑清醒，身体就听从大脑的指挥。

里有少年，无故自掘其妻墓，几见棺矣。时耕者满野，见其且詈且掘，疑为颠痫，群起阻之。诘其故，坚不肯吐；然为众手所牵制，不能复掘，荷锸恨恨去。皆莫测其所以然也。越日，一牧者忽至墓下，发狂自挝曰："汝播弄是非，间人骨肉多矣。今乃诬及黄泉耶？吾得请于神，不汝贷也。"因缕陈始末，自啮其舌死。盖少年恃其刚悍，顾盼自雄①，视乡党如无物。牧者甚②焉，因为造谤曰："或谓某帷薄不修③，吾固未信也。昨偶夜行，过其妻墓，闻林中呜呜有声，惧不敢前，伏草间窃视。月明之下，见七八黑影，至墓前与其妻杂坐调谑，蝶声艳语，一一分明。人言其殆不诬耶？"有闻之者，以告少年。少年为其所中，遽有是举。方窃幸得计，不虞鬼之有灵也。小人狙诈，自及也宜哉。然亦少年意气凭陵，乃招是忌。故曰"君子不欲多上人"。

注释:

①顾盼自雄:认为自己很了不起。

②惎:憎恨。

③帏薄不修:私生活不检点,不光彩。

从孙树宝,盐山刘氏甥也。言其外祖有至戚,生七女,皆已嫁。中一婿,夜梦与僚婿六人,以红绳连系,疑为不祥。会其妇翁殁,七婿皆赴吊。此人忆是噩梦,不敢与六人同眠食;偶或相聚,亦稍坐即避出。怪诘之,具述其故。皆疑其别有所赚,托是言也。一夕,置酒邀共饮,而私键其外户,使不得遁。突殡宫火发,竟七人俱烬。乃悟此人无是梦则不避六人,不避六人则主人不键户,不键户则七人未必尽焚。神特以一梦诱之,使无一得脱也。此不知是何夙因?同为此家之婿,同时而死,又不知是何夙因?七女同生于此家,同时而寡,殆必非偶然矣。

注释:

①僚婿:姐妹的丈夫的互称或合称。

周密庵言:其族有孀妇,抚一子,十五六矣。偶见老父携幼女,饥寒困惫,踣不能行,言愿与人为养媳。女故端丽,孀妇以千钱聘之。手书婚帖,留一宿而去。女虽孱弱,而善操作,井臼皆能任;又工针黹①,家藉以小康。事姑先意承志,无所不至,饮食起居,皆经营周至,一夜往往三四起。遇疾病,日侍榻旁,经旬月目不交睫②。姑爱之乃过于子。姑病卒,出数十金与其夫使治棺衾。夫诘所自来,女低回良久曰:"实告君,我狐之避雷劫者也。凡狐遇雷劫,惟德重禄重者庇之可免。然猝不易逢,逢之又皆为鬼神所呵护,猝不能近。此外惟早修善业,亦可以免。然善业不易修,修小善业亦不足度大劫。因化身为君妇，黾勉③事姑。今藉姑之庇，得免天刑，故厚营葬礼以申报，君何疑焉！"子故孱弱，闻之惊怖，竟不敢同居。女乃泣涕别去。后遇祭扫之期，其姑墓上必先有焚楮酹酒迹，疑亦女所为也。是特巧于逭死④，非真有爱于其姑。然有为为之，犹邀神福，信孝为德之至矣。

注释：

①针黹(zhǐ)：针线活儿。

②目不交睫：上下睫毛相交接，即闭眼。没有合上眼皮。形容夜间不睡觉、不休息。

③黾勉：勉力、尽力。

④逭死：偷生、逃命。

闻有村女，年十三四，为狐所媚。每夜同寝处，笑语媟狎，宛如伉俪。然女不狂惑①，亦不疾病，饮食起居如常人，女甚安之。狐恒给钱米布帛，足一家之用。又为女制簪珥衣裳，及衾枕茵褥之类，所值逾数百金。女父亦甚安之。如是岁余，狐忽呼女父语曰："我将还山，汝女奁具②亦略备，可急为觅一佳婿，吾不再来矣。汝女犹完璧，无疑我始乱终弃也。"女故无母，倩邻妇验之，果然。此余乡近年事，婢媪辈言之凿凿③，竟与乖崖还婢其事略同。狐之媚人，从未闻有如是者。其亦凤缘应了，凤债应偿耶？

注释：

①狂惑：发狂、神情恍惚。

②奁(liǎn)具：嫁妆。

③言之凿凿：形容话说非常真实。

杨雨亭言：登莱间有木工，其子年十四五，甚姣丽。课之读书，亦颇慧。一日，自乡塾独归，遇道士对之诵咒，即惘惘不自主,随之俱行。至山坳一草庵,四无居人,道士引入室,复相对诵咒。心顿明了,然口噤不能声,四肢缓弹①不能举。又诵咒,衣皆自脱。道士掖伏榻上,抚摩偎倚,调以媟词,方露体近之,忽蹶起却坐曰:"修道二百余年,乃为此狡童败乎?"沈思良久,复偃卧其侧,周身玩视,慨然曰:"如此佳儿,千载难遇。纵败吾道,不过再炼气二百年,亦何足惜!"奋身相逼,势已万万无免理。间不容发之际,又掉头自语曰:"二百年辛苦,亦大不易。"掣身下榻,立若木鸡;俄绕屋旋行如转磨。突抽壁上短剑,自刺其臂,血如涌泉。欹倚呻吟,约一食顷,掷剑呼此子曰:"尔几败,吾亦几败,今幸俱免矣。"更对之诵咒。此子觉如解束缚,急起披衣。道士引出门外,指以归路。口吐火焰,自焚草庵,转瞬已失所在,不知其为妖为仙也。余谓妖魅纵淫,断无顾虑。此殆谷饮岩栖,多年胎息,偶差一念,魔障遂生;幸道力原深,故忽迷忽悟,能勒马悬崖耳。老子称不见可欲,使心不乱;若已见已乱,则非大智慧不能猛省,非大神通不能痛割。此道士于欲海横流,势不能遏,竟毅然一决,以楚毒断绝爱根②,可谓地狱劫中证天堂果矣。其转念可师,其前事可勿论也。

注释:

①缓弹:无力、僵硬。

②以楚毒断绝爱根:用疼痛的方法断绝爱欲。

　　朱秋圃初入翰林时,租横街一小宅,最后有破屋数楹,用贮杂物。一日,偶入检视,见尘壁仿佛有字迹。拂拭谛观,乃细楷书二绝句,其一曰:"红蕊几枝斜,春深道韫家。枝枝都看遍,原少并头花。"其二曰:"向夕对银釭,含情坐绮窗。未须怜寂寞,我与影成双。"墨迹黯淡,殆已多年。又有行书一段,剥落残缺。玩其句格①,似是一词,惟末二句可辨,曰:

"天孙莫怅阻银河，汝尚有牵牛相忆。"不知是谁家娇女，寄感摽梅②。然不畏人知，濡毫题壁，亦太放诞风流矣。余曰："《摽梅》三章，非女子自赋耶？"秋圃曰："旧说如是，于心终有所格格。忆先儒有一说，云是女子父母所作，【按：此宋戴岷隐之说。】是或近之。"倪馀疆闻之曰："详词末二语，是殆思妇之作，遭脱辐之变者也。二公其皆失之乎！"既而秋圃揭换壁纸，又得数诗；其一曰："门掩花空落，梁空燕不来。惟余双小婢，鞋印在青苔。"其二曰："久已梳妆懒，香奁偶一开。自持明镜看，原让赵阳台。"又一首曰："咫尺楼窗夜见灯，云山似阻几千层。居家翻作无家客，隔院真成退院僧。镜里容华空若许，梦中晤对亦何曾？侍儿劝织回文锦，懒惰心情病未能。"则馀疆之说信矣。后为程文恭公诵之。公俯思良久，曰："吾知之，吾不言。"既而曰："语语负气，不见答也亦宜。"

注释：

①玩其句格：品读其句法、格调。

②摽梅：语出《诗经·召南·摽有梅》，谓梅子成熟而落下。后以"摽梅"比喻女子已到结婚年龄。

季漱六言：有佃户所居枕旷野。一夕，闻兵仗格斗声，阖家惊骇，登墙视之，无所睹。而战声如故，至鸡鸣乃息。知为鬼也。次日复然，病其聒不已①，共谋伏铳击之，果应声啾啾奔散。既而屋上屋下，众声合噪曰："彼劫我妇女，我亦劫彼妇女为质，互控于社公。社公愦愦，劝以互抵息事。俱不肯伏，故在此决胜负，何预汝事？汝以铳击我，今共至汝家，汝举铳则我去，汝置铳则我又来，汝能夜夜自昏至晓，发铳不止耶？"思其言中理，乃跪拜谢过，大具酒食纸钱送之去。然战声亦自此息矣。夫不能不为之事，不出任之，是失几②

也;不能不除之害,不力争之,是养痈也。鬼不干人,人反干鬼,鬼有词矣,非开门揖盗乎!孟子有言,乡邻有斗者,被发缨冠而往救之。则惑也,虽闭户可也。

注释:

①病其聒不已:厌恶他们吵闹不休。
②失几:失去机会。

伊松林舍人言:有赵延洪者,性伉直,嫉恶至严,每面责人过,无所避忌。偶见邻妇与少年语,遽告其夫。夫侦之有迹,因伺其私会骈斩之,携首鸣官①。官已依律勿论矣。越半载,赵忽发狂自挝,作邻妇语,与索命,竟啮断其舌死。夫荡妇逾闲,诚为有罪。然惟其亲属得执之,惟其夫得杀之,非乱臣贼子,人人得而诛者也。且所失者一身之名节,所玷者一家之门户,亦非神奸巨蠹②,弱肉强食,虐焰横煽,沈冤莫雪,使人人公愤者也。律以隐恶扬善之义,即转语他人,已伤盛德。倪伯仁由我而死③,尚不免罪有所归;况直告其夫,是诚何意,岂非激以必杀哉!游魂为厉,固不为无词。观事经半载,始得取偿,其必得请于神,乃奉行天罚矣。然则以评为直,固非忠厚之道,抑亦非养福之道也。

注释:

①携首鸣官:提着头颅去见官。
②神奸巨蠹:大奸臣、大盗贼。
③伯仁由我而死:典故出自《晋书·周𫖳传》。伯仁,周𫖳的字。表示对别人的死亡负有某种责任。

御史佛公伦,姚安公老友也。言贵家一佣奴,以游荡为主人所逐。衔恨次骨,乃造作蜚语,诬主人帷薄不修①,缕述其下烝上报②状,言之凿凿,一时传布。主人亦稍闻之,然无以箸其口，又无从而与辩；妇女辈惟爇香吁神而已。一日，奴与其党坐茶肆，方抵掌纵谈，四座耸听，忽噭然一声，已仆于几上死。无由检验，以痰厥具报。官为敛埋，棺薄土浅，竟为群犬捃食，残骸狼藉。始知为负心之报矣。佛公天性和易，不喜闻人过，凡僮仆婢媪，有言旧主之失者，必善遣使去，鉴此奴也。尝语昀曰："宋党进闻平话说韩信，（优人演说故实，谓之平话。《永乐大典》所载，尚数十部。）即行斥逐。或请其故。曰：'对我说韩信，必对韩信亦说我，是乌可听？'千古笑其愦愦，不知实绝大聪明。彼但喜对我说韩信，不思对韩信说我者，乃真愦愦耳。"真通人之论也。

注释：

①帷薄不修：比喻男女关系不洁。

②下烝上报：上下辈之间的乱伦之行。

　　福建泉州试院，故海防道署也，室宇宏壮。而明季兵燹，署中多撄杀戮；又三年之中，学使按临①仅两次。空闭日久，鬼物遂多。阿雨斋侍郎言：尝于黄昏以后，隐隐见古衣冠人，暗中来往。既而视之，则无睹。余按临是郡，时幕友孙介亭亦曾见纱帽红袍人入奴子室中，奴子即梦魇。介亭故有胆，对窗唾曰："生为贵官，死乃为僮仆辈作祟，何不自重乃尔耶？"奴子忽醒，此后遂不复见。意其魂即栖是室，故欲驱奴子出；一经斥责，自知理屈而止欤？

注释：

①按临：巡视、巡查。

　　里俗遇人病笃时，私剪其着体衣襟一片，炽火焚之。其灰有白文，斑驳如篆籀者，则必死；无字迹者，即生。又或联纸为衾①，其缝不以糊粘，但以秤锤就捣衣砧上捶之。其缝

缀合者必死，不合者即生。试之，十有八九验。此均不测其
何理。

注释：

①联纸为衾(qīn)：用纸联成被套。

莆田林生霈言：闻泉州有人，忽灯下自顾其影，觉不类
己形。谛审之，运动转侧，虽一一与形相应，而首巨如斗，发
鬈鬖如羽葆，手足皆钩曲如鸟爪，宛然一奇鬼也。大骇，呼
妻子来视，所见亦同。自是每夕皆然，莫喻其故，惶怖不知
所为。邻有塾师闻之，曰："妖不自兴，因人而兴。子其阴有
恶念，致罗刹感而现形欤？"其人悚然具服①，曰："实与某氏
有积仇，拟手刃其一门，使无遗种，而跳身以从鸭母(康熙末，
台湾逆寇朱一贵结党煽乱。一贵以养鸭为业，闽人皆呼为鸭母云。)。
今变怪如是，毋乃神果警我乎！且辍是谋，观子言验否？"是
夕鬼影即不见。此真一念转移，立分祸福矣。

注释：

①悚然具服：因害怕而全部招认了自己的过错。

丁御史芷溪言：曩在天津，遇上元①，有少年观灯夜归，
遇少妇甚妍丽，徘徊歧路，若有所待，衣香鬓影，楚楚动人。
初以为失侣之游女，挑与语，不答。问姓氏里居，亦不答。乃
疑为幽期密约迟所欢而未至者，计可以挟制留也，邀至家
少憩。坚不肯。强迫之同归。柏酒粉团②，时犹未彻，遂使杂
坐妻妹间，联袂共饮。初甚觍觍，既而渐相调谑，媚态横生，
与其妻妹互劝酬。少年狂喜，稍露留宿之意。则微笑曰："缘
蒙不弃，故暂借君家一卸妆。恐伙伴相待，不能久住。"起解
衣饰卷束之，长揖径行，乃社会中拉花(秧歌队中作女妆

者,俗谓之拉花。)者也。少年愤恚,追至门外,欲与斗。邻里聚问,有亲见其强邀者,不能责以夜入人家;有亲见其唱歌者,不能责以改妆戏妇女,竟哄笑而散。此真侮人反自侮矣。

注释:

①上元:节日名。俗以农历正月十五日为上元节,也叫元宵节。
②柏酒粉团:比喻宴席丰盛,十分热闹。

老仆卢泰言:其舅氏某,月夜坐院中枣树下,见邻女在墙上露半身,向之索枣。扑数十枚与之。女言今日始归宁,兄嫂皆往守瓜,父母已睡。因以手指墙下梯,斜盼而去。其舅会意,蹑梯而登。料女甫下,必有几凳在墙内,伸足试踏,乃踏空堕溷中①。女父兄闻声趋视,大受捶楚。众为哀恳乃免。然邻女是日实未归,方知为魅所戏也。前所记骑牛妇,尚农家子先挑之;此则无因而至,可云无妄之灾。然使招之不往,魅亦何所施其技?仍谓之自取可矣。

注释:

①堕溷中:掉进粪坑中。

李芍亭言:有友尝避暑一僧寺,禅室甚洁,而以板窒其后窗。友置榻其下。一夕,月明,枕旁有隙如指顶,似透微光。疑后为僧密室,穴纸觇之,乃一空园,为厝棺①之所。意其间必有鬼,因侧卧枕上,以一目就窥。夜半,果有黑影,仿佛如人,来往树下。谛视粗能别男女,但眉目不了了。以耳就隙窃听,终不闻语声。厝棺约数十,然所见鬼少仅三五,多不过十余。或久而渐散,或已人转轮欤?如是者月余,不以告人,鬼亦竟未觉。一夕,见二鬼嬫狚于树后,距窗下才七八尺，冶荡之态，更甚于人。不觉失声笑，乃阒然灭迹。次夜再窥，不见一鬼矣。越数日，寒热大作，疑鬼为祟，乃徙居他寺。变幻如鬼，不免于意想之外，使人得见其阴私。十目十手[2]，殆非虚语。然智出鬼上，而卒不免为鬼驱。察见渊鱼者不祥，又是之谓矣。

注释：

①厝棺：停放棺材的地方。

②十目十手：十个人看着你，十只手指着你。形容一个人的言行举止，离不开众人的监督。

　　大学士温公镇乌鲁木齐日，军屯报遣犯王某逃，缉捕无迹。久而微闻其本与一吴某皆闽人，同押解至哈密辟展间，王某道死[1]。监送台军不通闽语，不能别孰吴孰王。吴某因言死者为吴，而自冒王某之名。来至配所数月，伺隙潜逃。官府据哈密文牒，缉王不缉吴，故吴幸跳免[2]。然事无左证，疑不能明，竟无从究诘。军吏巴哈布因言：有卖丝者妇，甚有姿首。忽得奇疾，终日惟昏昏卧，而食则兼数人。如是两载余。一日，嗷然长号，僵如尸厥。灌治竟夜，稍稍能言。自云魂为城隍判官所摄，逼为妾媵，而别摄一饿鬼附其形。至某日寿尽之期，冥牒拘召，判官又嘱鬼役别摄一饿鬼抵。饿鬼亦喜得转生，愿为之代。迨城隍庭讯，乃察知伪状，以判官鬼役付狱，遣我归也。后判官塑像无故自碎，此妇又两年余乃终。计其复生至再死，与其得疾至复生，日数恰符。知以枉被掠夺，仍还其应得之寿矣。然则移甲代乙，冥司亦有，所惜者此少城隍一讯耳。

注释：

①道死：在途中死亡。

②幸跳免：有幸逃脱。

李阿亭言：滦州民家，有狐据其仓中居，不甚为祟；或偶然抛掷砖瓦，盗窃饮食耳。后延术士劾治，殪数狐；且留符曰："再至则焚之。"狐果移去。然时时幻形为其家妇女，夜出与邻舍少年狎；甚乃幻其幼子形，与诸无赖同卧起。大播丑声[1]，民固弗知。一日，至佛寺，闻禅室嬉笑声。穴纸窃窥，乃其女与僧杂坐。愤甚，归取刃。其女乃自内室出。始悟为狐复仇，再延术士。术士曰："是已窜逸，莫知所之矣。"夫狐魅小小扰人，事所恒有，可以不必治，即治亦罪不至死。遽骈诛之，实为已甚，其衔冤也固宜。虽有符可恃，狐不能再逞，而相报之巧，乃卒生于所备外[2]。然则君子于小人，力不足胜，固遭反噬；即力足胜之，而机械潜伏，变端百出，其亦深可怖已。

注释：

①大播丑声：大肆传播不好的名声。
②生于所备外：超出了所防备的范畴。

嵩辅堂阁学言：海淀有贵家守墓者，偶见数犬逐一狐，毛血狼藉。意甚悯之，持杖击犬散，提狐置室中，俟其苏息，送至旷野，纵之去。越数日，夜有女子款扉入，容华绝代。骇问所自来。再拜曰："身是狐女，昨遭大难，蒙君再生，今来为君拂枕席。"守墓者度无恶意，因纳之。往来狎昵，两月余，日渐瘵瘦，然爱之不疑也。一日，方共寝，闻窗外呼曰："阿六贱婢！我养创甫愈，未即报恩，尔何得冒托我名，魅郎君使病？脱有不讳[1]，族党中谓我负义，我何以自明？即知事出于尔，而郎君救我，我坐视其死，又何以自安？今偕姑姊来诛尔。"女子惊起欲遁，业有数女排闼入，捂击立毙。守墓者惑溺已久，痛惜恚忿，反斥此女无良，夺其所爱。此女反覆自陈，终不见省，且拔刃跃起，欲为彼女报冤。此女乃痛哭越墙去。守墓者后为人言之，犹恨恨也。此所谓"忠而见谤，信而见疑②"也欤！

注释：

①脱有不讳：倘若产生什么不测。

②忠而见谤，信而见疑：忠心遭到诽谤，诚信遭到怀疑。

董曲江前辈言：有讲学者，性乖僻，好以苛礼绳生徒①。生徒苦之，然其人颇负端方名②，不能诋其非也。塾后有小圃，一夕，散步月下，见花间隐隐有人影。时积雨初晴，土垣微圮，疑为邻里窃蔬者。迫而诘之，则一丽人匿树后，跪答曰："身是狐女，畏公正人不敢近，故夜来折花。不虞为公所见，乞曲恕。"言词柔婉，顾盼间百媚俱生。讲学者惑之，挑与语。宛转相就，且云妾能隐形，往来无迹，即有人在侧亦不睹，不至为生徒知也。因相燕昵。比天欲晓，讲学者促之行。曰："外有人声，我自能从窗隙去，公无虑。"俄晓日满窗，执经者③麕至，女仍垂帐偃卧。讲学者心摇摇，然尚冀人不见。忽外言某媪来迓④女。女披衣径出，坐皋比⑤上，理鬓讫，敛衽谢曰："未携妆具，且归梳沐。暇日再来访，索昨夕缠头锦⑥耳。"乃里中新来角妓，诸生徒贿使为此也。讲学者大沮，生徒课毕归早餐，已自负衣装遁矣。外有余必中不足，岂不信乎！

注释：

①好以苛礼绳生徒：喜欢用苛刻的礼法来约束学生。

②负端方名：一向有品行端正的名声。

③执经者：来读书、请教学业的学生。

④迓：迎接。

⑤皋比:代之教书先生的讲台。

⑥缠头锦耳:古代妓女所得到的报酬。

　　曲江又言:济南有贵公子,妾与妻相继殁。一日,独坐荷亭,似睡非睡,恍惚若见其亡姬。素所怜爱,即亦不畏,问:"何以能返?"曰:"鬼有地界,土神禁不许阑入。今日明日,值娘子诵经期,连放焰口,得来领法食也。"问:"娘子已来否?"曰:"娘子狱事未竟,安得自来!"问:"施食无益于亡者,作焰口何益?"曰:"天心仁爱,佛法慈悲,赈人者佛天喜,赈鬼者佛天亦喜。是为亡者资冥福,非为其自来食也。"问:"泉下况味何似?"曰:"堕女身者妾凤业,充下陈者君凤缘。业缘俱满,静待转轮,亦无大苦乐。但乏一小婢供驱使,君能为焚一偶人乎?"懵腾而醒,姑信其有,为作偶人焚之。次夕见梦,则一小婢相随矣。夫束刍缚竹,剪纸裂缯,假合成质,①何亦通灵?盖精气抟结,万物成形;形不虚立,秉气含精。虽久而腐朽,犹蜎蠖以化,芝菌以蒸。故人之精气未散者为鬼,布帛之精气,鬼之衣服,亦如生。其于物也,既有其质,精气斯凝,以质为范,象肖以成。火化其渣滓,不化其菁英,故体为灰烬,而神聚幽冥。如人徂谢,魄降而魂升。夏作明器,殷周相承,圣人所以知鬼神之情也。若夫金钰、春条,未闲佳城②,殡宫阒寂,彳亍③夜行,投畀炎火,微闻咿嘤。是则衰气所召,妖以人兴,抑或他物之所凭矣。(有樊媪者,在东光见有是事。)

注释:

①束刍缚竹句:捆起茅草拴住竹子,剪开纸张,裁剪布匹,做成偶人。

②佳城:代指墓地。

③彳亍(chì chù):慢步行走。

朱子颖运使言：昔官叙永同知时，由成都回署，偶遇茂林，停舆小憩。遥见万峰之顶，似有人家；而削立千仞，实非人迹所到。适携西洋远镜①，试以窥之，见草屋三楹，向阳启户，有老翁倚松立，一幼女坐檐下，手有所持，似俯首缝补；屋柱似有对联，望不了了。俄云气溕郁②，遂不复睹。后重过其地，林麓依然，再以远镜窥之，空山而已。其仙灵之宅，误为人见，遂更移居欤？

注释：

①西洋远镜：望远镜。

②溕郁：云烟弥漫。

潘南田画有逸气，而性情孤峭，使酒骂座①，落落然②不合于时。偶为余作梅花横幅，余题一绝曰："水边篱落影横斜，曾在孤山处士家。只怪樛枝蟠似铁，风流毕竟让桃花。"盖戏之也。后余从军塞外，侍姬辈嫌其敝黬，竟以桃花一幅易之。然则细琐之事，亦似皆前定矣。

注释：

①使酒骂座：凭借着喝了酒撒酒疯谩骂别人。

②落落然：形单影只，落落寡欢的样子。

青县王恩溥，先祖母张太夫人乳母孙也。一日，自兴济夜归，月明如昼，见大树下数人聚饮，杯盘狼藉。一少年邀之入座，一老翁嗔语少年曰："素不相知，勿恶作剧。"又正色谓恩溥曰："君宜速去，我辈非人，恐小儿等于君不利。"恩溥大怖，狼狈奔走，得至家，殆无气以动①。后于亲串家作吊，突见是翁，惊仆欲绝，惟连呼："鬼！鬼！"老翁笑掖之起，曰："仆耽曲蘖②，日恒不足。前值月夜，荷邻里相邀，酒已无多。遇君适至,恐增一客则不满枯肠③,故诡语遣君。君乃竟以为真耶!"宾客满堂,莫不绝倒。中一客目击此事,恒向人说之。偶夜过废祠,见数人聚饮,亦邀入座。觉酒味有异,心方疑讶,乃为群鬼挤入深淖,化磷火荧荧散。东方渐白,有耕者救之,乃出。缘此胆破,翻疑恩溥所见为真鬼。后途遇此翁,竟不敢接谈。此表兄张自修所说。戴君恩诏则曰实有此事,而所传殊倒置。乃此客先遇鬼,而恩溥闻之。偶夜过某村,值一多年未晤之友,邀之共饮。疑其已死,绝裾奔逃;后相晤于姻家,大遭诟诃也。二说未审孰是。然由张所说,知不可偶经一事,遂谓事事皆然,致失于误信;由戴所说,知亦不可偶经一事,遂谓事事皆然,反败于多疑也。

注释:

①无气以动:没有力气再动弹了。

②耽曲蘖:爱好喝酒。

③不满枯肠:不能满足口腹之欲。

李秋崖言:一老儒家,有狐居其空仓中,三四十年未尝为祟。恒与人对语,亦颇知书;或邀之饮,亦肯出,但不见其形耳。老儒殁后,其子亦诸生,与狐酬酢如其父。狐不甚答,久乃渐肆扰。生故设帐于家,而兼为人作讼牒。凡所批课文,皆不遗失;凡作讼牒,则甫具草辄碎裂,或从手中掣其笔。凡脯脩所入,毫厘不失;凡刀笔所得,虽扃锁严密,辄盗去。凡学子出入,皆无所见;凡讼者至,或瓦石击头面流血,或檐际作人语,对众发其阴谋。生苦之,延道士劾治。登坛召将,摄狐至。狐侃侃辩曰:"其父不以异类视我,与我交至厚。我亦不以异类自外,视其父如弟兄。今其子自堕家声①,作种种恶业,不陨身不止。我不忍坐视,故挠之使改图;所攫金皆埋其父墓中,将待其倾覆,周其妻子,实无他肠。不虞炼师之见谴,生死惟命。"道士蹶然下座,三揖而握其手曰:"使我亡友有此子,吾不能也;微我不能,恐能者千百无一二。此举乃出尔曹乎!"不别主人,太息径去。其子愧不自容,誓辍是业,竟得考终。

注释:

①自堕家声:自己堕落、毁坏家族的名声。

乾隆丙辰、丁巳间①,户部员外郎长公泰有仆妇,年二十余,中风昏眩,气奄奄如缕,至夜而绝。次日,方为营棺敛,手足忽动,渐能屈伸。俄起坐,问:"此何处?"众以为犹谵语也。既而环视室中,意若省悟,喟然者数四,默默无语,从此病顿愈。然察其语音行步,皆似男子;亦不能自梳沐,见其夫若不相识。觉有异,细诘其由。始自言本男子,数日前死。魂至冥司,主者检算未尽,然当谪为女身,命借此妇尸复生。觉倏如睡去,倏如梦醒,则已卧板榻上矣。问其姓名里贯,坚不肯言,惟曰事已至此,何必更为前世辱。遂不穷究。初不肯与仆同寝,后无词可拒,乃曲从;然每一荐枕,辄饮泣至晓。或窃闻其自语曰:"读书二十年,作官三十余年,乃忍耻受奴子辱耶?"其夫又尝闻呓语曰:"积金徒供儿辈乐,多亦何为?"呼醒问之,则曰未言。知其深讳,亦姑置之。长公恶言神怪事,禁家人勿传,故事不甚彰②,然亦颇有知之者。越三载余,终郁郁病死。讫不知其为谁也。

注释:

①乾隆丙辰、丁巳间:乾隆元年、二年,公元 1736—1737 年。

②不甚彰:流传不广。

先师裘文达公言:有郭生,刚直负气。偶中秋燕集①,与朋友论鬼神,自云不畏。众请宿某凶宅以验之,郭慨然仗剑往。宅约数十间,秋草满庭,荒芜蒙翳②。扃户独坐,寂无见闻。四鼓后,有人当户立。郭奋剑欲起,其人挥袖一拂,觉口噤体僵,有如梦魇,然心目仍了了。其人磬折致词曰:"君固豪士,为人所激,因至此。好胜者常情,亦不怪君。既蒙枉顾,本应稍尽宾主意。然今日佳节,眷属皆出赏月,礼别内外,实不欲公见。公又夜深无所归。今筹一策,拟请君入瓮,幸君勿嗔;觞酒豆肉,聊以破闷,亦幸勿见弃。"遂有数人昇郭置大荷缸中,上覆方桌,压以巨石。俄隔缸笑语杂遝,约男妇数十,呼酒行炙,一一可辨。忽觉酒香触鼻,暗中摸索,有壶一、杯一、小盘四,横阁象箸二。方苦饥渴,且姑饮啖。复有数童子绕缸唱艳歌,有人扣缸语曰:"主人命娱宾也。"亦靡靡可听。良久,又扣缸语曰:"郭君勿罪,大众皆醉,不能举巨石。君且姑耐,贵友行至矣。"语讫,遂寂。次日,众见门不启,疑有变,逾垣而入。郭闻人声,在缸内大号。众竭力移石,乃閛然③出,述所见闻,莫不拊掌。视缸中器具,似皆己物。还家讯问,则昨夕家燕④,并酒肴失之,方诟谇大索也。此魅可云狡狯矣。然闻之使人笑不使人怒,当出瓮时,虽郭生亦自哑然也,真恶作剧哉。余容若曰:"是犹玩弄为戏也。曩客秦陇间,闻有少年随塾师读书山寺。相传寺楼有魅,时出媚人。私念狐女必绝艳,每夕诣楼外,祷以媟词,冀有所遇。一夜,徘徊树下,见小环招手。心知狐女至,跃然相就。小环悄语曰:'君是解人⑤,不烦絮说。娘子甚悦君,然此何等事,乃公然致祝!主人怒君甚,以君贵人,不敢祟;惟约束娘子颇严。今夜幸他出,娘子使来私招君。君宜速往。'少年随之行,觉深闺曲弄,都非寺内旧门径。至一房,朱槅半开,虽无灯,隐隐见床帐。小环曰:'娘子初会,觉觍觍,已卧帐内。君第解衣,径登榻,无出一言,恐他婢闻也。'语讫,径去。少年喜不自禁,遽揭其被,拥于怀而接唇。忽其人惊起大呼。却立愕视,则室庐皆不见,乃塾师睡檐下乘凉也。

塾师怒,大施夏楚。不得已吐实,竟遭斥逐。此乃真恶作剧矣。"文达公曰:"郭生恃客气,故仅为魅侮;此生怀邪心,故竟为魅陷。二生各自取耳,岂魅有善恶哉! "

注释:
①燕集:聚会。
②蒙翳:荒凉、荒芜。
③阆然:伸着头的样子。
④家燕:家中设宴。
⑤解人:明白人,通晓事理的人。

李村有农家妇,每早晚出饁,辄见女子随左右。问同行者,则不见。意大恐怖。后乃渐随至家,然恒在院中,或在墙隅,不入寝室。妇逼视,即却走①;妇返,即仍前。知为冤对,因遥问之。女子曰:"汝前生与我并贵家妾,汝妒我宠,以奸盗诬我致幽死。今来取偿,讵汝今生事姑孝,恒为善神所护,我不能近,故日日相随。揆度事势,万万无可相报理。汝傥作道场度我,我得转轮,即亦解冤矣。"妇辞以贫。女子曰:"汝贫非虚语,能发念诵佛号万声,亦可度我。"问:"此安能得度鬼?"曰:"常人诵佛号,佛不闻也,特念念如对佛,自摄此心而已。若忠臣孝子,诚感神明,一诵佛号,则声闻三界,故其力与经忏等。汝是孝妇,知必应也。"妇如所说,发念持诵。每诵一声,则见女子一拜。至满万声,女子不见矣。此事故老时说之,知笃志事亲②,胜信心礼佛。

注释:
①却走:退却、离开。
②笃志事亲:一心一意侍奉尊亲。

又闻洼东有刘某者,母爱其幼弟,刘爱弟更甚于母。

弟婴痼疾，母忧之，废寝食。刘经营疗治，至鬻其子供医药。尝语妻曰："弟不救，则母可虑，毋宁我死耳！"妻感之，鬻及祔衣①，无怨言。弟病笃，刘夫妇昼夜泣守。有丐者夜栖土神祠，闻鬼语曰："刘某夫妇轮守其弟，神光照烁，猝不能入，有违冥限，奈何？"土神曰："兵家声东而击西，汝知之乎？"次日，其母灶下卒中恶。夫妇奔视，母苏而弟已绝矣。盖鬼以计取之也。后夫妇并年八十余乃卒。奴子刘琪之女，嫁于洼东，言闻诸故老曰，刘自奉母以外，诸事蠢蠢如一牛。有告以某忤其母者，刘掉头曰："世宁有是人？人宁有是事？汝毋造言。"其痴多类此，传以为笑。不知乃天性纯挚，直以尽孝为自然，故有是疑耳。元人《王彦章墓》诗曰："谁信人间有冯道？"即此意矣。

注释：

①祔(nì)衣：内衣。

　　景少司马介兹官翰林时，斋宿清秘堂(此因乾隆甲子御题"集贤清秘"额，因相沿称之，实无此堂名。)。积雨初晴，微月未上，独坐廊下。闻瀛洲亭中语曰："今日楼上看西山，知杜紫微①'雨余山态活'句，真神来之笔。"一人曰："此句佳在活字，又佳在态字烘出活字。若作山色山翠，则兴象俱减矣。"疑为博晰之等尚未睡，纳凉池上，呼之不应；推户视之，阒无人迹。次日，以告晰之。晰之笑曰："翰林院鬼，故应作是语。"

注释：

①杜紫微：杜牧(803—约 852)，字牧之，号樊川居士，唐代诗人。唐玄宗开元元年改中书省为紫微省，中书舍人为紫微舍人。杜牧曾官中书舍人，故称为"杜紫微"。

释家能夺舍,道家能换形。夺舍者托孕妇而转生;换形者血气已衰,大丹未就,则借一壮盛之躯,与之互易也。狐亦能之。族兄次辰云,有张仲深者,与狐友,偶问其修道之术。狐言:"初炼幻形,道渐深则炼蜕形,蜕形之后,则可以换形。凡人痴者忽黠,黠者忽颠,与初不学仙而忽好服饵导引,人怪其性情变常,不知皆魂气已离,狐附其体而生也。然既换人形,即归人道,不复能幻化飞腾。由是而精进,则与人之修仙同,其证果较易。或声色货利①,嗜欲牵缠,则与人之惑溺同,其堕轮回亦易。故非道力坚定,多不敢轻涉世缘,恐浸淫而不自觉也。"其言似亦近理。然则人欲之险,其可畏也哉。

注释:

①声色货利:美色、玩物、金钱利益。

朱介如言:尝因中暑眩瞀,觉忽至旷野中,凉风飒然,意甚爽适。然四顾无行迹,莫知所向。遥见数十人前行,姑往随之。至一公署,亦姑随入。见殿阁宏敞,左右皆长廊;吏役奔走,如大官将坐衙状。中一吏突握其手曰:"君何到此?"视之,乃亡友张恒照。悟为冥司,因告以失路状。张曰:"生魂误至,往往有此,王见之亦不罪;然未免多一诘问。不如且坐我廊屋,俟放衙,送君返;我亦欲略问家事也。"人坐未几,王已升座。自窗隙窃窥,见同来数十人,以次庭讯。语不甚了了,惟一人昂首争辩,似不服罪。王举袂一挥,殿左忽现大圆镜,围约丈余。镜中现一女子反缚受鞭像。俄似电光一瞥,又现一女子忍泪横陈像。其人叩颡曰:"伏矣。"即曳去。良久放衙,张就问子孙近状。朱略道一二,张挥手曰:"勿再言,徒乱人意①。"因问:"顷所见者业镜耶?"曰:"是也。"问:"影必肖形,今无形而现影,何也?"曰:"人镜照形,神镜照心。人作一事,心皆自知;既已自知,即心有此事;心有此事,即心有此事之象,故一照而毕现也。若无心作过,本不自知,则照亦不见。心无是事,即无是象耳。冥司断狱,惟以有心无心别善恶,君其识之。"又问:"神镜何以能照心?"曰:"心不可见,缘物以形。体魄已离,存者性灵。神识不灭,如灯荧荧。外光无翳,内光虚明,内外莹澈,故纤芥必呈也。"语讫,遽曳之行。觉此身忽高忽下,如随风败箨②。倏然惊醒,则已卧榻上矣。此事在甲子七月。怪其乡试后期至,乃具道之。

注释:

①徒乱人意:只不过是自寻烦恼。

②随风败箨(tuò):随风滚动的竹壳。

东光马节妇,余妻党也。年未二十而寡,无翁姑兄弟,亦无子女。艰难困苦,坐卧一破屋中,以浣濯缝纫自给,至鬻釜以易粟,而拾破瓦盆以代釜。年八十余,乃终。余尝序马氏家乘①,然其夫之名字,与母之族氏,则忘之久矣。相传其十一二时,随母至外家。故有狐,夜掷瓦石击其窗。闻屋上厉声曰:"此有贵人,汝辈勿取死。"然竟以民妇终,殆孟子所谓"天爵"欤?先师李又聃先生与同里,尝为作诗曰:"早岁吟黄鹄,颠连四十春。怀贞心比铁,完节鬓如银。慷慨期千古,凋零剩一身。几番经坎坷,此念未缁磷。(原注:节妇初寡时,尚存薄田数亩。有欲迫之嫁者,侵凌至尽。)震撼惊风雨,扶呵赖鬼神。(原注:一岁霖雨经旬,邻屋新造者皆圮,节妇一破屋,支柱欹斜,竟得无恙。)天原常佑善,人竟不怜贫。稍觉亲朋少,羞为乞索频。一家徒四壁,九食度三旬。绝粒肠空转,佣针手尽皴。有薪皆扫叶,无甑可生尘。黧面真如鹄,悬衣半似鹑。遮门才破荐,(原注:屋扉破碎不能葺,以破荐代扉者十余年。)藉草是华茵。只自甘饥冻，翻嫌话苦辛。偷儿嗤饿鬼，（原注：夜有盗过节妇屋上，节妇呼问，盗大笑曰："吾何至进汝饿鬼家！"）女伴笑痴人。（原注：有同巷贫妇，再醮富室。归宁时华服过节妇曰："看我享用，汝岂非大痴耶！"）生死心无改，存亡理亦均。喧阗凭燕雀，坚劲自松筠。伊我钦贤淑，多年共比闾。不辞歌咏拙，取表性情真。公议存乡校，廷评待史臣。他时邀紫诰②，光映九河滨。"盖先生壬申公车主余家时所作，故仅云"颠连四十春"。诗格绝类香山。敬录于此，一以昭节妇之贤，一以存先师之遗墨也。后外舅周篆马公见此诗，遂割膄田三百亩为节妇立嗣，且为请旌。或亦讽谕之力欤！

注释：
①家乘：家谱。
②紫诰：分封的官位、爵位。

余从军西域时，草奏草檄，日不暇给，遂不复吟咏。或得一联一句，亦境过辄忘。乌鲁木齐杂诗百六十首，皆归途追忆而成，非当日作也。一日，功加毛副戎自述生平，怅怀今昔，偶为赋一绝句曰："雄心老去渐颓唐，醉卧将军古战场；半夜醒来吹铁笛，满天明月满林霜。"毛不解诗，余亦不复存稿。后同年杨君逢元过访，偶话及之。不知何日杨君登城北关帝祠楼，戏书于壁，不署姓名。适有道士经过，遂传为仙笔。余畏人乞诗，杨君畏人乞书，皆不肯自言。人又微知余能诗不能书，杨君能书不能诗，亦遂不疑及，竟几于流为丹青。迨余辛卯还京祖饯①，于是始对众言之。乃爽然若失。昔南宋闽人林外题词于西湖，误传仙笔。元【按：元当作金。王庭筠，字子端，金河东人，自号黄华老人。】王黄华诗刻于山西者，后摹刻于滇南，亦误传仙笔。然则诸书所谓仙诗者，此类多矣。

注释：

①祖饯：设宴践行。

　　图裕斋前辈言：有选人游钓鱼台。时西顶社会，游女如织。薄暮，车马渐稀，一女子左抱小儿，右持鼗鼓①，袅袅来。见选人，举鼗一摇。选人一笑，女子亦一笑。选人故狡黠，揣女子装束类贵家，而抱子独行，又似村妇，踪迹诡异，疑为狐魅，因逐之絮谈。女子微露夫亡子幼意。选人笑语之曰："毋多言，我知尔，亦不惧尔。然我贫，闻尔辈能致财。若能赡②我，我即从尔去。"女子亦笑曰："然则同归耳。"至其家，屋不甚宏壮，而颇华洁；亦有父母姑姊妹。彼此意会，不复话氏族，惟献酬款洽而已。酒阑就宿，备极嬿婉。次日入城，携小奴及襆被往，颇相安。惟女子冶荡无度，奔命殆疲。又渐使拂枕簟，侍梳沐，理衣裳，司洒扫，至于烟筒茗碗之役，亦遣执之。久而其姑若姊妹，皆调谴指挥，视如僮婢。选人耽其色，利其财，不能拒也。一旦，使涤厕牏③，选人不肯。女子愠曰："事事随汝意，此乃不随我意耶？"诸女亦助之诮责。由此渐相忤。既而每夜出不归，云亲戚留宿。又时有客至，皆曰中表④，日嬉笑燕饮，或琵琶度曲，而禁选人勿至前。选人恚愤，女子亦怒，且笑曰："不如是，金帛从何来？使我谢客易，然一家三十口，须汝供给，汝能之耶？"选人知不可留，携小奴入京，僦住屋。次日再至，则荒烟蔓草，无复人居，并衣装不知所往矣。选人本携数百金，善治生，衣颇褴褛。忽被服华楚，皆怪之。具言赘婿状，人亦不疑。俄又褴褛，讳不自言。后小奴私泄其事，人乃知之。曹慕堂宗丞曰："此魅窃逃，犹有人理。吾所见有甚于此者矣。"

注释：

①鼗(táo)鼓：小鼓下端设一手柄，鼓的两侧有绳槌，绳端系木

丸,摇动手柄,两耳槌甩击鼓面发音,俗称"两耳鼓"、"播浪鼓"。

②赡:补贴,资助。

③厕牏:女人的内衣。

④中表:表亲。

武强张公令誉,康熙丁酉①举人,刘景南之妇翁也。言有选人纳一姬,聘币颇轻,惟言其母爱女甚,每月当十五日在寓,十五日归宁。悦其色美而值廉,竟曲从之。后一选人纳姬,约亦如是。选人初不肯,则举此选人为例。询访信然,亦曲从之。二人本同年,一日话及,前选人忽省曰:"君家阿娇归宁上半月耶?下半月耶?"曰:"下半月。"前选人大悟,急引入内室视之,果一人也。盖其初鬻之时,已预留再鬻地矣。张公淳实②君子,度必无妄言。惟是京师鬻女之家,虽变幻万状,亦必欺以其方,故其术一时不遽败③。若月月克日归宁,已不近事理;又不时往来于两家,岂人不能闻。是必败之道,狡黠者断不出此。或传闻失实,张公误听之欤?然紫陌看花,动多迷路。其造作是语,固亦不为无因耳。

注释:

①康熙丁酉:康熙五十六年,公元 1717 年。

②淳实:淳朴老实。

③遽败:马上败露。

朱青雷言:李华巃在京,以五百金纳一姬。会以他事诣天津,还京之日,途遇一友,下车为礼。遥见姬与二媒媪同车驰过,大骇愕。而姬若弗见华巃者。恐误认,思所衣绣衫又己所新制,益怀疑,草草话别。至家,则姬故在。一见,即问:"尔先至耶?媒媪又将尔嫁何处?"姬仓皇不知所对。乃怒遣家僮呼其父母来领女。父母狼狈至。其妹闻姊有变,亦同来。入门则宛然车中女,其绣衫乃借于姊者,尚未脱。盖少其姊一岁，容貌略相似也。华麓方跳踉如虓虎，见之省悟，嗒然无一语。父母固诘相召意。乃述误认之故，深自引愆①。父母亦具述方鬻次女，借衣随媒媪同往事。问价几何，曰："三百金，未允也。"华麓辄然，急开箧取五百金置几上曰："与其姊同价可乎？"顷刻议定，留不遣归，即是夕同衾焉。风水相遭，无心凑合。此亦可为佳话矣。

　　刘东堂言：狂生某者，性悖妄①，诋訾今古，高自位置。有指摘其诗文一字者，衔之次骨，或至相殴。值河间岁试，同寓十数人，或相识，或不相识。夏夜散坐庭院纳凉，狂生纵意高谈。众畏其唇吻②，皆缄口不答。惟树后坐一人，抗词与辩，连抵其隙。理屈词穷，怒问："子为谁？"暗中应曰："仆焦王相（河间之宿儒。）也。"骇问："子不久死耶？"笑应曰："仆如不死，敢捋虎须耶？"狂生跳掷叫号，绕墙寻觅。惟闻笑声吃吃，或在木杪，或在檐端而已。

　　王洪绪言：鄞州筑堤时，有少妇抱衣袱行堤上，力若不胜，就柳下暂息。时佣作数十人，亦散憩树下。少妇言归自母家，幼弟控一驴相送。驴惊坠地，弟人秫田追驴，自辰至午尚未返。不得已沿堤自行。家去此西北四五里。谁能抱袱送我，当谢百钱。一少年私念此可挑，不然亦得谢，乃随往。一路与调谑，不甚答亦不甚拒。行三四里，突七八人要于路^①曰:"何物狂且,敢觊觎我家妇女?"共执缚捶楚,皆曰:"送官徒涉讼,不如埋之。"少妇又述其谑语。益无可辩,惟再三哀祈。一人曰:"姑贳尔。然须罚掘开此塍,尽泄其积水。"授以一锸,坐守促之。掘至夜半,水道乃通,诸人亦不见。环视四面,芦苇<u>丛</u>生,杳无村落。疑狐穴被水,诱此人浚治^②云。

注释:

① 要于路:拦住去路。

② 浚(xùn)治:排水整治。

卷 十 七

姑妄听之（三）

族侄竹汀言：文安有佣工古北口外者，久无音问。其父母值岁荒，亦就食口外，且觅子。亦久无音问。后乃有人见之泰山下。言昔至密云东北，日已暮，风云并作。遥见山谷有灯光，漫往投止。至则土屋数楹，围以秫篱，有老妪应门，问其里贯①，入以告。又遣问姓名年岁，并问："曾有子出口否？子何名？年几何岁？"具以实对。忽有女子整衣出，延入上坐，拜而侍立；促老妪督婢治酒肴，意甚亲昵。莫测其由②，起而固诘。则失声伏地曰："儿不敢欺翁姑。儿狐女也，尝与翁姑之子为夫妇。本出相悦，无相媚意。不虞其爱恋过度，竟以瘵亡。心恒愧悔，故誓不别适，依其墓以居。今无意与翁姑遇，幸勿他往，儿尚能养翁姑。"初甚骇怖，既而见其意真切，相持涕泣，留共居。狐女奉事无不至，转胜于有子。如是六七年，狐女忽遣老妪市一棺，且具锸畚。怪问其故，欣然曰："翁姑宜贺儿。儿奉事翁姑，自追念逝者，聊尽寸心耳。不期感动土地，闻于岳帝。岳帝悯之，许不待丹成，解形证果③。今以遗蜕合窆，表同穴意也。"引至侧室，果一黑狐卧榻上，毛光如漆；举之轻如叶，扣之乃作金石声。信其真仙矣。葬事毕，又启曰："今隶碧霞元君为女官，当往泰山。请共往。"故相偕至此，僦屋与土人杂居。狐女惟不使人见形，其供养仍如初也。后不知其所终。此与前所记狐女略相近，然彼有所为而为，故仅得逭诛；此无所为而为，故竟能成道。天上无不忠不孝之神仙，斯言谅哉。

注释:

①里贯:籍贯。

②莫测其由:不知道这样做的理由。

③解形证果:脱去狐狸的外形得成正果成仙。

竹汀又言:有夜宿城隍庙廊者,闻殿中鬼语曰:"奉牒拘某妇。某妇恋其病姑,不肯死,念念固结①,神不离舍,不能摄取,奈何?"城隍曰:"愚忠愚孝,多不计成败。与命数争,徒自苦者,固不少;精诚之至,鬼神所不能夺者,挽回一二,间亦有之。与强魂捍拒,其事迥殊,此宜申岳帝取进止,毋遽以厉鬼往也。"语讫,遂寂。后不知究竟能摄否。然足知人定胜天,确有是理矣。

注释:

①念念固结:一直固守着这个心愿。

顾郎中德懋,世所称判冥者也。尝自言平反一狱,颇自喜。其姓名不敢泄,其事则有姑出其妇者,以小姑之谗,非其罪也。姑性卞①,仓卒度无挽回理;而母家亲党无一人,遂披缁尼庵②,待姑意转。其夫怜之,时往视妇,亦不能无情。庵旁有废园,每约以夜伏破屋,而自逾墙缺私就之。来往岁余,为其师所觉。师持戒严,以为污佛地,斥其夫勿来,来且逐妇。夫遂绝迹。妇竟郁郁死。冥官谓既入空门,宜遵佛法,乃耽淫犯戒,当从僧律科断,议付泥犁。顾驳之曰:"尼犯淫戒,固有明刑。然必初念皈依,中违誓愿,科以僧律,百喙无词③。此妇则无罪仳离,冀收覆水,恩非断绝,志且坚贞。徒以孤苦无归,托身荒刹。其为尼也,但可谓之毁容,未可谓之奉法;其在庵也,但可谓之借榻,不可谓之安禅④。若据其浮踪,执为恶业,则瑶光夺婿,更以何罪相加?至其感念故

夫,逾墙幽会,迹似'赠以芍药',事均'采彼蘼芜'。人本同
衾,理殊失节。阳律于未婚私媾,仅拟杖刑,犹容纳赎。兹之
违礼,恐视彼为轻。况已抑郁捐生,纵有微愆⑤,足以蔽罪。
自应宽其薄罚,径付转轮。准理酌情,似乎两协。"事上,冥
王竟从其议。此语真妄,无可证验。然据其所议,固持平之
论矣。又顾临殁,自云以多泄阴事,谪为社公。姑存其说,亦
足为轻谈温室者箴也。

注释:
①性卞(biàn):性格古怪。
②披缁尼庵:出家当了尼姑。
③百喙无词:同"百口莫辩",形容没有办法辩白。
④安禅:安心坐禅。
⑤微愆:小小的罪过。

　　库尔喀喇乌苏(库尔喀喇,译言黑;乌苏,译言水也。)台军李
印,尝随都司刘德行山中。见悬崖老松贯一矢,莫测其由。
晚宿邮舍,印乃言昔过是地,遥见一骑飞驰来,疑为玛哈
沁,伏深草伺之。渐近,则一物似人非人,据马上,马乃野马
也。知为怪,发一矢,中之。嗡然如钟声,化黑烟去;野马亦
惊逸。今此矢在树,知为木妖也。问:"顷见之何不言?"曰:
"射时彼原未见我。彼既有灵,恐闻之或报复,故宁默也。"
其机警多类此。一日,塔尔巴哈台押遣寇满答尔至,命印接
解。以铁杻贯手,以铁链从马腹横锁其足。时已病,奄奄仅一
息。与之食,亦不甚咽;在马上每欲倒掷下,赖絷足得不堕。
但虑其死,不虑其逃也。至戈壁,两马相并,又作欲堕状。印
举手引之。突挺然而起,以杻击印仆马下,即旋辔驰入戈壁
去。戈壁东北连科布多,(北路定边剧将军所属。)绵亘数百里,
古无人迹,竟莫能追。始知其病者伪也。参将岳济坐是获重

谴①；印亦长枷。既而伊犁复捕得满答尔。盖额鲁特来降者，赏赉最厚。满答尔贪饵而出，因就擒。讯其何以敢再至。则曰："我罪至重，谅必不料我来；我随众而来，亦必不疑其中有我。"其所计良是，而不虞识其顶上箭瘢②也。以印之巧密，而卒为术愚；以满答尔之深险，而卒以诈败。日以心斗，诚不知其所穷。然任智终遇其敌，未有千虑不一失者，则定理也。

注释：

①重谴：严厉地惩罚。

②箭瘢(bān)：被箭射伤的疤痕。

李义山①诗"空闻子夜鬼悲歌"，用晋时鬼歌子夜事也。李昌谷②诗"秋坟鬼唱鲍家诗"，则以鲍参军③有《蒿里行》，幻眢④其词耳。然世固往往有是事。田香沚言：尝读书别业。一夕，风静月明，闻有度昆曲者，亮折清圆，凄心动魄。谛审之，乃《牡丹亭》叫画一出也。忘其所以，静听至终。忽省墙外皆断港荒陂，人迹罕至，此曲自何而来？开户视之，惟芦荻瑟瑟而已。

注释：

①李义山：李商隐(813—？)，晚唐时期著名诗人，骈文家。

②李昌谷：李贺(790—816)，唐代著名诗人，字长吉，世称"诗鬼"，祖籍陇西，生于福昌县昌谷(今河南洛阳宜阳县)，故也称"李昌谷"。

③鲍参军：鲍照(约 415—470)南朝宋文学家，与颜延之、谢灵运合称"元嘉三大家"。官至参军，又称鲍参军。

④幻眢(yǎo)：隐晦。

香沚又言：有老儒授徒野寺。寺外多荒冢，暮夜或见鬼形,或闻鬼语。老儒有胆,殊不怖。其僮仆习惯,亦不怖也。一夕,隔墙语曰:"邻君已久,知先生不讶。尝闻吟咏,案上当有温庭筠诗,乞录其《达摩支曲》一首焚之。"又小语曰:"末句'邺城风雨连天草',祈写'连'为'粘',则感极①矣。顷争此一字,与人赌小酒食也。"老儒适有温集,遂举投墙外。约一食顷,忽木叶乱飞,旋飚怒卷,泥沙洒窗户如急雨。老儒笑且叱曰:"尔辈勿劣相②。我筹之已熟:两相角赌,必有一负;负者必怨,事理之常。然因改字以招怨,则吾词曲;因其本书以招怨,则吾词直。听尔辈狡狯,吾不愧也。"语讫而风止。褚鹤汀曰:"究是读书鬼,故虽负气求胜,而能为理屈。然老儒不出此集,不更两全乎?"王毂原曰:"君论世法也,老儒解世法,不老儒矣。"

注释:
①感极:万分感谢。
②勿劣相:不要做古怪的样子。

　　司爨王媪言:(即见醉锺馗者。)有樵者伐木山冈,力倦小憩。遥见一人持衣数袭,沿路弃之,不省其何故。谛视之,履险阻如坦途,其行甚速,非人可及;貌亦惨淡不似人,疑为妖魅。登高树瞰之,人已不见。由其弃衣之路,宛转至山坳,则一虎伏焉。知人为伥鬼,衣所食者之遗也,急弃柴自冈后遁。次日,闻某村某甲于是地死于虎矣。路非人径所必经,知其以衣为饵,导之至是也。物莫灵于人,人恒以饵取物。今物乃以饵取人,岂人弗灵哉!利汩其灵①,故智出物下耳。然是事一传,猎者因循衣所在,得虎窟,合铳群击,殪其三焉。则虎又以智败矣。辗转倚伏,机械又安有穷欤?或又曰:"虎至悍而至愚,心计万万不到此。闻伥役于虎,必得代乃转生。是殆伥诱人自代,因引人捕虎报冤也。"伥者人所化,揆诸人事,固亦有之。又惜虎知伥助己,不知即伥害己矣。

注释:
①利汩其灵:利益欲望蒙蔽了他的聪明。

梁豁堂言:有粤东大商,喜学仙,招纳方士数十人,转相神圣,皆曰冲举可坐致。所费不资,然亦时时有小验,故信之益笃。一日,有道士来访,虽敝衣破笠,而神意落落,如独鹤孤松。与之言,微妙玄远,多出意表。试其法,则驱役鬼神,呼召风雨,如操券①也;松鲈、台菌、吴橙、闽荔,如取携也;星娥琴筝,玉女歌舞,犹仆隶也。握其符,十洲三岛,可以梦游。出黍颗之丹,点瓦石为黄金,百炼不耗。粤商大骇服。诸方士自顾不及,亦稽首称圣师,皆愿为弟子,求传道。道士曰:“然则择日设坛,当一一授汝。”至期,道士登座,众拜讫。道士问:“尔辈何求?”曰:“求仙。”问:“求仙何以求诸我?”曰:“如是灵异,非真仙而何?”道士轩渠②良久,曰:“此术也,非道也。夫道者冲漠自然,与元气为一,乌有如是种种哉!盖三教之放失久矣③。儒之本旨,明体达用④而已。文章记诵,非也;谈天说性,亦非也。佛之本旨,无生无灭而已。布施供养,非也;机锋语录,亦非也。道之本旨,清净冲虚而已。章咒符篆,非也;炉火服饵,亦非也。尔所见种种,是皆章咒符篆事,去炉火服饵,尚隔几尘,况长生乎?然无所征验,遽斥其非,尔必谓誉其所能,而毁其所不能,徒大言耳。今示以种种能为,而告以种种不可为,尔庶几知返乎!儒家释家,情伪日增,门径各别,可勿与辩也。吾疾夫道家之滋伪,故因汝好道,姑一正之。”因指诸方士曰:“尔之不食,辟谷丸也。尔之前知,桃偶人也。尔之烧丹,房中药也。尔之点金,缩银法也。尔之入冥,茉莉根⑤也。尔之召仙,摄灵鬼也。尔之返魂,役狐魅也。尔之搬运,五鬼术也。尔之辟兵，铁布衫也。尔之飞跃，鹿卢蹯也。名曰道流，皆妖人耳。不速解散，雷部且至矣。"振衣欲起。众牵衣叩额曰："下士沈迷，已知其罪；幸逢仙驾，是亦前缘。忍不一度脱乎？"道士却坐，顾粤商曰："尔曾闻笙歌锦绣之中，有一人挥手飞升者乎？"顾诸方士曰："尔曾闻炫术鬻财之辈，有一人脱屣羽化者乎？夫修道者须谢绝万缘，坚持一念，使此心寂寂如死，而后可不死；使此气绵绵不停，而后可长停。然亦非枯坐事也。仙有仙骨，亦有仙缘。骨非药物所能换，缘亦非情好所能结。必积功累德，而后列名于仙籍，仙骨以生；仙骨既成，真灵自尔感通，仙缘乃凑。此在尔辈之自度，仙家安有度人法乎？"因索纸大书十六字曰："内绝世缘，外积阴骘；无怪无奇，是真秘密。"投笔于案，声如霹雳，已失所在矣。

注释：

①操券：比喻对事情很有把握的样子。

②轩渠：欢乐的样子，笑的样子。

③放失久矣：偏离本来的样子很久了。

④明体达用：明白事理能够运用到实际当中。

⑤茉莉根：中药的一种。《本草纲目》记载，它有阵痛麻痹的作用。

　　表伯王洪生家，有狐居仓中，不甚为祟；然小儿女或近仓游戏，辄被瓦击。一日，厨下得一小狐，众欲捶杀以泄愤。洪生曰："是挑衅也。人与妖斗，宁有胜乎？"乃引至榻上，哺以果饵，亲送至仓外。自是儿女辈往来其地，不复击矣。此不战而屈人①也。

注释：

①不战而屈人：不通过战斗就让人屈服。

又舅氏安公五占,居县东留福庄。其邻家二犬,一夕吠甚急。邻妇出视无一人,惟闻屋上语曰:"汝家犬太恶,我不敢下。有逃婢匿汝家灶内,烦以烟熏之,当自出。"妇大骇,入视灶内,果嘤嘤有泣声。问是何物,何以至此?灶内小语曰:"我名绿云,狐家婢也。不胜鞭捶,逃匿于此,冀少缓须臾死①,惟娘子哀之。"妇故长斋礼佛,意颇怜悯,向屋仰语曰:"渠畏怖不出,我亦实不忍火攻。苟无大罪,乞仙家(里俗呼狐曰仙家。)舍之。"屋上应曰:"我二千钱新买得,那能即舍?"妇曰:"二千钱赎之,可乎?"良久,乃应曰:"是或尚可。"妇以钱掷于屋上,遂不闻声。妇扣灶呼曰:"绿云可出,我已赎得汝。汝主去矣。"灶内应曰:"感活命恩,今便随娘子驱使。"妇曰:"人那可蓄狐婢,汝且自去;恐惊骇小儿女,亦慎勿露形。"果似有黑物瞥然逝。后每逢元旦,辄闻窗外呼曰:"绿云叩头。"

注释:

①少缓须臾死:稍稍推迟死亡的时间。

蒙古以羊骨卜,烧而观其坼兆①,犹蛮峒②鸡卜也。霍丈易书在葵苏图军台时,有老妇解此术。使卜归期。妇侧睨良久,曰:"马未鞍,人未冠,是不行也;然鞍与冠皆已具,行有兆矣。"越数月,又使卜。妇一视即拜曰:"马已鞍,人已冠矣,公不久其归乎!"既而果赐环。又大学士温公言:曩征乌什,俘回部十余人,禁地窖中。一日,指口诉饥。投以杏。众分食讫,一年老者握其核,喃喃密祝,掷于地上,观其纵横奇偶,忽失声哭。其党环视,亦皆哭。既而骈诛之牒至。疑其法如火珠林钱卜也。是与蓍龟虽不同,然以骨取象者,龟之变;以物取数者,蓍之变。其藉人精神以有灵,理则一耳。

注释：

①坼兆：裂开的纹路所预示的征兆。

②蛮侗：指西南地区的少数民族。

康熙癸巳①秋，宋村厂佃户周甲，不胜其妇之捶楚，夜伺妇寝，逃匿破庙，将待晓，介邻里乞怜。妇觉之，追迹至庙，对神像数其罪，叱使伏受鞭。庙故有狐。鞭甫十余，方哀呼，群狐合噪而出，曰："世乃有此不平事！"齐夺甲置墙隅，执其妇，褫无寸缕，即以其鞭鞭之，至流血未释。突狐妇又合噪而出，曰："男子但解护男子。渠背妻私昵某家女，不应死耶？"亦夺其妇置墙隅，而相率执甲。群狐格斗争救，喧哄良久。守田者疑为劫盗，大呼鸣铳为声援。狐乃各散。妇已委顿②，甲竭蹶负以归。王德庵先生时设帐于是，见妇在途中犹喃喃骂也。先生尝曰："快哉诸狐！可谓礼失而求野③。狐妇乃恶伤其类，又别执一理，操同室之戈。盖门户分而朋党起，朋党盛而公论淆，**蝥辖**纷纭，是非蜂起，其相轧也久矣。"

注释：

①康熙癸巳：康熙五十二年，公元 1713 年。

②委顿：憔悴不堪。

③礼失而求野：指庙堂之上礼乐崩坏，只有到乡间去寻找。

张铉耳先生家，一夕觅一婢不见，意其逋逃。次日，乃醉卧宅后积薪下。空房锁闭，不知其何从人也。沃发渍面①，至午乃苏。言昨晚闻后院嬉笑声，稔知狐魅，习惯不惧，窃从门隙窥之。见酒炙罗列，数少年方聚饮。俄为所觉，遽跃起拥我逾墙入。恍惚间如睡如梦，噤不能言，遂被逼入坐。陈酿醇酽，加以苛罚，遂至沈酣，不记几时眠，亦不知其几时去也。铉耳先生素刚正，自往数之曰："相处多年，除日日取柴外,两无干犯。何突然越礼,以良家婢子作倡女侑觞?子弟猖狂,父兄安在?为家长者宁不愧乎?"至夜半,窗外语曰:"儿辈冶荡,业已笞之。然其间有一线乞原者②:此婢先探手入门,作谑词乞肉,非出强牵。且其月下花前,采兰赠芍③,阅人非一④,碎璧多年,故儿辈敢通款曲。不然,则某婢某婢色岂不佳,何终不敢犯乎?防范之疏,仆与先生似当两分其过,惟俯察之。"先生曰:"君既笞儿,此婢吾亦当痛笞。"狐哂曰:"过摽梅之年,而不为之择配偶,郁而横决,罪岂独在此婢乎?"先生默然。次日,呼媒媪至,凡年长数婢尽嫁之。

注释:

①沃发渍面:用水泼洒头发和脸。

②有一线乞原者:有一点祈求原谅的地方。

③采兰赠芍:比喻男女相互赠送礼物,表示相爱。

④阅人非一:交往过的人不止一个。

邱县丞天锦言:西商有杜奎者,不知其乡贯,其语似泽、潞人也。刚劲有胆,不畏鬼神,空宅荒祠,所至恒模被独宿,亦无所见闻。偶行经六盘山麓,日已曛黑,遂投止。废堡破屋,荒烟蔓草,四无人踪。度万万无寇盗,解装绊马,拾枯枝爇火御寒竟,展衾安卧。方欲睡间,闻有哭声。谛听之,似在屋后,似出地下。时榾柮①方燃,室明如昼,因侧眠握刀以待之。俄声渐近,已在窗外黑处,呜呜不已;然终不露形。杜叱问曰:"平生未曾见尔辈。是何鬼物?可出面言。"暗中有应者曰:"身是女子,裸无寸缕,愧难相见。如不见弃,许入被中,则有物蔽形,可以对语。"杜知其欲相媚惑,亦不惧之,微哂曰:"欲入即入。"阴风飒然,已一好女共枕矣。羞容觍觍,掩面泣曰:"一语才通②,遽相偎倚。人虽冶荡,何至于斯?缘有苦情,迫于陈诉,虽嫌造次,勿讶淫奔。此堡故群盗所居,妾偶独行,为其所劫,尽褫衣裳簪珥,缚弃涧中。夏浸寒泉,冬埋积雪,沈阴冱冻③,万苦难名。后恶党伏诛,废为墟莽。无人可告,茹痛至今。幸空谷足音,得见君子,机缘难再,千载一时。故忍耻相投,不辞自献,拟以一宵之爱,乞市薄槥,移骨平原。庶地气少温,得安营魄。倘更作佛事,超拔转轮,则再造之恩,誓世世长执巾栉。"语讫拭泪,纵体入怀。杜慨然曰:"本谓尔为妖,乃沈冤如是!吾虽耽花柳,然乘人窘急,挟制求欢,则落落丈夫,义不出此。汝既畏冷,无妨就我取温;如讲幽期④,则不如径去。"女伏枕叩额,亦不再言。杜拥之酣眠,帖然就抱。天晓,已失所在。乃留数日,为营葬营斋。越数载归里,有邻家小女,见杜辄恋恋相随。后老而无子,求为侧室。父母不肯。女自请相从,竟得一男。知其事者,皆疑为此鬼后身也。

注释:

①槁楛(gǔ jué):柴禾。

②一语才通:才说了一句话。

③沈阴冱冻:遭受阴暗潮湿、冰冷刺骨的痛苦。

④幽期:男女欢好。

《宋书·符瑞志》曰:珊瑚钩,王者恭信则见。然不言其形状,盖自然之宝也。杜工部诗曰:"飘飘青琐郎,文采珊瑚钩。"似即指此。萧诠诗曰:"珠帘半上珊瑚钩。"则以珊瑚为钩耳。余见故大学士杨公一带钩,长约四寸余,围约一寸六七分。其钩就倒垂桠杈,截去附枝,作一螭头。其系绦缳柱,亦就一横出之瘿瘤,作一芝草。其干天然弯曲,脉理分明,无一毫斧凿迹,色亦纯作樱桃红,殆为奇绝。其挂钩之环,则以交柯连理之枝①,去其外歧,而存其周围相属者,亦似天成。然珊瑚连理者多，佩环似此者亦多，不为异也。云以千四百金得诸洋舶。此在壬午、癸未间，其时珊瑚易致，价尚未昂云。

注释：
①连理之枝：两棵树的枝干合生在一起。

又余在乌鲁木齐时，见故大学士温公有玉一片，如掌大，可作臂阁。质理莹白，面有红斑四点，皆大如指顶①，鲜活如花片，非血浸，非油炼，非琥珀烫，深入腠理，而晕脚四散，渐远渐淡，以至于无，盖天成也。公恒以自随。木果木之战，公埋轮絷马②，慷慨捐生。此物想流落蛮烟瘴雨间矣。

注释：
①指顶：手指尖。
②埋轮絷马：表示坚守阵地，浴血奋战。

又尝见贾人持一玉簪，长五寸余，圆如画笔之管，上半纯白，下半莹澈如琥珀，为目所未睹。有酬以九百金者，坚不肯售；余终疑为药炼①也。

注释：
①药炼：用药物炼成。

五十年前，见董文恪公一玉蟹，质不甚巨，而纯白无点瑕。独视之亦常玉，以他白玉相比，则非隐青即隐黄隐赭，无一正白者，乃知其可贵。顷与柘林司农话及，司农曰："公在日，偶值匮乏①，以六百金转售之矣。"

注释:

①偶值匮乏:偶尔遇到资金缺乏。

益都有书生,才气飚发,颇为隽上①。一日,晚凉散步,与村女目成。密遣仆妇通词,约某夕虚掩后门待。生潜踪匿影,方暗中扪壁窃行,突火光一掣,朗若月明,见一厉鬼当户立。狼狈奔回,几失魂魄。次日至塾,塾师忽端坐大言曰:"吾辛苦积得小阴骘②,当有一孙登第。何逾墙钻穴,自败成功?幸我变形阻之,未至削籍③,然亦殿两举矣。尔受人脩脯,教人子弟,何无约束至此耶?"自批其颊十余,昏然仆地。方灌治间,宅内仆妇亦自批其颊曰:"尔我家三世奴,岂朝秦暮楚者耶?幼主妄行当劝戒,不从则当告主人。乃献媚希赏,几误其终身,岂非负心耶?后再不悛,且褫尔魄④!"语讫,亦昏仆。并久之,乃苏。门人李南涧曾亲见之。盖祖父之积累如是其难,子孙之败坏如是其易也,祖父之于子孙如是其死尚不忘也,人可不深长思乎!然南涧言此生终身不第,颇颜以终。殆流荡不返,其祖亦无如何欤?抑或附形于塾师,附形于仆妇,而不附形于其孙,亦不附形于其子,犹有溺爱者存,故终不知惩欤?

注释:

①隽上:优秀,出众。

②阴骘(zhì):阴德。

③削籍:革职。

④褫尔魄:夺走人的魂魄,要人性命。

狐魅,人之所畏也,而有罗生者;读小说杂记,稔闻狐女之姣丽,恨不一遇。近郊古冢,人云有狐,又云时或有人与狎昵。乃诣其窟穴,具贽币牲醴,投书求婚姻,且云或香闺娇女,并已乘龙,或鄙弃樗材①,不堪倚玉,则乞赐一艳婢,用充贵媵,衔感亦均。再拜置之而返,数日寂然。一夕,独坐凝思,忽有好女出灯下,嫣然笑曰:"主人感君盛意,卜今吉日,遣小婢三秀来充下陈,幸见收录。"因叩谒如礼,凝眸侧立,妖媚横生。生大欣慰,即于是夜定情。自以为彩鸾甲帐②,不是过也。婢善隐形,人不能见;虽远行别宿,亦复相随,益惬生所愿。惟性饕餮,家中食物,多被窃。食物不足,则盗衣裳器具,鬻钱以买,亦不知谁为料理,意有徒党同来也。以是稍谯责之,然媚态柔情,摇魂动魄,低眉一盼,亦复回嗔。又冶荡殊常,蛊惑万状,卜夜卜昼,靡有已时,尚嗛嗛不足。以是家为之凋,体亦为之敝。久而疲于奔命,怨詈时闻,渐起衅端,遂成仇隙。呼朋引类,妖祟大兴,日不聊生。延正一真人劾治,婢现形抗辩曰:"始缘祈请,本异私奔;继奉主命,不为苟合。手札具存,非无故为魅也。至于盗窃淫佚,狐之本性,振古如是,彼岂不知?既以耽色之故,舍人而求狐;乃又责狐以人理,毋乃悖欤?即以人理而论,图声色之娱者,不能惜蓄养之费。既充妾媵,即当仰食③于主人;所给不敷,即不免私有所取。家庭之内,似此者多。较攘窃他人,终为有间。若夫闺房燕昵,何所不有?圣人制礼,亦不能立以程限④;帝王定律,亦不能设以科条。在嫡配尚属常情,在姬侍尤其本分。录以为罪,窃有未甘。"真人曰:"鸠众肆扰,又何理乎?"曰:"嫁女与人,意图求取。不满所欲,聚党喧哄者,不知凡几,未闻有人科其罪,乃科罪于狐欤?"真人俯思良久,顾罗生笑曰:"君所谓求仁得仁,亦复何怨。老夫耄矣,不能驱役鬼神,预人家儿女事。"后罗生家贫如洗,竟以瘵终。

注释:

①樗(chū)材:无用之才。

②彩鸾甲帐:仙女、皇帝的暖帐。

③仰食：靠别人养活。

④程限：程度限定。

　　从侄秀山言：奴子吴士俊尝与人斗，不胜，恚而求自尽。欲于村外觅僻地，甫出栅，即有二鬼邀之。一鬼言投井佳，一鬼言自缢更佳，左右牵掣①，莫知所适。俄有旧识丁文奎者从北来，挥拳击二鬼遁去，而自送士俊归。士俊惘惘如梦醒，自尽之心顿息。文奎亦先以缢死者，盖二人同役于叔父栗甫公家。文奎殁后，其母撄疾困卧。士俊尝助以钱五百，故以是报之。此余家近岁事，与《新齐谐》②所记针工遇鬼略相似，信凿然有之。而文奎之求代而来，报恩而去，尤足以激薄俗矣。

注释：

①牵掣：拉拉扯扯。

②《新齐谐》：清代袁枚所著，为志怪志异小说集。

　　周景垣前辈言：有巨室眷属，连舻之任①，晚泊大江中。俄一大舰来同泊，门灯樯帜，亦官舫也。日欲没时，舱中二十余人露刃跃过，尽驱妇女出舱外。有靓妆女子隔窗指一少妇曰："此即是矣。"群盗应声曳之去。一盗大呼曰："我即尔家某婢父。尔女酷虐我女，鞭捶炮烙无人理。幸逃出遇我。尔追捕未获。衔冤次骨，今来复仇也。"言讫，扬帆顺流去，斯须灭影。缉寻无迹，女竟不知其所终，然情状可想矣。夫贫至鬻女，岂复有所能为？而不虑其能为盗也。婢受惨毒，岂复能报？而不虑其父能为盗也。此所谓蜂虿有毒欤！又李受公言：有御婢残忍者，偶以小过闭空房，冻饿死，然无伤痕。其父讼不得直，反受笞。冤愤莫释②，夜逾垣入，并其母女手刃之。海捕多年，竟终漏网。是不为盗亦能报矣。又言京师某家火，夫妇子女并焚，亦群婢怨毒之所为。事无显证,遂无可追求。是不必有父亦自能报矣。余有亲串,鞭笞婢妾,嬉笑如儿戏,间有死者。一夕,有黑气如车轮,自檐堕下,旋转如风,啾啾然有声,直入内室而隐。次日,疽发于项如粟颗,渐以四溃,首断如斩。是人所不能报,鬼亦报之矣。人之爱子,谁不如我?其强者衔冤茹痛,郁结莫申,一决横流,势所必至。其弱者横遭荼毒,赍恨黄泉,哀感三灵,岂无神理! 不有人祸,必有天刑,固亦理之自然耳。

注释:

①连舻之任:把几艘船连在一起,去赴任。

②冤愤莫释:心中的怨恨愤怒得不到释放。

世谓古玉皆昆吾刀刻,不尽然也。魏文帝《典论》已不信世有昆吾刀,是汉时已无此器。李义山诗:"玉集胡沙割。"是唐已沙碾矣。今琢玉之巧,以痕都斯坦为第一,其地即佛经之印度、《汉书》之身毒。精是技者,相传犹汉武时玉工之裔,故所雕物象,颇有中国花草,非西域所有者,沿旧谱也。又云别有奇药能软玉,故细入毫芒,曲折如意。余尝见玛少宰兴阿自西域买来梅花一枝,虬干夭矫①,殆可以插瓶;而开之则上盖下底成一盒,虽细条碎瓣,亦皆空中。又尝见一钵,内外两重,可以转而不可出,中间隙缝,仅如一发。摇之无声,断无容刀之理;刀亦断无屈曲三折,透至钵底之理。疑其又有粘合无迹之药,不但能软也。此在前代,偶然一见,谓之鬼工。今则纳赆输琛②,有如域内,亦寻常视之矣。

注释:

①虬干夭矫:枝干像虬龙一样弯弯曲曲,姿态妖娆。

②纳赆(jìn)输琛(chēn):相互交换、买卖珍贵的东西。

闽人有女未嫁卒，已葬矣。阅岁余，有亲串见之别县。初疑貌相似，然声音体态，无相似至此者。出其不意，从后试呼其小名。女忽回顾。知不谬，又疑为鬼。归告其父母，开冢验视，果空棺。共往踪迹。初阳不相识。父母举其胸胁瘢痣，呼邻妇密视①，乃具伏。觅其夫，则已遁矣。盖闽中茉莉花根，以酒磨汁饮之，一寸可尸蹶②一日，服至六寸尚可苏，至七寸乃真死。女已有婿，而私与邻子狎，故磨此根使诈死，待其葬而发墓共逃也。婿家鸣官，捕得邻子，供词与女同。时吴林塘官闽县，亲鞫是狱。欲引开棺见尸律，则人实未死，事异图财；欲引药迷子女例，则女本同谋，情殊掠卖。无正条可以拟罪，乃仍以奸拐本律断。人情变幻，亦何所不有乎！

注释：
①密视：私下检查。
②尸蹶：假死。

唐宋人最重通犀①，所云"种种人物形至奇巧者，唐武后之简作双龙对立状，宋孝宗之带作南极老人扶杖像"，见于诸书者不一，当非妄语。今惟有黑白二色，未闻有肖人物形者，此何以故欤？惟大理石往往似画，至今尚然。尝见梁少司马铁幢家一插屏，作一鹰立老树斜柯上，嘴距翼尾，一一酷似；侧身旁睨，似欲下搏，神气亦极生动。朱运使子颖，尝以大理石镇纸赠亡儿汝佶，长约二寸，广约一寸，厚约五六分。一面悬崖对峙，中有二人乘一舟顺流下；一面作双松欹立，针鬣分明，下有水纹，一月在松梢，一月在水。宛然两水墨小幅。上有刻字，一题曰"轻舟出峡"，一题曰"松溪印月"，左侧题"十岳山人"。字皆八分书。盖明王寅故物也。汝佶以献余，余于器玩不甚留意，后为人取去。烟云过眼矣，偶然忆及,因并记之。

旧蓄北宋苑画八幅,不题名氏,绢丝如布,笔墨沈著,工密中有浑浑穆穆①之气,疑为真迹。所画皆故事,而中有三幅不可考。一幅下作甲仗②隐现状,上作一月衔树杪,一女子衣带飘舞,翩如飞鸟,似御风而行。一幅作旷野之中,一中使③背诏立;一人衣巾褴褛自右来,二小儿迎拜于左,其人作引手援之状④;中使若不见三人,三人亦若不见中使。一幅作一堂甚华敞,阶下列酒罍五,左侧作艳女数人,靓妆彩服,若贵家姬;右侧作媪婢携抱小儿女,皆侍立甚肃;中一人常服据榻坐,自抱一酒罍,持钻钻之。后前一幅辨为红线⑤,后二幅则终不知为谁。姑记于此,俟博雅者考之。

张石邻先生,姚安公同年老友也。性伉直,每面折人过①;然慷慨尚义,视朋友之事如己事,劳与怨皆不避也。尝梦其亡友某公盛气相诘曰:"君两为县令,凡故人子孙零替者,无不收恤。独我子数千里相投,视如陌路,何也?"先生梦中怒且笑曰:"君忘之欤?夫所谓朋友,岂势利相攀援,酒食相征逐哉?为缓急可恃,而休戚相关也。我视君如弟兄,吾家奴结党以蠹我②，其势蟠固。我无可如何。我常密托君察某某。君目睹其奸状，而恐招嫌怨，讳不肯言。及某某贯盈自败，君又博忠厚之名，百端为之解脱。我事之偾不偾③，我财之给不给④，君皆弗问，第求若辈感激，称长者而已。是非厚其所薄，薄其所厚乎？君先陌路视我，而怪我视君如陌路，君忘之欤？"其人瑟缩而去。此五十年前事也。大抵士大夫之习气，类以不谈人过为君子，而不计其人之亲疏，事之利害。余尝见胡牧亭为群仆剥削，至衣食不给。同年朱学士竹君奋然代为驱逐，牧亭生计乃稍苏。又尝见陈裕斋殁后，孀妾孤儿，为其婿所凌逼。同年曹宗丞慕堂亦奋然鸠率旧好，代为驱逐，其子乃得以自存。一时清议⑤，称古道者百不一二，称多事者十恒八九也。又尝见崔总宪应阶娶孙妇，赁彩轿亲迎。其家奴互相钩贯，非三百金不能得，众喙一音⑥。至前期一两日，价更倍昂。崔公恚愤，自求朋友代赁。朋友皆避怨不肯应，甚有谓彩轿无定价，贫富贵贱，各随其人为消长，非他人所可代赁，以巧为调停者。不得已，以己所乘轿结彩缯用之。一时清议，谓坐视非理者亦百不一二，谓善体下情者亦十恒八九也。彼一是非，此一是非，将乌乎质之哉？

注释：

①面折人过：当面指责别人的过错。

②蠹我：败坏我。

③偾不偾：失败不失败。

④给不给：能不能保住。

⑤清议：公正的议论。

⑥众喙一音：众口一词。

朱青雷言：尝谒椒山祠，见数人结伴入，众皆叩拜，中一人独长揖。或诘其故。曰："杨公员外郎，我亦员外郎，品秩相等,无庭参礼也。"或又曰:"杨公忠臣。"哂然曰:"我奸臣乎?"于大羽因言:聂松岩尝骑驴,遇一治磨者,嗔不让路。治磨者曰:"石工遇石工(松岩安丘张卯君之弟子,以篆刻名一时。),何让之有?"余亦言:交河一塾师与张晴岚论文相诋。塾师怒曰:"我与汝同岁入泮,同至今日皆不第,汝何处胜我耶?"三事相类,虽善辩者无如何也。田白岩曰:"天地之大,何所不有?遇此种人,惟当以不治治之,亦于事无害;必欲其解悟,弥出葛藤①。尝见两生同寓佛寺,一詈紫阳②,一詈象山③,喧诟至夜半。僧从旁解纷,又谓异端害正,共与僧斗。次日,三人破额,诣讼庭。非天下本无事,庸人自扰之乎?"

注释:

①弥出葛藤:产生许多麻烦纠葛。

②紫阳:朱熹在淳熙十年(1183)在武夷山隐屏峰下亲自擘划营建的书院,取名为"武夷精舍",又称"紫阳书院"。所以人们也称朱熹为"紫阳先生"。

③象山:陆九渊(1139—1193)号象山,字子静,著名的理学家和教育家,与当时著名的理学家朱熹齐名,史称"朱陆"。

昌平有老妪,蓄鸡至多,惟卖其卵。有买鸡充馔者,虽十倍其价不肯售。所居依山麓,日久滋衍,殆以谷量。将曙时,唱声竞作,如传呼之相应也。会刘麦曝于门外,群鸡忽千百齐至,围绕啄食。妪持杖驱之不开,遍呼男女,交手扑击,东散西聚,莫可如何。方喧呶①间,住屋五楹,訇然摧圮,鸡乃俱惊飞入山去。此与《宣室志》所载李甲家鼠报恩事相类。夫鹤知夜半,鸡知将旦,气之相感而精神动焉,非其能自知时也。故邵子曰:"禽鸟得气之先。"至万物成毁之数,断非禽鸟所先知,何以聚族而来,脱主人于厄乎?此必有凭之者矣!

注释：

①喧呶：喧闹、吵闹。

从侄汝夔言：甲乙并以捕狐为业，所居相距十余里。一日，伺得一冢有狐迹，拟共往，约日落后会于某所。乙至，甲已先在，同至冢侧，相其穴，可容人。甲令乙伏穴内，而自匿冢畔丛薄中；待狐归穴，甲御其出路，而乙在内禽絷之。乙暗坐至夜分，寂无音响，欲出与甲商进止。呼良久，不应；试出寻之，则二墓碑横压穴口，仅隙光一线，阔寸许，重不可举。乃知为甲所卖。次日，闻外有叱牛声，极力号叫。牧者始闻，报其家往视。鸠人移石①，已幽闭一昼夜矣。疑甲谋杀，率子弟诣甲，将执讼官。至半途，乃见甲裸体反缚柳树上。众围而唾詈，或鞭扑之。盖甲赴约时，路遇馆妇相调谑，因私狎于秋丛。时盛暑，各解衣置地。甫脱手，妇跃起掣其衣走，莫知所向。幸无人见，狼狈潜归。未至家，遇明火持械者，见之呼曰："奴在此。"则邻家少妇三四，睡于院中，忽见甲解衣就同卧；惊唤众起，已弃衣逾墙遁。方共里党追捕也。甲无以自白，惟呼天而已。乙述昨事，乃知皆为狐所卖。然伺其穴而掩袭，此戕杀之仇也。戕杀之仇，以游戏报之：一闭使不出，而留隙使不死；一褫其衣使受缚无辩，而人觉即遁，使其罪亦不至死。犹可谓善留余地矣。

注释：

①鸠人移石：召集人搬走石头。

天下有极细之事，而皋陶亦不能断者。门人折生遇兰，健令也。官安定日，有两家争一坟山，讼四五十年，阅两世矣。其地广阔不盈亩，中有二冢，两家各以为祖茔。问邻证，则万山之中，裹粮挈水乃能至，四无居人。问契券，则皆称前明兵燹已不存。问地粮串票，则两造具在。其词皆曰："此地万不足耕，无锱铢之利，而有地丁之额。所以百控不已者，徒以祖宗丘陇①，不欲为他人占耳。"又皆曰："苟非先人之体魄，谁肯涉讼数十年，认他人为祖宗者。"或疑为谋占吉地，则又皆曰："秦陇素不讲此事，实无此心，亦彼此不疑有此心；且四围皆石，不能再容一棺，如得地之后，掘而别葬，是反授不得者以间。谁敢为之？"竟无以折服，又无均分理，无人官理，亦莫能判定。大抵每祭必斗，每斗必讼官。惟就斗论斗，更不问其所因矣。后蔡西斋为甘肃藩司，闻之曰："此争祭非争产也，盍以理喻之。"曰："尔既自以为祖墓，应听尔祭。其来争祭者既愿以尔祖为祖，于尔祖无损，于尔亦无损也，听其享荐亦大佳，何必拒乎？"亦不得已之权词，然迄不知其遵否也。

注释：

①祖宗丘陇：祖宗的坟地。

　　胡牧亭言：其乡一富室，厚自奉养，闭门不与外事，人罕得识其面。不善治生①，而财终不耗；不善调摄②，而终无疾病。或有祸患，亦意外得解。尝一婢自缢死，里胥大喜，张其事报官。官亦欣然即日来。比陈尸检验，忽手足蠕蠕动。方共骇怪，俄欠伸，俄转侧，俄起坐，已复苏矣。官尚欲以逼污投缳，锻炼罗织，微以语导之。婢叩首曰："主人妾媵如神仙，宁有情到我？设其到我，方欢喜不暇，宁肯自戕？实闻父不知何故为官所杖杀，悲痛难释，愤恚求死耳，无他故也。"官乃大沮去。其他往往多类此。乡人皆言其蠢然一物，乃有此福，理不可明。偶扶乩召仙，以此叩之。乩判曰："诸君误矣，其福正以其蠢也。此翁过去生中，乃一村叟，其人淳淳闷闷，无计较心；悠悠忽忽③，无得失心；落落漠漠，无爱憎心;坦坦平平,无偏私心;人或凌侮,无争竞心;人或欺绐,无机械心;人或谤詈,无嗔怒心;人或构害,无报复心。故虽槁死牖下,无大功德,而独以是心为神所福,使之食报于今生。其蠢无知识,正其身异性存,未昧前世善根也。诸君乃以为疑,不亦误耶!"时在侧者,信不信参半。吾窃有味斯言也。余曰:"此先生自作传赞,托诸斯人耳。然理固有之。"

注释:

①不善治生:不善于经营家业。

②调摄:调理身体。

③悠悠忽忽:闲散,游荡。

刘约斋舍人言:刘生名寅(此在刘景南家酒间话及。南北乡音各异,不知是此寅字否也?),家酷贫。其父早年与一友订婚姻,一诺为定,无媒妁,无婚书庚帖①,亦无聘币;然子女则并知之也。刘生父卒,友亦卒。刘生少不更事,窭益甚②,至寄食僧寮。友妻谋悔婚,刘生无如之何。女竟郁郁死,刘生知之,痛悼而已。是夕,灯下独坐,悒悒不宁。忽闻窗外啜泣声,问之不应,而泣不已。固问之,仿佛似答一我字。刘生顿悟,曰:"是子也耶?吾知之矣。事已至此,来生相聚可也。"语讫,遂寂。后刘生亦夭死,惜无人好事,竟不能合葬华山。《长恨歌》曰:"天长地久有时尽,此恨绵绵无了期。"此之谓乎!虽悔婚无迹,不能名以贞;又以病终,不能名以烈。然其志则贞烈兼矣。说是事时,满座太息,而忘问刘生里贯。约斋家在苏州,意其乡里欤?

注释:

①婚书庚帖:结婚契约书和双方的生辰八字。

②窭(jù)益甚:更加贫穷。

河间有游僧,卖药于市。以一铜佛置案上,而盘贮药丸,佛作引手取物状。有买者,先祷于佛,而捧盘进之。病可治者,则丸跃入佛手;其难治者,则丸不跃。举国信之。后有人于所寓寺内,见其闭户研铁屑。乃悟其盘中之丸,必半有铁屑,半无铁屑;其佛手必磁石为之,而装金于外。验之信然,其术乃败。会有讲学者,阴作讼牒,为人所讦。到官昂然不介意①,侃侃而争。取所批《性理大全》核对,笔迹皆相符,乃叩额伏罪。太守徐公,讳景曾,通儒②也。闻之笑曰:"吾平生信佛不信僧,信圣贤不信道学。今日观之,灼然不谬。"

注释:
①昂然不介意:气势很足,完全不在意。
②通儒:学识渊博的儒者。

杨槐亭前辈有族叔,夏日读书山寺中。至夜半,弟子皆睡,独秉烛咿唔。倦极假寐,闻叩窗语曰:"敢敬问先生,此往某村当从何路?"怪问为谁? 曰:"吾鬼也。溪谷重复,独行失路。空山中鬼本稀疏,偶一二无赖贱鬼,不欲与言;即问之,亦未必肯相告。与君幽明虽隔,气类原同,故闻书声而至也。"具以告之,谢而去。后以语槐亭,槐亭怃然曰:"吾乃知孤介寡合①,即作鬼亦难。"

注释:
①孤介寡合:性格孤傲,不合群。

李秋崖与金谷村尝秋夜坐济南历下亭,时微雨新霁,片月初生。秋崖曰:"韦苏州①'流云吐华月'句兴象天然,觉张子野②'云破月来花弄影'句便多少著力。"谷村未答,忽暗中人语曰:"岂但著力不著力,意境迥殊。一是诗语,一是词语,格调亦迥殊也。即如《花间集》'细雨湿流光'句,在词家为妙语,在诗家则靡靡矣。"愕然惊顾,寂无一人。

注释:

①韦苏州:韦应物(737—792),中国唐代诗人。因做过苏州刺史,世称"韦苏州"。

②张子野:张先(990—1078),字子野,北宋时期著名的词人。

胶州法南墅,尝偕一友登日观。先有一道士倚石坐,傲不为礼。二人亦弗与言。俄丹曦欲吐①,海天滉耀,千汇万状,不可端倪②。南墅吟元人诗曰:"'万古齐州烟九点,五更沧海日三竿。'不信然乎!"道士忽哂曰:"昌谷用作梦天诗,故为奇语。用之泰山,不太假借乎?"南墅回顾,道士即不再言。既而跋乌涌上③,南墅谓其友曰:"太阳真火,故入水不濡也。"道士又哂曰:"公谓日自海出乎?此由不知天形,故不知地形;不知地形,故不知水形也。盖天椭圆如鸡卵,地浑圆如弹丸,水则附地而流,如核桃之皴皴。椭圆者东西远而上下近,凡有九重,最上曰宗动,元气之表,无象可窥。次为恒星,高不可测。次七重,则日月五星各占一重,随大气旋转,去地且二百余万里,无论海也。浑圆者地无正顶,身所立处皆为顶;地无正平,目所见处皆为平。至广漠之野,四望天地相接处,其圆中规,中高而四隤④之证也,是为地平。圆规以外,目所不见者,则地平下矣。湖海之中,四望天水相合处,亦圆中规,是又水随地形,中高四隤之证也。然江河之水狭且浅,夹以两岸,行于地中,故日出地上始受日光。惟海至广至深,附于地面,无所障蔽,故中高四隤之处,如水晶球之半。日未至地平,倒影上射,则初见如一线;日将近地平,则斜影横穿,未明先睹。今所见者是日之影,非日之形。是天上之日影隔水而映,非海中之日影浴水而出也。至日出地平,则影斜落海底,转不能见矣。儒家盖尝见此景,故以为天包水,水浮地,日出入于水中。而不知日自附天,水自附地。佛家未见此景,故以须弥山四面为四州,日环绕此山,南昼则北夜,东暮则西朝,是日常旋转,平行竟不入地。证以今日所见,其谬更无庸辩矣。"南墅惊其博辩,欲与再言。道士笑曰:"更竟其说⑤。子不知九万里之围圆,以渐而迤,以渐而转,渐迤渐转,遂至周环,必以为人能正立,不能倒立,拾杨光先之说,苦相诘难。老夫慵惰,不能与子到大郎山(大郎山在亚禄国,与中国上下反对。其地南极出地三十五度,北极入地三十五度。)上看南斗,不如其已也。"振衣径去,竟莫测其何许人。

注释:
①丹曦(xī)欲吐:红日马上要升起来。
②端倪:捉摸。
③踆(cūn)乌涌上:火红的太阳一下子升起来。踆乌:古代传说太阳中的三足乌,后来借指太阳。
④四�:四周低。
⑤更竟其说:接着他的话题将它说完。

大学士温公言:征乌什时,有骁骑校腹中数刃,医不能缝。适生俘数回妇,医曰:"得之矣。"择一年壮肥白者,生刌①腹皮,幂于创上,以匹帛缠束,竟获无恙。创愈后,浑合为一,痛痒亦如一。公谓非战阵无此病,非战阵亦无此药。信然。然叛徒逆党,法本应诛;即不剥肤,亦即断脰。用救忠义之士,固异于杀人以活人尔。

注释:

①刳(kū):剖开。

周化源言:有二士游黄山,留连松石,日暮忘归。夜色苍茫,草深苔滑,乃共坐于悬崖之下,仰视峭壁,猿鸟路穷,中间片石斜欹,如云出岫①。缺月微升,见有二人坐其上,知非仙即鬼,屏息静听。右一人曰:"顷游岳麓,闻此翁又作何语?"左一人曰:"去时方聚众讲《西铭》,归时又讲《大学衍义》②也。"右一人曰:"《西铭》论万物一体,理原如是。然岂徒心知此理,即道济天下乎?父母之于子,可云爱之深矣,子有疾病,何以不能疗?子有患难,何以不能救?无术焉而已。此犹非一身也。人之一身,虑无不深自爱者,己之疾病,何以不能疗?己之患难,何以不能救?亦无术焉而已。今不讲体国经野之政③,捍灾御变之方,而曰吾仁爱之心,同于天地之生物。果此心一举,万物即可以生乎?吾不知之矣。至《大学》条目,自格致以至治平,节节相因,而节节各有其功力。譬如土生苗,苗成禾,禾成谷,谷成米,米成饭,本节节相因。然土不耕则不生苗,苗不灌则不得禾,禾不刈则不得谷,谷不舂则不得米,米不炊则不得饭,亦节节各有其功力。西山作《大学衍义》,列目至齐家而止,谓治国平天下可举而措之。不知虞舜之时,果瞽瞍允若而洪水即平,三苗即格乎?抑犹有治法在乎?又不知周文之世,果太姒徽音而江汉即化,崇侯即服乎?抑别有政典存乎?今一切弃置,而归本于齐家,毋亦如土可生苗,即炊土为饭乎?吾又不知之矣。"左一人曰:"琼山所补,治平之道其备乎?"右一人曰:"真氏过于泥其本,丘氏又过于逐其末,不究古今之时势,不揆南北之情形,琐琐屑屑,缕陈多法,且一一疏请施行,是乱天下也。即其海运一议,胪列④历年漂失之数,谓所省转运之费,足以相抵。不知一舟人命,讵止数十;合数十舟即逾千百，又何为抵乎？亦妄谈而已矣。"左一人曰："是则然矣。诸儒所述封建井田⑤，皆先王之大法，有太平之实验，究何如乎？"右一人曰："封建井田，断不可行，驳者众矣。然讲学家持是说者，意别有在，驳者未得其要领也。夫封建井田不可行，微驳者知之，讲学者本自知之。知之而必持是说，其意固欲借一必不行之事，以藏其身也。盖言理言气，言性言心，皆恍惚无可质，谁能考未分天地之前，作何形状；幽微暧昧之中，作何情态乎？至于实事，则有凭矣。试之而不效，则人人见其短长矣。故必持一不可行之说，使人必不能试，必不肯试，必不敢试，而后可号于众曰：'吾所传先王之法，吾之法可为万世致太平，而无如人不用何也！'人莫得而究诘，则亦相率而叹曰：先生王佐之才，惜哉不竟其用'云尔。以棘刺之端为母猴，而要以三月斋戒乃能观，是即此术。第彼犹有棘刺，犹有母猴，故人得以求其削。此更托之空言，并无削之可求矣。天下之至巧，莫过于是。驳者乃以迂阔议之，乌识其用意哉！"相与太息者久之，划然长啸而去。二士窃记其语，颇为人述之。有讲学者闻之，曰："学求闻道而已。所谓道者，曰天曰性曰心而已。忠孝节义，犹为末务；礼乐刑政，更末之末矣。为是说者，其必永嘉之徒⑥也夫！"

注释：

①如云出岫(xiù)：山谷中飘起的云朵。

②西山《大学衍义》：真德秀(1178—1235)，字景元，后更为希元，号西山，浦城人，22岁中进士，官至户部尚书，南宋著名理学家，是朱子学术思想最典型的秉承者，《大学衍义》为其代表作。

③体国经野之政：治理国家的方略。

④胪列：罗列，列举。

⑤井田：我国奴隶社会的土地国有制度，西周时盛行。道路和渠道纵横交错，把土地分隔成方块，形状像"井"字，因此称作"井田"。

⑥永嘉之徒:永嘉学派是南宋时期在浙东永嘉(今温州)地区形成的、提倡事功之学的一个儒家学派,是南宋浙东学派中的一个重要分支学派。因其代表人物多为浙江永嘉人,故名。

刘香畹寓斋扶乩,邀余未赴。或传其二诗曰:"是处春山长药苗,闲随蝴蝶过溪桥;林中借得樵童斧,自斫槐根木瓢。""飞岩倒挂万年藤,猿狖攀缘到未能。记得随身棕拂子,前年遗在最高层。"虽意境微狭①,亦楚楚有致。

注释:

①意境微狭:意境狭隘。

《春秋》有原心之法,有诛心之法。青县有人陷大辟,县令好外宠。其子年十四五,颇秀丽。乘其赴省宿馆舍,邀之于途,托言牒诉而自献焉。狱竟解。实为娈童,人不以娈童贱之,原其心①也。里有少妇与其夫狎昵无度,夫病瘵死。姑察其性佚荡,恒自监之,眠食必共,出入必偕,五六年未常离一步。竟郁郁以终。实为节妇,人不以节妇许之,诛其心也。余谓此童与郭六事相类,惟欠一死耳。(语详《滦阳消夏录》)。此妇心不可知,而身则无玷。《大车》之诗所谓"畏子不奔,畏子不敢"者,在上犹为有刑政,则在下犹为守礼法。君子与人为善,盖棺之后,固应仍以节许之。

注释:

①原其心:能体谅他的用心。

啄木能禹步劾禁①,竟实有之。奴子李福,性顽劣,尝登高木之杪,以杙塞其穴口,而锯平其外,伏草间伺之。啄木返,果翩然下树,以喙画沙若符篆,画毕,以翼拂之,其穴口之杙,铮然拔出如激矢。此岂可以理解欤?余在书局,销毁妖书,见《万法归宗》中载有是符,其画纵横交贯,略如小篆两无字相并之形。不知何以得之,亦不知其信否也。

注释:
①禹步劾禁:像巫师那样做法走路,念咒语来显神通。

李福又尝于月黑之夜,出村南丛冢间,呜呜作鬼声,以恐行人。俄燐火四起,皆呜呜来赴。福乃狼狈逃归。此以类相召①也。故人家子弟,于交游当慎其所召。

注释:
①以类相召:相同性质的东西会相互吸引。

壬午顺天乡试,与安溪李延彬前辈同分校。偶然说虎,延彬曰:"里有入山樵采者,见一美妇隔涧行,衣饰华丽,不似村妆。心知为魅,伏丛薄中觇所往。适一鹿引麂①下涧饮,妇见之,突扑地化为虎,衣饰委地如蝉蜕,径搏二鹿食之。斯须仍化美妇,整顿衣饰,款款循山去。临流照影,妖媚横生,几忘其曾为虎也。"秦涧泉前辈曰:"妖媚蛊惑,但不变虎形耳,搏噬之性则一也。偶露本质,遽相惊讶,此樵何少见多怪乎!"

注释:
①麂:小鹿。

大学士伍公镇乌鲁木齐日,颇喜吟咏,而未睹其稿。惟于驿壁见一诗曰:"极目孤城上,苍茫见四郊。斜阳高树顶,残雪乱山坳。牧马嘶归枥,啼乌倦返巢。秦兵真耐冷,薄暮尚鸣。"殊有中唐气韵①。

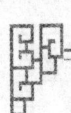

注释:

①中唐气韵:是指唐代中期所形成的色彩感比较暗沉,感情比较消极的诗文风格。

束州佃户邵仁我言:有李氏妇,自母家归。日薄暮,风雨大作,避入废庙中。入夜稍止,已暗不能行。适客作(俗谓之短工。为人锄田刈禾,计日受值,去来无定者也。)数人荷锄入。惧遭强暴,又避入庙后破屋。客作暗中见影,相呼追迹。妇窘急无计,乃呜呜作鬼声。既而墙内外并呜呜有声,如相应答。数人怖而反。夜半雨晴,竟潜踪得脱。此与李福事相类,而一出偶相追逐,一似来相救援。虽谓秉心贞正①,感动幽灵,亦未必不然也。

注释:

①秉心贞正:心性正派、坚贞。

仁我又言:有盗劫一富室,攻楼门垂破。其党手炬露刃,迫胁家众曰:"敢号呼者死!且大风,号呼亦不闻,死何益!"皆噤不出声。一灶婢年十五六,睡厨下,乃密持火种,黑暗中伏地蛇行,潜至后院,乘风纵火,焚其积柴。烟焰烛天,阖村惊起,数里内邻村亦救视。大众既集,火光下明如白昼,群盗格斗不能脱,竟骈首就擒①。主人深感此婢,欲留为子妇。其子亦首肯,曰:"具此智略,必能作家②,虽灶婢何害。"主人大喜,趣取衣饰,即是夜成礼。曰:"迟则讲尊卑,论良贱,是非不一,恐有变局矣。"亦奇女子哉!

注释:

①骈首就擒:无力反抗,束手就擒。
②作家:操持家务。

边秋厓前辈言：一宦家夜至书斋，突见案上一人首，大骇，以为咎征。里有道士能符箓，时预人丧葬事。急召占之。亦骇曰："大凶！然可禳解，斋醮之费，不过百余金耳。"正拟议间，窗外有人语曰："身不幸伏法就终，幽魂无首，则不可转生，故恒自提携，累如疣赘。顷见公棐几滑净①，偶置其上。适公猝至，仓皇忘取，以致相惊。此自仆之粗疏，无关公之祸福。术士妄语，慎不可听。"道士乃丧气而去。又言：一宦家患狐祟，延术士劾治。法不验，反为狐所窘。走投其师，更乞符箓至。方登坛檄将，已闻楼上搬移声、呼应声，汹汹然相率而去。术士顾盼有德色。宦家亦深感谢。忽举首见壁上一帖曰："公衰运将临，故吾辈得相扰。昨公捐金九百建育婴堂，德感神明，又增福泽，故吾辈举族而去。术士行法，适值其时；据以为功，深为忝窃②。赐以觞豆③，为稍障羞颜，庶几或可；若有所酬赠，则小人太徼幸④矣。"字径寸余，墨痕犹湿。术士惭沮，竟嗫不敢言。梁简文帝与湘东王书引谚曰："山川而能语，葬师食无所；肺腑而能语，医师面如土。"此二事者，可谓鬼魅能语矣，术士其知之。

注释：

①棐(fěi)几滑净：木质的几案平整干净。

②忝(tiǎn)窃：愧得其名。

③觞豆：觞与豆，古代盛酒肴的器具。这里指设宴招待。

④徼幸：侥幸。

朱导江言：有妻服已释忽为礼忏者，意甚哀切，过于初丧。问之，初不言。所亲或私叩之，乃泫然曰："亡妇相聚半生，初未觉其有显过。顷忽梦至冥司，见女子数百人，锁以银铛，驱以骨朵①，入一大官署中。俄闻号呼凄惨，栗魄动魂。既而一一引出，并流血被骭②，匍匐膝行，如牵羊豕。中一人见我招手,视即亡妇。惊问:'何罪至此?'曰:'坐事事与君怀二意。初谓为家庭常态,不意阴律至严,与欺父欺君竟同一理,故堕落如斯。'问:'二意者何事?'曰:'不过骨肉之中私庇子女,奴隶之中私庇婢媪,亲串之中私庇母党,均使君不知而已。今每至月朔,必受铁杖三十,未知何日得脱。此累累者皆是也。'尚欲再言,已为鬼卒曳去。多年伉俪,未免有情,故为营斋造福耳。"夫同牢之礼,于情最亲,亲则非疏者所能间;敌体之义,于分本尊,尊则非卑者所能违。故二人同心,则家庭之纤微曲折,男子所不能知、与知而不能自为者,皆足以弥缝其阙。苟徇其私爱,意有所偏,则机械百出,亦可于耳目所不及者无所不为,种种衅端③,种种败坏,皆从是起。所关者大,则其罪自不得轻。况信之者至深,托之者至重,而欺其不觉,为所欲为,在朋友犹属负心,应干神谴;则人原一体,分属三纲者,其负心之罪不更加倍蓰④乎?寻常细故,断以严刑,固不得谓之深文矣。

注释:

①驱以骨朵:用大棒驱赶。

②流血被骭:血流遍体。

③衅端:祸害的起端。

④倍蓰(xǐ):数倍。

人情狙诈,无过于京师。余常买罗小华墨十六铤,漆匣黯敝,真旧物也。试之,乃抟泥而染以黑色,其上白霜,亦盦于湿地所生。又丁卯乡试,在小寓买烛,爇之不燃。乃泥质而幂以羊脂①。又灯下有唱卖炉鸭者,从兄万周买之。乃尽食其肉,而完其全骨,内傅以泥,外糊以纸,染为炙煿②之色,涂以油,惟两掌头颈为真。又奴子赵平以二千钱买得皮靴,甚自喜。一日骤雨,著以出,徒跣而归③。盖勒④则乌油高丽纸揉作绉纹,底则糊粘败絮,缘之以布。其他作伪多类此,然犹小物也。有选人见对门少妇甚端丽,问之,乃其夫游幕,寄家于京师,与母同居。越数月,忽白纸糊门,合家号哭,则其夫讣音至矣。设位祭奠,诵经追荐,亦颇有吊者。既而渐鬻衣物,云乏食,且议嫁。选人因赘其家。又数月,突其夫生还。始知为误传凶问。夫怒甚,将讼官。母女哀吁,乃尽留其囊箧,驱选人出。越半载,选人在巡城御史处,见此妇对簿。则先归者乃妇所欢,合谋挟取选人财,后其夫真归而败也。黎丘之技,不愈出愈奇乎!又西城有一宅,约四五十楹,月租二十余金。有一人住半载余,恒先期纳租,因不过问。一日,忽闭门去,不告主人。主人往视,则纵横瓦砾,无复寸椽,惟前后临街屋仅在。盖是宅前后有门,居者于后门设木肆,贩鬻屋材,而阴拆宅内之梁柱门窗,间杂卖之。各居一巷,故人不能觉。累栋连甍,搬运无迹,尤神乎技矣。然是五六事,或以取贱值,或以取便易,因贪受饵,其咎亦不尽在人。钱文敏公曰:"与京师人作缘,斤斤自守,不入陷阱已幸矣。稍见便宜,必藏机械,神奸巨蠹,百怪千奇,岂有便宜到我辈。"诚哉是言也。

注释:
①泥质而幂以羊脂:用泥捏制的东西,表面裹上一层羊脂。
②炙煿(bó):用火烤过的颜色。
③徒跣(xiǎn)而归:光着脚走回来。
④鞒(yào):靴子的筒儿。

王青士言:有弟谋夺兄产者,招讼师至密室,篝灯筹画。讼师为设机布阱,一一周详,并反间内应之术,无不曲到。谋既定,讼师掀髯曰:"令兄虽猛如虎豹,亦难出铁网矣。然何以酬我乎?"弟感谢曰:"与君至交,情同骨肉,岂敢忘大德。"时两人对据一方几，忽几下一人突出，绕室翘一足而跳舞，目光如炬，长毛毿毿如蓑衣，指讼师曰："先生斟酌：此君视先生如骨肉，先生其危乎？"且笑且舞，跃上屋檐而去。二人与侍侧童子并惊仆。家人觉声息有异，相呼入视，已昏不知人。灌治至夜半，童子先苏，具述所闻见。二人至晓乃能动。事机已泄，人言藉藉①，竟寝其谋，闭门不出者数月。相传有狎一妓者，相爱甚。然欲为脱籍②，则拒不从；许以别宅自居，礼数如嫡，拒益力。怪诘其故，喟然曰："君弃其结发而昵我，此岂可托终身者乎？"与此鬼之言，可云所见略同矣。

注释：

①人言藉藉：人们议论纷纷。
②脱籍：从妓院赎身，脱离乐籍。

张夫人，先祖母之妹，先叔之外姑也。病革时，顾侍者曰："不起矣。闻将死者见先亡，今见之矣。"既而环顾病榻，若有所觅，喟然曰："错矣！"俄又拊枕曰："大错矣！"俄又瞑目啮齿、掐掌有痕曰："真大错矣！"疑为谵语，不敢问。良久，尽呼女媳至榻前，告之曰："吾向以为夫族疏而母族亲，今来导者皆夫族，无母族也；吾向以为媳疏而女亲，今亡媳在左右而亡女不见也。非一气者相关，异派者不属乎？回思平日之存心，非厚其所薄，薄其所厚乎？吾一误矣，尔曹勿再误也。"此三叔母张太宜人所亲闻。妇女偏私①，至死不悟者多矣。此犹是大智慧人，能回头猛省也。

注释：

①偏私：偏袒有私心。

孔子有言:谏有五,吾从其讽。圣人之究悉物情也。亲串中一妇,无子而阴忮①其庶子;侄若婿又媒糵短长私党胶固,殆不可以理喻。妇有老乳母,年八十余矣。闻之,匍匐入谒,一拜,辄痛哭曰:"老奴三日不食矣。"妇问:"曷不依尔侄?"曰:"老奴初有所蓄积,侄事我如事母,诱我财尽。今如不相识,求一盂饭不得矣。"又问:"曷不依尔女若婿?"曰:"婿诱我财如我侄,我财尽后,弃我亦如我侄,虽我女无如何也。"又问:"至亲相负,曷不讼之?"曰:"讼之矣,官以为我已出嫁,于本宗为异姓;女已出嫁,又于我为异姓。其收养为格外情,其不收养律无罪,弗能直也。"又问:"尔将来奈何?"曰:"亡夫昔随某官在外,娶妇生一子,今长成矣。吾讼侄与婿时,官以为既有此子,当养嫡母,不养则律当重诛。已移牒拘唤,但不知何日至耳。"妇爽然若失,自是所为遂渐改。此亲戚族党唇焦舌敝②不能争者,而此妪以数言回其意。现身说法,言之者无罪,闻之者足以戒耳。触龙之于赵太后③,盖用此术矣。

注释:
①阴忮:暗中憎恨。
②唇焦舌敝:口干舌燥,争论激烈。
③触龙之于赵太后:典故出自《战国策》,触龙游说赵太后将小儿子到齐国做人质的故事。

卷 十 八

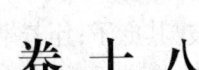

姑妄听之（四）

马德重言：沧州城南，盗劫一富室，已破扉入，主人夫妇并被执，众莫敢谁何①。有妾居东厢，变服逃匿厨下，私语灶婢曰："主人在盗手，是不敢与斗。渠辈屋脊各有人，以防救应；然不能见檐下。汝抉后窗循檐出，密告诸仆：各乘马执械，四面伏三五里外。盗四更后必出，——四更不出，则天晓不能归巢也。——出必挟主人送；苟无人阻，则行一二里必释，不释恐见其去向也。俟其释主人，急负还而相率随其后，相去务在半里内。彼如返斗即奔还，彼止亦止，彼行又随行。再返斗仍奔，再止仍止，再行仍随行。如此数四，彼不返斗则随之得其巢，彼返斗则既不得战，又不得遁，逮至天明，无一人得脱矣。"婢冒死出告，众以为中理，如其言，果并就擒。重赏灶婢。妾与嫡故不甚协，至是亦相睦。后问妾何以办此，泫然曰："吾故盗魁某甲女，父在时，尝言行劫所畏惟此法，然未见有用之者。今事急姑试，竟侥幸验也。"故曰，用兵者务得敌之情。又曰，以贼攻贼。

注释：

①莫敢谁何：谁都不敢轻举妄动。

戴东原言：有狐居人家空屋中，与主人通言语，致馈遗①，或互假器物②，相安若比邻。一日，狐告主人曰："君别院空屋，有缢鬼多年矣。君近拆是屋，鬼无所栖，乃来与我争屋。时时现恶状，恐怖小儿女，已自可憎；又作祟使患寒热,尤不堪忍。某观道士能劾鬼,君盍求之除此害。"主人果求得一符,焚于院中。俄暴风骤起,声轰然如雷霆。方骇愕间,闻屋瓦格格乱鸣,如数十人奔走践踏者,屋上呼曰:"吾计大左③,悔不及。顷神将下击,鬼缚而吾亦被驱,今别君去矣。"盖不忍其愤,急于一逞,未有不两败俱伤者。观于此狐,可为炯鉴④。又吕氏表兄(忘其名字,先姑之长子也。)言:有人患狐祟,延术士禁咒。狐去而术士需索无厌,时遣木人纸虎之类至其家扰人,赂之,暂止。越旬日复然,其祟更甚于狐。携家至京师避之,乃免。锐于求胜,借助小人,未有不遭反噬者。此亦一征矣。

注释:

①馈遗:相互赠送礼物。

②互假器物:相互借用物品。

③大左:大的偏差、错误。

④炯鉴:明显的鉴戒。

乌鲁木齐参将海起云言:昔征乌什时,战罢还营,见厓下树桠间一人探首外窥。疑为间谍,奋矛刺之。(军中呼矛曰苗子,盖声之转。)中石上,火光激进,矛折,臂几损。疑为目眩,然矛上地上皆有血迹,不知何怪。余谓此必山精也。深山大泽,何所不育。《白泽图》①所载,虽多附会,殆亦有之。又言:有一游兵,见黑物蹲石上。疑为熊,引满射之。三发皆中,而此物夷然②如不知。骇极,驰回呼伙伴,携铳往,则已去矣。余谓此亦山精耳。

注释:

①《白泽图》:是记载山川、草木、百物精怪的状貌、名目以及避忌、劾制之术的著作,此书已失佚。

②夷然:和平时一样。

常山峪道中加班(九卿肩舆,以八人更番,出京则加四人,谓之加班。)轿夫刘福言:长姐者,忘其姓,山东流民之女。年十五六,随父母就食于赤峰(即乌蓝哈达。乌蓝译言红,哈达译言峰也。今建为赤峰州。),租田以耕。一日,入山采樵,遇风雨,避岩下。雨止已昏黑,畏虎不敢行,匿草间。遥见双炬,疑为虎目。至前,则官役数人,衣冠不古不今,叱问何人。以实告。官坐石上,令曳出。众呼跪,长姐以为山神,匍匐听命。官曰:"汝夙孽应充我食。今就擒,当啖尔。速解衣伏石上,无留寸缕,致挂碍齿牙。"知为虎王,觳觫祈免。官曰:"视尔貌尚可,肯侍我寝,当赦尔。后当来往于尔家,且福尔①。"长姐愤怒跃起曰:"岂有神灵肯作此语?必邪魅也。啖则啖耳,长姐良家女,不能蒙面②作此事。"拾石块奋击,一时奔散。此非其力足胜之,其气足胜之,其贞烈之心足以帅其气也。故曰:"其为气也,至大至刚。"

注释:

①福尔:让你过得幸福。

②蒙面:厚着脸皮。

张太守墨谷言:德、景间有富室,恒积谷而不积金,防劫盗也。康熙、雍正间,岁频歉,米价昂。闭廪不肯粜升合,冀价再增。乡人病之,而无如何。有角妓①号玉面狐者曰:"是易与,第备钱以待可耳。"乃自诣其家曰:"我为鸨母钱树,鸨母顾虐我。昨与勃谿②,约我以千金自赎。我亦厌倦风尘,愿得一忠厚长者托终身,念无如公者。公能捐千金,则终身执巾帨。闻公不喜积金,即钱二千贯亦足抵。昨有木商闻此事,已回天津取资。计其到,当在半月外。我不愿随此庸奴。公能于十日内先定,则受德多矣。"张故惑此妓,闻之惊喜,急出谷贱售。廪已开,买者坌至,不能复闭,遂空其所积，米价大平。谷尽之日，妓遣谢富室曰："鸨母养我久，一时负气相诉，致有是议。今悔过挽留，义不可负心。所言姑俟诸异日。"富室原与私约，无媒无证，无一钱聘定，竟无如何也。此事李露园亦言之，当非虚谬。闻此妓年甫十六七，遽能办此，亦女侠哉！

注释：

①角妓：古代艺妓。

②勃豀(xī)：争吵。

丁药园言：有孝廉四十无子，买一妾，甚明慧。嫡不能相安，旦夕诟谇。越岁，生一子。益不能容，竟转鬻于远处。孝廉惘惘如有失。独宿书斋，夜分未寐，妾忽褰帷入。惊问："何来？"曰："逃归耳。"孝廉沈思曰："逃归虑来追捕，妒妇岂肯匿？且事已至此，归何所容？"妾笑曰："不欺君，我实狐也。前以人来，人有人理，不敢不忍诟；今以狐来，变幻无端出入无迹，彼乌得而知之？"因嬿婉如初。久而渐为僮婢泄，嫡大恚，多金募术士劾治。一术士檄将拘妾至，妾不服罪，攘臂与术士争曰："无子纳妾，则纳为有理；生子遣妾，则夫为负心。无故见出①，罪不在我。"术士曰："既见出矣，岂可私归？"妾曰："出母未嫁，与子未绝；出妇未嫁，于夫亦未绝。况鬻我者妒妇，非见出于夫。夫仍纳我，是未出也，何不可归？"术士怒曰："尔本兽类，何敢据人理争？"妾曰："人变兽心，阴律阳律皆有刑。兽变人心，反以为罪，法师据何宪典耶？"术士益怒曰："吾持五雷法，知诛妖耳，不知其他。"妾大笑曰："妖亦天地之一物，苟其无罪，天地未尝不并育。上帝所不诛，法师乃欲尽诛乎？"术士拍案曰："媚惑男子，非尔罪耶？"妾曰："我以礼纳，不得为媚惑；倘其媚惑，则摄精吸气，此生久槁矣。今在家两年，复归又五六年，康强无恚,所谓媚惑者安在?法师受妒妇多金,锻炼周内②,以酷济贪耳③,吾岂服耶!"问答之顷,术士顾所召神将,已失所在。无可如何,瞋目曰:"今不与尔争,明日会当召雷部。"明日,嫡再促设坛,则宵遁矣。盖所持之法虽正,而法以贿行,故魅亦不畏,神将亦不满也。相传刘念台先生官总宪时,题御史台一联曰:"无欲常教心似水,有言自觉气如霜。"可谓知本矣。

注释:
①无故见出:没有理由就休弃妻妾。
②锻炼周内:编造罗织罪名。
③酷济贪耳:用残酷的方法满足自己的贪欲。

莫雪崖言:有乡人患疫,困卧草榻,魂忽已出门外,觉顿离热恼,意殊自适。然道路都非所曾经,信步所之。偶遇一故友,相见悲喜。忆其已死,忽自悟曰:"我其入冥耶?"友曰:"君未合死,离魂到此耳。此境非人所到,盍同游览,以广见闻。"因随之行,所经城市墟落,都不异人世;往来扰扰,亦各有所营。见乡人皆目送之,然无人交一语也。乡人曰:"闻有地狱,可一观乎?"友曰:"地狱如囚牢,非冥官不能启,非冥吏不能导,吾不能至也。有三数奇鬼,近乎地狱,君可以往观。"因改循歧路,行半里许,至一地,空旷如墟墓。见一鬼,状貌如人,而鼻下则无口。问:"此何故?"曰:"是人生时,巧于应对,谀词颂语①,媚世悦人,故受此报,使不能语;或遇焰口浆水,则饮以鼻。"又见一鬼,尻笫向上,首折向下,面著于腹,以两手支拄而行。问:"此何故?"曰:"是人生时,妄自尊大,故受此报,使不能仰面傲人。"又见一鬼,自胸至腹,裂罅数寸,五脏六腑,虚无一物。问"此何故?"曰:"是人生时,城府深隐,人不能测,故受是报,使中无匿形。"又见一鬼,足长二尺,指巨如椎,踵巨如斗,重如千斛之舟,努力半刻,始移一寸。问:"此何故?"曰:"此人生时,高材捷足②,事事务居人先,故受是报,使不能行。"又见一鬼,两耳拖地,如曳双翼,而混沌无窍。问:"此何故?"曰:"此人生时,怀忌多疑,喜闻蜚语,故受此报,使不能听。是皆按恶业浅深,待受报期满,始入转轮。其罪减地狱一等,如阳律之徒流也。"俄见车骑杂遝,一冥官经过,见乡人,惊曰:"此是生魂,误游至此,恐迷不得归。谁识其家,可导使去。"友跪启是旧交。官即令送返。将至门,大汗而醒,自是病愈。雪崖天性爽朗,胸中落落无宿物;与朋友谐戏,每俊辩横生。此当是其寓言,未必真有。然庄生、列子,半属寓言,义足劝惩,固不必刻舟求剑尔。

注释:
①谀词颂语:阿谀奉承取悦别人的话。
②高材捷足:很有才干,很有行动力。

　　陈半江言:有书生月夕遇一妇,色颇姣丽,挑以微词,欣然相就。自云家在邻近,而不肯言姓名。又云夫恒数日一外出,家有后窗可开,有墙缺可逾,遇隙即来,不能预定期也。如是五六年,情好甚至①。一岁,书生将远行,妇夜来话别。书生言随人作计,后会无期。凄恋万状,哽咽至不成语。妇忽嬉笑曰:"君如此情痴,必相思致疾,非我初来相就意。实与君言,我鬼之待替者也。凡人与鬼狎,无不病且死,阴剥阳也。惟我以爱君韶秀,不忍玉折兰摧②,故必越七八日后,待君阳复,乃肯再来。有剥有复,故君能无恙。使遇他鬼,则纵情冶荡,不出半载,索君于枯鱼之肆③矣。我辈至多,求如我者则至少,君其宜慎。感君义重,此所以报也。"语讫,散发吐舌作鬼形,长啸而去。书生震栗几失魂,自是虽遇冶容，曾不侧视。

注释：
①情好甚至：感情很好。
②玉折兰摧：比喻好的事物被摧残破坏。
③枯鱼之肆：比喻无法挽救的绝境。

王梅序言：交河有为盗诬引者，乡民朴愿，无以自明，以赂求援于县吏。吏闻盗之诬引，由私调其妇，致为所殴，意其妇必美，却赂而微示以意曰："此事秘密，须其妇潜身自来，乃可授方略。"居间者以告乡民。乡民惮死失志，呼妇母至狱，私语以故。母告妇，哄然不应也。越两三日，吏家有人夜扣门。启视，则一丐妇，布帕裹首，衣百结破衫①，闯然入。问之不答，且行且解衫与帕，则鲜妆华服艳妇也。惊问所自，红潮晕颊，俯首无言，惟袖出片纸。就所持灯视之，某人妻三字而已。吏喜过望，引入内室，故问其来意。妇掩泪曰："不喻君语，何以夜来？既已来此，不必问矣，惟祈毋失信耳。"吏发洪誓，遂相嬿婉。潜留数日，大为妇所蛊惑，神志颠倒，惟恐不得当妇意②。妇暂辞去，言村中日日受侮，难于久住，如城中近君租数楹，便可托庇荫，免无赖凌藉③，亦可朝夕相往来。吏益喜，竟百计白其冤。狱解之后，遇乡民，意甚索漠。以为狎昵其妇，愧相见也。后因事到乡，诣其家，亦拒不见。知其相绝，乃大恨。会有挟妓诱博者讼于官，官断妓押归原籍。吏视之，乡民妇也，就与语。妇言苦为夫禁制，愧相负，相忆殊深。今幸相逢，乞念旧时数日欢，免杖免解。吏又惑之，因告官曰："妓所供乃母家籍，实县民某妻。宜究其夫。"盖觊觎愚官卖，自买之也。遣拘乡民，乡民携妻至，乃别一人。问乡里皆云不伪。问吏何以诬乡民？吏不能对，第曰风闻。问闻之何人？则嗫无语。呼妓问之，妓乃言吏初欲挟污乡民妻,妻念从则失身,不从则夫死,值妓新来,乃尽脱簪珥,赂妓冒名往,故与吏狎识。今当受杖,适与相逢,因仍诳托乡民妻,冀脱棰楚。不虞其又有他谋,致两败也。官覆勘乡民,果被诬。姑念其计出救死,又出于其妻,释不究,而严惩此吏焉。神奸巨蠹,莫吏若矣,而为村妇所笼络,如玩弄婴孩。盖愚者恒为智者败,而物极必反,亦往往于所备之外,有智出其上者,突起而胜之。无往不复④,天之道也。使智者终不败,则天地间惟智者存,愚者断绝矣,有是理哉!

注释:

①百结破衫:衣服破破烂烂。

②不得当妇意:不符合女人的心意。

③凌藉:欺负、欺凌。

④无往不复:未有往而不返的。指事物的运动是循环反复的。

鬼魇人至死,不知何意。倪馀疆曰:"吾闻诸施亮生矣,取唉其生魂耳。盖鬼为馀气,渐消渐减,以至于无;得生魂之气以益之,则又可再延。故女鬼恒欲与人狎,摄其精也。男鬼不能摄人精,则杀人而吸其生气,均犹狐之采补耳。"因忆刘挺生言:康熙庚子①,有五举子晚遇雨,栖破寺中。四人已眠,惟一人眠未稳,觉阴风飒然,有数黑影自牖入,向四人嘘气,四人即梦魇。又向一人嘘气,心虽了了,而亦渐昏瞀,觉似有拖曳之者。及稍醒,已离故处,似被絷缚,欲呼则噤不能声;视四人亦纵横偃卧。众鬼共举一人唉之,斯须而尽;又以次食二人。至第四人,忽有老翁自外入,厉声叱曰:"野鬼无造次!此二人有禄相,不可犯也。"众鬼骇散。二人倏然自醒,述所见相同。后一终于教谕②,一终于训导③。鲍敬亭先生闻之,笑曰:"平生自薄此官,不料为鬼神所重也。"观其所言,似亮生之说不虚矣。

注释:

①康熙庚子:康熙五十九年,公元 1720 年。

②教谕:学官名。清朝时期在县学设置教谕,掌文庙祭祀,教育所属生员。

③训导:学官名。明清时期府、州、县儒学的辅助教职。

李庆子言:朱生立园,辛酉北应顺天试。晚过羊留之北,因绕避泥泞,遂迂回失道,无逆旅可栖。遥见林外有人家,试往投止。至则土垣瓦舍,凡六七楹,一童子出应门。朱具道乞宿意。一翁衣冠朴雅,延宾入,止旁舍中。呼灯至,黯黯无光。翁曰:"岁歉油不佳,殊令人闷,然无如何也。"又曰:"夜深不能具肴馔,村酒小饮,勿以为亵。"意甚款洽。朱问:"家中有何人?"曰:"零丁孤苦,惟老妻与僮婢同居耳。"问朱何适,朱告以北上。曰:"有一札及少物欲致京中,僻路苦无书邮。今遇君甚幸。"朱问:"四无邻里,独居不怖乎?"曰:"薄田数亩,课奴辈耕作,因就之卜居①。贫无储蓄,不畏盗也。"朱曰:"谓旷野多鬼魅耳。"翁曰:"鬼魅即未见,君如怖是,陪坐至天曙,可乎?"因借朱纸笔,入作书札;又以杂物封函内,以旧布裹束,密缝其外。付朱曰:"居址已写于函上,君至京拆视自知。"天曙作别,又切嘱信物勿遗失,始殷勤分手。朱至京,拆视布裹,则函题"朱立园先生启"字,其物乃金簪银钏各一双。其札称:"仆老无子息,误惑妇言,以婿为嗣。至外孙犹间一祭扫,后则视为异姓,纸钱麦饭,久已阙如;三尺孤坟,亦就倾圮。九泉茹痛,百悔难追。谨以殉棺薄物,祈君货鬻,归途以所得之直,修治荒茔,并稍浚冢南水道,庶淫潦不浸幽窀②。如允所祈,定如杜回结草③。知君畏鬼,当暗中稽首,不敢见形,勿滋疑虑。亡人杨宁顿首。"朱骇汗浃背,方知遇鬼;以书中归途之语,知必不售,既而果然。还至羊留,以所卖簪钏钱遣仆往治其墓,竟不敢再至焉。

注释:
①卜居:选择适合的地方居住。
②幽窀(zhūn):坟墓、墓穴。
③杜回结草:比喻感恩报德,永不相忘。

　　吴云岩言:有秦生者,不畏鬼,恒以未一见为歉①。一夕,散步别业,闻树外朗吟唐人诗曰:"自去自来人不知,归时惟对空山月。"其声哀厉而长。隔叶窥之,一古衣冠人倚石坐。确知为鬼,遽前掩之。鬼亦不避。秦生长揖曰:"与君路异幽明,人殊今古,邂逅相遇,无可寒温。所以来者,欲一问鬼神情状耳。敢问为鬼时何似?"曰:"一脱形骸,即已为鬼,如茧成蝶,亦不自知。"问:"果魂升魄降,还入太虚乎?"曰:"自我为鬼,即在此间。今我全身现与君对,未尝随元气,升降飞扬。子孙祭时始一聚,子孙祭毕则散也。"问:"果有神乎?"曰:"鬼既不虚,神自不妄。譬有百姓,必有官师。"问:"先儒称雷神之类,皆旋生旋化,果不诬乎?"曰:"作措大②时,饱闻是说。然窃疑霹雳击格,轰然交作,如一雷一神,则神之数多于蚊蚋;如雷止神灭,则神之寿促于蜉蝣。以质先生③,率遭呵叱。为鬼之后,乃知百神奉职,如世建官,皆非顷刻之幻影。恨不能以所闻见,再质先生。然尔时拥皋比者,计为鬼已久,当自知之,无庸再诘矣。大抵无鬼之说,圣人未有。诸大儒恐人谄渎,故强造斯言。然禁沈湎可,并废酒醴则不可;禁淫荡可,并废夫妇则不可;禁贪惏④可,并废财货则不可;禁斗争可,并废五兵则不可。故以一代盛名,挟百千万亿朋党之助,能使人嗫不敢语,而终不能恹服其心，职是故耳。传其教者，虽心知不然，然不持是论，即不得称为精义之学，亦违心而和之曰，理必如是云尔。君不察先儒矫枉之意，生于相激，非其本心；后儒辟邪之说，压于所畏，亦非其本心。竟信儒者，真谓无鬼神，皇皇质问⑤，则君之受绐久矣。泉下之人，不欲久与生人接；君亦不宜久与鬼狎。言尽于此，余可类推。"曼声长啸而去。案此谓儒者明知有鬼，故言无鬼，与黄山二鬼谓儒者明知井田封建不可行，故言可行，皆洞见症结之论。仅目以迂阔，犹堕五里雾中矣。

注释：

①为歉：感到遗憾。

②措大：贫寒失意的读书人。

③以质先生：向教书先生询问。

④贪惏(lán)：即贪婪。

⑤皇皇质问：一本正经地询问。

汪主事厚石言：有在西湖扶乩者，下坛诗曰："旧埋香处草离离，只有西陵夜月知。词客情多来吊古，幽魂肠断看题诗。沧桑几劫湖仍绿，云雨千年梦尚疑。谁信灵山散花女，如今佛火对琉璃。"众知为苏小小①也。客或请曰："仙姬生在南齐，何以亦能七律？"乩判曰："阅历岁时，幽明一理。性灵不昧，即与世推移。宣圣惟识大篆，祝词何写以隶书？释迦不解华言，疏文何行以骈体？是知千载前人，其性识至今犹在，即能解今之语，通今之文。江文通、谢玄晖(按:谢玄晖当系谢希逸之误。爱妾换马见《纂异记》。)能作爱妾换马八韵律赋，沈休文②子青箱能作《金陵怀古》五言律诗，古有其事，又何疑于今乎？"又问："尚能作永明体③否？"即书四诗曰："欢来不得来，侬去不得去。懊恼石尤风，一夜断人渡。"

"欢从何处来？今日大风雨，湿尽杏子衫，辛苦皆因汝。""结束蛱蝶裙，为欢棹舴艋。宛转沿大堤，绿波双照影。""莫泊荷花汀，且泊杨柳岸。花外有人行，柳深人不见。"盖《子夜歌》也。虽才鬼依托，亦可云俊辩矣。

注释：

①苏小小：南朝齐时期的钱塘名妓。

②沈休文：沈约(441—513)，字休文，南朝史学家、文学家。

③永明体：南朝齐武帝时期流行的诗体，这种诗体强调声韵格律，讲究文采，写作技巧。

　　表兄安伊在言：河城秋获时，有少妇抱子行塍上，忽失足仆地，卧不复起。获者遥见之①，疑有故；趋视，则已死，子亦触瓦角脑裂死。骇报田主，田主报里胥。辨验死者，数十里内无此妇；且衣饰华洁，子亦银钏红绫衫，不类贫家。大惑不解，且覆以苇箔，更番守视，而急闻于官。河城去县近，官次日晡时②至，启箔检视，则中置稿秸一束，二尸已不见；压箔之砖固未动，守者亦未顷刻离也。官大怒，尽拘田主及守者去；多方鞫治，无丝毫谋杀弃尸状。纠结缴绕③至年余，乃以疑案上。上官以案情恍惚，往返驳诘。又岁余，乃姑俟访，而是家已荡然矣。此康熙癸巳、甲午间④事。相传村南墟墓间，有黑狐夜夜拜月，人多见之。是家一子好弋猎，潜往伏伺，彀弩中其股。嗷然长号，化火光西去。搜其穴，得二小狐，絷以返。旋逸去，月余而有是事。疑狐变幻来报冤。然荒怪无据，人不敢以入供，官亦不敢入案牍，不能不以匿尸论，故纷扰至斯也。又言：城西某村有丐妇，为姑所虐，缢于土神祠。亦箔覆待检，更番守视。官至，则尸与守者俱不见。亦穷治如河城。后七八年，乃得之于安平。(深州属县。)盖妇颇白皙，一少年轮守时，褫下裳而淫其尸。尸得人气复生，竟相携以逃也。此康熙末事。或疑河城之事当类此,是未可知。或并为一事,则传闻误矣。

注释:

①获者遥见之:从事秋收的人远远地看见了。

②晡(bū)时:古代的计时方法,即申时,15 时至 17 时。

③纠结缴绕:反复纠缠。

④康熙癸巳、甲午间:康熙五十二年、五十三年,公元 1713—1714 年。

同年龚肖夫言:有人四十余无子,妇悍妒,万无纳妾理,恒郁郁不适。偶至道观,有道士招之曰:“君气色凝滞,似有重忧。道家以济物为念,盍言其实,或一效铅刀之用[①]乎!”异其言,具以告。道士曰:“固闻之,姑问君耳。君为制鬼卒衣装十许具,当有以报命。如不能制,即假诸伶官亦可也。”心益怪之,然度其诳取无所用,当必有故,姑试其所为。是夕,妇梦魇,呼不醒,且呻吟号叫声甚惨。次日,两股皆青黯。问之,秘不言,吁嗟而已。三日后复然。自是每三日后皆复然。半月后,忽遣奴唤媒媪,云将买妾。人皆弗信;其夫亦虑后患,殊持疑。既而妇昏瞀累日,醒而促买妾愈急,布金于案,与僮仆约:三日不得必重抶[②],得而不佳亦重抶。观其状,似非诡语。觅二女以应,并留之。是夕,即整饰衾枕,促其夫入房。举家骇愕,莫喻其意;夫亦惘惘如梦境。后复见道士,始知其有术能摄魂:夜使观中道众为鬼装,而道士星冠羽衣坐堂上,焚符摄妇魂,言其祖宗翁姑,以斩祀不孝,具牒诉冥府,用桃杖决一百;遣归,克期令纳妾。妇初以为噩梦,尚未肯。俄三日一摄,如征比然[③]。其昏瞀累日,则倒悬其魂,灌鼻以醋,约三日不得好女子,即付泥犁也。摄魂小术,本非正法。然法无邪正,惟人所用,如同一戈矛,用以杀掠则劫盗,用以征讨则王师耳。术无大小,亦惟人所用,如不龟手之药,可以洴澼絖,亦可以大败越师耳。道士所谓善用其术欤!至嚚顽悍妇④,情理不能喻,法令不能禁,而道士能以术制之。尧牵一羊,舜从而鞭,羊不行,一牧竖驱之则群行。物各有所制,药各有所畏。神道设教,以驯天下之强梗,圣人之意深矣。讲学家乌乎识之?

注释:

①效铅刀之用:尽一点儿自己的力量来帮助别人。

②重挞:重重拷打。

③如征比然:像人间官府定期拷打犯人一样。

④嚚(yín)顽悍妇:嚣张强悍的妇女。

褚鹤汀言:有太学生,资巨万。妻生一子死。再娶,丰于色,太学惑之,托言家政无佐理,迎其母至。母又携二妹来。不一载,其一兄二弟亦挈家来。久而僮仆婢媪皆妻党,太学父子反茕茕若寄食①。又久而管钥簿籍、钱粟出入,皆不与闻;残杯冷炙,反遭厌薄②矣。稍不能堪,欲还夺所侵权,则妻兄弟哄于外,妻母妹等诟于内。尝为众所聚殴,至落须败面,呼救无应者。其子狂奔至,一掴仆地,惟叩额乞缓死而已。恚不自胜,诣后圃将自经。忽一老人止之曰:"君勿尔,君家之事,神人共愤久矣。我居君久,不平尤甚。君但焚楮土神祠,云乞遣后圃狐驱逐,神必许君。"如其言。是夕,果屋瓦乱鸣,窗扉震撼,妻党皆为砖石所击,破额流血。俄而妻党妇女并为狐媚,虽其母不免。昼则发狂裸走,丑词亵状,无所不至;夜则每室坌集数十狐,更番嬲戏,不胜其创,哀乞声相闻。厨中肴馔,俱摄置太学父子前;妻党所食,皆杂以秽物。知不可住,皆窜归。太学乃稍稍招集旧仆,复理家政,始可以自存。妻党觊觎③未息,恒来探视,入门辄被击。或私有所携，归家则囊已空矣。其妻或私馈亦然。由是遂绝迹。然核计资产，损耗已甚，微狐力，则太学父子饿殍矣。此至亲密友所不能代谋，此狐百计代谋之，岂狐之果胜人哉？人于世故深，故远嫌畏怨，趋易避难，坐视而不救；狐则未谙世故，故不巧博忠厚长者名，义所当为，奋然而起也。虽狐也，为之执鞭，所欣慕焉。

注释：
①寄食：寄居生活。
②厌薄：遭嫌弃。
③觊觎：非分的企图。

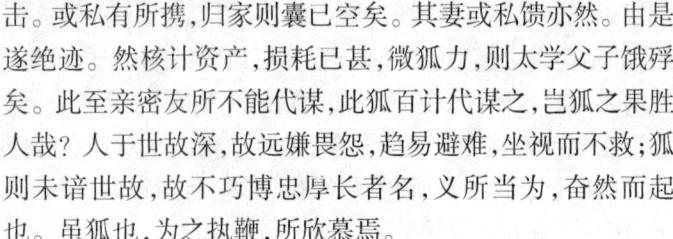

瞽者刘君瑞言：一瞽者年三十余，恒往来卫河旁，遇泊舟者，必问："此有殷桐乎？"又必申之曰："夏殷之殷，梧桐之桐也。"有与之同宿者，其梦中呓语，亦惟此二字。问其姓名，则旬日必一变，亦无深诘之者。如是十余年，人多识之，或逢其欲问，辄呼曰："此无殷桐，别觅可也。"一日，粮艘泊河干，瞽者问如初。一人挺身上岸曰："是尔耶，殷桐在此，尔何能为？"瞽者狂吼如虓虎，扑抱其颈，口啮其鼻，血淋漓满地。众前拆解，牢不可开，竟共堕河中，随流而没。后得尸于大妃宫（海口不受尸，凡河中求尸不得，至天妃宫前必浮出。）前，桐捶其左胁骨尽断，终不释手；十指抠桐肩背，深入寸余；两颧两颊，啮肉几尽。迄不知其何仇，疑必父母之冤也。夫以无目之人，侦有目之人，其不得决也；以孱弱之人，搏强横之人，其不敌亦决也。此较伍胥之仇楚①，其报更难矣。乃十余年坚意不回，竟卒得而食其肉，岂非精诚之至，天地亦不能违乎！宋高宗之歌舞湖山，究未可以势弱解也。

注释：

①伍胥之仇楚：伍子胥的父亲伍奢得罪了楚国楚平王，冤死在狱中，伍子胥没有办法为父亲报仇，直到他做了吴国的大官，回到故地，挖出楚平王的尸骨，鞭尸泄愤。

　　王昆霞作《雁宕游记》一卷，朱导江为余书挂幅，摘其中一条云：四月十七日，晚出小石门，至北碉，耽玩忘返，坐树下待月上。倦欲微眠，山风吹衣，栗然忽醒。微闻人语曰："夜气澄清，尤为幽绝，胜罨画图中看金碧山水。"以为同游者夜至也。俄又曰："古琴铭云：'山虚水深，万籁萧萧。古无人踪，惟石嶕峣。'真妙写难状之景。尝乞洪谷子画此意，竟不能下笔。"窃讶斯是何人，乃见荆浩①？起坐听之。又曰："顷东坡为画竹半壁，分柯布叶，如春云出岫，疏疏密密，意态自然，无权桠怒张之状。"又一人曰："近见其西天目诗，如空江秋净，烟水渺然，老鹤长唳，清飚远引，亦消尽纵横之气。缘才子之笔，务殚心巧；飞仙之笔，妙出天然，境界故不同耳。"知为仙人，立起仰视。忽扑簌一声，山花乱落，有二鸟冲云去。其诗有"蹵屐颇笑谢康乐②，化鹤亲见徐佐卿③"句，即记此事也。

注释：

①荆浩：荆浩(850—?)，中国五代后梁最具影响力的山水画画家。

②谢康乐：谢灵运(385—433)，东晋名将谢玄之孙，因袭封康乐公，故又称谢康公、谢康乐。

③徐佐卿：相传为唐代中期青城道士，可以化作仙鹤在天空翱翔。

　　刘拟山家失金钏，掠问小女奴，具承卖与打鼓者。(京师无赖游民，多妇女在家倚门，其夫白昼避出，担二荆筐，操短柄小鼓击之，收买杂物，谓之打鼓。凡僮婢幼孩窃出之物，多以贱价取之。盖虽不为盗，实盗之羽翼。然赃物细碎，所值不多，又踪迹诡秘，无可究诘，故王法亦不能禁也。)又掠问打鼓者衣服形状,求之不获。仍复掠问①,忽承尘上微嗽曰:"我居君家四十年,不肯一露形声,故不知有我。今则实不能忍矣。此钏非夫人检点杂物,误置漆奁中耶?"如言求之,果不谬,然小女奴已无完肤矣。拟山终身愧悔②,恒自道之曰:"时时不免有此事,安能处处有此狐!"故仕宦二十余载,鞫狱未尝以刑求。

注释:

①掠问:拷打追问。
②愧悔:惭愧懊悔。

多小山言:尝于景州见扶乩者,召仙不至。再焚符,乩摇撼良久,书一诗曰:"薄命轻如叶,残魂转似蓬。练拖三尺白,花谢一枝红。云雨期虽久,烟波路不通。秋坟空鬼唱,遗恨宋家东。"知为缢鬼,姑问姓名。又书曰:"妾系本吴门,家侨楚泽。偶业缘①之相凑,宛转通词;讵好梦之未成,仓皇就死。律以圣贤之礼,君子应讥;谅其儿女之情,才人或悯。聊抒哀怨,莫问姓名。"此才不减李清照;其圣贤儿女一联,自评亦确也。

注释:

①业缘:佛教语。行善是得到好的回报的原因;为恶是得到恶果的原因。

《新齐谐》载冥司榜吕留良之罪曰:"辟佛太过。"此必非事实也。留良之罪,在明亡以后,既不能首阳一饿①,追迹夷齐;又不能戢影逃名②,鸿冥世外,如真山民之比。乃青衿应试,身列胶庠;其子葆中,亦高掇科名,以第二人入翰苑。则久食周粟,断不能自比殷顽。何得肆作谤书,荧惑黔首③?

诡托于桀犬之吠尧④,是首鼠两端,进退无据,实狡黠反覆之尤。核其生平,实与钱谦益相等。殁罹阴谴,自必由斯。至其讲学辟佛,则以尊朱之故,不得不辟陆、王为禅。既已辟禅,自不得不牵连辟佛,非其本志,亦非其本罪也。金人入梦以来,辟佛者多,辟佛太过者亦多。以是为罪,恐留良转有词矣。抑尝闻五台僧明玉之言曰:辟佛之说,宋儒深而昌黎浅,宋儒精而昌黎粗。然而披缁之徒,畏昌黎不畏宋儒,衔昌黎不衔宋儒也。盖昌黎所辟,檀施供养之佛也,为愚夫妇言之也。宋儒所辟,明心见性之佛也,为士大夫言之也。天下士大夫少而愚夫妇多;僧徒之所取给,亦资于士大夫者少,资于愚夫妇者多。使昌黎之说胜,则香积无烟,祇园无地,虽有大善知识,能率恒河沙众,枵腹露宿而说法哉!此如用兵者先断粮道,不攻而自溃也。故畏昌黎甚,衔昌黎亦甚。使宋儒之说胜,不过尔儒理如是,儒法如是,尔不必从我;我佛理如是,佛法如是,我亦不必从尔。各尊所闻,各行所知,两相枝拄,未有害也。故不畏宋儒,亦不甚衔宋儒。然则唐以前之儒,语语有实用;宋以后之儒,事事皆空谈。讲学家之辟佛,于释氏毫无所加损,徒喧哄耳。录以为功,固为谩论;录以为罪,亦未免重视留良耳。

注释:

①首阳一饿:伯夷、叔齐以吃新王朝的粮食为耻,最后饿死在首阳山中。

②戢影逃名:隐姓埋名,远离人世。

③荧惑黔首:蛊惑、煽动老百姓。黔首,老百姓的别称。

④桀犬之吠尧:桀的犬向尧狂吠。比喻奴才一心为他的主子效劳。

奴子王发,夜猎归。月明之下,见一人为二人各捉一臂,东西牵曳,而寂不闻声。疑为昏夜之中,剥夺衣物,乃向空虚鸣一铳。二人奔进散去，一人返奔归，倏皆不见，方知为鬼。比及村口，则一家灯火出入，人语嘈囋①，云："新妇缢死复苏矣。"妇云："姑命晚餐作饼，为犬衔去两三枚。姑疑窃食，痛批其颊。冤抑莫白，痴立树下。俄一妇来劝：'如此负屈，不如死。'犹豫未决，又一妇来怂恿之。恍惚迷瞀，若不自知，遂解带就缢，二妇助之。闷塞痛苦，殆难言状，渐似睡去，不觉身已出门外。一妇曰：'我先劝，当代我。'一妇曰：'非我后至不能决，当代我。'方争夺间，忽霹雳一声，火光四照，二妇惊走，我乃得归也。"后发夜归，辄遥闻哭詈，言破坏我事，誓必相杀。发亦不畏。一夕，又闻哭詈。发诃曰："尔杀人，我救人，即告于神，我亦理直。敢杀即杀，何必虚相恐怖！"自是遂绝。然则救人于死，亦招欲杀者之怨，宜袖手者多欤？此奴亦可云小异矣。

注释：

①嘈囋：声音杂乱的样子。

　　宋清远先生言：昔在王坦斋先生学幕时，一友言梦游至冥司，见衣冠数十人累累①入；冥王诘责良久，又累累出，各有愧恨之色。偶见一吏，似相识，而不记姓名，试揖之，亦相答。因问："此并何人，作此形状？"吏笑曰："君亦居幕府，其中岂无一故交耶？"曰："仆但两次佐学幕，未入有司署也。"吏曰："然则真不知矣。此所谓四救先生者也。"问："四救何义？"曰："佐幕者有相传口诀，曰救生不救死，救官不救民，救大不救小，救旧不救新。救生不救死者，死者已死，断无可救；生者尚生，又杀以抵命，是多死一人也，故宁委曲以出之。而死者衔冤与否，则非所计也。救官不救民者，上控之案，使冤得申，则官之祸福不可测；使不得申，即反坐不过军流耳。而官之枉断与否，则非所计也。救大不救小者,罪归上官,则权位重者谴愈重,且牵累必多;罪归微官,则责任轻者罚可轻,且归结较易。而小官之当罪与否,则非所计也。救旧不救新者,旧官已去,有所未了,羁留之恐不能偿;新官方来,有所委卸,强抑之尚可以办。其新官之能堪与否,则非所计也。是皆以君子之心,行忠厚长者之事,非有所求取巧为舞文,亦非有所恩仇私相报复。然人情百态,事变万端,原不能执一而论。苟坚持此例,则矫枉过直,顾此失彼,本造福而反造孽,本弭事②而反酿事,亦往往有之。今日所鞫,即以此贻祸者。"问:"其果报何如乎?"曰:"种瓜得瓜,种豆得豆。夙业牵缠,因缘终凑。未来生中,不过亦遇四救先生,列诸四不救而已矣。"俯仰之间,霍然忽醒,莫明其入梦之故,岂神明或假以告人欤?

注释:

①累累:一个接着一个。

②弭事:解决问题。

乾隆癸丑①春夏间,京中多疫。以张景岳法治之,十死八九;以吴又可法治之,亦不甚验。有桐城一医,以重剂石膏治冯鸿胪星实之姬,人见者骇异。然呼吸将绝,应手辄瘥。踵其法者,活人无算。有一剂用至八两,一人服至四斤者。虽刘守真之《原病式》、张子和之《儒门事亲》,专用寒凉,亦未敢至是,实自古所未闻矣。考喜用石膏,莫过于明缪仲淳(名希雍,天、崇间人,与张景岳同时,而所传各别。),本非中道②,故王懋竑《白田集》有《石膏论》一篇,力辩其非。不知何以取效如此。此亦五运六气,适值是年,未可执为定例也。

注释：

①乾隆癸丑：乾隆五十八年，公元1793年。

②中道：中药药理讲究药物的相生相合的中和之道。

从伯君章公言：中表某丈，月夕纳凉于村外。遇一人似是书生，长揖曰："仆不幸获谴于社公，自祷弗解①也。一社之中，惟君祀社公最丰，而数十年一无所祈请。社公甚德君，亦甚重君。君为一祷，必见从。"表丈曰："尔何人？"曰："某故诸生，与君先人亦相识，今下世三十余年矣。昨偶向某家索食，为所诉也。"表丈曰："己事不祈请，乃祈请人事乎？人事不祈请，乃祈请鬼事乎？仆无能为役，先生休矣。"其人掉臂去曰："自了汉②耳，不足谋也。"夫肴酒必丰，敬鬼神也；无所祈请，远之也。敬鬼神而远之，即民之义也。视流俗之谄渎，迂儒之傲侮，为得其中矣。说此事时，余甫八九岁，此表丈偶忘姓名。其时乡风淳厚，大抵必端谨笃实之家，始相与为婚姻，行谊似此者多，不能揣度为谁也。"高山仰止，景行行止"，俯仰七十年间，能勿嘷然③远想哉！

注释：

①自祷弗解：自己的祈祷没有得到应验。

②自了汉：只管自己的事情，不掺和别人的事的人。

③嘷（hào）然：高远貌。

黄叶道人潘班，尝与一林下巨公连坐，屡呼巨公为兄。巨公怒且笑曰："老夫今七十余矣。"时潘已被酒，昂首曰："兄前朝年岁，当与前朝人序齿①，不应阑入本朝。若本朝年岁，则仆以顺治二年②九月生，兄以顺治元年五月入大清，仅差十余月耳。唐诗曰：'与兄行年较一岁。'称兄自是古礼，君何过责耶？"满座为之咋舌。论者谓潘生狂士，此语太伤忠厚,宜其坎壈终身,然不能谓其无理也。余作《四库全书总目》,明代集部以练子宁③至金川门卒龚诩④八人列解缙⑤、胡广⑥诸人前,并附案语曰:"谨案练子宁以下八人,皆惠宗旧臣也。考其通籍⑦之年,盖有在解缙等后者。然一则效死⑧于故君,一则邀恩于新主,枭鸾异性,未可同居,故分别编之,使各从其类。至龚诩卒于成化辛丑⑨,更远在缙等后,今亦升列于前,用以昭名教是非。千秋论定,纡青拖紫之荣⑩,竟不能与荷戟老兵争此一纸之先后也。"黄泉易逝,青史难诬。潘生是言,又安可以佻薄废乎?

注释:

①序齿:按年龄大小的顺序依次排列。

②顺治二年:公元 1645 年。

③练子宁:练子宁(1350—1403),名安,明代很有声望的官吏,后因政见不同,被灭族。

④龚诩:龚诩(1381—1469)字大章,号纯庵,明代学者。

⑤解缙:解缙(1369 年—1415 年)字大绅、缙绅,号春雨、喜易,谥文毅,明太祖时期内阁首辅、著名学者。

⑥胡广:胡广(1369—1418),一名靖,字光大,号晃庵,谥文穆,文渊阁大学士。明成祖朱棣时期的内阁首辅。

⑦通籍:考察他们科举高中,开始做官的时间。

⑧效死:殉难。

⑨成化辛丑:明宪宗成化十七年,公元 1481 年。

⑩纡青拖紫之荣:汉代的官制制度,诸侯佩带的印绶为紫色,公卿为青色。比喻官位显贵。

曾映华言:有数书生赴乡试,长夏溽暑,趁月夜行。倦投一废祠之前,就阶小憩,或睡或醒。一生闻祠后有人声,疑为守瓜枣者,又疑为盗,屏息细听。一人曰:"先生何来?"一人曰:"顷与邻家争地界,讼于社公。先生老于幕府者,请揣其胜负。"一人笑曰:"先生真书痴耶! 夫胜负乌有常也? 此事可使后讼者胜,诘先讼者曰:'彼不讼而尔讼,是尔兴戎侵彼①也。'可使先讼者胜,诘后讼者曰:'彼讼而尔不讼,是尔先侵彼,知理曲也。'可使后至者胜,诘先至者曰:'尔乘其未来,早占之也。'可使先至者胜,诘后至者曰:'久定之界,尔忽翻旧局,是尔无故生衅也。'可使富者胜,诘贫者曰:'尔贫无赖,欲使畏讼赂尔也。'可使贫者胜,诘富者曰:'尔为富不仁,兼并不已,欲以财势压孤茕也。'可使强者胜,诘弱者曰:'人情抑强而扶弱,尔欲以肤受之诉耸听②也。'可使弱者胜,诘强者曰:'天下有强凌弱,无弱凌强。彼非真枉,不敢冒险撄尔锋也。'可以使两胜,曰:'无券无证,纠结安穷? 中分以息讼,亦可以已也。'可以使两败,曰:'人有阡陌,鬼宁有疆畔? 一棺之外,皆人所有,非尔辈所有,让为闲田可也。'以是种种胜负,乌有常乎?"一人曰:"然则究竟当何如? "一人曰:"是十说者,各有词可执,又各有词以解,纷纭反覆,终古不能已也。城隍社公不可知,若夫冥吏鬼卒,则长拥两美庄矣。"语讫遂寂。此真老于幕府之言也。

注释:

①尔兴戎侵彼:你侵犯别人。
②以肤受之诉耸听:用不实的诉讼言辞来扰乱视听。

蛇能报冤,古记有之,他毒物则不能也。然闻故老之言曰:"凡遇毒物,无杀害心,则终不遭螫;或见即杀害,必有一日受其毒。"验之颇信。是非物之知报,气机相感耳。狗见屠狗者群吠,非识其人,亦感其气也。又有生啖毒虫者,云能益力①。毒虫中人或至死,全贮其毒于腹中,乃反无恙,此又何理欤? 崔庄一无赖少年习此术,尝见其握一赤练蛇,断其首而生啖,如有余味。殆其刚悍鸷忍之气足以胜之乎?

力何必益？即益力，方药亦颇多，又何必是也？

注释：

①益力：增加体力。

贾公霖言：有贸易来往于樊屯者，与一狐友。狐每邀之至所居，房舍一如人家，但出门后，回顾则不见耳。一夕，饮狐家。妇出行酒，色甚妍丽。此人醉后心荡，戏捝其腕①。妇目狐，狐侧睨笑曰："弟乃欲作陈平②耶？"亦殊不怒，笑谑如平时。此人归后，一日忽家中客作控一驴送其妇来，云得急信，君暴中风，故借驴仓皇连夜至。此人大骇，以为同伴相戏也。旅舍无地容眷属，呼客作送归。客作已自去。距家不一日程，时甫辰巳，乃自控送归。中途遇少年与妇摩肩过，手触妇足。妇怒詈，少年惟笑谢，语涉轻薄。此人愤与相搏，致驴惊逸入歧路，蜀秫方茂，斯须不见。此人舍少年追妇，寻蹄迹行一二里，驴陷淖中，妇则不知所往矣。野田连陌，四无人踪，彻夜奔驰，旁皇至晓。姑骑驴且返，再商觅妇。未及数里，闻路旁大呼曰："贼得矣。"则邻村驴昨夜被窃，方四出缉捕也。众相执缚，大受捶楚。赖遇素识多方辩说，始得免。懊丧至家，则纺车玎然，妇方引线。问以昨事，茫然不知。始悟妇与客作及少年皆狐所幻，惟驴为真耳。狐之报复恶矣，然衅则此人自启③也。

注释：

①戏捝其腕：开玩笑的抓住她的手腕。
②陈平：陈平年轻的时候，行为不检点，做出调戏嫂子的行为。
③自启：自己引起。

壬子春，滦阳采木者数十人夜宿山坳，见隔涧坡上有数鹿散游，又有二人往来林下，相对泣。共诧人入鹿群，鹿何不惊？疑为仙鬼，又不应对泣。虽崖高水急，人径不通，然月明如昼，了然可见，有微辨其中一人似旧木商某者。俄山风陡作，木叶乱鸣，一虎自林突出，搏二鹿殪焉。知顷所见，乃其生魂矣。东坡诗曰"未死神先泣"，是之谓乎！闻此木商亦无大恶，但心计深密，事事务得便宜耳。阴谋者道家所忌，良有以夫①。

注释：

①良有以夫：确实是这样子的。

又闻巴公彦弼言：征乌什时，一日攻城急，一人方奋力酣战，忽有飞矢自旁来，不及见也；一人在侧见之，急举刀代格，反自贯颅死。此人感而哭奠之。夜梦死者曰："尔我前世为同官，凡任劳任怨之事，吾皆卸尔①；凡见功见长之事，则抑尔不得前。以是因缘，冥司注今生代尔死。自今以往，两无恩仇。我自有赏恤，毋庸尔祭也。"此与木商事相近。木商阴谋，故遣重；此人小智，故遣轻耳。然则所谓巧者，非正其拙欤！

注释：

①任劳任怨之事，吾皆卸尔：凡是劳累、招人怨恨的事儿，我都把责任推卸给你。

门人郝瑗，孟县人，余己卯典试所取士也。成进士，授进贤令。菲衣恶食①，视民事如家事。仓库出入，月月造一册。预储归途舟车费，扃一箦中，虽窘急不用铢两。囊箧皆结束室中，如治装状，盖无日不为去官计。人见其日日可去官，亦无如之何。后患病乞归，不名一钱，以授徒终于家。闻其少时,值春社,游人如织。见一媪将二女,村妆野服②,而姿致天然。瑗与同行,未尝侧盼。忽见妪与二女,踏乱石横行至绝涧,鹄立树下。怪其不由人径,若有所避,转凝睇视之。媪从容前致词曰:"节物暄妍,率儿辈踏青,各觅眷属。以公正人不敢近,亦乞公毋近儿辈,使刺促不宁。"瑗悟为狐魅,掉臂去之。然则花月之妖,为人心自召明矣。

注释:

①菲衣恶食:穿破旧的衣服,吃很粗糙的食物。

②村妆野服:穿着乡村普通的衣服。

木兰伐官木者,遥见对山有数虎。悬崖削壁,非迂回数里不能至;人不畏虎,虎亦不畏人也。俄见别队伐木者,冲虎径过。众顿足危栗。然人如不见虎,虎如不见人也。数日后,相晤话及。别队者曰:"是日亦遥见众人,亦似遥闻呼噪声。然所见乃数巨石,无一虎也。"是殆命不遭咥乎?然命何能使虎化石,其必有司命者①矣。司命者空虚无朕,冥漠无知,又何能使虎化石?其必天与鬼神矣。天与鬼神能司命,而顾谓天即理也,鬼神二气之良能也。然则理气浑沦,一屈一伸,偶遇斯人,怒而搏者,遂峙而嶙峋乎?吾无以测之矣。

注释:

①司命者:主宰命运的人。

景州高冠瀛,以梦高江村而生,故亦名士奇。笃学能文,小试必第一,而省闱辄北①,竟坎凛以终。年二十余时,日者推其命,谓天官、文昌、魁星贵人皆集于一宫,于法当以鼎甲②入翰林。而是岁只得食饩③。计其一生遭遇,亦无更得志于食饩者。盖其赋命本薄,故虽极盛之运,所得不过如是也。田白岩曰:"张文和公八字,日者以其一生仕履,较量星度,其开坊仅抵一衿耳。此与冠瀛之命,可以互勘。术家宜以此消息,不可徒据星度,遽断休咎也。"又尝见一术士云,凡阵亡将士,推其死绥之岁月,运必极盛。盖尽节一时,垂名千古,馨香百世,荣逮子孙,所得有在王侯将相之上者故也。立论极奇,而实有至理。此又法外之意,不在李虚中等格局中矣。

注释:

①省闱辄北:参加省里面的科举考试都不成功。

②鼎甲:科举考试高中状元。鼎有三足,谓状元、榜眼、探花三者。

③食饩:明清时经考试取得廪生资格的生员享受廪膳补贴。

冠瀛久困名场①,意殊抑郁,尝语余及雪崖曰:"闻旧家一宅,留宿者夜辄遭魇,或鬼或狐,莫能明也。一生有胆力,欲伺为祟者何物,故寝其中。二更后,果有黑影瞥落地,似前似却,闻生转侧,即伏不动。知其畏人,佯睡以俟之,渐作鼾声。俄觉自足而上,稍及胸腹,即觉昏沈,急奋右手搏之,执得其尾,即以左手扼其项。嗷然一声,作人言求释。急呼灯视之,乃一黑狐。众共捺制,刃穿其髀,贯以索而自系于左臂。度不能幻化,乃持刀问其作祟意。狐哀鸣曰:'凡狐之灵者,皆修炼求仙:最上者调息炼神,讲坎离龙虎之旨,吸精服气,饵日月星斗之华,用以内结金丹,蜕形羽化。是须仙授,亦须仙才。若是者吾不能。次则修容成素女之术,妖媚蛊惑,摄精补益,内外配合,亦可成丹。然所采少则道不成,所采多则戕人利己,不干冥谪,必有天刑。若是者吾不敢。故以剽窃之功,为猎取之计,乘人酣睡,仰鼻息以收余气,如蜂采蕊,无损于花,凑合渐多,融结为一,亦可元神不散,岁久通灵。即我辈是也。虽道浅术疏,积功亦苦。如不见释,则百年精力,尽付东流,惟君子哀而恕之②。'生悯其词切,竟纵之使去。此事在雍正末年,相传已久。吾因是以思科场,上者鸿才硕学,吾亦不能;次者行险徼幸,吾亦不敢;下者剽窃猎取,庶几能之,而吾又有所不肯,吾道穷矣。二君皆早掇科第,其何以教我乎?"雪崖戏曰:"以君作江村后身,如香山之为白老矣。惟此一念,当是身异性存。此病至深,仆辈实无药相救也。"相与一笑而罢。盖冠瀛为文,喜戛戛生造③,硬语盘空④,屡踬有司,率多坐是。故雪崖用以为戏。《贾长江集》有"独行潭底影,数息树边身"一联,句下夹注一诗曰:"两句三年得,一吟双泪流;知音如不赏,归卧故山秋。"千古畸人,其意见略相似矣。

注释:
①名场:科举考试的场所。谓求取功名。
②哀而恕之:因哀怜而饶恕它。
③戛(jiá)戛生造:标新立异,突破创新。
④硬语盘空:形容文章的气势雄伟。

吉木萨台军言:尝逐雉入深山中,见悬崖之上,似有人立。越涧往视,去地不四五丈,一人衣紫氆氇,面及手足皆黑毛,茸茸长寸许;一女子甚姣丽,作蒙古装,惟跣足不靴,衣则绿氆氇也,方对坐共炙肉。旁侍黑毛人四五,皆如小儿,身不著寸缕,见人嘻笑。其语非蒙古、非额鲁特、非回部、非西番,啁唽如鸟不可辨。观其情状,似非妖物,乃跪拜之。忽掷一物于崖下,乃熟野骡肉半肘也。又拜谢之,皆摇手。乃携以归,足三四日食。再与牧马者往迹①,不复见矣。意其山神欤?

注释：

①往迹：去寻找留下的踪迹。

世言虹见则雨止，此倒置①也，乃雨止则虹见耳。盖云破日露，则回光返照，射对面之云。天体浑圆，上覆如笠，在顶上则仰视，在四垂则侧视，故敛为一线。其形随下垂，两面之势，屈曲如弓。又侧视之中，斜对目者近，平对目者远。以渐而远，故重重云气，皆见其边际，叠为重重红绿色；非真有一物如带，横亘天半也。其能下涧饮水，或见其首如驴者，(见朱子语录。)并有能狎昵妇女者，(见《太平广记》。)当是别一妖气，其形似虹；或别一妖物，化形为虹耳。

注释：

①倒置：前后颠倒。

及孺爱先生言：尝亲见一蝇，飞入人耳中为祟，能作人言，惟病者闻之。或谓蝇之蠢蠢，岂能成魅？或魅化蝇形耳。此语近之。青衣童子①之宣赦，浑家门客②之吟诗，皆小说妄言，不足据也。

注释：

①青衣童子：苍蝇的别称。传说前秦苻坚作赦文，有青蝇入室，结果赦文还没下发，就在坊间传开了，找来市人一问，才知道有一个青衣童子在街上传播的。苻坚因此悟道："是前青蝇也。"

②浑家门客：传说唐睿宗时有蝇变成浑家的门客和且耶吟诗。

辟尘之珠，外舅马公周篆曾遇之，确有其物，而惜未睹其形也。初，隆福寺鬻杂珠宝者，布茵(俗谓之摆摊。)于地，罗诸小箧于其上。虽大风霾，无点尘。或戏以囊有辟尘珠。其人椎鲁①，漫笑应之。弗信也。如是半载，一日，顿足大呼曰："吾真误卖至宝矣！"盖是日飞尘忽集，始知从前果珠所辟也。按医书有服响豆法。响豆者，槐实之夜中爆响者也，一树只一颗，不可辨识。其法槐始花时，即以丝网幂树上，防鸟鹊啄食。结子熟后，多缝布囊贮之，夜以为枕，听无声者即弃去。如是递枕，必有一囊作爆声者。取此一囊，又多分小囊贮之，枕听，初得一响者则又分。如二枕渐分至仅存二颗，再分枕之，则响豆得矣。此人所鬻之珠，谅亦无几。如以此法分试，不数刻得矣，何至交臂失之乎？乃漫然不省，卒以轻弃，当缘禄相原薄耳。

注释：
①椎鲁：愚蠢，蠢笨。

乾隆甲辰①，济南多火灾。四月杪②，南门内西横街又火，自东而西，巷狭风猛，夹路皆烈焰。有张某者，草屋三楹在路北，火未及时，原可挈妻孥出；以有母枢，筹所以移避，既势不可出，夫妇与子女四人，抱棺悲号，誓以身殉。时抚标参将方督军扑救，隐隐闻哭声，令标军升后巷屋寻声至所居，垂绠使缒出。张夫妇并呼曰："母枢在此，安可弃也？"其子女亦呼曰："父母殉父母，我不当殉父母乎？"亦不肯上。俄火及，标军越屋避去，仅以身免。以为阖门并煨烬，遥望太息而已。乃火熄巡视，其屋岿然独存③。盖回飙忽作，火转而北，绕其屋后，焚邻居一质库，始复西也。非鬼神呵护，何以能然！此事在癸丑七月，德州山长张君庆源录以寄余，与余《滦阳消夏录》载孀妇事相类。而夫妇子女，齐心同愿，则尤难之难。夫"二人同心，其利断金"，况六人乎！庶女一呼，雷霆下击，况六人并纯孝乎！精诚之至，哀感三灵，虽有命数，亦不能不为之挽回。人定胜天，此亦其一。事虽异闻，即谓之常理可也。余于张君不相识，而张君间关邮致，务使有传，则张君之志趣可知矣。因为点定字句，录之此编。

注释：
①乾隆甲辰：乾隆四十九年，公元 1784 年。
②四月杪：四月末。
③岿然独存：形容经过变乱而唯一幸存的事物。

吕太常含晖言：京师有一民家，停柩遇火，无路可出，亦无人肯助舁。乃阖家男妇，锹镢刀铲，合手于室内掘一坎，置棺于中，上覆以土。坎甫掩而火及，屋虽被焚，棺在坎中，竟无恙。火性炎上①故也。此亦应变之急智，因张孝子事附录之。

注释：
①火性炎上：火的特性是向上燃烧。

交河泊镇有王某，善技击，所谓王飞骹者是也。（俗作腿，相沿已久，然非正字也。）一夕，偶过墟墓间，见十余小儿当路戏，约皆四五岁，叱使避，如不闻。怒掴其一，群儿共噪詈。王愈怒，蹴以足。群儿坌涌，各持砖瓦击其髁，捷若猿猱，执之不得；拒左则右来，御前则后至，盘旋撑拄，竟以颠陨；头目亦被伤，屡起屡仆，至于夜半，竟无气以动。次日，家人觅之归，两足青紫，卧半月乃能起。小儿盖狐也。以王之力，平时敌数十壮夫，尚挥霍自如；而遇此小魅，乃一败涂地。《淮南子》引尧诫曰："战战栗栗，日慎一日，人莫踬于山而踬于垤①。"《左传》曰："蜂虿有毒。"信夫！

注释：
①人莫踬于山而踬于垤：没有因登山而绊倒，反而被小土堆绊

倒了。比喻小问题常易被忽略，因而造成错误。也指在小事上出了大差错。

郭彤纶言：阜城有人外出，数载无音问。一日，仓皇夜归，曰："我流落无藉，误落群盗中，所劫杀非一。今事败，幸跳身免；然闻他被执者已供我姓名居址，计已飞檄拘眷属。汝曹宜自为计，俱死无益也。"挥泪竟去，更无一言。阖家震骇，一夜星散尽，所居竟废为墟。人亦不明其故也。越数载，此人至其故宅，访父母妻子移居何处。邻人告以久逃匿，亦茫然不测所由。稍稍踪迹①，知其妻在彤纶家佣作。叩门寻访，乃知其故。然在外实无为盗事，后亦实无夜归事；彤纶为稽官牍②，亦并无缉捕事。久而忆耕作八沟(汉右北平之故地也。)时，筑室山冈。冈后有狐，时或窃物，又或夜中噪叫搅人睡。乃聚徒劚破其穴，薰之以烟，狐乃尽去。疑或其为魅以报欤？

注释：

①稍稍踪迹：慢慢打听行踪。
②稽官牍：查阅官府的文件。

奴子史锦文，尝往沧州延医。暑月未携襆被，乘一马而行。至张家沟西，痁①忽作，乃系马于树，倚树小憩。渐懵腾睡去，梦至一处，草屋数楹，一翁一妪坐门外，见锦文邀坐，问姓名；自言姓李行六，曾在崔庄住两载，与其父史成德有交，锦文幼时亦相见，今如是长成耶。感念存殁，意颇凄怆。妪又问："五魁(五魁，史锦彩之乳名。)无恙否？三黑(三黑李姓，锦文异父弟，随继母同来者也。)尚相随否？"亦颇周至。翁因言今年水潦②，由某路至某处水虽深，然沙底不陷；由某路至某处水虽浅，然皆红土胶泥，粘马足难行。雨且至，日已过午,尔宜速往,不留汝坐矣。霍然而醒,遥见四五丈外,有一孤冢,意即李六所葬欤？如所指路,晚至常家砖河,果遇雨。归告其继母,继母曰："是尝在崔庄卖瓜果,与尔父日游醉乡者也。"殂谢黄泉,尚惓惓③故人之子,亦小人之有意识者矣。

注释:

①痁:疟疾。

②水潦:因为下雨过多地上积有的水。

③惓(quán)惓:念念不忘,深切思念。

奴子傅显,喜读书,颇知文义,亦稍知医药。性情迂缓,望之如偃蹇老儒。一日,雅步①行市上,逢人辄问:"见魏三(奴子魏藻,行三也。)兄否?"或指所在,复雅步以往。比相见,喘息良久。魏问相见何意?曰:"适在苦水井前,遇见三嫂在树下作针黹,倦而假寐。小儿嬉戏井旁,相距三五尺耳,似乎可虑。男女有别,不便呼三嫂使醒,故走觅兄。"魏大骇,奔往,则妇已俯井哭子矣。夫僮仆读书,可云佳事。然读书以明理,明理以致用也。食而不化②,至昏愦僻谬③,贻害无穷,亦何贵此儒者哉!

注释:

①雅步:踱着步子,一步一晃地走。

②食而不化:比喻对所学知识理解得不透彻,没有吸收成为自己的东西。

③昏愦僻谬:糊糊涂涂、荒谬古怪。

武强一大姓,夜有劫盗,群起捕逐。盗逸去,众合力穷追。盗奔其祖茔松柏中,林深月黑,人不敢入,盗亦不敢出。相持之际,树内旋飚四起,沙砾乱飞,人皆眯目不相见,盗乘间突围得脱。众相诧异,先灵何反助盗耶? 主人夜梦其祖曰:"盗劫财不能不捕,官捕得而伏法,盗亦不能怨主人。若未得财,可勿追也;追而及,盗还斗伤人,所失不大乎? 即众力足殪盗,盗殪则必告官,官或不谅,坐以擅杀,所失不更大乎? 且我众乌合①,盗皆死党;盗可夜夜伺我,我不能夜夜备盗也。一与为仇,隐忧方大,可不深长思乎? 旋风我所为,解此结也,尔又何尤焉!"主人醒而喟然曰:"吾乃知老成远虑,胜少年盛气多矣。"

注释:

①乌合:形容人群没有严密组织而临时凑合起来的样子。

　　沧州城守尉永公宁与舅氏张公梦征友善。余幼在外家,闻其告舅氏一事曰:"某前锋有女曰平姐,年十八九,未许人。一日,门外买脂粉,有少年挑之,怒詈而入。父母出视,路无是人,邻里亦未见是人也。夜扃户寝,少年乃出于灯下。知为魅,亦不惊呼,亦不与语,操利剪伪睡以俟之。少年不敢近,惟立于床下,诱说百端。平姐如不见闻。少年倏去,越片时复来,握金珠簪珥数十事,值约千金,陈于床上。平姐仍如不见闻。少年又去,而其物则未收。至天欲曙,少年突出曰:'吾伺尔彻夜,尔竟未一取视也! 人至不可以利动,意所不可,鬼神不能争,况我曹乎? 吾误会尔私祝一言,妄谓托词于父母,故有是举,尔勿嗔也。'敛其物自去。盖女家素贫,母又老且病,父所支饷不足赡①,曾私祝佛前,愿早得一婿养父母,为魅所窃闻也。"然则一语之出,一念之萌,暧昧中俱有伺察矣。耳目之前,可涂饰假借②乎!

注释:

①支饷不足赡:俸禄不能够养活一家人。

②涂饰假借：以修饰掩盖、假托为名。

瑶泾有好博者，贫至无甑，夫妇寒夜相对泣，悔不可追。夫言："此时但有钱三五千，即可挑贩给朝夕，虽死不入囊家矣。顾安所从得乎？"忽闻扣窗语曰："尔果悔，是亦易得，即多于是亦易得，但恐故智复萌耳。"以为同院尊长悯恻相周①，遂饮泣设誓，词甚坚苦②。随开门出视，月明如昼，寂无一人，惘惘莫测其所以。次夕，又闻扣窗曰："钱已尽返，可自取。"秉火起视，则数百千钱累累然皆在屋内，计与所负适相当。夫妇狂喜，以为梦寐，彼此掐腕皆觉痛，知灼然是真。（俗传梦中自疑是梦者，但自插腕觉痛者是真，不痛者是梦也。）以为鬼神佑助，市牲醴祭谢。途遇旧博徒曰："尔术进耶？运转耶？何数年所负，昨一日尽复也？"罔知所对，唯诺而已。归甫设祭，闻檐上语曰："尔勿妄祭，致招邪鬼。昨代博者是我也，我居附近尔父墓，以尔父愤尔游荡，夜夜悲啸，我不忍闻，故幻尔形往囊家取钱归。尔父寄语：事可一不可再也。"语讫，遂寂。此人亦自此改行，温饱以终。呜呼！不肖之子，自以为惟所欲为矣，其亦念黄泉之下，有夜夜悲啸者乎！

注释：
①悯恻相周：怜悯同情来周济。
②词甚坚苦：言辞很坚决。

李秀升言：山西有富室，老惟一子。子病瘵，子妇亦病瘵，势皆不救父母甚忧之。子妇先卒，其父乃趣①为子纳妾。其母骇曰："是病至，此不速之死乎？"其父曰："吾固知其必不起。然未生是子以前，吾尝祈嗣于灵隐，梦大士言，'汝本无后，以捐金助赈活千人，特予一孙送汝老。'不趁其未死，早为纳妾,孙自何来乎?"促成其事。不三四月而子卒,遗腹果生一子,竟延其祀。山谷诗曰:"能与贫人共年谷,必有明月生蚌胎。"信不诬矣。

注释:

① 趣:催促。

宝坻王泗和,余姻家也。尝示余《书艾孝子事》一篇,曰:"艾子诚,宁河之艾邻村人。父文仲,以木工自给。偶与人斗,击之踣,误以为死,惧而逃,虽其妻莫知所往,第仿佛传闻似出山海关尔。是时妻方娠,越两月,始生子诚。文仲不知已有子;子诚幼鞠于母①,亦不知有父也。迨稍有知,乃问母父所在,母泣语以故。子诚自是惘惘如有失,恒絮问其父之年齿状貌,及先世之名字,姻娅之姓氏里居。亦莫测其意,姑一一告之。比长,或欲妻以女,子诚固辞曰:'乌有其父流离,而其子安处室家者?'始知其有志于寻父,徒以孀母在堂,不欲远离耳。然文仲久无音耗,子诚又生未出里间,天地茫茫,何从踪迹? 皆未信其果能往。子诚亦未尝议及斯事,惟力作以养母。越二十年,母以疾卒。营葬毕,遂治装裹粮赴辽东,有沮②以存亡难定者,子诚泫然曰:'苟相遇,生则共返,殁则负骨归。苟不相遇,宁老死道路间,不生还矣。'众挥涕而送之。子诚出关后,念父避罪亡命,必潜踪于僻地。凡深山穷谷,险阻幽隐之处,无不物色。久而资斧既竭,行乞以糊口。凡二十载,终无悔心。一日,于马家城山中遇老父,哀其穷饿,呼与语。询得其故,为之感泣,引至家,款以酒食。俄有梓人③携具入,计其年与父相等。子诚心动,谛审其貌,与母所说略相似。因牵裾泣涕,具述其父出亡年月,且缕述家世及戚党,冀其或是。是人且骇且悲,似欲相认,而自疑在家未有子。子诚具陈始末,乃噭然相持

卷十八 ｜ 六五五

哭。盖文仲辗转逃避,乃至是地,已阅四十余年;又变姓名为王友义。故寻访无迹,至是始偶相遇也。老父感其孝,为谋归计。而文仲流落久,多逋负,滞不能行。子诚乃踉跄奔还,质田宅,贷亲党,得百金再往,竟奉以归。归七年,以寿终。子诚得父之后,始娶妻。今有四子,皆勤俭能治生。昔文安王原寻亲万里之外,子孙至今为望族。子诚事与相似,天殆将昌其家乎?子诚佃种余田,所居距余别业仅二里。余重其为人,因就问其详而书其大略如右,俾学士大夫,知陇亩间有是人也。时癸丑重阳后二日。"案子诚求父多年,无心忽遇,与宋朱寿昌寻母事同,皆若有神助,非人力所能为。然精诚之至,故哀感幽明,虽谓之人力亦可也。

注释:

①幼鞠于母:从小由母亲抚养长大。

②沮:劝阻、阻拦。

③梓人:木匠。

引据古义,宜征经典;其余杂说,参酌而已,不能一一执为定论也。《汉书·五行志》【按:《汉书》疑《元史》之误。《元史·五行志》:"中统二年九月,河南民王四妻邹氏一产三男。"】以一产三男列于人痾,其说以为母气盛也,故谓之咎征。然成周八士,四乳而生,圣人不以为妖异,抑又何欤?夫天地氤氲,万物化醇,非地之自能生也。男女构精,万物化生,非女之自能生也。使三男不夫而孕,谓之人痾可矣;既为有父之子,则父气亦盛可知,何独以为阴盛阳衰乎?循是以推,则嘉禾专车,异亩同颖①,见于《书序》者,亦将谓地气太盛乎?大抵《洪范五行》,说多穿凿,而此条之难通为尤甚,不得以源出伏胜,遂以传为经。国家典制,凡一产三男,皆予赏赉。一扫曲学②之陋说,真千古定议矣。余修《续文献通考》,于祥异考中,变马氏之例,削去此门,遵功令也。癸丑七月草此书成,适仪曹以题赏一产三男本稿请署。偶与论此,因附记于书末。

注释:

①嘉禾专车,异亩同颖:生长很好的稻穗可以单独装满一辆车子,不同田亩里的庄禾结出的穗子连在一起。

②曲学:学识浅陋的人。

盛跋

河间先生典校秘书廿余年,学问文章,名满天下。而天性孤峭,不甚喜交游。退食①之余,焚香扫地,杜门著述而已。年近七十,不复以词赋经心,惟时时追录旧闻,以消闲送老。初作《滦阳消夏录》,又作《如是我闻》,又作《槐西杂志》,皆已为坊贾刊行②。今岁夏秋之间,又笔记四卷,取庄子语题曰《姑妄听之》。以前三书,甫经脱稿,即为钞胥私写去。脱文误字,往往而有。故此书特付时彦校之。时彦尝谓先生诸书,虽托诸小说,而义存劝戒,无一非典型之言,此天下之所知也。至于辨析名理,妙极精微;引据古义,具有根柢,则学问见焉。叙述剪裁,贯穿映带,如云容水态,迥出天机,则文章亦见焉。读者或未必尽知也,第曰:"先生出其余技,以笔墨游戏耳。"然则视先生之书去小说几何哉?夫著书必取熔经义,而后宗旨正;必参酌史裁③,而后条理明;必博涉诸子百家,而后变化尽。譬大匠之造宫室,千楹广厦与数椽小筑,其结构一也。故不明著书之理者,虽诂经评史,不杂则陋;明著书之理者,虽稗官脞记④,亦具有体例。先生尝曰:"《聊斋志异》盛行一时,然才子之笔,非著书者之笔也。虞初以下,干宝以上,古书多佚矣。其可见完帙者,刘敬叔《异苑》、陶潜《续搜神记》,小说类也;《飞燕外传》、《会真记》,传记类也。《太平广记》事以类聚,故可并收。今一书而兼二体,所未解也。小说既述见闻,即属叙事,不比戏场关目,随意装点。伶玄之传,得诸樊嬺⑤,故猥琐具详;元稹之记,出于自述,故约略梗概。杨升庵伪撰《秘辛》,尚知此意,升庵多见古书故也。今燕昵之词,媟狎之态,细微曲折,摹绘如生。使出自言,似无此理;使出作者代言,则何从而闻见之? 又所未解也。留仙之才,余诚莫逮其万一;惟此二事,则夏虫不免疑冰⑥。刘舍人云:'滔滔前世,既洗予闻;渺渺来修,谅尘彼观。'心知其意,傥有人乎?"因先生之言,以读先生之书,如叠矩重规,毫厘不失,灼然与才子之笔,分路而扬镳。自喜区区私议,尚得窥先生涯涘也。因附记于末,以告世之读先生书者。

乾隆癸丑⑦十一月,门人盛时彦谨跋。

注释:

①退食:上完朝,处理完政事。

②坊贾刊行:书商把文稿刊印发行。

③史裁:对历史事实的判断能力。

④稗官脞(cuǒ)记:小说家的琐碎鄙俗的言谈议论。

⑤樊嬺(nì):香艳的故事。

⑥夏虫不免疑冰:反用"夏虫语冰"的意思。比喻人囿于见闻,知识短浅。

⑦乾隆癸丑:乾隆五十八年,公元 1793 年。

卷 十 九

滦阳续录(一)

　　景薄桑榆①,精神日减,无复著书之志,惟时作杂记,聊以消闲。《滦阳消夏录》等四种,皆弄笔遣日者也。年来并此懒为,或时有异闻,偶题片纸;或忽忆旧事,拟补前编。又率不甚收拾,如云烟之过眼,故久未成书。今岁五月,扈从②滦阳。退直之余,昼长多暇,乃连缀成书,命曰《滦阳续录》。缮写既完,因题数语,以志缘起。若夫立言之意,则前四书之序详矣,兹不复衍焉。嘉庆戊午③七夕后三日,观弈道人书于礼部直庐,时年七十有五。

注释:

①景薄桑榆:黄昏时间,比喻年纪大了。

②扈从:跟随皇上,护驾。

③嘉庆戊午:嘉庆三年,公元1798年。

　　嘉庆戊午五月,余扈从滦阳。将行之前,赵鹿泉前辈云:有瞽者郝生,主彭芸楣参知家,以揣骨①游士大夫间,语多奇验。惟揣胡祭酒长龄,知其四品,不知其状元耳。在江湖术士中,其艺差精。郝自称河间人。余询乡里无知者,殆久游于外欤?郝又称其师乃一僧,操术弥高,与人接一两言,即知其官禄;久住深山,立意不出。其事太神,则余不敢信矣。案相人之法,见于《左传》,其书汉志亦著录;惟太素脉、揣骨二家,前古未闻。太素脉至北宋始出,其授受渊源,皆支离附会,依托显然。余于《四库全书总目》已详论之。揣骨亦莫明所自起。考《太平广记》一百三十六引《三国·典略》称:北齐神武与刘贵、贾智等射猎,遇盲妪,遍扪诸人,云并富贵;及扪神武,云皆由此人。似此术南北朝已有。又《定命录》称:天宝十四载,东阳县瞽者马生,捏赵自勤头骨,知其官禄。刘公《嘉话录》称:贞元末,有相骨山人,瞽双目。人求相,以手扪之,必知贵贱。《剧谈录》称:开成中,有龙复本者,无目,善听声揣骨。是此术至唐乃盛行也。流传既古,当有所受。故一知半解,往往或中,较太素脉稍有据耳。

注释:

①揣骨:相术的一种。捏摸人的骨骼,据其高低、大小、长短等来推断人的贫富、智愚、贵贱、寿夭。

诚谋英勇公阿公(文成公之子,袭封。)言:灯市口东有二郎神庙。其庙面西,而晓日初出,辄有金光射室中,似乎返照。其邻屋则不然,莫喻其故①。或曰:"是庙基址与中和殿东西相直,殿上火珠(宫殿金顶,古谓之火珠。唐崔曙有明堂火珠诗是也。)映日回光耳。"其或然欤?

注释:

①莫喻其故:不知道是什么缘故。

阿公偶问余刑天干戚①事,余举《山海经》以对。阿公曰:"君勿谓古记荒唐,是诚有也。昔科尔沁台吉达尔玛达都尝猎于漠北深山,遇一鹿负箭而奔,因引弧殪之。方欲收取,忽一骑驰而至,鞍上人有身无首,其目在两乳,其口在脐，语啁哳自脐出。虽不可辨，然观其手所指画，似言鹿其所射，不应夺之也。从骑皆震慑失次。台吉素有胆，亦指画示以彼射未仆，此射乃获，当剖而均分。其人会意，亦似首肯，竟持半鹿而去。不知其是何部族，居于何地。据其形状，岂非刑天之遗类欤！天地之大，何所不有，儒者自拘于见闻耳。"案《史记》称：《山海经》、《禹本纪》有怪物，余不敢信。是其书本在汉以前。《列子》称大禹行而见之，伯益知而名之，夷坚闻而志之。其言必有所受，特后人不免附益又窜乱之，故往往悠谬②太甚；且杂以秦汉之地名，分别观之，可矣。必谓本依附《天问》作《山海经》，不应引《山海经》反注《天问》，则太过也。

注释：

①刑天干戚：典故出自《山海经·海外西经》："刑天与帝争神。帝断其首，葬于常羊之野。乃以乳为目，以脐为口，操干戚而舞。"干戚，盾与斧。古代的两种兵器。

②悠谬：十分荒谬。

胡中丞太初、罗山人两峰，皆能视鬼。恒阁学①兰台，亦能见之，但不能常见耳。戊午五月在避暑山庄直庐，偶然话及。兰台言：鬼之形状仍如人，惟目直视。衣纹则似片片挂身上，而束之下垂，与人稍殊。质如烟雾，望之依稀似人影。侧视之，全体皆见；正视之，则似半身入墙中，半身凸出。其色或黑或苍，去人恒在一二丈外，不敢逼近。偶猝不及避，则或瑟缩匿墙隅，或隐入坎井，人过乃徐徐出。盖灯昏月黑、日暮云阴，往往遇之，不为讶也。所言与胡、罗二君略相类，而形状较详。知幽明之理，不过如斯。其或黑或苍者，鬼本生人之余，气渐久渐散，以至于无。故《左传》称新鬼大，故鬼小。殆由气有厚薄，斯色有浓淡欤？

注释：

①阁学：时清时期对内阁大学士的称呼。

兰台又言：尝晴昼仰视，见一龙自西而东，头角略与画图同，惟四足开张，摇撼如一舟之鼓四棹；尾扁而阔，至末渐纤，在似蛇似鱼之间；腹下正白如匹练。夫阴雨见龙，或露首尾鳞爪耳，未有天无纤翳①，不风不雨，不电不雷，视之如此其明者。录之亦足资博物也。

注释：

①天无纤翳：天上没有一丝云彩。

赵鹿泉前辈言：孙虚船先生未第时，馆于某家。主人之母适病危。馆童具晚餐至。以有他事，尚未食，命置别室几上。候见一白衣人入室内，方恍惚错愕，又一黑衣短人逡巡入。先生入室寻视，则二人方相对大嚼。厉声叱之。白衣者遁去，黑衣者以先生当门，不得出，匿于墙隅。先生乃坐于户外观其变。俄主人踉跄出，曰："顷病者作鬼语，称冥使奉牒来拘。其一为先生所扼①，不得出。恐误程限，使亡人获大咎。未审真伪，故出视之。"先生乃移坐他处，仿佛见黑衣短人狼狈去，而内寝哭声如沸矣。先生笃实君子，一生未尝有妄语，此事当实有也。惟是阴律至严，神听至聪，而摄魂吏卒不免攘夺病家酒食。然则人世之吏卒，其可不严察乎！

注释：

①扼：困扰。

门人伊比部秉绶言：有书生赴京应试，寓西河沿旅舍中。壁悬仕女一轴，风姿艳逸，意态如生。每独坐，辄注视凝思,客至或不觉。一夕,忽翩然自画下,宛一好女子也。书生虽知为魅,而结念既久①,意不自持,遂相与笑语嬿婉。比下第南归,竟买此画去。至家悬之书斋,寂无灵响,然真真之唤弗辍②也。三四月后,忽又翩然下。与话旧事,不甚答。亦不暇致诘,但相悲喜。自此狎媟无间,遂患羸疾③。其父召茅山道士劾治。道士熟视④壁上,曰:"画无妖气,为祟者非此也。"结坛作法。次日,有一狐殪坛下。知先有邪心,以邪召邪,狐故得而假借。其京师之所遇,当亦别一狐也。

注释:
①结念既久:产生念想已经很久了。
②真真之唤弗辍:不间断地真切呼唤。
③羸疾:衰弱生病。
④熟视:仔细查看。

断天下之是非,据礼据律而已矣。然有于礼不合,于律必禁,而介然孤行其志者。亲党家有婢名柳青,七八岁时,主人即指与小奴益寿为妇。迨年十六七,合婚有日。益寿忽以博负逃,久而无耗①。主人将以配他奴,誓死不肯。婢颇有姿,主人乘间挑之,许以侧室。亦誓死不肯。乃使一媪说之曰:"汝既不肯负益寿,且暂从主人,当多方觅益寿,仍以配汝。如不从,即鬻诸远方,无见益寿之期矣。"婢暗泣数日,竟俯首荐枕席,惟时时促觅益寿。越三四载,益寿自投归。主人如约为合卺。合卺之后,执役如故,然不复与主人交一语。稍近之,辄避去。加以鞭笞,并挞益寿,使逼胁,讫不肯从。无可如何,乃善遣之。临行以小簏置主母前,叩拜而去。发之,皆主人数年所私给,纤毫不缺。后益寿负贩,婢缝纫,拮据自活,终无悔心。余乙酉家居,益寿尚持铜磁器数事来售,头已白矣。问其妇,云久死。异哉,此婢不贞不淫,亦贞亦淫,竟无可位置,录以待君子论定之。

注释:

①久而无耗:很长时间没有消息。

　　吴茂邻,姚安公门客也。见二童互詈,因举一事曰:交河有人尝于途中遇一叟泥滑失足,挤此人几仆。此人故暴横,遂辱詈叟母。叟怒,欲与角,忽俯首沈思,揖而谢罪,且叩其名姓居址,至歧路别去。此人至家,其母白昼闭房门。呼之不应,而喘息声颇异。疑有他故,穴窗窥之。则其母裸无寸丝,昏昏如醉,一人据而淫之。谛视,即所遇叟也。愤激叫哦,欲入捕捉,而门窗俱坚固不可破。乃急取鸟铳自牖外击之,嗷然而仆,乃一老狐也。邻里聚观,莫不骇笑。此人詈狐之母,特托空言,竟致此狐实报之,可以为善詈者戒。此狐快一朝之愤,反以陨身①,亦足为睚眦必报②者戒也。

注释:

①陨身:身败名裂。

②睚眦必报:指像瞪一下眼睛那样极小的怨仇也要报复。比喻心胸极狭窄。

　　诚谋英勇公言:畅春苑前有小溪,直夜内侍,每云阴月黑,辄见空中朗然悬一星。共相诧异,辗转寻视,乃见光自溪中出。知为宝气,画计取之。得一蚌,横径四五寸。剖视得二珠,缀合为一,一大一稍小,巨似枣,形似壶卢。不敢私匿,遂以进御,至今用为朝冠之顶。此乾隆初事也。小溪不能产巨蚌,蚌珠未闻有合欢,斯由天命。圣人因地呈符瑞,寿跻九旬,康强如昔,岂偶然也哉。①

注释：

①圣人句：这里是指乾隆皇帝，乾隆皇帝居住的地方有祥瑞出现，九十多岁了还很康健。

莲以夏开，惟避暑山庄之莲至秋乃开，较长城以内迟一月有余。然花虽晚开，亦复晚谢，至九月初旬，翠盖红衣，宛然尚在。苑中每与菊花同瓶对插，屡见于圣制诗①中。盖塞外地寒，春来较晚，故夏亦花迟。至秋早寒而不早凋，则莫明其理。今岁恭读圣制诗注，乃知苑中池沼汇武列水之三源，又引温泉以注之，暖气内涵，故花能耐冷也。

注释：
①圣制诗：皇帝写的诗歌。

戴遂堂先生讳亨，姚安公癸巳同年也。罢齐河令归，尝馆余家。言其先德本浙江人，心思巧密，好与西洋人争胜。在钦天监①，与南怀仁忤（怀仁西洋人，官钦天监正。），遂徙铁岭。故先生为铁岭人。言少时见先人造一鸟铳，形若琵琶，凡火药铅丸皆贮于铳脊，以机轮开闭。其机有二，相衔如牝牡，扳一机则火药铅丸自落筒中，第二机随之并动，石激火出而铳发矣。计二十八发，火药铅丸乃尽，始需重贮。拟献于军营，夜梦一人诃责曰："上帝好生，汝如献此器使流布人间，汝子孙无噍类②矣。"乃惧而不献。说此事时，顾其侄秉瑛（乾隆乙丑进士，官甘肃高台知县。）曰："今尚在汝家乎？可取来一观。"其侄曰："在户部学习时，五弟之子窃以质钱，已莫可究诘矣。"其为实已亡失，或爱惜不出，盖不可知。然此器亦奇矣。诚谋英勇公因言：征乌什时，文成公与勇毅公明公犄角为营，距寇垒约里许。每相往来，辄有铅丸落马前后，幸不为所中耳。度鸟铳之力不过三十余步，必不相及，疑沟中有伏。搜之无见，皆莫明其故。破敌之后，执俘讯之，乃知其国宝器有二铳,力皆可及一里外。搜索得之,试验不虚,与勇毅公各分其一。勇毅公征缅甸,殁于阵,铳不知所在。文成公所得,今尚藏于家。究不知何术制作也。

注释:

①钦天监:官署名。掌管观察天象、推算历法。清朝开始有个别西方传教士也可参与其中。

②子孙无噍类:没有子孙,没有后代。

宋代有神臂弓,实巨弩也。立于地而踏其机,可三百步外贯铁甲。亦曰克敌弓,洪容斋①试词科,有《克敌弓铭》是也。宋军拒金,多倚此为利器。军法不得遗失一具,或败不能携,则宁碎之,防敌得其机轮仿制也。元世祖灭宋,得其式,曾用以制胜。至明乃不得其传,惟《永乐大典》尚全载其图说。然其机轮一事一图,但有短长宽窄之度与其牝牡凸凹之形,无一全图。余与邹念乔侍郎穷数日之力,审谛逗合②,讫无端绪③。余欲钩摹其样,使西洋人料理之。先师刘文正公曰:"西洋人用意至深,如算术借根法,本中法流入西域,故彼国谓之东来法。今从学算,反秘密不肯尽言。此弩既相传利器,安知不阴图以去,而以不解谢我乎?《永乐大典》贮在翰苑,未必后来无解者,何必求之于异国?"余与念乔乃止。"维此老成,瞻言百里"。信乎所见者大也。

注释:

①洪容斋:洪迈(1123—1202),字景卢,号容斋。南宋著名文学家。有志怪笔记小说《夷坚志》、笔记《容斋随笔》等等流传至今的名作。

②审谛逗合:详细研究试着组装整合。

③讫无端绪:始终没有头绪。

贝勒春晖主人言：热河碧霞元君庙（俗谓之娘娘庙。）两厢，塑地狱变相。西厢一鬼卒，惨淡可畏，俗所谓地方鬼也。有人见其出买杂物，如柴炭之类，往往堆积于庙内。问之土人，信然。然不为人害，亦习而相忘。或曰："鬼不烹饪，是安用此？《左传》曰：'石不能言，物或凭焉。'其他精怪欤？恐久且为患，当早图之。"余谓天地之大，一气化生。深山大泽，何所不有。热河穹岩巨壑，密迩民居，人本近彼，彼遂近人，于理当有之。抑或草木之妖，依其本质；狐狸之属，原其故居，借形幻化，托诸土偶，于理当亦有之。要皆造物所并育也。圣人以魑魅魍魉铸于禹鼎，庭氏方相列于周官①，去其害民者而已，原未尝尽除异类。既不为害，自可听其去来。海客狎鸥，忽翔不下。（鸥字《列子》本作沤，盖古字假借。然古今行用。从无书作沤鸟者，故今以通行字书之。）机心一起，机心应之，或反胶胶扰扰矣。

注释：

①庭氏方相列于周官：把捉拿妖魔鬼怪的官名、鬼神的名称写入《周礼》之中。

宛平陈鹤龄，名永年，本富室，后稍落。其弟永泰，先亡。弟妇求析箸，不得已从之。弟妇又曰："兄公男子能经理，我一嫠妇，子女又幼，乞与产三分之二。"亲族皆曰不可。鹤龄曰："弟妇言是，当从之。"弟妇又以孤寡不能征逋负，欲以资财当二分，而以积年未偿借券，并利息计算，当鹤龄之一分。亦曲从之。后借券皆索取无著①，鹤龄遂大贫。此乾隆丙午②事也。陈氏先无登科者，是年鹤龄之子三立，竟举于乡。放榜之日，余同年李步玉居与相近，闻之喟然曰："天道固终不负人。"

注释：

①索取无著：索要无果。

②乾隆丙午：乾隆五十一年，公元 1786 年。

　　南皮张浮槎，名景运，即著《秋坪新语》者也。有一子，早亡，其妇缢以殉。缢处壁上，有其子小像，高尺余，眉目如生。其迹似画非画，似墨非墨。妇固不解画，又无人能为追写①；且寝室亦非人所能到。是时亲党毕集，均莫测所自来。张氏纪氏为世姻，纪氏之女适张者数十人，张氏之女适纪者亦数十人。众目同观，咸诧为异。余谓此烈妇精诚之至极，不为异也。盖神之所注，气即聚焉。气之所聚，神亦凝焉。神气凝聚，象即生焉。象之所丽，迹即著焉。生者之神气动乎此，亡者之神气应乎彼，两相翕合，遂结此形。故曰缘心生象，又曰至诚则金石为开也。浮槎录其事迹，征士大夫之歌咏。余拟为一诗，而其理精微，笔力不足以阐发，凡数易稿，皆不自惬②。至今耿耿于心，姑录于此以昭幽明之感，诗则期诸异日焉。

注释：

①追写：凭着记忆来绘画。

②自惬：自己满意。

　　神仙服饵，见于杂书者不一，或亦偶遇其人；然不得其法，则反能为害。戴遂堂先生言：尝见一人服松脂十余年，肌肤充溢，精神强固，自以为得力。然久而觉腹中小不适，又久而病燥结，润以麻仁之类，不应。攻以硝黄之类，所遗者细仅一线。乃悟松脂粘挂于肠中，积渐凝结愈厚，则其窍愈窄，故束而至是也。无药可医，竟困顿至死。又见一服硫黄者，肤裂如磔①，置冰上，痛乃稍减。古诗"服药求神仙，多为药所误"，岂不信哉！

注释：

①礛：用刀割。

长城以外，万山环抱，然皆坡陀如冈阜①。至王家营迤东，则嵚崎秀拔②，皴皱皆含画意。盖天开地献，灵气之所钟故也。有罗汉峰，宛似一僧趺坐，头项胸腹臂肘，历历可数。有磬锤峰，即《水经注》所称武列水侧有孤石云举者也，上丰下锐，屹若削成。余修《热河志》时，曾躡梯挽绠③至其下，乃无数石卵与碎砂凝结而成，亘古不圮，莫明其故。有双塔峰，亭亭对立，远望如两浮图，拔地涌出。无路可上，或夜闻上有钟磬经呗声，昼亦时有片云往来。乾隆庚戌④，命守吏构木为梯，遣人登视。一峰周围一百六步，上有小屋。屋中一几一香炉，中供片石，镌"王仙生"三字。一峰周围六十二步，上种韭二畦；塍畛⑤方正，如园圃之所筑。是决非人力所到，不谓之仙踪灵迹不得矣。耳目之前，惝恍莫测尚如此，讲学家执其私见，动曰此理之所无，不亦颠乎。（距双塔峰里许有关帝庙，住持僧悟真云：乾隆壬寅，一夜大雷雨，双塔峰坠下一石佛，今尚供庙中。然仅粗石一片，其一面略似佛形而已。此事在庚戌前八年。毋乃以此峰尚有灵异，欲引而归诸彼法欤。疑以传疑，并附著之。）

注释：

①坡陀如冈阜：山峰连绵起伏。

②嵚（qīn）崎秀拔：山峰高耸，挺拔秀丽。

③躡梯挽绠：登梯攀绳。

④乾隆庚戌：乾隆五十五年，公元 1790 年。

⑤塍畛：田畦。

同年蔡芳三言：尝与诸友游西山，至深处，见有微径①，试缘而登，寂无居人，只破屋数间，苔侵草没。视壁上大书一我字,笔力险劲②。因入观之,复有字迹,谛审乃二诗。其一曰:"溪头散步遇邻家,邀我同尝嫩蕨芽。携手贪论南渡事,不知触折亚枝花。"其二曰:"酒酣醉卧老松前,露下空山夜悄然。野鹿经年相见熟,也来分我绿苔眠。"不著年月姓名。味其词意,似前代遗民。或以为仙笔,非也。又表弟安中宽,昔随木商出古北口,因访友至古尔板苏巴尔汉(俗称三座塔,即唐之营州,辽之兴中府也。)。居停主人云:山家尝捕得一鹿,方缚就涧边屠割,忽绳寸寸断,蹶然逸去。遥见对山一戴笠人,似举手指画,疑其以术禁制③之。是山陡立,古无人踪,或者其仙欤?

注释:

①微径:小路。

②险劲:笔力峻拔有力。

③以术禁制:用法术来操纵。

先师何励庵先生,讳镛,雍正癸丑①进士,官至宗人府②主事。宦途坎坷,贫病以终。著有《樵香小记》,多考证经史疑义,今著录《四库全书》中。为诗颇喜陆放翁③。一日,作《咏怀》诗曰:"冷署萧条早放衙,闲官风味似山家。偶来旧友寻棋局,绝少余钱落画叉。浅碧好储消夏酒,嫣红已到殿春花。镜中频看头如雪,爱惜流光倍有加。"为余书于扇上。姚安公见之,沈吟曰:"何摧抑哀怨乃尔,殆神志已颓乎?"果以是年夏秋间谢世。古云诗谶,理或有之。

注释:

①雍正癸丑:雍正十一年,公元 1733 年。

②宗人府:官署名,明朝开始设立,管理皇室宗族的谱牒、爵禄、赏罚、祭祀等项事务的机构。

③陆放翁:陆游(1125—1210),字务观,号放翁。南宋著名诗人。

赵鹿泉前辈言：吕城，吴吕蒙①所筑也。夹河两岸，有二土神祠。其一为唐汾阳王郭子仪②，已不可解。其一为袁绍部将颜良③，更不省其所自来。土人祈祷，颇有灵应。所属境周十五里，不许置一关帝祠，置则为祸。有一县令不信，值颜祠社会，亲往观之，故令伶人演《三国志》杂剧。狂风忽起，卷芦棚苫盖至空中，斗掷而下，伶人有死者；所属十五里内，瘟疫大作，人畜死亡；令亦大病几殆。余谓两军相敌，各为其主，此胜彼败，势不并存。此以公义杀人④，非以私恨杀人也。其间以智勇之略，败于意外者，其数在天，不得而尤人⑤。以驽下之才，败于胜己者，其过在己，亦不得而尤人。张睢阳厉鬼杀贼，以社稷安危，争是一郡，是为君国而然，非为一己而然也。使功成事定之后，殁于战阵者皆挟以为仇，则古来名将，无不为鬼所殛矣，有是理乎！且颜良受馘已久，越一二千年，曾无灵响，何忽今日而为神？何忽今日而报怨？揆以天理，殆必不然。是盖庙祝师巫，造为诡语，山妖水怪，因民听荧惑而依托之。刘敬叔《异苑》曰："丹阳县有袁双庙，真第四子也。真为桓宣武诛，便失所在。太元中，形见于丹阳，求立庙。未即就功，大有虎灾。被害之家，辄梦双至，催功甚急。百姓立祠，于是猛暴用息。常以二月晦，鼓舞祈祠，其日恒风雨。至元嘉五年⑥，设奠讫，村人邱都于庙后见一物，人面鼍身，葛巾，七孔端正而有酒气。未知为双之神，为是物凭也。"余谓来必风雨，其为水怪无疑，然则是事古有之矣。

注释：

①吕蒙：汉末三国时期东吴名将。

②郭子仪：郭子仪(697—781)，祖籍山西汾阳，中唐名将。

③颜良：东汉末年河北军阀袁绍部将，以勇而闻名。

④公义杀人：站在公正的立场来杀人。

⑤尤人：埋怨别人。

⑥元嘉五年：南朝宋宣帝年号，公元 428 年。

　　舅氏张公梦征(亦字尚文，讳景说。)言：沧州吴家庄东一小庵，岁久无僧，恒为往来憩息地。有月作人①，每于庵前遇一人招之坐谈，颇相投契。渐与赴市沽饮，情益款洽。偶询其乡贯居址，其人愧谢曰："与君交厚，不敢欺，实此庵中老狐也。"月作人亦不怖畏，来往如初。一日复遇，挈鸟铳相授曰："余狎一妇，余弟亦私与狎，是盗嫂也。禁之不止，殴之则余力不敌。愤不可忍，将今夜伺之于路歧，与决生死。闻君善用铳，俟交斗时，乞发以击彼，感且不朽②。月明如昼，君望之易辨也。"月作人诺之，即所指处伏草间。既而私念曰："其弟无礼，诚当死。然究所媚之外妇，彼自有夫，非嫂也。骨肉之间，宜善处置，必致之死，不太忍乎？彼兄弟犹如此，吾时与往来，傥有睚眦，虑且及我矣。"因乘其纠结不解，发一铳而两杀之。《棠棣》之诗曰："兄弟阋于墙，外御其侮。"家庭交构，未有不归于两伤者。舅氏恒举此事为子侄戒，盖是人负两狐归，尝目睹也。

注释：

①月作人：按月受雇为人劳作的人。

②感且不朽：永世感激。

　　司庖杨媪言：其乡某甲将死，嘱其妇曰："我生无余资，身后汝母子必冻饿。四世单传，存此幼子。今与汝约：不拘何人，能为我抚孤则嫁之，亦不限服制月日①，食尽则行。"嘱讫，闭目不更言，惟呻吟待尽。越半日，乃绝。有某乙闻其有色，遣媒妁请如约。妇虽许婚，以尚足自活，不忍行。数月后，不能举火，乃成礼。合卺之夜，已灭烛就枕，忽闻窗外叹息声。妇识其謦咳②，知为故夫之魂，隔窗呜咽，语之曰："君有遗言，非我私嫁。今夕之事，于势不得不然，君何以为祟？"魂亦呜咽曰："吾自来视儿，非来祟汝。因闻汝啜泣卸妆，念贫故使汝至于此，心脾凄动，不觉喟然耳。"某乙悸甚，急披衣起曰："自今以往，所不视君子如子者，有如日。"灵语遂寂。后某乙耽玩艳妻，足不出户。而妇恒惘惘如有失。某乙倍爱其子以媚之，乃稍稍笑语。七八载后，某乙病死，无子，亦别无亲属。妇据其资，延师教子，竟得游泮。又为纳妇，生两孙。至妇年四十余，忽梦故夫曰："我自随汝来，未曾离此。因吾子事事得所，汝虽日与彼狎昵，而念念不忘我，灯前月下，背人弹泪。我皆见之，故不欲稍露形声，惊尔母子。今彼已转轮，汝寿亦尽，余情未断，当随我同归也。"数日果微疾，以梦告其子，不肯服药，荏苒遂卒③。其子奉棺合葬于故夫，从其志也。程子谓饿死事小，失节事大。是诚千古之正理，然为一身言之耳。此妇甘辱一身，以延宗祀，所全者大，似又当别论矣。杨媪能举其姓氏里居，以碎璧归赵，究非完美，隐而不书。悯其遇，悲其志，为贤者讳也。又吾乡有再醮故夫之三从表弟者，两家所居，距一牛鸣地。嫁后仍以亲串礼回视其姑，三数日必一来问起居，且时有赡助，姑赖以活。殁后，出资敛葬，岁恒遣人祀其墓。又京师一妇，少寡，虽颇有姿首，而针黹烹饪，皆非所能。乃谋于翁姑，伪称己女，鬻为宦家妾，竟养翁姑终身。是皆堕节之妇，原不足称；然不忘旧恩，亦足励薄俗。君子与人为善，固应不没其寸长。讲学家持论务严，遂使一时失足者，无路自赎，反甘心于自弃，非教人补过之道也。

注释：

①限服制月日：限制服丧的时间。

②謦(qǐng)咳：叹息咳嗽的声音。

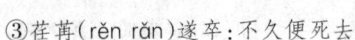

③荏苒(rěn rǎn)遂卒：不久便死去。

慧灯和尚言：有举子于丰宜门外租小庵过夏，地甚幽僻。一日，得揣摩秘本①，于灯下手钞。闻窗外似窸窣有人，试问为谁。外应曰："身是幽魂，沈滞于此，不闻书声者百余年矣。连日听君讽诵，枨触夙心②，思一晤谈，以消郁结。与君气类，幸勿相惊。"语讫，揭帘径入，举止温雅，甚有士风。举子惶怖，呼寺僧。僧至，鬼亦不畏，指一椅曰："师且坐，我故识师。师素朴野，无丛林市井气③，可共语也。"僧及举子俱踧踖不能答。鬼乃探取所录书，才阅数行，遽掷之于地，奄然而灭。

注释：
①揣摩秘本：研究玩味罕见的书稿。
②枨触夙心：触动了平素的心愿。
③林市井气：市井小民的不良习气。

杨雨亭言：莱州深山，有童子牧羊，日恒亡一二，大为主人扑责①。留意侦之，乃二大蛇从山罅②出，吸之吞食。其巨如瓮，莫敢撄也。童子恨甚，乃谋于其父，设犁刀于山罅，果一蛇裂腹死。惧其偶之报复，不敢复牧于是地。时往潜伺，寂无形迹，意其他徙矣。半载以后，贪是地水草胜他处，仍驱羊往牧。牧未三日，而童子为蛇吞矣。盖潜匿不出，以诱童子之来也。童子之父有心计，阳不搜索，而阴祈营弁藏一炮于深草中，时密往伺察。两月以外，见石上有蜿蜒痕，乃载燧夜伏其旁。蛇果下饮于涧，簌簌有声。遂一发而糜碎焉。还家之后，忽发狂自挝曰："汝计杀我夫，我计杀汝子，适相当也。我已深藏不出，汝又百计以杀我，则我为枉死矣，今必不舍汝。"越数日而卒。俚谚有之曰："角力不解，必同仆地;角饮不解,必同沈醉。"斯言虽小,可以喻大矣。

注释:

①扑责:鞭打责骂。

②山罅:山中的缝隙。

　　孟鹭洲自记巡视台湾事曰:"乾隆丁酉①,偶与友人扶乩,乩赠余以诗曰:'乘槎万里渡沧溟,风雨鱼龙会百灵。海气粘天迷岛屿,潮声簸地走雷霆。鲸波不阻三神岛,鲛室争看二使星。记取白云飘渺处,有人同望蜀山青。'时将有巡视台湾之役,余疑当往。数日,果命下。六月启行,八月至厦门,渡海,驻半载始归。归时风利,一昼夜即登岸。去时飘荡十七日,险阻异常。初出厦门,即雷雨交作,云雾晦冥。信帆而往,莫知所适。忽腥风触鼻,舟人曰:'黑水洋也。'其水比海水凹下数十丈,阔数十里,长不知其所极。黝然而深,视如泼墨。舟中摇手戒勿语,云其下即龙宫,为第一险处,度此可无虞矣。至白水洋,遇巨鱼鼓鬣②而来,举其首如危峰障日,每一拨剌③,浪涌如山,声砰訇如霹雳,移数刻始过尽。计其长,当数百里。舟人云来迎天使,理或然欤?既而飓风四起,舟几覆没。忽有小鸟数十,环绕樯竿。舟人喜跃,称天后来拯。风果顿止,遂得泊澎湖。圣人在上,百神效职,不诬也。遐思所历,一一与诗语相符,非鬼神能前知欤!时先大夫④尚在堂,闻余有过海之役,命兄到赤嵌来视余。遂同登望海楼,并末二句亦巧合。益信数皆前定,非人力所能为矣。戊午秋,扈从滦阳,与晓岚宗伯话及。宗伯方草《滦阳续录》,因书其大略付之,或亦足资谈柄⑤耶。"(以上皆鹭洲自序。)考唐钟辂作《定命录》,大旨在戒人躁竞,毋涉妄求。此乩仙预告未来,其语皆验,可使人知无关祸福之惊恐,与无心聚散之踪迹,皆非偶然,亦足消趋避之机械矣。

注释：

①乾隆丁酉：乾隆四十二年，公元1777年。

②鼓鬣：竖着背鳍。

③拨刺：翻腾，腾跃。

④先大夫：是先父的别称。

⑤足资谈柄：足以当做谈话的素材。

　　高密单作虞言：山东一巨室，无故家中廪①自焚，以为偶遗火也。俄怪变数作，阖家大扰。一日，厅事上砰磕有声，所陈设玩器俱碎。主人性素刚劲，厉声叱问曰："青天白日之下，是何妖魅，敢来为祟？吾行诉尔于神矣！"梁上朗然应曰："尔好射猎，多杀我子孙。衔尔次骨，至尔家伺隙八年矣。尔祖宗泽厚，福运未艾，中霤神、灶君、门尉禁我弗使动，我无如何也。今尔家兄弟外争，妻妾内讧，一门各分朋党，俨若寇仇②。败征已见，庚气应之，诸神不歆尔祀，邪鬼已阚③尔室，故我得而甘心焉。尔尚愦愦哉！"其声愤厉，家众共闻。主人悚然有思，抚膺太息曰："妖不胜德，古之训也。德之不修，于妖乎何尤？"乃呼弟与妻妾曰："祸不远矣，幸未及也。如能共释宿憾④，各逐私党，翻然一改其所为，犹可以救。今日之事，当自我始。尔等听我，祖宗之灵，子孙之福也；如不听我，我披发入山⑤矣。"反覆开陈，引咎自责，泪涔涔渍衣袂。众心感动，并伏几哀号，立逐离间奴婢十余人。凡彼此相轧之事，并一时顿改。执豕于牢，歃血盟神曰："自今以往，怀二心者如此豕！"方彼此谢罪，闻梁上顿足曰："我复仇而自漏言，我之过也夫！"叹诧而去。此乾隆八九年间事。

注释：

①廪：粮仓。

②俨若寇仇：就像仇人一般。

③阚(kàn):窥视。
④共释宿憾:一起放下积累很久的怨恨。
⑤披发入山:指隐居山里,归隐。

　　侍姬明玕,粗知文义,亦能以常言成韵语。尝夏夜月明,窗外夹竹桃盛开,影落枕上。因作花影诗曰:"绛桃映月数枝斜,影落窗纱透帐纱。三处婆娑花一样,只怜两处是空花。"意颇自喜。次年竟病殁。其婢玉台,侍余二年余,年甫十八,亦相继夭逝。两处空花,遂成诗谶。气机①所动,作者殊不自知也。

注释:
①气机:生命的气息。

　　一庖人随余数年矣,今岁扈从滦阳,忽无故束装去,借住于附近巷中。盖挟①余无人烹饪,故居奇②以索高价也。同人皆为不平,余亦不能无愤恚。既而忽忆武强刘景南宫中书时,极贫窘,一家奴偃蹇③求去。景南送之以诗曰:"饥寒迫汝各谋生,送汝依依尚有情。留取他年相见地,临阶惟叹两三声。"忠厚之言,溢于言表。再三吟诵,觉褊急之气④都消。

注释:
①挟:要挟。
②居奇:囤积稀有的货物,留着卖大价钱。
③偃蹇:傲慢无礼。
④褊急之气:狭隘的怒气。

卷 二 十

滦阳续录(二)

一馆吏议叙得经历,需次会城①,久不得差遣,困顿殊甚。上官有怜之者,权令署典史。乃大作威福,复以气焰轹同僚,缘是以他事落职。邵二云学士偶话及此,因言其乡有人方夜读,闻窗棂有声,谛视之,纸裂一罅,有两小手擘之,大才如瓜子。即有一小人跃而入,彩衣红履,头作双髻,眉目如画,高仅二寸余。掣案头笔举而旋舞,往来腾踏于砚上,拖带墨渖,书卷俱污。此人初甚错愕,坐观良久,觉似无他技,乃举手扑之,嗾然就执。蜷跼②掌握之中,音呦呦如虫鸟,似言乞命。此人恨甚,径于灯上烧杀之,满室作枯柳木气,迄无他变。炼形甫成,毫无幻术,而肆然侮人以取祸,其此吏之类欤!此不知实有其事,抑二云所戏造,然闻之亦足以戒也。

注释:

①需次会城:到省城去等待官职任命。

②蜷跼(quǎn jú):弯曲不能伸直。

昌吉守备刘德言:昔征回部时,因有急檄,取珠尔土斯路驰往。阴晦失道,十余骑皆迷,裹粮垂尽①,又无水泉,姑坐树根,冀天晴辨南北。见厓下有人马骨数具,虽风雪剥蚀,衣械并朽,察其形制,似是我兵。因对之慨叹曰:"再两日不晴,与君辈在此为侣矣。"顷之,旋风起林外,忽来忽去,似若相招。试纵马随之,风即前导;试暂憩息,风亦不行。晓然知为斯骨之灵。随之返行三四十里，又度岭两重，始得旧路，风亦欻然息矣。众哭拜之而去。嗟乎！生既捐躯，魂犹报国；精灵长在，而名氏翳如。是亦可悲也已。

注释：
①垂尽：将要用完。

谓无神仙，或云遇之；谓有神仙，又不恒遇。刘向、葛洪、陶弘景以来，记神仙之书，不啻百家；所记神仙之名姓，不啻①千人。然后世皆不复言及。后世所遇，又自有后世之神仙。岂保固精气，虽得久延，而究亦终归迁化耶？又神仙清净，方士幻化，本各自一途。诸书所记，凡幻化者皆曰神仙，殊为无别。有王媪者，房山人，家在深山。尝告先母张太夫人曰：山有道人，年约六七十，居一小庵，拾山果为粮，掬泉而饮，日夜击木鱼诵经，从未一至人家。有就其庵与语者，不甚酬答，馈遗亦不受。王媪之侄佣于外，一夕，归省母，过其庵前。道人大骇曰："夜深虎出，尔安得行！须我送尔往。"乃琅琅击木鱼前道。未半里，果一虎突出。道人以身障之，虎自去，道人不别亦自去。后忽失所在。此或似仙欤？从叔梅庵公言：尝见有人使童子登三层明楼（北方以覆瓦者为暗楼，上层作雉堞形以备御寇者为明楼。）上，以手招之，翩然而下，一无所损。又以铜盂投溪中，呼之，徐徐自浮出。此皆方士禁制之术，非神仙也。舅氏张公健亭言：砖河农家，牧数牛于野，忽一时皆暴死。有道士过之，曰："此非真死，为妖鬼所摄耳。急灌以吾药，使脏腑勿坏。吾为尔劾治，召其魂。"因延至家，禹步作法。约半刻，牛果皆蹶然起。留之饭，不顾而去②。有知其事者曰："此先以毒草置草中，后以药解之耳。不肯受谢，示不图财，为再来荧惑③地也。吾在山东，见此人行此术矣。"此语一传，道士遂不复至。是方士之中，又有真伪,何概曰神仙哉!

注释:

①不啻:不止,不仅仅。

②不顾而去:头也不回地走了。

③荧惑:迷惑。

　　李南涧言:其邻县一生,故家子也。少年佻达,颇渔猎男色。一日,自亲串家饮归,距城稍远,云阴路黑,度不及人,微雪又簌簌下。方踌躇间,见十许步外有灯光,遣仆往视,则茅屋数间,四无居人,屋中惟一童一妪。问:"有栖止处否?"妪曰:"子久出外,惟一孙与我住此。尚有空屋两间,不嫌湫隘,可权宿也。"遂呼童系二马树上,而邀生入坐。妪言老病须早睡,嘱童应客。童年约十四五,衣履破敝,而眉目极姣好。试挑与言,自吹火煮茗不甚答。渐与谐笑①,微似解意,忽乘间悄语曰:"此地密迩祖母房,雪晴当亲至公家乞赏也。"生大喜慰,解绣囊玉块赠之。亦羞涩而受。软语良久,乃掩门持灯去。生与仆倚壁倦憩②,不觉昏睡。比醒③,则屋已不见,乃坐人家墓柏下,狐裘貂冠,衣裤靴袜,俱已褫无寸缕矣。裸露雪中,寒不可忍。二马亦不知所在。幸仆衣未褫,乃脱其敝裘蔽上体,蹩躠而归,诡言遇盗。俄二马识路自归,已尽剪其尾鬣。衣冠则得于溷中,并狼藉污秽,灼然非盗。无可置词,仆始具泄其情状。乃知轻薄招侮,为狐所戏也。

注释:

①谐笑:相调笑。

②倚壁倦憩:靠着墙壁休息。

③比醒:等到醒来。

戊子昌吉之乱，先未有萌也。屯官以八月十五夜，犒诸流人①，置酒山坡，男女杂坐。屯官醉后逼诸流妇使唱歌，遂顷刻激变，戕杀屯官，劫军装库，据其城。十六日晓，报至乌鲁木齐。大学士温公促聚兵。时班兵散在诸屯，城中仅一百四十七人，然皆百战劲卒，视贼蔑如②也。温公率之即行，至红山口，守备刘德叩马曰："此去昌吉九十里，我驰一日至城下，是彼逸而我劳，彼坐守而我仰攻，非百余人所能办也。且此去昌吉皆平原，玛纳斯河虽稍阔，然处处策马可渡，无险可扼，所可扼者此山口一线路耳。贼得城必不株守③，其势当即来。公莫如驻兵于此，借陡崖遮蔽。贼不知多寡，俟其至而扼险下击，是反攻为守，反劳为逸，贼可破也。"温公从之。及贼将至，德左执红旗，右执利刃，令于众曰："望其尘气，虽不过千人，然皆亡命之徒，必以死斗，亦不易当。幸所乘皆屯马，未经战阵，受创必反走。尔等各擎枪屈一膝跪，但伏而击马，马逸则人乱矣。"又令曰："望影鸣枪，则枪不及贼，火药先尽，贼至反无可用。尔等视我旗动，乃许鸣枪；敢先鸣者，手刃之。"俄而贼众枪争发，砰訇动地。德曰："此皆虚发，无能为也。"迨铅丸击前队一人伤，德曰："彼枪及我，我枪必及彼矣。"举旗一挥，众枪齐发。贼马果皆横逸，自相冲击。我兵噪而乘之，贼遂歼焉。温公叹曰："刘德状貌如村翁，而临阵镇定乃尔。参将都司，徒善应对趋跄④耳。"故是役以德为首功。然捷报不能缕述曲折，今详著之，庶不湮没焉。

注释：

①犒诸流人：犒赏流放的人。

②视贼蔑如：看不起那些贼寇。

③株守：死守不放。

④趋跄：按照一定的节奏、规矩行进。

由乌鲁木齐至昌吉，南界天山，无路可上；北界苇湖，连天无际，淤泥深丈许，入者辄灭顶。贼之败也，不西①还据昌吉，而南北横奔，悉入绝地，以为惶遽迷瞀②也。后执俘讯之，皆曰惊溃之时，本欲西走。忽见关帝立马云中，断其归路，故不得已而旁行，冀或匿免③也。神之威灵，乃及于二万里外。国家之福祚，又能致神助于二万里外。蝟锋螳斧④，潢池盗弄何为哉！

注释：

①不西：不往西逃走。

②惶遽迷瞀：惊慌失措迷失了方向。

③匿免：隐匿行踪避免被抓获。

④蝟锋螳(táng)斧："猬锋"指刺猬的刺。"螳斧"即螳螂的前足，因常高举如人执斧之形，故名。比喻十分微弱的力量。

昌吉未乱以前，通判赫尔喜奉檄调至乌鲁木齐，核检仓库。及闻城陷，愤不欲生，请于温公曰："屯官激变，其反未必本心。愿单骑迎贼于中途，谕以利害。如其缚献渠魁①，可勿劳征讨；如其枭獍成群，不肯反正，则必手刃其帅，不与俱生。"温公阻之不可，竟橐鞬驰去②，直入贼中，以大义再三开导。贼皆曰："公是好官，此无与公事。事已至此，势不可回。"遂拥至路旁，置之去。知事不济，乃挈刀奋力杀数贼，格斗而死。当时公论惜之曰："屯官非其所属，流人非其所治，无所谓徇纵也。衅起一时，非预谋不轨，无所谓失察也。奉调他出，身不在署，无所谓守御不坚与弃城逃遁也。所劫者军装库，营弁③所掌，无所谓疏防也。于理于法，皆可以无死。而终执城存与存，城亡与亡之一言，甘以身殉。推是志也，虽为常山、睢阳可矣。"故于其枢归，罔不哭奠。而于屯官（屯官为贼以铁锏自踵寸寸剐至顶。乱定后，始掇拾之。）之残骸归，无焚一陌纸钱者。

注释:

①渠魁:首领、头领。

②橐鞬(jiān)驰去:骑着马奔驰而去。

③营弁:古时候军队中中下级军官。

　　朱青雷言:曾见一长卷,字大如杯,怪伟极似张二水①。首题纪梦十首,而蠹蚀破烂,惟二首尚完整可读。其一曰:"梦到蓬莱顶,琼楼碧玉山。波浮天半壁,日涌海中间。遥望仙官立,翻输野老闲。云帆三十丈,高挂径西还。"其二曰:"郁郁长生树,层层太古苔。空山未开凿,元气尚胚胎。灵境在何处? 梦游今几回? 最怜鱼鸟意,相见不惊猜。"年月姓名,皆已损失,不知谁作也。尝为李玉典书扇,并附以跋。或曰:"此青雷自作,托之古人。"然青雷诗格婉秀如秦少游②小石调,与二诗笔意不近。或又曰:"诗字皆似张东海。"东海集余昔曾见,不记有此二诗否,待更考之。(青雷跋谓,前诗后四句,未经人道。然昌黎诗:"我能屈曲自世间,安能从汝求神仙? "即是此意,特袭取无痕耳。)

注释:

①张二水:张瑞图(1570—1641)字长公、无画,号二水,明代书画家。其书法奇逸,峻峭劲利。

②秦少游:秦观(1049—1100),字少游,一字太虚,号淮海居士,北宋有名的词人。

　　同郡有富室子,形状拥肿①,步履蹒跚;又不修边幅,垢腻恒满面。然好游狭斜②,遇妇女必注视。一日独行,遇幼妇,风韵绝佳。时新雨泥泞,遽前调之曰:"路滑如是,嫂莫要扶持否? "幼妇正色曰:"尔勿愦愦,我是狐女,平生惟拜月炼形,从不作媚人采补事。尔自顾何物,乃敢作是言,行且祸尔。"遂掬沙屑洒其面。惊而却步,忽堕沟中,努力踊

出,幼妇已不知所往矣。自是心恒惴惴,虑其为祟,亦竟无患。数日后,友人邀饮,有新出小妓侑酒。谛视,即前幼妇也。疑似惶惑,罔知所措,强试问之③曰:"某日雨后,曾往东村乎?"妓漫应曰:"姊是日往东村视阿姨,吾未往也。姊与吾貌相似,公当相见耶?"语殊恍惚,竟莫决是怪是人,是一是二,乃托故逃席去。去后,妓述其事曰:"实憎其丑态,且惧行强暴,姑诳以伪词,冀求解免④。幸其自仆,遂匿于麦场积柴后。不虞其以为真也。"席中莫不绝倒。一客曰:"既入青楼,焉能择客?彼固能干金买笑者也,盍挈尔诣彼⑤乎!"遂偕之同往,具述妓翁姑及夫名氏,其疑乃释。(妓姊妹即所谓大杨、二杨者,当时名士多作《杨柳枝词》,皆借寓其姓也。)妓复谢以小时固识君,昨喜见怜,故答以戏谑,何期反致唐突,深为歉仄,敢抱衾枕以自赎。吐词娴雅,姿态横生。遂大为所惑,留连数夕。召其夫至,计月给夜合之资。狎昵经年,竟殒于消渴⑥。先兄晴湖曰:"狐而人,则畏之,畏死也。人而狐,则非惟不畏,且不畏死,是尚为能充其类也乎!行且祸汝,彼固先言。是子也死于妓,仍谓之死于狐可也。"

注释:

①拥肿:臃肿。

②好游狭斜:喜欢寻欢作乐。

③强试问之:勉强试探着询问。

④解免:求得解脱。

⑤挈尔诣彼:和你一起去拜见他。

⑥消渴:糖尿病。

郭大椿、郭双桂、郭三槐,兄弟也。三槐屡侮其兄,且诣县讼之。归憩一寺,见缁袍满座,梵呗竞作①。主人虽吉服,而容色惨沮,宣疏通诚之时,泪随声下。叩之,寺僧曰:"某公之兄病危,为叩佛祈福也。"三槐痴立良久,忽发颠狂,顿足捶胸而呼曰:"人家兄弟如是耶?"如是一语,反覆不已。掖至家,不寝不食,仍顿足捶胸,诵此一语,两三日不止。大椿、双桂故别住②,闻信俱来,持其手哭曰:"弟何至是?"三槐又痴立良久,突抱两兄曰:"兄固如是耶!"长号数声,一踊而绝。咸曰神殛之,非也。三槐愧而自咎,此圣贤所谓改过,释氏所谓忏悔也。苟充是志,虽田荆③、姜被④,均所能为。神方许之,安得殛之?其一恸立殒,直由感动于中,天良激发,自觉不可立于世,故一瞑不视,戢影⑤黄泉,岂神之褫其魄哉?惜知过而不知补过,气质用事,一往莫收;无学问以济之,无明师益友以导之,无贤妻子以辅之,遂不能恶始美终,以图晚盖,是则其不幸焉耳。昔田氏姊买一小婢,倡家女也。闻人诮邻妇淫乱,瞿然惊曰:"是不可为耶?吾以为当如是也。"后嫁为农家妻,终身贞洁。然则三槐悖理,正坐不知。故子弟当先使知礼。

注释:

①梵呗竞作:诵佛念经的声音此起彼伏。

②故别住:一直住在别地方。

③田荆:典故出自南朝梁吴均《续齐谐记·紫荆树》。田家三兄弟分家,拟将堂前紫荆树一分为三据为己有,紫荆树马上就枯死了。田家兄弟认识到分家的不对,故取消了分家的念头。

④姜被:典故出自《后汉书·姜肱传》。姜肱与弟弟仲海、季江,兄弟三人一直都很友善,相互敬重,而且都有孝行。

⑤戢影:把兵器收藏起来,比喻消除矛盾。

朝鲜使臣郑思贤,以棋子两奁赠予,皆天然圆润,不似人工。云黑者海滩碎石,年久为潮水冲激而成;白者为小车渠①壳,亦海水所磨莹,皆非难得。惟检寻其厚薄均,轮廓

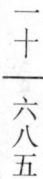

正,色泽匀者,日积月累,比较抽换,非一朝一夕之力耳。置之书斋,颇为雅玩。后为范大司农取去。司农殁后,家计萧然,今不知在何所矣。

注释:

①车渠:一种海生物,壳呈三角形,壳可以做装饰品。

　　海中三岛十洲,昆仑五城十二楼,词赋家沿用久矣。朝鲜、琉球、日本诸国,皆能读华书。日本余见其五京地志及山川全图,疆界衺延数千里,无所谓仙山灵境也。朝鲜、琉球之贡使,则余尝数数与谈,以是询之,皆曰东洋自日本以外,大小国土凡数十,大小岛屿不知几千百,中朝人所必不能至者,每帆樯万里,商舶往来,均不闻有是说。惟琉球之落漈①,似乎三千弱水。然落漈之舟,偶值潮平之岁,时或得还,亦不闻有白银宫阙,可望而不可即也。然则三岛十洲,岂非纯构虚词乎!《尔雅》、《史记》,皆称河出昆仑。考河源有二:一出和阗②,一出葱岭③。或曰葱岭其正源,和阗之水入之。或曰和阗其正源,葱岭之水入之。双流既合,亦莫辨谁主谁宾。然葱岭、和阗,则皆在今版图内,开屯列戍④四十余年,即深岩穷谷,亦通耕牧。不论两山之水,孰为正源,两山之中,必有一昆仑确矣。而所谓瑶池、悬圃、珠树、芝田,概乎未见,亦概乎未闻。然则五城十二楼,不又荒唐矣乎!不但此也,灵鹫山在今拔达克善,诸佛菩萨,骨塔具存,题记梵书,一一与经典相合。尚有石室六百余间,即所谓大雷音寺,回部游牧者居之。我兵追剿波罗泥都、霍集占,曾至其地,所见不过如斯。种种庄严,似亦藻绘之词矣。相传回部祖国,以铜为城。近西之回部云,铜城在其东万里。近东之回部云,铜城在其西万里。彼此遥拜,迄无人曾到其地。因是以推,恐南怀仁《坤舆图说》⑤所记五大人洲,珍奇灵怪,均此类焉耳。周编修书昌则曰:"有佛缘者,然后能见佛界;有仙骨者,然后能见仙境。未可以寻常耳目,断其有无。曾见一道士游昆仑归,所言与旧记不殊也。"是则余不知之矣。

注释:

①落漈(jì):海水在靠近琉球岛附近时,水势渐低,形成落差。

②和阗:今为和田,位于新疆维吾尔自治区最南端。

③葱岭:帕米尔高原地区。

④开屯列戍:屯田开垦,派兵驻守。

⑤南怀仁《坤舆图说》:南怀仁(1623—1688),字敦伯,是清初最有影响的来华传教士之一,为近代西方科学知识在中国的传播做出了重要贡献。《坤舆图说》是一部很完备的关于中国大陆以及世界地图形制的著作。

蔡季实殿撰有一仆,京师长随也。狡黠善应对,季实颇喜之。忽一日,二幼子并暴卒,其妻亦自缢于家。莫测其故,姑殓之而已。其家有老妪私语人曰:"是私有外遇,欲毒杀其夫,而后携子以嫁。阴市砒制饼饵,待其夫归。不虞二子窃食,竟并死。妇悔恨莫解,亦遂并命①。"然妪昏夜之中,窗外窃听,仅粗闻秘谋之语,未辨所遇者为谁,亦无从究诘矣。其仆旋亦发病死。死后,其同侪窃议曰:"主人惟信彼,彼乃百计欺主人。他事毋论,即如昨日四鼓诣圆明园侍班,彼故纵驾车骤逸,御者追之复不返。更漏已促,叩门借车必不及。急使雇倩,则曰风雨将来,非五千钱人不往。主人无计,竟委曲从之。不太甚乎!奇祸或以是耶!"季实闻之,曰:"是死晚矣,吾误以为解事人②也。"

注释:

①并命:一起丧命。

②解事人：值得信任的可靠办事儿的人。

杨槐亭前辈言：其乡有宦成归里者，闭门颐养，不预外事，亦颇得林下之乐①，惟以无嗣为忧。晚得一子，珍惜殊甚。患痘甚危，闻劳山有道士能前知，自往叩之。道士鞿然曰："贤郎尚有多少事未了，那能便死！"果遇良医而愈。后其子冶游骄纵，竟破其家，流离寄食，若敖之鬼遂馁②。乡党论之曰："此翁无咎无誉，未应遽有此儿。惟萧然寒士，作令不过十年，而宦橐③逾数万。毋乃致富之道有不可知者在乎？"

注释：
①林下之乐：隐居的乐趣。
②若敖之鬼遂馁：比喻没有后代，无人祭祀。
③宦橐：做官得到的钱。

槐亭又言：有学茅山法者，劾治鬼魅，多有奇验。有一家为狐所祟，请往驱除。整束法器，克日将行。有素识老翁诣之曰："我久与狐友。狐事急，乞我一言。狐非获罪于先生，先生亦非有憾于狐也。不过得其贽币，故为料理耳。狐闻事定之后，彼许馈廿四金。今愿十倍其数，纳于先生，先生能止不行乎？"因出金置案上。此人故贪惏，当即受之。次日，谢遣请者曰："吾法能治凡狐耳。昨召将检查，君家之祟乃天狐，非所能制也。"得金之后，意殊自喜。因念狐既多金，可以术取。遂考召四境之狐，胁以雷斧火狱，俾纳贿焉。征索既频，狐不胜扰，乃共计盗其符印。遂为狐所凭附，颠狂号叫，自投于河。群狐仍摄其金去，铢两不存。人以为如费长房、明崇俨也。后其徒阴泄之，乃知其致败之故。夫操持符印，役使鬼神，以驱除妖厉，此其权与官吏侔①矣。受赂纵奸,已为不可;又多方以盈其溪壑②,天道神明,岂逃鉴察。微群狐杀之,雷霆之诛,当亦终不免也。

注释:
①侔:相似。
②盈其溪壑:填充沟壑,比喻满足欲望。

天地高远,鬼神茫昧,似与人无预。而有时其应如响,殚人之智力,不能与争。沧州上河涯,有某甲女,许字某乙子。两家皆小康,婚期在一二年内矣。有星士过某甲家,阻雨留宿。以女命使推。星士沈思良久曰:"未携算书,此命不能推也。"觉有异,穷诘之。始曰:"据此八字,侧室命也,君家似不应至此。且闻嫁已有期,而干支无刑克①,断不再醮。此所以愈疑也。"有黠者闻此事,欲借以牟利,说某甲曰:"君家资几何,加以嫁女必多费,益不支矣。命既如是,不如先诡言女病,次诡言女死,市空棺速葬;而夜携女走京师,改名姓鬻为贵家妾,则多金可坐致矣。"某甲从之。会有达官嫁女,求美媵②。以二百金买之。越月余,泛舟送女南行,至天妃闸,阖门俱葬鱼腹,独某甲女遇救得生。以少女无敢收养,闻于所司。所司问其由来。女在是家未久,仅知主人之姓,而不能举其爵里③;惟父母姓名居址,言之凿凿。乃移牒至沧州,其事遂败。时某乙子已与表妹结婚,无改盟理。闻某甲之得多金也,愤恚欲讼。某甲窘迫,愿仍以女嫁其子。其表妹家闻之,又欲讼。纷纭**镣辖**,势且成大狱。两家故旧戚众为调和,使某甲出资往迎女,而为某乙子之侧室,其难乃平。女还家后,某乙子已亲迎。某乙以牛车载女至家,见其姑,苦辩非己意。姑曰:"既非尔意,鬻尔时何不言有夫?"女无词以应。引使拜嫡,女稍趑趄。姑曰:"尔买为媵时,亦不拜耶?"又无词以应,遂拜如礼。姑终身以奴隶畜之。此雍正末年事。先祖母张太夫人,时避暑水明楼,知之最悉。尝语侍婢曰:"其父不过欲多金,其女不过欲富贵,故生是谋耳。乌知非徒无益,反失所本有哉!汝辈视此,可消诸妄念矣。"

注释:
①干支无刑克:迷信说法,讲究一个人的生辰八字会不会克丈夫。
②美媵:漂亮的随嫁侍女。
③爵里:籍贯。

先四叔母李安人,有婢曰文鸾,最怜爱之。会余寄书觅侍女,叔母于诸侄中最喜余,拟以文鸾赠。私问文鸾,亦殊不拒。叔母为制衣裳簪珥,已戒日脂车①。有妒之者唆其父多所要求,事遂沮格。文鸾竟郁郁发病死。余不知也。数年后稍稍闻之,亦如雁过长空,影沈秋水矣。今岁五月,将扈从启行,摒挡小倦②,坐而假寐。忽梦一女翩然来。初不相识,惊问:"为谁?"凝立无语。余亦遽醒,莫喻其故也。适家人会食,余偶道之。第三子妇,余甥女也,幼在外家与文鸾嬉戏,又稔知其赍恨事,瞿然曰:"其文鸾也耶?"因具道其容貌形体,与梦中所见合。是耶非耶?何二十年来久置度外,忽无因而入梦也?询其葬处,拟将来为树片石。皆曰丘陇③已平,久埋没于荒榛蔓草,不可识矣。姑录于此,以慰黄泉。忆乾隆辛卯④九月,余题秋海棠诗曰:"憔悴幽花剧可怜,斜阳院落晚秋天。词人老大风情减,犹对残红一怅然。"宛似为斯人咏也。

注释:
①戒日脂车:算好启程的日子。
②摒挡小倦:收拾好行装感到有点儿疲惫。
③丘陇:坟包。

④乾隆辛卯:乾隆三十六年,公元 1771 年。

宗室敬亭先生,英郡王五世孙也。著《四松堂集》五卷,中有《拙鹊亭记》曰:"鹊巢鸠居,谓鹊巧而鸠拙也。小园之鹊,乃十百其侣,惟林是栖。窥其意,非故厌乎巢居,亦非畏鸠夺之也。盖其性拙,视鸠为甚,殆不善于为巢者。故雨雪霜霰,毛羽褵褷①;而朝阳一晞,乃复群噪于木杪,其音怡然,似不以露栖为苦。且飞不高翥②,去不远扬,惟饮啄于园之左右。或时入主人之堂,值主人食弃其余,便就而置其喙;主人之客来,亦不惊起,若视客与主人皆无机心者然。辛丑初冬,作一亭于堂之北,冻林四合,鹊环而栖之,因名曰拙鹊亭。夫鸠拙宜也,鹊何拙? 然不拙不足为吾园之鹊也。"案此记借鹊寓意,其事近在目前,定非虚构,是亦异闻也。先生之弟仓场侍郎宜公,刻先生集竟,余为校雠③,因掇而录之,以资谈柄。

注释:

①褵褷(lí shī):羽毛湿漉漉的样子。
②飞不高翥(zhù):不能高飞。
③校雠(chóu):考订书籍,纠正讹误。

疡医殷赞庵,自深州病家归,主人遣杨姓仆送之。杨素暴戾,众名之曰横(去声)虎,沿途寻衅,无一日不与人竞①也。一日,昏夜至一村,旅舍皆满。乃投一寺,僧曰:"惟佛殿后空屋三楹。然有物为祟,不敢欺也。"杨怒曰:"何物敢祟杨横虎! 正欲寻之耳。"促僧扫榻,共赞庵寝。赞庵心怯,近壁眠;横虎卧于外,明烛以待。人定后,果有声呜呜自外入,乃一丽妇也。渐逼近榻,杨突起拥抱之,即与接唇狎戏。妇忽现缢鬼形,恶状可畏。赞庵战栗,齿相击。杨徐笑曰:"汝貌虽可憎,下体当不异人,且一行乐耳。"左手揽其背,右手遽褪其裤,将按置榻上。鬼大号逃去,杨追呼之,竟不返矣。遂安寝至晓。临行,语寺僧曰:"此屋大有佳处,吾某日还,当再宿,勿留他客也。"赞庵尝以语沧州王友三曰:"世乃有逼奸缢鬼者,横虎之名,定非虚得。"

注释:
①竞:相争,相斗。

　　科场为国家取人材,非为试官取门生也。后以诸房额数有定,而分卷之美恶则无定,于是有拨房之例。雍正癸丑①会试,杨丈农(杨丈讳椿,先姚安公之同年。)先房,拨入者十之七。杨丈不以介意,曰:"诸卷实胜我房卷,不敢心存畛域②,使黑白倒置也。"(此闻之座师介野园先生,先生即拨入杨丈房者也。)乾隆壬戌③会试,诸襄七前辈不受拨,一房仅中七卷,总裁亦听之。闻静儒前辈,本房第一,为第二十名。王铭锡竟无魁选。任钓台前辈,乃一房两魁。戊辰④会试,朱石君前辈为汤药冈前辈之房首,实从金雨叔前辈房拨入,是雨叔亦一房两魁矣。当时均未有异词。所刻同门卷,余皆尝亲见也。庚辰⑤会试,钱箨石前辈以蓝笔画牡丹,遍赠同事,遂递相题咏。时顾晴沙员外拨出卷最多,朱石君拨入卷最多,余题晴沙画曰:"深浇春水细培沙,养出人间富贵花。好是艳阳三四月,余香风送到邻家。"边秋厓前辈和余韵曰:"一番好雨净尘沙,春色全归上苑花。此是沈香亭畔种(上声),莫教移到野人家。"又题石君画曰:"乞得仙园花几茎,嫣红姹紫不知名。何须问是谁家种,到手相看便有情。"石君自和之曰:"春风春雨剩枯茎,倾国何曾一问名。心似维摩老居士,天花来去不关情。"张镜壑前辈继和曰:"墨捣青泥砚洗沙,浓蓝写出洛阳花。云何不著胭脂染,拟把因缘问画家。""黛为花片翠为茎,《欧谱》知居第几名?却怪玉盘承露冷，香山居士太关情。"盖皆多年密友，脱略形骸，互以虐谑为笑乐，初无成见于其间也。蒋文恪公时为总裁，见之曰："诸君子跌宕风流，自是佳话。然古人嫌隙，多起于俳谐⑥。不如并此无之，更全交之道耳。"皆深佩其言。盖老成之所见远矣。录之以志少年绮语之过，后来英俊，慎勿效焉。

注释：
①雍正癸丑：雍正十一年，公元1733年。
②心存畛(zhěn)域：心里有门第不同的芥蒂。
③乾隆壬戌：乾隆七年，公元1742年。
④戊辰：乾隆十三年，公元1748年。
⑤庚辰：乾隆二十五年，公元1760年。
⑥俳谐：嬉笑戏弄的话语。

　　科场填榜完时，必卷而横置于案。总裁、主考，具朝服九拜，然后捧出，堂吏谓之拜榜。此误也。以公事论，一榜皆举子，试官何以拜举子？以私谊论，一榜皆门生，座主何以拜门生哉？或证以《周礼》拜受民数之文，殊为附会。盖放榜之日，当即以题名录进呈。录不能先写，必拆卷唱一名，榜填一名，然后付以填榜之纸条，写录一名。今纸条犹谓之录条，以此故也。必拜而送之，犹拜摺之礼①也。榜不放，录不出；录不成，榜不放。故录与榜必并陈于案，始拜。榜大录小，灯光晃耀之下，人见榜而不见录，故误认为拜榜也。厥后，或缮录未完，天已将晓；或试官急于复命，先拜而行。遂有拜时不陈录于案者，久而视为固然。堂吏或因可无录而拜，遂竟不陈录。又因录既不陈，可暂缓写而追送，遂至写榜竣后，无录可陈，而拜遂潜移于榜矣。尝以问先师阿文勤公，公述李文贞公之言如此。文贞即公己丑座主也。

注释：

①拜摺（zhé）之礼：清代的礼制，督抚以上有要事专折上奏，把折匣供在大堂香案上，对之行三跪九叩礼，然后取交折差，高捧头上，开中门送出。这里指送出榜单是很庄重严肃的事情。

翰林院堂不启中门，云启则掌院不利。癸巳①，开四库全书馆，质郡王临视，司事者启之。俄而掌院刘文正公、觉罗奉公相继逝。又门前沙堤中，有土凝结成丸，觊或误碎，必损翰林。癸未，雨水冲激，露其一，为儿童掷裂。吴云岩前辈旋殁。又原心亭之西南隅，翰林有父母者，不可设坐，坐则有刑克。陆耳山时为学士，毅然不信，竟丁外艰②。至左角门久闭不启，启则司事者有谴谪，无人敢试，不知果验否也。其余部院，亦各有禁忌。如礼部甬道屏门，旧不加搭渡（搭渡以夹木二方，夹于门限，坡陀如桥状，使堂官乘车者可从中入，以免于旁绕。）。钱箨石前辈不听，旋有天坛灯杆之事者，亦往往有应。此必有理存焉，但莫详其理安在耳。

注释：

①癸巳：乾隆三十八年，公元1773年。

②丁外艰：旧指父丧。

相传翰林院宝善亭，有狐女曰二姑娘，然未睹其形迹。惟褚筠心学士斋宿①时，梦一丽人携之行，逾越墙壁，如踏云雾。至城根高丽馆，遇一老叟，惊曰："此褚学士，二姑娘何造次乃尔？速送之归。"遂霍然醒。筠心在清秘堂，曾自言之。

注释：

①斋宿：在祭祀或典礼前，先一日斋戒独宿，表示虔诚。

神奸机巧①,有时败也;多财恣横②,亦有时败也。以神奸用其财,以多财济其奸,斯莫可究诘矣。景州李露园言:燕、齐间有富室失偶,见里人新妇而艳之。阴遣一媪,税屋与邻,百计游说,厚赂其舅姑,使以不孝出其妇,约勿使其子知。又别遣一媪与妇家素往来者,以厚赂游说其父母,伪送妇还。舅姑亦伪作悔意,留之饭,已呼妇入室矣。俄彼此语相侵,仍互诟,逐妇归,亦不使妇知。于是买休卖休③,与母家同谋之事,俱无迹可寻矣。既而二媪诈为媒,与两家议婚。富室以惮其不孝辞,妇家又以贫富非偶辞,于是谋娶之计亦无迹可寻矣。迟之又久,复有亲友为作合,乃委禽④焉。其夫虽贫,然故士族,以迫于父母,无罪弃妇,已怏怏成疾,犹冀破镜再合;闻嫁有期,遂愤郁死。死而其魂为厉于富室,合卺之夕,灯下见形,挠乱不使同衾枕,如是者数夜。改卜其昼,妇又恚曰:“岂有故夫在旁,而与新夫如是者?又岂有三日新妇,而白日闭门如是者?”大泣不从。无如之何,乃延术士劾治。术士登坛焚符,指挥叱咤,似有所睹,遽起谢去,曰:“吾能驱邪魅,不能驱冤魄也。”延僧礼忏,亦无验。忽忆其人素颇孝,故出妇不敢阻。乃再赂妇之舅姑,使谕遣其子。舅姑虽痛子,然利其金,姑共来怒詈。鬼泣曰:“父母见逐,无复住理,且讼诸地下耳。”从此遂绝。不半载,富室竟死。殆讼得直欤?富室是举,使邓思贤不能讼,使包龙图不能察。且恃其钱神,至能驱鬼,心计可谓巧矣,而卒不能逃幽冥之业镜。闻所费不下数千金,为欢无几,反以殒生。虽谓之至拙可也,巧安在哉!

注释:

①神奸机巧:工于心计、算计别人。

②多财恣横:仗着有钱就为非作歹。

③买休卖休:钱财交易,使中断婚姻关系。

④委禽：下聘礼。

　　京师有张相公庙，其缘起无考，亦不知张相公为谁。土
人或以为河神。然河神宜在沽水、潞县间，京师非所治也。
又密云亦有张相公庙，是实山区，并非水国，不去河更远
乎！委巷之谈，殊未足征信。余谓唐张守珪、张仲武皆曾镇
平卢，考高适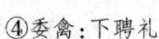《燕歌行》序，是诗实为守珪作。一则曰："战
士军前半死生，美人帐下犹歌舞。"再则曰："君不见边庭征
战苦，至今犹忆李将军。"于守珪大有微词。仲武则摧破奚
寇②，有捍御保障之功，其露布③今尚载《文苑英华》。以理推
之，或士人立庙祀仲武，未可知也。行箧无书可检，俟扈从
回銮后，当更考之。

注释：

①高适：高适（700—765），字达夫，唐代著名的边塞诗诗人。
②摧破奚寇：打败了奚族的入侵。
③露布：军旅文书。

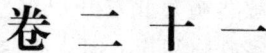

卷 二 十 一

滦阳续录(三)

　　轮回之说,凿然有之。恒兰台之叔父,生数岁,即自言前身为城西万寿寺僧。从未一至其地,取笔粗画其殿廊门径,庄严陈设,花树行列。往验之,一一相合。然平生不肯至此寺,不知何意。此真轮回也。朱子所谓轮回虽有,乃是生气未尽,偶然与生气凑合者,亦实有之。余崔庄佃户商龙之子,甫死,即生于邻家。未弥月,能言。元旦父母偶出,独此儿在襁褓。有同村人叩门,云贺新岁。儿识其语音,遽应曰:"是某丈耶? 父母俱出,房门未锁,请入室小憩可也。"闻者骇笑。然不久夭逝。朱子所云,殆指此类矣。天下之理无穷,天下之事亦无穷,未可据其所见,执一端论之①。

注释:
①执一端论之:尤固执己见之意。

　　德州李秋崖言:尝与数友赴济南秋试,宿旅舍中,屋颇敞陋。而旁一院,屋二楹,稍整洁,乃锁闭之。怪主人不以留客,将待富贵者居耶? 主人曰:"是屋有魅,不知其狐与鬼,久无人居,故稍洁。非敢择客也。"一友强使开之,展襆被独卧,临睡大言曰:"是男魅耶,吾与尔角力;是女魅耶,尔与吾荐枕。勿瑟缩不出也。"闭户灭烛,殊无他异。人定后①,闻窗外小语曰:"荐枕者来矣。"方欲起视,突一巨物压身上,重若盘石,几不可胜。扪之,长毛鬖鬖,喘如牛吼。此友素多力,因抱持搏击。此物亦多力,牵拽起仆,滚室中几遍。诸友闻声往视，门闭不得入，但听其砰訇而已。约二三刻许，魅要害中拳，嗷然遁。此友开户出，见众人环立，指天画地②，说顷时状，意殊自得也。时甫交三鼓，仍各归寝。此友将睡未睡，闻窗外又小语曰："荐枕者真来矣。顷欲相就，家兄急欲先角力，因尔唐突。今渠已愧沮不敢出，妾敬来寻盟③也。"语讫，已至榻前，探手抚其面，指纤如春葱，滑泽如玉，脂香粉气，馥馥袭人。心知其意不良，爱其柔媚，且共寝以观其变。遂引之入衾，备极缱绻。至欢畅极时，忽觉此女腹中气一吸，即心神恍惚，百脉沸涌，昏昏然竟不知人。比晓，门不启，呼之不应，急与主人破窗入，噀水喷之，乃醒，已儳然如病夫。送归其家，医药半载，乃杖而行。自此豪气都尽，无复轩昂意兴矣。力能胜强暴，而不能不败于妖冶。欧阳公曰："祸患常生于忽微，智勇多困于所溺。"岂不然哉！

注释：

①人定后：表明夜已深，人停止活动，休息。

②指天画地：形容说话没有顾忌，很自大的样子。

③寻盟：实践盟誓。

余家水明楼与外祖张氏家度帆楼，皆俯临卫河。一日，正乙真人舟泊度帆楼下。先祖母与先母，姑侄也，适同归宁。闻真人能役鬼神，共登楼自窗隙窥视。见三人跪岸上，若陈诉者；俄见真人若持笔判断者。度必邪魅事，遣仆侦之。仆还报曰：对岸即青县境。青县有三村妇，因拾麦，俱僵于野。以为中暑，舁之归。乃口俱喃喃作谵语，至今不死不生，知为邪魅。闻天师舟至，并来陈诉。天师亦莫省何怪，为书一符，钤印①其上，使持归焚于拾麦处，云姑召神将勘之。数日后，喧传三妇为鬼所劫，天师劾治得复生。久之，乃得其详曰:三妇魂为众鬼摄去,拥至空林,欲迭为无礼。一妇俯首先受污。一妇初撑拒,鬼揶揄曰:"某日某地,汝与某幽会秫丛内。我辈环视嬉笑,汝不知耳,遽诈为贞妇耶!"妇猝为所中,无可置辩,亦受污。十余鬼以次媟亵,狼藉困顿,殆不可支。次牵拽一妇,妇怒詈曰:"我未曾作无耻事。为汝辈所挟,妖鬼何敢尔!"举手批其颊。其鬼奔仆数步外,众鬼亦皆辟易,相顾曰:"是有正气,不可近,误取之矣。"乃共拥二妇入深林,而弃此妇于田塍,遥语曰:"勿相怨,稍迟遣阿姥送汝归。"正旁皇寻路,忽一神持戟自天下,直入林中。即闻呼号乞命声,顷刻而寂。神携二妇出曰:"鬼尽诛矣。汝等随我返。"恍惚如梦,已回生矣。往询二妇,皆呻吟不能起。其一本倚市门,叹息而已;其一度此妇必泄其语,数日,移家去。余常疑妇烈如是,鬼安敢摄。先兄晴湖曰:"是本一庸人妇,未遘患难②,无从见其烈也。迨观两妇之贱辱,义愤一激,烈心,陡发刚直之气,鬼遂不得不避之。故初误触而终不敢干也。夫何疑焉!"

注释:

①钤(qián)印:印章。
②遘患难:遭遇灾祸。

刘书台言:其乡有导引求仙者,坐而运气,致手足拘挛,然行之不辍。有闻其说而悦之者,礼为师,日从受法,久之亦手足拘挛。妻孥患其闲废至郁结,乃各制一椅,恒舁于一室,使对谈丹诀。二人促膝共语,寒暑无间,恒以为神仙奥妙,天下惟尔知我知,无第三人能解也。人或窃笑,二人闻之,太息曰:"朝菌不知晦朔,蟪蛄不知春秋,信哉是言,神仙岂以形骸论乎!"至死不悔,犹嘱子孙秘藏其书,待五百年后有缘者。或曰:"是有道之士,托废疾以自晦①也。"

余于杂书稍涉猎，独未一阅丹经。然欤否欤？非门外人所知矣。

注释：
①托废疾以自晦：假托自己身体有残疾来自我韬光养晦。

安公介然言：束州有贫而鬻妻者，已受币，而其妻逃。鬻者将讼，其人曰："卖休买休，厥罪①均，币且归官，君何利焉？今以妹偿，是君失一再婚妇，而得一室女也，君何不利焉。"鬻者从之。或曰："妇逃以全贞也。"或曰："是欲鬻其妹而畏人言，故托诸不得已也。"既而其妻归，复从人逃。皆曰："天也。"

注释：
①厥罪：双方的罪过。

程编修鱼门言：有士人与狐女狎，初相遇即不自讳，曰："非以采补祸君，亦不欲托词有夙缘，特悦君美秀，意不自持耳。然一见即恋恋不能去，傥亦夙缘耶？"不数数至，曰："恐君以耽色致疾也。"至或遇其读书作文，则去，曰："恐妨君正务也。"如是近十年，情若夫妇。士子久无子，尝戏问曰："能为我诞育否耶？"曰："是不可知也。夫胎者，两精相抟①，翕合而成者也。媾合之际，阳精至而阴精不至，阴精至而阳精不至，皆不能成。皆至矣，时有先后，则先至者气散不摄，亦不能成。不先不后，两精并至，阳先冲而阴包之，则阳居中为主而成男；阴先冲而阳包之，则阴居中为主而成女。此化生自然之妙，非人力所能为。故有一合即成者，有千百合而终不成者。故曰不可知也。"问："孪生何也？"曰："两气并盛，遇而相冲，正冲则歧而二，偏冲则其一阳多而阴少,阳即包阴;其一阴多而阳少,阴即包阳。故二男二女者多,亦或一男一女也。"问:"精必欢畅而后至。幼女新婚,畏缩不暇,乃有一合而成者,阴精何以至耶?"曰:"燕尔之际,两心同悦,或先难而后易,或貌瘁而神怡。其情既洽,其精亦至,故亦偶一遇之也。"问:"既由精合,必成于月信落红以后,何也?"曰,"精如谷种,血如土膏。旧血败气,新血生气,乘生气乃可养胎也。吾曾侍仙妃,窃闻讲生化之源,故粗知其概。'愚夫妇所知能,圣人有所不知能',此之谓矣。"后士人年过三十,须暴长。狐忽叹曰:"是鬤鬤者如芒刺,人何以堪!见辄生畏,岂夙缘尽耶!"初谓其戏语,后竟不再来。鱼门多髯,任子田因其纳姬,说此事以戏之。鱼门素闻此事,亦为失笑。既而曰:"此狐实大有词辩,君言之未详。"遂具述其论如右。以其颇有理致,因追忆而录存之。

注释:

①两精相抟:两个人的精气相融合。

《吕览》①称黎丘之鬼,善幻人形。是诚有之。余在乌鲁木齐,军吏巴哈布曰:甘肃有杜翁者,饶于资。所居故旷野,相近多狐獾穴。翁恶其夜中嘈呼,悉熏而驱之。俄而其家人见内室坐一翁,厅事又坐一翁,凡行坐之处,又处处有一翁来往,殆不下十余。形状声音衣服如一,摒挡指挥家事,亦复如一。阖门大扰,妻妾皆闭门自守。妾言翁腰有绣囊可辨,视之无有,盖先盗之矣。有教之者曰:"至夜必入寝,不纳即返者翁也,坚欲入者即妖也。"已而皆不纳即返。又有教之者曰:"使坐于厅事,而舁器物以过,诈仆碎之。嗟惜怒叱②者翁也,漠然者即妖也。"已而皆嗟惜怒叱。喧哄一昼夜,无如之何。有一妓,翁所昵也,十日恒三四宿其家。闻之,诣门曰:"妖有党羽,凡可以言传者必先知,凡可以物验者必幻化。盍使至我家,我故乐籍,无所顾惜。使壮士执巨斧立榻旁,我裸而登榻,以次交接,其间反侧曲伸,疾徐进退,与夫抚摩偎倚,口舌所不能传,耳目所不能到者,纤芥异同③,我自意会,虽翁不自知,妖决不能知也。我呼曰:'斫!'即速斫,妖必败矣。"众从其言,一翁启衾甫入,妓呼曰:"斫!"斧落,果一狐脑裂死。再一翁稍趑趄,妓呼曰:"斫!"果惊窜去。至第三翁,妓抱而喜曰:"真翁在此,余并杀之可也。"刀杖并举,殪其大半,皆狐与獾也。其逃者遂不复再至。禽兽夜鸣,何与人事?此翁必扫其穴,其扰实自取。狐獾既解化形,何难见翁陈诉,求免播迁?遽逞妖惑,其死亦自取也。计其智数,盖均出此妓下矣。

注释:

①《吕览》:《吕览》又名《吕氏春秋》,是秦国丞相吕不韦主编的一部杂著。

②嗟惜怒叱:因惋惜而怒骂。

③纤芥异同:丝毫的不同。

吴青纤前辈言:横街一宅,旧云有祟,居者多不安。宅主病之,延僧作佛事。入夜放焰口时,忽二女鬼现灯下,向僧作礼曰:"师等皆饮酒食肉,诵经礼忏殊无益;即焰口施食,亦皆虚抛米谷,无佛法点化,鬼弗能得。烦师传语主人,别延道德高者为之,则幸得超生矣。"僧怖且愧,不觉失足落座下,不终事,灭烛去。后先师程文恭公居之,别延僧禅诵,音响遂绝。此宅文恭公殁后,今归沧州李臬使①随轩。

注释:

①臬使:官名,即按察使。

表兄安伊在言：县人有与狐女昵者，多以其妇夜合之资，买簪珥脂粉赠狐女。狐女常往来其家，惟此人见之，他人不见也。一日，妇诟其夫曰："尔财自何来，乃如此用？"狐女忽暗中应曰："汝财自何来，乃独责我？"闻者皆绝倒。余谓此自伊在之寓言，然亦足见惟无瑕者可以责人。赛商鞅者，不欲著其名氏里贯，老诸生也。挈家寓京师。天资刻薄，凡善人善事，必推求其疵颣①，故得此名。钱敦堂编修殁，其门生为经纪棺衾，赡恤妻子，事事得所。赛商鞅曰："世间无如此好人。此欲博古道之名，使要津闻之，易于攀援奔竞②耳。"一贫民母死于路，跪乞钱买棺，形容枯槁，声音酸楚。人竞以钱投之。赛商鞅曰："此指尸敛财，尸亦未必其母。他人可欺，不能欺我也。"过一旌表节妇坊下，仰视微哂曰："是家富贵，仆从如云，岂少秦宫、冯子都耶！此事须核，不敢遽言非，亦不敢遽言是也。"平生操论皆类此。人皆畏而避之，无敢延以教读者，竟困顿以殁。殁后，妻孥流落，不可言状。有人于酒筵遇一妓，举止尚有士风。讶其不类倚门者，问之，即其小女也。亦可哀矣。先姚安公曰："此老生平亦无大过，但务欲其识加人一等，故不觉至是耳。可不戒哉！"

注释：

①疵颣（cī lèi）：缺点，毛病。

②攀援奔竞：比喻被提拔升官。

乾隆壬午①九月，门人吴惠叔邀一扶乩者至，降仙于余绿意轩中。下坛诗曰："沈香亭畔艳阳天，斗酒曾题诗百篇。二八娇娆亲捧砚，至今身带御炉烟。""满城风叶蓟门秋，五百年前感旧游。偶与蓬莱仙子遇，相携便上酒家楼。"余曰："然则青莲居士②耶？"批曰："然。"赵春涧突起问曰："大仙斗酒百篇,似不在沈香亭上。杨贵妃马嵬陨玉,年已三十有八,似尔时不止十六岁。大仙平生足迹,未至渔阳,何以忽感旧游?天宝至今,亦不止五百年,何以大仙误记?"乩惟批"我醉欲眠"四字。再叩之,不动矣。大抵乩仙多灵鬼所托,然尚实有所凭附。此扶乩者,则似粗解吟咏之人,炼手法而为之,故必此人与一人共扶,乃能成字,易一人则不能书。其诗亦皆流连光景,处处可用。知决非古人降坛也。尔日猝为春涧所中,窘迫之状可掬。后偶与戴庶常东原议及,东原骇曰:"尝见别一扶乩人,太白降坛,亦是此二诗,但改满城为满林,蓟门为大江耳。"知江湖游士,自有此种稿本,转相授受,固不足深诘矣。(宋蒙泉前辈亦曰:有一扶乩者至德州,诗顷刻即成。后检之,皆村书诗学大成中句也。)

注释:
①乾隆壬午:乾隆二十七年,公元 1762 年。
②青莲居士:李白(701—762),字太白,号青莲居士,唐朝诗人,后世对他有"诗仙"之称。

　　田丈耕野,统兵驻巴尔库尔(即巴里坤。坤字以吹唇声读之,即库尔之合声。)时,军士凿井得一镜,制作精妙。铭字非隶非八分(隶即今之楷书,八分即今之隶书。),似景龙钟铭;惟土蚀多剥损。田丈甚宝惜之,常以自随。殁于广西戎幕时,以授余姊婿田香谷。传至香谷之孙,忽失所在。后有亲串戈氏于市上得之,以还田氏。昨岁欲制为镜屏,寄京师乞余考定。余付翁检讨树培,推寻铭文,知为唐物。余为镌其释文于屏跗①,而题三诗于屏背曰:"曾逐毡车出玉门,中唐铭字半犹存。几回反覆分明看,恐有崇徽旧手痕。""黄鹄无由返故乡,空留鸾镜没沙场。谁知土蚀千年后,又照将军髻上霜。""暂别仍归旧主人,居然宝剑会延津。何如揩尽珍珠粉,满匣龙吟送紫珍。"香谷孙自有题识,亦镌屏背,叙其始末甚详。《夜灯随录》载威信公岳公钟琪西征时,有裨将得古镜。岳公求之不得,其人遂遭祸②。正与田丈同时同地,疑即此镜传讹也。

注释:
①屏跌:屏风的底座。
②遭祸:招来祸端。

门人邱人龙言:有赴任官,舟泊滩河。夜半,有数盗执炬露刃入。众皆慑伏。一盗拽其妻起,半跪启曰:"乞夫人一物,夫人勿惊。"即割一左耳,敷以药末,曰:"数日勿洗,自结痂愈也。"遂相率呼啸去。怖几失魂,其创果不出血,亦不甚痛,旋即平复。以为仇耶,不杀不淫;以为盗耶,未劫一物。既不劫不杀不淫矣,而又戕其耳;既戕其耳矣,而又赠以良药。是专为取耳来也。取此耳又何意耶? 千思万索,终不得其所以然,天下真有理外事①也。邱生曰:"苟得此盗,自必有其所以然;其所以然亦必在理中,但定非我所见之理耳。"然则论天下事,可据理以断有无哉!(恒兰台曰:"此或采补折割之党,取以炼药。"似为近之。)

注释:
①理外事:不符合常理的事。

董天士先生,前明高士,以画自给,一介不妄取,先高祖厚斋公老友也。厚斋公多与唱和,今载于《花王阁剩稿》者,尚可想见其为人。故老或言其有狐妾,或曰天士孤僻,必无之。伯祖湛元公曰:"是有之,而别有说也。吾闻诸董空如曰:天士居老屋两楹,终身不娶;亦无仆婢,井臼皆自操。

一日晨兴,见衣履之当著者,皆整顿置手下;再视则盥漱俱已陈。天士曰:'是必有异,其妖将媚我乎?'窗外小语应曰:'非敢媚公,欲有求于公。难于自献,故作是以待公问也。'天士素有胆,命之入。人辄跪拜,则娟静好女①也。问其名,曰:'温玉。'问何求,曰:'狐所畏者五:曰凶暴,避其盛气也;曰术士,避其劾治也;曰神灵,避其稽察也;曰有福,避其旺运也;曰有德,避其正气也。然凶暴不恒有,亦究自败。术士与神灵,吾不为非,皆无如我何。有福者运衰亦复玩之。惟有德者则畏而且敬。得自附于有德者,则族党以为荣,其品格即高出侪类②上。公虽贫贱,而非义弗取,非礼弗为。傥准奔则为妾之礼,许侍巾帨,三生之幸也;如不见纳,则乞假以虚名,为画一扇,题曰某年月日为姬人温玉作,亦叨公之末光③矣。'即出精扇置几上,濡墨调色,拱立以俟。天士笑从之。女自取天士小印印扇上,曰:'此姬人事,不敢劳公也。'再拜而去。次日晨兴,觉足下有物,视之,则温玉。笑而起曰:'诚不敢以贱体玷公,然非共榻一宵,非亲执媵御之役,则姬人字终为假托。'遂捧衣履侍洗漱讫,再拜曰:'妾从此逝矣。'瞥然不见,遂不再来。岂明季山人声价最重,此狐女亦移于风气乎?然襟怀散朗,有王夫人林下风,宜天士之不拒也。"

注释:
①娟静好女:温柔美丽的女子。
②侪类:同类。
③末光:余晖、余光。

先姚安公曰:"子弟读书之余,亦当使略知家事,略知世事,而后可以治家,可以涉世。明之季年,道学弥尊,科甲弥重。于是黠者坐讲心学,以攀援声气;朴者株守课册①,以求取功名。致读书之人,十无二三能解事。崇祯壬午②,厚斋公携家居河间,避孟村土寇。厚斋公卒后,闻大兵将至河间,又拟乡居。濒行时,比邻一叟顾门神叹曰:'使今日有一人如尉迟敬德、秦琼③,当不至此。'汝两曾伯祖,一讳景星,一讳景辰,皆名诸生也。方在门外束襆被,闻之,与辩曰:'此神荼、郁垒像,非尉迟敬德、秦琼也。'叟不服,检邱处机《西游记》为证。二公谓委巷小说不足据,又入室取东方朔《神异经》与争。时已薄暮,检寻既移时,反覆讲论又移时,城门已阖,遂不能出。次日将行,而大兵已合围矣。城破,遂全家遇难。惟汝曾祖光禄公、曾伯祖镇番公及叔祖云台公存耳。死生呼吸,间不容发之时,尚考证古书之真伪,岂非惟知读书不预外事之故哉!"姚安公此论,余初作各种笔记,皆未敢载,为涉及两曾伯祖也。今再思之,书痴尚非不佳事,古来大儒似此者不一,因补书于此。

注释:
① 株守课册:死读书,读死书。
② 崇祯壬午:明思宗崇祯十五年,公元 1642 年。
③ 尉迟敬德、秦琼:尉迟恭,字敬德。秦琼,字叔宝。两人为唐初期大将。

奴子刘福荣,善制网罟弓弩,凡弋禽猎兽之事,无不能也。析炊①时分属于余,无所用其技,颇郁郁不自得。年八十余,尚健饭,惟时一携鸟铳,散步野外而已。其铳发无不中。一日,见两狐卧陇上,再击之不中,狐亦不惊。心知为灵物,惕然而返,后亦无他。外祖张公水明楼,有值更者范玉,夜每闻瓦上有声,疑为盗;起视则无有,潜踪侦之,见一黑影从屋上过。乃设机瓦沟,仰卧以听。半夜闻机发,有女子呼痛声。登屋寻视,一黑狐折股死矣。是夕闻屋上詈曰:"范玉何故杀我妾？"时邻有刘氏子为妖所媚，玉私度必是狐，亦还詈曰："汝纵妾私奔，不知自愧，反詈吾。吾为刘氏子除患也。"遂寂无语。然自是觉夜夜有人以石灰渗其目，交睫即来，旋②洗拭，旋又如是。渐肿痛溃裂，竟至双瞽，盖狐之报也。其所见逊刘福荣远矣，一老成经事，一少年喜事故也。

注释：

①析炊：分家。

②旋：立即。

门人有作令云南者，家本苦寒，仅携一子一僮，拮据往，需次会城。久之，得补一县，在滇中，尚为膏腴地。然距省窎远，其家又在荒村，书不易寄。偶得鱼雁①，亦不免浮沈，故与妻子几断音问。惟于坊本搢绅中，检得官某县而已。偶一狡仆舞弊，杖而遣之。此仆衔次骨。其家事故所备知，因伪造其僮书云，主人父子先后卒，二棺今浮厝佛寺，当借资来迎。并述遗命，处分家事甚悉。初，令赴滇时，亲友以其朴讷，意未必得缺；即得缺，亦必恶。后闻官是县，始稍稍亲近，并有周恤其家者，有时相馈问者。其子或有所称贷，人亦辄应，且有以子女结婚者。乡人有宴会，其子无不与也。及得是书，皆大沮，有来唁者，有不来唁者。渐有索逋者②，渐有道途相遇似不相识者。僮奴婢媪皆散，不半载，门可罗雀③矣。既而令托人觐官寄千二百金至家迎妻子，始知前书之伪。举家破涕为笑，如在梦中。亲友稍稍复集，避不敢见者，颇亦有焉。后令与所亲书曰："一贵一贱之态，身历者多矣；一贫一富之态，身历者亦多矣。若夫生而忽死，死逾半载而复生，中间情事，能以一身亲历者，仆殆第一人矣。"

注释:

①鱼雁:指书信。

②索逋者:要债的人。

③门可罗雀:形容门庭十分冷落,宾客稀少。

门人福安陈坊言:闽有人深山夜行,仓卒失路。恐愈迷愈远,遂坐厓下,待天晓。忽闻有人语,时缺月微升,略辨形色,似二三十人坐厓上,又十余人出没丛薄间。顾视左右皆乱冢,心知为鬼物,伏不敢动。俄闻互语社公来,窃睨之,衣冠文雅,年约三十余,颇类书生,殊不作剧场白须布袍状。先至厓上,不知作何事。次至丛薄,对十余鬼太息曰:"汝辈何故自取横亡①,使众鬼不以为伍?饥寒可念,今有少物哺汝。"遂撮饭撒草间。十余鬼争取,或笑或泣。社公又太息曰:"此邦之俗,大抵胜负之念太盛,恩怨之见太明。其弱者力不能敌,则思自戕以累人。不知自尽之案,律无抵法,徒自陨其生也。其强者妄意两家各杀一命,即足相抵,则械斗以泄愤。不知律凡杀二命,各别以生者抵,不以死者抵。死者方知悔之已晚,生者不知为之弥甚,不亦悲乎!"十余鬼皆哭。俄远寺钟动,一时俱寂。此人尝以告陈生,陈生曰:"社公言之,不如令长言之也。然神道设教,或挽回一二,亦未可知耳。"

注释:

①自取横亡:自杀。

嘉庆丙辰①冬,余以兵部尚书出德胜门监射。营官以十刹海为馆舍,前明古寺也。殿宇门径,与刘侗《帝京景物略》②所说全殊,非复僧住一房佛亦住一房之旧矣。寺僧居寺门一小屋,余所居则在寺之后殿,室亦精洁。而封闭者多,验之,有乾隆三十一年封者,知旷废已久。余住东廊室

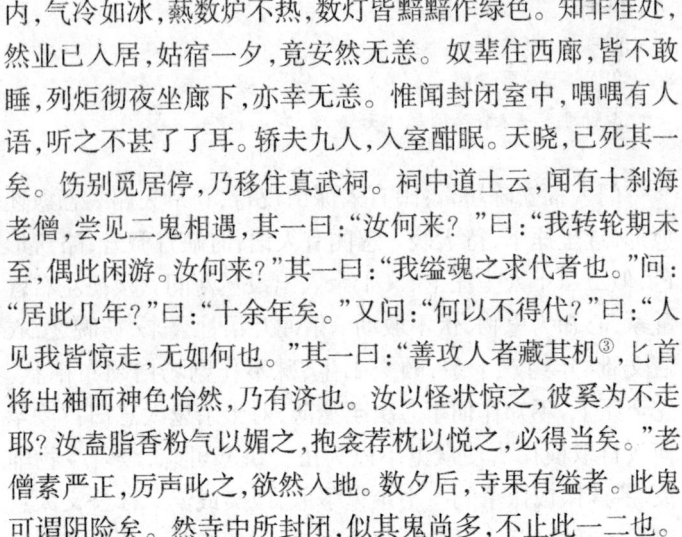

内，气冷如冰，爇数炉不热，数灯皆黯黯作绿色。知非佳处，然业已入居，姑宿一夕，竟安然无恙。奴辈住西廊，皆不敢睡，列炬彻夜坐廊下，亦幸无恙。惟闻封闭室中，唧唧有人语，听之不甚了了耳。轿夫九人，入室酣眠。天晓，已死其一矣。饬别觅居停，乃移住真武祠。祠中道士云，闻有十刹海老僧，尝见二鬼相遇，其一曰："汝何来？"曰："我转轮期未至，偶此闲游。汝何来？"其一曰："我缢魂之求代者也。"问："居此几年？"曰："十余年矣。"又问："何以不得代？"曰："人见我皆惊走，无如何也。"其一曰："善攻人者藏其机③，匕首将出袖而神色怡然，乃有济也。汝以怪状惊之，彼奚为不走耶？汝盍脂香粉气以媚之，抱衾荐枕以悦之，必得当矣。"老僧素严正，厉声叱之，欲然入地。数夕后，寺果有缢者。此鬼可谓阴险矣。然寺中所封闭，似其鬼尚多，不止此一二也。

注释：

①嘉庆丙辰：嘉庆元年，公元 1796 年。

②刘侗《帝京景物略》：刘侗（约 1593—约 1636）字同人，号格庵。明代散文家。《帝京景物略》详细记载了明代北京风景名胜、生活风俗等内容，是珍贵的历史文献资料。

③藏其机：把自己的目的隐藏起来。

　　汪阁学晓园言：有一老僧过屠市，泫然流涕。或讶之。曰："其说长矣。吾能记两世事：吾初世为屠人，年三十余死，魂为数人执缚去。冥官责以杀业至重，押赴转轮受恶报。觉恍惚迷离，如醉如梦，惟恼热不可忍。忽似清凉，则已在豕栏矣。断乳后，见食不洁，心知其秽；然饥火燔烧，五脏皆如焦裂，不得已食之。后渐通猪语，时与同类相问讯，能记前身者颇多，特不能与人言耳。大抵皆自知当屠割，其时作呻吟声者，愁也；目睫往往有湿痕者，自悲也。躯干痴重①，夏极苦热，惟汩没泥水中少可，然不常得。毛疏而劲，冬极苦寒,视犬羊软氄厚毶,有如仙兽。遇捕执时,自知不免,姑跳踉奔避,冀缓须臾。追得后,蹴踏头项,拗捩蹄肘,绳勒四足深至骨,痛若刀劙。或载以舟车,则重叠相压,肋如欲折,百脉涌塞,腹如欲裂。或贯以竿而扛之,更痛甚三木②矣。至屠市,提掷于地,心脾皆震动欲碎。或即日死,或缚至数日,弥难忍受。时见刀俎在左,汤镬在右,不知著我身时,作何痛楚,辄簌簌战栗不止。又时自顾已身,念将来不知磔裂分散,作谁家杯中羹,又凄惨欲绝。比受戮时,屠人一牵拽,即惶怖昏瞀,四体皆软,觉心如左右震荡,魂如自顶飞出,又复落下。见刀光晃耀,不敢正视,惟瞑目以待到剐。屠人先刲刀于喉,摇撼摆拨,泻血盆盎中。其苦非口所能道,求死不得,惟有长号。血尽始刺心,大痛,遂不能作声,渐恍惚迷离,如醉如梦,如初转生时。良久稍醒,自视已为人形矣。冥官以夙生尚有善业,仍许为人,是为今身。顷见此猪,哀其荼毒,因念昔受此荼毒时,又惜此持刀人将来亦必受此荼毒,三念交萦,故不知涕泪之何从也。"屠人闻之,遽掷刀于地,竟改业为卖菜佣。

注释:

①痴重:笨重。

②三木:古代的一种刑罚,把木枷夹在犯人颈、手、足三处。

晓园说此事时,李汇川亦举二事曰:有屠人死,其邻村人家生一猪,距屠人家四五里。此猪恒至屠人家中卧,驱逐不去。其主人捉去,仍自来;絷以锁,乃已。疑为屠人后身也。又一屠人死,越一载余,其妻将嫁。方彩服登舟,忽一猪突至,怒目眈眈①,径裂妇裙,啮其胫。众急救护,共挤猪落水,始得鼓棹行。猪自水跃出,仍沿岸急追。适风利扬帆去,猪乃懊丧自归。亦疑屠人后身,怒其妻之琵琶别抱也。此可为屠人作猪之旁证。又言：有屠人杀猪甫死，适其妻有孕，即生一女，落蓐即作猪号声，号三四日死。此亦可证猪还为人。余谓此即朱子所谓生气未尽，与生气偶然凑合者，别自一理，又不以轮回论也。

注释：

①怒目眈眈：很生气地注视。

汪编修守和为诸生时，梦其外祖史主事珥携一人同至其家，指示之曰："此我同年纪晓岚，将来汝师也。"因窃记其衣冠形貌。后以己酉拔贡①应廷试，值余阅卷，擢高等。授官来谒时，具述其事，且云衣冠形貌，与今毫发不差，以为应梦。迨嘉庆丙辰会试，余为总裁，其卷适送余先阅（凡房官荐卷，皆由监试御史先送一主考阅定，而复转轮公阅。），复得中式，殿试以第二人及第。乃知梦为是作也。按人之有梦，其故难明。《世说》载卫玠问乐令梦，乐云是想，又云是因。而未深明其所以然。戊午夏，扈从滦阳，与伊子墨卿以理推求。有念所专注，凝神生象，是为意识所造之梦，孔子梦周公是也。有祸福将至，朕兆先萌，与见乎蓍龟，动乎四体相同，是为气机所感之梦，孔子梦奠两楹是也。其或心绪瞀乱，精神恍惚，心无定主，遂现种种幻形，如病者之见鬼，眩者之生花，此意想之歧出者也。或吉凶未著，鬼神前知，以象显示，以言微寓，此气机之旁召者也。虽变化杳冥，千态万状，其大端似不外此。至占梦之说，见于《周礼》，事近祈禳，礼参巫觋，颇为攻《周礼》者所疑。然其文亦见于《小雅》"大人占之"，固凿然古经载籍所传，虽不免多所附会，要亦实有此术也。惟是男女之爱，骨肉之情，有凝思结念，终不一梦者，则意识有时不能造。仓卒之患，意外之福，有忽至而不知者，则气机有时不必感。且天下之人，如恒河沙数，鬼神何独示梦于此人？此人一生得失，亦必不一，何独示梦于此事？且事不可泄，何必示之？既示之矣，而又隐以不可知之象，疑以不可解之语，（如《酉阳杂俎》载梦得枣者，谓枣字似两来字，重来者，呼魄之象，其人果死。《朝野佥载》崔湜梦座下听讲而照镜，谓座下听讲，法从上来，镜字，金旁竟也。小说所说梦事如此迂曲者不一。）是鬼神日日造谜语，不已劳乎？事关重大，示以梦可也；而猥琐小事，亦相告语，（如《敦煌实录》载宋补梦人坐桶中，以两杖极打之，占桶中人为肉食，两杖象两箸，果得饱肉食之类。）不亦亵乎？大抵通其所可通，其不可通者，置而不论可矣。至于《谢小娥传》，其父夫之魂既告以为人劫杀矣，自应告以申兰春、申兰。乃以"田中走，一日夫"隐申春，以"车中猴，东门草"隐申兰，使寻索数年而后解，不又颠乎？此类由于记录者欲神其说，不必实有是事。凡诸家所占梦事，皆可以是观之，其法非大人之旧也。

注释：
①拔贡：科举制度中选拔贡入国子监的生员的一种。

何纯斋舍人，何恭惠公之孙也。言恭惠公官浙江海防同知时，尝于肩舆中见有道士跪献一物。似梦非梦，涣然而醒，道士不知所在，物则宛然在手中，乃一墨晶印章也。辨验其文，镌"青宫太保"四字，殊不解其故。后官河南总督，卒于任，（官制有河东总督，无河南总督。时公以河南巡抚加总督衔，故当日有是称。）特赠太子太保。始悟印章为神预告也。案仕路升沈①，改移不一，惟身后饰终之典，乃为一生之结局。《定命录》载李回秀自知当为侍中，而终于兵部尚书，身后乃赠侍中。又载张守珪自知当为凉州都督，而终于括州刺史，身后乃赠凉州都督。知神注录籍，追赠与实授等也。恭惠公官至总督，而神以赠官告，其亦此意矣。

注释：

①仕路升沈：做官的升迁、贬谪。

　　高冠瀛言：有人宅后空屋住一狐，不见其形，而能对面与人语。其家小康，或以为狐所助也。有信其说者，因此人以求交于狐。狐亦与款洽。一日，欲设筵飨狐。狐言老而饕餮。乃多设酒肴以待。比至日暮，有数狐醉倒现形，始知其呼朋引类来也。如是数四①，疲于供给，衣物典质一空，乃微露求助意。狐大笑曰："吾惟无钱供酒食，故数就君也。使我多财，我当自醉自饱，何所取而与君友乎？"从此遂绝。此狐可谓无赖矣，然余谓非狐之过也。

注释：

①数四：指次数很多。

卷 二 十 二

滦阳续录(四)

刘香畹言:有老儒宿于亲串家,俄主人之婿至,无赖子也。彼此气味①不相入,皆不愿同住一屋,乃移老儒于别室。其婿睨之而笑,莫喻其故也。室亦雅洁,笔砚书籍皆具。老儒于灯下写书寄家,忽一女子立灯下,色不甚丽,而风致颇娴雅。老儒知其为鬼,然殊不畏,举手指灯曰:"既来此,不可闲立,可剪烛。"女子遽灭其灯,逼而对立②。老儒怒,急以手摩砚上墨渖,掴其面而涂之,曰:"以此为识,明日寻汝尸,锉而焚之!"鬼"呀"然一声去。次日,以告主人。主人曰:"原有婢死于此室,夜每出扰人;故惟白昼与客坐,夜无人宿。昨无地安置君,揣君耆德硕学③,鬼必不出。不虞其仍现形也。"乃悟其婿窃笑之故。此鬼多以月下行院中,后家人或有偶遇者,即掩面急走。他日留心伺之,面上仍墨污狼藉。鬼有形无质,不知何以能受色? 当仍是有质之物,久成精魅,借婢幻形耳。《酉阳杂俎》曰:"郭元振尝山居,中夜,有人面如盘,日出于灯下。元振染翰题其颡曰:'久戍人偏老,长征马不肥。'其物遂灭。后随樵闲步,见巨木上有白耳,大数斗,所题句在焉。"是亦一证也。

注释:

①气味:气息、性格。

②逼而对立:逼迫而面对面站立。

③耆德硕学:德高望重博学多识的人。

　　乌鲁木齐农家多就水灌田,就田起屋,故不能比闾而居①。往往有自筑数椽,四无邻舍,如杜工部诗所谓"一家村"者。且人无徭役,地无丈量,纳三十亩之税,即可坐耕数百亩之产。故深岩穷谷,此类尤多。有吉木萨军士人山行猎,望见一家,门户坚闭,而院中似有十余马,鞍辔悉具。度必玛哈沁所据,噪而围之。玛哈沁见势众,弃锅帐突围去。众惮其死斗,亦遂不追。入门,见骸骨狼藉,寂无一人,惟隐隐有泣声。寻视,见幼童约十三四,裸体悬窗櫺上。解缚问之,曰:"玛哈沁四日前来,父兄与斗不胜,即一家并被缚。率一日牵二人至山溪洗濯,曳归,共脔割炙食,男妇七八人并尽矣。今日临行,洗濯我毕,将就食,中一人摇手止之。虽不解额鲁特语,观其指画,似欲支解为数段,各携于马上为粮。幸兵至,弃去,今得更生。"泣絮絮不止。悯其孤苦,引归营中,姑使执杂役。童子因言其家尚有物埋窖中。营弁使导往发掘,则银币衣物甚多。细询童子,乃知其父兄并劫盗。其行劫必于驿路近山处,瞭见一二车孤行,前后十里无援者,突起杀其人,即以车载尸入深山;至车不能通,则合手以巨斧碎之,与尸及襥被并投于绝涧,惟以马驮货去。再至马不能通,则又投羁绁②于绝涧,纵马任其所往,共负之由鸟道③归,计去行劫处数百里矣。归而窖藏一两年,乃使人伪为商贩,绕道至辟展诸处卖于市,故多年无觉者。而不虞玛哈沁之灭其门也。童子以幼免连坐,后亦牧马坠崖死,遂无遗种。此事余在军幕所经理,以盗已死,遂置无论。由今思之,此盗踪迹诡秘,猝不易缉;乃有玛哈沁来,以报其惨杀之罪。玛哈沁食人无餍,乃留一童子,以明其召祸之由。此中似有神理,非偶然也。盗姓名久忘,惟童子坠崖时,所司牒报记名秋儿云。

注释：

①比间而居：房子连成片，住在一起。

②羁绁（xiè）：拴马的马络头和马缰绳。

③鸟道：很难走的小路。

佃户刘破车妇云：尝一日早起乘凉扫院，见屋后草棚中有二人裸卧。惊呼其夫来，则邻人之女与其月作人也，并僵卧，似已死。俄邻人亦至，心知其故，而不知何以至此。以姜汤灌苏，不能自讳，云："久相约，而逼仄无隙地。乘雨后墙缺，天又阴晦，知破车草棚无人，遂藉草私会。倦而憩，尚相恋未起①。忽云破月来，皎然如昼。回顾棚中，坐有七八鬼，指点揶揄。遂惊怖失魂，至今始醒。"众以为奇。破车妇云："我家故无鬼，是鬼欲观戏剧，随之而来。"先从兄懋园曰："何处无鬼？何处无鬼观戏剧？但人有见有不见耳。此事不奇也。"因忆福建困关（俗谓之水口。）公馆，大学士杨公督浙闽时所重建。值余出巡，语余曰："公至水口公馆，夜有所见，慎勿怖，不为害也。余尝宿是地，已下键②睡。因天暑，移床近窗，隔纱幌视天晴阴。时虽月黑，而檐挂六灯尚未烬。见院中黑影，略似人形，在阶前或坐或卧，或行或立，而寂然无一声。夜半再视之，仍在。至鸡鸣，乃渐渐缩入地。试问驿吏，均不知也。"余曰："公为使相，当有鬼神为阴从。余焉有是？"公曰："不然。仙霞关内，此地为水陆要冲，用兵者所必争。明季唐王，国初郑氏、耿氏，战斗杀伤，不知其几。此其沈沦之魄，乘室宇空虚而窃据；有大官来，则避而出耳。"此亦足证无处无鬼之说。

注释：

①相恋未起：贪睡还没有起床。

②下键：落下门闩。

老仆施祥尝曰:"天下惟鬼最痴。鬼据之室,人多不住。偶然有客来宿,不过暂居耳,暂让之何害?而必出扰之。遇禄命重、血气刚者,多自败;甚或符篆劾治,更蹈不测。即不然,而人既不居,屋必不葺,久而自圮,汝又何归耶?"老仆刘文斗曰:"此语诚有理,然谁能传与鬼知?汝毋乃更痴于鬼!"姚安公闻之,曰:"刘文斗正患不痴①耳。"祥小字举儿,与姚安公同庚,八岁即为公伴读。数年,始能暗诵《千字文》;开卷乃不识一字。然天性忠直,视主人之事如己事,虽嫌怨不避②。尔时家中外倚祥,内倚廖媪,故百事皆井井。雍正甲寅③,余年十一,元夜④偶买玩物。祥启张太夫人曰:"四官今日游灯市,买杂物若干。钱固不足惜,先生明日即开馆,不知顾戏弄耶?顾读书耶?"太夫人首肯曰:"汝言是。"即收而键诸箧。此虽细事,实言人所难言也。今眼中遂无此人,徘徊四顾,远想慨然。

注释:

①患不痴:更加痴傻。

②嫌怨不避:遭到嫌弃、怨恨也不避让。

③雍正甲寅:雍正十二年,公元1734年。

④元夜:正月十五元宵夜。

先兄晴湖第四子汝来,幼韶秀,余最爱之,亦颇知读书。娶妇生子后,忽患颠狂。如无人料理,即发不薙①,面不盥;夏或衣絮,冬或衣葛,不自知也。然亦无疾病,似寒暑不侵者。呼之食即食,不呼之食亦不索。或自取市中饼饵,呼儿童共食,不问其价,所残剩亦不顾惜。或一两日觅之不得,忽自归。一日,遍索无迹。或云村外柳林内,似仿佛有人。趋视②,已端坐僵矣。其为迷惑而死,未可知也。其或自有所得,托以混迹,缘尽而化去,亦未可知也。忆余从福建归里时，见余犹跪拜如礼，拜讫，卒然曰："叔大辛苦。"余曰："是无奈何。"又卒然曰："叔不觉辛苦耶？"默默退去。后思其言，似若有意，故至今终莫能测之。

注释：

①发不薙(tì)：不剃头，不理发。

②趋视：赶过去查看。

姚安公言：庐江孙起山先生谒选①时，贫无资斧，沿途雇驴而行，北方所谓短盘也。一日，至河间南门外，雇驴未得。大雨骤来，避民家屋檐下。主人见之，怒曰："造屋时汝未出钱，筑地时汝未出力，何无故坐此？"推之立雨中。时河间犹未改题缺，起山入都，不数月竟掣得是县。赴任时，此人识之，惶愧自悔，谋卖屋移家。起山闻之，召来笑而语之曰："吾何至与汝辈较。今既经此，后无复然，亦忠厚养福之道也。"因举一事曰："吾乡有爱莳花②者，一夜偶起，见数女子立花下，皆非素识。知为狐魅，遽掷以块，曰：'妖物何得偷看花！'一女子笑而答曰：'君自昼赏，我自夜游，于君何碍？夜夜来此，花不损一茎一叶，于花又何碍？遽见声色，何鄙吝至此耶？吾非不能揉碎君花，恐人谓我辈所见，亦与君等，故不为耳。'飘然共去。后亦无他。狐尚不与此辈较，我乃不及狐耶？"后此人终不自安，移家莫知所往。起山叹曰："小人之心，竟谓天下皆小人。"

注释：

①谒选：等待派遣职务。

②莳(shì)花：养花。

太原申铁蟾，好以香奁艳体寓不遇之感。尝谒某公未见，戏为无题诗曰："垩粉围墙罨画楼，隔窗闻拨钿箜篌。分

(去声)无信使通青鸟,枉遣游人驻紫骝①。月姊定应随顾兔,星娥可止待牵牛？垂杨疏处雕栊近,只恨珠帘不上钩。"殊有玉溪生风致。王近光曰:"似不应疑及织女,诬蔑仙灵。"余曰:"'已矣哉,织女别黄姑②,一年一度一相见,彼此隔河何事无？'元微之诗也。'海客乘槎上紫氛,星娥罢织一相闻。只应不惮牵牛妒,故把支机石赠君。'李义山③诗也。微之之意,在于双文;义山之意,在于令狐。文士掉弄笔墨,借为比喻,初与织女无涉。铁蟾此语,亦犹元、李之志云尔,未为诬蔑仙灵也。至于纯构虚词,宛如实事;指其时地,撰以姓名,《灵怪集》所载郭翰遇织女事,(《灵怪集》今佚。此条见《太平广记》六十八。)则悖妄之甚矣。夫词人引用,渔猎百家,原不能一一核实;然过于诬罔,亦不可不知。盖自庄、列寓言,借以抒意,战国诸子,杂说弥多,谶纬稗官,递相祖述,遂有肆无忌惮之时。如李尤《独异志》诬伏羲兄妹为夫妇,已属丧心;张华《博物志》更诬及尼山,尤为狂吠。【按:张华不应悖妄至此,殆后人依托。】如是者不一而足。今尚流传,可为痛恨。又有依傍史文,穿凿锻炼。如《汉书·贾谊传》,有太守吴公爱幸之之语,《骈语雕龙》(此书明人所撰,陈枚刻之,不著作者姓名。)遂列长沙④于娈童类中。注曰:'大儒为龙阳。《史记·高帝本纪》称母媪在大泽中,太公往视,见有蛟龙其上。晁以道诗遂有'杀翁分我一杯羹,龙种由来事杳冥'句,以高帝乃龙交所生,非太公子。《左传》有成风私事季友、敬嬴私事襄仲之文私事云者,密相交结,以谋立其子而已。后儒拘泥'私'字,虽朱子亦有'却是大恶'之言。如是者亦不一而足。学者当考校真妄,均不可炫博矜奇,遽执为谈柄⑤也。"

注释:

①紫骝(liú):古代传说中名贵的马。

②黄姑:牵牛星。

③李义山:李商隐(约812—约858),字义山,故又称李义山,号玉溪生、樊南子,晚唐著名诗人。

④长沙:贾谊(前200—前168),西汉初年著名的政论家、文学家。

⑤谈柄:谈笑的素材。

　　从叔梅庵公言:族中有二少年(此余小时闻公所说,忘其字号,大概是伯叔行也。),闻某墓中有狐迹,夜携铳往,共伏草中伺之,以背相倚而睡。醒则二人之发交结为一,贯穿缭绕,猝不可解;互相牵掣,不能行,亦不能立;稍稍转动,即彼此呼痛。胶扰彻晓,望见行路者,始呼至,断以佩刀,狼狈而返。愤欲往报,父老曰:"彼无形声,非力所胜;且无故而侵彼,理亦不直。侮实自召,又何仇焉?仇必败滋①甚。"二人乃止。此狐小虐之使警,不深创之以激其必报,亦可谓善自全矣。然小虐亦足以激怒,不如敛戢勿动,使伺之无迹弥善也。

注释:

①仇必败滋:报仇的话会败得很惨。

　　太和门丹墀下有石匦,莫知何名,亦莫知所贮何物。德畬斋前辈(畬斋名德保,与定圃前辈同名。乾隆壬戌①进士,官至翰林院侍读。故当时以大德保小德保别之云。)云:图裕斋之先德,昔督理殿工时,曾开视之。以问裕斋,曰:"信然。其中皆黄色细屑,仅半匦不能满,凝结如土坯。谛审似是米谷岁久所化也。"余谓丹墀左之石阙,既贮嘉种,则此为五谷,于理较近。且大驾卤部中,象背宝瓶,亦贮五谷。盖稼穑维宝②,古训相传;八政首食,见于《洪范》。定制之意,诚渊乎远矣。

注释：

①乾隆壬戌：乾隆七年，公元 1742 年。

②稼穑维宝：粮食是很珍贵的。

宣武门子城内，如培塿者五，砌之以砖，土人云五火神墓。明成祖北征时，用火仁、火义、火礼、火智、火信制飞炮，破元兵于乱柴沟。后以其术太精，恐或为变，杀而葬于是。立五竿于丽谯侧，岁时祭之，使鬼有所归，不为厉焉。后成祖转生为庄烈帝，五人转生李自成、张献忠诸贼，乃复仇也。此齐东之语，非惟正史无此文，即明一代稗官小说，充栋汗牛②，亦从未言及斯人斯事也。戊子秋，余见汉军步校董某，言闻之京营旧卒云："此水平也。京城地势，惟宣武门最低，衢巷之水，遇雨皆汇于子城。每夜雨太骤，守卒即起，视此培楼，水将及顶，则呼开门以泄之；没顶则门扉为水所壅，不能启矣。今日久渐忘，故或有时阻碍也。其城上五竿，则与白塔信炮相表里。设闻信炮，则昼悬旗、夜悬灯耳。与五火神何与哉！"此言似乎近理，当有所受之。

注释：

①丽谯：华丽的高楼。

②充栋汗牛：谓书籍堆得高及栋梁，多至牛马运得出汗。形容藏书很多。

科场拨卷①，受拨者意多不惬，此亦人情；然亦视其卷何如耳。壬午顺天乡试，余充同考官。（时阅卷尚不回避本省。）得一合字卷，文甚工而诗不佳。因甫改试诗之制，可以恕论，遂呈荐主考梁文庄公，已取中矣。临填草榜，梁公病其"何不改乎此度"句侵下文"改"字，（题为"始吾于人也"四句。）驳落。别拨一合字备卷与余。先视其诗，第六联曰："素娥寒对影，顾兔夜眠香。"（题为《月中桂》）。已喜其秀逸。及观其第七联曰："倚树思吴质，吟诗忆许棠。"遂跃然曰："吴刚字质，故李贺《李凭箜篌引》曰：'吴质不眠倚桂树，露脚斜飞湿寒兔。'此诗选本皆不录，非曾见《昌谷集》者不知也。华州试《月中桂》诗，举许棠为第一人。棠诗今不传，非曾见王定保《摭言》、计敏夫《唐诗纪事》者不知也。中彼卷之'开花临上界，持斧有仙郎'，何如中此诗乎！微公拨入，亦自愿易之。"即朱子颖也。放榜后，时已九月，贫无絮衣。蒋心馀素与唱和，借衣与之。乃来见，以所作诗为贽。余丙子扈从古北口时，车马壅塞，就旅舍小憩。见壁上一诗，剥残过半，惟三四句可辨。最爱其"一水涨喧人语外，万山青到马蹄前"二语，以为"云中路绕巴山色，树里河流汉水声"不是过也，惜不得姓名。及展其卷，此诗在焉。乃知针芥契合②，已在六七年前，相与叹息者久之。子颖待余最尽礼，殁后，其二子承父之志，见余尚依依有情。翰墨因缘，良非偶尔，何尝以拨房为亲疏哉！（余严江舟中诗曰："山色空蒙淡似烟，参差绿到大江边。斜阳流水推篷坐，处处随人欲上船。"实从"万山"句夺胎③。尝以语子颖曰："人言青出于蓝，今日乃蓝出于青。"子颖虽逊谢，意似默可。此亦诗坛之佳话，并附录于此。）

注释：

①拨卷：古代科举考试，分开若干房间阅卷，每个房间都有一定名额的录取人数，因为考试优劣不同，每个房间选中的人数也不相同，把选中人数超员房间的试卷调入不够名额的房间，称之为"拨卷"。

②针芥契合：比喻性质相近所以相契合。

③夺胎：用于文学创作时，比喻巧妙化用他人诗句或修辞，而形成具有自己特色和创意的文字。

先师介野园先生，官礼部侍郎。扈从南巡，卒于路。卒前一夕,有星陨于舟前。卒后,京师尚未知,施夫人梦公乘马至门前,骑从甚都,然伫立不肯入;但遣人传语曰:"家中好自料理,吾去矣。"匆匆竟过。梦中以为时方扈从,疑或有急差遣,故不暇人。觉后,乃惊怛①。比凶问至②,即公卒之夜也。公屡掌文柄,凡四主会试,四主乡试,其他杂试殆不可缕数。尝有恩荣宴诗曰:"鹦鹉新班宴御园,(按:"鹦鹉新班"不知出典,当时拟问公,竟因循忘之。)摧颓老鹤也乘轩。龙津桥上黄金榜,四见门生作状元。"丁丑年作也。【按:此诗为金吏部尚书张大节之作,题为《同新进士吕子成辈宴集状元楼》,见《中州集》。惟御园作杏园,摧颓作不妨,四见作三见,作状元作是状元。】于文襄公亦赠以联曰:"天下文章同轨辙,门墙桃李半公卿。"可谓儒者之至荣。然日者推公之命云:"终于一品武阶,他日或以将军出镇耶!"公笑曰:"信如君言,则将军不好武矣。"及公卒,圣心悼惜,特赠都统。盖公虽官礼曹,而兼摄副都统。其扈从也,以副都统班行,故即武秩进一阶。日者之术,亦可云有验矣。

注释:

①惊怛:忐忑惊恐。
②比凶问至:等到噩耗传来。

乩仙多伪托古人,然亦时有小验。温铁山前辈(名温敏,乙丑进士,官至盛京侍郎。)尝遇扶乩者,问寿几何。乩判曰:"甲子年华有二秋。"以为当六十二。后二年卒,乃知二秋为二年。盖灵鬼时亦能前知也。又闻山东巡抚国公,扶乩问寿。乩判曰:"不知。"问:"仙人岂有所不知?"判曰:"他人可知,公则不可知。修短有数,常人尽其所禀而已。若封疆重镇,操生杀予夺之权,一政善①,则千百万人受其福,寿可以增;一政不善,则千百万人受其祸,寿亦可以减。此即司命之神不能预为注定,何况于吾?岂不闻苏颋②误杀二人,减二年寿;娄师德③亦误杀二人,减十年寿耶?然则年命之事,公当自问,不必问吾也。"此言乃凿然中理,恐所遇竟真仙矣。

注释:
①一政善:一件政务处理得很好。
②苏颋(tǐng):苏颋(670—727)字廷硕,中唐时期大臣、文学家。
③娄师德:娄师德(630—699),字宗仁,唐高宗、武则天时期两代大臣、名将。

族叔育万言:张歌桥之北,有人见黑狐醉卧场屋(场中守视谷麦小屋,俗谓之场屋。)中。初欲擒捕,既而念狐能致财,乃覆以衣而坐守之。狐睡醒,伸缩数四,即成人形。甚感其护视,遂相与为友。狐亦时有所馈赠。一日,问狐曰:"设有人匿君家,君能隐蔽弗露乎?"曰:"能。"又问:"君能凭附人身狂走乎?"曰:"亦能。"此人即恳乞曰:"吾家酷贫,君所惠不足以赡,而又愧于数渎君①。今里中某甲甚富,而甚畏讼。顷闻觅一妇司庖,吾欲使妇往应。居数日,伺隙逃出,藏君家;而吾以失妇,阳欲讼。妇尚粗有姿首,可诬以蜚语,胁多金。得金之后,公凭附使奔至某甲别墅中,然后使人觅得,则承惠多矣。"狐如所言,果得多金。觅妇返后,某甲以在其别墅,亦不敢复问。然此妇狂疾竟不愈,恒自妆饰,夜似与人共嬉笑,而禁其夫勿使前②。急往问狐,狐言无是理,试往侦之。俄归而顿足曰:"败矣!是某甲家楼上狐,悦君妇之色,乘吾出而彼入也。此狐非我所能敌,无如何矣!"此人固恳不已。狐正色曰:"譬如君里中某,暴横如虎,使彼强据人妇,君能代争乎?"后其妇颠痫日甚,且具发其夫之阴谋。针灸劾治皆无效,卒以瘵死。里人皆曰:"此人狡黠如鬼,而又济以狐之幻,宜无患矣。不虞以狐召狐,如螳螂黄雀之相伺也。"古诗曰:"利旁有倚刀,贪人还自戕。"信矣!

注释:
①数渎君:多次烦扰你。
②禁其夫勿使前:不让自己的丈夫靠近。

　　门人王廷绍言:忻州有以贫鬻妇者,去几二载。忽自归,云初被买时,引至一人家。旋有一道士至,携之入山,意甚疑惧。然业已卖与,无如何。道士令闭目,即闻两耳风飕飕。俄令开目,已在一高峰上。室庐华洁,有妇女二十余人,共来问讯,云此是仙府,无苦也。因问:"到此何事?"曰:"更番侍祖师寝耳。此间金银如山积,珠翠锦绣、嘉肴珍果,皆役使鬼神,随呼立至。服食日用,皆比拟王侯。惟每月一回小痛楚,亦不害耳。"因指曰:"此处仓库,此处庖厨,此我辈居处,此祖师居处。"指最高处两室曰:"此祖师拜月拜斗处,此祖师炼银处。"亦有给使之人,然无一男子也。自是每白昼则呼入荐枕席,至夜则祖师升坛礼拜,始各归寝。惟月信落红后,则净裈内外衣,以红绒为巨绠,缚大木上,手足不能丝毫动;并以绵丸窒口,暗不能声。祖师持金管如箸,寻视脉穴,刺入两臂两股肉内,吮吸其血,颇为酷毒。吮吸后,以药末糁创孔,即不觉痛,顷刻结痂。次日,痂落如初矣。其地极高,俯视云雨皆在下。忽一日狂飚①陡起,黑云如墨压山顶,雷电激射,势极可怖。祖师惶遽,呼二十余女,并裸露环抱其身,如肉屏风。火光入室者数次,皆一掣即返。俄一龙爪大如箕,于人丛中攫祖师去。霹雳一声,山谷震动,天地晦冥。觉昏瞀如睡梦,稍醒,则已卧道旁。询问居人,知去家仅数百里。乃以臂钏易敝衣遮体,乞食得归也。忻州人尚有及见此妇者,面色枯槁,不久患瘵而卒。盖精血为道士采尽矣。据其所言,盖即烧金御女之士。其术灵幻如是,尚不免于天诛;况不得其传,徒受妄人之蛊惑,而冀得神仙,不亦颠哉!

注释:
①狂飙:大风。

江南吴孝廉,朱石君之门生也。美才夭逝,其妇誓以身殉,而屡绥不能死。忽灯下孝廉形见,曰:"易彩服则死矣。"从其言,果绝。孝廉乡人录其事征诗,作者甚众。余亦为题二律。而石君为作墓志,于孝廉之坎坷、烈妇之慷慨,皆深致悼惜,而此事一字不及。或疑其乡人之粉饰,余曰:"非也。文章流别,各有体裁。郭璞注《山海经》、《穆天子传》,于西王母事铺叙綦详①。其注《尔雅·释地》,于'西至西王母'句,不过曰'西方昏荒之国'而已,不更益一语也。盖注经之体裁,当如是耳。金石之文,与史传相表里,不可与稗官杂记比,亦不可与词赋比。石君博极群书,深知著作之流别,其不著此事于墓志,古文法也,岂以其伪而削之哉!"余老多遗忘,记孝廉名承绂,烈妇之姓氏,竟不能忆。姑存其略于此,俟扈跸回銮②,当更求其事状,详著之焉。

注释:
①綦详:描写详尽。
②扈(hù)跸(bì)回銮:护驾回京。

老仆施祥,尝乘马夜行至张白。四野空旷,黑暗中有数人掷沙泥,马惊嘶不进。祥知是鬼,叱之曰:"我不至尔墟墓间,何为犯我?"群鬼揶揄曰:"自作剧①耳,谁与尔论理。"祥怒曰:"既不论理,是寻斗也。"即下马,以鞭横击之。喧哄良久,力且不敌;马又跳踉掣其肘。意方窘急,忽遥见一鬼狂奔来,厉声呼曰:"此吾好友,尔等毋造次!"群鬼遂散。祥上马驰归,亦不及问其为谁。次日,携酒于昨处奠之,祈示灵响,寂然不应矣。祥之所友,不过厮养屠沽②耳。而九泉之下,故人之情乃如是。

注释:
①自作剧:恶作剧。
②厮养屠沽:仆人、屠夫。

门人吴钟侨,尝作《如愿小传》,寓言滑稽①,以文为戏也。后作蜀中一令,值金川之役,以监运火药殁于路。诗文皆散佚,惟此篇偶得于故纸中,附录于此。其词曰:如愿者,水府之女神,昔彭泽清洪君以赠庐陵欧明者是也。以事事能给人之求,故有是名。水府在在皆有之,其遇与不遇,则系人之禄命耳。有四人同访道,涉历江海,遇龙神召之,曰:"鉴汝等精进,今各赐如愿一。"即有四女子随行。其一人求无不获,意极适。不数月病且死,女子曰:"今世之所享,皆前生之所积;君夙生所积,今数月销尽矣。请归报命。"是人果不起。又一人求无不获,意犹未已。至冬月,求鲜荔巨如瓜者。女子曰:"溪壑可盈,是不可餍②,非神道所能给。"亦辞去。又一人所求有获有不获,以咎女子。女子曰:"神道之力,亦有差等,吾有能致不能致也。然日中必昃③,月盈必亏。有所不足,正君之福。不见彼先逝者乎?"是人惕然,女子遂随之不去。又一人虽得如愿,未尝有求。如愿时为自致之,亦蹙然不自安。女子曰:"君道高矣,君福厚矣,天地鉴之,鬼神佑之。无求之获,十倍有求,可无待乎我;我惟阴左右之而已矣。"他日相遇,各道其事,或喜或怅。曰:"惜哉!逝者之不闻也。"此钟侨弄笔狡狯之文,偶一为之,以资惩劝,亦无所不可;如累牍连篇④,动成卷帙,则非著书之体矣。

注释：

①寓言滑稽：在幽默滑稽的语言中蕴含着深刻的寓意。

②餍：满足。

③日中必昃：太阳升起到最高之后就要落下了。

④累牍连篇：形容篇幅很长，文辞繁冗。

　　郭石洲言：河南一巨室，宦成归里，年六十余矣。强健如少壮，恒蓄幼妾三四人；至二十岁，则治奁具而嫁之，皆宛然完璧。娶者多阴颂其德，人亦多乐以女鬻之。然在其家时，枕衾狎昵，与常人同。或以为但取红铅供药饵；或以为徒悦耳目，实老不能男，莫知其审也。后其家婢媪私泄之，实使女而男淫耳。有老友密叩虚实，殊不自讳，曰："吾血气尚盛，不能绝嗜欲。御女犹可以生子，实惧为身后累；欲渔男色，又惧艾豭①之事，为子孙羞。是以出此间道也。"此事奇创，古所未闻。夫闺房之内，何所不有？床笫事可勿深论。惟岁岁转易，使良家女得再嫁名，似于人有损；而不稽其婚期，不损其贞体，又似于人有恩。此种公案②，竟无以断其是非。戈芥舟前辈曰："是不难断，直恃其多财，法外纵淫耳。昔窦二东之行劫，必留其御寒之衣衾、还乡之资斧，自以为德。此老之有恩，亦若是而已矣。"

注释：

①艾豭(jiā)：老公猪。用来代指好色之徒。

②公案：官府中判决是非的案例。

　　里有丁一士者，矫捷多力，兼习技击、超距之术。两三丈之高，可翩然上；两三丈之阔，可翩然越也。余幼时犹及见之，尝求睹其技。使余立一过厅中，余面向前门，则立前门外面相对;余转面后门,则立后门外面相对。如是者七八度,盖一跃即飞过屋脊耳。后过杜林镇,遇一友,邀饮桥畔酒肆中。酒酣,共立河岸。友曰:"能越此乎?"一士应声耸身过。友招使还,应声又至。足甫及岸,不虞岸已将圮,近水陡立处开裂有纹。一士未见,误踏其上,岸崩二尺许。遂随之坠河,顺流而去。素不习水,但从波心踊起数尺,能直上而不能旁近岸,仍坠水中。如是数四,力尽,竟溺焉。盖天下之患,莫大于有所恃。①恃财者终以财败,恃势者终以势败;恃智者终以智败,恃力者终以力败。有所恃,则敢于蹈险故也。田侯松岩于滦阳买一劳山杖,自题诗曰:"月夕花晨伴我行,路当坦处亦防倾。敢因恃尔心无虑,便向崎岖步不平!"斯真阅历之言,可贯而佩者矣。

注释:

①盖天下之患,莫大于有所恃:天下的祸患,没有比有恃无恐更可怕的了。

沧州甜水井有老尼,曰慧师父,不知其为名为号,亦不知是此"慧"字否,但相沿呼之云尔。余幼时,尝见其出入外祖张公家。戒律谨严,并糖不食,曰:"糖亦猪脂所点成也。"不衣裘,曰:"寝皮与食肉同也。"不衣绸绢,曰:"一尺之帛,千蚕之命也。"供佛面筋必自制,曰:"市中皆以足踏也。"焚香必敲石取火,曰:"灶火不洁也。"清斋一食,取足自给,不营营募化。外祖家一仆妇,以一布为施。尼熟视识之,曰:"布施须用己财,方为功德。宅中为失此布,笞小婢数人,佛岂受如此物耶?"妇以情告曰:"初谓布有数十匹,未必一一细检,故偶取其一。不料累人受捶楚,日相诅咒,心实不安。故布施求忏罪耳。"尼掷还之曰:"然则何不密送原处,人亦得白,汝亦自安耶!"后妇死数年,其弟子乃泄其事,故人得知之。乾隆甲戌、乙亥间①,年已七八十矣,忽过余家,云将诣潭柘寺礼佛,为小尼受戒。余偶话前事,摇首曰:"实无此事,小妖尼饶舌耳。"相与叹其忠厚。临行,索余题佛殿一额。余嘱赵春磵代书。合掌曰:"谁书即乞题谁名,佛前勿作诳语。"为易赵名,乃持去,后不再来。近问沧州人,无识之者矣。又景城天齐庙一僧,住持果成之第三弟子。士人敬之,无不称曰三师父,遂佚其名。果成弟子颇不肖②,多散而托钵四方③。惟此僧不坠宗风,无大刹知客市井气,亦无法座禅师骄贵气;戒律精苦,虽千里亦打包徒步,从不乘车马。先兄晴湖尝遇之中途,苦邀同车,终不肯也。官吏至庙,待之礼无加;田夫、野老至庙,待之礼不减。多布施、少布施、无布施,待之礼如一。禅诵之余,惟端坐一室,入其庙如无人者。其行事如是焉而已。然里之男妇,无不曰三师父道行清高。及问其道行安在,清高安在,则茫然不能应。其所以感动人心,正不知何故矣。尝以问姚安公,公曰:"据尔所见,有不清不高处耶?无不清不高,即清高矣。尔必欲锡飞、杯渡④,乃为善知识耶?"此一尼一僧,亦彼法中之独行者矣。(三师父涅槃不久,其名当有人知,俟见乡试诸孙辈,使归而询之庙中。)

注释:

①乾隆甲戌、乙亥间:乾隆十九年、二十年,公元1754—1755年。

②不肖:不正派,品行不端正。

③托钵四方:四处云游化斋。

④杯渡:佛教语,用来形容僧人出行。

九州之大,奸盗事无地无之,亦无日无之,均不为异也。至盗而稍别于盗,而不能不谓之盗;奸而稍别于奸,究不能不谓之奸,斯为异矣。盗而人许遂其盗,奸而人许遂其奸,斯更异矣。乃又相触立发,相牵立息,发如鼎沸,息如电掣,不尤异之异乎!舅氏安公五章言:有中年失偶者,已有子矣,复买一有夫之妇。幸控制有术,犹可相安。既而是人死,平日私蓄,悉在此妇手。其子微闻而索之,事无佐证,妇弗承也。后侦知其藏贮处,乃夜中穴壁入室。方开箧携出,妇觉,大号有贼,家众惊起,各持械入。其子仓皇从穴出。迎击之,立踣。即从穴入搜余盗,闻床下喘息有声,群呼尚有一贼,共曳出縶缚。比灯至审视,则破额昏仆者其子,床下乃其故夫也。其子苏后,与妇各执一词:子云"子取父财,不为盗"。妇云"妻归前夫,不为奸"。子云"前夫可再合,而不可私会"。妇云"父财可索取,而不可穿窬①"。互相诟谇,势不相下。次日,族党密议,谓涉讼两败,徒玷门风②。乃阴为调停,使尽留金与其子,而听妇自归故夫,其难乃平。然已"鼓钟于宫,声闻于外"矣。先叔仪南公曰:"此事巧于相值,天也;所以致有此事,则人也。不纳此有夫之妇,子何由而盗、妇何由而奸哉?彼所恃者,力能驾驭耳。不知能驾驭于生前,不能驾驭于身后也。"

注释:

①穿窬(yú):凿穿或爬越墙壁进行盗窃。

②玷门风:败坏家族的风气。

卷 二 十 三

滦阳续录(五)

戴东原言:其族祖某,尝僦僻巷一空宅。久无人居,或言有鬼。某厉声曰:"吾不畏也。"入夜,果灯下见形,阴惨之气,砭人肌骨。一巨鬼怒叱曰:"汝果不畏耶?"某应曰:"然。"遂作种种恶状,良久,又问曰:"仍不畏耶?"又应曰:"然。"鬼色稍和,曰:"吾亦不必定驱汝,怪汝大言耳。汝但言一'畏'字,吾即去矣。"某怒曰:"实不畏汝,安可诈言畏?任汝所为可矣!"鬼言之再四,某终不答。鬼乃太息曰:"吾住此三十余年,从未见强项[1]似汝者。如此蠢物,岂可与同居!"奄然灭矣。或咎之曰:"畏鬼者常情,非辱也。谬答以畏[2],可息事宁人[3]。彼此相激,伊于胡底乎?"某曰:"道力深者,以定静祛魔,吾非其人也。以气凌之,则气盛而鬼不逼;稍有牵就,则气馁而鬼乘之矣。彼多方以饵吾,幸未中其机械也。"论者以其说为然。

注释:
①强项:不低头,不服软。
②谬答以畏:编造谎话说自己害怕。
③息事宁人:调解纠纷,使事情平息下来,使人们平安相处。

饮食男女,人生之大欲存焉。干名义①,凌伦常②,败风俗,皆王法之所必禁也。若痴儿呆女,情有所钟,实非大悖于礼者,似不必苛以深文。余幼闻某公在郎署时,以气节严正自任。尝指小婢配小奴,非一年矣,往来出入,不相避也。

一日，相遇于庭。某公亦适至，见二人笑容犹未敛，怒曰："是淫奔也！于律，奸未婚妻者，杖。"遂呕呼杖。众言："儿女嬉戏，实无所染，婢眉与乳可验也。"某公曰："于律，谋而未行，仅减一等。减则可，免则不可。"卒并杖之，创几殆③。自以为河东柳氏之家法，不是过也。自此恶其无礼，故稽其婚期。二人遂同役之际，举足趑趄；无事之时，望影藏匿。跋前疐后⑤，日不聊生。渐郁悒成疾，不半载内，先后死。其父母哀之，乞合葬。某公仍怒曰："嫁殇非礼，岂不闻耶？"亦不听。后某公殁时，口喃喃似与人语，不甚可辨。惟"非我不可"、"于礼不可"二语，言之十余度，了了分明。咸疑其有所见矣。夫男女非有行媒，不相知名，古礼也。某公于孩稚之时，即先定婚姻，使明知为他日之夫妇。朝夕聚处，而欲其无情，必不能也。"内言不出于阃⑥，外言不入于阃"，古礼也。某公僮婢无多，不能使各治其事；时时亲相授受，而欲其不通一语，又必不能也。其本不正，故其末不端。是二人之越礼，实主人有以成之。乃操之已蹙，处之过当，死者之心能甘乎？冤魄为厉，犹以"于礼不可"为词，其斯以为讲学家乎？

注释：

①干名义：触犯名声和道义。

②渎伦常：败坏伦理道德。

③几殆：几乎死去。

④河东柳氏：常用来代指悍妇、妒妇。

⑤跋前疐（zhì）后：比喻进退不能，两难境地。

⑥阃：门槛。

山西人多商于外，十余岁辄从人学贸易。俟蓄积有资，始归纳妇。纳妇后仍出营利，率二三年一归省，其常例也。或命途蹇剥①，或事故萦牵②，一二十载不得归。甚或金尽裘敝,耻还乡里,萍飘蓬转③,不通音问者,亦往往有之。有李甲者,转徙为乡人靳乙养子,因冒其姓。家中不得其踪迹,遂传为死。俄其父母并逝,妇无所依,寄食于母族舅氏家。其舅本住邻县,又挈家逐什一,商舶南北,岁无定居。甲久不得家书,亦以为死。靳乙谋为甲娶妇。会妇舅旅卒,家属流寓于天津;念妇少寡,非长计,亦谋嫁于山西人,他时尚可归乡里。惧人嫌其无母家,因诡称己女。众为媒合,遂成其事。合卺之夕,以别已八年,两怀疑而不敢问。宵分私语,乃始了然。甲怒其未得实据而遽嫁,且诟且殴。阖家惊起,靳乙隔窗呼之曰:"汝之再娶,有妇亡之实据乎?且流离播迁,待汝八年而后嫁,亦可谅其非得已矣。"甲无以应,遂为夫妇如初。破镜重合,古有其事。若夫再娶而仍元配,妇再嫁而未失节,载籍以来,未之闻也。姨丈卫公可亭,曾亲见之。

注释:
①命途蹇剥:命运充满不顺。一生坎坷,屡受挫折。
②事故萦牵:事情缠身,摆脱不开。
③萍飘蓬转:像浮萍随水飘荡,像蓬草随风飞转。比喻漂泊不定的生活。

沧州酒,阮亭先生谓之"麻姑酒",然土人实无此称。著名已久,而论者颇有异同。盖舟行来往,皆沽于岸上肆中,村酿薄醨①,殊不足辱杯斝②;又土人防征求无餍③,相戒不以真酒应官,虽笞捶不肯出,十倍其价亦不肯出,保阳制府,尚不能得一滴,他可知也。其酒非市井所能酿,必旧家世族,代相授受,始能得其水火之节候。水虽取于卫河,而黄流不可以为酒,必于南川楼下,如金山取江心泉法,以锡罂沈至河底,取其地涌之清泉,始有冲虚之致。其收贮畏寒畏暑,畏湿畏蒸,犯之则味败。其新者不甚佳,必庋阁④至十年以外,乃为上品,一罂可值四五金。然互相馈赠者多,耻于贩鬻。又大姓若戴、吕、刘、王,若张、卫,率多零替,酿者亦稀,故尤难得。或运于他处,无论肩运、车运、舟运,一摇动即味变。运到之后,必安静处澄半月,其味乃复。取饮注壶时,当以杓平挹⑤;数摆拨则味亦变,再澄数日乃复。姚安公尝言:饮沧酒禁忌百端,劳苦万状,始能得花前月下之一酌,实功不补患;不如遣小竖⑥随意行沽,反陶然自适,盖以此也。其验真伪法:南川楼水所酿者,虽极醉,膈不作恶,次日亦不病酒,不过四肢畅适,恬然高卧而已。其但以卫河水酿者则否。验新陈法:凡庋阁二年者,可再温一次;十年者,温十次如故,十一次则味变矣。一年者再温即变,二年者三温即变,毫厘不能假借,莫知其所以然也。董曲江前辈之叔名思任,最嗜饮。牧沧州时,知佳酒不应官,百计劝谕,人终不肯破禁约。罢官后,再至沧州,寓李进士锐巅家,乃尽倾其家酿。语锐巅曰:"吾深悔不早罢官。"此虽一时之戏谑,亦足见沧酒之佳者不易得矣。

注释:

①薄醨:酒味淡薄。

②辱杯斝(jiǎ):不能够招待客人。杯斝,古代饮酒的器具。

③征求无餍:没有限度的征要。

④庋阁:放置、贮藏。

⑤杓平挹:盛酒的勺子要很平稳地将酒盛起来。

⑥小竖:僮仆。

先师李又聃先生言:东光有赵氏者(先生曾举其字,今不能记,似尚是先生之尊行。),尝过清风店,招一小妓侑酒。偶语及某年宿此,曾招一丽人留连两夕,计其年今未满四十。因举其小名,妓骇曰:"是我姑也,今尚在。"明日,同至其家,宛然旧识。方握手寒温，其祖姑闻客出视，又大骇曰："是东光赵君耶？三十余年不相见，今鬓虽欲白，形状声音，尚可略辨。君号非某耶？"问之，亦少年过此所狎也。三世一堂，都无避忌，传杯话旧①，惘惘然如在梦中。又住其家两夕而别。别时言祖籍本东光，自其翁始迁此，今四世矣。不知祖墓犹存否？因举其翁之名，乞为访问。赵至家后，偶以问乡之耆旧。一人愕然良久，曰："吾今乃始信天道。是翁即君家门客，君之曾祖与人讼，此翁受怨家②金，阴为反间，讼因不得直。日久事露，愧而挈家逃。以为在海角天涯矣，不意竟与君遇，使以三世之妇，偿其业债也。吁，可畏哉！"

注释：
①传杯话旧：相互敬酒聊聊往事。
②怨家：冤家，仇人。

又聊先生又言：有安生者，颇聪颖。忽为众狐女摄入承尘上，吹竹调丝，行炙劝酒，极媟狎冶荡之致。隔纸听之，甚了了，而承尘初无微隙，不知何以入也。燕乐①既终，则自空掷下，头面皆伤损，或至破骨流血。调治稍愈，又摄去如初。毁其承尘，则摄置屋顶，其掷下亦如初。然生殊不自言苦也。生父购得一符，悬壁上。生见之，即战栗伏地，魅亦随绝。问生符上何所见。云初不见符，但见兵将狰狞，戈甲晃耀而已。此狐以为仇耶？不应有燕昵之欢；以为媚耶？不应有扑掷之酷。忽喜忽怒，均莫测其何心。或曰："是仇也，媚之乃死而不悟。"然媚即足以致其死，又何必多此一掷耶？

注释：
①燕乐：这里指饮酒作乐。

李汇川言:有严先生,忘其名与字。值乡试期近,学子散后,自灯下夜读。一馆童送茶入,忽失声仆地,碗碎琤然。严惊起视,则一鬼披发瞪目立灯前。严笑曰:"世安有鬼,尔必黠盗饰此状,欲我走避耳。我无长物①,惟一枕一席。尔可别往。"鬼仍不动。严怒曰:"尚欲给人耶?"举界尺击之,瞥然而灭。严周视无迹,沈吟曰:"竟有鬼耶?"既而曰:"魂升于天,魄降于地,此理甚明。世安有鬼,殆狐魅耳。"仍挑灯琅琅诵不辍。此生崛强,可谓至极,然鬼亦竟避之。盖执拗之气,百折不回,亦足以胜之也。又闻一儒生,夜步廊下。忽见一鬼,呼而语之曰:"尔亦曾为人,何一作鬼,便无人理?岂有深更昏黑,不分内外,竟入庭院者哉?"鬼遂不见。此则心不惊怖,故神不瞀乱,鬼亦不得而侵之。又故城沈丈丰功(讳鼎勋,姚安公之同年。),尝夜归遇雨,泥潦纵横,与一奴扶掖而行,不能辨路。经一废寺,旧云多鬼。沈丈曰:"无人可问,且寺中觅鬼问之。"径入,绕殿廊呼曰:"鬼兄鬼兄,借问前途水深浅?"寂然无声。沈丈笑曰:"想鬼俱睡,吾亦且小憩。"遂偕奴倚柱睡至晓。此则襟怀洒落②,故作游戏耳。

注释:
①无长物:没有贵重物品。
②襟怀洒落:胸襟坦荡,光明磊落。

阿文成公平定伊犁时,于空山捕得一玛哈沁。诘其何以得活,曰:"打牲为粮耳。"问:"潜伏已久,安得如许火药?"曰:"蜣螂曝干为末,以鹿血调之,曝干,亦可以代火药。但比硝磺力少弱耳。"又一蒙古台吉①云:"鸟铳贮火药铅丸后,再取一干蜣螂,以细杖送入,则比寻常可远出一二十步。"此物理之不可解者,然试之均验。又疡医殷赞庵云:"水银能蚀五金,金遇之则白,铅遇之则化。凡战阵铅丸陷入骨肉者,割取至为楚毒,但以水银自创口灌满,其铅自化为水,随水银而出。"此不知验否,然于理可信。

田白岩言:有士人僦居僧舍,壁悬美人一轴,眉目如生,衣褶飘扬如动。士人曰:"上人不畏扰禅心耶?"僧曰:"此天女散花图,堵芬木画也。在寺百余年矣,亦未暇细观。"一夕,灯下注目,见画中人似凸起一二寸。士人曰:"此西洋界画,故视之若低昂,何堵芬木也。"画中忽有声曰:"此妾欲下,君勿讶也。"士人素刚直,厉声叱曰:"何物妖鬼敢媚我!"遽掣其轴,欲就灯烧之。轴中絮泣曰:"我炼形将成,一付祝融①,则形消神散,前功付流水矣。乞赐哀悯,感且不朽。"僧闻俶扰②,亟来视。士人告以故。僧憬然曰:"我弟子居此室,患瘵而死,非汝之故耶?"画不应,既而曰:"佛门广大,何所不容。和尚慈悲,宜见救度。"士怒曰:"汝杀一人矣,今再纵汝,不知当更杀几人。是惜一妖之命,而戕无算人命也。小慈是大慈之贼,上人勿吝。"遂投之炉中。烟焰一炽,血腥之气满室,疑所杀不止一僧矣。后入夜,或嘤嘤有泣声。士人曰:"妖之余气未尽,恐久且复聚成形。破阴邪者惟阳刚。"乃市爆竹之成串者十余(京师谓之火鞭。),总结其信线为一,闻声时骤然爇之,如雷霆砰磕,窗扉皆震,自是遂寂。除恶务本,此士人有焉。

有与狐为友者,天狐也,有大神术,能摄此人于千万里外。凡名山胜境,恣其游眺,弹指而去,弹指而还,如一室也。尝云,惟贤圣所居不敢至,真灵所驻不敢至,余则披图按籍,惟意所如耳。一日,此人祈狐曰:"君能携我于九州之外,能置我于人闺阁中乎?"狐问何意。曰:"吾尝出入某友家,预后庭丝竹之宴。其爱妾与吾目成,虽一语未通,而两心互照。但门庭深邃,盈盈一水,徒怅望耳。君能于夜深人静,摄我至其绣闼①,吾事必济。"狐沈思良久,曰:"是无不可。如主人在何?"曰:"吾侦其宿他姬所而往也。"后果侦得实,祈狐偕往。狐不俟其衣冠,遽携之飞行。至一处,曰:"是矣。"瞥然自去。此人暗中摸索,不闻人声,惟觉触手皆卷轴,乃主人之书楼也。知为狐所弄,仓皇失措,误触一几倒,器玩落板上,碎声砰然。守者呼:"有盗!"僮仆坌至,启锁明烛,执械入。见有人瑟缩屏风后,共前击仆,以绳急缚。就灯下视之,识为此人,均大骇愕。此人故狡黠,诡言偶与狐友忤,被提至此。主人故稔知之②,拊掌揶揄曰:"此狐恶作剧,欲我痛挞君耳。姑免笞,逐出!"因遣奴送归。他日,与所亲密言之,且詈曰:"狐果非人,与我相交十余年,乃卖我至此。"所亲怒曰:"君与某交,已不止十余年,乃借狐之力,欲乱其闺阃,此谁非人耶?狐虽愤君无义,以游戏儆君,而仍留君自解之路,忠厚多矣。使待君华服盛饰,潜掣置主人卧榻下,君将何词以自文③?由此观之;彼狐而人,君人而狐者也。尚不自反耶?"此人愧沮而去。狐自此不至,所亲亦遂与绝。郭彤纶与所亲有瓜葛,故得其详。

注释:

①绣闼:装饰华丽的房间,这里指这个女子的房间。

②故稔知之:非常熟悉。

③何词以自文:用什么话来给自己辩白。

老儒刘泰宇,名定光,以舌耕①为活。有浙江医者某,携一幼子流寓,二人甚相得,因卜邻。子亦韶秀,礼泰宇为师。医者别无亲属,濒死托孤于泰宇。泰宇视之如子。适寒冬,夜与共被。有杨甲为泰宇所不礼,因造谤曰:"泰宇以故人之子为娈童。"泰宇愤恚,问此子知尚有一叔,为粮艘旗丁掌书算。因携至沧州河干,借小屋以居;见浙江粮艘,一一遥呼,问有某先生否。数日,竟得之,乃付以侄。其叔泣曰:"夜梦兄云,侄当归。故日日独坐舵楼望。兄又云:'杨某之事,吾得直于神矣。'则不知所云也。"泰宇亦不明言,悒悒自归。迂儒拘谨,恒念此事无以自明,因郁结发病死。灯前月下,杨恒见其怒目视。杨故犷悍,不以为意。数载亦死。妻别嫁,遗一子,亦韶秀。有宦室轻薄子,诱为娈童,招摇过市,见者皆太息。泰宇,或云肃宁人,或云任丘人,或云高阳人。不知其审②,大抵住河间之西也。迹其平生,所谓殁而可祀于社者欤!此事在康熙中年,三从伯灿宸公喜谈因果,尝举以为戒。久而忘之。戊午五月十二日,住密云行帐,夜半睡醒,忽然忆及,悲其名氏翳如。至滦阳后,为录大略如右。

注释:

①舌耕:教书。

②不知其审:不能明确知道。

常守福,镇番人。康熙初,随众剽掠,捕得当斩。曾伯祖光吉公时官镇番守备,奇其状貌,请于副将韩公免之,且补以名粮①,收为亲随。光吉公罢官归,送公至家,因留不返。从伯祖钟秀公尝曰:"常守福矫捷绝伦,少时尝见其以两足挂明楼雉堞上,倒悬而扫砖线(剧盗多能以足向上,手向下,倒抱楼角而登。近雉堞处以砖凸出三寸,四围镶之,则不能登,以足不能悬空也。俗谓之砖线。)之雪,四围皆净。持帚翩然而下,如飞鸟落地，真健儿也。"后光吉公为娶妻生子。闻今尚有后人，为四房佃种云。

注释：
①名粮：清朝的一种制度，把军队的人员登记在册，以便发放福利和待遇。

门联唐末已有之，蜀辛寅逊为孟昶题桃符，"新年纳余庆，嘉节号长春"二语是也。但今以朱笺书之为异耳。余乡张明经晴岚，除夕前自题门联曰："三间东倒西歪屋，一个千锤百炼人。"适有锻铁者求彭信甫书门联，信甫戏书此二句与之。两家望衡①对宇，见者无不失笑。二人本辛酉拔贡同年，颇契厚，坐此竟成嫌隙。凡戏无益，此亦一端。又董曲江前辈喜谐谑，其乡有演剧送葬者，乞曲江于台上题一额。曲江为书"吊者大悦"四字，一邑传为口实，致此人终身切齿，几为其所构陷。后曲江自悔，尝举以戒友朋云。

注释：
①望衡：形容住处距离很近。

董秋原言：有张某者，少游州县幕。中年度足自赡，即闲居以莳花种竹自娱。偶外出数日，其妇暴卒。不及临诀，心恒怅怅如有失。一夕，灯下形见，悲喜相持。妇曰："自被摄后，有小罪过待发遣，遂羁绊至今。今幸勘结，得入轮回，以距期尚数载，感君忆念，祈于冥官，来视君，亦夙缘之未尽也。"遂相缱绻如平生。自此人定恒来，鸡鸣辄去。嫣婉之意有加，然不一语及家事，亦不甚问儿女，曰："人世嚣杂，泉下人得离苦海，不欲闻之矣。"一夕，先数刻至，与语不甚答，曰："少迟君自悟耳。"俄又一妇搴帘入，形容无二，惟衣饰差别,见前妇惊却。前妇叱曰:"淫鬼假形媚人,神明不汝容也!"后妇狼狈出门去。此妇乃握张泣。张惝恍莫知所为。妇曰:"凡饿鬼多托名以求食,淫鬼多假形以行媚,世间灵语①,往往非真。此鬼本西市娼女,乘君思忆,投隙而来,以盗君之阳气。适有他鬼告我,故投诉社公,来为君驱除。彼此时谅已受笞矣。"问:"今在何所?"曰:"与君本有再世缘,因奉事翁姑,外执礼②而心怨望,遇有疾病,虽不冀幸其死,亦不迫切求其生。为神道所录,降为君妾。又因怀挟私愤,以语激君,致君兄弟不甚睦,再降为媵婢。须后公二十余年生,今尚浮游墟墓间也。"张牵引入帏。曰:"幽明路隔,恐干阴谴,来生会了此愿耳。"呜咽数声而灭。时张父母已故,惟兄别居。乃诣兄具述其事,友爱如初焉。

注释:

①灵语:好听的话,赞美的话。

②外执礼:在外面谦恭有礼。

有嫠妇年未二十,惟一子,甫三四岁。家徒四壁,又鲜族属①,乃议嫁。妇色颇艳。其表戚某甲,密遣一妪说之曰:"我于礼无娶汝理,然思汝至废眠食。汝能托言守志,而私昵于我,每月给资若干,足以赡母子。两家虽各巷,后屋则仅隔一墙,梯而来往,人莫能窥也。"妇惑其言,遂出入如夫妇。外人疑妇何以自活,然无迹可见,姑以为尚有蓄积而已。久而某甲奴婢泄其事。其子幼,即遣就外塾宿。至十七八,亦稍闻繁言。每泣谏,妇不从;狎昵杂坐,反故使见闻,冀杜其口。子恚甚,遂白昼入某甲家,刿刃于心,出于背,而以"借贷不遂,遭其轻薄,怒激致杀"首于官②。官廉得其情,百计开导,卒不吐实,竟以故杀论抵。乡邻哀之,好事者欲以片石表其墓,乞文于朱梅崖前辈。梅崖先一夕梦是子,容色惨沮,对而拱立。至是憬然曰:"是可毋作也。不书其实,则一凶徒耳,乌乎表? 书其实,则彰孝子之名,适以伤孝子之心,非所以安其灵也。"遂力沮罢其事。是夕,又梦其拜而去。是子也,甘殒其身以报父仇,复不彰母过以为父辱,可谓善处人伦之变矣。或曰:"斩其宗祀,祖宗恫焉。③盍待生子而为之乎?"是则讲学之家,责人无已,非余之所敢闻也。

注释:

①鲜族属:亲戚很少。

②首于官:向官衙自首。

③斩其宗祀,祖宗恫焉:断绝了子孙后代,祖宗是很痛苦的。

小人之谋,无往不福君子也。此言似迂而实信。李云举言其兄宪威官广东时,闻一游士性迂僻,过岭干谒亲旧,颇有所获。归装襆被衣履之外,独有二巨箧,其重四人乃能昇,不知其何所携也。一日,至一换舟处,两舷相接,束以巨绳,扛而过。忽四绳皆断如刃截,訇然堕板上。两箧皆破裂,顿足悼惜。急开检视,则一贮新端砚,一贮英德石也。石箧中白金一封,约六七十两,纸裹亦绽。方拈起审视,失手落水中。倩渔户没水求之,仅得小半。方懊丧间,同来舟子遽贺曰:"盗为此二箧,相随已数日,以岸上有人家,不敢发。吾惴惴不敢言。今见非财物,已唾而散矣。君真福人哉! 抑阴功得神祐也?"同舟一客私语曰:"渠有何阴功,但新有一痴事耳。渠在粤日,尝以百二十金托逆旅主人买一妾,云是一年余新妇,贫不举火,故鬻以自活。到门之日,其翁姑及婿俱来送,皆羸病①如乞丐。临入房,互相抱持,痛哭诀别。已分手,犹追数步,更絮语。媒妪强曳妇人,其翁抱数月小儿向渠叩首曰:'此儿失乳,生死未可知。乞容其母暂一乳,且延今日,明日再作计。'渠忽跃然起曰:'吾谓妇见出耳。

今见情状,凄动心脾,即引汝妇去,金亦不必偿也。古今人相去不远,冯京之父,吾岂不能为哉!'竟对众焚其券。不知乃主人窥其忠厚,伪饰己女以绐之,傥其竟纳,又别有狡谋也。同寓皆知,渠至今未悟,岂鬼神即录为阴功耶?"又一客曰:"是阴功也。其事虽痴,其心则实出于恻隐。鬼神鉴察,亦鉴察其心而已矣。今日免祸,即谓缘此事可也。彼逆旅主人,尚不知究竟何如耳。"先师又聃先生,云举兄也。谓云举曰:"吾以此客之论为然。"余又忆姚安公言:田丈耕野西征时,遣平鲁路守备李虎偕二千总将三百兵出游徼,猝遇额鲁特自间道来。二千总启虎曰:"贼马健,退走必为所及。请公率前队扼山口,我二人率后队助之。贼不知我多寡,犹可以守。"虎以为然,率众力斗。二千总已先遁,盖绐虎与战,以稽时刻②;虎败,则去已远也。虎遂战殁。后荫其子先捷如父官。此虽受绐而败,然受绐适以成其忠。故曰,小人之谋,无往不福君子也。此言似迂而实确。

注释:

①嬴病:身体嬴弱。
②以稽时刻:等待时机。

云举又言:有人富甲一乡,积粟千余石。遇岁歉,闭不肯粜①。忽一日,征集仆隶,陈设概量,手书一红笺,榜于门曰:"岁歉人饥,何心独饱?今拟以历年积粟,尽贷乡邻,每人以一石为律。即日各具囊箧赴领,迟则粟尽矣。"附近居民,闻声云合,不一日而粟尽。有请见主人申谢者,则主人不知所往矣。皇遽大索,乃得于久镭敝屋中,酣眠方熟,人至始欠伸。众惊愕掖起,于身畔得一纸曰:"积而不散,怨之府也;怨之所归,祸之丛也。千家饥而一家饱,剽劫为势所必至,不名实两亡乎?感君旧恩,为君市德②。希恕专擅③,是所深祷。"不省所言者何事。询知始末，太息而已。然是时人情汹汹，实有焚掠之谋。得是博施，乃转祸为福。此幻形之妖，可谓爱人以德矣。所云"旧恩"，则不知其故。或曰："其家园中有老屋，狐居之数十年，屋圮乃移去。意即其事欤？"

注释：
①闭不肯粜：关起门来，不肯售粮。
②市德：买取德行。
③专擅：独揽、专权。

小时闻乳母李氏言：一人家与佛寺邻。偶寺廊跃下一小狐，儿童捕得，絷缚鞭捶，皆慑伏不动。放之则来往于院中，绝不他往。与之食则食，不与亦不敢盗；饥则向人摇尾而已。呼之似解人语，指挥之亦似解人意。举家怜之，恒禁儿童勿凌虐。一日，忽作人语曰："我名小香，是钟楼上狐家婢。偶嬉戏误事，因汝家儿童顽劣，罚受其蹂躏一月。今限满当归，故此告别。"问："何故不逃避？"曰："主人养育多年，岂有逃避之理？"语讫，作叩额状，翩然越墙而去。时余家一小奴窃物远扬①，乳母因说此事，喟然曰："此奴乃不及此狐。"

注释：
①远扬：远远地逃走。

陈云亭舍人言：其乡深山中有废兰若①，云鬼物据之，莫能修复。一僧道行清高，径往卓锡②。初一两夕，似有物窥伺。僧不闻不见，亦遂无形声。三五日后，夜有夜叉排闼入，狰狞跳掷，吐火嘘烟。僧禅定自若。扑及蒲团者数四，然终不近身;比晓,长啸去。次夕,一好女至,合什作礼,请问法要③。僧不答。又对僧琅琅诵《金刚经》,每一分④讫,辄问此何解。僧又不答。女子忽旋舞,良久,振其双袖,有物簌簌落满地,曰:"此比散花何如?"且舞且退,瞥眼无迹。满地皆寸许小儿,蠕蠕几千百,争缘肩登顶,穿襟入袖。或龁啮,或搔爬,如蚊虻蚍虱之攒咂;或抉剔耳目,擘裂口鼻,如蛇蝎之毒螫。撮之投地,爆然有声,一辄分形为数十,弥添弥众。左支右绌,困不可忍,遂委顿于禅榻下。久之苏息,寂无一物矣。僧慨然曰:"此魔也,非迷也。惟佛力足以伏魔,非吾所及。浮屠不三宿桑下⑤,何必恋恋此土乎?"天明,竟打包返。余曰:"此公自作寓言,譬正人之愠于群小耳。然亦足为轻尝者戒。"云亭曰:"仆百无一长,惟平生不能作妄语。此僧归路过仆家,面上血痕细如乱发,实曾目睹之。"

注释:

①废兰若:荒废的寺院。

②卓锡:佛教语,称僧人留住。

③法要:佛法。

④每一分:每一个段落。

⑤浮屠不三宿桑下:出家人四处化缘游历,为了避免自己的执念,一般不会在同一个处所连续居住三天。

　　老仆刘廷宣言:雍正初,佃户张瑛于褚寺东架团焦(俗谓之团瓢,焦字音转也。二字出《北齐书》本纪。)守瓜,夜恒见一人,行步迟重,徐徐向西北去。一夕,偶窃随之,视所往,见至一丛冢处,有十余女鬼出迓,即共狎笑媟戏。知为妖物,然似是蠢蠢无所能,乃藏火铳于团焦,夜夜伺之。一夜,又见其过。发铳猝击,訇然仆地。秉火趋视,乃一翁仲也。次日,积柴燔为灰,亦无他异。至夜,梦十余妇女罗拜①,曰:"此怪不知自何来,力猛如羆虎。凡新葬女鬼,无老少皆遭胁污;有枝拒者,登其坟顶,踊跃数四,即土陷棺裂,无可栖身。故不敢不从,然饮恨则久矣。今蒙驱除,故来谢也。"后有从高川来者,云石人洼冯道墓前(冯道,景城人,所居今犹名相国庄,距景城二三里。墓则在今石人洼。余幼时见残缺石兽、石翁仲尚有存者,县志云不知道墓所在,盖承旧志之误也。),忽失一石人,乃知即是物也。是物自五代至今,始炼成形,岁月不为不久;乃甫能幻化,即纵凶淫,卒自取焚如之祸。与邵二云所言木偶,其事略同,均可为小器易盈者②鉴也。

注释:

①罗拜:环绕下拜。

②小器易盈者:比喻有了一点点成绩就骄傲自大的人。

　　外叔祖张公蝶庄家有书室,颇轩敞。周以回廊,中植芍药三四十本,花时香过邻墙。门客闵姓者,携一仆下榻其中。一夕就枕后,忽外有女子声曰:"姑娘致意先生。今日花开,又值好月,邀三五女伴借一赏玩,不致有祸于先生。幸勿开门唐突,足见雅量矣。"闵噤不敢答,亦不复再言。俄微闻衣裳瘁缫声,穴窗纸视之,无一人影;侧耳谛听,时似喁喁私语,若有若无,都不辨一字。踞蹐①枕席,睡不交睫。三鼓以后,似又闻步履声。俄而隔院犬吠,俄而邻家犬亦吠,俄而巷中犬相接而吠。近处吠止,远处又吠,其声迢递向东北,疑其去矣。恐怵之招祟,不敢启户。天晓出视,了无痕迹,惟西廊尘上似略有弓弯印,亦不分明,盖狐女也。外祖雪峰公曰:"如此看花,何必更问主人?殆闵公莽莽有伧气②,恐其偶然冲出,致败人意耳。"

注释:

①踞蹐(jí):局促,小心翼翼的样子。

②伧气:粗鲁的习气。

沧州有董华者,读书不成,流落为市肆司书算。复不能善事其长,为所排挤出。以卖药卜卦自给,遂贫无立锥①。一母一妻,以缝纫浣濯②佐之,犹日不举火。会岁饥,枵腹杜门,势且俱毙。闻邻村富翁方买妾,乃谋于母,将鬻妇以求活。妇初不从。华告以失节事大,致母饿死事尤大,乃涕泗曲从,惟约以傥得生还,乞仍为夫妇。华亦诺之。妇故有姿,富翁颇宠眷,然枕席时有泪痕。富翁固问,毅然对曰:"身已属君,事事可听君所为。至感忆旧恩,则虽刀锯在前,亦不能断此念也。"适岁再饥,华与母并为饿莩。富翁虑有变,匿不使知。有一邻妪偶泄之,妇殊不哭,痴坐良久,告其婢媪曰:"吾所以隐忍受玷者,一以活姑与夫之命。一以主人年已七十余,度不数年,即当就木;吾年尚少,计其子必不留我,我犹冀缺月再圆也。今则已矣!"突起开楼窗,踊身倒坠而死。此与前录所载福建学院妾相类。然彼以儿女情深,互以身殉,彼此均可以无恨。此则以养姑养夫之故,万不得已而失身,乃卒无救于姑与夫,事与愿违,徒遭玷污,痛而一决,其赍恨尤可悲矣。

注释:

①无立锥:没有住的地方。

②缝纫浣濯:做针线活儿、洗衣服的活儿。

余十岁时,闻槐镇(槐镇即《金史》之槐家镇,今作淮镇,误也。)一僧,农家子也,好饮酒食肉。庙有田数十亩,自种自食,牧牛耕田外,百无所知。非惟经卷法器,皆所不蓄,毗卢袈裟,皆所不具;即佛龛香火,亦在若有若无间也。特首无发,室无妻子,与常人小异耳。一日,忽呼集邻里,而自端坐破几上,合掌语曰:"同居三十余年,今长别矣。以遗蜕①奉托可乎?"溘然而逝,合掌端坐仍如故,鼻垂两玉箸②,长尺余。众大惊异,共为募木造龛。舅氏安公实斋居丁家庄,与相近,知其平日无道行,闻之不信。自往视之,以造龛未竟③,二日尚未敛,面色如生,抚之肌肤如铁石。时方六月,蝇蚋不集,亦了无尸气,竟莫测其何理也。

注释:
①遗蜕:遗体、尸体。
②玉箸:鼻涕。
③未竟:没有完成。

喀喇沁公丹公(号益亭,名丹巴多尔济,姓乌梁汙氏,蒙古王孙也。)言:内廷都领侍萧得禄,幼尝给事其邸第。偶见一黑物如猫,卧树下,戏击以弹丸。其物甫一转身,即巨如犬。再击。又一转身,遂巨如驴。惧不敢复击。物亦自去。俄而飞瓦掷砖,变怪陡作。知为狐魅,惴惴不自安。或教以绘像事之,其祟乃止。后忽于几上得钱数十,知为狐所酬,始试收之,秘不肯语。次日,增至百文。自是日有所增,渐至盈千。旋又改为银一铤,重约一两。亦日有所增,渐至一铤五十两。巨金不能密藏,遂为管领者所觉。疑盗诸官库,搒掠汛问①,几不能自白。然后知为狐所陷也。夫飞土逐肉②,("断竹续竹,飞土逐肉",《吴越春秋》载陈音所诵古歌,即弹弓之始也。)儿戏之常。主人知之,亦未必遽加深责;狐不能畅其志也。饵之以利,使盈其贪壑,触彼祸罗③,狐乃得适所愿矣。此其设阱伏机,原为易见;徒以利之所在,遂令智昏。反以为我礼既虔,彼心故悦。委曲自解,致不觉堕其彀中。昔夫差贪句践之服事,卒败于越;楚怀贪商余之六百,卒败于秦;北宋贪灭辽之割地,卒败于金;南宋贪伐金之助兵,卒败于元。军国大计,将相同谋,尚不免于受饵。况区区童稚,乌能出老魅之阴谋哉,其败宜矣!又举一近事曰:有刑曹某官之仆夫,睡中觉有舌舔其面。举石击之,踣而毙。烛视,乃一黑狐。剥之,腹中有一小人首,眉目宛然,盖所炼婴儿未成也。翼日,为主人御车归。狐凭附其身,举凳击主人,且厉声陈其枉死状。盖欲报之而不能,欲假手主人以鞭笞泄其愤耳。此二狐同一复仇,余谓此狐之悍而直,胜彼狐之阴而险也。

注释:
①搒掠汛问:拷打逼问。
②飞土逐肉:抛掷土丸用来击中猎物。
③触彼祸罗:中了设置陷阱的圈套。

　　丹公又言:科尔沁达尔汗王一仆,尝行路拾得二毡囊,其一满贮人牙,其一满贮人指爪。心颇诧异,因掷之水中。旋一老妪仓皇至,左顾右盼,似有所觅,问仆曾见二囊否?仆答以未见。妪知为所毁弃,遽大愤怒,折一木枝奋击仆。仆徒手与搏,觉其衣裳柔脆,如通草之心;肌肉虚松,似莲房之穰。指所抠处辄破裂,然放手即长合如故。又如抽刀之断水。互斗良久,妪不能胜,乃舍去。临去顾仆①詈曰:"少则三月,多则三年,必褫汝魄!"然至今已逾三年,不能为祟,知特大言相恐而已。此当是炼形之鬼,取精未足,不能凝结成质,故仍聚气而为形。其蓄人牙爪者,牙者骨之余,爪者筋之余,殆欲合炼服饵,以坚固其质耳。

注释:
①顾仆:回头看仆人。

　　田侯松岩言:今岁六月,有厮从侍卫和升,卒于滦阳。马兰镇总兵爱公星阿,与和亲旧,为经理棺衾,送其骨归葬。一夕如厕,缺月微明。见一人如立烟雾中,问之不言,叱之不动。爱公故能视鬼，凝神谛审，乃和之魂也。因拱而祝曰："昔敛君时，物多不备，我力绵薄，君所深知。今形见，岂有所责耶？"不言不动如故。又祝曰："闻殁于塞外者，不焚路引，其鬼不得入关。曩偶忘此，君毋乃为此来耶？"魂即稽首至地①，倏然而隐。爱公为具牒于城隍，后不复见。又扈从南巡时，与爱公同寓江宁承天寺，规模宏壮，楼阁袤延，所住亦颇轩敞。一日，方共坐，忽楼窗六扇无风自开，俄又自阖。爱公视之，曰："有一僧坐北牖上，其面横阔，须鬤鬤如久未剃，目瞪视而项微偻，盖缢鬼也。"以问寺僧，僧不能讳，惟怪何以识其貌，疑有人泄之。不知爱公之自能视也。又偶在船头，戏拈篙刺水。忽掷篙却避，面有惊色。怪诘其故。曰："有溺鬼缘篙欲上也。"戊午八月，宴蒙古外藩于清音阁，爱公与余连席。余以松岩所语叩之，云皆不妄。然则随处有鬼，亦复如人。此求归之鬼，有系恋心；开窗之鬼，有争据心；缘篙之鬼，有竞斗心。其得失胜负、喜怒哀乐，更当一一如人。是胶胶扰扰，地下尚无了期。释氏讲忏悔解脱，圣人之法，亦使有所归而不为厉，其深知鬼神之情状矣。子贡曰："大哉死乎，君子息焉！"庄周曰："嗟来桑扈②乎，而已反其真。"特就耳目所及言之耳。

注释：

①稽首至地：低头深深地鞠躬行礼。

②桑扈：指隐居的人，隐士。

卷 二 十 四

滦阳续录（六）

　　狐能诗者，见于传记颇多；狐善画则不概见。海阳李丈
硕亭言：顺治、康熙间，周处士玙薄游楚豫。周以画松名，有
士人倩画书室一壁。松根起于西壁之隅，盘拏夭矫[①]，横径
北壁，而纤末犹扫及东壁一二尺；觉浓阴入座，长风欲来。
置酒邀社友共赏。方攒立壁下，指点赞叹，忽一友拊掌绝
倒，众友俄亦哄堂。盖松下画一秘戏图，有大木榻布长簟，
一男一妇，裸而好合；流目送盼，媚态宛然。旁二侍婢亦裸
立，一挥扇驱蝇，一以两手承妇枕，防蹂躏坠地。乃士人及
妇与媵婢小像也。哗然趋视，眉目逼真，虽僮仆亦辨识其面
貌，莫不掩口。士人恚甚，望空指划，詈妖狐。忽檐际大笑
曰："君太伤雅。曩闻周处士画松，未尝目睹。昨夕得观妙
迹，坐卧其下不能去，致失避君，未尝抛砖掷瓦相忤也。君
遽毒詈，心实不平，是以与君小作剧。君尚不自反，乖戾如
初，行且绘此像于君家白板扉，博途人一粲矣。君其图之。"
盖士人先一夕设供客具，与奴子秉烛至书室，突一黑物冲
门去。士人知为狐魅，曾诉厉也。众为慰解，请入座；设一虚
席于上。不见其形，而语音琅然；行酒至前辄尽，惟不食肴
馔，曰："不茹荤四百余年矣。"濒散，语士人曰："君太聪明，
故往往以气凌物。此非养德之道，亦非全身之道也。今日之
事，幸而遇我；傥遇负气如君者，则难从此作矣。惟学问变
化气质，愿留意焉。"丁宁郑重而别。回视所画，净如洗矣。
次日，书室东壁忽见设色桃花数枝，衬以青苔碧草。花不甚

密,有已开者,有半开者,有已落者,有未落者;有落未至地随风飞舞者八九片,反侧横斜,势如飘动,尤非笔墨所能到。上题二句曰:"芳草无行径,空山正落花。"【按:此二句,初唐杨师道之诗。】不署姓名。知狐以答昨夕之酒也。后周处士见之,叹曰:"都无笔墨之痕。觉吾画犹努力出棱,有心作态。"

注释:

①盘拏夭矫:盘曲矫健的样子。

景城北冈有玄帝庙,明末所建也。岁久,壁上霉迹隐隐成峰峦起伏之形,望似远山笼雾。余幼时尚及见之。庙祝棋道士病其晦昧,使画工以墨钩勒,遂似削圆方竹。今庙已圮尽矣。棋道士不知其姓,以癖于象戏,故得此名。或以为齐姓误也。棋至劣而至好胜,终日丁丁然不休。对局者或倦求去,至长跪留之。尝有人指对局者一著,衔之次骨,遂拜绿章①,诅其速死。又一少年偶误一著,道士幸胜。少年欲改著,喧争不许。少年粗暴,起欲相殴。惟笑而却避曰:"任君击折我肱,终不能谓我今日不胜也。"亦可云痴物矣。

注释:

①绿章:旧时道士祭天时所写的奏章表文,用朱笔写在青藤纸上,故名。

酒有别肠,信然。八九十年来,余所闻者,顾侠君前辈称第一,缪文子前辈次之。余所见者,先师孙端人先生亦人当时酒社。先生自云:"我去二公中间,犹可著十余人。"次则陈句山前辈与相敌,然不以酒名。近时路晋清前辈称第一,吴云岩前辈亦骎骎争胜。晋清曰:"云岩酒后弥温克,是即不胜酒力，作意矜持也。"验之不谬。同年朱竹君学士、周稚圭观察，皆以酒自雄。云岩曰："二公徒豪举耳。拇阵喧呶①，泼酒几半，使坐而静酌则败矣。"验之亦不谬。后辈则以葛临溪为第一，不与之酒，从不自呼一杯；与之酒，虽盆盎无难色，长鲸一吸，涓滴不遗。尝饮余家，与诸桐屿、吴惠叔等五六人角至夜漏将阑，众皆酩酊，或失足颠仆。临溪一一指挥僮仆扶掖登榻，然后从容登舆去，神志湛然，如未饮者。其仆曰："吾相随七八年，从未见其独酌，亦未见其偶醉也。"惟饮不择酒，使尝酒亦不甚知美恶，故其同年以登徒好色戏之。然亦罕有矣。惜不及见顾、缪二前辈，一决胜负也。端人先生恒病余不能饮，曰："东坡长处，学之可也；何并其短处亦刻画求似！"及余典试得临溪，以书报先生。先生复札曰："吾再传有此君，闻之起舞。但终恨君是蜂腰②耳。"前辈风流，可云佳话。今老矣，久不预少年文酒之会，后来居上，又不知为谁？

注释：

①拇阵喧呶(náo)：喝酒划拳大声喧哗。

②蜂腰：和蜜蜂一样纤细的腰身。用在此处，是说纪昀酒量很差，夹坐在能喝酒的老师和后辈之间。

高官农家畜一牛，其子幼时，日与牛嬉戏，攀角捋尾皆不动。牛或嗅儿顶、舐儿掌，儿亦不惧。稍长，使之牧。儿出即出，儿归即归，儿行即行，儿止即止，儿睡则卧于侧，有年矣。一日往牧，牛忽狂奔至家，头颈皆浴血，跳踉哮吼，以角触门。儿父出视，即掉头回旧路。知必有变，尽力追之。至野外，则儿已破颅死，又一人横卧道左，腹裂肠出，一枣棍弃于地。审视，乃三果庄(三果庄回民所聚，沧州盗薮也。)盗牛者。始知儿为盗杀，牛又触盗死也。是牛也，有人心焉。又西商李盛庭买一马，极驯良。惟路逢白马，必立而注视，鞭策不肯前。或望见白马，必驰而追及，衔勒①不能止。后与原主谈及，原主曰："是本白马所生，时时觅其母也。"是马也，亦有人心焉。

注释：

①衔勒：控制马的嚼口和络头。

余八岁时，闻保母丁媪言：某家有牸牛，跛不任耕①，乃鬻诸比邻屠肆。其犊甫离乳，视宰割其母，牟牟鸣数日。后见屠者即奔避，奔避不及，则伏地战栗，若乞命状。屠者或故逐之，以资笑谑，不以为意也。犊渐长，甚壮健，畏屠者如初。及角既坚利，乃伺屠者侧卧凳上，一触而贯其心，遽驰去。屠者妇大号捕牛。众悯其为母复仇，故缓追，逸之，竟莫知所往。时丁媪之亲串杀人，遇赦获免，仍与其子同里闬②。丁媪故窃举是事为之忧危，明仇不可狎也。余则取犊有复仇之心，知力弗胜，故匿其锋，隐忍以求一当。非徒孝也，抑亦智焉。黄帝《巾机铭》(机是本字，校者或以为破体俗书，改为幾字，反误。)曰："日中必慧，【按：《汉书·贾谊传》引此句，作熭。《六韬》引此句，作彗。音义并同。】操刀必割。"言机之不可失也。《越绝书》子贡谓越王曰："夫有谋人之心，使人知之者，危也。"言机之不可泄也。《孙子》曰："善用兵者，闭门如处女，出门如脱兔。"斯言当矣。

注释：

①跛不任耕：脚跛不能耕田。

②里闬(hàn)：里巷、街道。

姜慎思言：乾隆己卯①夏，有江南举子以京师逆旅多湫隘,乃税西直门外一大家坟院读书。偶晚凉树下散步,遇一女子,年十五六,颇白皙。挑与语,不嗔不答,转墙角自去。夜半睡醒,似门上了鸟②微有声,疑为盗。呼僮不应,自起隔门罅窥之,乃日间所见女子也。知其相就,急启户拥以入。女子自言:"为守坟人女,家酷贫,父母并拙钝,恒恐嫁为农家妇。顷蒙顾盼,意不自持,故从墙缺至君处。君富贵人,自必有妇,倘能措百金与父母,则为姜媵无悔。父母嗜利,亦必从也。"举子诺之,遂相缱绻。至鸡鸣乃去。自是夜半恒至,妖媚冶荡,百态横生。举子以为巫山洛水③不是过也。一夜来稍迟,举子自步月候之。乃忽从树杪飞下。举子顿悟,曰:"汝毋乃狐耶?"女子殊不自讳,笑而应曰:"初恐君骇怖,故托虚词。今情意已深,不妨明告。将来游宦四方,有一隐形随侍之妾,不烦车马,不择居停,不需衣食;昼可携于怀袖,夜即出而荐枕席,不愈于千金买笑耶?"举子思之,计良得。自是潜住书室,不待夜度矣。然每至秉烛,则外出,夜半乃返;或微露鬓乱钗横状。举子疑之而未决。既而与其娈童乱;旋为二仆所窥,亦并与乱。庖人知之,亦续狎焉。一日,昼与娈僮寝。举子潜扼杀之,遂现狐形,因埋于墙外。半月后,有老翁诣举子曰:"吾女托身为君妾,何忽见杀?"举子愤然曰:"汝知汝女为吾妾,则易言矣。夫两雄共雌,争而相戕,是为妒奸,于律当议抵。汝女既为我妾,明知非人而我不改盟,则夫妇之名分定矣。而既淫于他人,又淫于我仆,我为本夫,例得捕奸。杀之,又何罪耶?"翁曰:"然则何不杀君仆?"举子曰:"汝女死则形见,此则皆人也。手刃四人,而执一死狐为罪案,使汝为刑官,能据以定谳乎?"翁俯首良久,以手拊膝曰:"汝自取也夫!吾诚不料汝至此。"振衣自去。举子旋移居准提庵,与慎思邻房。其娈童与狐尤昵,衔主人之太忍,具泄其事于慎思,故得其详。

注释：

①乾隆己卯：乾隆二十四年，公元 1759 年。

②了鸟：门上的金属搭扣。

③巫山洛水：巫山女神，洛水女神。

　　吉木萨（乌鲁木齐所属也。）屯兵张鸣凤调守卡伦（军营了望之名。），与一菜园近。灌园叟年六十余，每遇风雨，辄借宿于卡伦。一夕，鸣凤醉以酒而淫之。叟醒大恚，控于营弁。验所创，尚未平。申上官，除鸣凤粮。时鸣凤年甫二十，众以为必无此理；或疑叟或曾窃污鸣凤，故此相报。然复鞫两造，皆不承，咸云怪事。有官奴玉保曰："是固有之，不为怪也。曩牧马南山，为射雉者惊，马逸。惧遭责罚，入深山追觅。仓皇失道，愈转愈迷，经一昼夜不得出。遥见林内屋角，急往投之；又虑是盗巢，或见戕害，且伏草间觇情状。良久，有二老翁携手笑语出，坐磐石上，拥抱偎倚，意殊亵狎。俄左一翁牵右一翁伏石畔，恣为淫媟。我方以窥见阴私，惧杀我灭口，惴惴蜷缩不敢动。乃彼望见我，了无愧怍，共呼使出，询问何来；取二饼与食，指归路曰：'从某处见某树转至某处，见深涧沿之行，一日可至家。'又指最高一峰曰：'此是正南，迷即望此知方向。'又曰：'空山无草，汝马已饥而自归。此间熊与狼至多，勿再来也。'比归家，马果先返。今张鸣凤爱六十之叟，非此老翁类乎！"据其所言，天下真有理外事矣。惟二翁不知何许人，遁迹深山，似亦修道之士，何以所为乃如此？《因树屋书影》记仙人马绣头事，称其比及顽童，云中有真阴可采。是容成术非但御女，兼亦御男。然采及老翁，有何裨益？即修炼果有此法，亦邪师外道而已，上真①定无此也。

张助教潜亭言：昔与一友同北上，夜宿逆旅。闻綷縩有声，或在窗外，或在室之外间。初以为虫鼠，不甚讶；后微闻叹息，乃始栗然，侦之无睹也。至红花埠，偶忘收笔砚，夜分闻有阁笔声。次早，几上有字迹，阴黯惨淡，似有似无。谛审，乃一诗，其词曰："上巳好莺花，寒食多风雨。十年汝忆吾，千里吾随汝。相见不得亲，悄立自凄楚。野水青茫茫，此别终万古。"似香魂怨抑之语①。然潜亭自忆无此人，友自忆亦无此人，不知其何以来也。程鱼门曰："君肯诵是诗，定无是事。恐贵友讳言之耳。"众以为然。

同年胡侍御牧亭，人品孤高，学问文章亦具有根柢。然性情疏阔，绝不解家人生产事，古所谓不知马几足者，殆有似之。奴辈玩弄如婴孩。尝留余及曹慕堂、朱竹君、钱辛楣，饭、肉三盘，蔬三盘，酒数行耳，闻所费至三四金，他可知也。同年偶谈及，相对太息。竹君愤尤甚，乃尽发其奸，迫逐之。然积习已深，密相授受，不数月，仍故辙。其党类布在士大夫家，为竹君腾谤①，反得喜事名②。于是人皆坐视，惟以小人有党，君子无党，姑自解嘲云尔。后牧亭终以贫困郁郁死。死后一日，有旧仆来，哭尽哀，出三十金置几上，跪而祝曰："主人不迎妻子，惟一身寄居会馆，月俸本足以温饱。徒以我辈剥削，致薪米不给。彼时以京师长随，连衡成局③，有忠于主人者，共排挤之，使无食宿地，故不敢立异同。不虞主人竟以是死。中心愧悔，夜不能眠。今尽献所积助棺敛，冀少赎地狱罪也。"祝讫自去。满堂宾客之仆,皆相顾失色。陈裕斋因举一事曰:"有轻薄子见少妇独哭新坟下,走往挑之。少妇正色曰:'实不相欺,我狐女也。墓中人耽我之色,至病瘵而亡。吾感其多情,而愧其由我而殒命,已自誓于神,此生决不再偶。尔无妄念,徒取祸也。'此仆其类此狐欤!"然余谓终贤于掉头竟去者。

注释:

①腾谤:制造谣言。

②喜事名:喜欢惹事的名声。

③连衡成局:相互勾结在一起,成为一伙。

田侯松岩言:幼时居易州之神石庄,(土人云,本名神子庄,以尝出一神童故也。后有三巨石陨于庄北,如春秋宋国之事,故改今名。在易州西南二十余里。)偶与侪辈嬉戏马厩中。见煮豆之锅,凸起铁泡十数,并形狭而长。侪辈以石破其一,中有虫长半寸余,形如柳蠹,色微红,惟四短足与其首皆作黑色,而油然有光,取出犹蠕蠕能动。因一一破视,一泡一虫,状皆如一。又言:头等侍卫常君青(此又别一常君,与常大宗伯同名。),乾隆癸酉①戍守西域,卓帐南山之下。(塞外山脉,自西南趋东北,西域三十六国,夹之以居,在山南者呼曰"北山",在山北者呼曰"南山",其实一山也。)山半有飞瀑二丈余,其泉甚甘。会冬月冰结,取水于河,其水湍悍而性冷,食之病人。不得已,仍凿瀑泉之冰。水窍②甫通,即有无数冰丸随而涌出,形皆如橄榄。破之,中有白虫如蚕,其口与足则深红,殆所谓冰蚕者欤?此与铁中之虫,锻而不死,均可谓异闻矣。然天地之气,一动一静,互为其根。极阳之内必伏阴,极阴之内必伏阳。八卦之对待,坎以二阴包一阳,离以二阳包一阴。六十四卦之流行,阳极于乾,即一阴生,下而为姤③;阴极于坤,即一阳生,下而为复④。其静也伏斯敛,敛斯郁焉;其动也郁斯蒸,蒸斯化焉。至于化则生,生不已矣。特冲和之气,其生有常;偏胜之气,其生不测。冲和之气,无地不生;偏胜之气,或生或不生耳。故沸鼎炎熇、寒泉沍结,其中皆可以生虫也。崔豹《古今注》[5]载,火鼠生炎洲火中,绩其毛为布,入火不燃。今洋舶多有之,先兄晴湖蓄数尺,余尝试之。又《神异经》[6]载,冰鼠生北海冰中,穴冰而居,啮冰而食,岁久大如象,冰破即死。欧罗巴人曾见之。谢梅庄前辈戍乌里雅苏台时,亦曾见之。是兽且生于火与冰矣。其事似异,实则常理也。

注释:

①乾隆癸酉:乾隆十八年,公元 1753 年。

②水窍(qiào):出水口。

③姤:《易经》卦名。六十四卦中的第四十四卦。

④复:《易经》卦名。六十四卦中的第二十四卦。

⑤崔豹《古今注》:崔豹,晋朝惠帝时官至太傅。《古今注》是一部对各种名物进行诠释的著作。

⑥《神异经》:古代志怪小说集。

数皆前定,故鬼神可以前知。然有其事尚未发萌,其人尚未举念,又非吉凶祸福之所关、因果报应之所系,游戏琐屑至不足道,断非冥籍所能预注者,而亦往往能前知。乾隆庚寅[1],有翰林偶遇乩仙,因问宦途。乩判一诗曰:"春风一笑手扶筇,桃李花开泼眼浓。好是寻香双蛱蝶,粉墙才过巧相逢。"茫不省为何语。俄御试翰林,以编修改知县。众谓次句隐用河阳一县花事,可云有验;然其余究不能明。比同年往慰,司阍者扶杖蹩躠出。盖朝官仆隶,视外吏如天上人。司阍者得主人外转信,方立墄上,喜而跃曰:"吾今日登仙矣!"不虞失足,遂损其胫,故杖而行也。数日后,微闻一日遣二仆，而罪状不明。旋有泄其事者曰："二仆皆谋为司阍，而无如先已有跛者。乃各阴饰其妇，俟主人燕息②，诱而蛊之。至夕，一妇私具饼饵，一妇私煎茶，皆暗中摸索至书斋廊下。猝然相触，所赍俱倾③；愧不自容，转怒而相诉。主人不欲深究，故善遣去。"于是诗首句三四句并验。此乩可谓灵鬼矣，然何以能前知此等事，终无理可推也。（马夫人雇一针线人，曾在是家，云二仆谋夺司阍则有之，初无自献其妇意，乃私谋于一黠仆，黠仆为画此策，均与约：是日有暇，可乘隙以进。而不使相知，故致两败。二仆逐后，黠仆又党附于跛者，邀游妓馆。跛者知其有伏机，阳使先往待，而阴告主人往捕，故黠仆亦败。嗟乎！一州县官司阍耳，而此四人者互相倾轧，至辗转多方而不已。黄雀螳螂之喻，兹其明验矣。附记之，以著世情之险。）

注释：
①乾隆庚寅：乾隆三十五年，公元 1770 年。
②燕息：休息。
③所赍俱倾：捧着的东西都散了。

余官兵部尚书时，往良乡送征湖北兵，小憩长辛店旅舍。见壁上有《归雁诗》二首，其一曰："料峭西风雁字斜，深秋又送汝还家。可怜飞到无多日，二月仍来看杏花。"其二曰："水阔云深伴侣稀，萧条只与燕同归。惟嫌来岁乌衣巷，却向雕梁各自飞。"末题"晴湖"二字，是先兄字也。然语意笔迹皆不似先兄，当别一人。或曰："有郑君名鸿撰，亦字晴湖。"

偶见田侯松岩持画扇，笔墨秀润，大似衡山。云其亲串德君芝麓所作也。上有一诗曰："野水平沙落日遥，半山红树影萧条。酒楼人倚孤樽坐，看我骑驴过板桥。"风味俏然①，有尘外之致。复有德君题语，云是卓悟庵作，画即画此诗意。故并录此诗，殆亦爱其语也。田侯云，悟庵名卓礼图,然不能详其始末。大抵沈于下僚②者,遥情高韵,而名氏翳如。录而存之,亦郭恕先之远山数角耳。

注释:

①僑(xiāo)然:形容无拘无束、自由自在的样子。
②沈于下僚:长期担任很小的官职。

古人祠宇,俎豆一方①,使后人挹想风规②,生其效法,是即维风励俗③之教也。其间精灵常在,肸蚃如闻者,所在多有;依托假借,凭以猎取血食者,间亦有之。相传有士人宿陈留一村中,因溽暑散步野外。黄昏后,冥色苍茫,忽遇一人相揖。俱坐老树之下,叩其乡里名姓。其人云:"君勿相惊,仆即蔡中郎也。祠墓虽存,享祀多缺;又生叨士流,殁不欲求食于俗辈。以君气类,故敢布下忱。明日赐一野祭可乎?"士人故雅量,亦不恐怖,因询以汉末事。依违酬答④,多罗贯中《三国演义》中语,已窃疑之;及询其生平始末,则所述事迹与高则诚《琵琶记》纤悉曲折,一一皆同。因笑语之曰:"资斧匮乏,实无以享君,君宜别求有力者;惟一语嘱君:自今以往,似宜求《后汉书》、《三国志》、中郎文集稍稍一观,于求食之道更近耳。"其人面颡彻耳,跃起现鬼形去。是影射敛财之术,鬼亦能之矣。

注释:

①俎豆一方:享受一方的祭祀。
②挹想风规:遥想其风范和规矩。
③维风励俗:维护既有的风俗激励好的世俗习惯。
④依违酬答:按照提问来回答。

梁豁堂言:有客游粤东者,妇死寄枢于山寺。夜梦妇曰:"寺有厉鬼,伽蓝神弗能制也。凡寄枢僧寮者,男率为所役,女率为所污。吾力拒,弗能免也。君盍讼于神?"醒而忆之了了,乃炷香祝曰:"我梦如是,其春睡迷离耶?意想所造耶?抑汝真有灵耶?果有灵,当三夕来告我。"已而再夕梦皆然。乃牒诉于城隍,数日无眹兆。一夕,梦妇来曰:"讼若得直,则伽蓝为失纠举,山神社公为失约束,于阴律皆获谴,故城隍踌躇未能理。君盍再具牒,称将诣江西诉于正乙真人,则城隍必有处置矣。"如所言,具牒投之。数日,又梦妇来曰:"昨城隍召我,谕曰:'此鬼原居此室中,是汝侵彼,非彼摄汝也。男女共居一室,其仆隶往来,形迹嫌疑,或所不免。汝诉亦不为无因。今为汝重笞其仆隶,已足谢汝。何必坚执奸污,自博不贞之名乎?从来有事不如化无事,大事不如化小事。汝速令汝夫移柩去,则此案结矣。'再四思之,凡事可已则已,何必定与神道争,反激意外之患。君即移我去可也。"问:"城隍既不肯理,何欲诉天师,即作是调停?"曰:"天师虽不治幽冥,然遇有控诉,可以奏章于上帝,诸神弗能阻也。城隍亦恐激意外患,故委曲消弭,使两造①均可以已耳。"语讫,郑重而去。其夫移柩于他所,遂不复梦。此鬼苟能自救,即无多求,亦可云解事矣。然城隍既为明神,所司何事,毋乃聪明而不正直乎?且养痈不治,终有酿为大狱时;并所谓聪明者,毋乃亦通蔽各半②乎?

注释:

①两造:指诉讼的双方,原告和被告。

②通蔽各半:一半明白一半糊涂。

　　田白岩言:济南朱子青与一狐友,但闻声而不见形。亦时预文酒之会,词辩纵横,莫能屈也。一日,有请见其形者。狐曰:"欲见吾真形耶?真形安可使君见?欲见吾幻形耶?是形既幻,与不见同,又何必见。"众固请之,狐曰:"君等意

中,觉吾形何似？"一人曰："当庞眉皓首①。"应声即现一老
人形。又一人曰："当仙风道骨。"应声即现一道士形。又一
人曰："当星冠羽衣。"应声即现一仙官形。又一人曰："当貌
如童颜。"应声即现一婴儿形。又一人戏曰："庄子言,姑射
神人②,绰约若处子。君亦当如是。"即应声现一美人形。又
一人曰："应声而变,是皆幻耳。究欲一睹真形。"狐曰："天
下之大,孰肯以真形示人者,而欲我独示真形乎？"大笑而
去。子青曰："此狐自称七百岁,盖阅历深矣。"

注释:

①庞眉皓首:眉毛头发都花白。

②姑射神人:典故出自《庄子·逍遥游》,后世以此代指神仙或
美人。这里是美人意。

　　舅氏实斋安公曰："讲学家例言无鬼。鬼吾未见,鬼语
则吾亲闻之。雍正壬子①乡试,返宿白沟河。屋三楹,余住西
间,先一南士住东间。交相问讯,因沽酒夜谈。南士称:'与
一友为总角交②,其家酷贫,亦时周以钱粟。后北上公车,适
余在某巨公家司笔墨,悯其飘泊,邀与同居,遂渐为主人所
赏识。乃摅余家事,潜造蜚语,挤余出而据余馆。今将托钵
山东。天下岂有此无良人耶！'方相与太息,忽窗外呜呜有
泣声,良久语曰:'尔尚责人无良耶？尔家本有妇,见我在门
前买花粉,诡言未娶,诳我父母,赘尔于家。尔无良否耶？我
父母患疫先后殁,别无亲属,尔据其宅,收其资,而棺衾祭
葬俱草草,与死一奴婢伺。尔无良否耶？尔妇附粮艘寻至,
入门与尔相诟厉,即欲逐我;既而知原是我家,尔衣食于
我,乃暂容留。尔巧说百端,降我为妾。我苟求宁静,忍泪曲
从。尔无良否耶？既据我宅,索我供给,又虐使我,呼我小
名,动使伏地受杖。尔反代彼搊我项背,按我手足,叱我勿

转侧。尔无良否耶？越年余，我财产衣饰剥削并尽，乃鬻我于西商。来相我时，我不肯出，又痛捶我，致我途穷自尽。尔无良否耶？我殁后，不与一柳棺，不与一纸钱，复褫我敝衣，仅存一裤，裹以芦席，葬丛冢③。尔无良否耶？吾诉于神明，今来取尔，尔尚责人无良耶？'其声哀厉，僮仆并闻。南士惊怖瑟缩，莫措一词，遽嗷然仆地。余虑或牵涉，未晓即行。不知其后如何，谅无生理矣。因果分明，了然有据。但不知讲学家见之，又作何遁词耳。"

注释：

①雍正壬子：雍正十年，公元 1732 年。

②总角交：发小，小时候就开始交往的朋友。

③丛冢：乱坟岗。

张浮槎《秋坪新语》载余家二事，其一记先兄晴湖家东楼（此楼在兄宅之西，以先世未析产时，楼在宅之东，故沿其旧名。）鬼，其事不虚，但委曲未详耳。此楼建于明万历乙卯①，距今百八十四年矣。楼上楼下，凡缢死七人，故无敢居者。是夕不得已开之，遂有是变。殆形家所谓凶方欤？然其侧一小楼，居者子孙蕃衍，究莫明其故也。其一记余子汝佶临殁事，亦十得六七；惟作西商语索逋事，则野鬼假托以求食。后穷诘其姓名、居址、年月与见闻此事之人，乃词穷而去。汝佶与债家涉讼时，刑部曾细核其积逋数目，具有案牍，亦无此条。盖张氏纪氏为世姻，妇女递相述说，不能无纤毫增减也。嗟乎！所见异词，所闻异词，所传闻异词，鲁史且然，况稗官小说。他人记吾家之事，其异同吾知之，他人不能知也。然则吾记他人家之事，据其所闻，辄为叙述，或虚或实或漏，他人得而知之，吾亦不得知也。刘后村诗曰："斜阳古柳赵家庄，负鼓盲翁正作场。死后是非谁管得，满村听唱蔡中郎。"匪今斯今,振古如兹矣。惟不失忠厚之意,稍存劝惩之旨②,不颠倒是非如《碧云骢》,不怀挟恩怨如《周秦行记》,不描摹才子佳人如《会真记》,不绘画横陈③如《秘辛》,冀不见摈于君子云尔。【按:刘后村诗,一作陆游诗。】

注释:

①万历乙卯:明神宗万历四十三年,公元 1615 年。

②劝惩之旨:劝善惩恶的宗旨。

③绘画横陈:描摹男女淫乱。

附:纪汝佶六则

亡儿汝佶,以乾隆甲子①生。幼颇聪慧,读书未多,即能作八比②。乙酉举于乡,始稍稍治诗,古文尚未识门径也。会余从军西域,乃自从诗社才士游,遂误从公安、竟陵两派③入。后依朱子颖于泰安,见《聊斋志异》抄本(时是书尚未刻。),又误堕其窠臼,竟沈沦不返,以迄于亡。故其遗诗遗文,仅付孙树庭等存乃父手泽④,余未一为编次也。惟所作杂记,尚未成书,其间琐事,时或可采。因为简择数条,附此录之末,以不没其篝灯呵冻之劳。又惜其一归彼法,百事无成,徒以此无关著述之词,存其名字也。

注释:

①乾隆甲子:乾隆九年,公元 1744 年。

②八比:八股文。

③公安、竟陵两派:明代诗文流派,以袁宏道、袁宗道、袁中道三袁兄弟为代表的公安派,以钟惺、谭元春等为代表的竟陵派。二者都主张"性灵说"。

④手泽:代指先人的遗墨手稿等。

花隐老人居平陵城之东,鹊华桥之西,不知何许人,亦不自道真姓字。所居有亭台水石,而莳花尤多。居常不与人交接,然有看花人来,则无弗纳。曳杖伛偻前导,手无停指,口无停语,惟恐人之不及知、不及见也。园无隙地,殊香异色,纷纷拂拂,一往无际;而兰与菊与竹,尤擅①天下之奇。兰有红有素,菊有墨有绿,又有丹竹纯赤,玉竹纯白;其他若方若斑,若紫若百节,虽非目所习见,尚为耳所习闻也。异哉,物之聚于所好,固如是哉!

注释:

①尤擅:尤其突出。

　　士人某寓岱庙之环咏亭。时已深冬,北风甚劲。拥炉夜坐,冷不可支,乃息烛就寝。既觉,见承尘纸破处有光。异之,披衣潜起,就破处审视。见一美妇,长不满二尺,紫衣青裤,著红履,纤瘦如指,髻作时世妆①;方爇火炊饭,灶旁一短足几,几上锡檠荧然②。因念此必狐也。正凝视间,忽然一嚏。妇惊,触几灯覆,遂无所见。晓起,破承尘视之。黄泥小灶,光洁异常;铁釜大如碗,饭犹未熟也;小锡檠倒置几下,油痕狼藉。惟爇火处纸不燃,殊可怪耳。

注释:

①时世妆:入时或时髦的装饰打扮。
②锡檠荧然:锡制的烛台烛光明亮。

　　徂徕山有巨蟒二,形不类蟒,顶有角如牛,赤黑色,望之有光。其身长约三四丈,蜿蜒深涧中。涧广可一亩,长可半里,两山夹之,中一隙仅三尺许。游人登其巅,对隙俯窥,则蟒可见。相传数百年前,颇为人害。有异僧禁制,遂不得出。夫深山大泽,实生龙蛇,似此亦无足怪;独怪其蜷伏数百年,而能不饥渴也。

　　泰安韩生,名鸣岐,旧家子,业医。尝夤夜骑马赴人家,忽见数武之外有巨人,长十余丈。生胆素豪,摇鞚径过①,相去咫尺,即挥鞭击之。顿缩至三四尺,短发蓬鬈,状极丑怪,唇吻翕辟,格格有声。生下马执鞭逐之。其行缓涩,蹒跚地上，意颇窘。既而身缩至一尺，而首大如瓮，似不胜载，殆欲颠仆。生且行且逐，至病者家，乃不见，不知何怪也。汶阳范灼亭说。

注释：
①摇鞚(kòng)径过：摇动鞭子催动马匹跑过去。

　　戊寅五月二十八日，吴林塘年五旬时，居太平馆中。余往为寿。座客有能为烟戏者，年约六十余，口操南音，谈吐风雅，不知其何以戏也。俄有仆携巨烟筒来，中可受烟四两，爇火吸之，且吸且咽，食顷方尽，索巨碗瀹苦茗①，饮讫，谓主人曰：“为君添鹤算可乎？”张其吻吐鹤二只，飞向屋角；徐吐一圈，大如盘，双鹤穿之而过，往来飞舞，如掷梭然。既而嘎喉有声，吐烟如一线，亭亭直上，散作水波云状。谛视皆寸许小鹤，鹁鸢左右②，移时索灭，众皆以为目所未睹也。俄其弟子继至，奉一觞与主人曰：“吾技不如师，为君小作剧可乎？”呼吸间，有朵云飘纱筵前，徐结成小楼阁，雕栏绮窗，历历如画。曰：“此海屋添筹也。”诸客复大惊，以为指上毫光现玲珑塔，亦无以喻是矣。以余所见诸说部，如掷杯化鹤、顷刻开花之类，不可殚述，毋亦实有其事，后之人少所见多所怪乎？如此事非余目睹，亦终不信也。

注释：
①巨碗瀹(yuè)苦茗：大碗煮茶。
②鹁鸢(jiá yuán)左右：环绕上下左右飞翔。

　　豫南李某，酷好马。尝于遵化牛市中见一马，通体如墨，映日有光，而腹毛则白于霜雪，所谓乌云托月者也。高六尺余，骏尾鬈然①，足生爪，长寸许，双目莹澈如水精，其气昂昂如鸡群之鹤。李以百金得之,爱其神骏,刍秣必身亲。然性至狞劣,每覆障泥,须施绊锁,有力者数人左右把持,然后可乘。按辔徐行,不觉其驶,而瞬息已百里。有一处去家五日程,午初就道,比至,则日未衔山②也。以此愈爱之。而畏其难控,亦不敢数乘。一日,有伟丈夫碧眼虬髯,款门求见,自云能教此马。引就枥下,马一见即长鸣。此人以掌击左右肋,始弭耳不动。乃牵就空屋中,阖户与马盘旋。李自隙窥之,见其手提马耳,喃喃似有所云,马似首肯③。徐又提耳喃喃如前,马亦似首肯。李大惊异,以为真能通马语也。少间,启户,引缰授李,马已汗如濡矣。临行谓李曰:"此马能择主,亦甚可喜。然其性未定,恐或伤人;今则可以无虑矣。"马自是驯良,经二十余载,骨干如初。后李至九十余而终,马忽逸去,莫知所往。

注释:

①骏尾鬈(quán)然:鬃毛、尾巴毛都是卷曲的。

②日未衔山:太阳还没有下山。

③首肯:点头同意。

图书在版编目（CIP）数据

阅微草堂笔记 / （清）纪昀著；老浩注释.— 太原：三晋
出版社，2012.6

ISBN 978 - 7 - 5457 - 0562 - 1

Ⅰ.阅… Ⅱ.①纪… ②老… Ⅲ.①笔记小说—小说集—
中国—清代 Ⅳ.① I242.1

中国版本图书馆 CIP 数据核字 （2012）第 109024 号

阅微草堂笔记

著　　者	纪　昀
注　　者	老　浩
责任编辑	任俊芳

出　版　者：山西出版传媒集团·三晋出版社 （原山西古籍出版社）
地　　址：太原市建设南路 21 号
邮　　编：030012
电　　话：0351-4922268（发行中心）
　　　　　0351-4956036（综合办）
E - m a i l：sj@sxpmg.com
网　　址：http://sjs.sxpmg.com

经　销　者：新华书店
承　印　者：运城市凯达印刷包装有限公司

开　　本：890mm×1240mm　1/32
印　　张：24.5
字　　数：400 千字
版　　次：2012 年 9 月第 1 版
印　　次：2012 年 9 月第 1 次印刷
书　　号：ISBN 978-7-5457-0562-1
定　　价：68.00 元（全二册）